JAMES MICHENER

La Course aux Étoiles

TRADUIT DE L'AMÉRICAIN
PAR JEHANNE AUGUSTINS
JACQUES GUIOD
HENRI ROBILLOT

Tome I

MAZARINE

L'édition originale de cet ouvrage est parue chez Random House, New York, sous le titre :

SPACE

LA COURSE AUX ÉTOILES

Tome I

Romancier et journaliste nord-américain, James Albert Michener est né en 1907 à New York (Etats-Unis) mais grandit en Pennsylvanie. Une bourse d'études lui permet de fréquenter pas moins de neuf universités en Europe et en Amérique.
Sa carrière commence en 1933 comme professeur de lettres en Pennsylvanie et au Colorado. Il se spécialise bientôt en histoire et en sciences sociales, donne des cours à l'université Harvard (1940-1941), collabore avec l'éditeur Macmillan à New York de 1941 à 1949, avec un interlude comme historien de la Marine dans le Pacifique Sud (1944-1946).
Son premier roman Tales of the South Pacific *(Contes du Pacifique, 1947) obtient en 1948 le prix Pulitzer (équivalent de notre prix Goncourt). Une comédie musicale,* South Pacific, *en sera tirée.*
Suivront de nombreux romans, tous des best-sellers : The Fires of Spring *(Les Feux du printemps),* Return to Paradise *(Retour au paradis) qui sera porté à l'écran de même que* The Bridges at Toko-Ri *(Les Ponts de Toko-Ri),* Sayonara, Caravans, Centennial *(Colorado Saga) et divers essais.*

Le roman vrai du programme spatial américain : voilà la fabuleuse histoire que nous raconte James Michener, l'auteur de *Colorado Saga,* depuis le « kidnapping » des savants allemands à la barbe des Russes en 1945 jusqu'au triomphe de la navette, en passant par les vols historiques de Gemini et d'Apollo et les premiers pas de l'homme sur la Lune.
Les héros ? Quatre hommes et quatre femmes que le destin a placés au cœur de cette aventure. Huit figures dont l'histoire personnelle se confond avec la légende de l'espace, avec, en toile de fond, les luttes d'influence, les rivalités, les débats politiques et scientifiques qui ont agité les coulisses de ce projet titanesque.
Mélangeant, pour le plus grand plaisir du lecteur, l'héroïque et le quotidien, le scientifique et le sentimental, James Michener a écrit, avec *La Course aux étoiles,* le meilleur roman de sa longue carrière.

I

QUATRE HOMMES

Le 24 octobre 1944, selon la loi immuable à laquelle elle obéissait depuis presque cinq milliards d'années, la planète Terre décrivait, à la vitesse impressionnante de 29,8 kilomètres/seconde, son orbite autour du Soleil engendrant les saisons. L'hémisphère Nord se parait des teintes cuivrées de l'automne, quand le printemps bourgeonnait dans l'hémisphère Sud.

Le jour se lèverait sur les Philippines où deux marins, l'un américain l'autre japonais, allaient accomplir de si hautes actions qu'elles entreraient dans les annales des grandes batailles navales de l'Histoire.

Il serait midi dans la mer Baltique, sur l'île de Peenemünde, où un petit homme tranquille, un génie de la mécanique travaillant pour Adolf Hitler, traverserait une journée ordinaire aux conclusions extraordinaires.

Il serait quatre heures de l'après-midi à Londres quand un jeune ingénieur américain prendrait conscience de la puissance de la fusée A-4, l'arme de représailles de Hitler, qu'il s'ingénierait à détruire, en épargnant ses inventeurs car, les Américains l'avaient déjà compris à l'époque, l'apport de ces savants allemands serait, après la guerre, tout à fait précieux.

Enfin, au soir de cette longue journée, quand la Terre aurait plongé dans l'obscurité les régions occidentales de l'Amérique, un jeune garçon d'une petite ville de l'Etat du Fremont vivrait trois expériences d'une intensité exceptionnelle...

Au début de l'après-midi de ce mardi d'octobre, Stanley Mott, un civil américain de vingt-six ans, sentit une tension formidable monter en lui tandis qu'il observait l'écran radar d'une station de repérage située à vingt kilomètres au sud de Londres.

« Elle arrive! » cria un sergent anglais d'une voix blanche.

Sous l'œil attentif de Mott, le sinistre signal lumineux se déplaçait sur l'écran : venue d'un coin indéterminé de la Hollande, une bombe monstrueuse, supersonique et téléguidée se dirigeait vers Londres.

La vitesse inouïe à laquelle se déplaçait l'engin, plus de trois mille deux cents kilomètres à l'heure, se lisait sur l'écran. On ne l'entendrait dans la station de repérage que quelques instants après son passage. Puis les bangs soniques tonneraient dans l'air, rassurant ceux qui étaient dans l'expectative : cette bombe-là au moins ne serait pas pour eux.

« Si on l'entend, expliqua à Mott le sergent anglais, c'est qu'elle est déjà passée. »

Pendant les dernières fragiles secondes de silence, les occupants de la pièce s'absorbèrent dans l'attente de l'explosion indiquant que la bombe avait atteint son but; des appareils d'une grande sensibilité acoustique furent pointés sur Londres. Brô-ô-ô-m. Les détecteurs à l'écoute fouillèrent les ondes et bientôt un jeune homme de l'université d'Oxford annonça, le visage mortellement pâle :

« Au cœur de Londres, à l'est de Trafalgar Square, je crois.

– Dépêchons », dit Mott.

Trois minutes plus tard, le jeune homme d'Oxford, le chauffeur et lui roulaient à tombeau ouvert vers Londres, les cartes rouges sur leur pare-brise leur permettant de franchir les barrages en saluant les policiers qui interdisaient l'accès de certaines voies. « Equipe de désamorçage », criait l'homme d'Oxford. Ce n'était pas tout à fait exact. Mott et lui n'étaient pas qualifiés pour désamorcer mais se contentaient de réunir des informations sur les dégâts causés par les nouvelles bombes terriblement puissantes que Hitler envoyait sur Londres dans ce qu'il appelait présomptueusement « sa vengeance finale ».

La confusion grandissant à mesure qu'ils approchaient de Trafalgar Square prouvait que les détecteurs avaient déterminé avec exactitude le lieu de l'impact; la fusée était tombée dans les parages, nettement à l'est. Les préposés à la défense passive se mirent à hurler : « Elle est tombée sur la Cité! »

Le cœur de Londres, le centre des affaires de la Cité, était une fois de plus en danger, la Banque d'Angleterre, St. Paul's, le Guildhall où Churchill prononçait ses discours; ils imaginaient la joie mauvaise de Hitler captant sur les ondes le message de ses espions lui annonçant qu'une des cibles les plus convoitées avait été touchée; comme il se gausserait, Lord Haw-Haw, en cochant les pertes de la Cité.

Quand, après des détours, la voiture pénétra dans Cheapside – le chauffeur ne cessant de crier « Equipe de désarmorçage! » – Mott et son compagnon constatèrent avec soulagement que les objectifs les plus précieux avaient été, une fois de plus, miraculeusement épargnés; leur répit fut de courte durée car il leur restait à dénombrer les hideuses conséquences de l'explosion.

« Il y a beaucoup de morts cette fois-ci », marmonna un préposé, un vieil homme au visage pâle et aux moustaches tombantes. Il les mena devant un trou béant, à l'emplacement du kiosque à journaux où les hommes d'affaires se ravitaillaient en sortant du bureau. Kiosque et boutiques alentour avaient été soufflés comme des fétus; employés et clients étaient tous morts.

« Je ne sais ce qui me touche le plus, dit Mott à l'homme d'Oxford, l'horrible trou ou les éclats de bois et d'os autour.

– Dieu merci, le monstre de Berlin n'en a pas cinquante à nous expédier tous les matins sur la figure, marmonna l'expert anglais.

– Combien de fusées ont touché Londres? demanda Mott.

– Celle-ci est, je crois, la soixante-treizième depuis les premières de septembre. Quelque chose doit clocher dans le système de fabrication allemand.

– C'est à cause de nos bombardements sur Peenemünde, dit Mott. Vos gars ont détruit le nid de vipères.

– Nous pouvons leur en être reconnaissants, soupira l'Anglais tout en cherchant dans les décombres ce qui pouvait rester de la bombe.

– Vous savez, Mott, avant qu'elles ne commencent à arriver, nous avions calculé que Hitler pouvait en lancer une centaine par jour, jusque dans le cœur de Londres. Cent mille morts par mois, et des civils! Nous avons eu de la chance. Beaucoup de chance.

– Combien de morts aujourd'hui? »

Les deux experts et les préposés tombèrent d'accord sur moins de cinquante; quand Mott répéta ce chiffre avec presque de la satisfaction dans la voix, l'homme d'Oxford lui rétorqua dans un sanglot :

« Regardez, elle en fait partie! »

Et il lui montra du doigt le corps déchiqueté d'une jeune fille vendeuse chez un buraliste, dont le visage intact semblait sourire encore.

Mott détourna les yeux. S'approchant d'un membre de la véritable équipe de désarmorçage, il demanda d'un ton professionnel :

« Avez-vous retrouvé des parties métalliques? Des éclats?

– Fragmentation totale, dit l'homme.

– Bon sang. Nous avançons toujours à l'aveuglette. »

Poussant du pied quelques gravats, il jeta un dernier coup d'œil aux décombres et s'écarta pour laisser passer les infirmiers qui venaient ramasser ce qui restait des corps.

« Nous continuons jusqu'à Medmenham? demanda l'homme d'Oxford.

– Certainement, dit Mott. Nous allons faire s'abattre cette nuit sur la tête de ces salauds de nazis une pluie de feu à leur en faire oublier Londres. » Il ajouta, regardant le ciel : « Il y aura clair de lune jusqu'à dix heures. *Vade retro*, Hitler. »

Ils se hâtèrent de quitter Londres, empruntant, vers l'ouest, une route réservée aux véhicules prioritaires; ils traversèrent à trois reprises la Tamise qui serpentait doucement, parmi les grands arbres, reflétant dans ses eaux leurs placides teintes automnales. Ils roulèrent vers le château de Windsor et Eton et bifurquèrent bientôt sur une petite route qui devait les mener dans un endroit étonnant où allait commencer une réunion non moins étonnante.

C'était à Medmenham, petit village rustique, qu'était situé le très efficace Air Force Signal Center centralisant les opérations de guidage et de repérage et dépouillant toutes les informations relatives au bombardement de l'Allemagne. Des hommes et des femmes brillants, des Anglais, pour la plupart, secondés par des Américains et des Français, s'emparaient des photographies aériennes prises par les avions de reconnaissance et mesuraient, à l'aide de calculs sophistiqués, l'étendue des dommages causés. A Medmenham, devant l'excellent travail de ces gens, on avait l'impression que l'Allemagne se désagrégeait lentement et n'allait pas tarder à être réduite en miettes.

Ce soir-là, les plus grands cerveaux des Forces Alliées, réunis dans un local en préfabriqué, examinaient une série de photos aériennes, celles de la base allemande de lancement de missiles de la petite île de Peenemünde sur la côte Baltique, un ancien lieu de villégiature estivale assez modeste. Si on laissait plus longtemps les sorciers allemands continuer leurs expériences et donner libre cours à leur génie de la fabrication, Londres serait détruit, puis New York et Washington.

« Il se pourrait bien que ce soit la cible la plus importante du monde, expliquait un général de l'armée de l'air américaine quand Stanley Mott se joignit au groupe. Que dit Washington?

– Les instructions que j'ai à vous transmettre sont simples, Peenemünde doit être rasé. C'est le seul objectif qui compte.

– Nous ne pouvons négliger entièrement les autres, interrompit un général anglais. Vous autres, Américains, vous n'avez qu'à pilonner Peenemünde avec vos bombardiers lourds. Et nous vous encourageons vivement à le faire. Mais pour nous, Londres est en danger... Nous devons absolument essayer d'atteindre les bases de lancement. Quelles sont les nouvelles des dernières fusées? »

Mott prit la parole :

« Il y en a une qui est tombée sur Cheapside cet

après-midi. A peu près à égale distance de la Banque d'Angleterre, de St. Paul's et du Guildhall. C'est un bureau de tabac qui a été touché.

– Dieu soit loué », dit le général; se reprenant, il demanda : « Combien de morts?

– Moins d'une cinquantaine. »

Il y eut un silence pesant.

« Vous comprendrez, continua le général anglais, que je veuille à tout prix que nous continuions à rechercher et à détruire les bases de lancement. »

Le général américain qui semblait présider la réunion hocha la tête.

« Faites votre travail et nous ferons le nôtre. Ce soir, pour nous, c'est Peenemünde.

– Avant d'examiner la question, dit un civil anglais, j'aimerais vous montrer ces photos; elles viennent d'être prises juste au nord de La Haye. Cette petite ville, là, c'est Wassenaar, et nous sommes certains que ces ombres sont des bases de lancement de missiles. Si nous parvenons à démanteler cette station dans les jours qui viennent, nous ferons reculer l'opération fusée hors de portée de Londres.

– Quelle est la portée de ces fusées?

– Nous l'ignorons, mais elle ne doit pas dépasser trois cent quarante kilomètres. »

Un autre général américain demanda avec mépris :

« Vous voulez dire que Hitler a gaspillé toute son énergie – Peenemünde... la fine fleur de ses cerveaux dévoyés – pour fabriquer une fusée dont la portée n'excède pas trois cents kilomètres? Cet homme est un imbécile.

– C'est entendu, dit le général anglais, mais il n'en reste pas moins diablement dangereux. Notre aviation doit se concentrer sur Wassenaar. »

Un civil anglais toussota.

« Il y a un problème. Wassenaar est une ville très animée. Si nous pilonnons...

– Je sais, dit le général anglais. Je connais très bien le problème et j'avoue que c'est un choix difficile. Qu'en dites-vous? »

Un autre civil interrompit un officier qui s'apprêtait à répondre :

« Nous avons posé la question au gouvernement hollandais, secrètement bien entendu. Un de leurs hommes attend dehors.

– Faites-le entrer », dit le général américain.

Un civil d'une cinquantaine d'années entra et salua les généraux.

« Je m'appelle Hegener. Je fais la navette entre la Hollande et l'étranger. »

Mott pensa : « C'est comme s'il disait je vais à New York tous les jours par le train de banlieue. » Il se demandait comment Hegener « faisait la navette ». En parachute, ou en petit bateau à moteur, tous feux éteints?

« Mon gouvernement a étudié le problème, dit Hegener, et nous sommes d'avis que Wassenaar doit être rasé. »

Personne n'ouvrit la bouche. Il n'y avait rien à dire. Le droit de prendre des mesures draconiennes pour sauver Londres leur avait été accordé mais ils savaient quel prix devrait payer la petite ville hollandaise de Wassenaar. C'était une guerre sans merci, et ces hommes étaient décidés à la gagner car, s'ils la perdaient, ce serait l'enfer. Wassenaar était l'objectif numéro un.

« Nous vous remercions, monsieur Hegener, dit une voix dans l'assistance, et le Hollandais se leva pour prendre congé.

– Vous habitez près de Wassenaar? demanda un Américain.

– Non! J'habite dans le nord, un petit village de

pêcheurs sur l'île de Texel. Mais cela ne change rien. »

Après son départ, le général américain déclara :

« C'est entendu. Vos avions pulvériseront Wassenaar. Les nôtres s'occuperont de Peenemünde. Nous commençons ce soir.

– Le raid est prévu pour cette nuit? » demanda Mott. Il était bien jeune pour interpeller ainsi un général à quatre étoiles, mais quiconque travaillait dans un domaine si récent ne pouvait être que très jeune. Ni expert en fuséonautique, ni spécialisé dans la recherche atomique, Mott était un excellent ingénieur capable de s'adapter à l'évolution rapide de la recherche scientifique.

« Oui, nous enverrons trois cent quatre-vingt-quatorze bombardiers sur Peenemünde à vingt et une heures. Ils décolleront de seize terrains d'aviation différents et seront conduits par quatre éclaireurs britanniques hautement qualifiés. Ce soir, la panoplie de fusées de Herr Hitler aura cessé d'exister. »

L'annonce de cette nouvelle posait à Mott tellement de problèmes qu'il renonça pour le moment à les résoudre; il garda le silence et se mit à contempler ses ongles. Il était sur le point de demander que tous quittent la salle à part une poignée de généraux et d'experts, les plus importants, quand le responsable britannique dit avec entrain :

« Messieurs, je crois que l'on nous attend au mess. Nous réservons une surprise à ceux d'entre vous qui n'êtes jamais encore venus ici. Feltcher, voulez-vous leur expliquer? »

Tandis que les hommes ramassaient leurs dossiers confidentiels, une belle femme en uniforme s'avança pour prononcer un petit discours.

« Un gentleman patriote nous a donné sa propriété de Danesfield House pour que nous en fassions notre mess. C'est une maison extraordinaire, construite en 1890 par un certain M. Hudson qui a eu la chance d'inventer Sunlight, notre savon le plus populaire. »

Ce nom fit sourire.

« Quand M. Hudson en eut assez de sa maison, il la vendit à un certain M. Gordon qui, lui aussi, a eu le bonheur d'inventer et de commercialiser la H.P. Sauce. Encore plus riche que M. Hudson, il employait vingt et un jardiniers et quarante-six domestiques. Messieurs, vous allez dîner ce soir dans l'un des plus beaux manoirs anglais. »

Stanley Mott, fils d'un pasteur méthodiste d'une petite ville de la Nouvelle-Angleterre et diplômé de Georgia Tech, n'avait jamais rien vu qui ressemblât à Danesfield House. La maison, construite en pierre grise, était immense, les garages à eux seuls plus grands que certains manoirs; au-dessus des anciennes étables, une dizaine d'appartements logeaient les chauffeurs et les mécaniciens de l'armée de l'air. Les quarante-six chambres à coucher du manoir étaient occupées par les jeunes techniciens du Signal Center, mais la surprise des Américains fut à son comble quand ils découvrirent les deux salles où devait se tenir le mess des officiers.

La première tenait à la fois de la salle de bal et du salon, avec son plafond de neuf mètres de haut, une cheminée gigantesque et une tribune occupée par une fanfare jouant des airs anglais comme lors d'une réception donnée en 1710 par un duc et son épouse. Des officiers cantonnés dans la somptueuse demeure conduisirent les visiteurs jusque dans la salle à manger dont la splendeur laissa Mott bouche bée.

La pièce faisait dix-huit mètres de long, avec une cheminée de marbre vert, travaillée comme un bijou, quatre énormes portes-fenêtres s'ouvrant en contrebas sur la Tamise et, le plus extraordinaire, une table de soixante-dix couverts où les nappes, la vaisselle et l'argenterie brillaient de mille feux. Le couvert était mis pour cinquante, quarante-six hommes et quatre femmes, le service était assuré par des soldats qui avaient été serveurs dans la vie civile.

L'atmosphère fut tranquille, la conversation raffinée, la chère assez bonne et la musique pleine d'entrain. On aurait eu peine à imaginer que la seule pensée des participants était l'espoir de la défaite d'Adolf Hitler.

Ayant rassemblé ses idées, au cours de la soirée, Mott s'approcha, avant la fin du repas, du général américain et lui murmura à l'oreille :

« Je crois que six ou sept des cerveaux les plus importants ainsi que vous-même...

– Pas avant que nous ayons bu à la santé du roi.

– Mon général, j'ai une information de la plus haute importance.

– Elle peut attendre encore quinze minutes.

– Mon général, il s'agit du raid de ce soir. »

Se retournant brusquement, le général dévisagea Mott qu'il n'avait encore jamais vu.

« C'est vraiment sérieux?

– Oui, mon général, je vous assure. »

Le général toussota.

« Archie, croyez-vous qu'il soit possible d'activer un peu les choses?

– Mais bien sûr. »

Le général anglais fit signe aux serveurs d'apporter le dessert sans débarrasser entièrement. Quand les hommes eurent prestement avalé leur gelée tremblotante, ils se reculèrent sur leur siège tandis que le général américain, debout et levant haut son verre, déclarait :

« Messieurs, à la santé du roi! »

Quand ils eurent fini de boire, le général anglais

porta un toast à la santé du président des Etats-Unis.

La cérémonie finie, Mott dit :

« Pas plus de huit d'entre nous.

– Très bien », acquiesça le général américain, désignant aussitôt les membres de l'équipe. Les sept hommes et l'unique femme – quatre militaires et quatre civils (dont trois britanniques) – retournèrent dans le local des cartes et entamèrent une discussion solennelle.

Mott prit la parole en premier.

« Madame, messieurs, il est vital que nous détruisions Peenemünde. »

Le général anglais l'interrompit :

« Au cours de la grande réunion de tout à l'heure, j'ai préféré me taire. Mais, à vrai dire, eu égard aux dommages que nous avons déjà fait subir aux bases de lancement de Hitler, nous pensons que Peenemünde est presque neutralisé. »

Mott savait qu'il allait être soumis à la question et il en frémissait d'avance. Sa tâche était des plus difficiles, car il était le seul de la pièce à avoir des informations capitales et à pouvoir les estimer à leur juste valeur. Il était bien obligé de le reconnaître, Peenemünde, le berceau de la fuséonautique allemande, avait été dépassé par la progression si rapide de la guerre. Les raids massifs menés par l'Angleterre l'année précédente avaient temporairement démantelé la base et l'offensive de ce soir n'était destinée qu'à empêcher un rétablissement trop rapide. L'épouvantable menace que Peenemünde avait fait planer sur le monde occidental s'était déplacée sur d'autres bases de lancement, ces hommes ne l'ignoraient pas.

Mais Peenemünde, en tant que centre de recherches sur l'eau lourde, présentait un nouveau danger. Le peroxyde, comme les Anglais s'obstinaient à l'appeler, pouvait bien permettre aux Allemands de fabriquer une bombe totalement différente, une sorte de bombe atomique capable de détruire entièrement Londres en une seule explosion terrible. Mott ne pouvait affirmer que l'Allemagne possédât vraiment un procédé de fabrication de l'eau lourde, résultat du remplacement des atomes d'hydrogène par du deutérium. Il soupçonnait seulement que si ce procédé existait, c'était à Peenemünde qu'il fallait le chercher, même si les savants nazis possédant cette eau, ou peroxyde, n'étaient pas capables de la transformer en bombe.

Il entama donc la discussion avec circonspection :

« Messieurs, nous avons des raisons de croire que les Allemands ont mis au point à Peenemünde un procédé de fabrication de l'eau lourde.

– Oh! là! là! dit un des civils britanniques. On ne va pas revenir sur cette idiotie? »

Et un autre :

« Je croyais qu'on en avait fini depuis longtemps avec cette théorie d'une superbombe.

– Je vous l'accorde, reprit Mott, nous n'avons aucune preuve. Mais nous ne pouvons nous permettre aucune négligence.

– Monsieur Mott, interrompit le général américain avec irritation, je vous l'ai déjà dit tout à l'heure, il va y avoir sur Peenemünde un bombardement du tonnerre de Dieu, que voulez-vous de plus? »

Mott faisait partie d'une équipe triée sur le volet; quand ils avaient été reçus à la Maison Blanche, le président Roosevelt avait eu un petit rire en les voyant.

« On ne peut pas dire que vous vous ressembliez. Il n'y en a pas deux qui aient le même type ou le même âge! »

Cinq d'entre eux seulement avaient une solide formation scientifique : deux étaient professeurs de physique nucléaire et trois de brillants chercheurs affectés au Manhattan Project. Parmi les six autres, il y avait de tout : des hommes d'affaires, deux militaires, un membre du F.B.I. et, pour déconcerter les espions ennemis, Stanley Mott de Georgia Tech, le plus jeune de tous et de loin le plus déroutant.

Roosevelt leur avait dit deux choses :

« L'Amérique est sur le point de produire une arme décisive. Et nous avons des raisons de penser que Hitler est en train de faire la même chose à Peenemünde. »

Le secret le plus absolu devait être gardé par ces onze hommes qui s'étaient mis au travail, certains parachutés sur le continent, d'autres, dans des sous-marins, Mott, quant à lui, avait été envoyé à Londres où il passerait sans doute inaperçu. Au cours de cette soirée cruciale, il ne divulgua que ce qu'il lui était permis de divulguer :

« Le président Roosevelt nous a envoyés en Europe avec une seule consigne, détruire Peenemünde, que la base soit encore opérationnelle ou non. Mais il ne faut sous aucun prétexte que nos bombes atteignent les quartiers d'habitation. »

Le général anglais leva les mains au ciel.

« C'est insensé! Au cours des raids précédents, nous visions principalement cette cible-là.

– Dieu merci, vous êtes passés à côté.

– Effectivement, dit l'Anglais. Nous n'avons pas eu de chance avec nos éclaireurs. Le balisage a été mal fait, ils ont largué leurs bombes éclairantes trop au nord. »

Le général américain regarda sa montre.

« Nos hommes décollent dans deux heures. Ils ont ordre de pilonner les quartiers d'habitation. »

Il baissa légèrement la tête et dirigea sur Mott un regard pénétrant de sous ses lourds sourcils froncés.

« Et pour quelle raison devrions-nous les épargner cette fois-ci, monsieur Mott? »

Il cracha presque les derniers mots, affichant le mépris du militaire pour un jeune civil dont il désapprouvait l'ingérence.

Voyant cela, un civil anglais lança :

« Professeur Mott, expliquez-vous, je vous en prie. »

Saisissant l'allusion, un autre civil insista :

« Oui, donnez-nous quelques détails, professeur Mott. »

Mott ne faisait jamais état de son titre universitaire obtenu avec les félicitations du jury à l'université d'Etat de Louisiane, où il avait enseigné la science encore toute récente de l'aéronautique. Il évitait par-dessus tout de mentionner l'établissement où il avait accompli son premier cycle d'études supérieures car il ne supportait pas les petits futés qui scandaient :

« J' suis un pauv' mec de Georgia Tech
J' suis un sacré ingénieur. »

Mais, devant ces généraux, tellement plus âgés que lui et chargés de galons, qui le prenaient à parti, il se sentit le droit d'exagérer ses qualifications.

« C'est tout à fait exact, j'enseigne les théories de pointe dans l'aviation. »

En réalité, il était chargé des cours d'initiation.

« Eclairez-nous, professeur. »

Mott considéra attentivement chacune des sept personnes qui lui faisaient face. Il devait en dire suffisamment pour les convaincre, sans pour autant divulguer son secret principal. Il toussota en croisant les mains nerveusement devant lui, selon une petite mise en scène pour s'assurer l'attention de son auditoire.

« Il y a dans le camp de Peenemünde trois

hommes dont la survie est essentielle à la survie du monde libre. Je pense que vous devinez pourquoi.

– Je vais essayer de répondre, enchaîna un civil anglais plus âgé que les autres. Vous, les Américains, et nous les Anglais, avons accumulé un retard considérable en matière de fusées. Nous voilà devant la première génération de fusées allemandes, devancés probablement par les Russes. De sorte qu'après la guerre...

– Il y a trois savants allemands que nous devons protéger coûte que coûte jusqu'à ce qu'ils aient rejoint nos lignes, continua Mott. Le comte Wernher von Braun, un homme assez jeune et sans doute le cerveau de cette opération fusée, qu'à partir d'aujourd'hui je me consacrerai à récupérer sain et sauf. Puis le général Eugen Breutzl, un administrateur de génie. Nous avons des raisons de penser que ce n'est pas un nazi; il possède à fond le côté technique de l'affaire et pourrait nous faire gagner des dizaines d'années de travail. Quant au troisième, il reste un peu dans l'ombre. Il s'appellerait Dieter Kolff, trente-cinq ans, et peut-être le véritable génie de l'équipe. C'est l'expert allemand qui travaille sur la fusée A-10.

– Qu'est-ce que c'est que ça? demanda un civil. Nos informations s'arrêtent à l'A-6.

– Eh bien, dit Mott comme dirigeant un séminaire d'étudiants de troisième cycle extrêmement doués, vous êtes les spécialistes mondiaux de l'A-4 que vous appelez le V-2. Vous connaissez tous les versions ultérieures, plus importantes, l'A-6 et peut-être même l'A-7. Je crois possible d'affirmer que ce Kolff dont on ne connaît pas grand-chose est en train de travailler sur l'A-10.

– Et qu'est-ce que l'A-10? insista le même civil.

– C'est la fusée qui pourrait atteindre New York, en étant lancée d'Allemagne. »

Ses auditeurs s'exclamèrent et il continua :

« Oui, l'A-10 ou son sosie est au coin de la rue.

– J'aurais pensé que vous préféreriez pulvériser les quartiers d'habitation plutôt que les épargner, dit le général anglais. Il faut exterminer cette vermine.

– Non! protesta Mott. Parce que ni vous ni nous ne sommes capables de construire une fusée permettant de lancer une bombe, même à quinze kilomètres. Et nous avons des raisons de penser que les Russes sont sur le point d'en sortir une qui pourrait en parcourir quinze cents.

– Alors, vous pensez qu'il faut protéger la vie de ces trois hommes? demanda le général américain.

– C'est indispensable.

– Pourquoi diable alors se donner la peine de bombarder la base? »

C'était justement la question à laquelle il lui était interdit de répondre ouvertement. Mott se réfugia comme il put derrière l'excuse de l'eau lourde.

« Pour éliminer tout danger à court terme, nous sommes tenus de supprimer toute possibilité de fabrication de l'eau lourde. Pour assurer notre sécurité à long terme, il faut que nous sauvions ces trois savants allemands.

– Professeur Mott, pesta le général, vous me paraissez être un fieffé imbécile. Nous annoncer une chose pareille pratiquement au moment où nos bombardiers vont décoller pour une opération de grande envergure!

– Je ne suis pas très fier de moi, avoua Mott. Peut-on avoir accès à une ligne téléphonique sûre? Je vous demande instamment d'enjoindre à vos éclaireurs de larguer leurs bombes éclairantes loin des quartiers d'habitation.

– Nous pouvons faire mieux, dit le général anglais. Le jeune Merton qui sera ce soir le coordinateur de vol attend dehors. »

Le bombardier-chef Merton était un jeune

homme blond de vingt-trois ans qui pesait certainement moins de soixante-dix kilos. Il aurait fait un très mauvais maître auxiliaire dans une classe de garçons indisciplinés mais, cette nuit-là, il allait traverser la mer du Nord en solitaire à bord de son avion jusqu'à Peenemünde pour tourner au-dessus de la base deux heures durant, en envoyant des instructions par radio aux quatre avions éclaireurs anglais; il spécifierait l'endroit où ces derniers devraient larguer leurs bombes éclairantes et resterait ensuite à attendre les bombardiers américains pour leur communiquer leur angle de tir. Sur ses frêles épaules reposait le sort de trois cent quatre-vingt-dix-huit avions, il serait responsable à lui seul de l'avenir de la fuséonautique allemande, des bombes à l'eau lourde de l'Allemagne, si elles existaient, et de la sécurité future du monde libre. Il eut un sourire enfantin et parut intimidé par la présence de tant d'experts.

Une femme, spécialiste de photo-interprétation, s'approcha du mur et tira un rideau blanc qui masquait les cartes comportant les objectifs à atteindre sur Peenemünde, blottie le long de la côte prussienne. La base ressemblait à un fœtus, une chose monstrueuse mise au monde par des savants fous; tout au nord, se trouvaient les bases de lancement des grands missiles qui avaient fait trembler le monde. Les plates-formes d'essai des moteurs étaient clairement marquées, ainsi que l'emplacement de l'état-major et des casernes. En bas de l'île, on pouvait voir un petit groupe de bâtiments peints en vert portant la dénomination : QUARTIER D'HABITATION DES SAVANTS, et c'est cet endroit précis que l'interprétatrice montra du doigt.

« L'analyse des photos aériennes ainsi que les renseignements obtenus auprès de certains prisonniers nous permettent d'affirmer que les savants que vous recherchez habitent ici. Ils ont déménagé pour s'installer plus au sud à la suite des raids massifs de l'an dernier.

– Si des expériences sur l'eau lourde étaient actuellement en cours, demanda Mott, où auraient-elles lieu?

– Quand il y a eu cette fausse alerte au peroxyde l'année dernière...

– Ce n'était pas une fausse alerte, dit Mott d'un ton sévère.

– Nous n'avons rien trouvé, continua la femme sans se démonter. Mais nous pensions que ces expériences devaient se dérouler ici.

– C'est d'ailleurs là que nous allons concentrer notre tir, dit le bombardier-chef Merton.

– Et c'est justement l'endroit qu'il faut éviter d'atteindre, dit Mott d'un ton presque suppliant.

– Nous pouvons larguer les bombes où vous voulez, dit Merton, la voix vibrante d'enthousiasme. Il suffit que vous nous le disiez. »

Avant que Mott ait pu répondre, le général américain darda sur les deux jeunes gens un regard courroucé et demanda :

« Est-ce que Washington s'est engagé à poursuivre cette stratégie?

– Absolument, dit Mott sans emphase. Je fais partie des onze hommes dont la tâche est de passer le reste de la guerre à essayer de récupérer ces trois Allemands. Von Braun, Breutzl et Kolff. Mon général, il faut que nous réussissions. »

Il y eut un silence prolongé au cours duquel Mott regretta amèrement de ne pouvoir divulguer les informations qu'il avait reçues dans la plaine de sable du Nouveau-Mexique : les Etats-Unis avaient dépassé le stade de l'eau lourde et se trouvaient maintenant en mesure de fabriquer une bombe atomique d'une puissance que l'on n'avait osé envisager. La terreur à l'échelle mondiale était devenue possible. Et cette arme nouvelle pouvait surgir à tout moment, venant de Russie, d'Allemagne ou du Nouveau-Mexique. Les choses changeaient continuellement et toute nation qui réussirait à avoir ne serait-ce qu'une semaine d'avance sur les autres jouirait d'un avantage incontesté d'une portée inimaginable. Cette bombe dont ces hommes se gaussaient n'était plus un mythe, elle était presque devenue une réalité, et l'éventualité que l'Allemagne pût être la première à la lancer, à l'aide de fusées qui ne pourraient être interceptées, était tellement épouvantable que tout devait être mis en œuvre pour l'éviter.

« Mon Dieu, se dit Mott, faites que ces hommes se contentent de demi-preuves. Les faits ne tarderont pas à parler d'eux-mêmes. »

« Cette proposition me paraît complètement idiote, dit le général américain. On est censé pilonner une île, et il faudrait ne pas toucher à la partie sud!

– Il arrive parfois, dit le général anglais pour le consoler, que l'on soit obligé d'adopter des demi-mesures. Pour sauvegarder l'équilibre d'un tout.

– Que voulez-vous dire? demanda l'Américain.

– Vous ne vous imaginez tout de même pas que cela m'amuse de gaspiller mes effectifs de bombardiers lourds en les envoyant sur une cible qui n'a qu'un intérêt temporaire, comme la base de lancement de Wassenaar? Vous savez bien que nous devrions être en train de nous attaquer au potentiel industriel de l'Allemagne. Mais Churchill doit prouver aux habitants de Londres que nous faisons tout ce qui est en notre pouvoir pour les protéger contre les fusées de Hitler. »

Il s'interrompit pour se tourner vers Mott.

« Combien de morts y a-t-il eu aujourd'hui?

– Environ cinquante. »

Un membre de la Royal Air Force secoua la tête.

« Si nous sommes au courant, tout Londres est au courant. Cinquante morts de plus. Et l'autre jour, une fusée qui est tombée sur un cinéma. Elle a fait deux cents morts. Donc, il faut que nous bombardions Wassenaar.

– Cette ligne téléphonique est-elle sûre? demanda le bombardier-chef Merton.

– Oui. »

Merton s'adressa à ses troupes à la base aérienne de Benson sur la route d'Oxford et Mott l'entendit programmer les événements de la nuit comme s'il se fût agi d'un jeu. « Quatre éclaireurs me rejoindront au-dessus de l'objectif à atteindre. Vous lâcherez vos bombes éclairantes loin des quartiers d'habitation qui sont peints en vert sur la carte. Il y aura clair de lune. Une visibilité excellente. Dix minutes après votre départ, la lune se couchera et il fera nuit noire. C'est alors que les Yanks arriveront. Je les orienterai par radio jusqu'aux approches de l'objectif mais il ne faut surtout pas qu'ils larguent leur cargaison au-delà des repères de balisage. C'est compris? Terminé. »

Songeant aux fusées allemandes A-4 et aux énormes bombardiers américains, Mott s'étonna de la décision étrange et suicidaire qu'avait prise Hitler. Ces fameuses fusées pouvaient transporter environ une tonne d'explosif mais étaient incapables d'atteindre un objectif précis tandis qu'un bombardier américain, coûtant à peu près le même prix qu'une fusée à construire, pouvait larguer six tonnes d'explosif dans un rayon déterminé.

Il semblait à première vue que Hitler se fût grossièrement trompé dans son choix mais Mott n'était pas sans savoir que, sous peu, les Allemands disposeraient de fusées plus perfectionnées, capables de transporter huit à dix tonnes d'explosif; par ailleurs, des informations secrètes lui laissaient craindre qu'avant la fin de l'année, un pays aurait une bombe dont la charge utile se monterait à un million de tonnes; et un autre vraisemblablement des fusées capables de faire traverser l'Atlantique à cette bombe.

C'était une époque de décisions cruciales, engageant l'avenir de l'humanité. Il vit avec soulagement le bombardier-chef Merton raccrocher son téléphone, tapoter la carte murale et dire d'un ton enjoué :

« Je ne sais pas ce qui se cache à Peenemünde, mais je peux vous assurer que ça n'y est plus pour longtemps. »

Puis il partit diriger ses *Hornets*[1] sur un objectif qui fabriquait, peut-être, de l'eau lourde destinée à une bombe atomique achevée éventuellement à temps pour annihiler bientôt Londres.

Après son départ, Mott soupira de soulagement. La cachette de von Braun, de Breutzl et de Kolff serait épargnée cette nuit encore.

« Etait-ce vraiment tellement important, professeur Mott? demanda l'un des généraux américains.

– Il se pourrait bien que la sécurité du monde dépende de ce soir. »

En ce même après-midi du 24 octobre 1944, les rescapés de la marine japonaise si cruellement malmenée par la pression incessante des Américains se lancèrent dans une des entreprises les plus téméraires de l'histoire des conflits maritimes. C'était un quitte ou double rendu inévitable par le débarquement-surprise du général MacArthur aux Philippines. Les services de renseignements japonais ne tardèrent pas à se rendre compte que les forces de MacArthur n'étaient pas bien protégées et

1. Bombardiers de l'U.S. Air Force.

qu'un coup audacieux pourrait les déloger des Philippines, infligeant une défaite cuisante à MacArthur et accordant au Japon une année de répit qu'il emploierait à renforcer la défense de son propre sol.

Cet effort prodigieux consistant à jeter dans la bataille tous les vaisseaux et les avions en état de combattre fut baptisé Sho-Go (Opération Victoire); son succès dépendait de trois amiraux chevronnés à qui l'on avait demandé d'accomplir, chacun séparément, un miracle. Les chefs suprêmes avaient toutes les raisons de croire que le plan Sho-Go chasserait les Américains de la mer et humilierait une fois de plus MacArthur.

L'opération Sho-Go consistait en trois principes simples dont l'interaction devait assurer aux Japonais une victoire magistrale. Tout ce qui restait de la flotte serait divisé en trois parties. La flotte du nord, commandée par l'amiral Ozawa Jisaburo, descendrait du Japon vers le sud, se laisserait repérer et patrouillerait ensuite dans le nord des Philippines pour y attirer l'amiral Halsey et les gros des forces navales américaines. Ces navires japonais étaient un leurre destiné à succomber sous l'écrasante supériorité de l'adversaire si ce dernier acceptait de tomber dans le piège. Pour rendre l'appât plus alléchant, cette flotte disposait de quatre gigantesques porte-avions particulièrement vulnérables, l'appétit de Halsey pour ce genre de proie étant bien connu.

C'est à la flotte du sud qu'échut la mission suicide. Elle se formerait au large de Bornéo, bien au sud des Philippines, se dirigeait vers le nord en longeant la côte asiatique et virerait ensuite à l'est pour s'engager dans un détroit resserré qui, s'ils arrivaient à le franchir, amènerait les cuirassés et les croiseurs japonais aux pieds des forces de débarquement de MacArthur. Mais pour réussir cette mission, la flotte du sud devrait franchir le barrage d'une petite flotte de défense américaine sans doute en alerte et qui les attendrait à la sortie du détroit. Il ne faisait aucun doute qu'une bataille navale d'une ampleur extraordinaire allait avoir lieu et l'amiral japonais commandant cette flotte avait toutes les raisons de penser qu'au soir du 25 octobre, il serait mort et ses bateaux coulés.

Il s'appelait Nishimura Teiji et ignorait la peur. Il avait mené ses navires au combat dans bien des batailles et avait la ferme intention de continuer, quels que fussent les ordres du plan Sho-Go. Avec une habileté consommée, il se détacha de Bornéo, contourna les Philippines par le sud et se faufila dans l'étroit goulet qui devait l'amener sur la plage où s'était effectué le débarquement de MacArthur. Quand le soir tomba, il invoqua les dieux Shinto de la guerre et les supplia de faire en sorte qu'il n'y ait pas de flotte américaine à la sortie du détroit mais, en homme sensé, il se doutait que cette prière serait vaine.

Ces deux feintes, l'une au nord et l'autre au sud, avaient été imaginées dans le but de laisser le champ libre à la redoutable flotte du centre qui, partant de Singapour, devait faire route à pleine vitesse vers le nord, virer ensuite tout est et s'élancer dans le terrible détroit de San Bernardino, jugé depuis longtemps comme trop dangereux pour des vaisseaux de guerre. La tâche de faire traverser à une flotte importante – cinq supercuirassés, douze croiseurs lourds et quinze destroyers, disposant tous d'une énorme puissance de feu – des eaux que l'on n'estimait pas navigables avait été attribuée au plus audacieux des trois, l'amiral Kurita Takeo, un homme de taille et de corpulence moyennes, à la tête massive et volontaire coiffée en brosse. La veille du combat, il avait dit à ses capitaines de frégate :

« Tous vos vaisseaux traverseront le détroit de San Bernardino sans incident, anéantiront l'ennemi et le chasseront des Philippines, il le faut. »

Il commandait lui-même le navire de tête, avançant dans ces eaux resserrées à une vitesse qu'un petit bateau de pêche n'aurait osé atteindre. Trente et un vaisseaux de guerre le suivaient à la file. S'ils arrivaient à passer et si l'Américain Halsey était attiré vers le nord avec la plus grande partie de la flotte, si, par ailleurs, l'amiral Nishimura se servait de la flotte du sud pour détourner l'attention des autres vaisseaux dans le secteur, alors les forces colossales de l'amiral Kurita n'auraient à affronter qu'une flotte américaine fantôme : quelques porte-avions d'escorte et une poignée de petits destroyers qui pourraient être coulés facilement. Le général MacArthur serait alors chassé de sa tête de pont et peut-être même fait prisonnier et ramené à Tokyo.

Le crépuscule de ce 24 octobre fut marqué par un silence empreint d'appréhension car l'une des plus grandes batailles navales de l'histoire allait bientôt commencer : trois flottes japonaises et trois flottes américaines distinctes allaient bientôt s'affronter. Le hasard capricieux avait décidé qu'aucune des escadres japonaises n'aurait à affronter une flotte américaine d'une taille et d'une force comparables aux siennes. Ces trois rencontres serait dramatiquement inégales et le sort ne serait pas toujours du côté des Américains. Il se pourrait qu'à l'aube du 25 octobre, l'emprise du général MacArthur sur les Philippines se trouvât en péril.

C'est à l'amiral Nishimura, commandant la flotte du sud, qu'il revint d'essuyer en premier le feu de l'ennemi. Chose curieuse, malgré leur supériorité aérienne et l'usage prudent qu'ils faisaient de leurs avions de reconnaissance, les Américains ne détectèrent pas davantage les manœuvres de la flotte du centre que celles de la flotte du sud, de sorte que ces deux escadres importantes purent évoluer à leur aise dans leurs détroits respectifs; heureusement, il arriva par le plus grand des hasards que deux sous-marins américains, qui rôdaient dans les parages des Philippines, se trouvassent exactement sur le chemin de l'amiral Nishimura dont ils réussirent à torpiller l'un des plus grands vaisseaux. Avant que la bataille ne fût proprement engagée, il avait subi une perte terrible, mais un danger bien plus grand l'attendait à la sortie du détroit.

Depuis le début des temps, tout amiral sait qu'une situation est à éviter coûte que coûte, et tout enseigne de vaisseau apprend ce truisme : « Ne laissez jamais l'ennemi vous " barrer le T ". » Une fois comprise la leçon, les cadets ne rêvaient que du jour où, par une manœuvre habile, ils pourraient « barrer le T » à l'ennemi, garantie assurée de la victoire. Don Juan d'Autriche, le demi-frère de Philippe II d'Espagne, avait « barré le T » aux Turcs à la bataille de Lépante en 1571 et changé ainsi le cours de l'histoire des pays méditerranéens. Lord Nelson avait « barré le T » aux Français et sauvé l'Angleterre. Lors de la bataille du Jutland, pendant la première guerre mondiale, les Anglais avaient « barré le T » aux Allemands et sauvé l'Europe.

Mais, en 1944, alors que chaque cuirassé possédait ses avions de reconnaissance, un marin ne pouvait espérer « barrer le T » à l'ennemi; certains, pourtant, restaient à l'affût de cette chance, comme l'amiral Jesse Oldendorf commandant l'escadre de cuirassés américains montant la garde à la sortie du détroit de l'amiral Nishimura.

Les bombardiers se dirigeant vers Peenemünde cette nuit-là avaient remarqué le clair de lune magnifique. Pourtant, avant minuit, il aurait complètement disparu, laissant le ciel aux ténèbres. L'amiral Nishimura, qui se dirigeait droit sur les vaisseaux de l'amiral Oldendorf, comptait sur cette obscurité pour dissimuler sa flotte; son attente ne fut pas trompée, et il continua d'avancer à une allure terrifiant certains de ses officiers.

« Barrer le T » à l'ennemi consiste en la manœuvre suivante : les vaisseaux de la flotte ennemie doivent être alignés l'un derrière l'autre, dans une position telle qu'ils ne puissent facilement se déployer. Formant ainsi la barre verticale d'un T ils sont, pour des raisons qui seront expliquées ultérieurement, terriblement vulnérables. L'autre flotte, elle, doit être en ligne, chaque canon d'un côté de ses vaisseaux pointé sur le vaisseau ennemi de tête qui, en revanche, ne peut diriger ses canons que contre un seul de ses assaillants à la fois. Dès que le premier vaisseau ennemi est coulé, ce qui ne peut manquer d'arriver sous un tel feu, le vaisseau suivant qui le remplace se trouve confronté à son tour à la totalité de la flotte ennemie.

Pendant les heures précédant le lever du soleil, alors que la mer était d'un noir d'encre et que les vaisseaux étaient alignés l'un derrière l'autre, l'amiral Oldendorf « barra le T » à l'ennemi.

Les annales de la guerre sur mer ne comptent pas beaucoup de batailles où les forces furent autant disproportionnées. L'amiral Nishimura, sortant du détroit avec sept vaisseaux seulement, deux supercuirassés, un croiseur et quatre destroyers, allait se trouver face à une force américaine d'une supériorité écrasante : six supercuirassés aux noms prestigieux comme le *Maryland*, le *West Virginia* et le *Tennessee*, quatre croiseurs lourds dont la puissance de feu dépassait celle de certains cuirassés, quatre croiseurs légers et une formation impressionnante de vingt-huit destroyers. Les Japonais se retrouvèrent à sept navires contre les quarante-deux de la flotte américaine. De plus, les Américains disposaient de quarante-cinq vedettes lance-torpilles fort agiles harcelant l'ennemi et l'obligeant à rompre son alignement.

Commencée à trois heures du matin, la bataille se déroula dans l'obscurité la plus complète, condition privilégiée pour Nishimura qui savait que, lors de précédents combats nocturnes, les Japonais avaient eu l'avantage sur les Américains déconcertés par l'obscurité.

Ce ne fut pas le cas cette fois-là. Tandis que Nishimura conduisait sa petite flotte vers la haute mer, les destroyers américains, dont le nombre ahurissant ne pouvait que déconcerter les Japonais, lancèrent sur sa ligne des gerbes de torpilles, semant la pagaille parmi ses vaisseaux, dont certains se trouvèrent ralentis et d'autres sérieusement endommagés.

Puis, d'une distance de onze milles[1], sans voir la flotte japonaise et guidés uniquement par radar, les formidables canons des cuirassés américains ouvrirent le feu. Quand ils se taisaient, les huit croiseurs, qui comptaient parmi eux le croiseur australien *Shropshire*, prenaient la relève. A eux tous, les six cuirassés disposant de plus de trois mille obus traçants inondèrent avec une précision meurtrière la flotte japonaise. Le ciel s'illumina de leurs arches innombrables et des gerbes de flammes qui s'échappaient des vaisseaux condamnés.

Nishimura Teiji coula avec ses navires. Dès qu'on lui avait expliqué le déroulement de l'opération Sho-Go, il avait pressenti que quelque chose l'attendrait à la sortie du détroit; mais son pessimisme n'était jamais allé jusqu'à imaginer que son « T serait barré » par six supercuirassés et huit gigantesques croiseurs. Il perdit six de ses sept vaisseaux, les Américains aucun. C'était une défaite comme on n'en avait jamais vue dans l'histoire navale de ce

1. Un mille marin = 1 852 mètres. *(N.d.T.)*

siècle, mais c'était aussi une opération suicide équivalant à une victoire puisque Nishiruma avait accompli ce qu'on attendait de lui. Il avait monopolisé l'attention des grands navires de guerre américains et les avait retenus dans le sud, laissant ainsi les troupes du général MacArthur sur l'île de Leyte à la merci de la flotte japonaise du centre quand cette dernière déboucherait du détroit. Un survivant du vaisseau amiral de Nishimura rapporta que le petit amiral était resté sur le pont de son navire tandis qu'il s'enfonçait dans les flots, faisant preuve d'un calme exemplaire et manifestement heureux d'avoir accompli sa mission.

En un certain sens, la flotte du nord avait obtenu elle aussi une victoire, car l'amiral Ozawa Jisaburo avait réussi à appâter l'amiral Halsey vers le nord, laissant ainsi la tête de pont de Leyte sans protection.

Ozawa offrait un leurre saisissant : une flotte japonaise de dix-huit navires comprenant les plus grands porte-avions du Japon. Si Halsey avait hésité à relever ce défi, qui mettait cependant en péril la tête de pont de MacArthur, il aurait, du point de vue de la stratégie navale, fait preuve de sottise. Après avoir longuement pesé le pour et le contre, Bull[1] Halsey, pleinement conscient de ce qu'il était en train de faire, fit route à toute vapeur vers le nord, entraînant à sa suite une flotte américaine impressionnante : six supercuirassés (comme l'*Iowa*, le *New Jersey* et le *South Dakota*), dix porte-avions (comme l'*Essex*, l'*Enterprise* et le *Lexington*), huit croiseurs et quarante et un destroyers. Une fois de plus, les Japonais étaient défavorisés. Ils se

1. Halsey le Taureau, surnom de l'amiral américain. *(N.d.T.)*

battraient à dix-huit contre soixante-cinq, mais c'était intentionnel.

Ce qui ne l'était pas était le triste fait que les quatre grands porte-avions japonais, redoutables vecteurs de destruction dans les premiers jours de la guerre, se trouvaient maintenant sans avions. Cette grande flotte ne disposait plus que de quinze avions et, comme ces derniers étaient pilotés par des hommes sans entraînement, ils seraient bientôt abattus; en revanche, les dix porte-avions américains comptaient d'innombrables avions dont les pilotes étaient magnifiquement entraînés. De sorte qu'au cours de cette seconde bataille au nord, comme pour la première au sud, la disproportion des forces entre les deux flottes fut stupéfiante; quand, en ce 25 octobre 1944, le jour se leva, l'amira Ozawa ne douta pas qu'il s'engageait lui aussi dans une opération suicide. Sa tâche était simple : retenir la flotte américaine en sacrifiant le moins de navires possible.

Ce fut un massacre. Convaincu que l'issue de la guerre du Pacifique dépendait de la mise hors service des porte-avions japonais, Halsey ne leur fit pas de quartier. La bataille venait à peine de commencer, le porte-avions *Chitose*, recevant une masse considérable de bombes, coula à 9 h 37. A 10 h 18 l'audacieux *Chiyoda* fut touché si gravement qu'il fallut l'abandonner; il devait couler à 16 h 30. A 14 h 14, le glorieux *Zuikaku*, l'un des plus puissants porte-avions du monde, chavira et coula. A 15 h 26, attaqué par vingt-sept avions américains, l'irrésistible *Zuhio* succomba sous le poids des bombes.

La flotte du nord décapitée, les grands vaisseaux de Halsey pouvaient s'approcher librement pour achever les quatorze navires survivants de la flotte japonaise, que seul un miracle pouvait sauver désormais. C'est ce qui arriva.

Jubilant à son poste de commandement, l'amiral

Halsey commença à recevoir des appels désespérés du golfe de Leyte où les forces américaines subissaient un désastre qui mettait en péril la position du général MacArthur. Halsey était confronté à un dilemme cruel : soit rester dans le nord, achever la flotte d'Ozawa et porter le coup de grâce à la marine japonaise; soit faire marche arrière vers le sud et porter secours à la flotte de débarquement. Tout le portait à rester dans le nord pour anéantir les forces navales japonaises, et cette décision aurait été la bonne. S'il ne s'était fié qu'à lui, il aurait choisi cette alternative.

Mais l'ironie du sort s'en mêla, et une malchance fatale le poussa vers la mauvaise décision : il reçut de Honolulu un message déformé. Quand elle envoyait ses messages, la marine américaine avait coutume d'entourer les détails cruciaux de mots absurdes. Cette technique présentait un double avantage : elle obligeait l'ennemi à déchiffrer le message dans sa totalité, ce qui représentait une perte de temps, et une fois les détails connus, l'empêchait de deviner avec précision la correspondance entre tel mot codé et tel ou tel fait important. Un message de la marine pouvait donner ceci : CHICAGO CHAUSSETTE BLANCHE QUATRE INDIENS DE CLEVELAND DEUX DÉBARQUEMENTS SUR BOUGAINVILLE À 7 H 30 ZEBRA NOUS PARTÎMES CINQ CENTS.

A Honolulu, l'amiral Nimitz qui suivait le déroulement de cette bataille mémorable – considérée par les historiens de l'après-guerre comme « la plus grande bataille navale de tous les temps » – réalisa que Halsey, en fonçant vers le nord, avait compromis toute l'opération et laissé presque sans défense les forces de débarquement de MacArthur; quand il vit le danger que représentait la flotte japonaise du centre, il envoya à Halsey un message urgent : OU EST LA TASK FORCE 34?, faisant allusion à la division qui était censée protéger le centre. Comme de coutume, le radio-télégraphiste chargé d'envoyer le message fit précéder ce dernier d'une phrase saugrenue mais relativement traditionnelle : LE DINDON TROTTE VERS L'EAU. Mais il choisit malheureusement de clore sur cette envolée littéraire, qui pouvait passer pour partie intégrante du message : LE MONDE ENTIER SE LE DEMANDE.

Cet ajout malencontreux serait resté sans effet si le radio chargé du décodage avait fait son devoir et supprimé les deux phrases superfétatoires. Mais, troublé par la corrélation des deux dernières, il transmit ceci : OU EST LA TASK FORCE 34? LE MONDE ENTIER SE LE DEMANDE.

Halsey ne pouvait lire dans cette interrogation qu'un reproche, et même une attaque voilée contre son honneur; emporté par son impétuosité, il avait laissé sans protection une division de la flotte qui allait être anéantie.

Ecœuré et humilié, il se résigna à laisser échapper la flotte japonaise du nord; rappelant ses avions, il ramena ses Task Forces vers le sud pour une mission dont il se doutait bien qu'elle était vouée à l'échec. Si la situation dans le golfe de Leyte était aussi catastrophique que le message le laissait supposer, ses cuirassés arriveraient bien trop tard pour être d'une quelconque utilité. C'est alors seulement qu'il se rendit compte du piège que lui avaient tendu les Japonais; l'amiral Ozawa passé maître dans l'art du stratagème l'avait appâté avec quatre porte-avions pratiquement inutilisables, dépourvus d'avions, de pilotes et de carburant. Même si Halsey ne les avait pas attaqués, ils seraient morts d'eux-mêmes.

Les Japonais remportèrent ainsi les deux premiers engagements de cette bataille menée sur trois fronts mais au prix d'actions suicidaires. Nishimura avait immobilisé les cuirassés américains du sud tandis qu'Ozawa entraînait à sa suite ceux du nord.

Tout dépendait maintenant de ce que ferait l'amiral Kurita Takeo, commandant la flotte du centre; l'histoire compte peu d'exemples où un amiral ait eu une occasion aussi exceptionnelle de détruire un adversaire de première importance.

Au début, le triomphe de l'amira Kurita fut magistral. Après avoir repoussé plusieurs vagues d'attaques aériennes sans perdre un seul vaisseau, il fit accomplir à son énorme flotte une manœuvre mémorable, lui faisant traverser sans dommage le détroit resserré que les Américains estimaient infranchissable, bien trop étroit et dangereux pour un destroyer, sans parler d'un cuirassé.

Kurita avait la chance avec lui et une suite impressionnante de vaisseaux : cinq des cuirassés les plus puissants du monde dont les canons étaient d'un calibre supérieur à ceux des Américains, onze croiseurs lourds et quinze destroyers. Cette flotte, composée de trente et un vaisseaux de fort tonnage manœuvrés par des équipages expérimentés, était de taille à affronter n'importe quel adversaire.

Que trouvèrent-ils? Halsey ayant emmené ses six cuirassés vers le nord et Oldendorf ayant entraîné les six siens vers le sud, il n'en restait aucun au centre. De croiseurs, pas davantage, ni de grands porte-avions. Ni même de gros destroyers, de ceux que la marine venait de construire.

Que restait-il alors? Seize malheureux petits porte-avions d'escorte lents et faiblement armés, au blindage insuffisant, appelés « *jeeps* » ou « *baby flattops*[1] », destinés aux patrouilles anti-sous-marines ou au soutien des troupes débarquées, et disposant d'un ridicule canon de cinq pouces et d'une réserve limitée de munitions à tout faire, nuls pour

1. Il s'agissait de simples cargos munis d'un pont d'envol. *(N.d.T.)*

ainsi dire. Neuf destroyers de taille moyenne et douze embarcations de dimensions inadéquates, des destroyers-escorteurs protégeaient ces *baby flat-tops* sans défense.

Le commandant du *Lucas Dean*, construit à la hâte à Bremerton neuf mois auparavant, s'appelait Norman Grant, U.S.N.R.[1]; trente ans, capitaine de corvette, il exerçait dans la vie civile la profession d'avocat dans l'Etat du Fremont. N'ayant jamais vu la mer, il s'était engagé dans la marine pour éviter d'être incorporé dans l'armée de terre. Grant fut le premier Américain à apercevoir dans le petit jour glauque la flotte japonaise qui s'avançait vers les forces de débarquement. Contrôlant son émotion, il avertit l'amiral commandant les porte-avions d'escorte : « Importante flotte japonaise sort du détroit. Cuirassés, croiseurs. »

Quand, à 6 h 47 en ce matin du 25 octobre 1944, les avions confirmèrent son rapport, tous les membres de la petite flotte américaine comprirent ce qui allait se jouer. Ces navires fragiles sans canons de gros calibres ni torpilles assez puissantes, sans renforts de nulle part, devraient harceler, perturber et surpasser en finesse tactique une collection de cuirassés et de croiseurs dont le plus petit possédait une puissance de tir supérieure à celle de toute la flotte américaine réunie. La disproportion des forces en présence était encore plus tragique que celle qui avait entraîné l'écrasement des flottes japonaises du nord et du sud.

Le sous-officier Tim Finnerty, âgé de dix-neuf ans, nota en sténo ce que le commandant Grant fit transmettre à l'équipage du *Lucas Dean* : « Nous avons fait tout ce chemin, de Seattle jusqu'ici, pour attaquer les Japonais. Maintenant qu'ils sont là, que notre conduite soit digne de ce que la marine

1. United States Navy Reservist. *(N.d.T.)*

attend de nous. » Puis, indiquent les notes, il donna ainsi son premier ordre : « La barre à droite toute. » Puisque lui-même et les neuf dixièmes de son équipage qui comptait trois cent vingt-neuf hommes n'étaient vraiment à l'aise que sur le plancher des vaches, on se servait à bord du *Lucas Dean* des termes *gauche* et *droite* à la place de *bâbord* et *tribord*; pratiquement aucun des membres de l'équipage du petit DE n'aurait su la signification du moindre terme nautique.

Les seize petits porte-avions étaient protégés par les destroyers. Le DE du commandant Grant avait été affecté au premier groupe, le plus près de l'ennemi; il essuierait donc en premier le feu des Japonais.

Vint l'ordre suivant : « DD avancez. » Les trois destroyers les plus importants, ceux qui avaient le plus de chance de survivre aux obus japonais, devraient se porter les premiers en avant, lançant des gerbes de torpilles sur le chemin de la flotte japonaise, puis se retireraient.

Les hommes du *Lucas Dean* se précipitèrent sur le pont pour observer le début des engagements; ils étaient écœurés d'être gardés en réserve, alors que les grands destroyers fonçaient droit sur l'ennemi en se protégeant derrière un écran de fumée. Tandis qu'ils avaient les yeux fixés sur la flotte japonaise, ils entendirent soudain le vent siffler à leurs oreilles et virent, le temps d'un éclair, quatre gigantesques obus se diriger droit sur eux pour tomber sur l'eau dans un fracas retentissant; les remous furent tels que le petit DE fut ballotté comme une feuille sur les eaux turbulentes d'un lac.

« Regardez! s'exclama un marin du nom de Parker. Ils nous les envoient en Technicolor. »

Il avait raison. Pour mieux se rendre compte de l'efficacité de leur tir, chaque camp utilisait des teintures concentrées de six ou sept couleurs différentes. Celles que Parker avait vues étaient rouges et vertes, et les gerbes d'eau colorées s'élevaient jusqu'à une trentaine de mètres.

« C'est Noël, ma parole! » s'écria Finnerty.

Les hommes se dévisagèrent d'un air étonné tandis que l'eau verte et rouge retombait sur eux en cascade.

Figé dans une sorte de transe qu'on aurait pu prendre pour de la lâcheté, le commandant Grant regarda les DD se porter vers les croiseurs japonais en tête de ligne; il était fasciné par la témérité de ces petits DD, volontaires pour se jeter contre toute cette puissance dans le seul but de faire gagner quelques minutes aux porte-avions américains et leur permettre de s'échapper vers le sud. Il restait silencieux et ni lui ni son équipage ne pouvaient deviner sa réaction quand on lui intimerait l'ordre de sortir de la ligne et d'affronter l'ennemi.

Une seconde salve de quatre gigantesques obus formant une parenthèse autour du *Lucas Dean* imprima au bateau un très fort tangage qui mit fin aux spéculations et rendit au commandant Grant ses esprits.

« A droite toute », dit-il d'une voix calme, et quand une troisième salve, partie d'un des cuirassés japonais, manqua le *Lucas Dean* et tomba loin à l'arrière, il donna l'ordre de virer serré et de se diriger vers l'endroit qu'avait atteint la salve; il partait du principe que lorsque les troueurs de portée japonais verraient les colonnes d'eau teintes en rouge et vert, ils corrigeraient leur tir, sans viser deux fois de suite le même endroit.

On appelait cette tactique « se cacher sous le feu des salves », Grant devait développer une notion quasi surhumaine du temps et de l'espace, savoir à la seconde près à quel moment il fallait se réfugier dans la gerbe d'eau et à quel moment il fallait l'éviter.

L'ordre enivrant arriva : « Destroyers-escorteurs, à vous! »

Dans l'interphone, le commandant Grant dit : « Allons-y, droit dessus. Tous les hommes. » Il n'acheva pas son exhortation, elle n'était pas nécessaire.

Le *Lucas Dean* et trois autres petits DE à la coque fragile s'élancèrent en direction de l'ennemi, abandonnant les porte-avions. C'était une folie que de lancer de si petits navires contre des géants tels que le *Yamato*, le *Musashi* et le *Kongo*. Mais si les DE arrivaient à détourner l'attention de ces cuirassés ne fût-ce qu'un court instant, les porte-avions américains auraient peut-être une toute petite chance de s'en tirer. On tablait sur le fait que des éléments de la flotte de l'amiral Oldendorf feraient route à toute vapeur vers le nord pour les rejoindre, ou bien qu'une partie de la grande flotte de l'amiral Halsey viendrait à leur secours.

Harcelé par une pluie constante de salves meurtrières, le *Lucas Dean*, DE de tête, fut obligé de se faufiler entre les obus et de se cacher sous le feu des salves, zigzaguant sans cesse sur la mer, ce qui l'éloigna des trois autres vaisseaux; de sorte que lorsqu'il se trouva enfin en mesure de lancer des torpilles il était seul, face à trois cuirassés en ligne.

« Messieurs, annonça-t-il tranquillement, nous allons “ barrer le T ” à l'ennemi. »

Et il fit exactement ce qu'il venait de dire. Partant d'un point situé plein est, il mit le cap sur les vaisseaux ennemis et se plaça perpendiculairement au cuirassé de tête; puis, manœuvrant de façon que les trois navires fussent dans la position idoine, il lança toute sa cargaison de torpilles.

Douze longues minutes d'angoisse suivirent pour l'équipage du *Lucas Dean*, le temps que mettaient les torpilles à atteindre les cuirassés; et pendant ces douze minutes d'attente les extraordinaires fontaines de couleur – rouges, vertes, bleues, jaune d'or – ne cessaient de jaillir autour du petit vaisseau, mitraillé sans répit par les géants en colère. Avec une habileté miraculeuse, le commandant Grant réussit à éviter toutes les salves sans jamais perdre de vue le sillage de ses torpilles.

« C'est bien long, commandant, dit Finnerty, son carnet à la main.

– Marche arrière toute! » lança Grant.

Le vaisseau, stoppé brutalement dans sa course, fut parcouru d'un long frémissement; il hésita un instant et recula enfin tandis qu'une salve monumentale faisait jaillir l'eau à quelques mètres de l'étrave.

Mais le *Lucas Dean* était désormais perdu car deux croiseurs s'étaient déployés sur les flancs des cuirassés et le bombardement devint si intense qu'il n'était plus possible d'y échapper. Alors une nuée se formant très bas sur l'horizon occidental arriva sur eux à une allure vertigineuse, comme la flamme d'un coureur victorieux.

« Mon Dieu, faites qu'elle nous atteigne! s'écria Finnerty.

– Pourvu qu'elle attende que nous ayons vu les torpilles », supplia Grant. Sans prêter la moindre attention aux obus qui déferlaient dans leur direction, il fixait la trajectoire de ses torpilles. « Onze minutes. Bientôt douze. »

Il continuait de fixer les navires japonais qui disparaissaient peu à peu dans le banc de nuages.

« Les cuirassés ont vu nos torpilles », annonça-t-il.

Ses hommes virent alors les grands vaisseaux de guerre virer de bord, en proie à une confusion indescriptible. Se tournant vers Finnerty, Grant lui demanda d'écrire : « Toutes les torpilles ont fonctionné correctement. Toutes ont manqué leur but. »

« Regardez! cria le marin nommé Parker. On a touché un croiseur. »

En une seconde, ils aperçurent un immense geyser précédé d'un lointain grondement. Puis le nuage salvateur s'abattit sur eux, obscurcissant tout alentour.

« Nous avons peut-être touché un croiseur », rectifiait le commandant Grant à l'intention de Finnerty, quand Savage, le commandant en second, se précipita parmi ses hommes en criant :

« On a " barré le T " à l'ennemi! »

Il avait raison. Un seul vaisseau, ridiculement petit et doté de canons minuscules, avait réussi à déconcerter les supercuirassés de la marine japonaise, et à permettre aux *baby flattops* de gagner quelques minutes de répit.

Les quatre DE firent demi-tour et regardèrent les flancs des porte-avions qu'ils étaient censés protéger. Mais, comme s'ils n'étaient pas vraiment utiles, ils reçurent de nouveau l'ordre de se porter en avant : « Destroyers-escorteurs, à vous! » Une fois encore, le capitaine Grant et son équipage quittèrent le couvert des nuages pour faire route vers le nord et s'opposer à la formidable flotte qui avançait droit sur les porte-avions.

Deux des DE ne tardèrent pas à couler, succombant à une terrible concentration de tir de la part des cuirassés et des croiseurs japonais et laissant sans défense les porte-avions de tête incapables de se protéger par leurs propres moyens. On appelait cela « avoir le cul à l'air », et vu la situation de ces porte-avions, l'expression n'était pas trop forte. Leur canon de cinq pouces ne feraient pas le moindre effet sur le blindage des cuirassés japonais. Les *baby flattops* n'hésitèrent toutefois pas à faire feu, espérant que leurs malheureux obus feraient du moins quelques dégâts sur le pont des vaisseaux ennemis.

La riposte ne se fit pas attendre. C'est alors qu'un second miracle s'opéra. Les cuirassés japonais pointèrent leurs plus gros canons vers les porte-avions et le *Chesapeake Bay* qui était le plus exposé reçut, en l'espace de six minutes, quatre obus de dix-huit pouces en différents endroits. Mais comme les Japonais s'attendaient à rencontrer les cuirassés américains à la sortie du détroit, ils avaient chargé leurs canons d'obus de rupture qui auraient causé des ravages épouvantables dans les flancs blindés des lourds cuirassés : l'ogive en acier dur se serait enfoncée dans le pont, amorçant la fusée de culot et provoquant une gigantesque explosion dans les œuvres vives du navire.

Quand ces mêmes obus entrèrent en contact avec la coque du *Chesapeake*, mince comme du papier à cigarettes, ils ne rencontrèrent pas une résistance suffisante pour amorcer leur fusée de culot. Quand les marins du *Chesapeake* réalisèrent ce qui était en train de se passer, ils ne purent en croire leurs yeux et l'un d'eux s'écria : « Ils sont en train de nous transformer en gruyère ! » Quatre parmi les plus puissants obus du monde venaient de s'abattre sur un petit porte-avions auxiliaire, sans faire une seule victime. Il y avait évidemment huit trous béants dans la coque, quatre à l'endroit où les obus étaient entrés et quatre par où ils étaient sortis.

Le *Lucas Dean* n'eut pas autant de chance. Démuni de ses torpilles, il n'était plus qu'un vaisseau de guerre fantôme. Le commandant Grant avait cependant la ferme intention d'utiliser au maximum les possibilités qui lui restaient. Lâchant un écran de fumée, il s'avança en zigzaguant jusqu'où il pourrait tirer avec quelque succès sur les plus petits destroyers japonais dont le blindage n'était pas assez épais. Il tira seize coups et ne fit pas mouche une seule fois. Comme il s'était approché trop près de la flotte japonaise principale, deux croiseurs se précipitèrent sur lui en crachant le feu. Il n'y avait plus de fontaines multicolores qui tiennent car, maintenant, les canonniers japonais voyaient parfaitement bien leur cible. Il resta au commandant Grant la possibilité de se cacher sous le feu des salves, un jeu dont il semblait avoir compris parfaitement la règle et qui le maintint en vie une fois de plus.

Tandis qu'il était à l'abri dans la masse cotonneuse, les cuirassés japonais s'aperçurent d'une chose que Grant, lui, ne pouvait voir : ce nuage étant extrêmement petit, les Japonais en conclurent que le vaisseau se trouvait quelque part à l'intérieur. Effectuant un barrage rampant, les croiseurs touchèrent le DE à deux reprises; l'avant du navire fut terriblement endommagé. Heureusement, le nuage resta sur place assez longtemps pour permettre à Grant de mesurer les dégâts. Il put apprécier à cette occasion l'efficacité dont fit preuve M. Savage, le commandant en second; ce Texan qui venait de s'engager et qui n'avait jamais vu la mer auparavant prit en main de maître les réparations d'urgence et moins d'une demi-heure plus tard le *Lucas Dean* était de nouveau en mesure de naviguer, lentement, certes, mais en toute sécurité.

« Et maintenant, qu'allons-nous faire? demanda M. Savage.

– On retourne au combat, dit Grant.

– C'est la seule chose à faire », répondit Savage.

La vitesse du DE était réduite de moitié et il ne lui restait plus que très peu de munitions; mais il était évident qu'en harcelant les navires de guerre ennemis et en détournant leur attention des porte-avions, ils contribueraient à améliorer, aussi peu que ce soit, la position des Américains. Ils retournèrent donc au front en se dissimulant dans les nuées d'orage tropicales et constatèrent avec allégresse que les avions américains avaient décollé des petits porte-avions et s'étaient élancés contre les navires japonais. Si le *Lucas Dean* arrivait à perturber un tant soit peu un vaisseau ennemi, ce dernier serait peut-être obligé de ralentir et offrirait ainsi une cible plus facile à atteindre pour les aviateurs. Grant résolut de lancer son petit bateau au cœur même de la flotte japonaise.

Les récits légendaires de nombreux peuples racontent comment les dieux favorisent certains hommes au courage extraordinaire. Les Indiens d'Amérique, les anciens Grecs, les Romains et les Goths étaient tous convaincus que si un homme se montrait particulièrement héroïque, il devenait l'objet d'une protection particulière de la part des dieux... jusqu'à un certain point.

Norman Grant, jeune avocat débutant marié à une femme qu'il aimait et qui l'attendait dans la petite ville de Clay dans l'Ouest des Etats-Unis, faisait partie de cette cohorte de héros. Quand, le *Lucas Dean* s'acheminant cahin-caha vers le nord, Finnerty lui demanda : « Vous avez l'intention de vous mesurer à toute cette foutue flotte japonaise? », il répondit : « Oui. »

Pendant trente-huit minutes, ce DE se faufila de-ci, de-là entre les vaisseaux de guerre ennemis comme s'il abritait encore dans ses flancs tout un nid de torpilles. Il lança quelques obus sur le pont de navires bien plus gros que lui et réussit à se dérober en se cachant sous le feu des salves. Quand il fut évident qu'il était condamné, il parvint à se réfugier dans un nuage de pluie. Et quand deux autres destroyers tout aussi héroïques furent coulés plus tard, le petit DE, lui, survécut. C'était un vaisseau enchanté qui était sous la protection des dieux.

Tout ceux qui étaient à bord du *Lucas Dean*

réalisèrent que leur commandant était un homme d'un héroïsme remarquable, et certains d'entre eux eurent l'impression que son courage affectait leur propre personnalité. Mais l'héroïsme d'un marin ne ressemble guère à celui d'un fantassin qui peut toujours fuir si le cœur lui manque. Il faut un courage véritable, une force de caractère monumentale pour ne pas lâcher pied et continuer à se battre quand on pourrait tout aussi bien fuir. Mais sur un bateau, le capitaine ne peut rien contre la décision du commandant.

Qu'est-ce qui poussa donc le commandant Grant à adopter cette ligne de conduite en ce matin d'octobre? Qu'est-ce qui développa chez cet avocat sans prétention, originaire d'une petite ville de l'Ouest si éloignée de la mer, un sens aussi poussé de la stratégie navale? Une suite d'incidents dérisoires avaient contribué à forger la personnalité de cet homme qui devait se révéler sous son véritable jour en ces heures troublées :

> En 1921, il a sept ans quand son père lui dit : « Il ne faut pas que tu mentes au sujet de cette boîte de bonbons. Si tu l'as prise, dis-le. La punition que tu recevras ne te paraîtra pas aussi pénible que celle que tu t'infligeras toi-même en devenant un menteur notoire. »
> En 1932, il a dix-huit ans, quand M. Stidham lui dit : « Nous sommes ravis, Norman, que vous emmeniez Elinor à cette danse. N'oubliez pas que nous vous la confions. Soyez de retour à une heure. Et inutile d'essayer de prouver à tout le monde que vous êtes capable de rouler à plus de cent sur une route de campagne de nuit. »
> En 1941, il a vingt-sept ans quand le directeur de sa firme lui dit : « Je le dis une fois pour toutes à chaque avocat qui entre dans notre

firme. Au cours des vingt dernières années, quatre avocats ont été jetés en prison dans ce comté pour avoir détourné des fonds qui leur avaient été confiés. Et j'ai déposé contre trois d'entre eux. »

En 1943, il a vingt-neuf ans, c'est un maître d'équipage qui parle : « Selon les anciens critères, aucun d'entre vous n'est prêt à prendre le commandement d'un vaisseau. Mais je suis convaincu que vous avez du courage et du caractère, et ça suffira. »

L'escadre de Kurita comptait un cuirassé que les Américains voulaient absolument couler à cause du symbolisme dont il était chargé, le *Haruna*, un vétéran. Dans les jours sombres de la fin de 1941 où l'Amérique tremblait de honte après l'échec de Pearl Harbor et des Philippines, la nation avait tant besoin d'un héros que les hommes chargés de la propagande lancèrent la rumeur selon laquelle Colin Kelly, un as de l'aviation, aurait coulé le *Haruna*. Les photos de Kelly et de son avion et du cuirassé japonais détruit firent la une de tous les journaux du monde. Mais, au grand embarras de la marine, à la bataille suivante, le *Haruna* était toujours là, semant la mort autour de lui.

Au cours de cette bataille, il fut à nouveau coulé soi-disant au terme d'un combat acharné que les propagandistes décrivirent dans les moindres détails. Bien entendu, lors de la bataille suivante, le *Haruna* vomissait encore le feu par toutes ses bouches. Il fut ainsi coulé un bon nombre de fois mais, fin 1944, il était toujours là et sa masse menaçante se dirigeait droit sur les petits porte-avions. Quand les pilotes apprirent que le redoutable cuirassé se trouvait dans les parages, ils jurèrent de le faire disparaître de la surface... mais, cette fois-ci, pour de vrai.

« Le *Haruna* est à moi! » cria un pilote en décollant du *Chesapeake Bay* dans l'intention d'écraser le cuirassé japonais sous le poids de sa bombe. Il était tellement décidé à y arriver qu'il suivit sa bombe jusque sur le pont, ou presque, et constata avec plaisir qu'il avait porté un coup mortel au cuirassé.

« J'ai coulé le *Haruna*! » cria-t-il dans son micro. Mais le *Haruna* continua de naviguer, filant à toute vapeur sur le *Lucas Dean*.

Quand Finnerty vit s'approcher le colossal navire de guerre qui n'était plus qu'à quelque quatre milles d'eux, il poussa un cri d'horreur :

« Mon Dieu! Regardez ce qui nous vient dessus! »

L'équipage du *Dean* n'avait aucun moyen de savoir qu'il s'agissait de leur ennemi mortel et il ne pouvait pas davantage endommager ce ressuscité perpétuel. Mais il pouvait toujours faire semblant d'avoir encore des torpilles; si le cuirassé se laissait persuader que le *Dean* était toujours en état de combattre, il se détournerait peut-être et tomberait sous les coups de l'aviation américaine. Alors, tandis que les obus pleuvaient autour du *Dean* gravement endommagé, le commandant Grant présenta son vaisseau par le travers au *Haruna*, comme si ses tubes étaient prêts à cracher leurs torpilles meurtrières.

Ce fut à la fois un succès et un échec. Le *Haruna* se détourna effectivement mais pas avant d'avoir lancé un obus de quatorze pouces qui tomba juste derrière la passerelle, causant des ravages épouvantables.

Le *Dean* n'explosa pas et ne semblait pas sur le point de couler. Mais il était si gravement touché qu'il ne put faire autrement que d'abandonner le combat en se réfugiant où il pouvait; le commandant Grant se voila la face tandis que son vaisseau faisait demi-tour et s'enfuyait, comme un enfant malmené par des grands dans la cour de l'école. Grant n'imaginait que trop la terrible dévastation que les cuirassés japonais feraient subir aux malheureux *baby flattops*; il sentait monter des larmes amères à l'idée de tous ceux qui étaient morts aujourd'hui et des nobles espoirs perdus avec eux. Ses hommes et lui auraient dû être capables de retenir l'ennemi, de défendre une petite partie de ce gigantesque front. Il avait échoué dans sa tâche, persuadé de n'avoir pas lutté jusqu'au bout. Tout au sentiment cuisant de sa défaite, il ne supportait pas de voir l'anéantissement de sa flotte. Cet homme n'était pas un marin. Il ne faisait pas vraiment partie de la Navy. Il ignorait tout de ses traditions. Et pourtant, il répugnait à perdre son navire. Il ne voulait pas avoir sur les lèvres le goût ignoble de la défaite.

Quelqu'un près de lui, avec un fort accent texan, s'exclama : « Nom de Dieu! » Il en déduisit que Savage avait vu un autre vaisseau de guerre japonais s'avancer vers eux dans l'intention de les achever et il releva brusquement la tête pour décider des mesures à prendre dans cette situation désespérée; il était résolu à ne pas se laisser couler sans combattre une dernière fois.

« Regardez! Regardez! s'écria Finnerty et Savage enchaîna aussitôt :

– Regardez ce qu'ils font, ces salopards! »

Grant leva les yeux vers le nord et vit un spectacle qui le stupéfia. Alors que la totalité de la flotte américaine était maintenant sans défense et que rien ne la séparait plus de sa perte, ce qui aurait entraîné celle des troupes de débarquement de MacArthur sur Leyte, l'amiral Kurita ordonnait la retraite générale de sa flotte. Alors que la victoire était assurée, il préférait quitter ces eaux dangereuses où les petits vaisseaux n'avaient cessé de le harceler, sans se laisser démonter par les nuées d'obus qui s'abattaient sur eux.

« Finnerty, dit le commandant Grant d'une voix unie. Veuillez noter ceci : « A 9 h 49, la flotte japo-
« naise fit demi-tour vers le nord et abandonna le
« champ de bataille. Le *Lucas Dean* a été sévère-
« ment touché à quatre reprises et ne peut plus
« avancer qu'à la vitesse de trois nœuds, mais il est
« toujours à flot. »

C'est alors que les dieux perdirent patience. Une nouvelle arme de guerre surgit des nuages, venant de l'ouest. C'était un bombardier en piqué japonais piloté par un seul aviateur portant autour du cou une écharpe de soie blanche décorée de l'emblème du soleil levant. C'était le premier combattant d'une race spéciale, adepte d'une tactique encore jamais employée, et qui se dirigeait droit sur le *Lucas Dean*.

C'était un kamikaze, un avion et un homme bénis avant leur décollage d'une île voisine. Il effectuait un voyage sans retour, car l'état-major japonais avait réalisé que si Sho-Go, leur maître plan, échouait, ils seraient obligés de mettre tous leurs espoirs dans une autre tactique.

« Abattez-le! hurla M. Savage, mais les balles traçantes manquèrent leur but.

– Descendez-moi ce fils de pute », aboya Finnerty à l'adresse des pointeurs, mais l'avion volait trop rapidement pour qu'ils pussent l'atteindre.

Le petit avion piloté par le petit guerrier nippon fonçait résolument vers eux. A la fin, juste avant qu'ils ne vinssent tous deux s'écraser sur la passerelle du *Dean*, l'équipage put apercevoir l'ennemi; c'était un tout jeune homme au visage figé en un masque horrible et dont les mains semblaient soudées au manche de son avion.

Il y eut un fracas assourdissant, suivi d'une explosion monumentale dont les hommes de Savage auraient sans doute pu contrôler les effets si un autre kamikaze, venu du nord, ne s'était précipité sur le *Dean*. Lui aussi réussit à franchir le barrage d'artillerie antiaérienne et, au dernier moment, les marins du *Dean* purent voir le visage du pilote qui exultait, hurlant des mots incompréhensibles que les marins n'eurent pas le temps d'entendre car avion et pilote vinrent percuter le flanc bâbord du DE qui explosa violemment, coupé en deux, et se mit à couler.

Quand le commandant Grant grimpa à bord du canot de sauvetage numéro trois, il passa en revue par pur réflexe les possibilités qu'offrait son nouveau poste de commandement : il y avait très peu de nourriture, encore moins d'eau, trois pistolets et pas de radio. Puis il essaya de se faire une idée de l'état de son équipage; aidé en cela par le pharmacien en second Penzoss qui avait suivi de très près ce qui s'était passé au cours des deux heures échevelées pendant lesquelles le DE s'était déchaîné contre la flotte japonaise : « Effectif complet, 329. J'ai compté au moins quarante morts avant que le dernier avion ne nous rentre dedans. Disons encore dix à cause de l'explosion. Cela fait cinquante disparus, il y en a donc 279 à l'eau.

– Combien ont coulé avec le navire? demanda Grant par-dessus son épaule tout en aidant un rescapé à grimper dans le canot.

– Disons une cinquantaine. Ce qui nous fait seulement deux cent vingt-neuf survivants qui barbotent dans l'eau. Combien d'hommes avons-nous ici? »

Grant en compta approximativement une trentaine, dont douze ne tarderaient sans doute pas à mourir. Parmi ceux qui étaient le plus légèrement touchés se trouvait Tom Savage, le commandant en second, dont le visage était d'une pâleur alarmante.

« Où est-ce que vous avez été atteint, Tom?

– Ce doit être un éclat, là, dans le côté gauche. »

Grant demanda au « docteur » Penzoss, diplômé de l'enseignement secondaire, chargé de distribuer des aspirines et de la quinine, de jeter un coup d'œil à la blessure.

« Il y a une côte de cassée?

– Je ne crois pas.

– Des secours arriveront avant midi et, en moins d'une heure, vous serez en de bonnes mains. »

Penzoss dut s'éloigner du commandant Grant car les marins qui voyaient mourir leurs compagnons le réclamaient. Il disposait en tout et pour tout de quelques sachets de sulfamides et d'une poignée de seringues de morphine dont il était décidé à faire bon usage.

Il fut remplacé par le sous-officier Finnerty qui nota sur son carnet les chiffres que le commandant Grant récapitulait à voix haute : « Si les six canots de sauvetage ont pu être mis à l'eau et s'il y a quarante hommes dans chacun d'entre eux, nous aurons sauvé tous les survivants. » Mais Grant ne voyait flotter que trois canots sur les eaux huileuses, dont aucun ne contenait plus de trente hommes.

Une recherche frénétique commença. Grant et ses hommes tirèrent hors de l'eau de nombreux marins qui seraient morts noyés. Il y en avait un qui flottait sur le ventre, mort sans aucun doute; Grant s'apprêtait à le hisser à bord quand Penzoss l'arrêta et lui murmura à l'oreille :

« Nous n'avons pas assez de place pour permettre aux blessés de s'allonger. » Et, en cachette, ils laissèrent s'éloigner le corps.

D'après les notes de Finnerty, le *Lucas Dean* se

scinda en deux le 25 octobre au matin, à 10 h 07 très exactement, à la vue d'au moins deux douzaines de navires américains; il était donc vraisemblable qu'ils ne tarderaient pas à être sauvés. A midi, pourtant, personne n'était encore venu les secourir. L'escadre de Kurita avait ignominieusement disparu et quantité de vaisseaux américains venant du sud arrivaient sur les lieux. Pas un seul d'entre eux ne se dirigea vers l'endroit où dérivaient les naufragés du *Lucas Dean*.

Vers la fin de l'après-midi, les hommes du canot numéro trois repêchèrent un marin du DD *Hoel* qui leur raconta que son destroyer avait été sauvagement malmené :

« Nous avons d'abord perdu un moteur et la moitié de nos canons. Puis ce fut le tour du second moteur et du reste des canons. A la fin, ils se sont approchés presque à nous toucher et nous ont canonnés à bout portant. Nous avons coulé.

– Il y a beaucoup de survivants? » demanda Penzoss de sa voix aiguë.

Se tournant vers lui, le rescapé du *Hoel* répondit :

« On croirait entendre ma sœur. »

Quand le soir vint, les naufragés durent se rendre à l'évidence : ils ne seraient pas secourus ce jour-là; et comme ils ne disposaient que de deux lampes électriques de faible portée, il était peu probable qu'ils fussent repérés pendant la nuit. La nuit tombée, les blessés les plus gravement atteints commencèrent à mourir et Penzoss, à intervalles réguliers, faisait jeter leurs corps à la mer. Pour les premiers, on s'attacha à réciter la prière des morts mais, vers minuit, on ne s'en donna plus la peine.

Les nuages se dissipèrent, dévoilant à l'ouest une demi-lune de toute beauté, et bientôt les étoiles apparurent, incroyablement belles; un garçon d'une ferme du Minnesota récita le nom de quelques-unes :

« Ces trois-là, ce sont les plus magnifiques, Véga, le Cygne et Altaïr. »

Un autre, originaire de New York et qui avait rarement l'occasion de voir les étoiles, le corrigea :

« Le Cygne n'est pas une étoile, c'est une constellation.

– Vous avez raison, dit le garçon du Minnesota, mais le nom de cette étoile est si difficile à retenir, je l'oublie toujours.

– C'est Deneb », dit le New-Yorkais.

L'officier de navigation du *Dean*, attiré par leur conversation, se joignit à eux. Il connaissait toutes les étoiles servant à la navigation et, tout au long de cette interminable nuit, il leur expliqua lesquelles se coucheraient à l'ouest et lesquelles se lèveraient à l'est pour les remplacer : « Alpheratz, Hamal, Aldebaran. » Un peu avant minuit, il annonça à ceux qui s'étaient groupés autour de lui pour l'écouter :

« Bientôt, nous pourrons voir le plus bel amas du firmament, Orion. »

Quand la constellation aux multiples étoiles se leva à l'horizon, le lieutenant de vaisseau Savage se mit à gémir; Penzoss et le commandant Grant se rendirent auprès de lui.

« Qu'est-ce qu'il y a, Tom?

– Il y a quelque chose qui bouge là-dedans. Bon Dieu, ce que ça fait mal. »

Grant voulut toucher la plaie pour voir si un éclat d'obus ou de bombe dépassait, mais Penzoss l'en empêcha. Quand ils furent à l'écart, le toubib murmura :

« Je crains qu'il ne s'agisse de gangrène avec la chaleur d'hier, le tangage de cette nuit. »

La canot n'était pas en bois. C'était un bateau de

caoutchouc épais, lourd et poisseux de graisse; comme il n'avait ni quille ni armature, il dansait perpétuellement au gré des flots, et même ceux qui naviguaient depuis deux ou trois ans étaient atteints de nausées; quant aux nouveaux venus, ils avaient franchement le mal de mer.

« Si vous êtes vraiment obligés de vomir, répétait Penzoss, ayez le bon goût de vous pencher au-dehors. »

Un peu avant l'aube, quand le firmament était rempli d'étoiles dont l'éclat était d'autant plus fort que la Lune avait depuis longtemps disparu, un homme qui n'avait jamais vraiment eu l'occasion de contempler la voûte céleste dit à l'officier de navigation :

« Je me souviendrai toute ma vie de cette nuit que nous venons de passer.

– Regardez en direction de l'est, dit le jeune astronome. C'est l'aube. Les avions ne tarderont pas à nous repérer et on viendra nous chercher. »

Mais les choses ne se passèrent pas ainsi. Et il n'y eut pas non plus de nuages de pluie qui auraient pu protéger les canots du soleil. Une chaleur torride écrasait les marins abattus et ceux d'entre eux qui étaient le plus grièvement blessés se mirent à mourir à une allure terrifiante; même ceux qui avaient seulement des blessures légères commencèrent à ressentir des douleurs atroces et à redouter le pire.

Quel que fût l'état des hommes, c'était sur Penzoss que retombait le poids de leurs souffrances et il allait de l'un à l'autre, se déplaçant à genoux sur le fond mouvant du canot et répartissant ses précieuses drogues selon la gravité des blessures. Il avait vingt et un ans; il était orginaire d'une petite ville de l'Alabama et n'avait pratiquement pas fait d'études, mais, à le voir faire, on eût dit un vieux routier de soixante ans de l'hôpital principal du Massachusetts.

« Il faut que vous fassiez quelque chose pour le lieutenant Savage », dit Grant vers midi, mais Penzoss ne pouvait rien pour lui. Un éclat d'obus qui, dans un hôpital et avec des instruments appropriés, aurait pu être facilement retiré, était petit à petit remonté en direction du cœur, perforant le poumon au passage. La douleur était atroce.

« Vous ne pouvez rien lui donner pour le soulager? demanda Grant.

– Il me reste quelques ampoules de morphine.

– C'est le moment ou jamais de les utiliser. Nous serons repêchés avant la fin de la journée. »

Le toubib fit une moue dubitative, il ne s'attendait manifestement pas à être secouru ce jour-là encore; mais, quand Savage poussa un nouveau hurlement de douleur, il se rendit auprès de lui et, obéissant aux injonctions du commandant Grant, il lui fit une injection de morphine, décapitant d'un geste sûr l'extrémité de la seringue et enfonçant profondément l'aiguille dans la veine du bras gauche.

C'était, comme il l'avait prédit, un geste inutile car, à treize heures précises, moment le plus torride de la journée, le Texan mourut. C'est alors que le commandant Grant faillit perdre tout sang-froid. Il prit Savage dans ses bras et ordonna à Finnerty de noter « qu'il était l'officier le plus compétent... », mais à peine eut-il prononcé ces mots qu'il réalisa l'impossibilité de décrire de façon fidèle cet inconnu inspiré qui n'avait honoré le *Dean* de sa présence que tardivement mais s'y était distingué de façon si surprenante.

Grant leva les yeux vers le ciel désespérément vide et se mit à crier :

« Mais où diable sont-ils, ces maudits avions?

– Commandant, murmura Penzoss, pensez à vos hommes. »

Grant reprit ses esprits mais resta cramponné à Savage jusqu'à ce que Penzoss murmurât de sa voix haut perchée :

« Commandant, nous devrions l'ensevelir.

– Vous ne voulez tout de même pas le jeter à la mer?

– Il le faut. Nous serons peut-être obligés de passer encore une nuit dans ce canot. »

A contrecœur, Grant livra le corps de Savage à Penzoss et à Finnerty qui le hissèrent péniblement sur le rebord glissant du canot et le firent basculer. Avant qu'il eût disparu, le canot rejoignait un groupe au bord de la noyade qui tenait depuis plus de vingt-quatre heures sans embarcation, saturé d'eau.

Le commandant Grant se jeta à l'eau pour leur porter secours, rejoint par deux autres nageurs vigoureux et, à eux trois, ils réussissent à faire grimper les survivants épuisés dans le canot; quand ils en eurent fait monter seize, Penzoss se pencha par-dessus bord et, s'adressant à Grant à voix basse, lui dit :

« Commandant, il ne faut pas surcharger le canot.

– Nous ne pouvons pas abandonner ces hommes.

– Mais nous allons tous couler.

– Eh bien, nous coulerons ensemble. »

Et il hissa à bord les derniers rescapés.

Ils faisaient partie de l'équipage du porte-avions *Chesapeake Bay* et avaient des choses étonnantes à raconter aux marins du *Dean* :

« Ouais, on a pris quatre obus de dix-huit pouces, du *Yamato* probablement, qui nous ont traversés de part en part sans exploser. Un vrai miracle.

– Vous avez coulé à cause des voies d'eau, c'est ça?

– Même pas! On tenait la mer aussi bien qu'avant.

– Alors pourquoi avez-vous coulé?

– A cause de l'avion japonais qui s'est volontairement écrasé en plein milieu du navire et qui a tout fait sauter. »

C'est ainsi que se rencontrèrent dans le golfe de Leyte les équipages des deux premiers navires à avoir été coulés par des « kamikazes », inconnus de tous. Finnerty ne manqua pas de souligner dans ses notes cette coïncidence surprenante.

« Qu'est-ce que vous êtes en train d'écrire? » lui demanda le commandant Grant. Comme Finnerty refusait de répondre, il lui prit le carnet des mains et lut :

> De 7 à 10 h 07, heure à laquelle le *Lucas Dean* s'ouvrit en deux, le commandant Grant mena son navire au combat avec un courage sans égal. Dans des circonstances qui auraient terrifié tout autre que lui, il conduisit son petit DE au cœur de la flotte japonaise; lorsqu'il n'eut plus ni torpilles ni munitions, il maintint sa position pour dérouter l'ennemi, alors que sa vitesse était réduite à trois nœuds et celle des vaisseaux ennemis à vingt-sept nœuds. Dans le canot de sauvetage, il fit preuve d'un courage indomptable pendant deux longues journées torrides et une nuit glaciale...

Grant déchira la page du carnet.

« Il n'y a pas eu de héros au cours de ce combat. Le véritable héros, c'est l'équipage. Et tout particulièrement Savage », dit-il d'une voix brisée.

Puis vinrent les requins. Les rescapés du *Chesapeake Bay* aperçurent un de leurs camarades qui flottait, accroché à un fauteuil insubmersible. Ils attirèrent son attention à grand renfort de cris, l'exhortant à se maintenir à flot jusqu'à ce qu'ils arrivent; mais quand le canot se fut un peu rapproché du naufragé, tout le monde vit avec horreur que deux requins étaient sur le point de l'attaquer.

« Tirez-leur dessus! » cria quelqu'un.

Mais les squales fondaient déjà sur leur proie. Ils lui arrachèrent les jambes, s'écartèrent, puis revinrent à l'assaut déchiqueter le torse.

Vers la fin de l'après-midi, le canot gagna des eaux où d'autres navires américains avaient coulé; une quantité de cadavres sans bras ni jambes flottaient à la surface de la mer. Devant ce spectacle insoutenable, certains se mirent à vomir.

« Ils auraient tous pu être sauvés », dit Grant, et une rage immense monta en lui. De tous ces hommes incroyablement braves qui, dans leurs petits vaisseaux, avaient résisté à la puissance de la marine japonaise, combien allaient mourir parce qu'un sinistre imbécile de l'état-major avait oublié de mettre sur pied une opération de sauvetage?

« Où sont-ils donc? » dit-il en fouillant rageusement le ciel et les eaux cruelles. Les étoiles apparurent, fanaux lointains dont les rayons tombaient crûment sur les restes de la flotte japonaise chassée à jamais des mers et sur les Américains victorieux qui dérivaient, oubliés, sur les eaux tropicales.

« Avec de bons yeux, dit l'officier, on peut voir que toutes les planètes n'ont pas la même couleur. Saturne est plutôt blanche tandis que Jupiter est rouge.

– La ferme, bon Dieu! s'écria un engagé.

– Je suis désolé », dit l'officier.

Il alla se blottir dans un coin avec le gars du Minnesota. Le jeune homme de New York ne tarda pas à les rejoindre. Ils passeraient cette longue nuit à observer les étoiles, se consolant comme ils pouvaient en essayant de ne pas penser à ceux de leurs camarades qui mourraient avant l'aube.

Penzoss essayait de se rappeler ce que son instructeur, originaire de la région des Grands Lacs, lui avait appris concernant les requins : « Ils peuvent laisser passer un naufragé à côté d'eux sans le toucher, surtout s'il remue violemment bras et jambes. Mais, comme tout à l'heure, ils peuvent aussi bien l'attaquer avec une vitesse et une force foudroyantes. Il y a une chose à peu près certaine, l'odeur du sang les rend fous et ils se jettent avec voracité sur un homme ou un poisson qui perd son sang. »

« Vous croyez qu'ils sont toujours derrière nous? demanda un ex-valet de ferme.

– Ils vont et viennent, on ne peut pas savoir. Ils sont peut-être à des kilomètres maintenant.

– Je vais faire une petite prière pour qu'ils y restent.

– Y a du monde par ici? » cria une voix dans l'eau.

Une lampe électrique fouilla l'obscurité :

« Il y a un nègre dans l'eau. »

Le canot s'approcha de l'endroit où un grand Noir se maintenait à flot sans l'aide d'un espar, un fauteuil insubmersible. Il était à moins de cinq mètres du bord quand on s'aperçut à la lueur des torches que l'eau bouillonnait autour de lui, agitée par d'énormes masses sombres; plusieurs hommes se mirent à crier.

« Les requins! »

Penzoss, se souvenant de la tactique que préconisait son instructeur, hurla à l'intention de ceux qui détenaient les trois pistolets du bord :

« Tirez-leur dessus! Il faut faire couler du sang! »

Les trois hommes firent feu.

Le stratagème fut couronné de succès : l'un des

requins, atteint par trois balles de fort calibre, se mit à gicler le sang, ce qui rendit les autres complètement fous. De leurs immenses mâchoires aux triples rangées de dents acérées, ils déchiquetèrent le squale blessé.

Profitant de ce déchaînement des requins les uns contre les autres, le Noir approcha du canot. Mais il fut incapable de se hisser à bord tant les côtés étaient glissants et lui-même à bout de forces; voyant cela, le commandant Grant se jeta à l'eau tandis que Penzoss criait :

« Prenez n'importe quoi. Essayez de les effrayer si jamais ils s'approchent de trop près, tapez-leur dessus. »

Au moment où Grant glissait son bras droit autour de la poitrine du naufragé pour le propulser vers le haut, un requin isolé, rendu furieux par l'odeur du sang qui s'échappait d'une seconde bête que ses congénères mettaient en pièces, fondit sur eux, flaira le pied droit du Noir et l'arracha d'un mouvement transversal de ses mâchoires. Grant, qui aidait le blessé à se hisser à bord, eut le visage inondé de sang mais il n'eut pas le temps de s'en rendre compte car, déjà, ses hommes le prenaient aux aisselles et le tiraient. Il était temps, car deux squales firent bouillonner l'eau à quelques centimètres du canot puis firent brusquement demi-tour, frustrés de leur proie.

« Qu'est-ce qui vous est arrivé? demanda Penzoss au Noir tout en posant un tourniquet au-dessus du membre sectionné.

– J'étais aide-cuisinier sur le *Chesapeake Bay* qui a coulé... J'ai nagé.

– Bon Dieu! Vous êtes resté dans l'eau tout ce temps? Et les requins ont attendu la dernière minute pour vous attaquer?

– Est-ce que je vais perdre mon pied?

– C'est déjà fait, dit Penzoss.

– Un Noir unijambiste! Un estropié, un mendiant!

– Ce n'est pas votre jambe que vous avez perdue. Et la marine prend soin des héros comme vous. »

L'homme ne répondit pas car, à la lueur de la lune, il avait aperçu les insignes du commandant Grant.

« Vous êtes capitaine de corvette?

– C'est lui le commandant du navire, expliqua Penzoss.

– Et vous vous êtes jeté à l'eau pour me sauver? Avec tous ces requins? » Il se laissa tomber la tête entre les mains et se mit à pleurer.

Finnerty, pour le distraire, lui demanda :

« Quel est votre nom? Il faut que je le note.

– Gawain Butler.

– C'est un foutu nom, ça.

– Ma mère avait lu Tennyson. »

Penzoss releva la tête.

« Je ne savais pas que les nègres lisaient de la poésie.

– Nous, en tout cas, on connaissait », dit Gawain.

A minuit, quand l'obscurité la plus totale se fut abattue sur les naufragés et que les étoiles brillaient dans un ciel vierge de toute pollution et des lumières de la civilisation, les hommes du *Lucas Dean* entendirent les voix d'autres naufragés du *Chesapeake Bay.* Une terrible décision devait être prise.

« On ne peut plus mettre personne dans ce canot », dit un maître d'équipage, et le commandant Grant fut obligé d'admettre que c'était vrai.

Mais il fallait tout de même sauver ces hommes qui, par la force de leur courage, s'étaient maintenus en vie quarante heures interminables; pour la seconde fois, le commandant Grant se jeta à l'eau et nagea vers ces hommes qu'il guida vers le canot. Avant de les aider à se hisser, il dit :

« Je veux quatre volontaires qui resteront dans l'eau avec moi jusqu'au matin. »

Finnerty, ainsi que trois autres marins, se portèrent volontaires. Tout au long de la nuit, ils allaient rester accrochés à des cordes, soulageant le canot de leur poids.

Flottant à côté du commandant Grant dans les eaux sombres, Finnerty lui serra le bras droit et dit :

« Quand on sera sauvés, je vais réécrire tout ce que j'avais consigné par écrit, et bien d'autres choses encore. »

Grant ne répondit pas. Il bouillonnait de rage de voir ses hommes, à qui l'on avait demandé de faire preuve d'un courage surhumain à bord de leur petit DE, abandonnés après la bataille et dérivant au gré des flots. Il en ressentait un dégoût qui le prenait aux tripes et seule la conscience de ses responsabilités – car ce malheureux rafiot, jouet des vagues, était devenu un véritable vaisseau – l'empêchait d'injurier les dieux qui avaient traité ses hommes de façon si honteuse. Les requins en furie s'étaient éloignés pour rechercher d'autres survivants et, Dieu merci, ils ne revinrent plus près du canot.

Au matin du 27 octobre 1944, le soleil se leva avec une intensité sans pareille et, quand il fut haut dans le ciel, sept hommes, assez légèrement blessés, moururent. Lorsque leurs corps furent jetés pardessus bord, le commandant Grant estima que lui et ses quatres compagnons pouvaient alors remonter dans le canot. Il s'allongea, épuisé, sous le soleil ardent, mais son esprit ne cessait de travailler. Et c'est au cours des trois heures épouvantables qu'il passa ce matin-là au fond du canot qu'il vit se dessiner avec une clarté merveilleuse la ligne de conduite qu'il adopterait si jamais il survivait à ce calvaire.

Il avait été élevé dans la petite ville de Clay dans l'Etat du Fremont. Il avait commencé ses études supérieures à l'université d'Etat de sa ville natale et les avait continuées à la faculté de droit de l'université de Chicago. Il avait épousé Elinor en 1940 et, pendant l'hiver glacé de 1943, il avait reçu à Dartmouth College une formation accélérée d'officier de marine. Ce n'était pas un élève brillant; il avait toujours eu d'excellentes notes tout au long de sa scolarité mais il était ce que ses professeurs appelaient un « bûcheur »; toutefois, certains d'entre eux s'accordaient à penser qu'il irait peut-être plus loin que ceux qui obtenaient les mêmes résultats avec une facilité surprenante.

Son père était négociant en gros et le père de sa femme fermier, de sorte que son héritage serait plus que modique. De 1939, époque à laquelle il avait terminé ses études de droit, jusqu'en 1942, quand il s'était engagé dans la marine, il avait péniblement gagné sa vie en exerçant la profession d'avocat. Mais, au cours de la dernière année, le parti républicain lui avait proposé de se porter candidat aux élections législatives, et il avait pris cette proposition au sérieux.

Il n'oubliait pas ce que le sous-officier Finnerty lui avait dit tandis qu'ils flottaient dans les eaux infestées de requins : « Commandant Grant, vous êtes le plus grand héros que j'aie jamais vu et, croyez-moi, je vais le faire savoir. » Il avait répondu à Finnerty de la boucler. Maintenant, ces mots lui revenaient à la mémoire et il se prit à penser : « Dans le monde de l'après-guerre, les hommes qui auront été considérés comme des héros seront particulièrement prisés. Il n'y a qu'à voir le tapage qu'ils ont fait autour de Colin Kelly, celui qui a coulé le *Haruna*, ou du moins qui s'imagine l'avoir coulé. L'Etat du Fremont peut certainement me caser quelque part. »

Au bord de la folie, il grinça des dents et marmonna :

« Il a même sacrément intérêt à le faire!

– Qu'est-ce que vous dites, commandant? demanda Finnerty, qui souffrait lui aussi des effets du soleil.

– Finnerty, ce que vous m'avez dit dans l'eau, tout à l'heure... Ce que vous aviez écrit sur la page de ce carnet, celle que j'ai déchirée... Vous aviez des choses une vision plus claire que moi.

– Que voulez-vous dire? »

Et le commandant Norman Grant, U.S.N.R., formula sa philosophie de l'existence :

« Finnerty, le monde est un endroit de merde. Il s'en fout qu'on laisse notre peau dans ce canot. Si jamais on s'en sort...

– On s'en sortira.

– Vous et moi, nous allons prendre le monde par les couilles et les lui serrer jusqu'à ce qu'il gueule.

– On s'associe?

– A la vie à la mort.

– Je crois que c'est un avion, commandant. »

C'en était un, en effet. Après avoir passé quarante-huit heures dans un mauvais canot de sauvetage – le Noir, Gawain Butler, trempant périodiquement son moignon droit dans l'eau salée pour empêcher qu'il ne s'infecte – les rescapés du *Lucas Dean* et du *Chesapeake Bay* furent enfin recueillis. On les emmena jusqu'à Manus où une équipe d'excellents médecins et infirmières leur prodiguèrent les soins nécessaires, que n'avaient pu recevoir tous ceux qui étaient morts.

A Manus, le commandant Grant passa les deux premiers jours à faire des additions. Pour autant qu'il pût en juger, les faits étaient les suivants : effectif connu du *Lucas Dean*, 329; pertes à bord, 49; morts survenues dans les canots de sauvetage, 57; disparus en mer, 92; survivants dénombrés, 131.

Quand il eut additionné le nombre des morts, dont beaucoup avaient été inutiles, il fut repris par une rage sans nom.

Mais quand il eut réquisitionné des officiers basés à terre pour l'aider à calculer les pertes japonaises et américaines au cours de cette bataille en trois coups, le chiffre des effectifs lui parut astronomique : nombre des vaisseaux de guerre japonais, 69, y compris ceux de l'amiral Shima au nombre de 13, qui étaient restés en arrière; nombre des vaisseaux de guerre américains, 144; pertes japonaises, 28 vaisseaux; pertes américaines, 5 vaisseaux auxquels on devrait ajouter le DD *Albert W. Grant* qui fut presque coulé, non par les obus japonais mais par ses propres compatriotes qui tiraient sans visibilité. Nombre des marins japonais qui trouvèrent la mort ce jour-là : aux alentours de dix mille. Bien sûr, les Américains perdirent un grand nombre d'avions tandis que les Japonais n'en perdirent presque pas – mis à part les avions suicides. Mais ces estimations ne pouvaient être que provisoires.

Les officiers travaillant à ce rapport entendirent des rumeurs concernant l'héroïsme extraordinaire dont avaient fait preuve Norman Grant et son *Lucas Dean*; on commença à questionner les survivants, et trois engagés se mirent à colporter des histoires incroyables. Il s'agissait de Finnerty, le sous-officier, chargé des tâches administratives, de Penzoss le toubib, et de Gawain Butler l'aide-cuisinier noir du *Chesapeake Bay*. C'est ainsi qu'un jour de novembre, à l'hôpital militaire de Manus, on vit un cordon de correspondants de guerre et de photographes entourer le lit où se trouvait Butler pour assister, apparemment, à la remise d'une médaille qu'on lui décernait pour avoir nagé seul pendant près de trente heures et s'être fait arracher le pied droit par un requin quelques secondes avant d'être sauvé.

« J'avoue que c'est un exploit, murmura l'un des

reporters à l'oreille de son photographe. Mais, je me demande pourquoi on nous a tous fait venir? »

L'amiral qui conduisait la cérémonie dit alors :

« Le marin Butler a demandé la permission de prononcer quelques mots. »

S'exprimant avec l'élocution précise qu'il tenait de sa mère, Gawain dit :

« Au moment où j'avais perdu tout espoir, cet homme que vous voyez ici, le commandant Grant, commandant du *Dean*, se jeta à l'eau pour me sauver, alors qu'il voyait bien que la mer était infestée de requins. Et quand il m'a eu fait grimper dans le canot, il a réalisé que ce dernier était trop chargé et il s'est remis à l'eau où il a passé le reste de la nuit à nager. »

Ce n'était pas *exactement* de cette façon que les choses s'étaient passées, Grant s'était remis à l'eau pour permettre à d'*autres* marins du *Chesapeake* de monter à bord, mais c'est ainsi que la légende fut enregistrée.

Puis ce fut au tour de Finnerty de prendre la parole; il raconta les prouesses du commandant Grant à bord de son petit destroyer-escorteur :

« Il a vraiment dit, lui demanda-t-on, qu'il allait " barrer le T " à toute la flotte japonaise?

– C'est exactement ce qu'il a dit, répondit Finnerty. Et c'est exactement ce qu'il a fait. »

Il parcourut ses notes détrempées et y retrouva la citation qui, légèrement expurgée, devait être télégraphiée à tous les organes de presse :

> Sous-officier Finnerty : Vous avez l'intention de vous mesurer à toute la flotte japonaise?
> Commandant Grant : Oui.

Toutes les questions posées et tous les clichés pris de Grant au chevet de l'aide-cuisinier Butler flanqué du sous-officier Finnerty et du pharmacien en second Penzoss, Grant resta avec ses compagnons du *Dean*.

« Je ne voulais pas que les choses se passent ainsi. Finnerty peut vous le confirmer, je ne le désirais pas. Mais maintenant c'est fait, et je peux vous jurer que nous allons faire bon usage de cette publicité. »

Mais la fermeté dont il avait fait preuve depuis le début du combat l'abandonna, et il éclata en sanglots.

« Les morts! Les morts qui flottent sur l'eau! » Dévisageant tous ses hommes, il dit : « Pas un d'entre vous n'arrivait à la cheville de Tom Savage. Nous sommes responsables de sa mort, et nous ne pourrons jamais nous acquitter de cette dette. »

Sans pitié pour qui que ce soit, il mettrait toute son énergie à racheter cette mort.

Au moment où le commandant Grant s'apprêtait à lancer son DE à l'attaque de la flotte japonaise, l'équipe de football de sa ville natale de Clay, située dans le nord de l'Etat du Fremont, s'apprêtait à jouer sa seconde mi-temps contre son ennemi de toujours, l'équipe de Benton High School dont la ville d'origine, bien plus grande que Clay, était une capitale.

A cause de la guerre, on ne jouait pas de nuit, et on ne s'attendait pas à ce qu'il y ait foule car les gens se déplaçaient peu. D'autant plus que le match avait lieu un mardi, le seul jour où le terrain ne servait pas à l'exercice du R.O.T.C.[1]. Toutefois, comme les distractions et les manifestations sportives étaient devenues bien rares, les habitants de la

1. R.O.T.C. : *Reserve Officers Training Corps*, régime correspondant à la P.M.S. (Préparation militaire supérieure) en France. *(N.d.T.)*

ville étaient à peu près tous venus soutenir l'équipe locale.

Puisque Benton faisait presque le double de Clay, les enragés du sport s'attendaient à ce que la première équipe gagne, comme d'habitude. Mais, cette année-là, le bruit courut que Clay abritait un champion « un demi aussi formidable que l'était Norman Grant à l'époque de sa gloire, en 1932 ». Le jeune demi était bon, et les hommes se lamentaient : « Quel dommage que ce ne soit pas une saison normale! Si on jouait contre ces bonnes équipes du Kansas, John Pope aurait eu des adversaires à sa taille. » Personne ne l'appelait Johnny car il avait toujours cultivé un air sérieux, comme s'il se savait déjà destiné à accomplir des tâches importantes.

Tout juste dix-sept ans, ni grand ni lourd, il était cependant merveilleusement proportionné pour les sports américains de l'époque. Au basket, sa taille peu élevée n'était qu'un léger handicap car, une fois le coup de sifflet donné, sa rapidité, son habileté, la façon parfaite dont il contrôlait son corps faisaient de lui un joueur hors de pair. Plus tard, bien entendu, quand les joueurs en viendraient à ressembler à des gratte-ciel, les hommes de son gabarit seraient sérieusement désavantagés et se verraient même mis à l'écart.

Au football, de même. Il ne pesait que soixante-quinze kilos et ne pèserait sans doute jamais beaucoup plus mais, là encore, la façon extraordinaire dont il contrôlait ses mouvements, associé à la faculté qu'il avait de changer de vitesse tout en gardant l'équilibre quand il semblait qu'il allait tomber, en avait fait la mascotte de son lycée; de sorte que les supporters de Clay, confrontés aux mastodontes de Benton, murmuraient en toute quiétude : « Ne vous en faites pas, John Pope n'en fera qu'une bouchée. »

Et c'est ce qui arriva. Pendant la première mi-temps, les joueurs de Benton gardèrent le ballon et en firent à peu près ce qu'ils voulaient, marquant ainsi de nombreux points; s'il leur arrivait de faire une erreur en remontant le terrain, Clay reprenait le ballon et empêchait Benton de marquer. Néanmoins, à la fin du troisième temps, les formidables *Capitals* de Benton ayant marqué vingt-cinq points semblaient prêts à continuer sur leur lancée.

Mais c'était un jour de chance pour John Pope. A chaque fois que son équipe avait la possibilité de reprendre le ballon, il faisait ce qu'on attendait de lui et franchissait habilement la ligne adverse, manœuvrant avec souplesse et rapidité entre les joueurs. A la fin du troisième temps, il avait marqué tous les vingt points de Clay, à lui seul, comme d'habitude.

Le match fut momentanément interrompu par une cérémonie qui aurait dû avoir lieu pendant la mi-temps; l'orateur principal avait été retenu plus longtemps que prévu dans une réunion importante à Washington. C'était le sénateur Ulysses Gantling, faisant campagne cette année-là pour sa réélection, qui soutenait en tant que membre éminent du parti républicain la candidature de Tom Dewey à la présidence. La réélection de Gantling ne faisait pratiquement plus de doute. Mais le sénateur, ayant appris à ne rien considérer comme déjà acquis, se déplaçait fébrilement à travers l'Etat, pour son propre compte comme pour celui de Dewey.

Fermier, il avait trouvé une excellente repartie à l'affirmation de Roosevelt qui soutenait que « l'on ne change pas de monture en plein milieu de la rivière ». Parcourant le Fremont, le Kansas et le Nebraska, il criait partout : « Si votre cheval n'a plus de souffle, s'il manque de courage et si vous avez l'impression qu'il risque de se noyer dès que l'eau n'est pas parfaitement étale, alors vous faites une folie de ne pas en changer... surtout quand une bien meilleure monture vous attend à côté. » Ce discours s'adressait à un public rural qui l'appréciait pleinement, et l'on disait partout que lorsque Dewey serait élu, Gantling de l'Etat du Fremont ferait partie de son cabinet. Les électeurs de cette région avaient du mal à croire que la majorité des villes corrompues comme New York et Boston était prête à donner un quatrième mandat à ce dictateur de Roosevelt.

Le match fut donc interrompu tandis que le sénateur Gantling, se gardant bien de prononcer un seul mot en faveur de sa candidature ou de celle de Dewey, se levait, haute silhouette grise, et venait se poster à côté des drapeaux, la garde d'honneur du R.O.T.C. tenant ses fusils au repos.

Avec émotion, il évoqua les hommes jeunes de cette région qui étaient en train d'affronter l'ennemi sur de lointains champs de bataille. Puis il demanda aux spectateurs et aux deux équipes adverses de s'incliner durant la prière du révérend Baxter de l'Eglise baptiste. La garde tirerait ensuite une salve d'honneur.

Quelque deux mille citoyens prièrent pour le salut des volontaires en Italie, en France, en Afrique, sur Guadalcanal et aux portes de l'Allemagne; mais pas un seul, même pas le sénateur Gantling qui, soucieux de bien gouverner, méditait sur ces faits, ne pouvait imaginer ce qui se passait à bord d'un vaisseau glacé à la coque vulnérable faisant route vers Murmansk ou dans un tank métallique ondulant à travers la Belgique. Cinq personnes de la famille de Norman Grant inclinèrent la tête et prièrent pour son salut; mais si on leur avait décrit l'action d'éclat qu'il était en train d'acccomplir ou les dangers qu'il allait bientôt affronter sur les eaux sombres du golfe de Leyte, ils seraient restés glacés d'horreur.

Un jeune de l'équipe de football de Clay baissa la tête pour prier quand il vit à l'est dans le ciel quelque chose qui l'étonna grandement.

« Regarde, murmura-t-il à l'oreille de Pope qui se tenait à côté de lui. La Lune brille en même temps que le Soleil.

– Ça arrive souvent », répondit John sans lever la tête.

La prière terminée et la salve tirée, le sénateur Gantling s'adressa aux deux équipes avec, auraient dit les journalistes, un bonheur rare dans le choix des formules : « En tant que digne rejeton de la ville de Calhoun à l'ouest de cet Etat et en tant que joueur de football habitué en son temps à se mesurer à chacune de vos équipes, j'aurais le droit de souhaiter vous voir perdre toutes les deux. Mais je ne pourrais jamais dire une chose pareille car, comme tout Américain qui se respecte, je souhaite que le meilleur gagne; c'est seulement ainsi que nous pouvons être véritablement forts. » Quand, après avoir salué le drapeau, il quitta l'estrade avec le R.O.T.C., personne ne pouvait ignorer quelle équipe était, d'après lui, la meilleure dans la course aux élections. Mais quand il passa devant les joueurs alignés, s'arrêtant un instant devant John Pope, il lui dit :

« J'ai l'œil sur toi, mon garçon. Et je suis rassuré par ce que j'entends. »

Il était connu pour ses métaphores embrouillées et pour ses rires irrésistibles dont il dédia un spécimen au jeune champion qui marmonna un : « Oui, monsieur. »

La quatrième période de jeu débuta pour Clay avec un retard de cinq points; Benton s'empressa de renforcer son avantage par une poussée en avant qui lui valut six points de plus. John Pope s'empara alors de la balle qu'il emmena, par une série de passes brillantes, vers la ligne de but de Benton où l'arrière de Clay réussit à marquer un but.

Le coup d'envoi suivant, il semblait que Benton allait marquer à nouveau. Mais l'alignement de Clay tint miraculeusement bon, et Benton fut obligé de lâcher la balle. John Pope se battait maintenant contre la montre et chaque fois que l'équipe adverse remontait le terrain, il semblait que la montre allait gagner et que le match serait terminé avant que Clay pût marquer un nouveau point. La première fois, Pope fut plaqué au sol par les joueurs de Benton. La seconde fois, il n'obtint rien. La troisième fois, quelqu'un d'autre prit la balle et la perdit. Mais la quatrième et dernière fois, quand tout semblait perdu, Pope se dégagea et donna à Clay sa dernière chance.

Tandis que s'égrenaient les dernières secondes, il s'échappa avec la balle, entraînant à sa suite la presque totalité de l'équipe de Benton, et atteignit la ligne des trois mètres. Puis, alors que les trois quarts se concentraient exclusivement sur lui, l'arrière de Clay réussit à envoyer la balle entre les poteaux. Clay avait gagné : 33-31.

John Pope n'oublierait jamais ce match, non à cause de la façon dont il s'y était distingué mais à cause de ce qui se passa ensuite dans le vestiaire. Il y eut bien sûr les réjouissances habituelles et certains joueurs de l'équipe de Benton même vinrent le féliciter, mais le fait significatif de cette journée fut qu'un homme de corpulence massive, vêtu d'un costume sombre, demanda à parler à John et lui dit :

« Je jouais autrefois dans l'équipe de l'université du Colorado. Mon p'tit gars, si tu vas à Boulder, avec toute la publicité que cette équipe reçoit à l'échelle de la nation, tu pourras devenir le prochain Whizzer White.

– Je pensais plutôt à l'Académie navale.

– La marine? Je me demande ce qu'un demi du Fremont peut avoir à faire avec la marine! On est à des milliers de kilomètres de l'océan.

– Norman Grant est né ici, vous savez. Il est dans la marine, lui.

– Mon p'tit gars, je vais te dire une chose. Si Norman Grant était allé dans le Colorado au lieu de rester avec l'équipe du Fremont, il serait immortel.

– Il *est* immortel par ici. Je vous remercie quand même.

– Mon p'tit, les choses changent. Les idées évoluent. L'année prochaine à la même époque – c'est ta dernière année, n'est-ce pas? – tu ne penseras peut-être même plus à la marine. Si c'est le cas, souviens-toi du Colorado. Ne t'y trompe pas, petit, le Colorado, c'est le marche-pied des géants. »

John ne s'attarda pas à célébrer son exploit. Il savait qu'il avait bien joué, et cela lui avait fait plaisir qu'un ancien joueur de football venant d'une université du Colorado l'ait complimenté de façon si flatteuse. Mais il ne s'était jamais laissé influencer par le sport et, en ce moment précis, son centre d'intérêt n'avait rien à voir avec le football. Quand il sortit seul du vestiaire, il constata avec satisfaction que la Lune s'était levée et que les étoiles commençaient à apparaître. Il se mit à penser alors aux deux objets qui avaient tout récemment acquis pour lui une importance primordiale.

Le premier était un livre en sa possession depuis le mois de juillet, le seul qu'il ait jamais acheté avec son propre argent, publié à Edimbourg par Gall et Inglis et que la librairie de l'université avait attendu dix semaines. Quand il était retourné le chercher, John avait été reçu, non par un simple employé étudiant à l'université, mais par un professeur qui se présenta dans les termes suivants :

« Je m'appelle Karl Anderssen et je suis norvégien. Je désirais rencontrer le jeune homme qui a commandé ce livre. Qui êtes-vous? »

Quand Pope se fut présenté à son tour, le professeur lui avait demandé :

« Mais pourquoi est-ce justement ce livre-là que vous vouliez acheter? » Et il manipula l'ouvrage avec révérence.

« Je pensais qu'il était temps que j'apprenne quelque chose sur les étoiles.

– Ce livre est un des plus beaux qui soient au monde, affirma le professeur sans vouloir se séparer du grand volume plat qu'il tenait à deux mains, *L'Atlas des étoiles*, de Norton. La moitié des plus grands astronomes qui sont en vie à l'heure actuelle ont commencé par ce livre, dans leur jeunesse. Le connaissez-vous?

– Je ne l'ai encore jamais vu », répondit John.

Alors, le professeur ouvrit le livre qui dévoilait les mystères du ciel, mais non à l'endroit des diagrammes merveilleux que John brûlait de voir. Il lui montra au contraire des pages touffues imprimées en tout petits caractères, qui résumaient les connaissances de l'époque en astronomie.

« Si vous ne vous servez que des cartes, jeune homme, vous vous lasserez de l'astronomie en l'espace de six semaines. Mais si vous commencez par assimiler ne serait-ce qu'une partie de ces pages, alors vous serez prisonnier à jamais de cette science.

– Prisonnier?

– Oui. Les étoiles peu à peu vous happent. Elles vous font changer de perspective, d'une façon radicale. »

Il lui tendit le livre avec respect et lui demanda :

« Avez-vous jamais vu les étoiles?

– Pas vraiment. Mais mon père va emprunter une paire de jumelles et quand je les aurai...

– Vous n'oublierez jamais cette expérience merveilleuse !
– C'est vous qui faites fonctionner le télescope de l'université ?
– Oui.
– Est-ce que je pourrai venir un jour regarder les étoiles ? »

Le professeur hésita. Il avait une soixantaine d'années et s'était fait transférer dans le Fremont parce que l'atmosphère y était si peu polluée qu'il pouvait passer des heures à son télescope au lieu des quelques minutes que lui permettait la couverture nuageuse de villes comme Cambridge ou New Haven.

« Non, avait-il répondu cet après-midi-là du mois de juillet, vous ne pouvez pas encore regarder dans le télescope. »

Devant la déception de John, il ajouta :

« Apprenez à regarder les étoiles à l'œil nu, pour qu'elles vous deviennent familières. Avec les jumelles, vous serez surpris de voir la quantité d'étoiles qui vous apparaîtront. Faites bien les choses, dans l'ordre. Et quand vous aurez assimilé un certain nombre de concepts, venez à l'observatoire et faites-moi demander. Car, alors seulement, vous serez prêt. »

Le second objet qui captivait cette nuit le jeune Pope était la paire de jumelles que son père avait empruntée à un ami qui était chasseur, et qui devaient se trouver à la pharmacie. Au lieu de rentrer chez lui directement, John se dirigea dans la direction opposée, vers le centre ville où son père tenait la pharmacie que son propre père et son grand-père avaient tenue avant lui.

« On m'a dit que tu as pas mal couru aujourd'hui. »

Son père lui parlait toujours avec une certaine retenue et sur un ton légèrement malicieux, évitant de louer son fils ouvertement car il savait qu'on l'adulait suffisamment à l'école.

« C'était un bon jour. Les avants de Benton étaient mauvais.

– J'ai les jumelles.

– Elles sont aussi bonnes qu'il le dit?

– C'est une marque allemande. Elles coûtent très cher, alors ne les perds pas. Il y a marqué 7 × 50, je suppose qu'elles sont assez puissantes. »

John prit les jumelles puis demanda à son père de lui passer l'étui et examina comment les jumelles s'y inséraient. Il les soupesa, inspecta les mécanismes et sourit à son père.

« Merci! Je peux les garder combien de temps?

– Paul est à Detroit jusqu'à la fin de la guerre. Il m'a dit qu'il n'en aurait pas besoin sur les chaînes de montage de tanks.

– Tu veux dire...

– Oui. Elles sont à toi pour un an... ou deux. »

Le visage de son fils s'éclaira, et il lui demanda :

« Tu ne veux pas les essayer?

– Non, dit John lentement. Pas en plein milieu de la ville, il y a trop de lumière et de poussière. Je veux que la première image soit parfaite. »

Son père comprit parfaitement.

L'étui en bandoulière, John cala les lourdes jumelles contre lui puis il se dirigea lentement vers la maison, levant de temps en temps la tête pour regarder le ciel.

Il était près de six heures, heure avancée en raison de la guerre, et les dernières étoiles de l'été allaient apparaître à l'extrême bord du firmament occidental. Ayant passé l'été à étudier le *Norton*, John avait identifié l'étoile qu'il espérait voir en premier, Arcturus le géant mordoré qui ne tarderait pas à émerger dans le jour déclinant sur le fond encore pâle du ciel. En suivant le prolongement du timon incurvé du Grand Chariot, on trouvait Arcturus. « Je verrai le grand triangle qu'on ne peut apercevoir qu'en été, Arcturus-Antarès-Véga. Et quand il aura disparu, il y en aura un autre, tout aussi beau, Véga-Altaïr-Deneb. » Il parlait des étoiles comme s'il les connaissait toutes personnellement.

Il n'avait pas de temps à perdre s'il voulait voir Arcturus cette année; comme elle était très bas sur l'horizon, il savait que son éclat serait atténué par l'atmosphère de la Terre. Tandis qu'il se dépêchait de rentrer chez lui, il fut tenté à plusieurs reprises de voir s'il pouvait isoler l'étoile avec ses jumelles dans la lumière crépusculaire, mais il en fut dissuadé par le souvenir de ce que lui avait dit le professeur Anderssen : « Faites les choses bien. L'une après l'autre. » « Après le dîner, se dit-il; j'attendrai que le ciel soit bien sombre. » Mais il réalisa d'un seul coup que ses recherches avaient commencé le jour où il avait levé les yeux vers les étoiles avec le grand livre. Le premier pas était déjà fait.

Pendant le dîner, il exaspéra sa mère en calant le *Norton* contre la carafe pour étudier une dernière fois l'emplacement d'Arcturus, et quand M. Pope revint de la pharmacie, il lui dit d'un ton sans réplique :

« Ferme ce livre, veux-tu. C'est l'heure de manger. »

John obtempéra mais, avant même d'avoir avalé la première bouchée de son repas, il demanda :

« Est-ce que je peux me lever de table? Je voudrais être là quand une certaine étoile...

– Tu finis d'abord ton dîner », dit M. Pope.

Sa femme eut un petit rire attendri et dit :

« Il n'aura jamais plus l'occasion de se servir de ses jumelles pour la première fois.

– Il a joué au football cet après-midi, il doit avoir faim. »

Mme Pope fit signe à John qu'il avait le droit de se lever de table, mais comme elle savait qu'il mourait de faim, quand il eut quitté la pièce, elle dit à son mari :

« J'irai lui apporter un sandwich tout à l'heure. »

Quelques minutes plus tard, chaudement emmitouflé dans une grosse veste pour se protéger de la fraîcheur automnale, John était de retour dans la cuisine. Quand il passa à côté de sa mère, cette dernière lui dit :

« Mme Kramer nous a dit au téléphone que tu avais joué merveilleusement cet après-midi.

– C'était un bon match », dit-il en se dirigeant vers la cour.

M. et Mme Pope n'assistaient que rarement aux matchs de leur fils, le premier parce qu'on avait toujours besoin de lui à la pharmacie, la seconde parce qu'elle n'arrivait pas à croire que de telles manifestations fussent essentielles dans l'apprentissage des valeurs humaines fondamentales. Le sport en soi, oui. Mais la compétition, avec ses supporters et ses chefs de claque, non. Le sport était une chose utile qui aidait à se maintenir en bonne condition physique, ce qu'elle appréciait après avoir vu les ravages que causait la maladie à l'époque où elle travaillait à la pharmacie avant son mariage. Mais elle n'avait jamais envisagé que son fils pût devenir un athlète, et encore moins un professionnel.

Les Pope, qui avaient élevé trois enfants dont deux étaient plus âgés que John, espéraient que leurs rejetons deviendraient de bons citoyens. Leurs ambitions se limitaient à cela. L'aîné serait sans doute médecin, la fille, qui était encore à l'université, semblait vouloir aller jusqu'à la maîtrise pour enseigner ensuite dans le secondaire; quant à John, il n'avait pas encore de véritable vocation, mais il excellait dans toutes les matières. Il n'avait que rarement des notes inférieures à B.

Bon en maths, encore meilleur en physique-chimie, il s'exprimait avec aisance, à l'écrit dans les examens trimestriels comme à l'oral durant ses exposés.

Ce n'était pourtant pas un enfant modèle; il avait une nature emportée qu'il avait parfois du mal à contrôler mais son comportement général témoignait des soins attentifs que ses parents avaient apportés à son éducation. Il était baptiste, républicain, boy-scout, champion de football bien que la gloire ne lui montât pas à la tête, et astronome amateur. Il n'avait pas une seule carie et possédait une musculature nerveuse lui permettant de peser trois kilos de moins que la normale, étant donné son âge et sa taille.

Il s'apprêtait à ouvrir la porte quand sa mère lui dit :

« A propos, John, Penny a téléphoné pour demander à quelle heure tu passeras chez elle pour que vous potassiez vos maths.

– Elle veut simplement que je lui fasse ses devoirs, oui.

– Ce n'est pas très gentil de ta part. Si tu lui avais promis de passer, appelle-la et décommande-toi, comme un garçon bien élevé.

– Maman, je n'ai pas envie de m'occuper de ça ce soir. Tu ne pourrais pas le faire à ma place, s'il te plaît ? »

Et, avant que sa mère pût élever de nouvelles protestations, il avait refermé la porte derrière lui.

Dehors, il fit ce qu'avaient fait tous les astronomes du monde depuis deux millions d'années, avant l'invention du télescope : il se planta derrière la maison et parcourut lentement le firmament du regard, s'orientant d'après la latitude, la longitude et l'heure pour savoir à quel endroit devrait se trouver telle ou telle étoile. Il faisait un avec les anciens Assyriens, avec les hommes étranges qui avaient érigé les pierres de Stonehenge, avec les Incas du Pérou. Il jeta un bref coup d'œil vers le nord où il connaissait depuis longtemps les étoiles polaires qui ne se couchent jamais; Polaris, l'amie des marins, les deux Ourses et le Dragon qui serpentait entre elles. Il connaissait le nom grec et les caractéristiques de chacune des étoiles du Grand Chariot, mais, ce soir, il voulait s'intéresser aux étoiles de l'ouest qui allaient disparaître pour six mois; elles brilleraient pendant la journée mais l'éclat du Soleil les rendrait invisibles.

Le visage levé vers le ciel, il savourait ce moment mystérieux où le crépuscule se fond dans la nuit pour permettre à des milliers d'étoiles lointaines de s'allumer. Très bas sur l'horizon se trouvait Arcturus, rougeoyant comme une immense fournaise; il mourait d'envie de voir dans ses jumelles sa première étoile, mais il se rendait compte que les oscillations de l'atmosphère la feraient paraître plus petite. Alors, il renversa la tête et plongea son regard dans les profondeurs infinies du ciel; au bout d'un moment, la voûte céleste s'illumina, mouchetée d'étoiles innombrables aux couleurs chatoyantes qui dessinaient des arabesques merveilleuses.

Il ne jeta pas un seul coup d'œil à la demi-lune qui étincelait dans le ciel car il considérait non sans raison qu'elle était un phénomène un peu trop voyant, dévalorisé par sa proximité et qu'il pourrait toujours étudier à loisir. C'étaient les étoiles qui le fascinaient, ces messagers scintillants franchissant des distances immortelles. Il resta plusieurs minutes perdu dans la contemplation du firmament, attachant son regard tantôt sur une étoile lointaine, tantôt sur une autre, jusqu'à ce qu'il eût décidé laquelle il regarderait en premier avec ses jumelles.

C'était Altaïr, une étoile blanche très brillante qui se trouvait dans la constellation de l'Aigle : « On peut toujours la localiser, en descendant vers l'horizon à partir de Véga et de Deneb. On la reconnaît à ses deux gardiens étincelants. »

C'était bien Altaïr, l'une des étoiles les plus lumineuses, parmi les premières à avoir été nommée par les Anciens; dans toutes les sociétés, elle avait été associée aux oiseaux, et elle planait maintenant sur la voûte noire du ciel.

Il approcha les jumelles lentement de ses yeux, renversa la tête et les pointa sur Altaïr. Contre toute attente, l'image lui parut floue mais, dès qu'il eut tourné la molette qui faisait bouger les deux oculaires, son œil gauche vit l'étoile avec une netteté parfaite. Il lui suffit alors de bouger très légèrement celle qui faisait varier l'oculaire de droite pour que la mise au point fût parfaite. Il poussa alors une exclamation de surprise : « Qu'est-ce qu'il y a comme étoiles! »

Ce qui, sur la carte du ciel, paraissait être une zone modestement peuplée, s'avérait en cet instant privilégié être une véritable forêt d'étoiles, et, il appréhenda la nature de l'univers. « Avec mes seuls yeux, je ne pouvais voir que quelques étoiles attachées à Altaïr. Maintenant, j'en vois des centaines. Si je pouvais me servir du télescope de l'université, je parie que j'en verrais des milliers. Et si l'on pouvait se transporter au-delà de l'atmosphère avec ce même télescope, je suis sûr qu'on en verrait des millions. Notre vue s'étendrait alors jusqu'aux confins de l'univers. »

C'est ce genre de réflexion qui traverse l'esprit d'un garçon imaginatif quand il contemple sérieusement sa première étoile. Mais il ne manquait pas non plus de bon sens et il revenait toujours vers Altaïr et ses deux gardiens; il savait maintenant qu'il pourrait toujours, d'un simple coup d'œil, identifier

Altaïr dans un ciel d'automne. Cette étoile était sienne pour toujours.

Au lycée, on ne considérait pas John Pope comme un littéraire, mais, à l'instar de ses parents qui étaient des gens cultivés, il était capable de s'exprimer avec clarté quand il s'agissait de débattre de questions théoriques. Quand il faisait du sport avec ses camarades, il se contentait d'émettre quelques grognements. Mais là, sous les étoiles, il dit à voix haute : « L'esprit humain n'est bloqué que par les limites du matériel dont il dispose. »

Quand ses bras se lassèrent de tenir les lourdes jumelles pointées sur le firmament, il s'assit par terre comme l'avaient sans doute fait avant lui les anciens Assyriens relevant la position des étoiles, les coudes sur les genoux. Il était dans cette position quand il entendit marcher derrière lui. Se retournant, il vit sa mère venir vers lui, un sandwich à la main.

« C'est vraiment très beau, John. »

Quand il se fut emparé de ce dîner improvisé, sa faim de joueur de football éreinté prenant le dessus, sa mère montra du doigt une étoile brillante qui se trouvait juste au-dessus d'eux et demanda :

« Comment s'appelle celle-là?

– Véga », répondit-il sans hésitation, et il désira soudain que sa mère vît cette étoile que les livres disaient particulièrement belle. Il la chercha, puis il tendit les jumelles à sa mère et lui montra comment partir de l'horizon pour remonter jusqu'à l'endroit au-dessus d'eux. Quand elle l'eut trouvée à son tour, elle eut une exclamation de joie :

« C'est si beau, John.

– Elle s'appelle Véga. Je suppose qu'il y avait une femme de ce nom, autrefois. »

Il lui paraissait impensable qu'une étoile aussi exquise pût ne pas être de sexe féminin.

Il ne savait pas grand-chose sur les filles. Il disait

souvent de sa sœur qu'elle était « une chouette fille », mais il aurait été bien incapable d'expliquer ce qu'il entendait par là. Il lui était déjà arrivé d'accompagner des camarades à des soirées organisées par l'école, mais il changeait toujours de cavalière. Il se rendait compte que certains le prenaient pour un type un peu bizarre mais il ne faisait rien pour les faire changer d'avis. Il n'avait que dix-sept ans, et ses parents ne l'autorisaient pas à sortir le soir comme certains des joueurs de football de son école; ils lui avaient d'ailleurs demandé avec insistance de ne pas fréquenter les filles délurées qui conduisaient la voiture de leurs parents. Trois jeunes gens de Henry Clay High School[1] avaient trouvé la mort dans des accidents de voitures et les Pope avaient dit à leur fils qu'il était hors de question qu'il ait une voiture avant dix-huit ans. Il comprenait très bien ce genre de choses. Il y avait dans cette famille un certain nombre de règles strictes que chacun des trois enfants avait contribué à établir et qu'ils devaient accepter.

« Nous n'avons aucunement l'intention de faire de vous des petits saints, disait Mme Pope. Et nous ne voulons pas que nos fils deviennent des poules mouillées. Notre seul désir est que vous grandissiez en ayant le sens des responsabilités. Nous voulons que vous recherchiez des compagnons qui vous ressemblent. Des jeunes gens qui vont à l'église, qui se marient et qui ont par la suite des enfants corrects. »

M. Pope disait :

« Je sais qu'inévitablement vous boirez un peu, mais je prie le Ciel que vous ne fumiez jamais. Ce que je vois tous les jours me renforce dans cette conviction... tous ces hommes affligés d'une toux perpétuelle... ne fumez pas. »

1. Ecole d'enseignement secondaire. *(N.d.T.)*

Mme Pope était d'avis qu'il ne fallait pas manger d'aliments frits plus de deux fois par semaine – et encore – et comme dans cette partie de l'Ouest, on ne faisait pas une grande consommation de salades, elle mettait l'accent sur les légumes :

« Ils font travailler l'estomac car ils sont fibreux et personne n'aura de dessert dans cette maison avant d'avoir fini ses légumes. »

Il était sorti trois fois cet automne avec une fille de sa classe qui commençait à prendre une place importante dans sa vie. Penny Hardesty habitait une maison de bois, non loin de la sienne mais dans la mauvaise direction. Les Pope habitaient Ash Street qui, déjà, n'était pas une des rues les plus chic de la ville.

Ensuite, par ordre alphabétique il y avait Beech, Chestnut, Dogwood et Elm. Les Hardesty habitaient Elm Street, une rue miteuse où logeaient principalement les journaliers et les ouvriers. Sam Hardesty travaillait pour une entreprise de camionnage et sa femme était employée dans un salon de coiffure. Ils avaient quatre enfants, tous d'excellente réputation, mais aucun des trois premiers n'avaient fait d'études supérieures, et l'on n'imaginait pas que Penny pût continuer les siennes. C'était une famille considérée mais ceux qui avaient mieux réussi se disaient souvent :

« Je me demande pourquoi Sam Hardesty n'a jamais cherché à améliorer sa situation? »

Penny était une élève moyenne, cataloguée B-moins par ses professeurs qui soutenaient qu'elle pourrait facilement entrer dans le groupe des A si elle s'appliquait davantage. Ils remarquaient toutefois chez elle une attitude désinvolte qu'ils associaient aux filles s'intéressant de trop près aux garçons. Pourtant, ce n'était pas son cas. Si elle ne montrait pas cet intérêt exclusif pour les études que les professeurs prisaient par-dessus tout, ce n'était pas à cause des garçons; elle était perturbée par un malaise bien plus profond qu'elle avait de la peine à définir elle-même. Elle désirait confusément améliorer sa condition car elle réalisait le tort que ses frères et sœurs s'étaient causé en ne continuant pas leurs études.

« C'est comme s'ils s'étaient enfermés dans une boîte, avait-elle confié à John au cours de la deuxième soirée qu'ils avaient passée ensemble, et je trouve que c'est une chose horrible que d'être l'auteur de son propre châtiment. »

John appréciait la compagnie de Penny car elle aimait discuter de choses sérieuses. Elle n'était pas du tout comme les autres filles et, à force de la côtoyer pendant les cours et à d'autres moments plus décontractés de la vie scolaire, il comprit qu'elle n'attachait pas grande importance à ses prouesses sportives. Elle disait des joueurs que c'étaient « de grands animaux » et ironisait doucement quand John lui parlait des règles strictes que l'entraîneur imposait à ses « petits chéris. »

Penny était exceptionnellement douée en histoire et en instruction civique. Elle aurait certainement obtenu des A dans ces deux matières si son travail écrit avait été plus régulier, mais autant elle était capable de rendre des dissertations d'un très haut niveau, autant elle pêchait par un manque total de raisonnement et de logique. En mathématiques elle était pratiquement nulle et John l'aidait souvent à faire ses devoirs. Pendant l'un de ces « cours particuliers », il réalisa pour la première fois qu'elle n'avait pas du tout la même façon de penser que lui : si elle ne comprenait pas du premier coup une démarche abstraite, elle laissait tomber carrément et refusait obstinément de s'y intéresser. Elle ne pouvait saisir par exemple le concept de nombre négatif et quand John, lui dessinant le diagramme de base – une ligne verticale (l'axe des Y, l'ordonnée) coupée par une ligne horizontale (l'axe des X, l'abscisse) –, essaya de lui expliquer les quatre quadrants, elle comprit ce qui se passait en haut à droite. Mais quand elle descendit en bas à gauche, où des choses négatives produisaient des résultats positifs, elle recouvrit d'une main cette partie de la feuille et dit :

« Pour moi, cela n'existe pas. »

Et elle ne voulut plus en entendre parler.

Elle lui avoua plus tard que, lorsqu'on habitait Elm Street, on se heurtait à tellement de choses négatives qu'à moins de les ignorer complètement et de se concentrer sur ce qui était positif dans l'existence, on devenait absolument dingue.

Les deux dernières fois qu'ils étaient sortis ensemble, ils avaient échangé, plus ou moins à l'instigation de Penny, des baisers prolongés, ce que John avait trouvé divinement agréable. Ils avaient passé quelques soirées à étudier leurs maths ou à discuter de telle ou telle question d'histoire. Mme Pope aimait bien la jeune fille; elle était contente de voir que John avait trouvé une camarade aussi convenable qu'il pouvait emmener à des soirées dansantes sans que ses parents s'en inquiètent. Elle avait remarqué que Penny aimait à se rendre utile dans la maison, chose qu'elle faisait d'ailleurs aussi chez elle où elle s'était attribué la responsabilité du rez-de-chaussée : « Je n'ai pas envie de vivre dans une porcherie. »

Mme Pope, un jour, avait dit à son mari : « Il n'y a rien de vraiment bien sérieux entre John et Penny. » A quoi son mari avait répondu : « Si j'étais à la place de mon fils, il en irait autrement, elle est si jolie! »

C'était en effet une jeune fille très séduisante; elle était presque aussi grande que John, avec des cheveux lustrés châtain foncé qu'elle relevait souvent en couettes, agrémentés d'une frange charmante séparée en deux sur le front. Elle était de corpulence moyenne, et tous ses gestes trahissaient une certaine vivacité. Son teint était sans défaut et son visage, s'il n'était pas d'une beauté parfaite, était très agréable à regarder. Elle avait le don de choisir les vêtements qui la mettaient en valeur et accordait une nette préférence aux petites robes un peu strictes ornées d'un col Claudine, ce qui lui donnait un air à la fois coquin et irrévérencieux.

Aussi était-il naturel que le soir où il regarda pour la première fois Véga, la merveilleuse étoile de l'été qui scintillait au nord avec l'éclat blanc-bleu d'un diamant, John Pope pensât à Penny Hardesty... aux baisers qu'ils avaient échangés... et à ce que lui avaient raconté certains de ses coéquipiers sur leurs aventures amoureuses.

John ne pouvait penser à Penny « de cette façon-là » car il savait bien qu'elle n'était pas comme les autres filles de mœurs légères qui fréquentaient les joueurs de football. Ces filles avaient déjà leur propre voiture et habitaient généralement seules, leurs parents étant souvent absents. Penny et lui avaient souvent discuté de ce genre de choses et ils savaient tous deux qu'il y avait bien d'autres choses dans la vie que le lycée et les bals du samedi soir. Penny, par exemple, était fermement décidée à entreprendre des études supérieures. Elle ne savait ni où ni comment, mais elle y était résolue. Quant à John, il lui avait confié un secret que même sa mère ignorait :

« Papa connaît le sénateur Gantling, de Calhoun, qui lui a promis, si je travaillais bien à l'école, de me faire entrer à Annapolis. Il demande de mes nouvelles à peu près deux fois par an et, la dernière fois, il paraît qu'il a dit à papa : « On dirait que votre fils « est un gagnant. »

– Annapolis? Tu irais si loin?

– Je t'inviterais. Pour les bals. Avec les uniformes et tout ça.

– Annapolis! » Cette éventualité l'impressionnait, la déconcertait même bien plus que lui. Elle avait ensuite dit une chose étrange : « Ma vision du monde ne va pas au-delà de cette ville. Je n'envisage même pas d'aller jusqu'à Webster, où il y a une école d'infirmières. Et certainement pas dans le Nebraska, comme l'a fait Charlene. Et voilà que toi, tu penses à Annapolis! »

La nuit avançait. En Angleterre, la formidable flotte aérienne des bombardiers américains avait traversé la mer du Nord et se trouvait au-dessus de Peenemünde où les avions éclaireurs avaient largué leurs bombes. Dans le golfe de Leyte, le commandant Grant était ballotté dans son canot de sauvetage et il essayait de se persuader que des avions américains, envoyés à leur recherche, ne tarderaient pas à le découvrir, lui et ses hommes; il ne savait pas que les requins arriveraient avant eux. Dans le ciel tranquille du Fremont, Véga entamait sa courbe descendante et un jeune homme émerveillé fouillait du regard une constellation voisine, à la recherche du miracle dont parlait le livre qu'il lisait depuis plusieurs semaines.

Ce phénomène extraordinaire situé dans la constellation d'Hercule, malgré sa vue perçante, John pouvait à peine le discerner; il ne voyait qu'une faible décoloration un peu floue. La repérant avec soin, il régla les oculaires des jumelles... Il l'avait trouvé!

C'était M-13, le grand amas globulaire d'Hercule, une des manifestations les plus saisissantes qui existent dans les cieux. Un groupement impressionnant d'étoiles, à trente-quatre mille années-lumière, diffusait une quantité énorme de lumière sur une distance de trois cents millions de billions de kilomètres. C'est inouï, se dit John d'un ton pénétré, un demi-million d'étoiles dans un seul amas!

Il ne pouvait ni le voir très nettement, ni distinguer individuellement les étoiles, mais il parvenait à discerner le gigantesque amas et à appréhender sa signification; il voyait là une partie du système céleste dont la brillance était si forte qu'elle franchissait la distance immense qui la séparait de la Terre.

« C'est merveilleux! s'écria-t-il dans la nuit.

– Quoi donc? » demanda une voix derrière lui.

Une main se posa sur son épaule et une tête s'approcha de la sienne.

C'était Penny. John lui avait promis de l'aider à faire ses maths, mais voilà qu'il avait annulé leur rendez-vous sans même se donner la peine de lui téléphoner. Sa mère l'avait fait à sa place et avait dit à Penny : « John a un nouveau jouet, ce sont des jumelles, et je crains fort qu'il ne faille pas trop compter sur lui dans les jours à venir. »

Quand Penny apprit cette nouvelle alarmante – qu'une paire de jumelles pût supplanter un rendez-vous amoureux –, elle eut comme un éblouissement et pressentit le cours futur de leurs relations : John et elle sortiraient sans doute encore de temps en temps pendant leur dernière année d'école, et puis il partirait pour Annapolis où il découvrirait de nouveaux horizons et, fatalement, de nouveaux engagements. Ils ne se reverraient plus. Elle perdrait ainsi la seule chance de s'allier à une personne de premier ordre et elle n'aurait plus qu'à se rabattre sur les hommes et les garçons de troisième catégorie qu'elle côtoyait tous les jours. A tort ou à raison, elle voyait en John Pope la seule issue logique d'échapper à une vie terne et circonscrite, celle à laquelle s'étaient volontairement condamnés son frère et ses deux sœurs. Atterrée devant cette perspective, elle s'était faufilée par les petites rues derrière les maisons jusqu'à la demeure des Pope. Elle était arrivée sans se faire remarquer, juste au moment où M. Pope rentrait après avoir fermé la pharmacie; elle s'était cachée derrière un arbre jusqu'à ce qu'il eût refermé la porte d'entrée et l'avait entendu crier à l'intention de John manifestement dans l'arrière-cour :

« Ne les use pas complètement la première fois, ces malheureuses jumelles, gardes-en pour demain!

– D'accord, p'pa. »

Quand il n'y eut plus aucun bruit, elle contourna la maison et se glissa dans la cour où, à la lueur de la Lune qui déclinait à l'horizon, elle trouva John assis par terre, les coudes sur les genoux et la tête levée vers le ciel. Elle s'approcha et l'entendit qui se parlait à lui-même, ce qui lui donna l'idée de se joindre à cette conversation intérieure comme si elle avait toujours été là.

Encore sous le coup de l'émotion que lui avait causée la vue de Véga, cette étoile parfaite, une des plus subtiles qui fût aux cieux, John laissa pendre ses jumelles au bout de leur courroie et se retourna brusquement, prenant Penny dans ses bras. Ils restèrent longtemps à s'embrasser, puis ils s'aventurèrent sur un terrain plus ou moins inconnu pour aller s'isoler au milieu de buissons qui les rendaient invisibles de la maison; puis se dévêtant en partie, ils étalèrent leurs vêtements sur le sol pour se protéger de l'humidité. Serrés l'un contre l'autre, ils eurent des gestes brusques et tendres à la fois, entrecoupés de mots d'amour, et leur aventure se termina selon la logique de ce qui avait précédé. Grelottant de froid, ils restèrent enlacés sur le sol puis recommencèrent. Les étoiles dont l'appel avait été si impérieux quelques moments auparavant poursuivaient au-dessus d'eux leur course dans le firmament.

Il était une heure passée quand ils se rhabillèrent. Ils grelottaient si fort que Penny s'exclama :

« Pour moi, faire l'amour évoquera toujours quelque chose de glacial.

– Pas pour moi! » rétorqua John.

Mme Pope appela son fils d'une fenêtre du premier étage.

« John, laisse donc les étoiles maintenant. Tu vas attraper la mort.

– Je vais bientôt rentrer, m'man. »

Il reconduisit Penny jusque chez elle par les petites rues, les jumelles cognant à chaque pas contre sa hanche, et tandis qu'ils traversaient la ville silencieuse elle fit une chose très maladroite, ou bien la plus sensée de sa vie. Elle révéla sa stratégie :

« John, il faut que tu comprennes ce qui s'est passé cette nuit.

– Je ne pourrais jamais l'oublier.

– Je n'ai pas dit " te rappeler ", j'ai dit " comprendre ". » Elle se demanda un instant si elle avait raison d'avouer ses pensées, mais il était dans sa nature d'agir ainsi. « Je prévois ce qui va se passer, John. Tu vas partir. Tu iras à Annapolis. Il y aura encore la guerre. Si je laissais les choses suivre leur cours, je ne te reverrais vraisemblablement jamais. Mais tu es pour moi bien plus important que toutes les guerres et toutes les universités. Plus important que tout au monde. Je voulais que tu en prennes conscience. D'une façon indélébile. Je voulais te lier à moi parce que je sais que des liens pareils ne te font pas peur.

– J'étais prêt, dit-il.

– Tu es la chose la plus formidable qui pourra m'arriver jamais. Et jamais tu ne rencontreras une fille aussi bien que moi. Ma vie se déroule là-haut, parmi les étoiles. Je voulais que tu le saches. »

Quand ils furent arrivés devant chez elle, ils

s'attardèrent un moment, conscients de l'importance de l'événement qui venait de se produire là-bas, sous le regard des étoiles. Ils s'étaient projetés dans le futur, par-delà les guerres et les bruits de bataille dont ils avaient lu les indications dans Shakespeare, et ils savaient que dans le tourbillon d'espace auquel ils appartenaient, ils auraient toujours en commun quelque chose de très spécial. Ils s'embrassèrent avant de se quitter.

Pour rentrer, John empruntant des rues plus fréquentées put voir une lumière tamisée dans l'observatoire de l'université, peut-être celle du professeur Anderssen! Il courut vers la porte de l'observatoire. Elle était ouverte, il entra. Entendant du bruit au premier étage, il grimpa l'escalier branlant et eut le plaisir immense de voir que l'homme devant le télescope était bien le professeur Anderssen.

« Je suis la personne qui a acheté *L'Atlas des étoiles,* annonça-t-il en guise d'explication.

– Je vois! Vous avez fait ce que je vous ai dit, c'est bien, vous vous êtes servi de vos jumelles.

– Ce ne sont pas les miennes. Elles appartiennent à un ami de mon père qui est parti fabriquer des tanks à Detroit.

– Alors, vous avez suivi le déplacement des étoiles dans le ciel?

– Oui, monsieur, dit John en espérant lui donner l'impression qu'il avait passé ses nuits à regarder les étoiles à la jumelle.

– Et qu'avez-vous vu?

– Eh bien, je ne me suis pas vraiment attardé à regarder la Lune.

– La Lune peut attendre; elle est toujours là. Elle n'a d'ailleurs qu'un intérêt limité. Et les étoiles?

– J'ai été emballé par Altaïr. Et il y a tant d'étoiles dont j'ignorais jusqu'à l'existence!

– Quelle est la puissance de vos jumelles?

– 7 × 50.

– On peut voir beaucoup de choses avec ça. »

Suivit un silence embarrassé qui trahissait le désir du professeur de se remettre au travail; John sentait bien qu'il aurait dû partir, mais cette nuit était tellement extraordinaire qu'il mourait d'envie de la prolonger.

« Est-ce qu'il serait possible que je...

– ... Jette un coup d'œil dans le télescope?

– Oui.

– C'est la première fois?

– Je n'ai jamais regardé les étoiles que dans ces jumelles, dit-il en tapotant l'étui d'un air familier.

– Cela pourrait vous paraître bien surprenant. » Son regard glissa sur le gigantesque engin et s'attarda sur John. « Etes-vous vraiment prêt?

– Je crois que oui », dit John. Il n'aurait pas eu le courage de répondre ainsi la nuit précédente.

« Laissez-moi vous poser quelques questions. Dans quel fuseau horaire sommes-nous?

– Greenwich moins six.

– Quelle heure est-il à Londres?

– Sept heures du matin.

– Quelle est notre longitude?

– Quatre-vingt-dix-sept degrés ouest.

– Notre latitude?

– Quarante degrés nord.

– Quand il s'agit d'orienter un télescope comme celui-ci, laquelle de ces deux coordonnées est la plus importante?

– La latitude.

– Pourquoi?

– Parce que pour construire une monture équatoriale...

– Vous savez ce que c'est, une monture équatoriale?

– Oui. C'est un mécanisme qui permet au télescope de tourner autour du même axe de rotation que la Terre, de sorte qu'en faisant le point sur une étoile donnée on est certain qu'elle reste toujours au centre de l'objectif.

– Vous êtes prêt », dit le professeur.

Peu de ses étudiants auraient été capables de répondre avec une telle précision.

« Et que voudriez-vous voir en premier, jeune homme? Rappelez-moi votre nom, voulez-vous.

– John Pope, mon père est pharmacien.

– Bien sûr! Vous êtes ce fameux joueur de football dont mon fils me rebat les oreilles.

– Je joue un peu, oui.

– Et vous connaissez tellement de choses sur les étoiles?

– Ce que j'ai vu me paraît si merveilleux que j'ai du mal à croire que cela existe vraiment.

– Et qu'avez-vous donc vu?

– M-13. »

Le professeur Anderssen releva le menton comme s'il venait de recevoir un coup.

« Vous connaissez les nombres de Messier?

– Quelques-uns seulement.

– Cela vous ferait-il plaisir de voir quelque chose d'assez extraordinaire qui se trouve dans la constellation de Persée?

– Vous voulez dire 869-884? »

Le professeur Anderssen joignit les mains, extasié, en disant :

« Mon petit, cela ne vous dirait rien de faire sérieusement de l'astronomie? Venez vous inscrire à mes cours du deuxième trimestre en auditeur libre.

– Ce serait possible? Je ne suis encore qu'au lycée, vous savez.

– Quand les hommes comme moi vieillissent, ils essaient de trouver des gars comme vous. Inscrivez-vous. » Il toussota puis reprit avec fougue. « Et maintenant vous allez voir votre premier vrai trésor. L'amas double. »

Abandonnant le secteur qu'il était en train d'étudier, il fit pivoter lentement le lourd télescope, et John crut qu'il devait s'avancer pour regarder dans l'oculaire; mais le professeur l'arrêta immédiatement en lui disant sur un ton presque désagréable :

« Reculez-vous. Vous avez devant vous un instrument noble, qu'il faut respecter. »

Il vint se placer à côté de John et lui fit admirer dans la lumière imprécise qui régnait dans l'observatoire l'extraordinaire beauté du télescope, les segments de bois amoureusement polis avec leurs cerclages de cuivre jaune luisant dans la pénombre.

« Ce télescope est l'œuvre d'Alvan Clark, du Massachusetts. Il date de 1886. C'était un excellent astronome et un mécanicien de génie, le meilleur que l'Amérique ait produit.

– Si cet instrument est tellement célèbre, demanda John, comment se fait-il qu'il ait abouti ici?

– Mon petit, cet observatoire est l'un des meilleurs qui soient au monde. Sinon, je ne serais pas là. » Il caressa le fût du télescope avec passion. « Au siècle dernier, un homme stupide réussit à obtenir un diplôme universitaire. Il lui vint à l'idée d'étudier l'astronomie. J'ai vu la lettre de candidature qu'il envoya : il n'y avait pas un mot qui ne fût pas mal écrit : « *Astraunnomie* »... on rejeta sa candidature. Il se lança alors dans les affaires et gagna quatre millions de dollars en trafiquant avec des actions de chemin de fer. La première chose qu'il fit avec cet argent fut d'acheter, avec cet Alvan Clark, un bâtiment pour le loger. Il paraît qu'il venait tous les soirs ici regarder les étoiles, sans connaître le nom d'une seule d'entre elles. »

Le professeur Anderssen appuya ses mains sur le bois luisant et dit :

« Avant de regarder dans un télescope comme celui-là, il faut d'abord regarder avec ses yeux. Que voyez-vous là-haut, entre Persée et Andromède? »

Par une ouverture pratiquée dans le plafond, John étudia les cieux constellés d'étoiles et finit par discerner une masse diffuse, très pâle et statique.

« C'est cela? » demanda-t-il.

Le professeur dit :

« Regardez maintenant dans vos jumelles. »

John s'exécuta et constata avec satisfaction qu'il s'agissait d'un agrégat, sans toutefois pouvoir en déterminer la nature.

« Vous êtes suffisamment préparé maintenant pour regarder le fameux amas double dans un Alvan Clark », dit le professeur, qui mit lui-même un certain temps avant de le trouver et poussa des grognements de plaisir quand il eut réussi la mise au point.

Il se recula pour laisser la place à John et quand ce dernier eut ajusté l'oculaire, il découvrit que cet amas confus était en réalité une paire d'amas splendides, de volume à peu près égal, grouillant d'étoiles nocturnes d'une beauté insoutenable. On eût dit qu'une rivalité monstrueuse opposait ces deux amas d'est en ouest; c'était une multitude d'étoiles gigantesques qui se livraient un combat de titans. Certaines formaient des groupes serrés, semblables à des lutteurs s'étreignant dans un corps à corps furieux, d'autres étaient éparpillées au hasard, mais toutes étaient intimement liées les unes aux autres comme si le tumulte des cieux les maintenait enchaînées malgré elles. C'était la complexité de leur mouvement qui donnait aux amas cette beauté si séduisante.

« Combien d'étoiles y a-t-il dans chaque amas? demanda Anderssen.

– Toutes les étoiles que nous voyons appartiennent-elles à ces amas? demanda John.

– Excellente question. Non. Certaines sont entre nous et les amas. D'autres sont encore plus éloignées qu'eux. Dans celui de gauche, il y a trois cents étoiles. Dans celui de droite, quatre cents.

– Cela paraît impossible.

– Et maintenant, passons au véritable joyau. Messier 31. Pouvez-vous la trouver sans l'aide des jumelles?

– Oh! oui. Je cherche le Carré de Pégase, je projette la diagonale vers Cassiopée et, à mi-chemin, un peu à l'ouest... Voilà, je l'ai.

– Que voyez-vous dans les jumelles?

– Une masse nébuleuse. Très stable. Très grande.

– C'est l'objet le plus éloigné de la Terre que l'homme primitif ait pu voir à l'œil nu. Savez-vous quelle distance la sépare de nous?

– Non.

– Environ 2,25 millions d'années-lumière. Si nous envoyons ce soir à Andromède un message selon la vitesse de la lumière, nous ne pourrons pas recevoir de réponse – à condition qu'ils le comprennent là-haut et qu'ils aient envie d'y répondre – avant 4,5 millions d'années. Quelle distance cela fait-il, d'après vous?

– J'aurais besoin d'un crayon.

– En voici un. »

Et John s'assit devant le vieux bureau en bois auquel travaillaient les astronomes de l'université et, faiblement éclairé par une lumière tamisée, il posa son opération à voix haute : « 2,25 millions d'années-lumière multipliés par environ 9 billions de kilomètres par an. » Il fit la multiplication en ajoutant la quantité de zéros nécessaires. Puis il annonça le résultat : « J'arrive à 20 suivi de dix-huit zéros. »

Le professeur Anderssen faisait ses calculs de son côté, se servant de chiffres plus précis. Quand il eut terminé, il dit :

« Nos résultats concordent presque. Il semble que la distance réelle soit de 20,8 milliards de milliards de kilomètres. »

Les deux hommes s'absorbèrent dans la contemplation de ces distances phénoménales. Puis John regarda par l'ouverture la tache floue qu'était Andromède avec un sentiment nouveau de respect.

« Et maintenant, regardez-la dans le télescope », dit Anderssen.

John approcha ses yeux de l'oculaire, franchissant d'un coup l'énorme distance qui le séparait de l'endroit où M-31 flamboyait majestueusement dans la nuit.

« Considérez sa magnitude, murmura Anderssen. Notez sa forme identique à celle de notre galaxie. Voyez le noyau brillant qui est en son centre, ainsi que l'énorme nuage gazeux qui entoure cette condensation centrale. Pouvez-vous voir les bras en spirale, sentez-vous cette violence inouïe qui en émane? Etes-vous capable de deviner quelle loi mystérieuse régit ces formes incroyables? »

Pendant onze minutes, tandis que le télescope suivait délicatement le mouvement de la galaxie lointaine dans l'espace, John Pope put admirer ses multiples splendeurs. Puis il entendit le savant norvégien qui disait :

« Cette nuit, vous avez découvert deux merveilles de l'univers, le beau et le prodigieux. Nous estimons qu'il existe cent milliards d'autres galaxies là-bas, au-dehors. Et si nous arrivons un jour à transporter un télescope au-delà de notre atmosphère, je suis certain que nous découvrirons un nombre tout aussi important d'autres galaxies. Car l'espace est infini, il n'a pas de bornes. Souvenez-vous de ceci, John : vous et moi, nous vivons sur une planète mineure attachée à une étoile mineure qui se trouve elle-même à l'extrême bord d'une galaxie mineure. Nous ne faisons que passer, et quand nous aurons disparu nous serons oubliés. Et un jour, les galaxies elles aussi disparaîtront. La morale de tout cela – la seule qui ait un sens – est qu'il faut employer d'une façon utile le temps si court qui nous est imparti. Je serais enchanté que vous vous inscriviez à mes cours en janvier. »

Lentement, sous un ciel constellé d'étoiles bien plus nombreuses qu'en début de soirée car, maintenant qu'il faisait tout à fait nuit, les étoiles plus faibles se détachaient sur le fond sombre, John reprit le chemin de la maison, les jumelles battant sur sa hanche au rythme de ses pas. Dans le golfe de Leyte, il était quatre heures de l'après-midi et Norman Grant se déshydratait lentement au soleil au fond de son canot de sauvetage; tandis qu'à Peenemünde, les experts allemands en fuséonautique essayaient d'évaluer dans l'aube les dégâts causés par le terrible raid des bombardiers américains.

John Pope était conscient d'avoir vécu une expérience rare et précieuse – son premier voyage au royaume des étoiles, la vision de la beauté parfaite à travers Altaïr, le début de son amour pour Penny, et enfin le spectacle de cette galaxie infiniment lointaine. Aucune autre nuit ne ressemblerait jamais à celle-là. Ma tâche est de faire en sorte que toutes les autres nuits soient aussi bonnes que possible...

« Bon Dieu ! cria son père quand John arriva à la porte. Deux heures trente ! Pour qui diable nous prends-tu ? »

John resta sidéré. Il n'avait jamais encore entendu son père, si vieux jeu, jurer.

« J'étais à l'observatoire, s'excusa-t-il. On m'a laissé regarder...

– John », appela sa mère du bas de l'escalier. Elle était en chemise de nuit et on voyait qu'elle avait pleuré. « Tu aurais dû nous téléphoner.

– Je suis allé à l'observatoire, c'est tout.

– John Pope, tu n'as pas à courir les rues comme un voyou, dit son père, jaloux de sa bonne réputation. Et si tu te rends dans des endroits comme l'observatoire sans nous prévenir, tu pourrais avoir le bon goût de nous téléphoner une fois que tu y es. Nous nous préoccupons beaucoup de ce qui peut t'arriver, mon garçon.

– Le professeur m'a invité à suivre ses cours à l'université. Ils commencent en janvier.

– C'est très encourageant », dit sa mère.

Une fois dans sa chambre, il n'arriva pas à trouver le sommeil car il avait l'impression que l'univers majestueux était en train d'exploser autour de lui, l'inondant de sa lumière.

Une heure avant l'aube, les Pope entendirent sonner le réveil dans la chambre de leur fils et ils sortirent sur le palier pour voir ce qui se passait. Ils eurent juste le temps de voir John descendre l'escalier à toute vitesse.

« Où diable vas-tu maintenant? demanda M. Pope en jurant pour la seconde fois cette nuit.

– Je voudrais voir finir la nuit.

– John, dit sa mère d'un ton calme, il faut que tu t'habilles plus chaudement. » Quand elle le vit hésiter, elle ajouta : « Nous songeons à ta santé, c'est tout. Va mettre une veste. »

Quand il arriva dans la cour, il vit au-dessus de lui la panoplie sans égale des constellations d'hiver : le Taureau, Orion, les Gémeaux, le groupe comprenant Sirius la magnifique et, à l'est, le Lion et les étoiles latérales de la Vierge. Enchanté par ce spectacle, il leva les jumelles et détailla toutes ces merveilles l'une après l'autre, mais c'est seulement peu de temps avant l'aube qu'il put enfin voir ce qui lui avait fait quitter son lit de si bonne heure. C'était Arcturus la rouge qui se levait au-dessus de la plaine et, tandis qu'elle grimpait dans le firmament, luttant contre le jour naissant, John accepta comme une réalité le fait que sa planète, la Terre, décrivait une orbite elliptique autour du Soleil. Au crépuscule, il avait vu Arcturus glisser derrière la Terre; à la fin de cette même nuit, il la voyait reprendre sa place dans les cieux.

« Nous tournons véritablement dans l'espace », murmura-t-il. Une fois de plus, il fut pris du désir fou de voir la grande étoile rouge dans ses jumelles mais, cette fois encore, elle était trop bas sur l'horizon pour qu'il pût la voir sans qu'elle fût déformée par l'atmosphère. Alors, il attendit. Mais quand Arcturus fut suffisamment haut dans le ciel, il faisait déjà jour et il n'y avait plus d'étoiles.

A trois heures de l'après-midi de ce 24 octobre 1944, tandis que Stanley Mott évaluait les dégâts causés par la fusée qui était tombée au cœur même de Londres dans le centre des affaires, et tandis que l'amiral Nishimura enfermait dans son coffre-fort les instructions de l'opération Sho-Go, lui enjoignant d'emmener sa petite flotte faire une incursion suicidaire dans le golfe de Leyte, Dieter Kolff, un technicien en fuséonautique, chargeait sa bicyclette sur un petit bac reliant la base ultra-secrète de Peenemünde, dans la mer Baltique, à la côte allemande. Le bac se dirigeait vers l'ouest et ne mettrait que peu de temps entre l'île et la terre ferme.

Il avait trente-sept ans; c'était un petit homme maigre, à l'allure timide, dont la moustache ne réussissait pas à changer la physionomie. Il portait d'épaisses lunettes qu'il avait coutume d'enlever quand il cherchait à impressionner les gens mais qu'il s'empressait de remettre dès qu'on lui tendait un document ou une pièce détachée. Il parlait sans élever la voix, mais montrait une obstination farouche à défendre ses opinions; il n'avait jamais fait part à qui que ce soit de ses convictions personnelles, pas même à Liesl à qui il allait rendre visite ce jour-là.

L'évolution de l'Allemagne nazie lui avait appris cette méfiance. Il venait d'une région montagneuse et pauvre située au sud de Munich et s'était heurté au mépris des autres car il ne descendait pas des familles guerrières de la Prusse. Il n'était pas non plus doué pour les affaires comme les Allemands de la Ruhr, et ce n'était pas un intellectuel comme la plupart des Berlinois. Il ne possédait qu'un seul don : il lui suffisait de regarder une machine pour détecter immédiatement où était la panne. Il avait cultivé ce don dans la petite ferme de son père ainsi qu'à l'usine de Munich où il était parti travailler plus tard. Mais comme il n'était jamais allé à l'université et qu'il avait du mal à s'exprimer, ce don ne lui avait jamais rien rapporté.

Il fut incorporé dans l'armée comme simple soldat sur le front français, puis sur le front russe. Des quantités d'officiers, bien moins capables que lui d'entretenir leurs machines de guerre, passèrent des dizaines de fois à côté de lui sans jamais lui demander son aide. Mais il était assez intelligent pour se rendre compte, au printemps 1942, que toute armée allemande qui s'engagerait plus avant en territoire russe courrait droit au désastre, et il employa toute son énergie à échapper à ces steppes grises et désolées.

La chance lui sourit au début de l'année 1943 tandis qu'il servait dans le Caucase sous les ordres du malheureux général Paul von Kleist. Au cours d'un grand mouvement de retraite, les tanks de von Kleist tombèrent en panne les uns après les autres. Et quand le général se rendit parmi ses hommes pour les exhorter à effectuer des réparations irréalisables, il repéra un mécanicien taciturne qui s'attachait avec ténacité à réparer tout ce qu'on lui apportait. C'est ainsi que sur le terrain boueux où s'amoncelaient les pièces défectueuses, Dieter Kolff fut nommé lieutenant chargé de superviser la réparation des énormes tanks.

Deux semaines plus tard, Hitler envoya un message urgent à la Wehrmacht lui demandant de sélectionner un certain nombre de jeunes gens aux états de service impeccables, qui seraient appelés à travailler à une tâche de première importance. L'ordre n'en disait pas davantage, mais une enquête discrète permit de savoir qu'il fallait des hommes très compétents en mécanique, et qui n'étaient pas originaires de grandes villes. Von Kleist médita longuement cette formulation quelque peu sibylline et en conclut que Hitler réclamait des valets de ferme costauds, non contaminés par le radicalisme des villes.

Il lui en fallait onze, et quand il en eut désigné neuf, il pensa soudain au lieutenant Kolff, l'officier le plus digne de confiance de l'état-major. Une tactique pleine de subtilité se dessina dans son esprit : Je vais envoyer au Führer le meilleur homme dont je dispose et peut-être alors... Oui, peut-être que Hitler fermera les yeux sur les désastres survenus sur le front du Caucase.

« Où êtes-vous né? » demanda von Kleist.

Quand Dieter eut donné le nom de son village, le général reprit :

« Il y a écrit « Munich » sur vos papiers. Nous ne voulons personne qui vienne de ce point névralgique.

– Je suis né dans une ferme », répondit Dieter.

Le soir même, il quittait la Russie le cœur bondissant de joie à l'idée que chaque tour de roue l'éloignait de cet endroit maudit.

Il ne travaillait pas depuis deux semaines aux formidables installations de Peenemünde que son habileté extraordinaire était reconnue et, un soir, il fut présenté à un homme de haute stature extrêmement silencieux, au visage sillonné de rides et à la voix caverneuse.

« Voici le général Eugen Breutzl, dit une ordonnance. Vous ne saluez pas les généraux? »

Kolff salua maladroitement.

« On me dit que vous faites ce que vous voulez de vos machines », dit le général.

Il venait d'avoir cinquante-trois ans et peinait visiblement sous le poids des problèmes urgents qu'il était constamment obligé de résoudre.

« Je sais réparer les choses, dit Kolff.

– Education?

– J'ai travaillé dans une usine. Je réparais des choses.

– Extraction?

– Mes parents sont fermiers. »

Breutzl fronça les sourcils puis demanda avec intérêt :

« Ce sont de gros propriétaires terriens?

– Non. On élevait des poulets.

– Comment se fait-il que vous soyez devenu... enfin, que vous soyez officier?

– C'était en Russie. Je savais réparer les tanks. Le général von Kleist... j'ai été promu sur le champ de bataille.

– Vous croyez-vous capable de réparer les machines que nous sommes en train de fabriquer?

– Oui.

– Savez-vous de quoi il s'agit?

– Les hommes m'ont dit que c'étaient des fusées, pour détruire Londres.

– Est-ce que vous savez quelque chose sur les fusées?

– D'après ce que j'ai vu, je devrais pouvoir me débrouiller aussi dans ce domaine-là. »

Cela se passait il y avait près de deux ans. Aujourd'hui, le lieutenant Kolff était l'un des collaborateurs les plus précieux du général Breutzl. Le général, qui était un ingénieur et non un savant, était chargé de construire les énormes fusées A-4 dont un savant de génie, le jeune Wernher von Braun, avait dessiné les plans. Sa tâche n'était pas facile car il suffisait que le général Breutzl ait réussi à mettre au point la fabrication de certaines pièces pour que von Braun apportât quelques modifications à ses plans, obligeant ainsi Breutzl à réorganiser complètement sa production.

« Mais pourquoi ne se décide-t-il pas une fois pour toutes? demanda un jour Dieter Kolff, au désespoir.

– Parce que nous vivons dans un monde qui change tous les jours, Dieter. Il n'y a plus aucune règle qui tienne. »

Kolff n'était plus un officier de la Wehrmacht. Il faisait partie de cette race bâtarde qui infestait Peenemünde, une race composée d'hommes qui n'avaient aucun grade militaire mais qui possédaient des qualités exceptionnelles leur permettant de faire face aux problèmes du monde nouveau. Par respect pour Breutzl, on continuait à lui donner son titre, mais ce n'était plus un général au sens militaire du terme; c'était tout simplement un homme qui avait le don de perfectionner certains procédés permettant aux fusées de voler; dans les premiers temps, quand ils subirent échec sur échec, vingt-trois des vingt-neuf fusées explosant sur leur rampe de lancement, c'était en général parce qu'il n'avait pas tenu compte des conseils de Kolff. Il lui dit une fois en riant :

« Quand ça ne marche pas, c'est parce que je n'ai pas écouté Dieter Kolff. »

Le petit fermier possédait un sens presque surnaturel des possibilités et des limites d'un moteur, et quand les fusées devinrent de plus en plus compliquées, il était souvent le seul capable de débrouiller leurs mystères. C'était une sorte de Thomas Edison allemand, et von Braun et Breutzl savaient quelle chance ils avaient de l'avoir.

« Son génie est inné, disait von Braun. Comment diable est-il arrivé chez nous?

– C'était le numéro dix d'un groupe de onze hommes, dit Breutzl. Je me demande combien d'autres sont passés inaperçus alors qu'ils avaient peut-être les mêmes talents.

– Nous avons besoin de tous ceux que nous pourrons trouver », avait répondu von Braun.

Les résultats n'avaient pas été très prometteurs au cours de ces premières années. A plusieurs reprises, les dirigeants de l'Allemagne s'étaient rendus à Peenemünde pour s'assurer de la date à laquelle les A-4 pourraient être envoyées sur Londres et, à chaque fois, les essais s'étaient soldés par des échecs cuisants : des fusées explosant en plein vol. Mais les trois hommes avaient continué leurs recherches sans faiblir car ils étaient convaincus que ce qu'ils avaient conçu serait capable de voler un jour en transportant une charge massive d'explosif et de la lâcher à un endroit précis de Londres.

Ce jour-là, tandis qu'il descendait sa bicyclette du petit bac, Kolff méditait sur la chance qu'il avait eue : Si j'étais resté un simple soldat sans avoir été promu lieutenant sur le champ de bataille, jamais von Braun ne se serait intéressé à moi. Il n'a aucune sympathie pour les simples soldats. Il s'imagine que je sors d'une famille importante. En tout cas, il sait que je peux réparer ses fusées. De fait, les fusées qui tombaient alors sur Londres avaient été rendues opérationnelles en grande partie grâce aux innovations et aux corrections que Kolff leur avaient apportées; et le fait que, pour simple lieutenant qu'il fût, il ait le droit de quitter Peenemünde à trois heures de l'après-midi pour aller voir sa petite amie, témoignait de l'estime que von Braun avait pour lui.

Quand on se fut rendu compte qu'il possédait des dons exceptionnels, on l'avait retiré du projet A-4 pour l'affecter à un autre, ultra-secret; Kolff aurait été surpris d'apprendre que les gens de Washington et de Moscou avaient constitué un dossier sur lui avec la ferme intention de le capturer à la fin de la guerre. Jusqu'à maintenant, il n'avait jamais voulu admettre que l'Allemagne pût s'écrouler; son optimisme était fondé sur la connaissance qu'il avait des armes fantastiques que le général Breutzl et lui mettaient au point.

Quand on le retira du projet A-4, ce ne fut pas pour lui permettre de travailler à la phase suivante qui allait de l'A-5 à l'A-9. Il fut affecté à l'A-10, la dernière en date et la plus puissante. Cette fusée était d'une conception tellement révolutionnaire qu'il n'était autorisé à en discuter qu'avec von Braun et Breutzl.

L'A-10 – qui ne tarderait d'ailleurs pas à être opérationnelle, la production en série commençant dans un an au plus tard – était une fusée porteuse d'une charge colossale d'explosif qui pourrait être lancée de Peenemünde et détruire des objectifs aussi lointains que Boston, New York ou Washington. Dieter n'en voulait pas particulièrement aux habitants de ces villes, pas plus qu'il ne désirait la mort des citoyens de Londres sur lesquels s'abattaient quotidiennement les bombes qu'il avait contribué à fabriquer. Il n'était qu'un technicien, un homme dont la fonction était d'appliquer son savoir-faire à toute tâche qui se présentait, d'en résoudre les difficultés et de la mener à bien. Si le bombardement aérien de New York était nécessaire, quel qu'en fût le motif, il s'attacherait à trouver le moyen de rendre ce bombardement possible. Et c'était justement sur cette tâche qu'il concentrait toute son énergie en ce moment.

Il ne faisait aucun doute que l'homme qui venait d'enfourcher sa bicyclette et qui se dirigeait vers l'ouest, tandis que les bombardiers américains se préparaient à porter un coup mortel aux installations de Peenemünde, était quelqu'un de très important. Il se rendait dans une ferme au nord de la ville de Wolgast; cette ferme appartenait à la famille de Liesl Koenig et n'était caractérisée que par la particularité suivante : elle était tout à côté d'une station estivale très chic qui jouissait d'une vue extraordinaire sur trois étendues d'eau à la fois; à l'est, le chenal séparant Peenemünde de la terre ferme, au nord, la mer Baltique, et à l'ouest une baie au milieu de laquelle se dressait une île assez importante.

Liesl travaillait dans cette station, s'occupant pendant l'été, en haute saison, de riches Berlinois et, en hiver, à la morte saison, de Poméraniens aux revenus plus modestes. Ce n'était pas une belle fille, et elle n'était plus vraiment très jeune. Elle n'aurait sans doute jamais trouvé un parti si Dieter Kolff n'avait pas été envoyé à Peenemünde et n'était un jour allé se promener sur la côte où il l'avait rencontrée. Elle avait alors vingt-huit ans et serait sans doute partie pour Berlin comme domestique, s'il n'y avait pas eu la guerre. C'était une femme travailleuse, d'un caractère aimable bien que manquant de vivacité, et Kolff s'estimait heureux de l'avoir rencontrée.

Il y avait des barrages sur la route qui partait du bac vers l'ouest, et il fut arrêté à trois reprises; sa bicyclette fut à chaque fois consciencieusement fouillée bien que les gardes en poste depuis un certain temps fussent au courant de ses visites à la ferme des Koenig. Ils lui adressèrent un signe de tête amical, laissant aux gardes plus jeunes le soin de le fouiller; en effet rien ne pouvait entrer à Peenemünde ou en sortir sans faire l'objet d'un examen minutieux.

Dieter passa un après-midi tranquille en compagnie de Liesl, puis il dîna avec toute la famille, les deux jeunes gens se promenèrent ensuite en cette paisible soirée d'automne dans les environs de la station balnéaire d'où ils pouvaient voir les canons antiaériens qui jalonnaient la côte.

« Nous avons toujours peur, dit Liesl, depuis le grand raid de l'année dernière. Mon père a vu des avions éclaireurs cet après-midi dans le ciel.

– Nous les avons vus aussi. C'était la Luftwaffe.

– Pas ceux que père a vus. »

Il y avait tant de choses que Kolff aurait voulu partager avec cette fille si solide. Il avait un peu honte de le dire, mais elle était comme sa mère. C'était une bonne fille sur qui l'on pouvait compter et, comme sa mère, elle avait été élevée dans une ferme; elle serait certainement dévouée à son époux et lui apporterait en dot d'excellentes qualités. Elle comprenait toutes les inquiétudes dont il avait le droit de lui parler, et tout particulièrement sa peur des Russes :

« Si tu avais vu leurs villages. Ils laissent les fermiers vivre comme des bêtes. Si jamais ils venaient ici... »

Il frissonna.

« Se pourrait-il qu'ils viennent? »

Il hésita. En Allemagne, il était prudent de ne jamais dire ce qu'on pensait, à moins de se conformer aux idées toutes faites, mais tout être humain ressent le besoin de se confier. Il se pouvait que Liesl fût une espionne que l'on avait recrutée dans le but de surveiller les gens comme lui qui travaillaient à Peenemünde. Il ne devait absolument rien dire concernant l'A-10 ou tout autre fusée d'ailleurs.

Mais il pouvait parler de la Russie. Il *devait* parler de la Russie.

« Il y a deux ans, quand j'étais là-bas, nos officiers étaient persuadés que jamais les Russes ne se montreraient plus forts que nous. C'était un pays pauvre où il n'y avait que des paysans. Mais aujourd'hui...

– Ils avancent, Dieter.

– Tu as peur?

– Oui, j'ai peur. »

Ils n'en dirent pas davantage ce soir-là, mais ils avaient compris l'un et l'autre ce qui, pour eux, était primordial : il fallait d'une façon ou d'une autre qu'ils réussissent à ne pas tomber entre les mains des Russes. Cet impératif devait leur dicter toutes leurs actions.

La nuit tombée, ils se retirèrent dans une grange de la station balnéaire et firent l'amour, rituel qu'ils accomplissaient régulièrement depuis qu'ils s'étaient rendu compte que les armées russes allaient envahir l'Allemagne et qu'ils seraient bientôt en proie à l'incertitude. Ils dépendaient l'un de l'autre en ces jours sombres et ils savaient ne pouvoir trouver de salut que dans leur amour partagé. Le père de Liesl, un homme plein de méfiance, avait posé à sa fille quatre questions :

« Possède-t-il une ferme? A-t-il vraiment été officier dans l'armée allemande? Et, de toute façon, qu'est-ce qu'il fait sur cette île? Et j'aimerais bien savoir ce qui s'est passé avec le jeune Detterling, il avait une belle ferme, non? »

Etant donné les circonstances, elle jugeait plus sage de ne pas discuter des sujets importants avec son père qui, jusqu'à maintenant, n'avait fait qu'une observation concernant l'étranger venant régulièrement leur rendre visite : « Il mange comme quatre. On ne le nourrit donc pas là-bas? »

Il avait mis le doigt sur la particularité la plus

étonnante de Kolff : en dépit de son aspect chétif, il était capable d'ingurgiter des quantités phénoménales de nourriture sans que cela affectât en rien sa ligne. Liesl fit remarquer d'un ton aigre :

« Je ne vois pas de quoi tu te plains, père. Il nous apporte généralement bien plus à manger que ce que tu lui en sers à dîner. »

En temps normal, Dieter restait avec Liesl jusqu'à neuf heures du soir, heure à laquelle il se dépêchait de regagner à vélo le petit embarcadère pour le dernier bac de dix heures; mais, cette nuit-là, bouleversé par les bruits qui couraient sur l'île, il fut tenté de rester avec elle, non pour discuter des différentes possibilités qui s'offraient à eux mais pour parler en toute amitié avec quelqu'un qui l'écouterait.

Ils se promenèrent dans le parc de l'hôtel principal de la station, parlant de choses et d'autres, jusqu'à ce que Liesl s'arrêtât soudain de marcher et lui prît les mains entre les siennes.

« Qu'y a-t-il, Dieter? » Et quand il la regarda d'un air surpris, elle ajouta. « Quelle est donc cette chose si importante qui te tracasse? »

Il passa silencieusement en revue les sept soucis qui le perturbaient, sachant qu'il lui était interdit d'en révéler un seul à Liesl. Le bruit courait que la police secrète de Himmler allait lancer une nouvelle offensive contre von Braun. On disait aussi que le général Breutzl allait être rétrogradé et exilé sur le front russe. On vivait dans la crainte constante que la base de Peenemünde ne soit définitivement abandonnée parce que les Russes étaient maintenant trop proches. Il y avait tant d'autres choses, sans compter la huitième qui, celle-là, n'engageait que lui; il pouvait au moins partager avec Liesl ce dernier sujet d'inquiétude.

« Le général a beaucoup vieilli. On le rend responsable de tout ce qui ne va pas, mais je peux te dire que, sans lui, les choses ne marcheraient pas du tout.

– Tu l'aimes bien, n'est-ce pas?

– Si seulement tous les Allemands étaient comme lui. Tous les pères, surtout.

– Le mien m'a encore fait des réflexions. » Elle hésita puis dit tout doucement : « Nous devrions partir d'ici, Dieter. Tous les deux.

– Oui. » Après un long moment de silence, il dit : « Ce sera à moi de me décider, Liesl. Je te dirai quand. »

Il se tut et resta longtemps plongé dans ses pensées. Quand il parla à nouveau, ce fut de tout autre chose.

« J'ai promis au baron von Braun de prendre soin du général. Il faut que je rentre.

– Mais tu as manqué le dernier bac.

– Je leur apporte toujours des poulets que je vole dans les cuisines, au mess. Ils me feront passer. »

Il était dix heures et demie quand il dit au revoir à Liesl, embrassant ses seins devant le portail de la ferme.

« Qu'est-ce que c'est que ça? » demanda-t-elle en montrant quelque chose dans le ciel.

Prête à se coucher à l'horizon occidental, la Lune brillait encore de tout son éclat et sa lueur se réfléchissait sur un avion solitaire qui volait à une altitude incroyable. Ils restèrent pendant de longues minutes à le regarder, se demandant ce que pouvait bien signifier la présence de cet avion dans le ciel. C'est alors qu'ils virent s'approcher, volant à très basse altitude, deux avions éclaireurs qui larguèrent non pas des bombes mais des repères de différentes couleurs, qui illuminèrent le ciel d'automne.

« Mon Dieu! s'écria Dieter. C'est un raid. Si j'en juge par ce qu'ils ont largué, ça va être terrible. »

Et il pédala à toute allure en direction du bac,

sans perdre de vue l'avion mystérieux qui volait si haut dans le ciel, se perdant en conjectures à son sujet; il ne pouvait pas savoir qu'il y avait aux commandes le bombardier-chef Merton qui orienterait par radio les bombardiers américains jusqu'aux approches de l'objectif balisé avec les repères colorés.

Il n'avait pas atteint le bac que, déjà, les premiers bombardiers rugissaient dans le ciel, volant bien plus bas qu'il ne s'y était attendu. Ils étaient énormes, de couleur sombre, et la Lune disparut au moment où ils atteignaient Peenemünde.

« Cette opération a été très soigneusement minutée », dit-il aux hommes qui manœuvraient le bac; et, quelques secondes plus tard, de gigantesques explosions déchirèrent le silence.

« Il faut absolument que je retourne sur l'île, dit-il.

– Pas avec ce qui tombe », dirent les passeurs en se mettant à couvert. Et pendant près de deux heures les hommes restèrent pelotonnés dans leur abri, écoutant tomber avec une horreur grandissante les énormes charges d'explosif que les bombardiers larguaient sur l'île.

« Où sont tombées les premières bombes jaunes éclairantes? demanda Dieter aux passeurs.

– Tout à côté des quartiers d'habitation, dit un homme.

– Doux Jésus! Ils essaient de tuer le général Breutzl.

– Et votre von Braun aussi.

– Il est à Berlin. Ecoutez, il faut que vous m'emmeniez.

– Pas maintenant. »

D'autres avions apparurent dans le ciel, des chasseurs allemands cette fois, et quelques bombardiers ennemis descendus en flammes tombèrent dans la Baltique. L'un d'eux se dirigea droit vers le bac, réussit à se maintenir en l'air quelques instants de plus et alla s'écraser du côté de la station estivale où Liesl travaillait.

Dieter avait maintenant deux sujets d'inquiétude, son général et sa petite amie, mais quand les bombardements cessèrent et que les chasseurs allemands se retirèrent, ce ne fut pas vers la ferme des Koenig qu'il se hâta mais vers l'île, pour voir ce qui était advenu du général Breutzl. Partout où il allait, il se faisait arrêter par des gardes car la destruction avait été massive et toutes sortes de bâtiments étaient en feu. Réquisitionnant un garde avec sa moto, Dieter abandonna son propre moyen de transport et, montant sur le siège arrière, ordonna à l'homme de le conduire aux quartiers d'habitation des savants, ceux-là même que Mott avait demandé aux bombardiers d'épargner.

Les premières bombes éclairantes avaient dépassé leur but, atterrissant non pas comme prévu sur les entrepôts et les laboratoires, mais en plein sur les quartiers d'habitation des ingénieurs et des savants. Le bombardier-chef Merton qui dirigeait le largage des repères avait bien averti les vagues successives de bombardiers de ce manque de précision, mais la cible était si tentante et les repères se détachaient si bien sur le sol que des chapelets entiers de bombes étaient tombés sur le secteur.

Dieter, qui venait du nord, pouvait voir le désastre des bâtiments éventrés réduits en cendres par les flammes, et il réalisa que s'il n'était pas allé rendre visite à Liesl ce soir-là, il serait mort à l'heure qu'il était. Mais qu'en était-il du général Breutzl?

« Par là-bas! hurla-t-il à l'oreille du motard, qui lui répondit :

– Allez-y tout seul. »

Dieter sauta à terre et courut en direction des ruines fumantes. Il n'eut pas à rentrer à l'intérieur de ce qui avait été autrefois les quartiers d'habitation car, sur la pelouse, juste devant les dortoirs, étaient étendus les trente et un corps; au milieu de cet alignement sinistre, le visage calme et empreint de bienveillance même dans la mort, reposait le général Eugen Breutzl en qui les nazis n'avaient jamais eu confiance mais sur lequel ils avaient été obligés de compter.

Mû par une impulsion inexplicable, Dieter attendit que tous les autres se préoccupassent exclusivement de la dévastation causée par le raid pour se faufiler jusqu'au coffre de béton où étaient enfermés les plans de la fusée A-10 que le général avait dessinés. Ces feuilles de travail, résultat de longues recherches menées de concert par von Braun, le général et Kolff, étaient toujours intactes. Prenant grand soin que personne ne le vît, il les sortit du coffre et se rendit dans son propre baraquement où il mit le feu à quelques papiers sans importance; puis il étouffa les flammes et glissa certains de ses propres diagrammes entre les feuillets à demi consumés. Il n'aurait pas su dire ce qui l'avait poussé à de telles précautions, il agissait par instinct. Mais son geste était peut-être en rapport avec les rumeurs qui circulaient selon lesquelles von Braun pourrait bien être une fois de plus arrêté par les hommes de Himmler.

Deux nuits plus tard, le 27 octobre à trois heures du matin, alors que Norman Grant, nageant derrière son canot dans les eaux du golfe de Leyte, s'était plus ou moins fait à l'idée que son équipage de héros dont l'effectif diminuait d'heure en heure ne serait jamais recueilli par une marine à la mémoire manifestement défaillante, Dieter Kolff se redressa brusquement dans son lit, réveillé par une idée qui venait de traverser son esprit malin et qui lui fit l'effet d'un coup de tonnerre; les poulets! Voilà ce qui va me sauver – les poulets!

Il avait en effet des raisons de s'inquiéter car, dès que les bombes eurent cessé de tomber, un adversaire de longue date, sinistre et tenace, avait fait sa réapparition sur l'île, venant chercher les preuves qui pourraient étayer ses soupçons de toujours. Il s'agissait du colonel Helmut Funkhauser, quarante-huit ans, un soi-disant Prussien à l'embonpoint certain, au cou inexistant et aux petits yeux rapprochés. Fils d'un petit boucher de Hambourg, il s'était enrôlé très jeune dans les « chemises brunes » de Hitler, non pour des raisons philosophiques mais pour l'ivresse d'appartenir à cette association par laquelle il espérait assurer son avenir. Grâce au zèle tout particulier avec lequel il obéissait aux ordres de ses supérieurs, grâce aussi à l'attention qu'il apportait aux moindres détails dans l'accomplissement de ses fonctions, il avait réussi à devenir l'un des assistants – parmi les moins importants, certes – de Heinrich Himmler; à partir de ce moment-là, il avait prétendu descendre d'une ancienne famille prussienne. Sa mission actuelle lui avait été confiée par Himmler en personne : « Faites rentrer ces foutus savants dans le rang. Débarrassez-vous de von Braun. Et faites en sorte que ce soient nos S.S. qui supervisent ce qui se passe à Peenemünde. »

Quand Kolff vit Funkhauser sortir de la conduite intérieure noire qui l'avait amené, il réalisa que les ennuis allaient recommencer; il avait déjà eu à plusieurs reprises l'occasion de rencontrer ce colonel et s'était rendu compte que ce dernier était un dictateur mesquin, manquant d'assurance, obséquieux en présence de ses supérieurs et arrogant en leur absence. Ce n'était pas un de ces criminels de guerre intimement convaincus de la supériorité du régime nazi, il n'était qu'un fonctionnaire exécutant les ordres.

Kolff avait rencontré Funkhauser pour la première fois au milieu de l'année 1943 quand le colonel, quittant son quartier général situé à Berlin, cent soixante kilomètres plus au sud, avait fondu sur Peenemünde pour arrêter von Braun, le général Breutzel et Kolff; il les avait fait disparaître sans que Hitler n'en sût rien, les confinant dans un camp de prisonniers S.S. près de Stettin. Là, il les avait cuisinés pendant six jours, les accusant d'infidélité au régime, grief qui pouvait les conduire droit au peloton d'exécution.

Les trois principaux chefs d'accusation étaient les suivants : « Vous êtes coupables d'avoir eu des pensées déloyales. Vous vous êtes servis de Peenemünde, non comme d'une base militaire permettant à l'Allemagne de se venger de l'Angleterre mais comme d'un centre de recherches aérospatiales, pour assouvir vos propres ambitions. Et vous avez élaboré des plans secrets pour fuir en Angleterre où vous imaginez que vous aurez toute latitude pour travailler sur vos fusées sans être surveillés par le Führer. » Il suffisait qu'une seule de ces accusations fût fondée, ou que l'on eût simplement de fortes présomptions, pour que les trois hommes fussent condamnés à mort.

Le colonel Funkhauser avait réussi à réunir assez ingénieusement des preuves témoignant de la paranoïa que Himmler introduisait implacablement dans la vie des Allemands :

« Quatre de mes espions, introduits parmi les travailleurs de Peenemünde, vous ont entendu, vous, von Braun, mettre en doute, à voix haute, dans les bars et autres lieux de ce genre le fait que les fusées A-4 réussiront à mettre l'Angleterre à genoux, en dépit des affirmations publiques de Hitler. Quant à vous, Kolff, on vous a entendu prédire, comme un oiseau de mauvais augure, qu'il serait impossible de fabriquer neuf cents fusées par mois, ainsi que prévu.

– Jusqu'à ce que nous ayons réussi à comprendre pourquoi elles explosent quelques instants avant d'atteindre leur objectif...

– Silence! On soupçonne fort que si elles explosent, c'est bien parce que vous, personnellement, sabotez notre effort de guerre. Je sais de source sûre que vous préparez les années de l'après-guerre et que vous pensez pouvoir utiliser vos fusées vers la Lune et les planètes. »

Le visage livide de haine, il pencha son corps boudiné en avant, dévisageant les trois hommes de ses petits yeux porcins.

« Vous êtes en train de trahir votre patrie! Vous n'êtes pas fidèles au Führer! Votre tâche est de détruire Londres maintenant, pas de vous préoccuper des voyages futurs à travers l'espace. »

Kolff était bien obligé d'admettre que les accusations de Funkhauser n'étaient pas entièrement dénuées de fondement; le général Breutzl ne pouvait être mis en cause car c'était un militaire, et un perfectionniste, qui se consacrait exclusivement à sa tâche : il cherchait avant tout à rendre l'A-4 opérationnelle. Von Braun et Kolff, en revanche, s'étaient souvent interrogés sur la façon dont on pourrait par la suite, en temps de paix, utiliser leurs formidables engins; étant donné la puissance et les possibilités de contrôle qu'ils avaient à leur disposition, ils envisageaient le moment où l'on pourrait envoyer un homme dans l'espace et le récupérer en toute sécurité.

« On pourrait arriver à un tel résultat, avait un jour dit von Braun, moins de quatre ans après la mise au point d'un programme de recherches sérieux. Et si nous ne commençons pas bientôt, les Russes y arriveront avant nous.

– Et l'Amérique? avait demandé Kolff.

– Ils auraient pu avoir une longueur d'avance sur nous, avec Goddard, cet homme de génie. Mais personne n'a voulu l'écouter et, maintenant, ils ne sont même pas à notre niveau. »

Dieter Kolff n'oublierait jamais que von Braun, après avoir avoué pour la première fois ses pensées concernant l'avenir – le progrès russe, le recul américain –, était resté silencieux un long moment, comme s'il s'était trop livré, l'esprit agité par bien d'autres choses encore dont il aurait voulu parler. Mais il n'osait le faire car, à l'instar de tous les Allemands, il vivait dans la crainte continuelle d'être espionné. Dieter se rappelait avoir vu le baron von Braun le regarder d'un air inquiet comme s'il se demandait si Dieter n'était pas un espion de Himmler cherchant à lui tendre un piège.

Le colonel Funkhauser ne se trompait guère lorsqu'il accusait le personnel de Peenemünde de penser davantage à la paix future qu'à la guerre actuelle, mais ses soupçons concernant de prétendus plans ourdis par ses prisonniers pour fuir l'Allemagne témoignaient d'une conception paranoïaque des choses :

« Von Braun, on vous a pris sur le fait à deux reprises. Quand vous avez décollé dans votre petit avion, vous vous dirigiez, non vers Berlin, mais vers le large. Savez-vous que j'ai donné l'ordre à l'aviation de vous abattre si jamais vous recommenciez? Ils tireront sans sommation, je vous préviens.

– Si je prends mon avion, c'est pour me rendre aux réunions que vous ne cessez d'organiser », répondit von Braun sans élever la voix.

C'était un homme grand et fort chez qui tout paraissait plus grand que la norme; il avait une tête volumineuse et un visage très large sur lequel le temps ne semblait pas avoir de prise. Il avait trente et un ans mais il ressemblait plutôt à un étudiant de deuxième année; de fait, l'animosité qu'il rencontrait venait du fait qu'il avait l'air scandaleusement jeune pour exercer les responsabilités importantes dont il était investi. De plus, il était arrogant, et il avait pour cela trois bonnes raisons : l'eût-il désiré, il aurait pu s'appeler baron von Braun car son père avait été tenant du titre; en tant que baron putatif, d'ascendance prussienne, il faisait parfois preuve d'une insolence incontrôlable, surtout lorsqu'il se trouvait en présence d'un sous-prolétariat qui composait le gros des forces de Himmler; mais c'était sans conteste un homme de génie, doué d'un esprit si rapide qu'il laissait toujours ses assistants médusés des lieues en arrière.

Le général Breutzl, par exemple, ne faisait aucun effort pour le suivre. Quand le jeune von Braun s'élançait dans les sphères de la science, il hochait la tête et attendait qu'il redescendît sur terre, puis il s'occupait des problèmes immédiats. Un jour, von Braun avait expliqué comment Albert Einstein avait prouvé que si un homme faisait l'aller-retour de la Terre à une étoile lointaine à la vitesse de la lumière, il vieillirait de quinze ans seulement quand Berlin vieillirait de dix-huit mille ans. Cette anecdote, contraire au bon sens, avait grandement troublé Kolff :

« Comment se peut-il qu'il y ait deux temps parallèles? »

Mais Breutzl s'était contenté de hocher la tête en disant :

« Notre homme est donc maintenant de retour du Terre, et il lui reste à résoudre le problème posé par ces fichues fusées A-4 : pourquoi diable explosent-elles juste avant d'atteindre leur objectif? »

Au cours de cette confrontation de 1943, le colonel Funkhauser avait formulé toutefois une accusation justifiée contre les trois experts de Peenemünde, et c'est sur un ton extrêmement sarcastique qu'il les avait sommés de se justifier :

« Vous êtes censément les cerveaux de cette opération. Vous êtes censés dessiner les plans d'une fusée capable d'anéantir Londres, puis transmettre ces plans à vos ingénieurs et vous contenter ensuite de les regarder fabriquer les milliers de bombes que nous pourrons envoyer de l'autre côté de la Manche. Professeur von Braun, pouvez-vous me dire, de but en blanc, combien de modifications de dernière minute vous avez apportées aux plans de ces fusées ? Depuis deux ans, j'entends, c'est-à-dire depuis que vous avez été chargé de ce projet. »

Von Braun s'agita sur sa chaise, car il n'ignorait pas que c'était le point faible de son travail. Le général Breutzl était venu le trouver plus d'une centaine de fois – et il ne s'agissait pas d'une métaphore mais d'un compte précis – pour lui dire d'un ton suppliant :

« Wernher, il faut absolument que vous décidiez quel plan retenir, il ne doit plus y avoir de modifications. Après, ce sera à moi de jouer et de montrer aux usines comment fabriquer les fusées à partir de vos plans. »

Mais, dans son appétit insatiable de nouveaux métaux, de nouveaux moyens de propulsion et de nouveaux systèmes de guidage, le fuséonautique était une science sans cesse en mouvement. Certaines modifications étaient d'ailleurs inévitables à cause du mauvais fonctionnement de certaines pièces. Si von Braun avait effectivement proposé quelques modifications, Hitler devait lui en savoir gré car, au bout du compte – disons début 1944 –, l'Allemagne allait avoir une gigantesque fusée qui détruirait Londres et mettrait fin à la guerre.

Le colonel Funkhauser brandit une feuille de papier sous le nez de von Braun.

« Jouons aux devinettes, professeur. Dites-moi

combien d'avis de modification avez-vous fait parvenir aux usines? » Sur la feuille s'étalait le chiffre ridicule « 65 121 ». Il était exact et inévitable. On ne pouvait fabriquer une fusée de proportions aussi énormes et s'assurer qu'elle accomplirait toute une suite de manœuvres délicates sans procéder par tâtonnements successifs. Von Braun lui-même avait avancé par à-coups, faisant fréquemment marche arrière, vacillant, se heurtant à des écueils imprévus; il avait fini par produire une fusée qui avait l'air parfaite mais dont vingt-trois essais sur vingt-neuf se soldèrent par des échecs.

C'était un fait, il avait notifié aux ouvriers 65 121 changements, et il en prévoyait encore cinq mille avant que la fusée ne fonctionne. C'est d'ailleurs à ce propos qu'un jour, en 1943, il avait fait pour la seconde fois allusion, en présence de Kolff, à l'Amérique :

« Il faut avoir fait soixante-cinq mille erreurs avant d'être capable de fabriquer une fusée. Les Russes en sont peut-être aujourd'hui à leur trente mille. Les Américains n'en ont encore fait aucune. De sorte que des hommes comme vous, moi et le général Breutzl sont cent fois plus précieux aux yeux des Américains qu'aux yeux des Russes. »

Voyant qu'il n'avait aucune envie de s'étendre, Kolff ne le poussa pas davantage mais la comparaison se grava dans son esprit, y faisant germer une idée que von Braun n'avait pas prévue. Kolff raisonna de la manière suivante : « Si les Russes sont tellement avancés, ils reconnaîtront la valeur d'hommes tels que le général et moi. Cela veut dire que les communistes vont chercher à nous capturer! » Et il se mit à suivre avec anxiété le progrès de l'Armée Rouge sur le front oriental car, à chaque victoire qu'elle remportait sur les troupes de Hitler, elle se rapprochait inexorablement de Peenemünde.

« Il ne fait aucun doute que vous êtes tous les

trois coupables d'avoir saboté notre effort de guerre, avait dit Funkhauser sur un ton menaçant, et je suis certain que vous serez fusillés dès que j'aurai fait parvenir mon rapport en haut lieu. »

Bien sûr, ils n'avaient pas été exécutés, et ce en dépit de la diligence avec laquelle Funkhauser s'était attaché à les faire condamner. Des amis influents de von Braun, et il en avait partout, intervinrent en sa faveur auprès de Hitler lui-même, et le Führer le gracia. Kolff et Breutzl furent condamnés à mort, mais von Braun ne put permettre qu'une telle chose se produisît. Pendant six jours, il employa chaque minute de son temps à les sauver, alors qu'il aurait eu tout intérêt à les laisser exécuter sous le prétexte fallacieux qu'ils étaient des saboteurs et lui, un « pur ». Il ne put s'y résoudre et finit par obtenir une audience de Hitler qu'il réussit à convaincre du fait que l'A-4 ne volerait jamais si l'on se privait du concours de ces deux experts.

Dieter Kolff devait donc la vie au baron von Braun, ainsi qu'il avait coutume de l'appeler car c'était, après tout, une chose assez rassurante que de travailler pour un baron, et il ne l'oublia jamais.

De sorte qu'en cette nuit du 27 octobre 1944, quand il se redressa dans son lit et qu'il s'exclama : « Des poulets! Voilà ce qui va me sauver... », il avait de bonnes raisons d'être terrifié à l'idée de ce que le colonel Funkhauser pourrait lui faire maintenant que von Braun n'était pas là pour le protéger.

Sa stratégie était la suivante. Tout en n'ayant pas encore formulé cette pensée clairement, Dieter réalisait qu'aussi longtemps qu'il aurait en sa possession les papiers du général Breutzl, il disposait d'un atout majeur lui permettant éventuellement de négocier avec le pays qui gagnerait la guerre, que ce soit l'Allemagne, la Russie ou l'Amérique. Car il était plus facile d'imaginer des inventions fantastiques comme le faisait von Braun, que de les exprimer en termes d'opérations mécaniques facilement reproductibles, comme le faisait Breutzl. Et il se pouvait bien que la combinaison des plans de Breutzl et de l'ingénuité de Kolff fût plus importante que ce dont von Braun était capable, surtout dans des pays comme la Russie et l'Amérique disposant d'innombrables théoriciens mais d'assez peu de techniciens capables d'assurer la réalisation de ces projets.

Dieter Kolff était conscient de sa valeur, il savait qu'il y avait en ce moment peu d'hommes au monde aussi importants que lui, mais il réalisait aussi qu'étant donné son aspect peu imposant et son manque de diplômes, il ne pourrait arriver à rien sans la présence à ses côtés de ce chef charismatique, son héros von Braun. Son destin était indissociable de celui de ce baron inspiré. Mais, en attendant de savoir ce que von Braun ferait dans la période troublée qui suivrait la fin de la guerre, il lui semblait prudent de veiller à sa propre sécurité. « Je dois agir aujourd'hui, se dit-il avant l'aube. Funkhauser et ses S.S. ne tarderont pas à enquêter sur l'affaire Breutzl : « Comment le général est-il « mort? Où sont ses papiers? » Kolff serait interrogé et il serait préférable pour lui qu'à ce moment-là les papiers fussent dans un endroit sûr, bien loin de Peenemünde.

Il n'avait pas une minute à perdre.

Pour ne pas éveiller les soupçons, il attendit le lever du jour pour se rendre, muni d'une large sacoche, à l'endroit où il avait caché les papiers de Breutzl qu'il fourra dans le sac. Sachant qu'il serait fusillé sur-le-champ si l'on découvrait ces papiers en sa possession, il se dirigea d'un pas nonchalant vers les cuisines, endommagées elles aussi par le raid de la veille. Il salua l'aide-cuisinier avec lequel il avait mis au point un système d'échange leur permettant d'enfreindre le règlement – de la bière pour le cuisinier, des poulets pour Dieter – et se procura ainsi trois poulets tout préparés qu'il jeta négligemment sur les papiers.

Il enfourcha sa bicyclette et pédala jusqu'à l'embarcadère où il donna un des poulets au garde S.S. en faction, s'efforçant d'avoir l'air parfaitement décontracté et sans témoigner la moindre impatience de quitter l'île :

« Je vais voir ma petite amie. Elle a dû avoir une peur bleue cette nuit.

– Vous avez eu des blessés chez vous, dans les quartiers d'habitation?

– Des morts même. Plusieurs dizaines.

– Les salauds. Quand est-ce qu'on fait sauter Londres?

– D'un jour à l'autre. »

Quand le bac arriva de l'autre côté du chenal, Dieter fut chaudement accueilli par un autre contingent de S.S. à qui il remit le second poulet.

« Qu'est-ce qu'il y a dans cette sacoche? demandèrent-ils.

– Un poulet pour ma petite amie, dit-il d'un air détaché, comme s'il avait toute la journée devant lui et qu'il n'était vraiment pas pressé de partir.

– Est-ce que, tous les deux... »

Les gardes S.S. firent le geste habituel qui symbolisait les relations sexuelles.

« Pourquoi vous imaginez-vous que je lui apporte un poulet? demanda Dieter avec un sourire narquois qui donnait à son petit visage, barré de cette moustache incongrue, un air tout à fait ridicule.

– Je ferais mieux de regarder à l'intérieur de cette sacoche, dit le garde en écartant le rabat. Les ordres sont les ordres. »

Dieter se força à ne pas déglutir et resta de marbre tandis que le S.S. fourrageait autour du poulet qui était posé à même les documents.

« Bonne chance! lui lancèrent les autres, et merci pour le poulet. »

S'efforçant désespérément de ne rien faire qui pût maintenant attirer leur attention alors que son cœur battait à tout rompre, Dieter pédala en direction de la station estivale où il trouva Liesl dans l'hôtel principal, en train de remettre l'endroit en état pour la saison d'hiver avec l'aide de trois autres filles. Tenant la sacoche serrée sous son bras gauche, il plaisanta quelques instants avec elles puis leur fit comprendre qu'il désirait s'entretenir seul avec Liesl; il rougit quand elles plaisantèrent sur ses intentions.

Quand ils furent seuls, dans un endroit éclairé par la lumière du jour mais situé dans une partie de l'établissement où personne ne viendrait les déranger, Dieter eut à prendre pour la première fois de sa vie une décision qui pourrait bien être son arrêt de mort. Il avait déjà vécu des moments importants, comme son affectation à Peenemünde ou son arrestation suivie de la période d'emprisonnement où il s'attendait chaque jour à être fusillé, mais il n'avait pas eu de choix à faire dans ces occasions-là. Mais la décision qu'il prenait aujourd'hui était la première de toute une série qui allait déterminer le cours de son existence. Il ne s'engageait donc pas à la légère, mais pleinement conscient des dangers que ces décisions lui feraient encourir.

« Liesl, il faut que nous allions à la ferme pour une chose vitale.

– Oui. »

Peenemünde avait été bombardée plusieurs fois, d'abord par les Anglais, puis par les Américains, et au cours de chaque raid il était arrivé que des bombes viennent s'écraser tout près de la ferme des Koenig, de sorte qu'ils avaient à chaque fois frôlé la mort. De surcroît, les Russes et les Américains ne cessaient de se rapprocher de cet endroit de la côte

Baltique, les uns venant de l'est et les autres de l'ouest. Les Allemands n'allaient pas tarder à devoir prendre des décisions importantes, et Liesl était prête. Dieter était le seul célibataire qu'elle connût, et elle était toute disposée à le suivre.

« Je crois que nous ferions mieux d'y aller tout de suite », dit-il, et Liesl alla s'excuser auprès des autres filles qui firent aussitôt quelques plaisanteries grivoises.

Quand ils furent arrivés à la ferme des Koenig, il lui demanda d'aller chercher une bêche et, quand elle lui en eut apporté une, il dit :

« Il faut trouver un endroit sûr. J'ai des papiers importants. Si quelqu'un les trouve, nous serons fusillés tous les deux. Si nous pouvons les garder, ils nous serviront de passeport.

– Pour aller où ? »

Il avait espéré qu'elle ne poserait pas cette question, car il n'y avait pas encore répondu lui-même. Qu'est-ce que von Braun allait faire ? Rejoindre les Russes qui s'étaient lancés activement dans la course aux fusées ? Ou bien les Américains qui avaient tellement de retard ? Il aurait donné cher pour connaître les plans de von Braun mais, même sans rien en savoir, il pressentait quel était le bon choix.

« En Amérique. Ils auront besoin de gens comme moi. Il faut que nous nous débrouillions d'une façon ou d'une autre pour faire parvenir ces papiers aux Américains. Pour le moment, il faut les cacher. »

Quand le trou fut creusé, il réalisa qu'il mettait sa vie entre les mains de Liesl. Si elle était un espion du colonel Funkhauser, il était déjà mort, mais il savait parfaitement qu'il n'avait pas le choix. Il lui remit sa vie en gage, et elle enterra la sacoche.

Une fois que le sol eut été bien tassé et égalisé, elle rapporta sans mot dire la bêche dans la grange de son père puis revint se planter devant lui

« Est-ce que ça veut dire que tu vas m'épouser?

– J'y ai pensé, tu sais. Tu es la seule fille que je puisse aimer. Tu le sais bien. Mais ce serait terriblement dangereux d'aller devant le maire à l'heure actuelle. On nous poserait trop de questions et les S.S. pourraient bien intervenir. »

Son corps parut s'affaisser. Il représentait pour elle la seule chance qu'elle aurait jamais de pouvoir quitter cette ferme, d'échapper aux Russes, et voilà qu'il refusait de l'épouser. Il ne lui vint même pas à l'idée d'exprimer son ressentiment ou de se venger de lui car elle était consciente de la position dangereuse dans laquelle elle se trouvait et dont elle ne pourrait sortir qu'avec son aide.

« Si tu as peur..., commença-t-elle.

– Oui, j'ai peur, dit-il avec énergie. Tout est sens dessus dessous. J'ai eu de la chance que les gardes en faction des deux côtés du chenal me laissent passer.

– Je sais, oui, dit-elle avec une amertume à peine voilée; mais Dieter était trop préoccupé pour avoir conscience de son mépris.

– Tu es toute ma vie, Liesl, et je crois que nous devrions nous marier sans plus tarder.

– Mais comment, si tu as peur des S.S.?

– De par notre propre volonté. Ici même, avec le ciel pour témoin. »

Elle resta sans répondre et Dieter insista alors :

« Accepterais-tu de m'épouser, tout de suite?

– Est-ce que ce sera un vrai mariage? demanda-t-elle en paysanne prudente.

– Nous sommes mari et femme depuis le moment où tu as touché cette sacoche, répondit Dieter. Dieu sait quand un pasteur aura l'occasion de confirmer notre union.

– Comment allons-nous faire? » demanda Liesl comme une enfant désemparée.

Dieter prit sa main gauche dans la sienne mais elle l'ôta pour lui donner la main droite, estimant qu'il était plus juste que ce fût cette main-là qui servît au pacte, et quand elle fut satisfaite elle le regarda comme pour lui dire : Je ne suis qu'une simple fille de ferme et j'ai vingt-huit ans, et voici, je me mets sous ta protection.

« Je te prends pour femme, dit Dieter, les pieds reposant sur le carré de terre où ils avaient enterré la sacoche qui leur servirait à la fois d'alliance et de certificat de mariage.

– Je te prends pour époux », dit Liesl, et elle fondit en larmes en évoquant le mariage qu'elle aurait dû avoir, avec ses camarades de la station toutes habillées de blanc. Après un silence embarrassé, elle demanda :

« Tu ne m'embrasses pas? »

Et Dieter l'embrassa. Puis elle l'attira habilement en direction de la grange où ils consommèrent leur étrange mariage.

« Il faut que tu sois toujours prête à partir, à n'importe quel moment, l'avertit-il. Et si je te fais parvenir un message te disant de me rencontrer quelque part, n'oublie pas de prendre les papiers. »

Elle hocha docilement la tête et Dieter insista :

« Tu sais qu'ils sont notre seul passeport pour une vie nouvelle. »

Elle répondit qu'elle le savait.

Sur le chemin du retour, il fut assailli par d'horribles soupçons : et si elle faisait partie des espions de Funkhauser? Il entendait encore ce dernier lui dire dans la prison de Stettin : « Quatre espions que j'ai introduits parmi les travailleurs de Peenemünde... » Mais, même si c'était le cas, il était maintenant trop tard pour revenir en arrière. Il lui fallait accepter de vivre dans une anxiété grandissante pendant les quelques mois cruciaux qui allaient suivre, car le monde était en train de s'écrouler et les efforts qu'il faisait pour s'y accrocher lui donnaient le vertige.

Il cessa de se poser des questions quand, arrivé au bac, il apprit que des soldats S.S. étaient sur le point d'entreprendre des recherches pour le retrouver.

« Le colonel Funkhauser a fait savoir que vous deviez vous rendre auprès de lui... immédiatement. »

Il feignit la surprise et l'indignation.

« Quand est-il arrivé? On aurait dû me prévenir.

– Il est arrivé à l'improviste en avion pour se rendre compte des dégâts. »

Deux gardes montèrent avec lui sur le bac et, quand ils arrivèrent de l'autre côté, ils furent rejoints par deux autres soldats qui enfourchèrent leurs motos pour former un cordon autour de Kolff et de sa bicyclette; c'est en compagnie de cette sinistre escorte qu'il traversa l'île pour se rendre aux quartiers d'habitation détruits par les bombardements. Il trouva les hommes de Funkhauser en train de fouiller dans ses affaires personnelles.

« Qu'est-il arrivé au général Breutzl? » demanda le colonel.

C'était un homme d'apparence négligée, qui pesait bien quinze kilos de trop et qui s'obstinait à porter un uniforme bien trop petit pour lui, s'imaginant à tort que plus on était serré, plus on avait l'air net.

« Il a été tué. Par une des toutes premières bombes.

– Et comment avez-vous réagi? demanda Funkhauser de la voix doucereuse qu'il utilisait pour parler en public.

– Comme prévu. J'ai immédiatement essayé de le sauver, mais il n'y avait déjà plus rien à faire. J'ai donc assumé la responsabilité de ses papiers confidentiels.

– Et qu'en avez-vous fait?

– Ils ont été en grande partie détruits par le feu. Je n'ai pu sauver que quelques feuillets et... »

Il tourna la tête en direction de l'endroit où il avait caché l'enveloppe et vit avec satisfaction que les hommes de Funkhauser l'avaient découverte et remise entre les mains du colonel.

« Je constate que vous avez quand même trouvé quelque chose, dit Funkhauser en le fixant de ses petits yeux rapprochés. Ces fragments calcinés. Mais je me demande s'il s'agit vraiment de ce que vous avez trouvé? » Il changea brusquement de ton et demanda : « Qu'est-ce que vous faisiez sur la côte? »

Dieter se sentit pris au piège. Funkhauser parlait-il de la nuit du raid ou de ce matin? Etait-il au courant que Dieter n'avait pas été présent à son poste la nuit où Breutzl avait été tué? Il hésita une fraction de seconde et répondit :

« Ma petite amie. Je voulais savoir si sa ferme avait été touchée au cours du raid.

– Et alors?

– Non, Dieu merci. »

L'interrogatoire ne se serait sans doute pas limité à ces questions préliminaires si le colonel n'avait pas été interrompu par un messager hors d'haleine qui avait une nouvelle étonnante à annoncer :

« L'aide de camp du Führer vient de téléphoner. Vous devez prendre l'avion immédiatement pour vous rendre à la Tanière du Loup... avec Dieter Kolff. »

Funkhauser regarda d'un air stupéfait l'homme qu'il était en train d'interroger.

« Vous? Je me demande bien en quoi vous pourriez intéresser Hitler! »

Kolff ramassa en toute hâte ses vêtements éparpillés et chercha de quoi s'habiller correctement pour se rendre dans la retraite de Hitler, à quelque quatre cent cinquante kilomètres à l'est.

« Est-ce que j'ai le temps de me raser? demanda-t-il et Funkhauser grogna :

– Dans l'avion. »

Le même convoi de motards escorta les deux hommes jusqu'au nord de l'île où les attendait l'avion de Funkhauser.

Dieter Kolff avait déjà rencontré son Führer; c'était au printemps de 1944 quand Hitler avait épinglé la médaille d'argent sur sa poitrine frémissante d'émotion contenue : « En récompense des excellents services que vous avez rendus au IIIe Reich. »

Le travail de Dieter avait effectivement contribué au succès de l'effort de guerre nazi car, étant donné que les précieuses fusées A-4 continuaient d'exploser en plein vol, il avait été transféré presque directement de la prison de Stettin à un point d'observation situé sur la côte Baltique, au nord-est de cette ville. Là, au cœur du secteur où venaient s'écraser les fusées défectueuses, il s'était installé avec des jumelles et un appareil photo pour attendre les prochains tirs d'essai.

Pour la première fois, il put observer le formidable engin du côté du destinataire : c'était une colossale torpille argentée, aux proportions parfaites, qui s'élançait dans les airs comme si elle avait hâte d'atteindre son objectif; on ne percevait aucun bruit au départ mais au moment où elle franchissait le mur du son, on entendait comme une succession de coups de tonnerre, puis elle disparaissait aussi rapidement et aussi mystérieusement qu'elle était apparue, car elle se déplaçait à la vitesse d'1,5 kilomètre-seconde. Elle ne ressemblait donc en rien à un bombardier et les détecteurs habitués à guetter les avions n'avaient aucune chance d'apercevoir une fusée A-4.

La tâche de Dieter consistait à observer la fusée; à cause de son ralentissement sensible au moment où elle entamait son plongeon capricieux, portant une charge utile d'une tonne de Trialen bien plus puissant que le T.N.T., il était possible de la suivre des yeux. Kolff, la voyant piquer du nez, identifia aussitôt le problème.

« Il semble bien, dit-il à von Braun, que lorsque les gaz sont coupés, ce soit la pression énorme accumulée dans la chambre d'expansion qui fait céder les flancs de la fusée.

– Comment pallier cet inconvénient? demanda le maître.

– C'est très simple! Il suffit de cercler la fusée à l'endroit critique. Elle n'explosera plus.

– La vitesse ne sera-t-elle pas affectée? Du point de vue aérodynamique?

– Légèrement. Très légèrement. C'est le prix qu'il faut payer pour être certain qu'elle arrivera à bon port. »

Grâce à la trouvaille de Kolff, dix-huit essais sur dix-neuf furent couronnés de succès : enfin opérationnelle, l'A-4 pourrait être envoyée sur Londres. Hitler avait été fou de joie car il avait eu une vision lui certifiant que cet instrument allait lui permettre de gagner la guerre. D'abord Londres, et quand les Anglais seraient réduits à merci, il enverrait cinquante fusées par jour, encore plus puissantes que l'A-4, au cœur de Moscou, ou de n'importe quelle autre ville russe.

« Voici donc le petit bonhomme qui nous a permis de gagner la guerre? » avait dit Hitler devant Kolff lors de la remise des médailles, à Berlin. Cela avait été pour lui une époque bien déroutante : un jour, il attendait sa condamnation à mort dans la prison de Stettin, le lendemain il recevait une médaille d'argent des mains de Hitler. Aujourd'hui, alors qu'il venait de se rendre coupable d'un acte de trahison en cherchant à se garantir contre les conséquences de la défaite probable de l'Allemagne, il se perdait en conjectures sur ce qui l'attendait à la Tanière du Loup.

Le petit avion se dirigea vers l'est, passa au nord de Stettin et longea la côte où Dieter avait observé la fusée défaillante. Au-dessus de Dantzig qui portait autrefois le détestable nom polonais de Gdańsk maintenant effacé à jamais, l'avion bifurqua en direction du sud et fit route vers l'un des endroits les plus secrets et les plus romantiques de l'Europe, les vastes lacs de la Mazourie aux rives vibrantes de beauté et de mystère.

C'était au cœur de cette belle région, non loin de la ville prussienne de Rastenbourg, qu'Adolf Hitler avait fait construire le gigantesque centre souterrain d'où il avait l'intention de conquérir le monde entier. *Wolfschanze*, en allemand. Ce centre était une véritable tanière, un repaire de bêtes féroces qui en sortiraient pour détruire le troupeau de la société.

L'endroit n'avait pas été choisi au hasard. Il n'y avait aucun terrain d'aviation à proximité, et les lignes de chemin de fer y conduisant étaient soigneusement camouflées. On n'avait pas construit non plus de grands axes routiers de sorte que l'aviation alliée de renseignements était passée des centaines de fois au-dessus de la cachette sans jamais l'identifier. Pourtant, dissimulée dans les bois touffus, s'élevait une cité entière, faite de gigantesques cubes de béton aux plafonds de quatre à cinq mètres d'épaisseur, renforcés d'acier. Même si les avions de reconnaissance avaient repéré l'endroit, les bombardiers n'auraient fait que peu de dégâts, et même les fameux Tallboys de la R.A.F.

n'auraient pu ouvrir une brèche dans ces abris monumentaux.

L'avion du colonel Funkhauser atterrit sur un terrain d'aviation merveilleusement camouflé qui se trouvait à plusieurs kilomètres du Repaire et une petite voiture les emmena, lui et Kolff, jusqu'à la cité en empruntant de petites routes de campagnes abritées d'arbres. Quand ils atteignirent le centre du monstrueux ensemble, une ville secrète de quelque vingt mille âmes, Kolff reconnut l'abominable bunker où, quelques mois plus tôt, les généraux dissidents avaient essayé d'assassiner Hitler. L'horrible construction ne lui était pas inconnue car, après cet attentat manqué, le colonel Funkhauser avait réuni tous les travailleurs de Peenemünde pour leur lancer cet avertissement : « Et maintenant vous allez voir ce qui arrive aux traîtres qui essaient de s'attaquer au IIIe Reich. »

Funkhauser leur avait projeté le film de Goebbels sur le procès des conspirateurs, destiné à l'édification du grand public : un jury composé de trois hommes, des nazis convaincus sans aucune formation juridique, avait abreuvé d'injures les accusés, les conspuant et les fustigeant sévèrement, jour après jour. Ils furent, au bout du compte, tous déclarés coupables et certains furent suspendus à des poutres avec des crochets de boucherie qui leur transperçaient la nuque et le cerveau, comme des carcasses de mouton. Le film les montrait en train de gesticuler tandis que les crocs acérés leur perforaient la tête. D'autres furent pendus à l'aide de cordes de piano en métal; quand ils bougeaient trop, le fil d'acier mordait dans la chair et les décapitait. Plusieurs spectateurs n'avaient pu s'empêcher de vomir, dont Kolff. Et voilà qu'il se trouvait maintenant sur les lieux mêmes de cette folie meurtrière.

Quand Hitler apparut, petit, mince, impressionnant malgré tout, Kolff, à l'instar des autres Allemands qui étaient présents, se sentit pénétré du désir de l'aider. Ils ne voyaient plus en lui qu'un chef en difficulté agissant dans l'intérêt de l'Allemagne et qui méritait l'amour de son peuple. Les atrocités commises par ses sous-fifres furent oubliées et pardonnées quand l'homme en personne s'avança, tranquille, hésitant, avec sur les lèvres un sourire un peu las qui semblait leur demander leur appui.

« Dites-moi, Kolff, quel est l'avenir de l'A-4?

– Mein Führer, vous savez qu'avec les fusées que nous lançons sur Londres à partir de la base de Wassenaar en Hollande...

– Je sais tout cela. Les Anglais non plus ne l'ignorent pas.

– Vingt-neuf tirs sur trente sont réussis maintenant. Je crois sincèrement que tous les problèmes auxquels nous nous sommes heurtés pendant si longtemps... »

Las des excuses continuelles qu'il ne cessait d'entendre, Hitler ordonna brusquement que le déjeuner soit servi. Pour les autres, une poule au pot avec des boulettes de pâte baignant dans le bouillon bien gras; pour lui-même, des légumes divers cuits à l'eau et une grande bouteille d'eau minérale de Fachingen. Tandis qu'ils mangeaient, il demanda soudain à Kolff, changeant de sujet de conversation :

« Avez-vous déjà été à Nordhausen?

– Non, monsieur, pas encore.

– Je veux que vous y alliez. Maintenant que Breutzl est mort, vous êtes un des seuls qui s'y connaissent en matière de production. Allez donc voir s'ils sont sur la bonne voie, là-bas. »

Quand il se leva de table pour déambuler de long en large dans la pièce au plafond écrasant, les autres se levèrent aussi, mais il leur fit signe de se rasseoir.

« Et maintenant, général Funkhauser...

– Général?

– Oui. Je vous confie la responsabilité de tout le programme de fabrication des A-4. Nous ne voulons plus entendre parler de ces savants. Ce sont des guerriers qu'il nous faut aujourd'hui.

– Je suis à vos ordres, dit le général Funkhauser sur un ton qui ne laissait rien présager de bon pour les savants comme von Braun et ses collègues.

– Dites-moi maintenant, en toute franchise, quels sont les résultats que nous obtenons avec l'A-4? » dit Hitler en regagnant son lourd fauteuil de chêne.

Le général Funkhauser sortit un bout de papier de sa poche :

« Excellentes nouvelles! Il y a cinq jours, une A-4, tombée sur un cinéma à Londres, a fait deux cent quatre-vingt-sept morts. La semaine dernière, une A-4 est tombée sur Stepney un jour de marché, cent quatre-vingt-dix-sept morts... »

Il continua à détailler les pertes occasionnées par les fusées tombant un peu au hasard sur Londres, quand elles arrivaient jusque là-bas. Le nombre total des morts ne s'élevait pas à un millier, et aucun centre industriel n'avait été atteint. Les hommes calfeutrés dans leur énorme complexe souterrain se consolèrent toutefois en pensant qu'ils pouvaient enfin riposter aux bombardements atroces des Anglais. A Hambourg, la famille du général Funkhauser avait disparu lors du terrible bombardement au phosphore du 24 juillet 1943 au cours duquel cinquante-cinq mille civils avaient trouvé la mort; c'est donc avec un plaisir macabre qu'il récita la liste des représailles :

« Il y a deux semaines, une A-4 est tombée sur un petit village près de Londres – dont le nom m'échappe – et plus de quatre-vingt-dix personnes ont été tuées. »

Animé d'une joie évidente, Hitler se leva de son fauteuil et s'écria :

« Nous serons vengés. Funkhauser, pour chaque Allemand qui a péri dans votre ville de Hambourg, nous supprimerons un millier de vies anglaises. Du moins, quand nous aurons réussi à produire les fusées en série. »

Se tournant vers Dieter Kolff et le regardant fixement :

« Nous y arriverons, n'est-ce pas?

– Je m'y emploie, dit Kolff.

– Allez donc vous assurer que le travail avance à Nordhausen », dit Hitler et, sur ces mots, la conférence prit fin.

Le général Funkhauser désirait ardemment s'arrêter à Peenemünde pour informer cette bande de savants insolents qu'ils dépendaient maintenant de lui, et ce jusqu'à la fin de la guerre; mais Hitler avait tellement insisté pour que Kolff aille inspecter Nordhausen qu'il estima plus prudent de se rendre directement là-bas. C'est ainsi que, deux heures et demie plus tard, ils atterrissaient sur une piste secrète en bordure des contreforts méridionaux du massif du Harz. Ils y étaient attendus par de petites voitures qui devaient les emmener jusqu'à l'entrée du tunnel conduisant aux usines souterraines.

Ce fut pour Kolff comme une descente aux enfers; quand il vit dans quelles conditions atroces des milliers de forçats étaient obligés de travailler – dans des cellules creusées à même la roche et qui ne voyaient jamais la lumière du soleil, sans aucune ventilation ni installation sanitaire et presque sans nourriture – l'impression de grandeur qu'il avait ressentie en voyant Adolf Hitler à la Tanière du Loup s'estompa. Ce qu'il avait devant les yeux était quelque chose d'abominable, c'était l'image d'une nation aux abois qui se serait réfugiée sous terre, grondant comme un animal poursuivi. Tous les prisonniers qui travaillaient là, des Polonais, des Français, des Hollandais, des Russes qui se comptaient par milliers, étaient devenus des esclaves qui ne connaîtraient plus jamais la liberté.

Il était sidérant de penser qu'une telle installation, profonde de plus d'un kilomètre et demi avec des ramifications dans toutes les directions creusées dans la roche par d'autres esclaves tous morts depuis, fût capable de produire les pièces compliquées permettant aux A-4 de voler; si elle y arrivait, c'était bien grâce au contrôle dictatorial qu'exerçaient les S.S. de Himmler. Des esclaves qui ne reverraient jamais la lumière du jour fabriquaient des pièces allant côtoyer les étoiles.

« Notre production peut-elle être maintenue? » demanda Dieter qui estimait plus prudent de faire semblant de s'intéresser à ce qu'il voyait.

Sans même essayer de répondre, Funkhauser fit signe au directeur du camp de s'approcher; c'était un homme à l'air brutal et aux sourcils perpétuellement froncés qui, avant la guerre, exerçait le métier de policier dans une petite ville de province. Ce fut lui qui répondit à la question de Dieter :

« Il y a bien du sabotage de temps en temps. C'est forcé.

– Que faites-vous dans ces cas-là? demanda Dieter.

– Nous collons tous les hommes de la section contre le mur que vous voyez là-bas et nous les passons à la mitraillette.

– Vous ne perdez pas trop d'ouvriers qualifiés ainsi?

– Les tâches que ces hommes effectuent sont à la portée de n'importe qui. Nous disposons d'une main-d'œuvre de remplacement qui nous arrive par camions entiers. Il suffit d'un après-midi pour leur apprendre ce qu'ils doivent faire. » Il eut un rire gras. « S'ils n'y arrivent pas, ils sont fusillés. »

Kolff surprit soudain sur le visage de Funkhauser une expression de dégoût et il réalisa pour la première fois que le nouveau dictateur chargé du projet A-4 n'approuvait guère les conditions de vie à Nordhausen. Mais, avant que l'un des visiteurs ait pu prendre la parole, le directeur poursuivit sur un ton satisfait :

« Voyez un peu la qualité du travail que nous accomplissons ici, et Dieter fut bien obligé d'admettre que c'était en effet miraculeux.

– On se demande vraiment comment des hommes qui vivent dans des conditions pareilles peuvent faire du si bon travail.

– Il faut de la discipline, c'est tout, dit le directeur. Nous n'oserions jamais faire travailler des ouvriers allemands dans un trou pareil. Encore faut-il que les esclaves que nous employons soient gardés nuit et jour par des S.S. Ce sont les seuls en qui nous pouvons avoir toute confiance. »

Il tenait absolument à ce que son nouveau commandant voie Dora, le camp où l'on gardait les esclaves de rechange. Quand Dieter vit cet endroit abominable, ce cloaque infect, avec ses rangées de cahutes, le mur contre lequel on fusillait les saboteurs, il se demanda pourquoi la guerre ne prenait pas fin sur-le-champ; il n'eut pas plus tôt formulé cette protestation silencieuse qu'il réalisa que les conditions des prisonniers allemands sous le joug éventuel des Russes seraient tout aussi épouvantables. Si jamais il devait un jour s'enfuir, il se promit que ce serait en direction de l'ouest et non de l'est.

Quand, la visite terminée, il se retrouva seul avec Funkhauser, il n'osa pas dire ce qu'il pensait des choses épouvantables qu'il venait de voir; Funkhauser, quant à lui, ne se sentait arrêté par aucun scrupule :

« Dès que nous aurons écrasé l'Angleterre, il nous faudra éliminer les endroits comme celui-ci. On y gaspille de façon ridicule les capacités humaines. »

Kolff continuait de garder le silence. Il pensait que tout observateur sensé ne pouvait manquer de voir que ce n'était pas en lançant quelques fusées ici et là – des fusées dont la plupart n'atteignaient qu'accidentellement leur but – que l'on réussirait à soumettre Londres ou ses alliés. Mon Dieu, se dit-il, nous voici presque au mois de novembre et il n'y a que soixante-treize fusées qui sont tombées sur Londres, dont vingt-six sur de lointaines banlieues. En réalité, on avait accompli bien peu de chose et, vraisemblablement, on n'accomplirait rien de plus positif. Wernher von Braun avait raison de penser – si toutefois il le pensait vraiment – que la meilleure justification de l'A-4 serait son utilisation pacifique : elle offrirait à l'homme l'occasion de dépasser les limites étroites de la Terre.

En attendant, il retournerait à Peenemünde – dont l'importance en tant que centre de recherches sur les fusées déclinait – et ferait le nécessaire pour assurer sa survie sous la domination du général Funkhauser. Quand il aurait du temps de libre, il essaierait de continuer ses expériences sur l'A-10, capable, dans les années à venir, de bombarder New York et Washington. Il partageait finalement l'émotion des hommes qu'il avait vus au quartier général de Hitler : des bombardiers alliés avaient pulvérisé des villes allemandes, il fallait donc que les villes alliées connussent elles aussi la terreur des bombardements. C'était une réaction illogique, étant donné son souci majeur de fuir l'Allemagne, mais elle était compréhensible. Lui aussi désirait la vengeance.

Ces contradictions s'évanouirent peu après la fin de l'année quand les troupes russes se rapprochèrent de plus en plus de Peenemünde tandis que les Américains et les Anglais faisaient plier le front occidental sous leurs coups de bélier. Von Braun, un jour, fit irruption à l'improviste dans l'atelier où Kolff poursuivait ses recherches pour annoncer qu'une réunion de tous les savants aurait lieu dès que Funkhauser s'absenterait de l'île. Ce fut une assemblée bien maussade qui se tint alors et les premières paroles de leur chef ne contribuèrent pas à détendre l'atmosphère :

« Les troupes russes ne tarderont pas à arriver. C'est inévitable. Notre tâche est simple. Il faut que nous restions ensemble et que nous emportions nos documents avec nous. Nous nous dirigerons vers l'ouest de façon à être capturés par les Américains. »

Un jeune savant, manifestement terrorisé, demanda :

« Est-ce que nous ne courrons pas le risque d'être abattus par Funkhauser? »

Sans paraître surpris par cette question, von Braun se tourna vers le jeune homme et lui sourit :

« Nous courons en vérité un quadruple risque. Il est possible que, dans les derniers jours, les S.S. nous fusillent pour éviter la diffusion de notre savoir à l'étranger. Il est possible aussi que les Russes nous abattent dès leur arrivée, simplement pour assouvir leur haine. Les Américains pourraient très bien nous tirer dessus si nous n'arrivons pas à nous expliquer assez rapidement dès qu'ils nous auront rejoints. Et enfin, où que nous allions, il se trouvera toujours des sentinelles assez stupides pour nous tuer accidentellement.

– Mais pourquoi choisir les Américains? demanda un autre savant.

– Je n'ai jamais pu comprendre la façon dont les Anglais s'y prennent en affaires. Ils donnent l'impression de mépriser tous ceux qui travaillent pour eux, même leurs propres concitoyens. Quant aux Français, je ne les apprécie guère. Ils sont trop mesquins pour faire un effort sérieux en matière de recherches spatiales. Les Russes? Ils sont abominables et je plains ceux qui se rangeront de leur côté. Seuls les Américains ont l'argent nécessaire, et une fois qu'ils auront vu ce que nous sommes capables de faire avec l'A-4, ils accepteront de nous financer pour que nous mettions au point un véritable programme d'exploration spatiale. »

Chose surprenante, plus d'une centaine de savants, pleinement conscients des risques qu'ils encouraient, s'entendirent pour agir de la façon suivante : quand l'écho des canons parviendrait jusqu'à Peenemünde, ils formeraient une petite troupe et parcourraient l'Allemagne ravagée par la guerre dans l'espoir de tomber sur des Américains auxquels ils se rendraient. Ils ignoraient, à ce stade pénible de la défaite imminente de l'Allemagne, qu'en France le professeur Stanley Mott, un ingénieur comme eux, avait réuni son équipe d'experts dont la tâche serait de fouiller l'Allemagne pour retrouver Wernher von Braun, le général Eugen Breutzl et Dieter Kolff, en espérant que ces derniers auraient eu le bon sens d'emporter leurs documents avec eux. Des rumeurs concernant le décès du général Breutzl au cours du raid aérien massif du 24-25 octobre étaient parvenues aux oreilles de Mott mais il priait le Ciel qu'elles ne fussent pas fondées car c'était surtout de cet homme-là et de son sens génial des applications pratiques que l'Amérique aurait besoin dans les premiers temps pour mener à bien l'éventuelle construction d'une fusée.

Quand le tonnerre des barrages d'artillerie russe gronda dans le sud, annonçant que Stettin était sur le point de tomber, les savants de Peenemünde se préparèrent à partir. Regroupés en un immense convoi de camions, de petites voitures de tourisme et de tout véhicule susceptible de rouler, ils prirent la route de l'ouest en direction de Nordhausen, l'abominable usine souterraine où l'on continuait obstinément à fabriquer leurs A-4, dans l'espoir insensé qu'un miracle permettrait de détruire Londres ou tout au moins Anvers.

Le jour du départ, accablé par un sentiment de désastre qui lui obscurcissait l'esprit en cet instant particulièrement tragique, Dieter Kolff eut à prendre une série de décisions pénibles. Il se rendait bien compte qu'une fois à bord du convoi quittant l'île de Peenemünde, il n'aurait jamais la possibilité, une fois rendu sur la côte, de passer prendre Liesl. Il pouvait peut-être quitter le secteur avec les autres, ce qui présentait après tout certains avantages, et revenir ensuite sur ses pas pour la chercher, mais cette solution ne lui parut pas très logique. Il pouvait aussi partir avec ses collègues et abandonner Liesl, mais il s'en sentait incapable; il l'aimait et lui était reconnaissant de l'héroïsme dont elle avait fait preuve en cachant les papiers avec lui. Outre ces considérations personnelles, il y avait le fait que les camions avaient beau transporter des tonnes de documents, pour éviter qu'ils ne tombent entre les mains des Russes, il était mieux placé que quiconque, et même que von Braun lui-même, pour savoir que ce qui se trouvait dans les camions avait, en fin de compte, peu de valeur; il s'agissait de simples équations, de solutions évidentes que n'importe quel savant russe ou américain serait capable de reconstruire à partir d'une véritable fusée A-4. La sacoche que Liesl avait enterrée près de la grange contenait les secrets de l'A-10, la fusée qui serait un jour capable de franchir les océans pour attaquer d'autres continents. Ces documents étaient irremplaçables, et ce serait une folie que de les laisser moisir dans leur cachette; quand le lourd convoi s'ébranla, il laissait derrière lui Dieter Kolff qui avait choisi de rester.

Quand l'équipe de von Braun eut disparu en direction de l'ouest, Dieter fourra dans sa sacoche quelques objets auxquels il était particulièrement attaché – une règle à calcul, un compas, un pistolet de dessinateur – et enfourcha sa bicyclette; mais avant qu'il ait pu quitter l'île un membre de la police militaire dont les effectifs avaient été singulièrement réduits le réquisitionna pour une tâche pénible : « Himmler nous a ordonné de faire sauter toutes les fusées qui restent. » A l'aide d'une concentration massive de Trialen, Dieter fut donc obligé de détruire les engins majestueux qu'il avait contribué à fabriquer. Ceux qui gisaient sur le sol, en partie terminés, purent facilement être pulvérisés mais quand les S.S. arrivèrent devant la dernière fusée encore en position sur son pas de tir, ils ne surent comment s'y prendre et confièrent à Dieter sa destruction.

Il avait maintenant devant lui la dernière A-4 de Peenemünde. Parfaitement lisse et brillant d'un éclat argenté, elle dressait à la verticale ses quatorze mètres de hauteur, semblable à l'obus démesuré d'un canon monstrueux. Avec ses proportions parfaites et son profil aérodynamique soigneusement étudié, elle semblait attendre impatiemment le moment où elle pourrait s'élancer vers un objectif lointain, ses ailettes lui assurant une stabilité sans égale à travers l'atmosphère. Elle était magnifique, elle était condamnée.

« Nous allons la lancer, dit Dieter. En direction

de la mer Baltique. Il ne faudrait pas qu'un engin pareil tombe entre les mains des Russes. »

Il était le seul à savoir préparer le lancement de la fusée et quand la commande automatique fut enclenchée, il conseilla aux S.S. de se mettre à couvert derrière les abris faits d'un entassement de bûches et de pierres car « le bruit et l'émission de gaz enflammés seront phénoménaux ».

Il fut le dernier à quitter le pas de tir, et du haut de son malheureux mètre soixante, il regarda pour la dernière fois la fusée qui était presque neuf fois plus grande que lui. Il voyait la trace des innombrables améliorations que von Braun et lui avaient apportées à son dessin; les siennes, par centaines, celles de von Braun par milliers. C'était un des instruments les plus nobles que l'homme ait jamais fait, le messager d'une époque nouvelle, et il allait bientôt voler sans autre but que sa propre destruction.

Après avoir abaissé les dernières manettes, il s'éloigna des abords du pas de tir en courant et se jeta derrière un abri tandis que rugissaient les moteurs puissants. La dernière fusée s'éleva en grondant dans le ciel d'automne en direction de la Baltique et, très loin de l'Allemagne, alla inutilement s'abîmer dans les flots opaques.

Dieter craignait que le bac du nord de l'île ne fût gardé par de nouveaux S.S. qui refuseraient de le laisser passer. Aussi, quand la fusée eut disparu, il pédala en direction du sud, vers le pont où se trouvaient les gardes qu'il connaissait. Quand ces derniers lui demandèrent où il allait il répondit, comme à l'accoutumée : « Voir ma petite amie. » Dès qu'il fut arrivé à la ferme des Koenig, il annonça :

« C'est le moment de déterrer les papiers.

– Nous partons? demanda Liesl.
– Tu n'as pas entendu les canons russes?
– Si, et je meurs de peur. »

Elle n'avait pourtant pas l'air d'une femme qu'on pouvait facilement effrayer mais il était évident que, depuis quelques semaines, elle était obsédée par l'approche de l'ennemi; c'est donc avec soulagement qu'elle se prépara à suivre Dieter. Ce fut elle qui alla chercher la bêche et se mit à creuser; ce fut encore elle qui se mit à genoux pour récupérer la sacoche.

Son père et sa mère, rivés à la terre que leurs ancêtres avaient cultivée en Poméranie depuis des générations, préféraient tenter leur chance sous la domination russe; ils n'avaient eu que du mépris pour les nazis et estimaient que les choses ne seraient sans doute pas pires sous un régime communiste. Les adieux qu'ils se firent ne furent pas pleins de larmes; dans toute l'Allemagne, les familles se trouvaient dispersées et la plupart se consolaient à l'idée que leurs membres étaient encore en vie. Herr Koenig n'embrassa pas sa fille mais il lui serra la main, comme s'il s'agissait d'une étrangère qui venait du village voisin. Frau Koenig, debout dans l'embrasure de la porte qui menait à la grange située sous les chambres, avait le visage baigné de larmes. Elle aussi se contenta de leur serrer la main, d'abord à Liesl puis à Dieter. Au dernier moment, Liesl se précipita vers la vache qu'elle avait élevée et, l'entourant de ses bras, déposa un baiser humide sur la joue soyeuse de la bête.

Ils se mirent en route, lui marchant, elle sur la bicyclette chargée d'un gros balluchon qui contenait la précieuse sacoche. Ils se dirigeaient vers le sud, vers Berlin, mais chaque fois qu'ils arrivaient à un carrefour, des gardes armés les repoussaient vers le nord, loin de la capitale déjà surpeuplée.

« Nous avons ordre d'aller à Nordhausen, ne

cessait de répéter Dieter. On nous attend à Berlin.

– La route est bloquée, répondaient les gardes. Dirigez-vous vers le nord. »

Dieter réalisa que s'ils obéissaient à ces injonctions, ils finiraient tôt ou tard par tomber sur les unités de S.S. qui gardaient la côte Baltique; il décida donc de passer outre et de se hâter vers le sud pour couvrir la plus grande distance possible avant le prochain barrage. Ce fut cette obstination qui causa sa perte.

Ils étaient arrivés aux abords de Neustrelitz, une petite ville à mi-chemin entre Peenemünde et Berlin, quand un garde S.S., résolu à défendre son poste, même contre les Russes, leur intima l'ordre de changer de direction et de prendre vers l'ouest. Dieter lui fit remarquer, fort judicieusement, que cette route les amènerait dans la région du lac Müritz qui serait très difficile à franchir.

« J'ai dit à l'ouest », s'écria le garde et, un peu plus tard, quand il aperçut les Kolff qui essayaient de se faufiler subrepticement dans un chemin latéral, il les coucha en joue et atteignit Dieter à l'épaule gauche. Quand le garde vit sa cible s'effondrer il fut persuadé d'avoir tué l'homme et pointa alors soigneusement son fusil sur Liesl; mais celle-ci devina ses intentions et, au moment même où il tirait, elle se jeta par terre, espérant lui faire croire ainsi qu'il les avait tués tous les deux. Le garde songea un moment à récupérer la bicyclette mais il savait qu'il risquait d'être fusillé s'il désertait son poste et décida de ne pas tenter le coup.

Allongée par terre, Liesl vit que son mari saignait abondamment; sans se relever, elle examina la blessure et constata qu'elle n'était pas mortelle. Après avoir stoppé l'hémorragie, elle s'occupa de la bicyclette qu'elle entreprit, toujours sans se relever, de tirer jusqu'à un endroit qui fût hors du champ de vision du S.S. à la détente trop facile. Quand elle fut parvenue à traîner à la fois son mari et la bicyclette lourdement chargée à l'abri d'un repli de terrain, elle appliqua quelques claques bien senties sur le visage de Dieter, le sommant de se relever et de quitter les environs de Neustrelitz le plus vite possible.

Il en était parfaitement incapable. Sa blessure était manifestement plus grave qu'elle n'avait cru et, après quelques pas, il s'écroula, évanoui. Maintenant, c'était à elle de prendre les décisions qui s'imposaient.

Traînant à tour de rôle son mari et la bicyclette, elle parvint jusqu'aux faubourgs de la ville et, là, s'arrêta, épuisée. Elle s'assit sous un arbre pour reprendre haleine, écoutant avec une terreur grandissante la respiration irrégulière de son mari. Un fermier vint à passer et elle l'interpella :

« Brave homme! Mon mari est blessé. Pouvez-vous trouver un médecin? »

L'homme avait ses propres soucis :

« Les Russes arrivent. Qu'est-ce qu'on a à faire d'un médecin?

– Mon mari est en train de mourir, supplia-t-elle.

– Je vais rester auprès de lui. Allez chercher le médecin vous-même.

– Vous allez voler ma bicyclette, oui.

– Si ce n'est pas moi qui la vole, les Russes s'en chargeront.

– Je vous en prie, allez chercher un médecin.

– C'est un espion ou quoi?

– C'est mon mari. »

Le ton ferme sur lequel elle prononça ces mots convainquit l'homme de sa bonne foi. Déposant son propre ballot à côté de la bicyclette, il dit :

« Vous voyez, je vous fais confiance, même si vous, vous vous méfiez de moi. »

Quand le médecin arriva – c'était un petit homme mince, au visage très pâle – il demanda :

« Vous êtes recherchés par la police?

– Un S.S. lui a tiré dessus, sans raison.

– Maudits soient-ils », dit le petit médecin fluet. Il examina la blessure de Dieter et dit en s'adressant au fermier :

« Il va mourir si on ne le soigne pas.

– Il peut rester chez moi », dit le fermier.

Liesl et lui regardèrent le médecin extraire la balle avec habileté et nettoyer ensuite la plaie qu'il avait dû élargir. Il tendit à Liesl un flacon de médicaments et lui dit :

« Trois jours de repos, il vivra. »

Avant de repartir, le médecin inspecta les environs; il emprunta un autre chemin pour rentrer chez lui.

Pendant trois jours, les Kolff restèrent cachés avec leur bicyclette dans la ferme qui était située à l'ouest de Neustrelitz, discutant la plupart du temps avec le propriétaire, un homme à l'esprit sardonique qui avait, au cours de sa vie, vu la fortune changer bien souvent de camp.

« Ça va mal pour les Allemands, en fait ça n'a jamais été pire. La guerre est perdue. Bientôt quelqu'un va sûrement tuer Hitler. Et alors on aura les Russes ici, et ces foutus Alliés.

– Pourquoi détestez-vous les Alliés? demanda Dieter sans lui avouer qu'il était justement à leur recherche et qu'il les considérait comme ses sauveurs.

– Les bombardements. Est-ce que vous avez vu Berlin? et Hambourg? J'ai entendu dire que Dresde a été rasée. Cent cinquante mille morts en une seule nuit. Les Alliés aussi sont des monstres. »

Il réfléchit un moment et dit :

« Je sais ce que vous êtes en train de faire. Vous fuyez les Russes dans l'espoir que les Alliés vous feront prisonniers. Et je me demande ce que vous avez de si précieux dans le ballot qui est attaché à votre bicyclette. Je vais vous dire ce que c'est, moi. Ce sont des documents que vous espérez pouvoir vendre aux Alliés. Je parie que vous venez de Peenemünde, c'est bien ça? »

Comme Dieter refusait de répondre, il demanda :

« Qu'est-ce que vous mijotez comme horreurs? Je n'ai jamais vu de gens aussi secrets que vous deux. Mais ne vous inquiétez pas, je ne dirai à personne que vous cherchez à rejoindre les Alliés pour la bonne raison que j'ai l'intention d'en faire autant. Ce sont des salauds, tous autant qu'ils sont, mais au moins ce ne sont pas des Russes. »

Sa femme ne voulait pas abandonner leur ferme mais lui n'avait aucun scrupule à laisser sa compagne et, le dernier soir, il leur expliqua pourquoi :

« Je connais l'Allemagne, la bonne Allemagne. Vous me croirez si vous voulez, mais je peux vous certifier ce soir, alors que le pays est au bord de l'abîme, que dans moins de dix ans nous serons une des nations les plus puissantes de la terre. Et pourquoi? Parce qu'il existe beaucoup de gens comme voux deux. Le mari très intelligent, la femme très courageuse. Cela m'a plu, la façon dont vous vous êtes occupée de votre compagnon, ma petite. Vous pourriez gouverner ce pays. Et je suis certain que vous vous en tireriez mieux que Hitler. »

Ce fut un petit groupe bien étrange qui se mit en route le lendemain : un homme blessé, un vieux fermier, une femme qui cherchait désespérément un foyer et deux bicyclettes. Le fermier insista pour que les Kolff montent tous les deux à bicyclette, au moins jusqu'à ce que Dieter ait repris des forces, et dans ce curieux équipage ils essayèrent de gagner Berlin, avançant obstinément vers le sud et se heurtant sans cesse à des barrages où les gardes les refoulaient. Quand on les interrogeait, le fermier disait :

« C'est mon fils, il a été blessé sur le front russe, et elle, c'est ma fille. Nous voulons rejoindre mon frère qui est à Francfort.

– Vous ne pouvez pas aller dans cette direction », répondaient les gardes et, invariablement, le trio était détourné de sa route et repoussé vers l'ouest; il arriva ainsi jusqu'aux faubourgs de Wittenberge, une petite ville située sur la rive droite de l'Elbe.

« C'est un endroit célèbre, expliqua Dieter à sa femme. Martin Luther est parti d'ici... des portes mêmes de la cathédrale. »

Le fermier, un bon luthérien, éclata de rire.

« Vous dites tous cela, vous, les petits malins. Et vous vous trompez complètement. Ici, c'est Wittenberge avec un *e*. Wittenberg sans *e* est à des kilomètres en amont. Martin Luther n'a jamais fichu les pieds dans cette ville. »

Ils s'y rendirent néanmoins et parcoururent les rues à la recherche d'endroits où dépenser de la façon la plus avantageuse les quelques marks qu'ils s'allouaient par semaine. Tout à coup, Dieter s'arrêta, pétrifié d'horreur, et courut se cacher derrière un pilier : il venait de voir, avançant droit sur lui, le général Funkhauser accompagné de trois S.S. Quand le commandant grassouillet, si plein de son importance, eut perdu Peenemünde après la fuite des principaux savants, il avait été démis de son commandement et chargé du district de Wittenberge que les Russes n'allaient pas tarder à attaquer. Il avait pour tâche de recruter tous les hommes valides et de préparer la défense de la ville car, si jamais Wittenberge tombait, Berlin serait exposé au nord. Devinant qu'il se tramait quelque chose de ce genre, Dieter s'enfonça dans l'ombre jusqu'à ce que cet homme puissant et avide de vengeance fût passé.

Quand il retourna auprès de Liesl et du fermier, il tremblait tellement qu'ils se demandèrent s'il n'avait pas eu une nouvelle poussée de fièvre. Mais, après un verre de vin, il réussit à se calmer et à les informer du danger qu'ils couraient :

« Le général Funkhauser commande la ville, j'en suis certain. Je l'ai vu, il était accompagné de trois S.S. Si jamais il apprend que nous sommes dans le secteur, nous sommes perdus. »

Avec la plus grande prudence, le fermier se rendit au cœur de la ville pour y glaner des renseignements. Il en revint avec de bien tristes nouvelles

« Toutes les personnes de sexe masculin font maintenant partie de l'armée défensive, sous le commandement du général Funkhauser. Nous avons le choix entre nous enrôler immédiatement ou bien être fusillés. »

Dans le silence consterné qui suivit ses paroles, il dévisagea Dieter et lui demanda à brûle-pourpoint :

« Ces papiers, est-ce qu'ils ont de la valeur?

– Ils peuvent nous sauver la vie, répondit Dieter.

– Alors il faut absolument essayer de filer. »

Faisant preuve d'une ingéniosité surprenante, le fermier mit au point un plan qui devait leur permettre de se faufiler hors de la ville, avec leurs bicyclettes, et de reprendre la direction du sud. Mais, en dépit de l'obscurité et de leur avance feutrée, un garde S.S. les repéra et leur tira dessus. Le fermier fut tué. Les Kolff furent arrêtés.

Le matin suivant, ils furent amenés en présence du général Funkhauser et Dieter fut sidéré des changements qui s'étaient opérés chez cet homme : l'anxiété et le manque de nourriture lui avaient fait perdre plus de dix kilos et il avait maintenant un cou, comme tout le monde; son regard était devenu plus compatissant et Dieter se rappela l'expression de dégoût qui s'était peinte sur son visage lors de la visite de Nordhausen. Il est en train de redevenir humain, se dit-il. Il sait que la guerre est perdue et il ne va pas tarder à lâcher Himmler et sa bande. Quand il se retrouva seul avec Liesl, il lui murmura à l'oreille :

« Fais ce que tu peux pour lui embrouiller les idées. Il se pourrait bien qu'il nous sauve la vie. »

L'interrogatoire débuta mal :

« Tiens, tiens, voici notre jeune héros de Peenemünde. Le petit bonhomme que Hitler a décoré de ses propres mains. Qu'est-ce que vous manigancez cete fois? »

Dieter ne répondit pas. Il n'avait pas oublié que cet homme aux réactions imprévisibles avait déjà essayé de le faire exécuter et il craignait fort de le voir réussir cette fois. Bien que manquant manifestement d'assurance, Funkhauser fut encouragé par l'attitude craintive de Dieter. Tapotant la sacoche qui se trouvait sur le bureau, il demanda d'un ton sardonique :

« Et peut-on savoir ce que le petit bonhomme en question est en train de voler au IIIe Reich? Des documents secrets? S'agirait-il de ceux que j'ai vainement cherchés après la mort du général Breutzl? »

Sans quitter Dieter des yeux, il poussa la sacoche vers lui.

« Ouvrez-la. Montrez-moi un peu quels secrets vous aviez l'intention de vendre à l'ennemi. »

D'une main tremblante, Dieter fouilla dans la sacoche et en retira une poignée de feuillets.

« Qu'est-ce que c'est? » demanda Funkhauser de sa voix doucereuse. Kolff ne répondant toujours pas, le général se mit à crier : « S'agit-il des documents secrets du général Breutzl? Cela ne fait aucun doute. Et de quoi est-il question dans ces documents? Des armes secrètes de l'Allemagne. »

Chaque fois qu'il prononçait le mot *secret*, il s'attardait longuement dessus comme si, à l'instar de Hitler, de Goebbels et des masses allemandes, il croyait qu'une force mystérieuse pouvait encore sauver la patrie.

Comprenant que Funkhauser disposait de preuves irréfutables, Dieter ne pouvait que se taire et attendre le verdict. Il fut extrêmement sévère :

« Lui et sa femme. Ce sont des espions et des traîtres. Fusillez-les. »

Il quitta la pièce d'un pas lourd, laissant Dieter sous la surveillance de deux S.S. baraqués qui le conduisirent dans le couloir où ils empoignèrent Liesl, la jetant derrière son mari tandis que le funèbre cortège se mettait en route pour le peloton d'exécution.

On était au début du mois de mars, il faisait beau et le ciel était de ce bleu de Prusse merveilleux qui participait à la fois de l'aube et de la nuit. La vue de ce ciel rappela à Dieter l'époque où il se rendait à la ferme des Koenig pour faire la cour à Liesl, au début de leur rencontre, et il eut soudain envie de lui prendre la main, de la consoler, mais les gardes, auxquels étaient venus se joindre trois fusiliers, les empêchèrent de se rapprocher. Il dut se contenter de lui jeter un regard par-dessus son épaule et fut soulagé de voir qu'elle marchait sans panique vers la mort. Elle esquissa même un sourire pour lui faire comprendre que, puisqu'ils n'avaient pas eu la possibilité d'agir autrement, il ne fallait pas se lamenter.

Quand ils furent dos au mur, Dieter demanda d'une voix mal assurée :

« Puis-je embrasser ma femme une dernière fois?

– Allez-y.

– C'était très court, Liesl... mais si bon.

– Je t'aime, Dieter. »

Ils s'embrassèrent et, comme si leur châtiment était la conséquence logique de leurs actes, ils reprirent de leur plein gré leur place contre le mur. Les trois soldats se plantèrent solidement sur leurs jambes et épaulèrent leurs fusils. Pendant un horrible moment, Dieter et sa femme plongèrent leurs regards dans les canons luisants et Dieter, l'ingénieur-mécanicien, demanda :

« Comment trois personnes peuvent-elles en fusiller deux? Il pourrait y avoir des bavures. »

Il remarqua alors un quatrième homme à genoux sur le gravier derrière une mitrailleuse et, chose étrange, il se trouva rassuré. Les S.S. ne laissaient rien au hasard.

Une fraction de seconde avant le « Feu! » fatidique, le général Funkhauser fit irruption dans la cour, le visage dégoulinant de sueur, en s'écriant :

« Qu'on les ramène dans leur cellule.

– Mais nous n'avons pas de cellules, lui rétorqua un S.S.

– Alors enfermez-les dans un cagibi. Et veillez à ce qu'ils ne s'échappent pas. »

Le cagibi en question se trouvait dans la mairie de Wittenberge et mesurait deux mètres de large sur un mètre de long : il y faisait tout noir et il n'y avait pratiquement pas d'aération. Il leur fallut repousser tout un assortiment de balais pour se faire une petite place mais ils trouvèrent une pile de bleus de travail qui leur servit de matelas. Ils restèrent enfermés dans ce réduit obscur pendant une semaine ou peut-être davantage. On ne leur accordait qu'une nourriture très chiche, ils n'avaient jamais assez d'eau pour boire et on ne leur permettait de sortir que pour se rendre à la salle d'eau, l'un après l'autre et sous bonne escorte.

« Il ne sait pas quoi faire des documents, devina Dieter.

– Quand nous étions dans le couloir, un garde m'a dit : « L'Allemagne est perdue. Elle est cernée « de toutes parts. » Il avait des larmes dans la voix en le disant, comme si c'était parfaitement injuste.

– Nous ne devons rien faire qui puisse les irriter, Liesl. Eux aussi sont pris au piège, et ils le savent. »

Au cours de ce qu'ils imaginaient être le huitième jour, le général Funkhauser les fit amener dans son bureau, un endroit assez précieux qui arborait tous les symboles hautement prisés dans une ville de province. Il y avait là une gravure de Bismarck dont les fines lignes noires se détachaient nettement sur le fond clair, un portrait à l'huile de quelque général originaire de la ville et l'immense photo de Hitler exprimant à la fois menace et paternalisme. Sur le bureau, bien sûr, il y avait la sacoche.

« Est-ce que je me trompe au sujet de ces papiers? » demanda Funkhauser. Liesl, toujours perspicace, fit deux déductions : le général, comme tous les Allemands, était dans une situation sans issue, et il avait fini par s'imaginer que, d'une façon ou d'une autre, ces documents pourraient le sauver.

Très calmement, elle répondit :

« Il est probable qu'ils vous sauveront la vie quand les Alliés arriveront. Mais ils perdront toute leur valeur si Dieter n'est plus là pour expliquer ce qu'ils signifient. »

Elle devait à tout prix s'arranger pour cimenter leur vie à la sienne car, sinon, elle savait qu'il les abattrait comme des chiens à l'arrivée des Alliés.

« On dirait les plans d'une fusée, dit Funkhauser, feuilletant rapidement les documents.

– Ssssh! dit-elle, sur un ton de conspirateur. Il s'agit d'une arme tellement secrète que seuls Hitler et le général Breutzl en connaissaient les détails. Ainsi que Dieter, bien entendu. »

A voir ce petit homme à l'aspect inoffensif, Funkhauser avait du mal à imaginer qu'il pût être au courant d'un secret aussi important. Mais il se rappela soudain que lors de la visite qu'ils avaient rendue à Hitler à la Tanière du Loup...

« C'est pourtant vrai qu'il vous a parlé seul à seul avant que nous partions!

– Il s'agit de quelque chose de tout à fait différent, dit Dieter.

– Vous croyez que les Alliés seraient prêts à négocier pour entrer en possession de ces papiers?

– C'est la raison pour laquelle von Braun s'en est séparé, dit Liesl. Et il les a confiés au seul homme capable de les comprendre.

– Attendez un peu! s'écria Funkhauser en plissant les yeux d'un air méfiant. Von Braun et tous les autres savants les plus éminents se trouvent maintenant à Nordhausen, dans l'usine souterraine. Pourquoi n'êtes-vous pas avec eux si vous êtes tellement important?

– Je ne suis pas important, dit Dieter, mais les documents, eux, le sont, et von Braun savait que j'étais le seul à pouvoir les déchiffrer. »

Passablement irrité, le général ordonna qu'on les enferme de nouveau, mais quand ils se trouvèrent seuls dans le noir, Liesl affirma à son mari :

« Il est inquiet. A cause des Russes. A cause de nous aussi. Il ne nous fera pas fusiller, j'en suis certaine. »

Tôt le lendemain matin, le général Funkhauser les fit comparaître devant lui et dit aux gardes de se retirer. Sans aucune remarque préliminaire, il contourna son bureau et vint se placer à côté des Kolff comme s'ils étaient ses égaux. Puis il montra la sacoche du doigt :

« Pourrions-nous remettre ces papiers entre les mains des Américains?

– Tels étaient mes ordres, dit Dieter.

– Qui vous les a donnés?

– Le baron Wernher von Braun », répondit Dieter. La seule mention de ce personnage influent lui rendit son audace et il tendit le bras vers la sacoche, l'attirant contre son cœur comme s'il s'agissait d'un objet dont il devait prendre un soin tout particulier. Funkhauser la lui arracha et la serra contre lui.

« Nous lui ferons franchir les lignes et nous la remettrons aux Alliés! », dit-il. Puis, adressant aux Kolff un regard quelque peu méprisant, il ajouta : « Je parle un peu anglais, vous savez. »

Pourcourant les routes qui menaient au triangle de Hambourg, Brême et Hanovre, ils formaient un étrange trio. Le général Funkhauser ouvrait la marche, monté sur une petite bicyclette qu'il avait réquisitionnée et à laquelle était attachée la précieuse sacoche. Il n'avait pas osé prendre une voiture de la police de peur d'attirer l'attention et de risquer une arrestation, et il ne lui était jamais venu à l'idée de laisser sa bicyclette à l'un des Kolff; il était après tout un général, il avait reçu ce grade de Hitler lui-même, le chef qu'il s'empressait d'abandonner aujourd'hui.

La bicyclette des Kolff servait presque toujours à Liesl mais cette dernière ne perdait jamais son mari de vue et, quand elle voyait que sa blessure le faisait de nouveau souffrir, elle mettait pied à terre et lui cédait sa place. Ils mangeaient peu et mal, dormaient là où ils pouvaient et ne se lavaient jamais. Ils remarquèrent toutefois avec amusement que toute vanité n'avait pas abandonné le général Funkhauser qui s'obstinait, malgré la poussière et la saleté qui maculaient son uniforme, à conserver un aspect aussi présentable que son embonpoint le permettait.

Il se révéla être un homme remarquable, capable de s'adapter à toutes les situations. S'ils ne moururent pas de faim, ce fut bien grâce à lui qui savait tirer parti des moindres ressources d'une région qui semblait n'avoir rien à offrir. Il était capable de manger n'importe quoi – un canard échappé d'une basse-cour voisine, un poisson pêché par un valet de ferme dans la mare de la propriété familiale, un mouton, qu'ils partagèrent un jour avec seize autres personnes, des croûtes de vieux pain sec trouvées dans une boulangerie de village – et se montrait toujours prêt à inventer les histoires les plus invraisemblables pour expliquer leur situation. Dieter était son frère cadet et ils étaient en route pour Brême où se trouvait le magasin, une affaire de famille. Liesl était sa fille et ils étaient à la recherche de son mari qui avait peut-être survécu au bombardement de Hambourg. Mais où qu'ils aillent, il prêtait l'oreille aux rumeurs de la guerre et quand il apprit que les troupes britanniques avançaient au nord, il bifurqua en direction du sud : « Aucun Allemand ne sera jamais assez futé pour traiter avec un Anglais. » Quand des villageois l'avertirent qu'une unité française était sur le point de prendre Brême, il battit rapidement en retraite : « Les Français mangent bien mais vivent misérablement. »

Quel que fût l'endroit où ils portaient leurs pas, ils voyaient les conséquences atroces de la guerre. Des villes entières rasées en une seule nuit, un village détruit accidentellement par trois bombes qui avaient dépassé leur but, des fermes réduites en cendres et abandonnées par leurs propriétaires. Ils s'arrêtèrent une fois sur les lieux d'un tel désastre et Funkhauser laissa éclater son courroux : « Goering, espèce de gros porc, tu m'avais promis que nous ne serions jamais bombardés. »

Il pensa à Hambourg et ses yeux se remplirent de larmes. Il n'était pas retourné dans sa ville natale depuis qu'elle avait été détruite mais il avait rencontré des gens qui avaient assisté au bombardement et vu la demeure des Funkhauser pulvérisée, puis brûlée par les bombes au phosphore. Reniflant lamentablement, il se tourna vers les Kolff d'un air suppliant et leur demanda :

« Aucun pays ne mérite un châtiment pareil, n'est-ce pas? Qu'est-ce que nous avons fait pour que l'on nous traite ainsi? »

Et il se retournait chaque jour un peu plus contre Hitler et Himmler, allant jusqu'à les injurier quand il tombait sur une scène de désolation particulièrement horrible.

Il avait toujours été homme à retourner rapidement sa veste. Tout gamin, il s'était rangé aux opinions de son père, un libéral, qui chantait les louanges de l'Allemagne républicaine mais, en 1931, il n'avait eu aucun mal à reporter son admiration sur le jeune parti nazi dans lequel il voyait un instrument de salut pour le *Vaterland*. Il avait servi un certain temps dans l'armée de Ritter von Leeb qu'il considérait à l'époque comme le meilleur Allemand qu'il eût connu mais, quand des divergences d'opinion se firent jour entre Hitler et ses généraux, il prit le parti du Führer sans hésiter et assura à ses associés que les généraux – surtout von Leeb qui n'avait pas réussi à prendre Leningrad – étaient tous des ânes bâtés totalement incompétents.

Quand on arriva aux mauvais jours de la guerre, il comprit que Heinrich Himmler était le seul homme qui eût une vision claire à la fois du passé et du futur et il se jeta à corps perdu au service de ce chef qui était passé maître dans l'art des machinations. Il travailla avec zèle à affaiblir l'armée et la police régulière et ce n'est que bien plus tard, quand des unités isolées de S.S. furent censées tenir des avant-postes délaissés comme la ville de Wittenberge, qu'il réalisa que Himmler était en fait un psychopathe mégalomane, terme qu'un de ses jeunes assistants appliquait à Winston Churchill. Maintenant, il abandonnait son ancien chef comme tout bon Allemand devait faire.

Il avait à deux reprises condamné le lieutenant Kolff à mort, à juste titre, d'ailleurs, et voilà qu'aujourd'hui il parcourait en se cachant les chemins ruraux d'une Allemagne vaincue en compagnie de ce même Kolff et de sa paysanne de femme. Cela lui paraissait aberrant mais il était certain que tout finirait par s'arranger, comme toujours.

Il faisait preuve d'une prudence extrême en ce qui concernait les Kolff. La nuit, ou quand la situation semblait un tant soit peu épineuse, il ne s'éloignait jamais de sa bicyclette et gardait toujours la sacoche à portée de la main. Son pistolet était armé en permanence et il avait déjà envisagé plusieurs astuces pour se débarrasser de ses deux compagnons quand le moment serait venu de se rendre aux Américains. Plus il côtoyait Liesl, plus il se méfiait d'elle; c'était une femme silencieuse et impénétrable, à l'esprit certainement machiavélique. Quant à Kolff, c'était sans conteste un paysan du sud typique, à l'esprit grossier, avec une certaine aptitude aux mathématiques et à pas grand-chose d'autre. Il lui paraissait insensé que les Américains puissent avoir besoin d'un homme tel que lui.

En attendant, il avait besoin des Kolff et se montrait généreux avec eux. S'il refusait de leur prêter sa bicyclette, il partageait équitablement avec eux toute la nourriture qu'il arrivait à se procurer. Sa bonne humeur ne l'abandonna pas quand le temps devint plus que maussade et qu'ils durent patauger dans la boue; et il se montrait toujours aussi inventif dans les histoires leur permettant de se rapprocher un peu plus chaque jour des lignes américaines.

Au cours d'une de ces percées, il apprit qu'une armée américaine avait pris Nordhausen et, le cœur gros, il alla s'asseoir à l'écart sous un sapin. Puis, se tournant vers Liesl :

« Dieter vous a-t-il parlé de Nordhausen?

– Il m'a dit que c'était horrible.

– C'est vrai. Un avant-goût de l'enfer. Vous voulez savoir quand j'ai compris pour la première fois que l'Allemagne était perdue? C'était dans ces caves, à Nordhausen.

– Pourquoi avez-vous permis une chose pareille?

– C'est Himmler qui en a eu l'idée. La cité industrielle du futur. Russes et Polonais sous terre, à travailler.

– J'ai été élevé dans une ferme, interrompit Dieter. Liesl aussi. Nous avons besoin de voir le ciel.

– Où se trouvait votre ferme?

– Dans un petit village pas très loin de Oberammergau, au sud de Munich.

– Vraiment! » Funkhauser se leva d'un bond, tout excité. « On m'a dit dans le village que von Braun et ses savants avaient été envoyés à Oberammergau! Nous devrions peut-être essayer de les rejoindre. Ils seront sûrement protégés par les Américains. »

Sans prendre le temps de réfléchir, il bifurqua vers le sud en direction des montagnes mais, le deuxième jour, il fit halte, manifestement indécis.

« Si les savants se sont déplacés en groupe vers le sud, c'est certainement sur l'ordre de Himmler. Quand il les aura rassemblés au même endroit il les fera tous fusiller, sans exception, pour éviter que leurs secrets ne tombent aux mains des Alliés. »

Cette idée prit racine dans son esprit, à tel point qu'il changea radicalement de direction et qu'il entraîna les Kolff à sa suite vers l'ouest tout en grommelant :

« Lacs ou montagnes, Himmler ou Hitler, qu'ils aillent au diable. Il faut que nous trouvions les Américains. Tout de suite! »

Il poursuivait ce but avec acharnement, poussant de l'avant vers l'écho des batailles lointaines et, une nuit, comme ils s'étaient allongés tous les trois pour dormir, épuisés par une longue marche, Liesl murmura à l'oreille de Dieter :

« Le général a pris un certain nombre de décisions au cours de ces derniers jours », et elle s'éloigna de son mari sans bruit.

Le lendemain matin, quand Funkhauser se mit à crier :

« Où est mon pistolet? Où sont mes papiers? »

Liesl lui dit :

« Je les ai pris. »

Furieux, il lui demanda :

« Pourquoi me trahissez-vous? »

Elle lui répondit calmement :

« Parce que vous aviez l'intention de nous abattre... aujourd'hui ou demain. »

La colère de Funkhauser tomba brusquement; d'un ton contrit dont on ne pouvait savoir s'il était feint, il leur dit :

« C'est vrai, à Wittenberge, quand nous sommes partis, je voulais seulement me servir de vous pour arriver près des Américains et je comptais ensuite vous tuer. N'importe qui aurait eu cette réaction. Mais depuis que nous avons partagé les mêmes dangers au long de tous ces kilomètres... »

Il s'interrompit et leur tendit les mains.

« J'ai dit tant de fois que vous étiez mes enfants qu'aujourd'hui j'en arrive à le croire moi-même. » Les mains toujours tendues, il les supplia : « Ne me tuez pas, je vous en conjure.

– Nous n'en avons jamais eu l'intention, général,

dit Liesl. Conduisez-nous maintenant auprès des Américains car vous êtes un excellent guide. »

Mais ce ne furent pas les Américains qu'ils trouvèrent en premier sur leur route; en effet, un jour qu'il se faufilait comme un renard rusé à travers bois, les Kolff à sa suite, il tomba sur un contingent de l'armée allemande et dans la fusillade qui suivit Liesl prit une balle dans la jambe gauche.

« Couchez-vous! » hurla Funkhauser, et les trois voyageurs s'aplatirent contre le sol recouvert d'aiguilles de pin.

Quand ils osèrent lever les yeux, ils virent un spectacle étonnant. Leurs assaillants étaient de tout jeunes garçons âgés de quatorze et quinze ans qui formaient une petite troupe désorganisée mais dont chaque membre arborait fièrement un uniforme de l'armée allemande. L'un des enfants sanglotait.

« J'ai tiré sur une dame. Oh! mon Dieu, j'ai tiré sur une dame. »

Comprenant qu'il s'agissait d'une de ces unités créées en désespoir de cause par le haut commandement nazi, le général Funkhauser se mit à vitupérer contre les enfants :

« Qu'est-ce que vous faites dans ces bois? Pourquoi tirez-vous sur des femmes qui essaient de sauver le *Vaterland*? »

Quand il leur annonça qu'il était un général S.S. et qu'il était chargé de la protection de cette section du territoire, certains garçons firent un salut; il tenta ensuite de consoler l'enfant qui pleurait toujours :

« Tu ne pouvais pas savoir que c'était une femme. Aide-moi plutôt à panser sa blessure. »

Puis il engagea vivement les garçons plus âgés à faire preuve d'un peu plus de discipline au cours des manœuvres.

« Quels sont vos ordres? demanda-t-il.

– Nous devons arrêter les Américains.

– Où sont-ils? demanda-t-il avec empressement.

– Dans la ville d'à côté. Ils ne tarderont pas à arriver et nous devons tenir le bois. »

Il regarda leurs armes de faible portée, leurs petits bras fluets qui étaient à peine capables de tenir ces fusils de façon efficace et fit un salut :

« Protégez le *Vaterland.* » Puis il appela les Kolff : « Venez vite! C'est aujourd'ui que tout va se décider! »

Quand ils furent sortis du bois et qu'ils commencèrent à diriger leurs pas vers la ville dont les enfants avaient parlé, ils se rendirent compte que Liesl ne pouvait ni marcher ni pédaler et Funkhauser, dans un élan de générosité, fit une chose que les Kolff se rappelleraient avec émotion :

« Liesl, ma fille, assieds-toi sur ma bicyclette, comme cela je pourrai te pousser jusqu'à la ville. »

Il enveloppa aussi Dieter d'un regard protecteur tandis que ce dernier avançait péniblement sur sa bicyclette, gêné par sa blessure à l'épaule. Et c'est ainsi qu'ils prirent le chemin de la ville où leur rencontre décisive avec les Américains devait avoir lieu.

« Vite, vite! répétait Funkhauser. Nos fidèles Alliés ne tarderont pas à arriver dans notre direction. »

Les trois fugitifs étaient arrivés à mi-chemin quand ils rencontrèrent leurs premiers Américains; c'était une patrouille qui roulait à fond de train et qui avait pour mission de localiser l'ennemi.

« Messieurs! cria Funkhauser aux motards de tête. Je suis le général Helmut...

– Sortez-vous de la route, lui répondit-on avec grossièreté.

– Messieurs! Je suis le général... »

Un gros homme à l'uniforme sale fit faire un écart à sa moto et, plaçant son pied sur le ventre de

Funkhauser, le repoussa sur le bas-côté; l'Américain n'eut pas à faire obéir les Kolff car ces derniers s'étaient déjà jetés dans le fossé.

Quand la patrouille fut passée, Funkhauser reprit le chemin de la ville et vit avec plaisir qu'une unité d'infanterie se dirigeait cette fois-ci vers eux. Les mains levées au-dessus de la tête, il courut vers le capitaine américain tout en criant d'une voix forte et en anglais :

« Capitaine, capitaine! J'ai des documents qui intéressent vos généraux.

– Dégage, sale boche, grogna un soldat en le poussant dans le fossé tandis que de lourds canons passaient.

– Je vous en prie, écoutez-moi! cria-t-il du bord de la route. J'ai des documents importants... »

Les chars de combat passèrent et, quand ils eurent atteint le bois, Liesl entendit le bruit des salves; elle était sur le point de se laisser aller et d'éclater en sanglots à l'idée de ces pauvres enfants massacrés quand elle vit que le général Funkhauser, semblable à une statue du malheur, ne pouvait détacher son regard du bois où se jouait l'horrible tragédie dont ses anciens chefs étaient responsables et qui se répétait à travers l'Allemagne tout entière!

« Des enfants avec des petits fusils! Contre des chars! Les hommes de Hitler nous avaient pourtant promis que jamais le sol allemand ne serait souillé par une présence étrangère. Maudits soient-ils. »

Il resta les yeux fixés sur le bois tout le temps que tonnèrent les lourds canons américains; puis, le visage ravagé par le chagrin, il aida Kolff à enfourcher sa bicyclette, installa Liesl qui saignait toujours sur la sienne et la poussa humblement jusqu'à la ville.

Au détour d'une ruelle qui débouchait sur la place principale, ils se trouvèrent nez à nez avec un Américain qui, lui, était en civil. Il fut tout aussi interloqué qu'eux par cette rencontre et s'apprêtait à appeler des soldats à son secours quand il aperçut Dieter; il le dévisagea longuement et une profonde surprise se peignit sur son visage.

« Vous êtes bien Dieter Kolff? demanda-t-il en allemand.

– De Peenemünde, oui.

– Avez-vous apporté les documents relatifs à l'eau lourde?

– C'est moi qui ai les documents secrets, intervint Funkhauser en tapotant la sacoche de Liesl et en se présentant. Général Helmut Funkhauser, commandant général de Peenemünde, pour vous servir, monsieur. »

L'Américain fit comme s'il n'existait pas et s'adressa de nouveau à Kolff :

« Avez-vous apporté les documents relatifs aux installations d'eau lourde à Peenemünde?

– De l'eau lourde? Qu'est-ce que c'est?

– Vous ne faisiez pas de recherches sur... »

Mott hésitait à prononcer le mot crucial mais il ne put se retenir.

« Vous ne faisiez pas de recherches sur l'atome là-bas?

– Que voulez-vous dire?

– Pas de documents?

– Monsieur, il y a dans cette sacoche les documents secrets du général Eugen Breutzl.

– Où est-il?

– Il est mort. Au cours du bombardement. »

Mott secoua la tête.

« C'était un homme de grande qualité. Avant de vous interroger plus avant...

– Je connaissais bien Breutzl, interrompit Funkhauser, cherchant à se faire valoir.

– Vous serez interrogés tous les trois, lui assura Mott. Mais sur quoi Breutzl travaillait-il donc? »

Toute son attitude indiquait clairement qu'à partir de maintenant les papiers qui se trouvaient dans la sacoche lui appartenaient.

« Sur une fusée qui pourrait un jour voler de Peenemünde jusqu'à New York. »

La quête était finie. Pendant deux années entières, Mott avait recherché partout ce petit homme à l'allure insignifiante, étudiant avec soin l'unique photo qu'il possédait de lui. Et aujourd'hui il l'avait trouvé. L'Allemagne n'avait pas produit de bombe atomique. Mais elle avait été sur le point de faire une découverte tout aussi importante, une fusée capable de franchir la distance séparant deux continents, et les secrets de cette invention iraient aux Américains et non aux Russes.

Mû par une impulsion, Mott fit une chose dont il devait se souvenir avec étonnement, une chose qui témoignait de son éducation puritaine. Apercevant au bout de la rue l'entrée béante de l'église dont la façade du XVIIe siècle avait été éventrée par des bombes américaines, il dit : « Je crois que nous devrions prier... remercier le Seigneur... de nous avoir délivrés. »

Il pénétra dans l'église avec les trois Allemands et, mentalement épuisé par sa longue quête, il s'assit sur un des vieux bancs vermoulus et ferma les yeux, écoutant d'une oreille distraite le général Funkhauser psalmodier, d'abord en anglais et ensuite en allemand : « Je te remercie, Seigneur, de nous avoir permis à tous de faire le bon choix. »

II

QUATRE FEMMES

A DATER du jour où, en ce printemps de 1946, les têtes de file du parti républicain du Fremont téléphonèrent à leur héros de guerre, Norman Grant, pour lui demander s'ils pouvaient s'entretenir avec lui, sa femme Elinor s'inquiéta, et elle n'était pas femme à cacher ses sentiments.

En tant que fidèle républicaine, elle comprenait que le Fremont fût essentiel à la cause républicaine; cet Etat pourrait bien être le levier grâce auquel, en cette année sans élections présidentielles, on arriverait à purger le Congrès des démocrates qui soutenaient ce président incompétent de Harry Truman. Par une aberration née sans doute de l'hystérie de l'après-guerre, le Fremont avait, au cours des dernières élections, envoyé un démocrate à la Chambre des représentants, et il était impératif que ce dernier ne soit pas réélu.

Elinor partageait le désir des républicains et si son mari avait habité le district de ce membre du Congrès, elle l'aurait encouragé à lui disputer son siège. Malheureusement, le démocrate en question représentait la grande ville industrielle de Webster, sur le Missouri, ce qui rendait Grant inéligible.

Ce que voulaient les politiciens, ainsi qu'ils s'en expliquèrent lors de la réunion au siège du parti, c'était un jeune homme de bonne réputation qui pourrait prendre la tête des républicains dans la course aux élections sénatoriales des Etats-Unis.

C'était là justement qu'était la difficulté, et Elinor ne manqua pas de le faire remarquer :

« Le sénateur Gantling considère que ce siège lui appartient personnellement... à vie. »

Certains ne purent dissimuler leur mauvaise humeur à devoir discuter de semblables affaires avec une femme, mais Grant avait insisté pour que sa femme assiste à la réunion :

« Elle m'a toujours donné de bons conseils.

– Gantling est un vieil homme. Il affaiblit la liste.

– Il n'a que soixante-deux ans, protesta Elinor.

– Soixante-quatre, dit un des politiciens qui venaient du sud de l'Etat, et il en paraît quatre-vingts.

– Il a soixante-deux ans, dit Elinor d'un ton posé. J'ai vérifié.

– Vous aviez deviné quel serait le sujet de cette réunion? demanda le politicien.

– Oui, et je dois vous dire que mon père est un ami de longue date du sénateur Gantling. Il a dirigé sa campagne électorale lors de sa première candidature au Congrès.

– Nous le soutenions tous à cette époque, madame Grant, mais il est passé de mode maintenant.

– Je tiens à vous rappeler que le père de mon mari travaillait lui aussi pour Gantling. Il est hors de question que notre famille soit le fer de lance d'une campagne contre cet homme admirable.

– Madame Grant, je crois que nous devrions considérer attentivement ce qu'est l'Etat du Fremont, et le politicien déplia une carte qu'il étala sur la table. Récapitulez donc les faits, Lewis. »

Un homme à la carrure imposante qui se débrouillait toujours pour obtenir une grosse majorité républicaine dans la partie quasi inhabitée du nord-ouest de l'Etat planta son doigt ici et là sur la carte tout en parlant avec vigueur.

« Il y a quatre secteurs importants et le mien n'en faisant pas partie je puis donc parler en toute franchise. »

Le Fremont était le plus caractéristique de tous les grands Etats de l'Ouest. Ainsi nommé en hommage au vaillant explorateur John Charles Fremont, il avait également tenu à honorer, dans le nom de ses quatre villes principales, la mémoire de certains des meilleurs hommes politiques du début du XIXe siècle dont le dévouement avait contribué à faire de l'Ouest une partie intégrante de la nation. Il s'agissait, à l'est, du grand centre commercial de Webster; à l'ouest, de la capitale régionale de Calhoun; dans le nord, avec son université d'Etat, de Clay, la ville natale de Grant; et enfin, dans le centre, de la capitale elle-même qui portait le nom du meilleur d'entre eux, Thomas Hart Benton.

« Le sénateur Gantling est un homme important dans son propre district de Calhoun, dit l'agent électoral. Mais la ville entière ne compte que dix-neuf mille habitants. Ici, à Webster, où le nombre d'électeurs est bien supérieur, tout le monde sait que Gantling est un imbécile.

– Le terme est un peu fort, protesta Grant.

– Dites-lui tout, Henry. »

Et Henry s'exécuta.

« Le sénateur Gantling a fait son temps, Norman. Il faut que vous acceptiez de voir les choses en face; vous aussi, madame Grant. Il a passé son temps à insulter les électeurs de cette région, il n'a jamais tenu compte de leurs désirs et quand il y avait des avantages à obtenir ce n'était jamais nous qui en profitions. C'est la vieille histoire de l'éternelle rivalité qui oppose l'est à l'ouest dans un même Etat. Et c'est partout la même chose. Philadelphie contre Pittsburg. St. Louis contre Kansas City. Et, chez nous, c'est Webster contre Calhoun. Je vous le dis dès à présent, si nous mettons de nouveau Gantling en tête de la liste républicaine, Webster et toute la moitié est de l'Etat voteront démocrate. Je vous aurai prévenu. »

La discussion continua et même Elinor Grant dut admettre que son favori suranné avait sans doute usé son capital de sympathie dans l'Etat du Fremont. La petite ville de Calhoun, dont il était originaire, l'appuyait encore, mais la grande cité de Webster en avait assez de ses attitudes prétentieuses.

C'est alors que l'homme à la carrure imposante qui venait du nord-ouest dévoila le véritable but de cette réunion :

« Norman, il ne faut pas que vous perdiez de vue votre objectif principal. Pensez à 1948. Tom Dewey sera presque certainement notre homme, il ne manque pas d'expérience car il a déjà fait une campagne à l'échelle nationale et il est né pour commander. Il se présentera contre ce foutu vendeur de chemises de Kansas City, et nous savons tous pertinemment que si cette élection avait lieu aujourd'hui, Truman n'obtiendrait pas dix mandats. Même le sénateur Fulbright, de son propre parti, lui a conseillé de démissionner tant le pays lui est hostile. »

L'industriel de Webster se mit à rire.

« Savez-vous ce que Truman lui a répondu? « Je « n'ai pas besoin de vos conseils, sénateur Half- « bright[1]. »

– Nous savons tous que c'est une honte qu'il soit à la Maison Blanche, et notre tâche est de le virer. La meilleure façon de préparer 1948 est de gagner les élections en 1946. Il nous faut un sénateur qui ait les reins solides. Un homme suffisamment fort

1. *Fulbright* : astucieux; *Halfbright* : demeuré. *(N.d.T.)*

pour que nous puissions éliminer cet abominable démocrate à Webster.

– C'est pour cela que je suis ici, dit l'industriel. Grant, j'ai besoin de votre aide. Elle m'est indispensable. Avec votre nom en tête de liste je peux battre le démocrate. Si je n'ai que celui de Gantling, je perds non seulement le siège à la Chambre mais aussi la représentation au Sénat.

– Son influence est-elle vraiment si faible? » demanda Grant, et Elinor comprit alors qu'il se voyait déjà le sauveur du parti, un homme se présentant devant les électeurs avec des idées neuves, et soudain elle prit peur.

Elinor Stidham était née en 1917, alors que son père, un fermier aisé du nord de Clay, combattait en France. Elle ne l'avait donc jamais connu sous son aspect simple et robuste d'autrefois; elle ne voyait en lui qu'une personne fragile, éprouvée physiquement par la guerre et peu sûre d'elle-même. Elle avait deux ans quand il quitta finalement l'hôpital et elle ne se souvenait pas qu'il eût jamais joué avec elle, ou qu'il l'eût fait sauter sur ses genoux comme les autres pères; il ne parlait pas non plus de la guerre ou des aventures qu'elle lui attribuait dans son imagination d'enfant.

En grandissant, elle devint une jeune fille calme et posée à qui l'on donnait volontiers quelques années de plus que son âge. C'était une excellente élève, tant à l'école qu'à l'université et elle aurait pu atteindre à une certaine notoriété si ce genre de popularité l'avait attirée. Elle devint membre d'une des meilleures associations d'étudiantes mais ne fut élue à aucun poste de responsabilité et la plupart des étudiants du campus ne savaient même pas qu'elle existait.

Elle ne passait toutefois pas inaperçue auprès des garçons mais ces derniers se lassèrent bien vite après avoir essuyé quelques rebuffades et la laissèrent mener sa vie comme elle l'entendait. Elle se contentait donc d'aller et venir entre le siège de l'association, la bibliothèque, les salles de cours et le gymnase. C'était une fille grande et mince, très jolie, avec des cheveux presque noirs qu'elle coiffait en bandeaux serrés, et elle n'était certes pas insensibles aux attentions que lui prodiguaient certains des étudiants les plus studieux aux intentions manifestement sérieuses. Les autres l'avaient depuis longtemps laissé tomber.

Tout le campus fut donc en émoi lorsque le champion de football de l'université, Norman Grant, commença à sortir avec elle. Une bonne demi-douzaine de jeunes beautés l'avaient invité à des soirées et plusieurs douzaines d'étudiantes auraient bien aimé en faire autant, mais il était évident qu'il avait élu Elinor Stidham entre toutes.

Un ancien étudiant, devenu très riche et fier des prouesses que Norman accomplissait sur le terrain de football, lui avait offert une Chevrolet en affirmant avec juste raison : « Quand on est aussi bon joueur, on a droit à une décapotable. » Au volant de cette dernière, il conduisait Elinor jusqu'à la ferme des Stidham où il passait de longues heures à discuter avec Frank Stidham qui, s'il se refusait toujours à mentionner ses expériences de guerre, se montrait toujours prêt à philosopher sur la nature d'une société juste.

Stidham était bien sûr républicain, comme l'étaient d'ailleurs la plupart des citoyens du Fremont, mais il possédait également un sens aigu des réalités sociales qui lui permettait d'apprécier des hommes tels que Burke, Jefferson, Lincoln, Woodrow Wilson et surtout le Français Alexis de Tocqueville dont l'aptitude à comprendre les principes de base du système américain l'étonnait toujours :

« Pour un jeune homme désireux de saisir la

véritable nature de ce pays, le meilleur ouvrage est encore celui de Tocqueville.

– Le professeur Bates dit la même chose de Lord Bryce.

– Eh bien... » Stidham se tortilla sur son siège comme si son dos le faisait souffrir, puis il sourit. « Bates n'a pas tout à fait tort. Mais, quand j'étais en Angleterre, j'ai eu l'impression que les gens comme Bryce, et j'en ai rencontré un certain nombre, ne font que ratiociner sur des évidences, comme le fait d'ailleurs Bryce lui-même, sans vouloir vous vexer. Mais, en France, les esprits brillants vont directement au cœur du problème, laissant de côté tout verbiage, et c'est pour cela que j'aime tellement Tocqueville. L'avez-vous lu, Norman?

– Non, je n'en ai pas eu le temps. Les études de droit ne se font pas toutes seules.

– Pourquoi donc faites-vous tant de sports d'équipe différents, Norman? Le football ne vous suffit pas? Faut-il que vous fassiez aussi du basket? Et du base-ball?

– Cela fait partie de ma nature, monsieur. »

Quand deux de ses coéquipiers demandèrent à Grant pourquoi il s'embêtait à sortir cette pépée qui n'acceptait jamais de flirter, il se contenta de sourire et dit :

« Elinor et moi nous connaissons depuis le lycée. Nous sommes d'ailleurs sortis ensemble une ou deux fois à cette époque-là.

– Et t'as flirté avec elle?

– Ça ne vous regarde pas – mais en fait, non. Pourtant, il y a une chose que je n'ai jamais oubliée.

– Quoi donc?

– Quand je suis venu la chercher chez elle la première fois, dans une voiture que j'avais empruntée à un copain, son père m'a parlé comme si j'étais son égal. Vous l'avez peut-être déjà vu. C'est un homme assez petit et il donne toujours l'impression de souffrir de ses blessures, aujourd'hui encore. Il m'a dit qu'il tenait énormément à sa fille.

– Ils disent tous ça. Moi, je suis sorti avec une nana.

– Et il a ajouté que ce n'était pas la peine de prendre les virages à cent à l'heure, la nuit sur une route de campagne, pour impressionner sa fille.

– Je ne vois pas ce que cette histoire vient faire là.

– Plus je pensais à ce qu'il m'avait dit, pas mal d'années après bien sûr, plus je me disais qu'il avait voulu me faire comprendre que les Stidham prennent la vie au sérieux. Et je suis comme eux. »

Il quitta l'université avec huit distinctions honorifiques à caractère sportif et une mention B-plus, ce qui lui permit d'être admis facilement à la faculté de droit de Chicago. Quand il quitta Clay, Elinor avait encore deux ans d'études à faire avant de pouvoir obtenir son diplôme mais elle était certaine que Norman reviendrait, ne serait-ce que pour voir son père. Elle dit un jour d'un ton quelque peu sarcastique : « Je me dis parfois que Norman vient à la maison uniquement pour manger les tartes de maman et bénéficier des conseils de papa en matière de droit. »

M. Stidham n'était pas avocat mais il était un passionné d'histoire américaine et s'intéressait tout particulièrement à la politique de défense nationale. Elinor se souvenait parfaitement de cette nuit de 1938 où son père avait dit à Norman :

« L'attitude de M. Roosevelt à l'égard du Japon m'inquiète beaucoup.

– Nous pourrions facilement mater le Japon si jamais il se passait quelque chose, avait assuré Grant.

– Ce n'est pas ce que j'ai voulu dire. Il me paraît évident que la guerre en Europe est inévitable. La situation est tellement instable que la moindre perturbation...

– Qu'est-ce que l'Europe a à voir avec le Japon ?

– Vous ne comprenez donc pas? Si la guerre éclate là-bas, comme je le pense, l'attention générale se détournera du Japon et les chefs militaires auront les coudées franches pour entreprendre les actions les plus audacieuses. Tôt ou tard, ils feront quelque chose qui provoquera la fureur de l'Amérique et mettra le feu aux poudres.

– Pourquoi critiquez-vous le président Roosevelt? » Au cours de ses études à la faculté de droit de Chicago, Grant s'était rendu compte avec stupéfaction que la plupart de ses professeurs défendaient Roosevelt, contrairement à ce qui se passait dans le Fremont.

« Je suis tout simplement d'avis qu'il aurait tort de brouiller l'Amérique et le Japon.

– Le fait-il?

– Malheureusement, toutes les décisions qu'il prend ne font que renforcer l'antagonisme qui existe entre ces deux nations.

– Ce n'est peut-être pas un tort. Quand on considère la façon dont ces diables jaunes ont traité la Chine...

– Mais Norman, vous ne voyez donc pas que si Roosevelt continue de cette façon, nous serons un jour obligés de nous battre contre le Japon, et sur un très large front?

– Ce n'est qu'une petite île. Je suis certain que nous en viendrons facilement à bout, le cas échéant.

– Vous devriez jeter un coup d'œil à la carte. Il s'agit en vérité d'un archipel et, de toute façon, ce n'est pas là que se situera le champ de bataille. »

Quand Norman lui demanda où donc pourraient

se dérouler les combats, Stidham prit un atlas qu'il ouvrit à la page double où s'étalait le Pacifique.

« Le champ de bataille sera l'océan tout entier. De Java, tout en bas, jusqu'aux Philippines, là-haut. Peut-être même la Malaisie. Et certainement Hawaii. »

Un tel raisonnement était absurde et Norman le dit sans prendre de gants.

« Le Japon est un endroit minuscule, monsieur. Ils ne sont pas capables d'un effort de guerre pareil. Notre marine les écraserait en un rien de temps. »

Quand, en 1940, il retourna à Clay avec son diplôme en poche et une place dans un des bons cabinets d'avocat de la ville, il demanda à Stidham la main de sa fille, comme Elinor l'avait pressenti. La cérémonie de mariage eut lieu dans l'église baptiste et ils se rendirent ensuite en train jusqu'aux chutes du Niagara pour y passer leur lune de miel. Norman étant en quelque sorte une célébrité dans le monde du sport, son mariage fut mentionné dans les journaux new-yorkais et, au cours du séjour qu'ils firent dans l'hôtel des nouveaux mariés, tout à côté des fameuses chutes, un couple plus âgé, plein d'admiration pour le champion de football, leur montra l'entrefilet qui avait aussi paru dans la presse locale et leur offrit une bouteille de champagne.

Quand, en 1942, toutes les remarquables prophéties de M. Stidham se réalisèrent, Norman Grant fut envoyé à Dartmouth College suivre une formation accélérée d'officier de marine. Le problème se posa de savoir ce qu'Elinor ferait pendant ce temps-là. Stidham et Grant en discutèrent longuement et décidèrent qu'Elinor resterait chez ses parents où elle trouverait à s'occuper en participant à l'effort de guerre. Quand ils l'informèrent de cette décision, elle les surprit fort en leur annonçant qu'elle avait déjà écrit à l'hôpital de Hanovre, dans le New Hampshire, Etat dans lequel se trouvait Dartmouth, et qu'on lui avait proposé un poste d'aide-soignante.

Les deux hommes se montrèrent scandalisés et Norman lui objecta, non sans raison, qu'il serait pris plus de vingt heures par jour et qu'il ne pourrait pratiquement jamais la voir.

Elle se montra insensible à tout argument. Elle était mieux placée que toutes les jeunes femmes du Fremont pour comprendre la véritable nature de cette guerre. Cela faisait des années qu'elle entendait son père décrire ses conséquences inévitables et, s'il n'avait pas réussi à convaincre les membres du Rotary Club de Clay ou même son gendre, ses arguments avaient pleinement convaincu sa fille.

Elle avait donc suivi Norman à Dartmouth et s'était acquittée de ses fonctions d'aide-soignante à l'hôpital. Puis elle s'était rendue à Patuxent River dans le Maryland quand il sembla que Norman serait affecté dans l'aéronavale. Quand Bupers le muta sans préavis dans l'unité de destroyers manquant de personnel sur la côte ouest, elle s'arrangea pour trouver du travail à Seattle, dans un restaurant; c'est de cet endroit qu'elle avait vu partir son mari pour ce qui devait être, en 1944, la grande bataille du golfe de Leyte.

Aujourd'hui, en 1946, elle n'avait guère changé d'aspect : elle était toujours aussi mince, aussi élégante, et l'on remarquait toujours autant sa peau très claire qui tranchait sur ses cheveux si noirs. Elle devenait plus belle d'année en année et, bien que pendant la guerre elle eût fait preuve d'un courage extraordinaire, elle semblait être devenue un peu plus fragile, un peu plus vulnérable.

Elle ne voulait pas que son mari défie le sénateur Gantling. Elle ne voulait pas qu'il aille à Washington dans l'éventualité où il gagnerait ces élections :

« Norman s'est suffisamment battu pendant la guerre. Ce n'est pas juste de l'obliger à recommencer.

– Ce serait peut-être une bonne idée de demander à Stidham de venir, dit l'homme du Nord-Ouest. Il connaît Gantling. Il connaît Grant. Son avis nous serait certainement très utile. »

On appela donc Stidham au téléphone et, peu après, il se trouvait de nouveau parmi les hommes avec lesquels il avait mené maintes et maintes campagnes. Les mains jointes et appuyées contre ses lèvres serrées, il prêta une oreille attentive aux arguments des politiciens et, après avoir écouté sa fille affirmer avec force qu'elle s'opposait à la candidature de son mari, il dit d'une voix mesurée :

« Je suis aussi d'avis qu'Ulysses Gantling est passé de mode. Si vous le proposez une fois de plus comme candidat aux électeurs, nous perdrons son siège et les démocrates garderont celui qu'ils ont déjà à la Chambre. Gantling est fini et il est temps qu'il s'en aperçoive. Il doit maintenant laisser la place à un homme plus jeune, plus dynamique, et je ne connais personne de plus qualifié que Norman Grant pour lancer ce défi et devenir membre du Sénat. Cela fait quatorze ans que je suis son évolution et je puis vous affirmer qu'il est prêt. Vous rendrez un grand service à l'Etat et à la nation en le proposant comme candidat et en assurant sa victoire aux élections primaires.

– Acceptez-vous d'exercer la fonction de représentant de l'Etat? Grant au Sénat?

– Certainement pas. Je soutiendrai le sénateur Gantling, comme je l'ai toujours fait.

– Cela fera très mauvaise impression... le propre beau-père de Norman...

– Et sa femme, dit Elinor d'un ton cassant.

– Bon Dieu! rugit l'homme de Webster. Sommes-nous des gamins pour être si stupides? »

Les politiciens prirent les Stidham à parti, s'efforçant de leur faire prendre conscience du scandale qui éclaterait si l'on venait à savoir que la femme et le beau-père – dont la réputation n'était plus à faire – du jeune homme qui se présentait contre le sénateur titulaire étaient tous deux dans l'opposition.

« Vous avez tout à fait raison, répliqua calmement Stidham, ce serait un véritable scandale. Mais j'ai des obligations envers Ulysses Gantling et il m'est impossible de l'abandonner, d'autant plus que je suis convaincu que Norman n'a pas besoin de mon soutien pour gagner. »

Rien ne put le faire changer d'avis. Tenu par l'honneur de continuer à défendre un homme qu'il avait contribué à faire entrer au Sénat bien des années auparavant, il refusait de le laisser tomber dans la dernière étape d'une carrière qui, si elle n'avait pas été brillante, avait du moins été défendable. Ulysses Gantling n'avait jamais été un sénateur de premier ordre et il ne risquait plus de le devenir tandis que Norman Grant avait au moins une faible chance d'y arriver; il était donc logique qu'il transférât son allégeance à son gendre. Mais l'honneur exigeait qu'il restât fidèle à son vieil ami, et c'est ce qu'il avait l'intention de faire.

« Et votre fille, alors? Ne devrait-elle pas faire campagne pour son mari?

– Je ne fais campagne pour rien ni personne, dit Elinor.

– Peut-on au moins vous demander de vous taire? » demanda l'homme de Webster.

Quand Elinor refusa de répondre, l'homme de Calhoun à qui incomberait la tâche ingrate et difficile de contrer Gantling sur son propre territoire lui demanda d'un ton suppliant :

« Vous ne refuserez tout de même pas d'admettre que votre mari le vaut cent fois?

– C'est un homme merveilleux, dit Elinor en se rapprochant de Grant.

– Il ferait un excellent sénateur, n'est-ce pas?

– Le meilleur de tous.

– Et vous tenez, vous aussi, à ce que Tom Dewey soit élu en 1948?

– Il faut à tout prix se débarrasser de Truman.

– Alors, s'il vous plaît, ne dites rien qui puisse nuire à votre mari pendant ces élections. »

Elinor jeta un coup d'œil à son père qui regardait droit devant lui. Elle répondit enfin :

« Ma famille a toujours soutenu Ulysses Gantling qui s'est montré digne de la confiance que nous avons placée en lui...

– Et drôlement ennuyeux, avec ça, lança quelqu'un.

– Il est donc de mon devoir de voter pour lui. Mais, c'est entendu, pour le reste, je me tairai. »

Elle serra affectueusement l'épaule de son mari et, sur ces derniers mots, quitta la pièce.

Au cours de la campagne, Elinor prit en grippe le jeune Tom Finnerty, le journaliste impertinent que Norman avait fait venir de Boston pour qu'il l'aide à faire marcher son agence électorale. Elle ne l'avait pas vu depuis plus de trois minutes qu'elle avertit son mari en ces termes.

« En ce qui me concerne, je me moque bien que tu gagnes ces élections ou que tu les perdes, mais si toi tu as vraiment envie d'être élu je te conseille de te débarrasser de ce jeune monstre. Dans cet Etat, la présence à tes côtés d'un Irlandais catholique nuira énormément à ton image de marque. »

Comme Norman s'obstinait à garder Finnerty, elle ne remit plus jamais les pieds à l'agence de

Benton et ne cachait pas son ressentiment lorsque le jeune Irlandais leur rendait visite, à Clay. Elle apprit toutefois que Finnerty représentait un atout certain au sein de l'élément un peu fruste de la ville fluviable de Webster, et fut bien obligée de lui accorder plus d'attention quand il dévoila le stratagème qui, plus qu'aucun autre, expliquait la soudaine poussée de son mari dans les sondages.

Pendant les quatre premières semaines des primaires, le sénateur Gantling avait joué adroitement sur les émotions de ses électeurs, mettant l'accent sur ses années de fidèles et loyaux services et sur le tort qui était fait au parti républicain. Bien des gens furent surpris de constater que le vieux guerrier était encore un adversaire redoutable, bien plus coriace qu'on avait voulu le laisser croire, et trois semaines avant le vote il paraissait certain qu'il serait réélu.

Beaucoup d'électeurs avaient l'impression que Norman Grant misait principalement sur le fait qu'il avait été champion de football à l'université; il y avait donc de nombreuses allusions au sport lors des réunions électorales, des hourras émis en unisson sous la direction des anciens supporters et une atmosphère de chaleureuse commémoration. C'est à la fin d'une de ces réunions que Finnerty fit son petit numéro :

« On va laisser tomber toute cette merde.

– Surveillez votre langage, jeune homme, dit un des électeurs locaux.

– Vous voulez gagner cette élection, oui ou non?

– Jeune homme, j'ai déjà écrit à Boston pour obtenir des renseignements sur votre compte. Vous êtes au parti démocrate, on me l'a dit.

– Je suis un travailleur honnête, employé par un vieux copain à moi, et je tiens à tout prix à ce que ce vieux copain soit élu au second poste le plus important de ce pays. Je ne m'attribue pas le mérite de ce que nous allons faire à partir de maintenant. Un de mes amis vient de pondre une idée qui est une vraie merveille. Alors, à partir de ce soir, on laisse tomber toute cette merde. »

Il passa la nuit au téléphone et, deux jours plus tard, à Webster, devant un auditoire indécis et difficile mais dont les votes seraient décisifs, il dévoila la nouvelle stratégie. Il s'agissait de faire poser Norman Grant devant la maquette d'un destroyer-escorteur tandis que trois Américains, jeunes et beaux – lui-même, le pharmacien en second Larry Penzoss de l'Alabama et l'aide-cuisinier Gawain Butler de Detroit –, se tenaient au garde-à-vous dans leur uniforme de la marine, constellé de médailles et de rubans.

Il prit la parole en premier :

« Je travaille pour le compte de Norman Grant. C'est mon boulot de le faire élire au Sénat des Etats-Unis. Tout ce que je pourrai vous dire sera donc sujet à caution. Mais Larry Penzoss, que vous voyez ici, est venu à ses propres frais de l'Alabama. Il n'a pas touché un sou de Norman Grant, et il a quelque chose d'important à vous dire. »

Avec le merveilleux accent traînant du Sud des Etats-Unis, Penzoss recréa l'atmosphère qui régnait à bord du canot de sauvetage et évoqua, dans des termes pathétiques qui tirèrent des larmes à plus d'un auditeur, l'héroïsme et la compassion dont le commandant Grant avait fait preuve. Il étonna Grant en rappelant les détails bouleversants de la mort du commandant en second, Tom Savage, et le désespoir qui s'était emparé de lui quand il avait fallu jeter le corps à la mer.

Dans le silence qui suivit ce discours, Finnerty indiqua que c'était au tour de Gawain Butler, maintenant restaurateur à Detroit, de parler; le grand Noir, dont le pied droit était remplacé par une prothèse, s'avança sur l'estrade et raconta dans un anglais impeccable comment Norman Grant l'avait sorti des eaux infestées de requins et comment il avait ensuite passé toute la nuit dans l'eau, au péril de sa vie, pour qu'un nègre – comme il disait – puisse être sauvé. Gawain conclut en disant :

« C'est à vous de décider si le commandant Grant fera un bon sénateur. Je peux vous assurer que c'était un commandant hors pair. »

Il fit un salut et retourna en boitillant à sa place.

Finnerty reprit la parole :

« Je vous ai prévenu que tout ce que je pourrais dire serait sujet à caution. Donc, je ne dirai rien. Mais, avec votre permission, je vais vous lire certains extraits des notes que j'ai prises le jour de la bataille. Ces notes ont été écrites en 1944; j'étais à l'époque un gamin de dix-neuf ans et je consignais sur un carnet, comme c'était mon devoir, les faits et gestes de l'homme le plus courageux que j'aie jamais connu, de l'homme le plus courageux de tout l'Etat du Fremont. »

Il tâtonna dans sa veste d'une main tremblante d'émotion et sortit d'une poche intérieure un carnet portant des traces d'auréoles – ce n'était pas le vrai, bien entendu, ce dernier faisant maintenant partie des dossiers historiques de la marine, mais c'était une imitation passable, soigneusement détrempée deux jours avant dans un lavabo d'hôtel et séchée ensuite sur un radiateur brûlant. Il tourna les pages avec précaution et quand il arriva au matin du 25 octobre 1944 il lut de sa belle voix mélodieuse d'Irlandais :

> – Sous-officier Finnerty (c'est moi). « Vous avez l'intention de vous mesurer à toute la flotte japonaise? »
> – Commandant Grant (c'est lui) : « Oui. »

Le jeune Irlandais détendit habilement l'atmosphère :

« Dans ce monde, beaucoup d'hommes prononcent ce « oui » fatidique. Mais, aussi catastrophiques que puissent être les conséquences d'un mariage, elles ne le sont jamais autant que celles qui nous attendaient ce matin-là. »

Quand ses auditeurs eurent fini de rire, il tourna de nouveau les pages de son carnet et leur confia des détails propres à les émouvoir :

> Immédiatement après la fin des combats, je notai sur le journal de bord ce que j'avais vu ce matin-là. Un peu plus tard, quand le commandant Grant tomba par hasard sur ce carnet et qu'il lut les éloges que je lui prodiguais, il arracha la page avec sa modestie coutumière et la jeta à la mer. Je vais maintenant vous lire ce que j'avais écrit. Le rapport est celui que j'ai reconstitué lorsque le gouvernement des Etats-Unis décida de décerner au commandant Grant les distinctions militaires les plus honorifiques de ce pays : « Dans des circonstances qui auraient terrifié tout autre que lui, il conduisit son petit DE au cœur même de la flotte japonaise; lorsqu'il n'eut plus ni torpilles ni munitions, il maintint sa position pour mieux dérouter l'ennemi. Son courage ne se démentit pas dans le canot de sauvetage car, pour sauver des vies humaines, il se jeta volontairement à l'eau, dans une mer qui, quelques instants auparavant, grouillait encore de requins. »

De la main gauche, il montra Gawain Butler et de la droite il referma le carnet et le remit dans sa poche.

Un reporter politique du *Chicago Tribune,* impatient de voir le Fremont s'organiser pour préparer la victoire de Dewey en 1948, télégraphia un papier enthousiaste à son journal :

> Il y a quatre jours j'étais certain que le vétéran Ulysses Gantling partait favori pour un sixième mandat en tant que sénateur du Fremont. Même le beau-père du challenger soutenait le vieux guerrier.
>
> Mais à Webster et, hier soir encore, à Benton, Norman Grant dévoila une stratégie qui lui permit d'obtenir, dans un fracas assourdissant d'applaudissements frénétiques, le soutien inconditionnel des masses dont l'émotion avait été si vivement remuée; et comme il est probable qu'il répétera le même numéro dans toutes les villes de l'Etat, je prédis qu'il remportera un succès complet.
>
> Par quel tour de passe-passe est-il arrivé à ce résultat? C'est simple. Il a téléphoné à trois jeunes héros qui avaient servi sous ses ordres à bord du destroyer-escorteur *Lucas Dean* lors de la bataille du golfe de Leyte, et ces hommes très simples ont évoqué avec ferveur l'héroïsme de leur commandant, sans que Grant leur ait le moins du monde dicté leurs paroles. Le plus impressionnant fut sans conteste un grand Noir de Detroit, un cuisinier à qui il manque aujourd'hui une jambe, qui raconta aux électeurs comment le commandant Grant l'avait tiré de l'eau après qu'un requin lui eut arraché le pied. Bien des héros ont accompli des actes pareils mais ce que Grant fit ensuite, et je cite les propres termes du cuisinier, établit d'autres critères pour l'héroïsme : « Pour que je puisse rester à bord, le canot étant surchargé, il se laissa tranquillement glisser

dans l'eau qui, il le savait, était infestée de requins quelques instants auparavant. »
Une minute après la fin du discours de Gawain Butler de Detroit, les gens de Webster étaient prêts à élire Norman Grant à la présidence des Etats-Unis. Il me semble certain qu'ils voteront pour lui lors des élections sénatoriales.

A la cinquième représentation seulement, Elinor eut l'occasion de voir le spectacle à la gloire de son mari. Après avoir commencé leur tournée dans le nord-ouest de l'Etat, les trois marins s'étaient ensuite rendus en voiture jusqu'à Clay. Lors d'une réunion dans le gigantesque amphithéâtre de l'université qui, cette fois, n'avait pas mentionné les prouesses sportives de Grant et s'était soigneusement abstenue d'envoyer une délégation de majorettes, ils devaient relater une fois de plus les événements du golfe de Leyte. Quand ils eurent terminé et que l'écho assourdissant des applaudissements se fut éteint, Elinor dit à son mari :

« C'est ignoble. Au nom du Ciel, comment as-tu pu permettre à cet abominable Finnerty d'organiser une pareille mascarade?

– Non seulement je lui ai permis de le faire, mais je l'y ai vivement encouragé.

– C'est toi qui as fait venir ces trois hommes? Ces exhibitionnistes?

– Malheureusement, l'idée n'est pas de moi. C'est Finnerty qui y a pensé.

– Et tu n'as pas honte? Tu ne te sens pas humilié?

– Elinor, une élection entre gens honnêtes ressemble à une guerre entre nations toutes-puissantes. Il vaut mieux gagner.

– Tu ferais n'importe quoi pour y arriver, n'est-ce pas?

– Seulement si c'est honnête. Et seulement si c'est nécessaire.

– Tu crois vraiment qu'une chose aussi obscène que ce prétendu patriotisme est nécessaire?

– La semaine dernière j'étais en train de perdre les élections. Cette semaine, grâce à l'excellente idée de mon ami Finnerty, je suis en train de les gagner. Et j'encouragerai Gawain Butler à raconter son histoire dans tout l'Etat. Parce que c'est une bonne chose que le Fremont entende parler un Noir. C'est une bonne chose que tous ces gens entendent un citoyen de l'Alabama. Ou un Irlandais catholique de Boston.

– Tu ne ressens aucune honte à faire cela?

– Il y a quelque chose que tu ne comprendras jamais, Elinor. Quand nous sommes finalement sortis de ce tombeau flottant... Des centaines d'hommes étaient morts parce que personne, au quartier général, n'avait pensé à nous envoyer une équipe de secours... J'ai dit à ces trois hommes que le monde est un endroit de merde...

– Je ne veux pas entendre un pareil langage. »

Elle courut chez son père et lui demanda ce qu'il pensait de l'écœurant patriotisme de façade de Norman; il réfléchit un moment avant de lui répondre :

« L'Amérique a toujours eu tendance à élire des héros militaires a des fonctions qu'ils étaient incapables de remplir. William Henry Harrison, Ulysses Grant, William McKinley. Il ne fait aucun doute pour moi que Dwight Eisenhower se verra décerner les lauriers de la présidence quand il le voudra, qu'il se présente comme candidat républicain ou comme démocrate. Mais tu ne dois pas oublier que nous avons eu un certain nombre d'hommes très valables de cette façon-là. Andrew Jackson et Teddy Roosevelt entre autres. Et, le meilleur de tous, George Washington, dont nous avions un besoin si urgent. Chacun de ces hommes fut élu, non pour ses capacités, mais parce que le public voyait en lui un héros militaire. La nation sera toujours prête à accorder aux militaires plus d'intelligence qu'ils n'en ont réellement. Aujourd'hui, c'est au tour de ton mari.

– Est-il vraiment valable? Je ne me sens plus capable d'en décider.

– C'est un joueur de football, lui dit Stidham. Droit et fort comme tous les bons joueurs. Et s'il avait été différent, nous aurions peut-être perdu la bataille du golfe de Leyte et sacrifié cinq cent mille jeunes gens de plus.

– Mais fera-t-il un bon sénateur? Après des débuts aussi abjects?

– Norman a quelque chance de devenir un excellent sénateur, mais je pense qu'il se contentera d'être passable. Jamais une action d'éclat, jamais un scandale. C'est tout ce que j'ai pu tirer d'Ulysses Gantling. Je m'estimerai satisfait si nous pouvons faire aussi bien avec Norman. » Il hésita, ne voulant pas trop brusquer sa fille qu'il sentait si fragile. « C'est plutôt toi qui m'inquiètes, Elinor. Je crains que tu ne fasses une bien piètre femme de sénateur.

– Oh! moi aussi », s'écria-t-elle en se précipitant vers son père et en s'agenouillant auprès de lui. Quand ses sanglots convulsifs se furent calmés elle murmura : « Ce n'est pas de Norman que je doute, c'est uniquement de moi-même. Je ne suis pas taillée pour ce rôle. Absolument pas.

– Qu'est-ce qui te permet de croire que j'étais fait pour devenir officier en France? C'était une sinistre plaisanterie, oui. Ou pour être l'agent électoral de Gantling? J'ai bien failli lui faire perdre sa première élection. Nous faisons ce que nous sommes obligés de faire, Elinor. Et maintenant je crois que le moment est venu pour toi de te montrer sur le podium aux côtés de ton mari. Il se bat pour obtenir un des meilleurs postes qui soient au monde et il mérite que tu l'aides. »

A Benton, lors de la réunion qui devait clore la campagne électorale, cinq nuits avant les primaires, elle s'assit donc sur l'estrade aux côtés de son mari et, à l'initiative de Finnerty, prononça même quelques mots. Mais quand les trois marins, dans leur uniforme repassé de frais, avec leurs médailles bien astiquées et leurs rubans soigneusement alignés, montèrent sur scène, elle eut envie de vomir.

Rachel Lindquist était convaincue que ce qui caractérisait le mieux une femme était sa façon d'organiser l'espace dans lequel elle évoluait : « Il faut savoir si c'est l'espace qui te contrôle ou si c'est toi qui contrôles l'espace. »

Quand sa camarade de chambre à Wellesley lui avait demandé ce qu'elle entendait par là, elle lui avait répondu sans mâcher ses mots :

« Prends une cuisine, par exemple. Est-ce que les assiettes et les fourchettes ont une vie propre qui les autorise à s'étaler partout n'importe comment, ou est-ce toi qui les obliges à rester à leur place et à ne plus en bouger?

– Quel est l'intérêt? demanda sa camarade, une fille à l'aspect négligé qui venait de Virginie, en faisant une moue dubitative.

– C'est un bon moyen de savoir qui est le patron, voilà l'intérêt. Parce que lorsque l'espace est maîtrisé, on peut vivre d'une façon créatrice.

– Tu me reproches ma façon de vivre, dis-le tout de suite, rétorqua la fille.

– L'état de cette pièce me prouve que tu te laisses dominer par l'espace. Tout est sens dessus dessous. Tu laisses traîner tes affaires partout. »

Au cours de la scène qui suivit, la fille annonça

d'une voix entrecoupée de larmes qu'elle allait se chercher une autre camarade de chambre et Rachel l'y encouragea vivement. La dispute se solda par une visite au doyen qui écouta en souriant les accusations larmoyantes de la camarade de chambre de Rachel et lui dit finalement sur un ton réconfortant :

« Je suis tout à fait d'accord avec vous, Betty-Anne. Vous serez certainement plus heureuse avec une fille dont le mode de vie ressemble davantage au vôtre. »

Le changement eut donc lieu et les deux filles s'en trouvèrent bien. Rachel fut obligée de vivre seule pendant quelques mois mais elle mit ce temps à profit pour organiser l'espace à sa façon de sorte que lorsqu'une jeune fille juive de Scardale emménagea, aussi ordonnée qu'elle, les choses s'arrangèrent à merveille.

Le père de Rachel Lindquist était un descendant de ces familles suédoises travailleuses et extrêmement douées qui s'installèrent à Worcester, à l'ouest de Boston, vers la fin du siècle dernier. Son grand-père avait inventé un procédé permettant de fixer des particules de Carborundum sur du tissu, produisant ainsi un excellent abrasif à usage industriel. Mais sa trop grande prudence en matière d'investissements l'empêcha de transformer sa petite affaire en une grosse firme ainsi que l'avaient fait d'autres Suédois établis eux aussi à Worcester; mais ses quatre inventions étaient tellement originales et leurs brevets si bien protégés que ses descendants continuaient à toucher d'énormes royalties.

Rachel avait reçu une éducation soignée dans une école privée près de Worcester et avait continué ses études à Wellesley où, après la malheureuse expérience qu'elle avait eue avec sa camarade de chambre, tout se passait pour le mieux. Ses parents attendaient de leur fille unique qu'elle travaillât très bien, ce qui était d'ailleurs le cas, et les amis qui la connaissaient de longue date étaient certains que ses beaux cheveux blonds et son élégante silhouette lui assureraient un bon parti.

Elle était souvent invitée à des bals, à Harvard et à Amherst, et, au cours de sa troisième année, en 1941, elle rencontra un étudiant de dernière année, de Yale, nommé Stuart. Diplômé de Groton High School, il sortait d'une très bonne famille, propriétaire de filatures dans le New Hampshire, et il ne faisait aucun doute pour personne, et notamment pour ses parents, que Rachel était désormais « casée ».

Tout cela se passait avant Pearl Harbor. Vers le milieu du mois de décembre, quand le monde semblait en train de s'écrouler, elle assista à un séminaire de sciences politiques au M.I.T. et rencontra à cette occasion un jeune professeur de Georgia Tech nommé Stanley Mott. Il était tellement vif d'esprit et s'intéressait si intelligemment à ce que l'aviation pourrait apporter au monde moderne qu'elle fut immédiatement séduite par sa personnalité à la fin du colloque qui avait duré trois jours et au cours duquel on n'avait cessé de parler de Hitler, de Tojo et de Mussolini, elle comprit que la vie comptait des choses plus exaltantes que M. Stuart de Groton et Yale et ses filatures du New Hampshire.

Ses parents s'affolèrent :

« Qui est donc ce professeur Je-ne-sais-quoi?

– Il enseigne à Georgia Tech. » Elle aurait tout aussi bien pu dire qu'il venait de l'Arkansas.

« Je suppose qu'il s'agit d'un quelconque planteur, totalement illettré », dit Mme Lindquist. Bien qu'elle n'appartînt qu'à une branche secondaire des Saltonstall, l'une des plus grandes familles de Boston, elle se sentait tenue de préserver la réputation de ce nom qu'elle vénérait.

« C'est le fils d'un pasteur méthodiste de Newton.

– J'ignorais qu'il y eût des pasteurs méthodistes dans la Nouvelle-Angleterre... dans les endroits chic tout au moins.

– Il a fait ses études dans une des meilleures écoles du pays et il a été reçu avec mention à tous ses examens; et il a obtenu d'une fondation scientifique une bourse lui permettant de faire un cursus complet.

– Si vraiment il est aussi doué que tu le dis, pourquoi diable est-il allé à Georgia Tech?

– Je ne sais pas, avoua Rachel. S'il est aussi intelligent qu'il en a l'air... enfin, je veux dire... les gens avec qui il était m'ont dit que c'était un génie de l'aéronautique. Pourquoi n'est-il pas allé dans une véritable université? Comme Harvard ou M.I.T.? »

La question les tracassait tellement que M. Lindquist mena sa petite enquête auprès des banquiers, des avocats, des enseignants et même de la police de Newton. Il apprit ainsi que Stanley Mott venait d'une famille modeste mais d'excellente réputation, qu'il s'était montré, au cours de ses études secondaires, exceptionnellement doué en sciences et qu'il avait été bien placé dans toutes les compétitions intra-universitaires. Il avait choisi Georgia Tech parce qu'il s'intéressait à la mécanique en tant que science appliquée et les résultats qu'il avait obtenus étaient au moins aussi bons que ceux de Rachel mais, comme le fit justement remarquer M. Lindquist :

« Il faudrait être fou pour comparer les diplômes de Georgia Tech avec ceux de Wellesley.

– Comment a-t-il fait pour devenir professeur? demanda Mme Lindquist et son mari lui expliqua que Mott n'était en vérité qu'un simple assistant :

– Il n'a qu'une maîtrise, tu sais. Quelque chose à voir avec l'aviation.

– Il a fait sa maîtrise au M.I.T.? lui demanda sa femme.

– A l'université d'Etat de Louisiane, malheureusement.

– Il donne vraiment l'impression de toujours fuir les grandes écoles. »

Les Lindquist n'apprécièrent pas quand leur fille voulut inviter le professeur Mott à Worcester et furent soulagés quand ce dernier s'excusa :

« Je dois faire passer des examens et corriger les copies. Et puis, j'ai été contacté par l'aviation militaire. »

Ils ne le virent pas avant mai 1942 car il était pris en permanence par les cours de formation accélérée qu'il donnait aux militaires; quand il réussit à se libérer de ses obligations pour leur rendre visite, il avait perdu cinq kilos et avait l'air un peu hagard. Il ne fit pas bonne impression car il était terriblement nerveux :

« L'Air Corps me harcèle sans cesse.

– Vous vous destinez à l'aviation? demanda M. Lindquist.

– Pas du tout. Je ne comprends pas ce qu'ils me veulent.

– Vous préféreriez l'aviation à la marine?

Pour faire plaisir à sa fille, M. Lindquist s'efforçait d'entretenir la conversation bien qu'il ne comprît pas la moitié des réponses que lui faisait Mott. Il trouvait ce jeune homme en définitive assez ennuyeux, il ne ressemblait vraiment pas au petit Stuart de Yale, mais il était capable de parler de façon cohérente, ce qui le plaçait au-dessus d'un bon nombre des amis de Rachel.

« Vous devez être fier de savoir que l'Air Corps a besoin de vous, dit-il.

– Cela ne veut pas dire grand-chose, monsieur

Lindquist. Nous sommes si peu à être compétents en technologie aéronautique. »

Il était évident qu'il plaisait énormément à Rachel et, quand elle insista pour se rendre en train jusqu'à Atlanta pour assister à la remise des diplômes de Georgia Tech, ses parents prirent brutalement conscience de son intention de l'épouser.

« Essaie au moins de le ramener à Worcester pour que vous ayez un mariage convenable, la supplia Mme Lindquist.

– C'est la moindre des choses, ajouta M. Lindquist. Sa famille y tient certainement autant que nous.

– Il n'a pas de famille, dit Rachel. Il n'a que sa mère.

– Elle l'a élevé seule?

– Non, elle est veuve. »

Un peu contre leur gré, les deux jeunes gens consentirent à ce que le mariage fût célébré à Worcester, mais, en partie à cause de la guerre, la cérémonie n'eut pas tout l'éclat désiré. Mme Mott arriva de Boston, manifestement mal à l'aise et à peine présentable. Deux des vrais Saltonstall honorèrent la réception de leur présence, ainsi que plusieurs membres de la colonie suédoise, mais les jeunes gens et les jeunes femmes qui, en temps normal, auraient contribué par leur joie de vivre à égayer un tel mariage étaient absents; les hommes étaient dans des camps d'entraînement et les femmes parcouraient le pays à leur suite. Les Mott ne furent pas plus tôt mariés que Stanley dut se rendre à Wright Field dans l'Ohio – il était attaché à l'armée de l'air tout en gardant son statut de civil.

Comme il fallait s'y attendre dans l'armée, il n'eut pas à s'occuper d'aviation à proprement parler mais fut intégré à une équipe de recherche qui s'efforçait de comprendre les travaux entrepris par les savants allemands de la base secrète de Peenemünde, sur la côte Baltique. Il s'agissait d'une mission top secrète, il lui était donc interdit d'en révéler la teneur à sa femme.

Rachel était à même de le comprendre. Ce qui l'avait attirée chez Stanley était son intelligence supérieure, et les instants, hélas! trop courts, qu'elle avait passés auprès de lui avant et depuis leur mariage n'avaient fait que la renforcer dans l'opinion qu'elle avait de lui. Elle comprenait tout ce qu'il avait le droit de lui confier et il arrivait que ses silences fussent plus instructifs que ses paroles.

Elle avait encore une année d'études à faire avant d'obtenir son diplôme et fut contente de voir qu'il l'encourageait vivement à la terminer, quelles que fussent les difficultés. Suivant l'exemple qu'il lui donnait, elle rejeta la procédure normale et cumula deux semestres en un seul, travaillant sans relâche jusqu'au milieu de l'été. Dès qu'elle eut décroché son diplôme, elle se rendit à Drayton où elle se fit engager dans une garderie qui s'occupait des enfants des femmes travaillant à la base d'aviation. Quand les responsables plus âgées déclarèrent forfait devant le nombre d'enfants toujours croissant qui arrivait chaque jour à la garderie, Rachel en assuma la responsabilité entière et, même lorsqu'elle annonça à Stanley qu'elle était enceinte, ils décidèrent d'un commun accord qu'elle devait continuer à travailler.

Elle se mit alors à appliquer avec ferveur le principe dont elle s'était fait l'apôtre à l'université : ce qui caractérise le mieux une femme est la façon dont elle organise l'espace dans lequel elle évolue. Dans l'appartement qu'elle et son mari occupaient au motel, elle attribua une place à chaque chose et se débarrassa impitoyablement de tout objet superflu; de sorte que les Mott vivaient dans une atmosphère ordonnée et constructive, alors que la plupart des autres couples de jeunes mariés qui, pour beaucoup, venaient d'endroits comme Vassar et Harvard, vivaient une existence totalement chaotique.

Ce qui valait pour l'appartement valait aussi pour son apparence personnelle. Elle avait d'épais cheveux blonds qu'elle coiffait à la grecque, sévèrement tirés en arrière. Elle aimait fort ce style de coiffure qui correspondait à son genre de beauté placide, faisait ressortir en elle l'élément suédois, et allait parfaitement avec les vêtements très simples qu'elle affectionnait. Elle avait apporté dans ses bagages quatre tailleurs d'une coupe assez stricte, de couleur claire comme son teint, et quatre chemisiers très sobres.

Elle estimait qu'il était indécent de vivre sans contact avec les arts; à l'université, elle avait un tourne-disque de bonne qualité mais, contrairement à ses camarades, elle ne possédait pas des piles de disques de variétés. Elle dit un jour à Stanley :

« J'ai toujours été d'avis qu'une dizaine de bons albums suffit amplement. »

Elle détestait tout ce qui était postérieur à Beethoven et encore n'appréciait-elle que sa Septième Symphonie et les quartets de Razumovsky. Il y a beaucoup de choses vulgaires dans Beethoven. Elle avait un merveilleux concerto pour piano de Mozart ainsi qu'un de ses émouvants concertos pour violon et orchestre. Mais elle aimait par-dessus tout Bach et Vivaldi, et disait de Schubert, de Schumann et de Stravinsky qu'ils étaient de purs exhibitionnistes. Quand elle tombait sur un morceau de musique qu'elle aimait, elle le repassait plusieurs fois de suite, et cela ressemblait presque toujours aux concertos brandebourgeois.

Un jour, tout au début de leur mariage, à une époque où Stanley ne distinguait pas un disque d'un autre, il lui dit :

« Quand j'étais en fac, un de mes copains avait un disque fabuleux, le *Boléro* de Ravel.

– Oh! mon Dieu! » dit-elle.

En peinture c'était aussi « moins-égale-plus ». Stanley avait suivi plusieurs cours de civilisation à Georgia et désirait consacrer une partie de son premier salaire à l'achat d'une reproduction en couleur de la *Sibylle de Cumes* de Michel-Ange.

« Le professeur nous a démontré l'élégance avec laquelle cette peinture s'adaptait à l'architecture de la chapelle Sixtine. »

Il dessina à grands traits les pendentifs convergents du plafond de la fameuse chapelle.

Rachel jeta un bref coup d'œil à l'horrible photographie qui dénaturait à la fois les couleurs et les perspectives de l'ensemble et interdit à son mari d'introduire une telle monstruosité dans leur appartement déjà exigu :

« L'art doit commander. Une peinture doit pouvoir signifier quelque chose par elle-même, elle doit pouvoir t'apporter tous les jours quelque chose de nouveau. »

Pendant deux semaines, elle courut les galeries de Drayton à la recherche d'une reproduction qui lui plairait, mais en vain.

« Quel est le problème? demanda Stanley.

– On ne trouve partout que des *Moines pêchant* », dit-elle.

Il ne comprit pas mais ne voulut pas lui donner l'impression de rester en dehors; bien qu'il fût épuisé par ses recherches ardues sur la fuséonautique et l'énergie atomique – dont se préoccupaient également les savants allemands de Peenemünde – il lui demanda de l'accompagner dans une de ses prochaines visites et c'est alors qu'elle lui expliqua les *Moines pêchant*.

« As-tu remarqué que, dans les mauvais romans, quand l'auteur parle d'un artiste il s'agit toujours d'un architecte? Sais-tu pourquoi? Parce que le lecteur moyen ne supporterait pas un poète. Il considère qu'un romancier est un homme qui passe ses journées à traîner chez lui sans rien faire. Un peintre, c'est toujours plein de taches. Mais, un architecte, ça porte de beaux habits! L'auteur peut nous le montrer en train de dessiner dans un bureau bien propre. Et quand il sort pour superviser le travail des maçons, il fume la pipe et porte une grosse veste en tweed. De plus, on peut voir le résultat de son travail, qui est un travail utile. On peut imaginer des bureaux, des compagnies commerciales dans ces locaux tout neufs. Les architectes sont le salut de la classe moyenne.

– Qu'est-ce que cela a à voir avec tes *Moines pêchant*?

– En peinture, c'est pareil. Toi, tu veux une copie médiocre de Michel-Ange parce que tu sais que l'original se trouve à la chapelle Sixtine, et cela te permet d'accepter la reproduction. Eh bien, les Américains et les Européens fortunés qui passent leur temps à voyager et qui veulent acheter une œuvre d'art finissent toujours par acheter un *Moines pêchant.* »

Elle l'emmena dans une galerie spécialisée dans la vente de ce genre d'œuvres d'art. Elle lui montra une quinzaine de reproductions, toutes grandes, chères et hautes en couleur, de tableaux exécutés par des artistes français et italiens. L'un d'eux représentait un groupe de moines aux robes de couleur vive, assis à une longue table en train de sommeiller irrévérencieusement pendant le récit interminable d'un cardinal tout habillé de rouge. Ce tableau s'intitulait *L'Histoire ennuyeuse.* Dans le tableau suivant, des moines levant un regard admiratif sur le cardinal en rouge buvant à longs traits dans un gobelet aux détails minutieusement reproduits. Ce tableau s'intitulait *Le Toast.* Sur le troisième, le quatrième, et ainsi de suite jusqu'au treizième, les mêmes moines, toujours assis à la même table, en train de réagir de façons diverses plus ou moins amusantes, face au cardinal ou à deux cardinaux.

Le chef-d'œuvre numéro quatorze était celui que Mott attendait. Il représentait quatre moines au bord d'une rivière; deux d'entre eux se repassant une bouteille, le troisième somnolant sous un arbre tandis que le flotteur de sa canne à pêche indique qu'un poisson a mordu, et le quatrième pêchant sans résultat. Il s'appelait *Moines pêchant.* Le numéro quinze portait le même titre mais, sur cette toile, l'un des moines était tombé à l'eau en essayant de ramener à terre un énorme poisson.

« N'achète jamais un *Moines pêchant,* Stanley. »

Dans une autre galerie, elle lui montra le seul tableau qui lui ait plu. C'était une œuvre de Piet Mondrian, pure, nette et merveilleusement construite, avec quelques lignes dépouillées et des couleurs frappantes.

Dès qu'il vit le tableau, il comprit que c'était le portrait même de sa femme. La simplicité de l'œuvre correspondait à l'impression d'ensemble qui se dégageait de Rachel. Les quelques lignes noires représentaient son attitude rigoureuse en matière de décoration. Les tâches de couleur harmonieuses évoquaient la nuance de ses cheveux blonds, de son teint admirable et de ses tailleurs en demi-teintes. Le Mondrian était une transposition picturale de Vivaldi.

C'était trop austère :

« J'espérais plutôt qu'on achèterait les *Tournesols* de Van Gogh... ou peut-être.

– Laisse-moi deviner, interrompit-elle. Tu voulais un Orozco.

– C'est le Mexicain? Oui. Un des professeurs à Georgia Tech en avait une superbe reproduction, c'étaient des femmes bandits pendant la révolution mexicaine.

– Cela ne m'étonne pas que l'on aime Orozco en Georgie », dit-elle, mais les mots n'eurent pas plus tôt quitté ses lèvres qu'elle s'en repentit : « Ce n'est pas ce que j'ai voulu dire, Stanley. Vraiment pas. »

Elle fouilla dans les cartons jusqu'à ce qu'elle tombe sur une copie de Van Gogh et une assez pauvre imitation des *bandoleras* d'Orozco, encore plus colorée que l'original.

« Tu ne vois donc pas que ces œuvres sont d'une banalité crasse, Stanley? Si nous les avions, nous nous en lasserions au bout d'une semaine.

– J'ai regardé ces femmes pendant tout un semestre, elles étaient derrière la tête du professeur. Et je les aime encore.

– Tu ne seras pas toujours de cet avis », dit-elle et comme elle s'était engagée à payer l'encadrement de sa poche, il ne la contraria pas et la laissa acheter le Mondrian. Le tableau s'avéra parfaitement adapté à leur minuscule appartement et quand les mesures bien ordonnées des concertos brandebourgeois défilèrent dans la pièce, on eût dit qu'il existait une symbiose étroite entre le lieu, les gens, l'œuvre d'art et la musique.

Rachel ne tolérait dans sa vie qu'une seule entorse à cette norme : elle avait dans sa chambre, là où seul son mari pouvait les voir, une collection de sept statuettes en bois, merveilleusement sculptées, d'une vingtaine de centimètres de hauteur. Il y avait un groupe de deux personnages, une mère coiffant les cheveux de sa fille, et un groupe de trois, un couple âgé dansant au son d'un accordéon manié par un musicien maigre et maussade, ainsi que deux personnages solitaires, un fermier tenant une faux au manche court et noueux et une femme qui regardait vers le ciel. Six des personnages étaient en bois naturel; l'accordéoniste dégingandé portait une casquette de couleur et son instrument était peint en bleu.

Les statuettes étaient artisanales mais Stanley aurait été incapable de dire d'où elle venaient. Elles possédaient à ses yeux la même qualité sentimentale que les *bandoleras* d'Orozco; l'esprit qui les animait était identique. Pourtant, Rachel les aimait beaucoup, et elle finit par lui avouer ce qu'elles représentaient. Perchée sur leur lit, la tête penchée, mutine et les cheveux dénoués, elle dit :

« Quand j'avais treize ans, mes parents m'ont emmenée en Suède. Ma mère fut très déçue car l'endroit différait beaucoup de Boston, mais mon père fut très ému en voyant le village pauvre et désolé dont il était originaire. »

Il s'agissait du village de Döderhult, au sud-est de la province de Småland. Après un temps très bref, Mme Lindquist n'avait plus eu qu'une envie, retourner à Stockholm ou, mieux encore, à Londres, pour y retrouver la civilisation. Mais son mari n'avait rien voulu entendre et c'est au cours du second jour que Rachel avait découvert les merveilles de cette petite ville :

> « Je marchais sans but le long d'une route qui menait à la Baltique quand j'ai vu, dans la devanture d'une petite boutique, toute une série de ces petites statuettes sculptées par quelqu'un du coin; j'ai immédiatement compris qu'elles étaient l'équivalent des statuettes grecques de Tanagra. Un de nos professeurs d'histoire, passionné d'art grec, nous en avait parlé à l'école. Je suis entrée sans hésiter dans le magasin et j'ai choisi les sept personnages qui sont ici. Je n'avais pas assez d'argent pour les payer, alors le marchand m'a dit qu'il me les mettrait de côté jusqu'à ce que j'aie pu persua-

der mes parents de m'avancer la somme. Ma mère était furieuse, elle trouvait que c'était de la camelote, mais mon père en fut très touché. Quand il les vit, il se mit à pleurer. Plus tard, il me dit que la femme qui regardait vers le ciel était sa mère. « Elle lui ressemble trait pour « trait », dit-il. Voilà l'histoire de ces statuettes. »

Stanley apprit que le sculpteur était un paysan suédois nommé Axel Petersson qui n'avait jamais appris à travailler le bois mais possédait le don inné de faire chanter la matière qu'il découpait. Mott en vint petit à petit à regarder les personnages de bois avec plus d'affection encore que sa femme :

« Ils te rendent plus humaine à mes yeux, Rachel. Ils me disent qu'au fond tu n'es, toi aussi, qu'une paysanne suédoise... qui joue à être sophistiquée. »

De par ses goûts intellectuels, elle se situait bien au-dessus des paysans. C'est elle qui avait suggéré qu'ils lisent à voix haute, le dimanche, quand ils avaient du temps, les pièces qui sortaient à l'époque. Il lui était même arrivé un jour, assise à l'ombre d'un arbre dans la vallée de l'Ohio, de lui lire d'une seule traite *Meurtre dans la cathédrale*; elle était allée à Canterbury au cours de sa première année de fac et put donc lui décrire le lieu de l'action dans ses moindres détails. Stanley avait l'impression de voir les assassins s'avancer vers Thomas Becket et, pendant longtemps, il ne put chasser de sa pensée l'Angleterre médiévale.

La lecture la plus mémorable fut celle d'une pièce qu'elle avait choisie.

« Elle est très longue, Stanley, mais je crois que nous en avons besoin. »

Il s'agissait d'*Etrange Interlude*, et la lecture de la pièce les occupa presque tout un après-midi. Quand ce fut au tour de Stanley de prendre le livre, il éprouva un réel plaisir à changer le timbre de sa voix pour les apartés et, au beau milieu d'un passage particulièrement éloquent, Rachel se jeta sur lui et l'embrassa avec fougue.

« Tu es vraiment très doué, Stanley. Tu aurais eu beaucoup de succès à Yale.

– J'en ai eu pas mal à Georgia Tech, tu sais, dit-il, sur la défensive. Nous savions qui était Eugene O'Neil, au cas où tu en douterais.

– Ce n'est pas ce que j'ai voulu dire, tu le sais bien.

– Pourquoi as-tu dit hier que nous avions besoin de cette pièce? »

Elle lissa les plis de sa robe, toussota et dit :

« Parce que depuis quelques mois nous ne nous parlons plus de façon naturelle, tout comme les personnages de cette pièce. Nous nous écartons insensiblement l'un de l'autre, et c'est très dangereux.

– Tu connais mon travail, Rachel. Je ne peux absolument pas t'en dire plus.

– Je le sais. Je crois même que tu es surveillé par le F.B.I. J'ai de bonnes raisons de le penser. Je trouve que c'est normal. Mais il ne faut pas que nous devenions comme les personnages de cette pièce, que nous n'osions plus rien nous dire.

– Et que voudrais-tu savoir, si toutefois j'ai le droit de répondre à tes questions?

– A ton avis, qu'est-ce qui va se passer en Europe? Il me paraît invraisemblable que Hitler continue à garder le contrôle de toute l'Europe. C'est contraire au bon sens. Et s'il échoue, est-ce qu'il sera remplacé par Staline?

– Il vaut mieux étudier les problèmes à mesure qu'ils se présentent.

– Mais si on voit plus loin, on peut peut-être résoudre deux ou trois problèmes à la fois.

– J'ai parfois du mal à en résoudre un seul, vois-tu.

– Ton travail est-il si difficile? »

Elle se reprit vivement :

« Je n'ai rien dit, Stanley. En fait, je voulais surtout te demander ceci. Comment vois-tu notre vie après la fin de la guerre? Et puis, non, ce n'est même pas cela. Je veux dire, combien de temps crois-tu que cette guerre va encore durer?

– Quatre ans. »

Elle poussa un cri désolé :

« Jusqu'en 1947! Mon Dieu, comment allons-nous faire pour le supporter?

– Il faudra bien nous y faire », dit-il et, sur ces mots, il reprit sa lecture.

Quelques jours plus tard, il lui annonça qu'il quittait Wright Field pour se rendre à Londres.

« Non, tu ne peux pas m'accompagner. C'est absolument impossible.

– Qu'est-ce que je dois faire, Stanley? Jusqu'à ce que le bébé arrive... ou plutôt quand il sera là? »

Il réfléchit un long moment avant de répondre, puis l'embrassa tendrement.

« Tu sais, c'est une excellente idée que tu as eue de nous faire lire *Etrange Interlude*; nous n'avons rien fait de mieux depuis des années. Ce n'est pas possible, il nous a pris comme modèle quand il a écrit cette pièce! » Il l'embrassa de nouveau. « Pour en revenir à ta question, je crains de ne pouvoir te donner de réponse. J'ignore combien de temps durera mon absence. C'est une mission de la plus haute importance et il se pourrait qu'il me faille des années pour la mener à bien. Ma chérie, je ne peux rien te dire de plus. »

Le lendemain matin, alors qu'elle s'apprêtait à donner un de ses costumes à nettoyer avant son départ pour Londres, elle trouva dans la poche de la veste de son mari la photo d'un homme de petite taille qui, d'après la coupe de ses vêtements, paraissait allemand. La seule chose remarquable chez lui était une petite moustache qui n'arrivait pas à donner à son visage une expression décidée, et le fait qu'il portait une casquette de toile semblable à celle des ouvriers anglais. La photo ne portait aucun signe mais elle devina que le but du voyage en Europe de son mari était de retrouver cet homme.

Elle se demanda ce qu'elle devait faire de cette photo, car elle se doutait bien qu'elle n'aurait jamais dû la voir. Son indiscrétion pouvait même être un crime et elle se dit que la meilleure chose à faire était de remettre la photo où elle l'avait trouvée et de ne pas donner le costume au teinturier. Mais elle était trop ordonnée pour faire une chose pareille et, pendant les deux derniers jours qu'ils passèrent ensemble dans le motel de Drayton, elle garda la photo sur elle. Quand il fut prêt à partir pour Londres, elle l'embrassa passionnément et lui tendit la photo.

« J'espère que tu le trouveras », dit-elle.

Au cours de l'été 1945, un colonel de l'armée de l'air vint à Worcester annoncer à Rachel Mott, qui travaillait tout en élevant son fils Millard dans une usine participant à l'effort de guerre national, que son mari venait d'être chaudement félicité pour avoir contribué à retrouver et à sauver plusieurs savants allemands très importants. Quand elle lui demanda ce qu'étaient au juste ces savants, le colonel lui avoua qu'il n'en savait rien.

« Je pense pouvoir vous dire qu'ils travaillaient à la fabrication d'une arme secrète, mais je n'oserais formuler aucune hypothèse quant à la nature de cette arme. »

Elle lui demanda ensuite si l'un de ces savants n'était pas un petit homme fluet avec une moustache peu fournie, et il lui dit :

« A vrai dire, je ne sais pas grand-chose, madame. Tout ce que je peux vous dire c'est que votre mari est vivant et que l'armée de l'air est très satisfaite de son travail.

– Est-ce qu'il va bientôt rentrer en Amérique?

– Certainement. »

Stanley arriva en novembre 1945 mais on ne lui accorda même pas de permission pour qu'il puisse se rendre dans le Massachusetts auprès de sa femme. Il l'appela au téléphone dès que le navire de transport eut accosté et lui dit d'une manière énigmatique :

« Tu dois te rendre immédiatement à Fort Bliss, à El Paso dans le Texas, avec Millard. Tu demanderas à voir un de mes amis, McCawley – il lui épela le nom deux fois de suite. Et je te fais confiance pour nous trouver le plus beau logement de tout le fort. Je t'aime, et j'ai envie de te parler à cœur ouvert, pas comme dans *Etrange Interlude.* »

Il ne lui avait rien dit de plus. Fort Bliss; El Paso, Texas; McCawley. Elle avait cru qu'il s'était trompé en lui épelant le nom de son ami, mais quand elle arriva à Fort Bliss, elle découvrit que l'homme s'appelait réellement McCawley. Il était sergent et c'était de lui que dépendait en grande partie l'affectation des divers logements. Quand, à moitié morte de fatigue à la suite de son mystérieux voyage, elle lui dit qu'elle était la femme de Stanley Mott, il eut un sourire radieux.

« C'était un des meilleurs. J'ai servi sous ses ordres en France. Il était infatigable.

– Que faisait-il en France, capitaine McCawley?

– Hélas! non, je ne suis pas capitaine. Je suis sergent. Et j'étais sergent à cette époque-là aussi, quand je m'occupais de ses papiers.

– Sur quoi travaillait-il?

– C'était top secret là-bas, ça l'est encore aujourd'hui.

– Alors qu'est-ce que je fais ici?

– Vous êtes ici parce que votre digne époux – remercions le Ciel de son énergie – arrive jeudi prochain.

– Pour longtemps?

– Des années, je crois. »

Elle ne put en apprendre davantage. Son mari avait toujours un statut de civil, et son travail était toujours top secret. Mais il était en route pour Fort Bliss et cette nouvelle affectation, quoique indéterminée, serait sans doute très longue. Elle poussa un soupir résigné et s'occupa de soutirer aux militaires chargés de l'organisation du fort tout l'équipement dont elle aurait besoin pour transformer leur quartier d'habitation en un foyer accueillant.

Elle fut grandement aidée au cours de cette entreprise par le sergent McCawley qui pratiquait à outrance le système D et avait une vision parfaitement cynique de la vie militaire : « Débrouillez-vous pour prendre tout ce que vous pourrez pendant la première semaine, quand ils sont encore assez accueillants. Parce que après, ce n'est même pas la peine d'essayer, ils vous traitent comme de la merde. » Comme elle était la première arrivée de ceux que le fort attendait, Rachel accompagnée de McCawley put choisir l'appartement, les meubles, la literie et le matériel de cuisine qui lui convenaient le mieux. Il voulut à tout prix lui faire accepter tout un cas de choses inutiles dont elle savait qu'elle n'aurait jamais l'usage et quand il vit la sobriété avec laquelle elle avait meublé son appartement, il lui dit :

« Madame Mott, je vous conseille d'accepter tout ce bric-à-brac, que vous en ayez besoin ou non. Vous aurez peut-être l'occasion de l'échanger contre autre chose, plus tard, quand vos voisins seront là.

– Ce que j'ai est largement suffisant », dit-elle, mais il eut l'air si peiné de voir qu'elle refusait de suivre son conseil qu'elle lui demanda gentiment s'il voulait bien s'occuper de son fils pendant qu'elle se rendait à El Paso pour y trouver un cadeau d'un genre assez spécial qu'elle destinait à son mari.

« Cela fait combien de temps que vous ne l'avez pas vu? »

Elle repensa aux mornes années qui s'étaient écoulées, aux interminables voyages en train qu'elle avait faits seule, à la naissance de son fils qui était arrivé à un moment où elle ne savait même pas si son père était encore vivant, aux soirées solitaires où elle sentait tout courage l'abandonner.

« Trop longtemps, sergent, et j'espère bien que cela ne se reproduira plus jamais. »

Elle emprunta la voiture de McCawley et fit toutes les galeries de peinture jusqu'à ce qu'elle trouve une assez bonne reproduction sur soie des *bandoleras* d'Orozco. Le cadre était heureusement très sobre et elle eut le tout pour vingt-huit dollars. Le vendeur lui fournit de quoi suspendre le tableau et quand elle fut de retour à Fort Bliss, McCawley l'aida à l'accrocher au mur, juste au-dessus du canapé, là où Stanley ne pourrait manquer de le voir en entrant.

« Je dois dire que cette pièce est devenue bien sympathique, reconnut McCawley, mais j'ai quand même une surprise pour vous. » Il avait réussi à mettre la main sur une vaste cabine grillagée servant à l'entrepôt des meubles et qui était située dans les sous-sols des casernes. Un panneau fraîchement repeint, accroché à la poignée de la porte pliante, arborait fièrement le nom de Stanley Mott en lettres majuscules. McCawley avait entassé à l'intérieur de ce réduit suffisamment de meubles pour équiper deux familles entières.

« Croyez-moi, madame Mott, en vous débrouillant bien vous ferez des affaires avec tout ça. »

Le jeudi, comme prévu, un long train s'arrêta à la gare d'El Paso où des camions militaires soigneusement gardés, aux bâches rabattues pour parer à toute indiscrétion, attendaient les prisonniers de guerre assignés à résidence à Fort Bliss. Rachel n'eut pas le droit de se rendre sur le quai et ne vit donc pas les savants allemands descendre du train; le général Helmut Funkhauser, donnant des ordres comme toujours, les assistants principaux de Wernher von Braun s'avançant d'un pas hésitant sur le sol texan, Dieter Kolff, effacé comme à son habitude et disparaissant sous un chapeau américain à larges bords qui lui cachait complètement le visage. Aucune femme n'avait eu le droit d'accompagner son mari en Amérique mais il y avait là plus d'une centaine d'hommes inquiets et déconcertés qu'on emmenait dans un fort dont ils ignoraient tout pour y accomplir une tâche qu'on ne leur avait pas encore expliquée.

Quand les camions arrivèrent à Fort Bliss, ce furent les Allemands qui en descendirent les premiers et Rachel fut enfin en mesure d'apercevoir l'homme que son mari avait cherché avec tant d'ardeur. La photo qu'elle avait eue entre les mains avant son départ était si profondément gravée dans sa mémoire que lorsque Dieter Kolff descendit les marches du camion elle le reconnut immédiatement et adressa au Ciel une prière reconnaissante : « Merci, mon Dieu, d'avoir permis à Stanley de le retrouver. » Elle savait que ces mots n'avaient aucun sens; elle ignorait totalement les raisons pour lesquelles il avait fallu que Kolff fût retrouvé, mais en digne fille d'un Suédois scrupuleux et d'une Saltonstall de Boston, même en ligne collatérale, elle savait d'une façon intuitive que les hommes et les femmes étaient plus heureux lorsqu'ils avaient accompli la tâche qu'ils s'étaient imposée.

« Stanley! » s'écria-t-elle. Son mari venait de descendre d'un des derniers camions et elle constata qu'il n'avait absolument pas changé : il n'était ni plus gros ni plus maigre, il n'avait ni moustache ni cicatrice. Quand il la vit, il se dirigea vers elle d'abord lentement puis, n'y tenant plus, il se mit à courir et la serra éperdument contre lui. Elle s'efforça de ne pas fondre en larmes mais, après qu'ils eurent échangé quatre ou cinq baisers passionnés, elle tendit le bras vers la silhouette de Dieter Kolff qui s'éloignait en direction des quartiers d'habitation et dit :

« Je vois que tu l'as trouvé.

– Il m'a fallu deux ans.

– Et cela en valait la peine?

– Nous nous inquiétions beaucoup au sujet de Peenemünde mais, en définitive...

– Qu'est-ce que c'est que Peenemünde?

– Je te raconterai quand nous serons chez nous. Où est-ce, chez nous? »

Quand elle le conduisit à l'appartement et qu'elle ouvrit la porte, la première chose qu'il vit fut le sergent McCawley accroupi à côté de Millard. Il tendit les bras à son fils et l'enfant, à qui McCawley avait appris à dire « papa », se jeta dans les bras de son père. Il y eut de nouvelles embrassades et, tandis qu'il tenait son fils serré contre lui, son regard tomba sur l'Orozco, ce tableau qu'il avait tant admiré à Georgia Tech. Posant Millard sur une chaise, il s'approcha du mur et décrocha le tableau. Le tendant à sa femme :

« Pendant tout ce temps où j'ai vécu dans une confusion totale, je n'ai cessé de penser à notre ancien appartement, avec le Mondrian..., cet ordre... cette rigueur. J'ai dépassé le stade d'Orozco. Echangeons-le contre quelque chose de simple et de net. »

Mais quand il jeta son duffle-coat dans la chambre à coucher et qu'il aperçut les petites figurines d'Axel Petersson, notamment celle du vieil homme dansant avec sa femme si pleine de vie, de l'ardeur qui soude deux existences l'une à l'autre, il les saisit à pleines mains et se mit à danser en souriant à sa femme et en criant :

« C'est cet instant que nous attendions tous les deux », puis il attrapa sa femme par la taille et ils tombèrent enlacés sur le lit.

Un peu plus tard, quand ils eurent dormi et pris une douche, McCawley les conduisit en voiture jusqu'à la galerie de peinture où Stanley échangea l'Orozco aux couleurs voyantes contre un très beau Mondrian, un rectangle vertical avec des lignes noires qui délimitaient des espaces jaunes, bleus et rouges aux proportions parfaites. Quand il l'eut accroché dans son nouveau salon, il embrassa Rachel et dit :

« C'est très sensé, Rachel. Dans cette pièce, où nous serons en représentation, un style sobre et dépouillé est de rigueur. Dans la chambre à coucher, où nous vivrons notre vraie vie, les petites figurines seront toujours en train de danser. »

Et c'est ainsi que les choses devaient se passer.

Au bout d'une semaine, Rachel Mott dit à son mari :

« Je suis tombée sous le charme de ces merveilleux Allemands. Je n'arrive pas à croire qu'ils aient jamais été prohitlériens. »

Elle admirait la façon dont les savants avaient organisé leur espace vital. Chaque homme avait la responsabilité d'un coin particulier qu'il entretenait avec un soin remarquable. Elle remarqua aussi qu'ils s'étaient tous arrangés pour disposer d'un endroit à eux où ils pouvaient étaler leurs papiers ou fabriquer leurs outils.

Elle se montrait à la fois amusée et impressionnée par le général Funkhauser; il lui paraissait évident qu'il était un imposteur, mais il faisait des efforts touchants pour plaire à ses nouveaux maîtres, les Américains. Il cultiva son anglais et lui expliqua bien des choses qu'elle ignorait encore sur Peenemünde, son mari étant toujours obligé au secret. Quand il y avait une tâche ardue à accomplir, il se portait volontaire avec empressement et semblait d'ailleurs connaître davantage de choses sur les fusées A-4 que von Braun lui-même; il lui expliqua plusieurs fois comment, au péril de sa vie, il avait sauvé les documents ultra-secrets de Peenemünde. Elle souriait de ses vantardises mais continuait à prêter une oreille indulgente à ses flatteries.

Au cours de ses entretiens avec le général Funkhauser, qui pesait quinze kilos de moins qu'autrefois, elle apprit que si la guerre avait continué quelques mois de plus, ou plutôt si Funkhauser avait été placé à la tête de l'équipe de savants de Peenemünde quelques mois avant la date où il avait été promu général, l'Allemagne aurait peut-être gagné la guerre. Elle lui demanda un jour s'il pensait que des fusées pourraient vraiment, dans un avenir plus ou moins proche, transporter des hommes sur la Lune. Bien qu'il ait autrefois condamné von Braun et Kolff à mort pour avoir émis une pareille hypothèse, il laissa entendre qu'il avait toujours été passionné par l'exploration de l'espace :

« Je n'ai pas cessé de répéter que nous pourrions aller n'importe où avec des fusées – sur la Lune, sur Mars, sur Vénus, et même sur le Soleil. »

Au bout de la quatrième semaine, Rachel commença à se rendre compte que l'intérêt porté par le général Funkhauser à la femme de Stanley Mott n'était pas tout à fait désintéressé; en effet, à la fin de chacun de leurs entretiens, il s'arrangeait toujours pour lui parler de la réserve de meubles qu'elle possédait dans le sous-sol des casernes. Il y avait toujours une ou deux choses dont il avait besoin et, petit à petit, tout le contenu de la réserve prit le chemin de l'appartement de Funkhauser : bientôt il eut une sorte de château prussien encombré de meubles, très XVIIe siècle, au cœur même de Fort Bliss.

Au moment de quitter Rachel, à la fin d'une de leurs conversations, le général Funkhauser s'attardant un moment lui dit :

« Les hommes admirent beaucoup votre belle chevelure, madame Mott. Elle est si blonde, si germanique.

– Suédoise, rectifia-t-elle.

– Les Suédois sont allemands pour la plupart, dit-il. Ils sont tout à fait nordiques. »

Comme elle ne relevait pas la remarque, il poursuivit :

« Mais vous seriez tellement plus jolie si vous vous faisiez des nattes. Ma sœur se coiffait toujours ainsi.

– Où est-elle maintenant? demanda Rachel.

– Elle a été tuée par les bombardiers américains. »

Quand il vit qu'elle accusait le coup, il reprit :

« Les hommes ont parlé de votre chevelure, madame Mott. Ils étaient tous d'accord pour dire que vous seriez mieux – enfin, que vous auriez davantage l'air d'une Allemande – si vous aviez des nattes. »

A l'idée qu'elle pût sacrifier sa sévère coiffure à la grecque pour porter deux grandes nattes saxonnes,

Rachel éclata de rire mais le général Funkhauser prenait cela très au sérieux :

« Plus tard, vous verrez. »

Il changea brusquement d'attitude, prenant le ton suave des paysans rhénans.

« Les hommes vous trouvent très belle, madame Mott. Vous leur rappelez leur femme. » Sans lui laisser le temps de répondre, il ajouta : « Cette petite table, vous savez, celle qui a un abattant... Elle me serait très utile pour mes papiers, madame Mott; croyez-vous que... »

Elle répondit, amusée :

« Un homme qui me fait de tels compliments mérite bien que je lui donne une table », mais le général fronça les sourcils à l'idée qu'elle pût croire qu'il la flattait uniquement par intérêt.

Un peu plus tard, au cours d'un autre entretien, elle demanda à Funkhauser de lui parler du petit homme que son mari avait poursuivi à travers toute l'Europe, et il s'empressa de dire :

« Je lui ai sauvé la vie, à celui-là. Il travaillait comme mécanicien à la base de lancement.

– Je voudrais faire sa connaissance. Est-ce possible?

– Vos désirs sont des ordres », répondit Funkhauser à qui cette phrase, entendue au cinéma, avait beaucoup plu. Il revint peu après, suivi à distance respectueuse par Dieter Kolff; Rachel se trouva en présence d'un homme tranquille qui approchait de la quarantaine et qui parlait avec tristesse de sa femme qui errait quelque part en Allemagne. C'était le premier des prisonniers à mentionner sa femme, et il en parla avec une affection si sincère que Rachel demanda à son mari :

« Quand les Allemands auront-ils le droit de faire venir leurs femmes? »

Elle apprit alors que ces savants n'avaient aucune

existence légale, que ce fût en Allemagne ou en Amérique.

« Ils n'ont pas de papiers d'identité, vois-tu, lui expliqua Stanley. Absolument aucun.

– Comment ont-ils fait pour entrer en Amérique?

– On les a fait passer en cachette.

– Tu veux rire, ils sont cent dix!

– Officiellement, personne ne sait qu'ils sont ici. Le rapport mentionne simplement qu'ils sont entrés « avec l'accord du président ».

– Qu'est-ce qu'il leur veut, à tous ces savants?

– Je n'ai pas le droit de te le dire. »

Elle retourna donc voir le général Funkhauser qui se montra plus loquace :

« Vous n'avez qu'à surveiller la gare et le dépôt. D'énormes convois de matériel vont bientôt arriver. Je suppose que vous savez de quoi il s'agit.

– Non, justement, je n'en sais rien. Mon mari a beau être un civil, il applique les règlements militaires à la lettre! Il ne veut rien me dire.

– Il a tout à fait raison. J'exigeais la même chose de mes troupes. » Il se reprit. « J'étais un ingénieur, en fait.

– Qu'est-ce qu'il y aura dans ces trains?

– Des choses, des choses », et il refusa d'en dire davantage car il semblait, dans son enthousiasme, en avoir trop dit.

Rachel éprouvait une admiration grandissante pour ces Allemands qui cherchaient par tous les moyens à entretenir et à développer leurs facultés intellectuelles. Semblables en cela à tous les hommes de valeur privés de leur liberté et à qui l'on interdit de poursuivre leurs occupations habituelles, ils formèrent une sorte d'université au sein de laquelle chaque homme enseignait, sans manuels, la matière qu'il connaissait le mieux. Le niveau de l'université de Fort Bliss était très élevé du fait que la plupart des Allemands qui s'y trouvaient consignés étaient des spécialistes hautement qualifiés : les cours de mathématiques et de physique étaient excellents; quant aux cours de mécanique, ils étaient parmi les meilleurs au monde. Deux prisonniers avaient organisé une série de cours sur la pensée politique où ils s'efforçaient d'expliquer l'évolution historique de l'Allemagne, de Bismarck jusqu'à la chute du IIIe Reich en passant par la République de Weimar.

Le plus appliqué de tous les étudiants peut-être était Dieter Kolff, le petit fermier à l'éducation rudimentaire et aux doigts enchantés capables de réparer n'importe quelle machine. Ces mois d'oisiveté furent pour lui une occasion inespérée de se mettre au niveau des hommes qui l'entouraient et il se jeta dans l'étude des sciences et des mathématiques avec un acharnement qui suscita des réactions amusées : « Tiens, voilà Dieter qui se promène avec son cahier de trigonométrie comme si c'était la Bible. »

Chose étrange, il apprit les mots de son nouveau savoir en anglais et bientôt il inséra des expressions comme *reciprocal ratio* et *level of minimal return* dans ses interminables phrases en allemand. L'histoire, la philosophie et la littérature ne lui semblaient pas essentielles et leur vocabulaire lui resta étranger; en revanche, le calcul, l'astronomie et la physique lui réjouissaient le cœur de sorte que le jour où il décrocherait son diplôme de l'université de Fort Bliss (Connaissance pragmatique), son savoir serait bancal et très solide à la fois.

Il cultivait toutefois une distraction intellectuelle. A Peenemünde, il avait appris à apprécier la musique symphonique et avait souvent emprunté des disques à von Braun; quand il sut que Mme Mott en avait, il lui demanda s'il pourrait lui en emprunter quelques-uns.

« Non, dit-elle. Mes disques sont trop précieux pour qu'on les passe sur n'importe quel tourne-disque. Mais je vous laisserai avec plaisir les écouter chez moi. »

Elle organisa des petits concerts auxquels beaucoup d'Allemands assistèrent et Dieter, de cette façon, se familiarisa avec la musique de son pays natal.

C'est dans cette université que Rachel se trouva un jour plus profondément impliquée dans la vie des Allemands. Quand Dieter Kolff lui annonça qu'un dénommé Ernst Stuhlinger, un homme délicat et séduisant, enseignait à ceux qui voulaient les principes tout nouveaux d'un statoréacteur à ions, elle dit :

« Il doit y avoir parmi vous les hommes les plus intelligents du monde. »

Kolff répondit :

« C'est exact. » Il ajouta ensuite : « Mais si... » Il ne réussit pas à formuler sa pensée en anglais et fut obligé de compter sur la compréhension, assez inadéquate, que Rachel avait de la langue allemande. « Ce qui nous fait défaut, c'est un professeur d'anglais. »

C'est ainsi qu'elle devint membre du corps enseignant de l'université allemande de Fort Bliss. Les savants se montrèrent ravis de sa participation et le général Funkhauser proposa de lui servir d'assistant technique, la corrigeant de temps en temps quand elle se trompait de terme scientifique.

A force de les voir tous les jours, elle prit conscience de la vie très morne que menaient la plupart de ses élèves. On ne les attelait à aucune tâche constructive; seuls les meilleurs d'entre eux étaient envoyés à la base d'essai de White Sands. Les autres traînaient dans les casernes, approfondissant leurs connaissances. Elle demanda un jour à l'un des

Allemands de faire un petit discours et il l'étonna fort en disant :

« La nuit, nous observons les étoiles. Il y a un trou dans la clôture qui entoure le camp. Nous nous faufilons par cette ouverture et nous nous promenons dans la prairie en regardant les étoiles, le visage caressé par le vent qui nous parle de liberté. Nous pensons que les gardes sont au courant de ce trou dans la clôture mais ils savent que nous avons besoin d'espace pour nous mouvoir, comme si nous n'étions pas prisonniers. Je traverse la clôture tous les soirs. Même quand il pleut. »

Quand elle demanda à un autre prisonnier de parler, il dit :

« Mieux vaut je parle allemand », et avant qu'elle ait pu protester contre ce qu'elle estimait être une forme de paresse, il indiqua que le général Funkhauser se chargeait d'interpréter ses paroles. « Nous travaillons tous les jours à perfectionner nos fusées de sorte que, le jour où les Etats-Unis se décideront vraiment à rattraper les Russes, nous serons prêts à les aider. Kolff a de nouvelles machines pour faire les moteurs. Bergstrasser a un nouveau système de combustion. Moi-même, avec les modestes moyens dont je dispose, j'ai élaboré un nouveau plan de guidage par inertie.

– Qu'est-ce que l'inertie ? » demanda Rachel.

Le général Funkhauser entreprit de le lui expliquer mais Rachel comprit qu'il n'y connaissait rien. Alors un tout jeune homme se leva, disant dans un anglais hésitant :

« Un nouveau système... comme la boussole... pas d'aiguille... trois gyroscopes. »

Rachel ne comprit pas davantage mais, après le cours, Dieter Kolff vint la trouver :

« Moi aussi... je ne comprends pas le mot « inertie »... une meilleure boussole... bien meilleure.

– Mais qu'est-ce qu'un gyroscope... ou trois gyroscopes?

Il agita rapidement son index droit comme une hélice.

« Donner stabilité.

– Ah! oui! Je me souviens d'avoir fait cela en physique.

– Quand est-ce que nos femmes pourront venir? »

Elle qui s'était tellement languie de son mari comprenait et aimait les hommes qui soupiraient après leur femme. Dans les jours qui suivirent, elle passa beaucoup de temps avec Dieter Kolff et en profita pour lui demander pourquoi son mari l'avait recherché avec tant d'ardeur.

« Le professeur Mott... moi aussi, je le cherchais... c'est un homme très bon, très sage.

– Mais pourquoi voulait-il tant vous retrouver? »

La petite moustache de Kolff se mit à trembler. Oserait-il lui parler? Se pouvait-il que cette femme fût une sorte de S.S. américaine introduite dans le fort pour mieux le prendre au piège? Mais il conclut que, d'après tout ce qu'il avait pu voir, elle ressemblait de façon étonnante à Liesl Koenig, et, pleinement conscient du danger qu'il courait, il lui dit :

« Ne rien dire au mari. Il est très secret. Je travaille sur une arme importante. Je ne suis pas un homme important comme le général Breutzl mais...

– Est-il ici, à Fort Bliss?

– Il est mort. Moi, son assistant. Je sais tout. » Il s'interrompit. « S'il vous plaît, ne rien dire. »

Ces quelques mots lui permirent de comprendre l'angoisse dans laquelle son mari avait vécu au cours de ces deux années et, ce soir-là, quand elle vint s'asseoir à côté de lui sur le canapé avec leur fils, elle se sentit pénétrée de la plus profonde admiration pour ce qu'il avait fait.

« Je suis très fière de toi, Stanley. »

Il la prit dans ses bras, serrant le petit garçon entre eux, et l'embrassa tendrement.

« Je devine un peu tout ce que tu as dû supporter. Seule, pendant si longtemps.

– Quand est-ce que les femmes de ces Allemands auront le droit de venir? demanda-t-elle.

– Nous ne savons même pas si les Allemands vont rester en Amérique.

– Enfin, vous devriez vous décider. Ce n'est pas une vie pour eux. »

Il se détacha d'elle et la regarda d'un air inquisiteur.

« Dieter Kolff serait-il venu te trouver?

– Non, mais nous discutons un peu pendant les cours. »

De temps à autre, les savants allemands obtenaient la permission de se rendre à El Paso pour y faire des courses et, les jours de fête, ils avaient même le droit de traverser le pont international qui menait à Cuidad Juárez, de l'autre côté du Rio Grande, pourvu qu'ils fussent accompagnés par des soldats américains. Certains Allemands, parmi les plus jeunes, en profitaient pour se rendre au bordel où les filles les accueillaient à bras ouverts car ils étaient beaux garçons et payaient généreusement.

Les autres savants, plus sérieux, préféraient visiter Juárez en compagnie de leur professeur d'anglais, et Rachel leur fit découvrir les bazars et la nourriture mexicaine. Depuis qu'elle était à Fort Bliss, elle avait appris à aimer le *chili con carne* et le *tamale*[1], et surtout les croustillantes galettes farcies de viande et frites à l'huile. « C'est certainement

1. Plats mexicains épicés. *(N.d.T.)*

très malsain à la longue. Mais, quand on n'en mange que de temps en temps, c'est délicieux. »

Bientôt, les choses se précipitèrent à Fort Bliss. Transitant par Paris, un rapport secret informa les autorités concernées que les savants de Peenemünde capturés par les Russes étaient en train de faire avancer à pas de géant les recherches aérospatiales soviétiques. Alors les militaires américains comprirent le trésor dont ils disposaient à travers l'équipe de von Braun. Les prisonniers commencèrent à passer davantage de temps à White Sands où Dieter Kolff supervisait le montage des fusées A-4 que les hommes du professeur Mott avaient récupérées en pièces détachées dans les usines allemandes.

On travailla beaucoup à améliorer les moteurs et les systèmes de guidage. Le baron von Braun était souvent absent maintenant, partant à Los Angeles ou à Washington discuter des potentialités de ses fusées avec les chefs militaires. Les étudiants de l'université parallèle de Fort Bliss se réunissaient moins souvent, et seuls les cours de Mme Mott étaient encore suivis avec assiduité. Mais, bientôt, eux aussi deviendraient inutiles car les savants parlaient maintenant à peu près tous couramment américain.

Les Allemands furent sidérés quand les autorités du fort leur annoncèrent qu'ils pourraient désormais acheter des automobiles et se déplacer partout sans restriction. Vingt-deux jeunes gens mirent leurs économies en commun et achetèrent une vieille Plymouth. Le général Funkhauser, avec des fonds que lui prêtèrent cinq de ses compagnons plus âgés, acheta une énorme Buick et se transforma en chauffeur de taxi, faisant ainsi des bénéfices substantiels qu'il partageait de curieuse façon – cinquante pour cent lui revenant en tant qu'administrateur, le reste divisé par cinq allant aux propriétaires de la voiture. Ce fut lui qui obtint la permission d'emmener six Allemands, escortés par un Américain armé d'une mitraillette, jusqu'en Californie. Au retour, il annonça à tout le monde :

« Voilà un pays d'avenir! Quand nous serons libres, ce qui ne saurait tarder, nous irons tous en Californie. »

On ne savait toujours pas quand les femmes des savants allemands seraient autorisées à rejoindre leurs maris mais, en compensation, Stanley Mott fut désigné pour se rendre en Allemagne. Il devait rencontrer ces femmes, voir dans quelles conditions elles vivaient et s'assurer qu'elles recevaient bien l'argent que leurs maris leur envoyaient, économisé sur les allocations de l'armée américaine. La plupart des femmes étaient regroupées dans un camp militaire, à Landshut, au nord-est de Munich, et il n'eut aucun mal à les trouver; mais quand il voulut voir Liesl Kolff, on lui dit qu'elle ne se trouvait pas dans ce camp et le commandement, après avoir consulté son fichier, lui annonça :

« Je ne trouve aucune trace nulle part du mariage de Dieter Kolff. »

Brusquement, le sort des savants allemands changea du tout au tout. Les militaires américains comprirent, un peu tard, que les Etats-Unis avaient besoin de ces hommes s'ils comptaient rattraper les Russes en fuséonautique. Les Allemands étaient donc appelés à rester sur le sol américain pendant de longues années encore. Mais comment leur donner des papiers d'identité sans révéler au monde entier – et aux citoyens américains en particulier – que l'Amérique utilisait les services des savants de Hitler dont la présence dans le pays était absolument illégale?

Une partie du problème fut facilement résolue : les épouses allemandes rassemblées à Landshut furent discrètement placées à bord d'avions militaires puis envoyées par bateau jusqu'à Boston où elles furent traitées comme des immigrantes ordinaires munies de papiers provisoires. On les dirigeait ensuite sur Fort Bliss.

Pendant ce temps, au fort, les choses s'embrouillaient de plus en plus et ce fut en grande partie la présence d'esprit de Rachel qui permit de venir à bout des difficultés posées par l'entrée illégale des savants en Amérique. Au cours de ses visites fréquentes à Cuidad Juárez, elle s'était liée d'amitié avec les douaniers qu'elle avait plus ou moins persuadés de fermer les yeux sur les Allemands qui passaient la frontière les bras chargés de marchandises mexicaines achetées à bas prix. C'est ainsi qu'elle avait fait connaissance avec le chef des services de l'immigration.

Un après-midi, elle vint le trouver et lui parla franchement :

« Nous voulons régulariser la situation de nos Allemands. C'est très important pour la sécurité de la nation.

– Cela fait un moment que je me demande comment nous allons faire. Il est évident qu'ils sont entrés dans le pays illégalement.

– C'est certain. Mais avec l'approbation du président, toutefois.

– C'est ce qu'on m'a dit, et je veux bien être pendu si je comprends ce que cela veut dire.

– C'est tout simplement que nous avons besoin d'eux.

– Pourquoi?

– Top secret.

– Alors pourquoi vous mêlez-vous de cette affaire?

– Parce que, dans les milieux officiels, personne ne veut se charger de débrouiller une question aussi épineuse.

– Que voulez-vous que je fasse?

– Nous voudrions que, demain matin à neuf heures quarante-cinq, vous soyez à votre poste mais le visage tourné vers l'amont. A dix heures précises, vous serez toujours là, mais vous contrôlerez tous les autocars en provenance du Mexique.

– Et ensuite?

– Vous ferez sortir tous les Allemands, un par un, et vous leur établissez un permis de séjour temporaire, comme à tous les touristes. Dans trois mois, ils pourront se faire faire une carte de séjour définitive et, dans quelques années, ils seront en mesure de demander la citoyenneté américaine.

– Demain?

– Oui. »

Le lendemain, un jeudi, sous un soleil radieux, cent dix savants allemands qui, officiellement, n'avaient jamais mis les pieds aux Etats-Unis, grimpèrent dans des autocars à Fort Bliss, passèrent le pont international à neuf heures quarante-cinq et se retrouvèrent au Mexique. Une fois arrivés à Cuidad Juárez, les autocars firent deux ou trois fois le tour de la place centrale où s'élevait la statue d'un quelconque général mexicain puis ils retraversèrent le pont à la sortie duquel le chef des services de l'immigration les arrêta d'un geste péremptoire. Les savants descendirent des autocars et se rendirent au bureau de l'immigration où ils jurèrent sur l'honneur qu'ils habitaient tous le Mexique depuis plusieurs mois. Ils demandèrent une autorisation de séjour qui leur fut accordée et retournèrent ensuite dans les autocars qui les ramenèrent à la prison de Fort Bliss qui pouvait désormais les accueillir en toute légalité.

Contemplant sa carte dûment estampillée et ornée de l'aigle argenté, un des savants déclara :

« Un modèle d'organisation! On se serait cru en Allemagne. »

Quelques jours plus tard, les épouses allemandes arrivèrent et quand Rachel les vit descendre du train, elle fondit en larmes car leurs visages vieillissants et résignés lui rappelaient le sien au cours des longues années d'absence de Mott et des interminables voyages à travers le pays. Quand les femmes se jetèrent dans les bras de leurs maris, elle ne put continuer à les regarder. Elle pleurait encore au moment où Dieter Kolff vint la trouver :

« Ma femme n'est pas venue avec les autres. Qu'est-ce que je vais faire maintenant? »

En ce printemps chaotique de 1944, quand Stanley Mott fouillant les innombrables villages allemands dans l'espoir d'y trouver les savants de Peenemünde était tombé par hasard sur l'un des hommes qu'il recherchait tout particulièrement, il portait gravées dans sa mémoire les instructions concernant la façon dont il devait s'occuper de Dieter Kolff et de toute personne inconnue que ce dernier aurait pu entraîner dans sa fuite :

> Comme il y a de fortes chances que les S.S. de Himmler cherchent à abattre tous ceux qui faisaient partie du groupe de recherches de Peenemünde pour empêcher que leurs secrets ne tombent entre nos mains, il est essentiel que tout prisonnier soit escorté dans les plus brefs délais jusqu'au secteur protégé qui sera établi près de Munich.

Mais, dans ces dispositions soigneusement mises au point, rien n'avait été prévu pour les épouses des prisonniers, et en particulier pour celles qui ne possédaient pas de preuves officielles de mariage.

Liesl Kolff fut donc laissée en plan au beau milieu de l'Allemagne, sans papiers d'identité, sans certificat de mariage et sans la moindre idée de l'endroit où son mari pouvait se trouver, avec pour seule consolation la certitude qu'il avait échappé aux Russes. Quand des rumeurs sur les conditions de vie en Allemagne de l'Est commencèrent à circuler, elle rendit grâce au Ciel que la décision de Dieter lui ait du moins permis d'échapper à ce sort. Le bruit courait aussi que, dans certaines villes d'Allemagne de l'Ouest, les Russes avaient enlevé des hommes de Peenemünde en pleine rue, tellement ils faisaient grand cas de leur personne; Liesl vécut dans l'angoisse pendant plusieurs mois car elle était convaincue qu'elle aussi ne tarderait pas à être enlevée : ne connaissait-elle pas l'existence de documents secrets concernant les fusées du futur?

Elle faisait maintenant partie de ces millions de femmes qui se trouvèrent brusquement dépouillées de leur passé, dont le présent, sans papiers d'identité, était plus que hasardeux, et dont l'avenir semblait vide de tout espoir. Au cours de son interminable errance, elle devint un peu comme Elinor Grant et Rachel Mott lorsque, privées de mari, elles parcouraient l'Amérique. Les hommes quittaient leur foyer pour le tumulte de la guerre; les femmes restaient à les attendre, avec les cartes de rationnement et les enfants en bas âge, et chacun restait fermé aux souffrances de l'autre.

Quand Liesl apprit que les épouses des savants s'étaient regroupées dans les casernes de Landshut, elle traversa presque toute l'Allemagne pour les rejoindre mais, comme personne ne savait qu'elle était la femme de Dieter et comme elle ne possédait aucun papier attestant la véracité de ses dires, les gardes américains ne la laissèrent pas entrer dans le camp; elle dirigea donc ses pas vers Hambourg où les travaux entrepris pour la reconstruction de la ville permettaient presque à tout le monde de trouver du travail.

Elle eut pourtant du mal à se faire embaucher quelque part et dut se contenter d'une boîte de nuit miteuse près du port. Il ne fut pas question de l'engager comme artiste ou comme entraîneuse car elle n'était ni assez jeune ni assez jolie pour un travail aussi prestigieux; même comme serveuse ou comme aide-cuisinière on ne voulut pas d'elle; tout ce qu'elle put décrocher fut un emploi de femme de salle. Elle travaillait sept jours sur sept, de neuf heures du matin à dix ou onze heures du soir; le nouveau gouvernement allemand ne tarderait pas à faire cesser ce genre d'exploitation mais, en attendant, elle s'estimait heureuse d'avoir un travail en ce temps de crise et ne se plaignait pas de son sort.

Elle partageait une chambre avec deux autres filles dont la situation ressemblait à la sienne, leurs maris étant morts ou disparus. Et comme Liesl était fort économe et qu'elle se dirigeait d'instinct vers les endroits les moins chers, les trois filles arrivaient à s'en sortir. Elle envoya une lettre à ses parents, à la ferme, mais ne reçut aucune réponse, ce qui l'inquiéta. Mais quand l'une de ses compagnes lui suggéra de se rendre en Allemagne de l'Est pour voir ce qui était advenu de la ferme, elle frémit d'horreur.

Elle eut davantage de chance avec son mari. Se renseignant auprès des autorités concernées au sein des forces d'occupation américaines, elle finit par apprendre, après bien des tentatives inutiles, le lieu où les savants allemands étaient emprisonnés.

« Il ne s'agit pas du tout d'un emprisonnement, lui dit un major de l'armée américaine qui venait de Californie. On les a regroupés pour qu'ils travaillent en équipe. »

Il lui donna l'adresse de Fort Bliss et elle s'empressa d'envoyer lettre sur lettre à son mari pour le mettre au courant de la situation dans laquelle elle se trouvait : celle d'une personne déplacée démunie de tout papier d'identité.

Elle envoya cinq lettres avant de recevoir une réponse. Quand la réponse arriva, décachetée puis recachetée et tamponnée par deux gouvernements, elle alla s'asseoir dans la cuisine de la boîte de nuit et la garda un moment sur ses genoux sans l'ouvrir, se contentant de la regarder et se demandant quel plan de campagne elle pouvait contenir. Elle ne doutait pas que Dieter trouverait un moyen de la sauver et sa confiance était justifiée. Car, en ouvrant la lettre, elle constata qu'il en émanait un optimisme inébranlable. C'était la première fois qu'elle recevait une lettre de son mari, elle ne pouvait donc prétendre reconnaître son écriture, mais les mots qu'ils lui écrivaient étaient empreints de sa compétence habituelle :

> « La vie ici est agréable. La femme du professeur Mott est une excellente personne; elle m'apprend l'anglais. Nous travaillons, ainsi que tu peux l'imaginer, et bien que nous soyons dans un fort, nous ne sommes pas prisonniers. Je suis déjà allé trois fois au Mexique.
>
> « J'ai discuté à plusieurs reprises avec le professeur Mott et sa femme de la façon dont nous pourrions nous y prendre pour te faire venir en Amérique. Fais, de ton côté, tout ce que tu pourras pour me rejoindre. Ce n'est pas le paradis mais ce n'est certainement pas non plus la Russie.
>
> « Il y a trois solutions. La première est d'aller au centre de regroupement de Landshut près de Munich et de te joindre aux autres épouses. Je suis surpris que tu ne l'aies pas fait. La seconde est de voir si tu ne peux pas obtenir un double de notre certificat de mariage du pasteur luthérien qui nous a unis dans l'église de Wolgast; cela te permettrait de venir me retrouver, le moment venu. La troisième, à laquelle nous n'aurions recours qu'en toute dernière extrémité, serait d'attendre que je vienne te chercher, ce que je ferai dès que j'y

serai autorisé par le gouvernement américain. Von Braun et Stuhlinger m'assurent qu'ils rentreront en Allemagne pour épouser leurs amies d'enfance. »

Dès qu'elle eut pris connaissance de la seconde solution que lui proposait Dieter, elle comprit sa tactique; il lui faudrait convaincre les autorités qu'ils avaient été unis dans l'église de Wolgast, la petite ville située juste en face de l'île de Peenemünde, et que le certificat de mariage avait disparu lors des bouleversements qui avaient suivi l'arrivée des Russes. Elle s'empressa de répondre, dans sa sixième lettre, à cette suggestion implicite :

« Je suis allée deux fois à Wolgast pour voir si je pouvais obtenir un double de notre certificat de mariage, mais il semble que les Russes aient éventré notre petite église quand ils sont arrivés, et tous les registres ont disparu. »

Pendant les mois pénibles qui suivirent, le mari et la femme échangèrent de nombreuses lettres où ils s'attachaient à reconstituer point par point l'histoire de leur vie passée et Dieter fut grandement soulagé quand il apprit que Liesl avait quitté Hambourg pour se rapprocher des autres épouses confinées à Landshut « de façon à pouvoir se joindre à elles quand le moment serait venu ».

Les épouses purent enfin se rendre aux Etats-Unis mais Liesl n'eut pas le droit de les accompagner car les autorités américaines, bien au courant de ce genre de problème, décidèrent qu'elle était en réalité une prostituée qui prenait prétexte d'un mariage invérifiable pour gagner l'Amérique et échapper à sa condition. Le désespoir au cœur, elle regarda partir les épouses légitimes des savants allemands et tourna ensuite ses pas vers Berlin-

Ouest où elle réussit à se faire embaucher une fois de plus comme femme de salle dans une boîte de nuit.

Un soir, alors que, découragée, fatiguée, mal vêtue d'une vieille blouse tachée de sueur sous les bras, elle était en train de nettoyer la cuisine – bien qu'elle n'eût que trente ans elle ressemblait maintenant à ces Allemandes empâtées et vieillies –, le directeur l'informa qu'un Américain désirait lui parler. Consciente de son apparence négligée, elle entreprit de lui expliquer qu'elle ne pouvait se rendre dans le cabaret mais il avait prévu cela :

« Non, pas ici. Je lui ai dit de vous attendre dans l'allée. »

Après s'être essuyé les mains elle alla retrouver l'homme qui l'attendait, c'était le professeur Mott avec qui elle avait passé trois jours merveilleux à l'époque où il l'avait sauvée avec son mari.

« On m'a envoyé pour étudier, commença-t-il en bon allemand.

– Et Dieter vous a demandé de venir me trouver, l'interrompit-elle en anglais.

– Comment se fait-il que vous parliez anglais? demanda-t-il.

– Je savais qu'un jour j'irais en Amérique, alors j'ai appris. Il y a maintenant des tas de gens qui parlent anglais en Allemagne. »

Il voulut l'emmener immédiatement à son hôtel pour qu'elle puisse prendre un bain et un repas copieux mais elle insista pour finir son travail. Il attendit donc et, quand ils furent seuls, il lui parla avec franchise :

« Je suis certain que Dieter et vous n'avez jamais été mariés, et cela suscite de nombreuses difficultés.

– Nous avons été mariés dans une petite église, à Wolgast, mais les Russes...

– Laissez donc tomber les Russes! Vous êtes une

femme sans papiers et les services de renseignements militaires auront vite fait de vous repérer.

– Je me suis mariée à Wolgast, répéta-t-elle obstinément, et quand les Russes...

– Voici ce que nous allons faire. Je vais me rendre auprès d'un notaire, à l'ambassade américaine de Bonn. Et je vais déclarer sous serment que lorsque j'ai sauvé Dieter Kolff et le général Funkhauser en 1945 vous étiez avec eux. Je dirai que vous étiez déjà la femme de Dieter et que c'est vous qui aviez les papiers que nous recherchions.

– Ce n'est que la vérité, dit-elle posément. Dieter vous a-t-il raconté comment ils sont parvenus entre mes mains?

– Il m'a dit deux choses, Liesl. Que vous les avez cachés une première fois dans votre ferme. Et que vous vous en êtes emparée une seconde fois quand Funkhauser vous les avait repris.

– C'est étrange, dit-elle en allemand. Funkhauser, lui, est là-bas, tiré d'affaire. Et moi je suis toujours une fugitive.

– De la façon dont Funkhauser s'y prend, il finira sûrement par être président de quelque chose un de ces jours. »

Quand il retourna à Bonn, il fit sa déposition et les services de renseignements envoyèrent des hommes à Berlin pour étudier le cas de cette Liesl Koenig qui prétendait être la femme de Dieter Kolff. Il leur suffit de six minutes pour décider qu'elle mentait mais ils se rendirent aussi à Hambourg et à Landshut où ils s'aperçurent que tout le monde avait gardé un excellent souvenir de son passage : « Une fille travailleuse. Elle a appris l'anglais. Econome avec ça. » Ils interrogèrent aussi ses camarades de chambre qui se révélèrent être des filles comme elle; il ne s'agissait certainement pas de prostituées mais seulement de femmes que la vie et les circonstances avaient fait échouer là. Bien peu d'enquêtes produisaient des résultats aussi régulièrement positifs et le rapport fut rédigé en ces termes : « Au sujet de son mariage, beaucoup de questions. Au sujet de sa réputation, aucune. »

Le fonctionnaire qui, à l'ambassade de Bonn, était chargé de ce genre d'affaires courantes était un Noir que l'on avait affecté à ce poste pour prouver aux Allemands que les Américains, eux, n'étaient pas racistes. C'était, bien entendu, le seul Noir de toute l'ambassade, et il occupait un poste bien inférieur à ses capacités intellectuelles, mais il était très efficace; tout Allemand désirant, pour se rendre en Amérique, un visa ou un permis devait se présenter devant ce Noir très habile à détecter ceux qui ne remplissaient pas les conditions nécessaires. Ne se fiant tout d'abord qu'aux rapports des enquêteurs, il fut tenté de refuser son visa à Liesl Koenig, mais quand il lut le rapport du professeur Mott concernant le comportement de cette femme pendant la reddition de l'Allemagne, il comprit qu'il se trouvait devant un cas exceptionnel.

Il fit venir Mott et lui dit :

« Je voudrais voir cette femme. Elle mérite que l'on s'intéresse à elle. »

Quand il vit Liesl et qu'il l'entendit répéter obstinément qu'elle s'était mariée dans une petite église...

« Je suis au courant, dit-il, nous avons mené une enquête à Wolgast. Il n'y a jamais eu d'église luthérienne. Et, de plus, les Russes n'ont pas touché la ville.

– Je me suis mariée dans une petite église.

– Fraulein Koenig, l'interrompit le consul, à cause des immenses services que vous avez rendus aux Etats-Unis, je veux bien vous accorder un visa. Il est établi au nom de Mme Kolff. Quand vous atteindrez Fort Bliss vous éprouverez peut-être le besoin de régulariser votre situation conjugale, mais, en attendant, vous voilà donc autorisée à rejoindre votre... » Il s'arrêta, toussota et reprit : « Ce visa vous donne donc le droit de pénétrer aux Etats-Unis pour y rejoindre M. Kolff à El Paso. »

A Fort Bliss, Liesl fut étonnée de voir avec quelle facilité les épouses allemandes s'étaient adaptées au mode de vie américain : il y avait maintenant une école, de la maternelle à la septième, un dispensaire et des garages pour les voitures. Elles avaient déjà inventorié toutes les ressources dont disposaient les magasins d'El paso et s'étaient rapidement mises à apprendre l'anglais. Certaines se chargèrent de détailler leur mode de vie dans de longues missives destinées aux jeunes Allemandes restées au pays que les savants encore célibataires comptaient bien faire venir comme leurs futures épouses.

Liesl fut encore plus impressionnée par les Mott. Ils s'occupaient de toute la colonie allemande et elle découvrit qu'elle n'était pas la seule épouse à la dérive que M. Mott avait réussi à faire entrer aux Etats-Unis. Quand Wernher von Braun fut appelé à Washington pour conseiller le gouvernement américain, Mott l'accompagna pour le protéger et guider ses pas; de même, au cours du travail qui s'effectuait à White Sands, il servait d'intermédiaire entre les militaires américains et le groupe de savants allemands. C'était véritablement un ami sur lequel on pouvait compter et, d'ailleurs, quand le général Funkhauser fut arrêté pour s'être servi de sa voiture comme d'un taxi alors qu'il n'avait pas de permis, ce fut encore lui qui alla trouver la police pour lui expliquer la présence tout à fait légale sur le sol américain de ce général bavard qui ne tarderait pas à devenir un citoyen des Etats-Unis.

« Je veux bien vous croire, dit le policier. Mais

c'est quand même un fait qu'il se sert de sa fichue bagnole comme d'un taxi.

– Il ne fait que rendre service à ceux de ses compagnons qui ne possèdent pas encore de voiture. En fait, c'est l'armée qui l'a chargé de ce travail.

– Qui lui a donné l'ordre de le faire?

– Moi.

– Vous êtes dans l'armée, vous?

– Je suis agent de liaison. Je représente l'armée.

– Eh bien, professeur, vous pouvez dire de ma part à ce gros plein de soupe que si les flics d'El Paso le surprennent encore une fois à conduire des Mexicaines jusqu'à Juárez dans son taxi, il est bon pour aller en tôle. »

La façon dont Mott s'y prenait pour arranger des incidents de ce genre lui gagna l'affection des épouses allemandes, mais ce fut sa compétence scientifique qui lui valut le respect de leurs maris; il ne savait au départ que peu de chose sur les fusées mais sa solide formation de base en aéronautique lui permit de combler rapidement cette lacune. Bientôt, il eut presque autant de facilité que Kolff à anticiper et à résoudre les problèmes.

« Il est très doué, dit Dieter à sa femme. Dans la journée, il s'occupe d'empêcher l'arrestation de Funkhauser et la nuit il aide des gens comme Stuhlinger à obtenir la permission de faire les choses nécessaires. »

Un soir, Mott et sa femme se rendirent ensemble chez les Kolff et Rachel annonça :

« Je suis allée voir un pasteur à El Paso, et il m'a dit qu'il serait ravi d'organiser une cérémonie de mariage à votre intention. Il est luthérien. »

Dieter et Liesl échangèrent un coup d'œil puis Liesl se dirigea vers un petit bureau, ouvrit un tiroir et fouilla dans les papiers jusqu'à ce qu'elle trouve son passeport, son visa et sa carte de séjour. Elle les tendit à Mme Mott tout en soulignant du doigt les lignes qui l'identifiaient comme Mme Dieter Kolff.

« J'ai juré que j'étais mariée. Vous aussi, professeur. Et Dieter aussi. Si je change mon histoire maintenant, j'irai en prison. Vous et Dieter aussi. »

La question fut envisagée sous tous ses aspects juridiques jusqu'à ce que Liesl, furieuse, mît un terme à la discussion en s'écriant :

« Ecoutez, vous tous! Tout ce que vous dites n'a aucune importance. Parce que je me suis vraiment mariée. Dans un champ près de Wolgast. Comme je l'ai toujours dit. »

Quand les Mott la regardèrent d'un air consterné, craignant que sa raison n'ait été ébranlée par les épreuves qu'elle avait endurées, elle ne se décontenança pas et continua sur un ton très animé :

« Quand le monde s'est écroulé, quand cet homme – et elle indiqua son mari du doigt – ne savait que faire de ses papiers, il vint me voir et me demanda de l'aider. Nous risquions notre vie. Nous avons lancé un défi aux S.S., et je suis allée chercher une bêche pour les enterrer. Et je lui ai demandé : « Dieter, veux-tu m'épouser? » et il dit : « Non, c'est « trop dangereux! » J'ai failli mourir de honte. Il a dit alors : « Beaucoup de danger si nous allons « dans une église. Les S.S. demander papiers. Mais « je veux t'épouser ici, sous le regard de Dieu! » Et dans ce champ, près de Wolgast, nous nous sommes mariés nous-mêmes. Et pour toujours je suis sa femme. Je n'ai pas besoin d'une cérémonie à El Paso. »

Après un long silence, Mme Mott, que rien ne pouvait détourner d'une ligne de conduite qu'elle estimait juste, dit :

« Liesl, les épouses allemandes du camp... disent que les autorités américaines de Landshut vous ont repoussée parce qu'elles savaient que vous n'avez jamais été officiellement mariée. Si vous m'autorisiez à arranger un mariage maintenant... »

Liesl répliqua à Mme Mott personnellement et en allemand :

« Nous toutes qui sommes dans ce camp, les épouses allemandes et américaines, nous avons réussi à faire face aux années de guerre ainsi qu'aux années de destruction qui suivirent. Je ne vous demande pas comment vous avez fait pour vivre pendant toutes ces années où votre mari était absent. Je ne demande pas aux épouses allemandes comment elles ont fait pour vivre avant d'arriver à El Paso. Moi, j'ai trouvé du travail dans des boîtes de nuit, oh! je ne chantais pas, non, et je ne dansais pas non plus avec les clients. J'étais la dernière des dernières, même pas assez bonne pour laver la vaisselle à la cuisine. Je nettoyais les toilettes, je récurais les sols. Alors je me fous pas mal de ce que les autres pensent de moi. J'ai survécu, et c'est le principal. »

Ses problèmes devinrent insignifiants lorsque Stanley Mott informa les Kolff qu'une enquête allait être vraisemblablement menée au sujet du général Funkhauser.

« L'armée et le F.B.I. ne sont pas complètement idiots, dit-il. Ils savent que certains des savants allemands que nous avons fait entrer aux Etats-Unis étaient des nazis convaincus et ils n'auront de cesse qu'ils ne les aient tous retrouvés et renvoyés en Allemagne. » Cette nouvelle sembla ôter aux Kolff tous leurs moyens. « Vous serez interrogés, c'est certain, continua Stanley. Mais ne vous inquiétez pas. Nous veillerons sur vous. »

Les hommes de Peenemünde n'eurent pas plus tôt mis le pied sur le sol américain que l'opinion publique s'émut de leur présence. Les politiciens qui avaient combattu aux côtés des Alliés à Salerne ou dans les Ardennes n'étaient guère enclins à accueillir avec cordialité leurs anciens ennemis. Certains vétérans juifs qui avaient connu les horreurs de Buchenwald et d'Auschwitz étaient écœurés à l'idée que la puissance militaire de leur pays puisse dépendre aujourd'hui de leurs tortionnaires, et il y avait eu quelques incidents pénibles à El Paso. Ils survenaient principalement lorsque les Allemands allaient y faire leurs courses, car certains vétérans ne supportaient pas de les entendre parler allemand dans les boutiques. Le F.B.I. reçut d'ailleurs une avalanche de lettres anonymes les informant que les nazis de Fort Bliss étaient en communication constante avec les communistes du Mexique.

Ce fut encore à Stanley Mott qu'il incomba de défendre ses ouailles et il s'acquitta fidèlement de cette tâche ardue. Il informa le Congrès, la presse locale, les hebdomadaires et les Rotary Clubs de la région qu'un tri rigoureux avait été effectué au départ et que tout individu dont le passé était un tant soit peu suspect avait été expulsé et renvoyé chez lui. Quant aux autres, et von Braun en particulier, il assura ses auditeurs qu'ils n'avaient pas couru moins de danger, du fait des nazis, que tous les Allemands qui avaient trouvé la mort aux mains de leurs compatriotes :

> « Le jour même où j'ai sauvé le général Funkhauser, Dieter Kolff et son épouse avec les documents ultra-secrets qu'ils avaient emportés dans leur fuite pour les remettre entre nos mains, j'ai appris que, dans une autre partie de l'Allemagne, les S.S. de Heinrich Himmler avaient massacré onze savants qu'ils soupçonnaient de sabotage. Et nous avons la preuve que les hommes de Himmler avaient l'intention

de faire subir le même sort aux super-cerveaux qui sont aujourd'hui à Fort Bliss. Messieurs, nous avons été à deux doigts d'échouer. Sans compter que s'ils échappaient aux S.S., c'était pour être faits prisonniers par les Russes.
J'ai passé trois ans de ma vie à faire en sorte que ces hommes puissent un jour atteindre l'Amérique et ne trouvent pas une fin prématurée dans les mains des S.S. Je connais chacun d'entre eux. Je connais leurs dossiers, je peux vous dire exactement tout ce qui parle pour ou contre chacun de ces hommes. Et je peux aussi vous assurer que nous avions besoin d'eux. Nous avons encore besoin d'eux. Et nous aurons encore besoin d'eux plus tard. Si nous ne les avions pas eus, l'exploration de l'espace nous aurait été fermée probablement à jamais.
Parmi tous les sujets que nous avons abordés aujourd'hui, je voudrais revenir sur celui qui me semble, et à vous certainement aussi, tout à fait primordial : je veux parler de la loyauté de ces hommes et de leur innocence passée; eh bien, je me porte garant de tous ceux qui sont ici. Je les connais mieux que je ne connais mon propre fils. »

Ce fut par des témoignages de ce genre, répétés plus d'une fois, que Stanley Mott fut connu, dans les milieux gouvernementaux et dans l'armée, sous le nom de professeur Fritz. Il rit de bon cœur quand sa femme le mit au courant de ce sobriquet, et il avoua l'avoir bien mérité :

« Quand j'étais à l'université – non, en fait, cela date même du lycée – on se moquait toujours de moi parce que je n'avais qu'un seul but à la fois. On me trouvait trop obstiné. Il y a des gens qui prennent cela pour une critique. Moi pas.

– Et quel est ton but aujourd'hui? demanda-t-elle.
– Arriver là-haut, dit-il en montrant le ciel.
– Tu crois que c'est si important?
– Plus que tu ne peux imaginer.
– Tu ne crois pas que c'est parce qu'on t'a assigné la tâche de retrouver ces hommes?
– Mon intérêt remonte à bien plus loin que cela.
– Tu ne vas quand même pas me dire que, tout gosse, tu lisais des livres de science-fiction? demanda-t-elle d'une voix amusée.
– Non, je n'en ai jamais lu. Mais n'oublie pas que je me suis intéressé à l'aéronautique au cours de mes études. Et quand j'étudie quelque chose, j'ai tendance à me passionner pour le sujet. S'il en vaut la peine.
– Et tu crois vraiment que l'aviation, les fusées, l'espace sont terriblement importants?
– Je te garantis que, de notre vivant, les gens pourront quitter El Paso à neuf heures du matin et déjeuner à Paris vers une heure. Et les hommes marcheront sur la Lune.
– Tu dis n'importe quoi.
– Ce n'est pas l'avis de von Braun. Ni de Stuhlinger. Ni de Dieter Kolff.
– Assieds-toi, Stanley. J'ai quelque chose de très important à te demander. »

Ils s'assirent près de la fenêtre qui donnait sur les bungalows des Allemands; la plupart des hommes étaient à White Sands, en train de tester une nouvelle version de l'A-4. Des cent et quelques fusées de Peenemünde qui avaient été assemblées au Nouveau-Mexique, il n'en restait plus que cinq; toutes les autres avaient été lancées vers Carrizozo, explosant à mi-course comme elles le faisaient au-dessus de la mer Baltique ou atteignant parfois leur but d'une façon quasi miraculeuse.

Rachel posa sa question :

« Stanley, crois-tu qu'il est prudent de défendre ces Allemands aussi vigoureusement que tu le fais? En public, tout au moins.

– Tu m'avais dit que tu les aimais bien!

– C'est tout à fait vrai, et j'ai d'ailleurs essayé de les aider. Mais comment peux-tu être certain qu'ils n'étaient pas tous des nazis convaincus? Comment peux-tu te porter garant avec autant d'assurance de ces hommes dont tu ne connais, en fait, pas grand-chose?

– Il y en a pour lesquels j'ai refusé de le faire, et ils sont aujourd'hui en Allemagne.

– Mais von Braun et Kolff n'étaient-ils pas aussi des nazis? Hitler a-t-il, oui ou non, donné personnellement une médaille à Kolff? Tu le sais aussi bien que moi.

– Nous avons déjà parlé de tout cela. Dieter Kolff a traversé la moitié de l'Allemagne pour me remettre les documents secrets. Rien qu'en nous aidant à éviter de simples erreurs mécaniques, Kolff nous a peut-être fait économiser trois milliards de dollars!

– Je me moque pas mal de ces questions d'argent. Je m'inquiète plutôt de savoir de quoi tu auras l'air si on découvre un beau jour que tous ces gentils Allemands sont en fait des criminels de guerre. »

Il entreprit alors de défendre son jugement et ses tactiques, mais elle l'interrompit en lui posant la seule question à laquelle il fût incapable de répondre facilement :

« Très bien, je suis d'accord en ce qui concerne von Braun et Kolff. Mais que dis-tu du général Funkhauser?

– Je croyais que c'était ton copain.

– Je l'aime bien, c'est vrai. Mais je le soupçonne fort d'avoir été nazi, et peut-être même membre des sections d'assaut. »

Mott appuya la paume de ses mains contre ses

tempes, geste dont il avait pris l'habitude à Georgia Tech quand les sujets étaient particulièrement difficiles.

« J'ai étudié le problème sous toutes ses coutures et je suis arrivé à la conclusion suivante. Il obéissait mais il ne prenait pas d'initiatives, et dès qu'il en a eu l'occasion il a tout laissé tomber. »

Quand les membres du Congrès le harcelaient au sujet de Funkhauser, il leur répétait cette phrase qu'il finit par considérer comme le meilleur résumé de l'attitude de tous ses Allemands. Des associations juives étaient venues à Fort Bliss pour se plaindre et il leur avait opposé un raisonnement identique. Le F.B.I., toujours extrêmement prudent dans des affaires pareilles, avait réuni un dossier assez lourd contre Funkhauser :

« Ces documents prouvent que le Funkhauser en question était un criminel nazi.

– C'est absolument faux, dit Mott d'un ton sec. Lisez-les donc un peu, ces fameux documents! Il n'était qu'un administrateur assez compétent, un tâcheron qui faisait ce qu'on lui demandait de faire et qui retournait sa veste quand il l'estimait nécessaire. Etudiez votre dossier plus à fond et vous verrez qu'on peut lui coller n'importe quelle étiquette sur le dos.

– Mais vous, professeur Mott, que pensez-vous de lui?

– Je pense que c'est un homme dont le courage et la fermeté nous ont permis de nous emparer de documents qui s'avérèrent indispensables à la sécurité de la nation. Si je le défends, c'est parce que je reconnais à sa juste valeur l'aide qu'il nous a apportée.

– Aurions-nous votre approbation si nous le renvoyions en Allemagne?

– Je m'y opposerais de toutes mes forces. Dans une époque troublée et dangereuse, Helmut Funkhauser a choisi notre camp. S'il avait été fait prisonnier, il aurait été fusillé.

– Il est comme les rats qui quittent un navire en perdition.

– Exactement, mais il faut admettre, messieurs, qu'il emportait avec lui un sacré morceau de fromage. »

Un jour, deux généraux de l'armée américaine et une équipe d'hommes du F.B.I. débarquèrent à Fort Bliss. Comme il fallait s'y attendre, ils demandèrent aux Mott de faire venir les Kolff et quand tout le monde fut là, un jeune homme du F.B.I. dit succinctement :

« Nous disposons de documents irréfutables concernant toutes les étapes de la carrière de Helmut Funkhauser en Allemagne. Nous connaissons la date à laquelle il vous a condamné à mort, Herr Kolff, ainsi que celle à laquelle il vous a emmené voir Hitler en avion. Nous savons qu'il a reçu l'ordre de superviser les travaux en cours sur l'île de Peenemünde et nous n'ignorons pas ce qu'il a accompli dans les caves de Nordhausen. Il n'y a rien que vous puissiez nous apprendre, sauf en ce qui concerne les quelques mois au sujet desquels nous ne disposons d'aucun renseignement. »

Il s'arrêta et s'apprêtait à conclure quand un des généraux prit la parole.

« Il s'agit de la période située entre votre départ de Peenemünde et votre rencontre avec le professeur Mott. Il attendit. Dites-nous ce qui s'est passé au cours de cette période. »

Dieter et Liesl échangèrent un regard et ce fut finalement elle qui se décida à parler. Mais son anglais était encore approximatif et elle était si nerveuse qu'un des hommes du F.B.I. lui dit en bon allemand :

« Vous pouvez parler allemand. »

Elle le regarda mais ne lui sourit pas avec reconnaissance, comme il s'y attendait. Elle fronça plutôt les sourcils car elle voyait dans ce jeune homme aux cheveux courts coupés en brosse, au costume bleu marine, et aux chaussures noires soigneusement cirées, la version américaine de l'éternel policier : les S.S. qui, la nuit, venaient frapper aux portes; les hommes de la Sûreté qui l'avaient interrogée tandis qu'elle attendait son bateau au Havre; les Russes auxquels elle avait échappé. Ils étaient les mêmes dans tous les pays, nécessaires mais à éviter. Si le général Funkhauser, indépendamment de ce qu'il avait fait, se trouvait en mauvaise posture à cause de ces jeunes gens, il était de son devoir de l'aider.

Lentement, et avec un soin infini, elle raconta comment ils avaient caché les papiers, comment elle avait épousé Dieter dans la petite église de Wolgast, comment ils s'étaient enfuis après le bombardement et, enfin, comment ils avaient rencontré Funkhauser. Elle ne parla pas de leur condamnation à mort à Wittenberge, ni des émotions qu'elle avait ressenties face au peloton d'exécution, mais s'étendit longuement sur le courage dont Funkhauser avait fait preuve au cours de leur traversée de l'Allemagne, insistant sur son habileté à trouver de la nourriture, des abris pour la nuit et des chemins sûrs.

« Il était très courageux, dit-elle. Sans lui, nous serions morts.

– Saviez-vous qu'il était nazi?

– Mon père était nazi. Il le fallait bien, sinon il n'aurait jamais pu avoir d'orge.

– Mais le général Funkhauser n'était-il pas un « véritable » nazi?

– Je ne l'ai pas connu quand il était à Peenemünde. La première fois que je l'ai vu, c'était à Wittenberge. Il était chargé de la défense de la ville et il faisait ce qu'il pouvait. Mais il a abandonné ce poste important pour s'enfuir avec nous... pour remettre des documents secrets aux Américains.

– Herr Kolff, dit d'un ton brusque l'homme du F.B.I., vous n'avez pas répondu à mes questions. Vous étiez-vous mis d'accord avec votre femme pour que ce soit elle qui parle? »

Dieter lui répondit en anglais :

« C'est toujours elle qui parle en premier. Elle est fille de fermier, vous savez.

– Ce qu'elle a dit est-il exact? » Le policier jeta un coup d'œil à ses papiers. « Vous êtes-vous réellement mariés à l'église de Wolgast?

– Une femme est censée savoir où elle s'est mariée, tout de même.

– Passons à Funkhauser. Etait-il un nazi convaincu?

– Oui. J'étais présent lorsque Hitler l'a fait général.

– Il vous a aussi remis un décoration, n'est-ce pas?

– Hitler m'estimait pour les mêmes raisons que votre gouvernement. Je peux réparer les fusées, c'est tout.

– Qu'avez-vous pensé lorsque le général Funkhauser vous a condamné à mort à Stettin?

– Il n'était encore que colonel à cette époque-là. J'ai cru que ma dernière heure était arrivée.

– Pourquoi n'avez-vous pas été exécuté?

– Parce que l'Allemagne avait besoin de fusées. Tout comme aujourd'hui le monde entier en a besoin.

– Si vous étiez un représentant du gouvernement américain, permettriez-vous au général Funkhauser de rester dans ce pays? »

Avant que Dieter pût répondre, sa femme fit une chose étonnante.

« Excusez-moi, messieurs. Mais il faut que vous voyiez ce que le général Funkhauser a fait pour nous. » Et elle releva le bas de sa jupe, laissant voir, sur sa jambe gauche, au-dessus du genou, une cicatrice profonde et irrégulière. « J'ai reçu une balle dans la jambe au cours d'une petite escarmouche et le général aurait très bien pu s'emparer des papiers et continuer sans nous. Mais il me fit monter sur sa bicyclette et me poussa jusqu'à la ville voisine. Le professeur Mott peut vous le confirmer puisque c'est lui qui m'a aidée à descendre de la bicyclette. » Elle regarda l'un après l'autre sans ciller tous les hommes du F.B.I. et dit : « Moi, je lui donnerais asile. »

En fin de compte, le témoignage des Kolff n'eut qu'une importance relative car l'affaire des *Etats-Unis v. Funkhauser* fut bientôt retirée d'entre les mains du petit groupe de Fort Bliss. Au cours d'un de ses voyages en Californie, le général Funkhauser avait rencontré les chefs de l'industrie aéronautique centrée dans cet Etat, et il les avait tellement impressionnés par ses connaissances en matière de fusées et de fabrication de missiles – tout en faisant preuve d'une extrême modestie en racontant comment il avait réussi à faire franchir à von Braun des obstacles quasi insurmontables – que, peu de temps après, trois sociétés différentes exprimaient le désir de s'adjoindre ses services.

Les sénateurs de Californie sont influents; quand ils se rendirent à la Maison Blanche pour dire que leurs électeurs, cinq ou six d'entre eux du moins, souhaitaient employer le savant distingué qu'était Funkhauser, il fut immédiatement lavé de tout soupçon. Le général quitta Fort Bliss dans un DC-3 privé et revint quelques années plus tard dans son propre Beechcraft. Il était au service d'Allied Aviation et s'occupait de tous les problèmes délicats dans cette branche nouvelle de l'industrie aéronautique : il était évidemment spécialisé dans tout ce qui avait trait aux fusées et à l'espace.

Liesl Kolff s'investit complètement dans la routine rassurante de la vie à El Paso et, un beau matin, on vint lui dire :

« Madame, vous avez l'autorisation d'accompagner votre mari à White Sands aujourd'hui. C'est pour quelque chose d'assez spécial. »

Elle assista donc, à distance respectueuse, au lancer de la dernière A-4 du monde que l'on envoyait dans le ciel avec, à bord, une quarantaine d'appareils enregistreurs. Elle vit jaillir les flammes monstrueuses et entendit l'écho du terrible rugissement. Elle regarda la fusée s'élancer selon une trajectoire parfaite dans le ciel qui, au-dessus de cette région désertique, était d'un bleu profond, et la vit prendre ensuite la direction du nord. Quelle différence, pensa-t-elle, entre ce désert aride et la région boisée de Peenemünde. Que de chemin nous avons parcouru, Dieter et moi.

Elle donna naissance à un fils qu'elle appela Magnus, du nom du frère cadet de von Braun, et étonna tout le monde à Fort Bliss en prenant résolument la défense de Wernher von Braun quand les journalistes de Washington l'accusèrent d'avoir été le bras droit de Hitler.

« Nous sommes tous américains maintenant, même le général Funkhauser, et je ne veux plus entendre parler du passé. La dernière A-4 est partie. Il faut dorénavant nous préoccuper d'autre chose. »

Dieter et elle restèrent très attachés aux Mott; elle faisait du baby-sitting pour eux à l'occasion et refusait systématiquement de se faire payer. Elle voyait dans la blonde Rachel une femme généreuse et pleine de bon sens, et son mari et elle considéraient bien entendu Mott comme leur sauveur.

Les quatre amis étaient réunis – c'étaient maintenant de vieux routiers de Fort Bliss, parfaitement habitués à la vie du Sud-Ouest texan – quand on vint leur annoncer que l'armée avait décidé de continuer plus intensivement les expériences astronautiques. Dieter et Mott en furent ravis car ils voyaient là une possibilité d'avancer enfin plus rapidement dans le domaine auquel ils avaient consacré leur vie, mais les deux femmes furent moins emballées quand elles surent où l'armée avait l'intention de les envoyer.

« Alabama, dit le soldat qui était au bout du fil. A Huntsville dans l'Alabama.

– Pourquoi avoir choisi cet endroit? demanda Mott, sidéré.

– Parce que le sénateur John Sparkman habite Huntsville, dit le soldat. Et quand on est dans l'armée c'est une excellente raison. »

Une enquête plus poussée leur apprit qu'on y avait établi un énorme arsenal pendant la seconde guerre mondiale, l'arsenal de Redstone qui s'était avéré très utile. Maintenant que le pays n'était plus en guerre, il ne servait plus à rien; les gens de Huntsville qui y étaient employés se retrouvèrent au chômage et il appartenait aujourd'hui au sénateur Sparkman de leur trouver un emploi. Il avait eu l'idée de leur assigner une tâche exaltante : ces fermiers de l'Alabama, cultivateurs de coton pour la plupart, construiraient les machines destinées à envoyer des hommes vers les étoiles. Mais pour réaliser cet exploit, ils auraient besoin du concours des hommes qui étaient autrefois à Peenemünde, comme Dieter Kolff.

« C'est ce dont j'ai toujours rêvé », dit Kolff.

Tout comme le général Funkhauser dans l'Allemagne en ruine, il était prêt à se rendre là où on avait besoin de lui, et aujourd'hui c'était dans l'Alabama que sa présence était nécessaire.

Dans les jours sombres de la campagne de 1946 pour les élections sénatoriales, à l'époque où Norman Grant, le héros de guerre du Fremont, commençait à comprendre que ce n'était pas un vulgaire amateur comme lui qui pouvait battre un vétéran expérimenté comme Ulysses Gantling, il remarqua une jeune et jolie étudiante de première année qui travaillait bénévolement dans son quartier général et préparait avec acharnement la défaite du vieux sénateur.

Il la trouva un jour en train de fourrer des tracts dans des enveloppes avec une rage évidente et il lui demanda :

« Pourquoi ce froncement de sourcils? »

Elle répliqua :

« Je le déteste, ce faux jeton.

– Qui? » demanda-t-il, et elle répondit d'un ton hargneux : « Gantling.

– Je ne me permets pas de parler de lui en ces termes », dit Grant avec un sourire désarmant, mais elle répondit, toujours sur le même ton :

« Eh bien, il ne vous a sans doute pas fait ce qu'il m'a fait à moi. »

Grant s'assit aux côtés de la jeune fille en colère pour lui demander ce que le sénateur Gantling, un homme tout compte fait assez bon même s'il était son ennemi politique, avait bien pu faire à une jolie petite étudiante comme elle. La fille s'expliqua :

« Il ne me l'a pas fait à moi. Il l'a fait à John Pope, l'hypocrite.

– Pope?

– Non. Gantling », et elle fit semblant de cracher par terre.

Grant dévisagea la jeune fille dont les joues étaient devenues toutes rouges et hasarda une question perspicace :

« Vous comptez épouser ce John Pope un de ces jours, c'est bien cela?

– S'il me le demande, oui. »

Grant sourit et la rassura sur ce point :

« Il vous le demandera sûrement. Qui est-ce? Et qui êtes-vous? »

La fille se recula sur sa chaise, le regard flamboyant :

« Vous ne savez pas qui est John Pope et vous voulez être sénateur? »

Grant se mit à rire. Il était peut-être en train de perdre les primaires mais il n'avait pas encore perdu son sens de l'humour.

« Dieu m'est témoin, je n'ai jamais entendu parler de ce jeune homme.

– Où est-ce que vous étiez quand il battait tous les records au football par ici?

– Oh! c'est ce John Pope-là? J'étais à la guerre. »

Le futur sénateur fut bien inspiré d'avoir dit ces mots car, une fois que Penny Hardesty se fut présentée et qu'elle eut souhaité bonne chance au héros, elle eut une brillante idée :

« Si vous étiez vraiment aussi héroïque que les gens d'ici veulent bien le dire, monsieur Grant, vous devriez vous présenter devant la foule en uniforme. Essayez d'obtenir leur sympathie.

– Je ne pourrais jamais faire cela. La guerre est finie.

– Et vous aussi vous êtes fini si vous ne vous faites pas un peu de publicité. »

Elle était tellement convaincue de la nécessité qu'il y avait à revitaliser par une action spectaculaire cette campagne qui s'essoufflait qu'elle alla trouver le jeune Irlandais dynamique qui semblait chargé de la stratégie électorale. Elle lui dit :

« Finnerty, cette campagne est en train de mourir à petit feu, et vous le savez aussi bien que moi. Il faut absolument que nous tirions parti de l'héroïsme militaire du patron, sinon nous sommes fichus ». Elle agita un doigt exaspéré sous le nez de Finnerty. « Et je ne veux pas que ce faux-cul de Gantling remette jamais les pieds à Washington.

– Je suis certain que Norman Grant n'accepterait en aucun cas de parcourir l'Etat dans son uniforme de la marine. C'est hors de question. »

Elle resta plantée à côté du bureau de Finnerty en se rongeant les ongles, manifestement perturbée de voir qu'une position qui aurait dû être prééminente devenait de jour en jour moins assurée. Soudain, elle eut une idée :

« Finnerty! Ce n'est pas lui qui devra endosser l'uniforme. C'est vous. »

Elle devint tout excitée, évoquant en quelques gestes vifs un podium imaginaire :

« Grant restera là, dans le costume de son choix. Non, il vaut mieux qu'il mette quelque chose d'assez foncé, bleu marine par exemple, qui puisse être pris de loin pour un uniforme. Vous, vous vous mettez là-bas. Allez vous acheter un uniforme neuf si nécessaire. Et vous lirez à voix haute les deux citations qui se trouvent dans cette brochure. »

Les possibilités qu'offrait ce stratagème l'emplissaient d'un tel enthousiasme qu'elle continua sur sa lancée, prédisant pour Gantling une défaite cuisante. Finnerty l'interrompit :

« Que diriez-vous si je pouvais faire venir un grand Noir qui a eu le pied arraché par un requin? Il est beau garçon, il s'exprime très bien. Je me demande si, dans un Etat comme le Fremont, ce serait une aide ou un handicap? »

Il fallut à Penny moins d'une seconde pour répondre à cette question. Elle contourna le bureau d'un bond et embrassa Finnerty sur les deux joues.

« C'est vous qui devriez vous présenter contre Gantling! »

Quand, un peu plus tard, il repensa à cet incident,

il lui vint à l'esprit que Mlle Hardesty n'avait jamais considéré cette campagne comme une croisade destinée à faire élire Grant mais bien comme une vendetta contre Gantling et, un jour, alors que les choses allaient bon train, il lui demanda la raison de ce ressentiment. Ils étaient dans une petite gargote avec leur candidat, avalant à la hâte un vague casse-croûte entre deux tournées dans les usines avoisinantes. Penny, la bouche à moitié pleine de croque-monsieur, lui répondit :

« Je méprise Gantling parce que c'est une chiffe molle. »

Finnerty s'adressa à Grant :

« On a intérêt à ce qu'elle ne s'approche pas trop des journalistes. »

Mais elle continua :

« Pendant quatre ans, Gantling a promis à John Pope qu'il le ferait entrer à Annapolis. Moi-même, je l'ai entendu le lui dire à deux reprises. Mais l'année dernière, alors que John avait obtenu son diplôme avec toutes sortes de mentions, Gantling qui ne pensait déjà plus qu'à sa campagne électorale pistonna le fils de ce salaud qui lui fait sa propagande à Webster. Si on les notait sur dix, John Pope aurait neuf virgule neuf tandis que ce fils de pute à Webster atteindrait à peine deux virgule trois.

– Penny, interrompit Norman Grant. Ne jurez pas ainsi. Un journaliste pourrait vous entendre.

– Il est bien journaliste, lui, dit Penny en montrant Finnerty du doigt.

– Et je suis de l'avis du commandant Grant. Arrêtez un peu.

– Je ne jurais pas avant de connaître ce Gantling. Il est vraiment...

– Mettez la sourdine, dit Grant. Mon adversaire est effectivement ce que vous dites. Il a tout d'un saule pleureur et je crois que cette fois-ci nous allons le mettre à la retraite. Grâce à Finnerty... et à vous. »

Il prononça les derniers mots avec si peu de conviction que Finnerty se sentit obligé d'avouer :

« Commandant Grant. Je crois que je ferais mieux de tout vous dire maintenant. C'est Penny qui a eu l'idée de nous faire apparaître tous les trois en uniforme. »

Grant secoua la tête d'un air sévère puis il demanda, comme s'il était son père :

« Où est donc le jeune Pope en ce moment?

– Dieu seul le sait! Il était tellement écœuré quand le sénateur Gantling est revenu sur sa parole qu'il s'est assis dans un coin et qu'il s'est mis à pleurer. Et puis quelqu'un lui a dit que, chaque année, la marine envoie une poignée de volontaires, les meilleurs bien entendu, à Annapolis. Alors il s'est engagé et je suis certaine que, sous peu, il sera sélectionné pour aller à Annapolis. Je le connais, vous savez...

– Si je suis élu... Je ne suis pas vraiment au courant de ce genre de choses, mais si j'en ai la possibilité, je vous promets de le faire entrer à l'Académie navale.

– John n'accepterait plus de compter sur quelqu'un. Il s'est déjà fait avoir une fois à ce jeu-là... par un sénateur ». Ses lèvres se mirent à trembler et elle faillit fondre en larmes mais elle se reprit, avala le reste de son croque-monsieur, regarda sa montre et dit : « Il faut que nous allions à la ganterie. »

Quand Grant gagna les élections primaires au début de l'été 1946, Penny Hardesty s'installa à Benton où se trouvait le quartier général des républicains du Fremont et prit, avec Finnerty, la direction de l'agence. D'après tout ce qu'elle avait pu lire, elle était maintenant convaincue que cette année verrait le triomphe des républicains et ce fut elle qui inventa le slogan qui permit à Grant de tourner en ridicule le politicard falot que les démocrates lui opposaient : IL N'Y A QU'UN SEUL HOMME QUI AIT L'ÉTOFFE D'UN SÉNATEUR. Elle imagina aussi une formule lapidaire qui permît à toute la liste républicaine du Fremont de passer : N'EN AVEZ-VOUS PAS EU ASSEZ? Elle rédigea un certain nombre de communiqués où elle expliquait sans ménagement que la bêtise de Truman et la mollesse d'un Congrès démocrate avaient provoqué une hausse du prix de la viande sans que les fermiers en reçussent le moindre profit. Elle étala au grand jour trois scandales régionaux dans lesquels des fonctionnaires démocrates avaient dit le plus grand mal des Etats de l'Ouest et, pour couronner le tout, elle se rendit personnellement au domicile d'Ulysses Gantling et le persuada, pour le bien du parti et de la nation, d'appuyer sans restriction la candidature de « notre héros de guerre, le commandant Norman Grant ».

Le soir de l'élection, quand Grant eut constaté l'étendue de sa victoire et réalisé qu'il venait de gagner l'assurance de passer six années à Washington dans une des fonctions les plus nobles de la nation, il dit à Penny et à Finnerty :

« Je veux que vous m'accompagniez à Washington. »

Il se heurta à deux objections : sa femme, Elinor, trouvait fort imprudent d'emmener ainsi une jeune fille dans la capitale; et Penny elle-même lui fit remarquer qu'elle n'avait pas encore fini ses études. A sa femme, Grant répondit :

« Cette petite gamine si futée pourrait tout aussi bien avoir quarante ans. C'est à Washington de se méfier, pas à Penny Hardesty. » Et à Penny, il dit : « J'ai parlé au recteur de l'université d'Etat du Fremont; il est d'accord pour que vous fassiez transférer votre dossier à l'université de Georgetown. Tout est arrangé. » Il ajouta un argument de poids : « Et si M. Pope entre à Annapolis, vous serez tout près. »

C'est ainsi que Penny Hardesty, âgée de dix-neuf ans et le quatrième enfant d'une famille d'ouvriers dont aucun des membres n'avait encore fait d'études supérieures, se rendit à Washington pour aider un sénateur nouvellement élu à s'installer dans ses fonctions et pour suivre un cursus complet à l'université de Georgetown, grâce à son employeur. Elle ressemblait à ces milliers de jeunes filles ayant quitté de lointains Etats pour faire leur carrière dans la capitale; toutes étaient intelligentes, ambitieuses, et elles se trouvaient dans une ville où les femmes en âge de se marier étaient dix fois plus nombreuses que les bons partis.

Sur ce point, Penny ne se faisait pas de souci. De toute façon, elle était tellement occupée, entre son sénateur qui l'accaparait douze heures par jour et ses livres qu'elle étudiait pendant la nuit, qu'elle n'aurait jamais trouvé le temps de sortir. Tim Finnerty qui, au cours de la campagne électorale, avait eu l'occasion d'apprécier sa personnalité brillante et efficace, était prêt à l'accompagner où elle voulait. En fait, il se montrait si pressant qu'elle dut mettre les choses au point :

« Ecoutez, Finnerty, il y a deux raisons qui font que nous ne pouvons pas aller trop loin. Une baptiste du Midwest n'est pas le genre de fille qu'un catholique de Boston est censé ramener à sa mère, à sa sœur qui est dans un couvent, et à son oncle Xavier qui est prêtre. Et d'autre part, sur les flots bleus de l'océan vogue un marin que j'aime ».

Le sénateur Grant montra à Penny le mémorandum qu'il avait adressé aux officiels de la marine et dans lequel il leur demandait s'il pouvait, sans contrevenir aux lois, faire entrer à Annapolis un jeune homme qui s'était déjà engagé en tant que simple marin. La marine, excessivement fière de voir un de ses héros membre du Congrès, contacta Grant dès réception de la lettre pour l'assurer qu'elle se renseignerait et qu'elle lui répondrait dans les plus brefs délais. Pendant ce temps, Penny avait reçu une lettre de son marin prouvant que ce jeune homme n'attendait pas que les autres résolvent ses problèmes à sa place :

> Excellentes nouvelles. J'ai été nommé à l'Ecole des élèves-officiers. Ce ne sera donc pas Annapolis, mais cela me donnera la possibilité plus tard d'entrer dans l'aviation. J'ai déjà annoncé la nouvelle à papa et maman et je veux que tu le saches aussi, mais n'en parle à personne d'autre. Je suis, sinon le premier de tous les candidats, du moins, parmi les meilleurs. Mon rêve va enfin se réaliser, Penny.

Elle était en train d'embrasser la signature quand le sénateur Grant entra lui annoncer la bonne nouvelle :

« La marine vient de me dire qu'il n'y a aucun problème. »

Forte de cette assurance, elle envoya le télégramme suivant : LE SÉNATEUR GRANT TE FAIT ENTRER À ANNAPOLIS. JE SUIS FIÈRE DE TOI. PENNY.

Elle devait souvent se souvenir des années suivantes comme des plus riches de sa vie – non les plus exaltantes, elles le deviendraient plus tard, mais celles qui lui apportèrent le plus de satisfactions. Elle travaillait pour le compte d'un homme supérieur qu'elle admirait davantage de jour en jour. Elle travaillait aux côtés d'un homme exceptionnellement doué, Tim Finnerty, dont elle enviait la perspicacité en matière de stratégie politique. Elle suivait des cours dans une université de premier ordre où les professeurs étaient – comme le lui fit remarquer Finnerty d'une voix aigre – « exactement le genre de catholiques subversifs auxquels vous autres paysans de l'Ouest vous devriez vous frotter un peu plus ».

Maintenant qu'elle voyait les choses de l'intérieur, elle commençait à comprendre que les démocrates n'étaient pas des imbéciles et des incapables, comme elle s'était plu à le dire pendant la campagne, et que Harry Truman était un président bien plus à la hauteur qu'elle ne s'en était doutée. « Prenez garde, Finnerty. Cet homme-là ne se laissera pas battre facilement en 1948. » Mais Grant et Finnerty étaient tous deux persuadés que Dewey n'aurait aucun mal à gagner les élections.

Comme elle prenait des cours de droit à Georgetown, elle assura la liaison entre le sénateur Grant et le ministère de la Justice et vint à considérer avec une admiration grandissante la façon magistrale dont la Cour suprême des Etats-Unis servait de tampon entre les diverses branches du gouvernement et en particulier entre les quarante-huit Etats souverains.

Elle eut à quatre reprises l'occasion de rencontrer des juges de la Cour suprême : elle remit deux fois des documents au président lui-même, le juge Vinson, qui lui parut austère et soucieux. Elle aimait énormément le juge Burton mais se méfiait du juge Douglas; elle se rangeait à l'opinion du sénateur Grant qui estimait que certaines de ses opinions dissidentes étaient parfaitement stupides. Mais la Cour suprême dans son ensemble – et en particulier les conservateurs inconditionnels comme les juges Burton, Reed et Jackson – la confortait dans l'idée que le système mis en place par les pères fondateurs était excellent et sans doute le meilleur du monde.

Lorsqu'elle avait terminé son travail et mené à bien ses explorations dans le monde de la politique, c'était dans la belle ville d'Annapolis qu'elle se rendait; elle ne se lassait jamais d'admirer les tours que l'on voyait de loin, l'Académie navale dont les bâtiments étaient splendides, les petites rues au charme désuet et les imposants hôtels particuliers à l'architecture caractéristique du Sud des Etats-Unis. Elle quittait Washington dans sa Plymouth le vendredi soir et, parfois, elle s'arrêtait sur le bas-côté de la route pour contempler à loisir la beauté de cette ville exceptionnelle; elle repérait alors les vieilles maisons de brique qui lui avaient échappé jusqu'alors et roulait ensuite lentement en direction du port qui s'avançait jusqu'au cœur même de la ville et où venaient se nicher quantité de petites embarcations. C'était, à son avis, la plus belle capitale d'Etat de toute l'Amérique.

A sa gauche, face au port, s'élevaient les vieux bâtiments de pierre grise de l'Académie navale où John Pope apprenait les règles de sa profession. Comme il n'était qu'en première année, il avait peu de privilèges; il arrivait que Penny fasse le trajet pour rien et qu'ils ne pussent même pas se rencontrer un moment. Mais elle finit par faire la connaissance de la veuve d'un capitaine qui tenait une petite pension de famille dans Pinckney Street, une rue très animée, et quand John ne pouvait se libérer elle s'y installait pour étudier ses manuels de droit. Quand il obtenait la permission de sortir, il venait l'y rejoindre et la veuve leur faisait à dîner avec beaucoup d'entrain; puis, John prenait le volant de la Plymouth et ils allaient se promener dans la campagne du Maryland.

Un jour de congé entier, ils prirent le bac pour traverser la baie jusqu'à la côte est où ils eurent l'impression de pénétrer dans un monde étrange et merveilleux qui semblait vivre encore au XVIIIe siècle. Ils mangèrent des crabes, des huîtres et des gâteaux feuilletés tout en se répétant que cet endroit-là était bien différent du Fremont et du Nebraska. Sur le chemin du retour, John passa devant un marchand de glaces à qui il acheta un demi-litre de glace au rhum avec des raisins et quand ils furent presque arrivés au fond du pot, léchant soigneusement leurs cuillères en bois, Penny murmura :

« Tu sais, j'allais dire, si seulement la vie pouvait être toujours comme ça, mais en réalité cela ne dépend que de nous. Tous les deux, nous pouvons faire en sorte qu'elle continue toujours ainsi. »

Après leur première expérience sexuelle de l'automne 1944 ils avaient décidé d'un commun accord qu'ils recommenceraient chaque fois que l'occasion se présenterait et, au cours de la dernière année d'école de John, ils s'étaient livrés à plusieurs reprises à des explorations poussées et détendues. Ils étaient amoureux l'un de l'autre et ils se marieraient un jour; tous deux le désiraient avec une égale conviction et aucune midinette, éblouie par les prouesses sportives de John, ne réussit à le faire changer d'avis, pas plus que Penny ne put être détournée de son but par un homme aux qualités aussi prédominantes que Tim Finnerty.

La semaine qui précéda le jour où John s'engagea dans la marine ils avaient fait l'amour tous les soirs, engrangeant le plus de souvenirs possibles pour combler le vide des années qui allaient suivre et, chaque fois qu'il avait une permission, ils en faisaient autant. Une fois où il réussit à obtenir deux jours de liberté, elle était même allée jusqu'à Chicago pour être près du centre d'entraînement de la marine. Mais maintenant qu'il était aspirant à l'Académie navale, il n'était plus aussi décontracté :

« Je me ferais drôlement sonner les cloches si jamais on s'apercevait que j'avais passé la nuit avec une fille dans un hôtel du port! »

Ils se refusèrent à de telles extrémités, ne faisant l'amour que dans la Plymouth qu'ils garaient dans une ruelle sombre et déserte de la côte est de la baie, ou dans l'appartement d'une amie de Penny, à Washington. Mais leur affection l'un pour l'autre croissait à chaque rencontre, qu'ils aient l'occasion de coucher ensemble ou non.

Ils passaient le plus clair de leur temps à parler, ne se lassant jamais d'entendre l'autre raconter ce qu'il faisait.

« Ils ont vraiment des professeurs extraordinaires à Georgetown. Ce sont des hommes supérieurement intelligents dont l'enseignement n'a rien à voir avec celui de l'université du Fremont. Ils nous posent question sur question. Ils cherchent à nous coincer, et si on n'arrive pas à s'en sortir... salut et au revoir. »

John lui dit que les études à l'Académie étaient plus difficiles qu'il ne s'y attendait, surtout en mathématiques.

« A les entendre, on croirait que dans la marine rien ne peut marcher sans une règle à calcul! J'ai parfois du mal à rester à flot mais ce qui me console c'est de penser que les autres ont encore plus de mal que moi avec les formules. Tu sais, Penny, c'est une sacrée éducation qu'on a reçue à Henry Clay High School. »

Lors d'une visite suivante, alors que la veuve avait dû, par hasard, ou à dessein, se rendre à Baltimore pour voir sa famille, ils se glissèrent au lit en toute hâte et John lui confia la bonne nouvelle :

« Comme tu sais, j'avais posé ma candidature pour entrer dans une école de pilotage de la marine; eh bien, il y a trois jours, j'ai appris que j'avais été accepté. Je dois aller soit au Nouveau-Mexique, soit à Pensacola pour l'entraînement au vol. Tu comprends, il n'y aura pas que de la théorie, c'est le vrai truc, quoi. »

Mais avant cela, il dut apprendre à manœuvrer une embarcation à voile de petit gabarit; la marine gardait à cet effet dix-neuf petits bateaux à deux places sur la Severn où il apprit le maniement des voiles, s'exerçant à larguer les amarres et à faire accoster sans dommage son petit yacht comme ils disaient, Penny et lui. A deux reprises, il put l'emmener avec lui et, un week-end, lui et six autres novices, dûment accompagnés par un ex-commandant de la marine, eurent le droit d'emmener leurs petites amies pour une croisière de deux jours qui devait, une fois la baie traversée, les conduire à Oxford, cette ville enchanteresse au début du XVIIe siècle. Les hommes passèrent la nuit à bord; les filles s'installèrent à la vieille auberge qui donnait sur le port et, le soir venu, ils se réunirent tous autour d'un plat de crêpes farcies au crabe et de bouteilles de bière. Ils rentrèrent lentement à Annapolis et John lui murmura à l'oreille :

« Le jour où j'ai mon diplôme, on se marie.

– Je l'avais déjà décidé il y a trois ans », lui répondit Penny. Elle avait presque fini ses études de droit et se destinait à la profession d'avocat; avant de le quitter, elle lui dit : « Quand tu seras en train de t'envoler du pont de quelque porte-avions, moi je serai en train de plaider des causes gouvernementales dans des villes comme Boston. Tu verras! »

Bien qu'elle eût appris à respecter la force tranquille dont Harry Truman faisait preuve dans son rôle difficile de président des Etats-Unis, elle fut sidérée de voir qu'il restait un adversaire redoutable à la fin des élections de 1948. Elle avait présumé, comme tous les habitants de Washington venant des Etats de l'Ouest, que le gouverneur Dewey remporterait une victoire facile et elle avait même joué au jeu de qui serait invité à faire partie de son cabinet :

« Il y a de grandes chances pour qu'il propose au sénateur Grant de devenir ministre de l'Intérieur.

– Je lui conseillerais de ne pas accepter, dit Finnerty.

– Et pourquoi donc? demanda Penny. Quand Dewey sera élu, il sera tranquille pour huit ans, c'est mieux que d'être sénateur.

– Rien n'est comparable à la fonction de sénateur », dit Finnerty.

En compagnie de Grant, ils retournèrent dans le Fremont pour faire campagne pour la liste républicaine et le groupe toujours stable et solide des républicains la rassura :

« C'est gagné d'avance pour Dewey. Quant à vous, sénateur Grant, vous allez devoir prendre de sacrées décisions. Vous pensez pour quoi? »

C'est à ce moment-là qu'elle prit conscience du fait que son patron et l'épouse de ce dernier n'arrivaient pas bien à faire face aux nouvelles responsabilités de sénateur. Elinor Grant était toujours aussi belle, ses cheveux noirs encadraient toujours son visage pâle d'une façon austère, son sourire contrôlé suscitait toujours la même impression d'amabilité un peu distante. Mais elle ne semblait pas approuver pleinement ce que son mari était en train de faire. Quand l'aspirant John Pope emmena sa petite amie Penny au match que disputaient l'armée et la marine, ce fut un grand jour pour tous les deux : bien que cela pût sembler puéril, ils désiraient tous deux la victoire de la marine; après le match, ils joignirent leurs acclamations à celles de la foule, burent de la bière et interpellèrent leurs amis à grands cris en ce jour de liesse où ils se sentaient parfaitement irresponsables. Et chaque fois que Penny surmontait un nouvel obstacle au cours de ses études de droit, John s'en réjouissait avec elle. Quand Mme Grant refusa de prendre part aux festivités en l'honneur de son mari, Penny dit :

« Elle ne comprend peut-être pas à quel point c'est important de réussir à faire voter un projet de loi par le Congrès. Surtout quand il s'agit d'une loi dont tout l'Ouest va tirer profit. »

Si Penny était perturbée par l'indifférence d'Elinor, quelle n'aurait pas été sa consternation en apprenant que Mme Grant reprochait encore au sénateur d'avoir fait venir Penny à Washington.

« Ecoute-moi bien, Norman, je te dis que cette fille a jeté son dévolu sur toi. Il va y avoir un scandale un de ces jours. »

Au moment de sa victoire sur le malheureux démocrate qui s'était opposé à lui dans la course aux élections sénatoriales, Norman Grant avait embrassé Penny Hardesty, son soutien le plus efficace; Elinor Grant l'avait vu faire et cela lui était resté sur le cœur.

Elle harcela son mari avec tant d'insistance qu'un beau matin de 1949 – Harry Truman étant de nouveau à la Maison Blanche pour quatre ans et le grand et doux Tom Clark étant président de la Cour suprême – le sénateur Grant demanda à Penny de passer à son bureau.

« Penny, j'ai une mauvaise nouvelle à vous annoncer; je préfère ne pas prendre de gants avec vous et, de toute façon, il n'y a pas à discuter. Vous êtes virée. » Elle resta muette d'étonnement et il continua aussitôt : « Il y a cinq sénateurs qui ne demandent qu'à vous employer. Si j'étais vous, je choisirais Glancey, de Red River. Il a de l'avenir.

– Mais pourquoi? demanda-t-elle, éberluée par les deux nouvelles, l'une si pénible et l'autre si flatteuse.

– Je ne peux pas vous le dire.

– C'est à cause de Mme Grant, n'est-ce pas? » Comme il ne répondit pas, elle ajouta : « Ce ne peut être qu'elle. »

Quand elle alla annoncer la nouvelle à Finnerty, il en eut le souffle coupé bien que le sénateur lui eût touché deux mots de sa décision, et elle dit :

« C'est sûrement à cause de Mme Grant, n'est-ce pas ? » Il se contenta de répondre que « le sénateur ne s'amusait pas tous les jours avec celle-là ».

« Il me conseille d'accepter le poste que me propose Glancey, de Red River.

– Moi aussi.

– Alors vous étiez au courant ?

– Oui, et je ne vous dirai rien d'autre.

– Eh bien, moi, je vais vous dire quelque chose. Elinor Grant va finir par détruire son mari, vous allez voir.

– Rien ne peut détruire notre champion, et vous le savez très bien. »

Elle s'assit sur son bureau.

« Pourquoi les femmes se détestent-elles ainsi ? Tous les sénateurs que je connais ont une épouse qui déteste les femmes qui travaillent pour lui. Pourquoi les femmes...

– Franchement, ce n'est pas le moment de me parler de ce genre de problème. Je me marie le mois prochain.

– Mais c'est formidable. Qui est-ce ?

– C'est une Irlandaise. De Boston. Une bonne catholique, exactement ce que vous disiez.

– Maintenant, je peux vous embrasser ! » dit Penny et, brusquement, elle fondit en larmes. Elle allait être séparée de deux hommes qui comptaient beaucoup pour elle, Grant et Finnerty. Elle avait contribué à leur faire atteindre les étoiles et voilà que maintenant ils se débarrassaient d'elle.

« Vous êtes tous des vieilles cloches. Mais je vous aime bien tous, même ce vieux fourbe de Gantling. »

On lui demanda avant de changer d'emploi de participer à une série de conférences qui déterminèrent bon nombre des positions qu'elle adopta par la suite. Paul Stidham, le père d'Elinor, vieil homme très affaibli, se rendit à Washington pour examiner les problèmes qui semblaient immobiliser sa fille; dès son arrivée, elle parut se bonifier, redevint spirituelle et capable.

Paul demanda s'il pouvait s'entretenir seul à seul avec Penny Hardesty, et quand ils se retrouvèrent dans le bureau particulier du sénateur, il lui demanda à brûle-pourpoint :

« Ma fille avait-elle des raisons fondées pour vous mettre à la porte?

– Aucune raison d'ordre sexuel, encore que ce fût ce qu'elle craignait, à mon avis. Tim Finnerty, qui fait partie de notre équipe, voulait m'épouser. Cela fait plusieurs années que je suis plus ou moins fiancée à John Pope; vous vous souvenez sans doute de lui, il était champion de football à Henry Clay High School. Aujourd'hui, il est aspirant à Annapolis, à quelques kilomètres d'ici. » Elle ajouta d'un ton presque grinçant : « Je ne suis pas une petite secrétaire mal baisée.

– Mais alors quel était le problème?

– Vous êtes mieux placé que moi pour le savoir, dit Penny d'un ton peu amène.

– Son incapacité à se faire à l'idée de Washington?

– Ou de quoi que ce soit d'autre », dit sèchement Penny. La fille de cet homme lui avait causé beaucoup de tort et elle ne se sentait pas d'humeur à le traiter avec égards; s'il avait élevé Elinor autrement, tout cela ne serait jamais arrivé.

« Qu'est-ce qu'elle a, mademoiselle Hardesty?

– Il y a longtemps que vous le savez, monsieur Stidham. Elle est incapable de faire face à la réalité. Alors elle s'invente des histoires au sujet de personnes comme moi... et de son mari. Elle n'a aucune idée de ce que son travail suppose, du pouvoir dont il pourrait disposer ou du bien qu'il pourrait faire dans la position qu'il occupe.

– Qu'est-ce que vous allez devenir?

– Je vais travailler pour un vrai sénateur, un homme solide, batailleur, qui sait ce qu'il veut et qui le fait. Un démocrate, que Dieu me pardonne! » Elle se mit à rire, puis s'excusa : « Je suis désolée d'avoir été aussi directe, monsieur Stidham. Mais votre gendre est au point mort à cause de sa femme et si vous n'arrivez pas à le faire démarrer il fera un bien piètre sénateur.

– C'est aussi mon avis.

– Oh! Finnerty réussira bien à le faire réélire, et il bouchera toujours un trou. Mais ce n'est pas ainsi qu'il voyait les choses quand il a fait ce serment dans le canot de sauvetage.

– Quel serment?

– C'est Finnerty et ce Noir extraordinaire qui m'en ont parlé. Quand la deuxième nuit se fut écoulée sans que personne soit venu à leur secours et qu'il semblait bien qu'ils fussent perdus, Grant a, paraît-il, un peu perdu la tête et juré que si jamais il s'en sortait... Eh bien, il ferait quelque chose de sa vie. Ce n'est pas ce qu'il est en train de faire. »

Une session pleinière fut convoquée, session à laquelle, fait révélateur, Mme Grant ne fut pas conviée. La réunion se tint dans la salle privée d'un restaurant de Washington; elle avait pour but avoué la célébration du départ de Penny Hardesty. Grant y assistait, bien sûr, ainsi que Finnerty et Paul Stidham. Le directeur de l'agence électorale du Fremont était présent et Penny fut surprise de voir que l'on avait aussi invité son nouveau patron, le sénateur Michael Glancey, de Red River, un démocrate exubérant et rubicond qui venait des régions pétrolifères.

« Je vous ai demandé de venir, dit Paul Stidham de sa voix douce et haut perchée, parce que mon gendre, le sénateur Grant, a besoin de vos conseils.

Pour tout dire, j'ai hâte de le voir se démener un peu au Sénat, et il n'a pas l'air de se décider. Qu'est-ce qui ne va pas? »

Le sénateur Glancey n'hésita pas :

« Quand un nouveau arrive, il vaut mieux qu'il ne joue pas trop les grandes gueules. Norman a eu raison d'agir ainsi. Mais il a aussi intérêt à essayer de se tailler une place pour lui tout seul. Et ça, Norman, vous ne l'avez pas fait.

– J'ai travaillé sur l'agriculture.

– Très bien, d'ailleurs. Mais ce n'est pas en s'occupant des problèmes de leur Etat que les membres du Congrès prennent de l'envergure. Nous sommes tous bien sûr obligés de le faire. Mais ce qui compte vraiment c'est la façon dont on s'attaque aux vrais problèmes, à ceux qui concernent la nation tout entière.

– C'est-à-dire?

– Aujourd'hui, ce qui compte le plus, et ce dans le monde entier, c'est l'énergie atomique, ce qu'on peut faire avec, quelle place elle tiendra dans notre système de défense national et international...

– Vous vous en tirez très bien dans ce domaine-là. Vous et Lyndon Johnson.

– Heureusement qu'il est là; il a la tête sur les épaules, lui, au moins. S'il arrive à garder son siège au Sénat, ce sera un homme avec lequel il faudra compter.

– Qu'est-ce que j'ai à voir avec la puissance atomique du pays? demanda Grant.

– Rien du tout, dit Glancey d'un ton sec. Mais il n'y a pas que ça. L'aéronautique de pointe, la fuséonautique et tout ce qu'on appelle l'espace vont bientôt devenir des secteurs de première importance, j'en suis certain. Et dans ma commission pour l'aviation, nous avons besoin d'un homme sérieux, un républicain. Quelqu'un sur qui l'on puisse compter et qui soit susceptible d'être réélu mandat après mandat. »

Finnerty dit :

« Je crois que nous sommes en mesure de vous garantir notre succès aux élections, sénateur Glancey.

– Je le crois aussi. »

En tant que sénateur habitué au succès, Glancey avait appris à écouter ce que disaient les agents électoraux des autres sénateurs car il n'était pas sans savoir que la réussite des candidats dépendait en grande partie de ces hommes qui faisaient tourner la machine. Il se pencha vers le directeur de l'agence du Fremont et demanda : « Etes-vous du même avis? Pouvez-vous continuer à le faire élire?

– Il n'y a pas un nuage à l'horizon.

– Il y en a toujours, rectifia Glancey, mais il arrive qu'on ne les voie pas. »

L'homme du Fremont se sentit alors autorisé à parler plus franchement.

« Notre sénateur est encore bon pour une élection, cela j'en suis sûr. Mais si, d'ici là, il n'a pas réussi à s'affirmer...

– Exactement », dit Glancey. Il eut un rire de gorge. « Dieu sait que je ne suis pas venu ici pour faire passer les républicains. La vérité, c'est que nous n'obtiendrons jamais rien dans le Fremont. Alors nous préférons nous associer à un bon républicain plutôt qu'à n'importe quel imbécile. Un de ces jours, c'est un jeune républicain dynamique qui vous fera mordre la poussière, Norman. Pas un démocrate. Mais seulement si vous devenez un vieil imbécile, comme Gantling. Nous le savions tous condamné.

– Et vous croyez que Norman aussi sera condamné s'il reste au point mort? demanda Stidham.

– Absolument. Ce que je vous propose, Grant, pour vous remercier d'avoir mis sur mon chemin cette excellente jeune personne, c'est de vous associer de façon pleine et entière à notre commission sur l'aviation. Nous avons besoin de vous en tant qu'ancien militaire, en tant que héros de guerre si vous voulez. Nous avons besoin, dans votre parti, d'un homme fort et durable.

– Je n'ai jamais piloté d'avion.

– Moi non plus. Pour tout vous avouer, je suis même un piètre passager. J'ai une frousse bleue dans ces satanés engins. Mais j'accepte de monter dedans parce que mon travail l'exige. »

Le sénateur Glancey commanda un autre verre et dit :

« C'est pareil en ce qui concerne notre pays. Mais nous devons apprendre à nous servir des avions et de tout ce qui viendra après. Et vous êtes l'homme qu'il nous faut pour nous aider. »

C'est ainsi qu'au printemps 1950, John Pope et Penny Hardesty, qui n'étaient pas encore mariés, se dévouèrent à la cause de l'aviation : lui à la base aéronavale de Pensacola où il suivrait un entraînement intensif de pilote de chasse, elle dans le bureau du sénateur Glancey d'où, en tant qu'avocate, elle pourrait exercer une influence constante sur la législation de l'aviation et dans le domaine tout nouveau de la fuséonautique.

Le jour de la remise des diplômes à Annapolis, deux sénateurs des Etats-Unis firent le voyage pour féliciter Penny quand les jeunes mariés sortirent de la haie d'honneur formée par les épées entrecroisées au-dessus de leur tête – Grant, le républicain du Fremont; Glancey, le démocrate de Red River – et tous deux embrassèrent la mariée pour la plus grande joie des photographes. Mme Grant, qui n'avait pas accompagné son mari à Annapolis, eut donc une nouvelle raison d'être contrariée quand les photos du mariage parurent dans la presse locale.

III

LA CORÉE

L'ENSEIGNE de vaisseau de première classe John Pope écopa de la mission la plus dangereuse de sa carrière par un jour glacial du mois de janvier, au large de la Corée, quand un marin du porte-avions *Brandywine* cria : « Hé! Il y a un hélicoptère qui vient vers nous! »

Pope et les autres pilotes de service se dirigèrent vers la rambarde du vaisseau et, tout en tapant des pieds pour se réchauffer, regardèrent s'approcher un hélicoptère de l'U.S. Air Force qui volait à basse altitude au-dessus des eaux grises et lourdes; l'engin tourna avec une parfaite maîtrise autour du pont et se laissa tomber doucement au centre du carré qui lui était destiné. Le porteur de mauvaises nouvelles était un colonel d'une quarantaine d'années, un homme très massif qui traversa le pont à grandes enjambées pour saluer le commandant du navire qui le présenta au chef d'escadrille. Quelques minutes plus tard, tous les pilotes de la marine étaient réunis dans la salle de briefing sous le pont.

« Le problème est simple, dit le colonel qui se tenait, une baguette à la main, devant une carte murale des deux Corée. L'aviation nord-coréenne est composée de quelques pilotes autochtones, de nombreux Chinois et d'une poignée de Russes redoutables qui tentent des percées à partir de leur sanctuaire situé au nord du fleuve Yalu. Nous n'avons pas à nous plaindre. Nos F-86 leur mènent la vie dure en combat singulier. Nous ne demanderions pas mieux que de voir encore davantage de Mig dans ce corridor; je peux vous dire qu'on n'en ferait qu'une bouchée. »

Pope se dit : discours classique. Quand en viendra-t-il au fait? Comme s'il avait entendu cette question, le colonel dit :

« Alors qu'est-ce que je suis venu faire ici? Je vais vous le dire. Ces foutus Coréens ont mis au point une tactique qui nous donne du fil à retordre. Nous avons les meilleurs pilotes de F-86 au monde mais ils ne peuvent rien contre ce nouveau stratagème et, pour tout vous dire, messieurs, je viens vous demander votre aide. »

Il suivit avec sa baguette un corridor imaginaire qui longeait la côte ouest de la Corée jusqu'à Inchon, le port de mer utilisé par les forces américaines où étaient regroupés les dépôts d'essence et de munitions.

« Les petits salauds ont réussi à construire ce que nous appelons le *Slow Boy*[1], c'est un petit avion assez pataud, fait presque entièrement de bois. Il ne vole que la nuit, ne réfléchit pratiquement aucun écho radar, peut transporter une assez jolie quantité de petites bombes et marche selon le principe de « un de perdu dix de retrouvés ». C'est-à-dire qu'il vole à très basse altitude et s'il réussit à se faufiler derrière nos lignes et à bombarder un de nos dépôts, tant mieux pour lui. S'il est abattu, tout le monde s'en fout. »

Le colonel rit de la grossièreté de cette tactique mais ne tarda pas à redevenir sérieux.

« L'ennui, c'est que ça marche. Ils nous glissent entre les doigts. Nos F-86 n'ont aucune chance de

1. Le « lambin ». *(N.d.T.)*

repérer ces caisses à savon volantes tellement elles volent bas. Quant à nos artilleurs, ils ne les voient même pas. Alors nos dépôts de munitions continuent d'exploser. Ce qu'il nous faut c'est quatre ou cinq hommes comme vous, des aviateurs de la marine qui soient des chasseurs de nuit expérimentés. Et puis vos avions sont plus lourds et plus lents. Il faut que vous me patrouilliez ce corridor et que vous foutiez une bonne dégelée à ces *Slow Boys.* »

Quand il se tut, le chef d'escadrille monta sur le podium et dit d'un ton cassant :

« Washington et Hawaii sont d'accord. Nous envoyons dès aujourd'hui un détachement de quatre F4U-5NL chasseurs de nuit à K-22. Le lieutenant de vaisseau Pope en prendra le commandement (et il débita à toute allure le nom de trois autres pilotes). Vous décollerez à treize heures. Le briefing commence immédiatement. C'est tout, messieurs. »

K-22 n'était qu'à une quarantaine de milles de l'endroit où le *Brandywine* tanguait sur les flots tumultueux. La base était située à l'extrême pointe orientale de la Corée enneigée, sur une petite péninsule avançant dans la mer du Japon, et tous les pilotes américains qui y servaient contractèrent une étrange habitude de décoller qui ne devait jamais les quitter.

Ce n'était pas la couche permanente de brouillard qui était inquiétante, ni la proximité de la mer. C'était la présence d'eau dans l'essence; une fois que l'avion avait décollé, cela ne posait plus de problème car la consommation rapide de carburant permettait au moteur d'absorber sans danger la petite quantité d'eau, mais, au moment même du décollage, c'était terrible.

Dans la mesure où l'avion avait besoin, à cet

instant crucial, de toute l'énergie dont il disposait pour s'élancer dans les airs, la moindre dilution de l'essence dans l'eau pouvait être fatale. Alors qu'il était sur le point de s'élever, l'avion se mettait à avoir des ratés, il hoquetait, s'étranglait carrément et commençait ensuite l'horrible plongeon qui se terminait par une explosion diabolique. L'essence pourrie qui avait refusé de le soulever au décollage explosait alors en flammes transparentes, carbonisant le pilote dans son avion.

Cet hiver-là, à K-22, cinq avions avaient brûlé lors du décollage, et les pilotes qui n'étaient pas de service et qui se tenaient dans la salle de mess rudimentaire se crispaient chaque fois qu'un de leurs compagnons se trouvait sur la piste aux commandes de son avion. Les conversations cessaient, les jeunes gens se penchaient en avant, écoutant avidement le ronflement du moteur, essayant de détecter le moindre hoquet. Quand l'avion commençait à rouler sur la piste d'envol, les pilotes nerveux s'efforçaient de ne pas croiser les regards de leurs camarades. Ils restaient assis sans mot dire, tendus, l'oreille aux aguets.

Vroum-vroum-vroum! Les pilotes se représentaient l'avion qui se précipitait vers la mer, gagnant de la vitesse, atteignant le point de non-retour. Ils attendaient, anxieux. Vroum-vroum-vroum! Cette fois-ci, l'arrivée d'essence ne s'était pas interrompue. L'avion s'élançait vers le nord en direction de l'ennemi qui l'attendait de l'autre côté du Yalu.

Personne ne mentionnait le décollage ou son heureuse conclusion. Parfois, un des pilotes restés au sol se permettait un soupir, comme s'il achevait une prière, mais il ne lui serait jamais venu à l'idée de parler de l'eau dans l'essence ou de féliciter le pilote qui avait réussi son décollage périlleux. La conversation reprenait, très animée. Et tous se remettaient à jouer au jacquet, jusqu'au décollage suivant. Telle était donc l'étrange habitude que John Pope contracta à la base K-22. Il s'interrompait brusquement chaque fois qu'un de ses compagnons se trouvait sur la piste d'envol.

Puisque K-22 était une base de l'U.S. Air Force, équipée de Sabres F-86 au profil aérodynamique, c'était le personnel de l'armée de l'air qui s'occupait de la logistique; Pope et ses trois pilotes de l'aéronavale étaient des étrangers et se trouvaient donc en position d'infériorité, mais Pope était maintenant un maître pilote, prudent, courageux, exceptionnellement doué même, et il n'avait pas l'intention de se laisser marcher sur les pieds. Son carnet de vol faisait état de plus de neuf cents heures à bord de sept modèles d'avions différents et comportait de nombreuses entrées à l'encre rouge, indiquant les vols de nuit.

Il rangea son matériel là où le sergent le lui indiqua, accepta le lit de camp qu'on lui donnait, gara son F4U où il fallait et enjoignit à ses trois compagnons de ne pas se faire remarquer :

« Notre tâche est de trouver ses *Slow Boys.* »

Mais il ne resta pas longtemps à l'écart; animés d'une saine curiosité, les pilotes de l'armée de l'air lui posèrent force questions au sujet de son avion.

« C'est un peu une relique, dit-il. Il date de la seconde guerre mondiale. Vous l'avez probablement connu sous le nom de Corsair; c'est avec ces avions-là que les marines ont martelé l'aviation japonaise dans les îles. Il est formidable, cet avion. Il est gros, il est lourd, et il est aussi costaud qu'un tank.

– Pourquoi cette drôle de désignation? Toutes ces lettres, ces chiffres!

– Vous connaissez le proverbe : « Il y a la bonne « méthode, la mauvaise méthode et la méthode de « la marine. » Le F signifie avion de chasse[1], et il

1. *Fighter* en anglais. *(N.d.T.)*

était vraiment redoutable. Le U est notre façon à nous d'indiquer le constructeur, il s'agit en l'occurrence de Chance-Vougt, un des meilleurs. Le 4 signifie que ce prototype est le quatrième de la série. D'après ce que l'on m'a dit, le 1 et le 2 ne valaient pas grand-chose, mais avec celui-là ils ont décroché le gros lot. Le 5 représente la cinquième amélioration de cette version. Le N signifie chasseur de nuit et le L veut dire qu'il possède un dispositif antiverglas et d'autres astuces du même genre pour parer au mauvais temps.

– Bon Dieu! dit un capitaine. Il faut déjà avoir fait des études d'ingénieur rien que pour comprendre le nom de son avion, chez vous. Mais pourquoi a-t-il besoin d'être si lourd et si lent? »

Pope réfléchit un moment avant de répondre à cette question qui était, sans doute, assez logique, puis il dit :

« Vous pilotez un F-86? C'est une gazelle. Mon F4U est un rhinocéros. Dans la jungle, chacun a sa place.

– Mais le poids?

– Dans votre F-86 vous atterrissez sur terrain plat. Vous pouvez faire neuf cents mètres avant de commencer à freiner. Nous, nous atterrissons sur un porte-avions. Nous avons trente mètres pour nous arrêter. En fait, nous n'avons pas de freins.

– Alors comment faites-vous pour vous arrêter?

– C'est assez extraordinaire. On est là-haut et on vole à plus de trois cents kilomètres à l'heure. Il est minuit. On repère le porte-avions, loin devant soi. Il y a plein de lumières bleues. On voit briller d'un rouge incandescent les baguettes lumineuses de l'officier d'appontage. On réduit la vitesse à cent quatre-vingts kilomètres/heure, on baisse le train d'atterrissage, les volets et surtout la crosse d'appontage. Et on pose l'avion en plein sur le pont du vaisseau qui n'arrête pas de danser.

– Comment peut-on voir la plate-forme d'appontage dans le noir, et sans lumières?

– On ne peut pas. On se fie aux baguettes lumineuses et Shtak! La crosse s'accroche au câble et on s'arrête dans une effroyable secousse. Voilà pourquoi nos F4U sont si lourds. Pour résister à la traction exercée par le câble.

– Et si les crampons passent au-dessus du câble sans s'y accrocher?

– Alors là, c'est foutu. On va s'écraser dans le filet de mailles d'acier tendu en travers du pont. L'avion est bon pour la casse mais le pilote en réchappe – la plupart du temps.

– Et si on loupe la plafe-forme?

– On gagne une prime de risque. Si on nage assez bien pour aller la chercher. »

Sa nouvelle mission avait des aspects singuliers. Il passait la journée à dormir, se levait au crépuscule pour prendre son petit déjeuner, montait dans son F4U et roulait jusqu'au bout de la piste plongée dans l'obscurité où il se mettait en alerte. Cela signifiait qu'il restait assis pendant des heures dans son avion, tous feux éteints, dans la nuit la plus complète, accoutumant ses yeux à la vision nocturne et attendant le signal « *Slow Boy* en vue! ». Il passait alors à l'action mais, bien souvent, il ne faisait qu'attendre.

Pour des observateurs civils, cela semblait palpitant et un envoyé spécial du *New York Times* écrivait : « Un vol de nuit, un écho à peine visible sur l'écran radar, une poursuite rapide, le tap-tap-tap des mitrailleuses avant, une explosion qui illumine le ciel quand l'avion ennemi est touché et, enfin, les débris enflammés qui tourbillonnent comme des papillons blessés au bord d'un lac couvert de brume. » Le reporter était allé à Harvard, il avait de l'oreille et de l'imagination; mais ce qui le rendait particulièrement sympathique aux aviateurs de K-22, c'était l'habitude touchante qu'il avait de leur payer à boire au mess, ou de les écouter raconter leurs histoires de pilotes.

Pour Pope, ces patrouilles nocturnes représentaient autre chose, ainsi qu'il l'expliqua à Penny dans une lettre : « On reste dix-huit nuits en alerte et il ne se passe rien. On monte quatre fois et il n'y a pas une ombre dans le ciel. Finalement, on voit quelque chose, très loin, qui vient du nord, mais ce n'est qu'un vol d'oiseaux. Et les rares fois où l'on tombe vraiment sur un avion ennemi, c'est le copain qui l'abat. »

Ce que Pope appréciait par-dessus tout c'était la mission qu'on lui confiait de temps en temps : « Cette nuit, ne vous occupez pas des *Slow Boys.* Recherchez les objectifs qui se présentent et détruisez-les. » Il sillonnait alors en solitaire toute la Corée du Nord comme un aigle en chasse, essayant de repérer grâce à son excellente vision nocturne le mouvement des troupes ennemies au sol. Il adorait le sentiment de liberté que cette activité lui procurait, la joie très pure qu'il ressentait à voler ainsi dans le ciel désert, enveloppé dans une obscurité dont il était le maître.

Il recherchait surtout les trains. Les attaques diurnes menées conjointement par l'armée de l'air et la marine avaient si bien paralysé les transports coréens qu'aucun train n'osait rouler en plein jour; les convois ne se hasardaient à bouger que la nuit, filant à toute allure d'une cachette à l'autre et apportant du matériel de guerre en quantité considérable aux différents fronts.

« C'est invraisemblable ce qu'une équipe de réparation communiste arrive à faire quand nous avons fait sauter une de leurs voies ferrées, avait dit le colonel de l'armée de l'air au cours d'un de ses briefings. On peut très bien démolir plus d'un kilomètre de rails à dix heures du matin, marmiter les décombres pendant toute la journée; eh bien, le lendemain matin, tout est réparé. Et la nuit suivante, les trains y passent, comme d'habitude. »

S'adressant directement aux aviateurs de l'aéronavale, il leur dit :

« Ce n'est pas facile. La Corée est un pays montagneux. Bourré de tunnels. Quand vous fondez sur eux et que vous détruisez un de leurs wagons, que font-ils? Ils le détachent, le laissent en plein milieu de la voie, et vont cacher la locomotive dans un tunnel, là où vous ne pouvez l'atteindre. Ce qu'il faut faire, c'est toucher la locomotive. Et ça, croyez-moi, ce ne sera pas facile. »

Une nuit, Pope repéra un train. Il n'y avait pas de lune et les étoiles brillaient de tous leurs feux; quand il fut de retour à K-22 il jura qu'il avait aperçu le train à la lueur des étoiles :

« J'ai plongé, et j'ai réussi à atteindre deux wagons qui ont basculé sur le côté. Vous vous doutez de ce qui s'est passé ensuite.

– La locomotive a filé dans un tunnel? demanda un aviateur de la marine.

– Avec cinquante ou soixante wagons à sa suite. »

Quand ce genre d'incident se fut renouvelé un certain nombre de fois, le détachement des F4U convoqua une réunion au cours de laquelle les pilotes mirent au point une stratégie audacieuse qui, si elle réussissait, leur permettrait de régler son compte à tout convoi nord-coréen coincé entre deux tunnels : « On va l'aplatir comme une galette, le convoi, même ces aveugles de photographes ne pourront pas faire autrement que de le voir. »

Les photos avaient de l'importance car les forces armées s'étaient rendu compte que les pilotes étaient si enthousiastes et si peu enclins à dire la vérité que l'on ne pouvait accorder foi à leur vantardise. Il était essentiel d'avoir des preuves.

« J'ai plongé, racontait un pilote aux yeux brillants d'excitation, et là, droit devant moi, il y avait ce train. Tat-tat! Je l'ai envoyé à six mètres des rails. » Mais quand des aviateurs plus modérés se rendaient sur les lieux pour y rechercher le train qui avait soi-disant déraillé, ils n'en trouvaient en général pas la moindre trace. On prit donc l'habitude, chaque fois qu'un pilote prétendait avoir fait mouche, d'envoyer des avions de reconnaissance photographier la scène, et quand ils revenaient effectivement avec les clichés d'un train gisant sur le côté ou d'une file de wagons en train de brûler à l'entrée d'un tunnel, toute l'escadrille arrosait l'événement.

Pourquoi était-il si important d'avoir des photos? Il était évident que l'armée de l'air n'exposait pas ses avions de reconnaissance à de tels risques dans le simple but de prouver que tel ou tel fanfaron de l'aéronavale était un menteur. C'était dans la psychologie même de l'aviateur qu'il fallait chercher la véritable raison de ces vérifications. Un pilote pouvait passer des nuits entières à raconter ses prouesses au bar du mess sans que personne le prît au sérieux; il fallait pour cela qu'un de ses compagnons vînt corroborer ses dires. Voilà pourquoi les photos avaient une telle importance, surtout pour les pilotes de nuit.

Quand le combat se déroulait en plein jour, un camarade de patrouille pouvait toujours témoigner, comme les observateurs au sol qui voyaient s'écraser un avion ennemi dans une parabole flamboyante. Mais, de nuit, il était presque impossible de se porter garant de la bonne foi d'un pilote. Il y eut, par exemple, ce pilote de l'armée de l'air qui revenait tous les matins à la base en affirmant qu'il avait intercepté et abattu un de ces intrus nocturnes en contre-plaqué. Personne ne l'avait jamais vu faire et personne ne serait allé inspecter le sol derrière les lignes ennemies pour identifier l'avion fracassé; mais le haut commandement tenait tellement à faire croire à Washington qu'il avait la maîtrise du ciel qu'il décerna à ce hâbleur une décoration avec palmes.

Et c'était là le véritable fond du problème. Les aviateurs de combat ne désiraient rien tant que des médailles. Ils adoraient ces rubans chatoyants, ces décorations rutilantes qui témoignaient de leur héroïsme. Il n'entrait pas dans les habitudes des pilotes de se vanter, dans la salle de mess, de leurs actions d'éclat auprès de leurs camarades, mais même les plus modestes d'entre eux tenaient aux décorations qui proclamaient silencieusement qu'ils étaient des héros. Pour une médaille supplémentaire, ces hommes étaient capables de mentir, d'exagérer ou de falsifier un fait, d'appuyer les dires d'un compagnon dans l'espoir que ce dernier en ferait autant pour eux; et surtout, ils étaient prêts à prendre des risques invraisemblables pour obtenir une nouvelle citation.

C'était ridicule, infantile, mais c'était aussi la source vive de tout héroïsme car les armées avaient compris que si les hommes se battent pour de nobles causes – leur foyer, leur patrie, leur famille, la défaite de l'oppresseur – les meilleurs d'entre eux se battaient d'autant mieux qu'ils recherchaient l'estime de leurs camarades. Et la preuve consacrée de cette estime était la médaille. A l'époque où John Pope et les autres officiers livraient leur petite guerre personnelle en s'exposant, au cours de leurs missions nocturnes, aux hasards du mauvais temps et des accidents de terrain imprévisibles dans ce pays montagneux, au tir antiaérien de leurs ennemis, chaque homme recevait 263,63 dollars par mois, une pitance infâme et du mauvais whisky. La compensation aux risques insensés qu'ils prenaient était le respect que leur témoignaient leurs compagnons et l'amour intense qu'ils portaient à l'aviation.

Voilà pourquoi John Pope, au moment d'éprouver, par une froide nuit d'hiver, la nouvelle stratégie destinée à coincer les trains, prit la précaution de demander si un avion de reconnaissance serait disponible le lendemain matin.

« Un marine est arrivé cet après-midi de K-3 aux commandes d'un Banshee au moteur gonflé pour prendre des photos en altitude. Il brûle d'impatience de partir.

– Dites-lui de se tenir prêt. »

Pope n'alla pas annoncer à tout le monde qu'il avait l'intention de choper un train, car il était plutôt du genre tranquille, très capable mais vivant replié sur lui-même. Il savait que peu d'hommes pouvaient piloter un avion mieux que lui, surtout de nuit, mais il ne se vantait jamais de ses talents. Au milieu d'un groupe de jeunes gens en civil, on ne l'aurait jamais pris pour un pilote, et, en uniforme, il ressemblait plutôt à un officier d'état-major ou à un spécialiste de photo-interprétation.

Ce soir-là, grimpant à bord de son F4U lesté de sa charge massive pour le mitraillage au sol et de ses bombes pour le gros travail, il roula jusqu'au bout de la piste où il se mit en position d'alerte. Il attendit. Les yeux tournés vers la mer du Japon, il regarda les étoiles s'élever au-dessus de l'horizon en une procession grandiose : le Taureau montra ses cornes, suivi des Gémeaux, blottis l'un contre l'autre. A neuf heures, le Lion rampa hors de l'eau et, à minuit, il put voir clairement la magnifique étoile qu'il avait contemplée avec tant d'émoi au cours de cette fameuse nuit où il avait manié ses jumelles pour la première fois : Arcturus la rouge, flamboyant comme une immense fournaise.

Il fit coulisser la vitre pour se pencher au-dehors et leva la tête vers les étoiles au-dessus de lui. En voyant Orion, le grand chasseur, il pensa : Moi aussi je suis un chasseur et ce soir, je m'en vais chasser un train.

L'ordre de décoller ne lui parvint que bien après minuit et, quand il regarda le ciel une dernière fois pour s'orienter, il vit Orion en train de glisser vers les collines, à l'ouest, entraînant à sa suite tout le bestiaire du ciel : Ils me laissent le champ libre, se dit-il, et il les remercia.

Il lança le moteur de plus en plus vite et ressentit avec satisfaction l'accélération brutale de l'hélice, contenue par les freins. Il leva le pied d'un seul coup et le F4U bondit en avant; tandis qu'il roulait à toute allure sur la piste, il se souvint que les pilotes de la base devaient être en train de prêter l'oreille, même ceux qui avaient l'air de dormir. Ils priaient le Ciel que l'essence soit bonne et que l'avion s'élève sans problème, mais Pope n'en doutait pas, il ne ressentait pas la moindre appréhension et ses mains, sur le manche, n'étaient pas crispées. Il était censé décoller de K-22 à 1 h 34 et il avait bien l'intention de le faire. Un échec n'était même pas envisageable. S'il y avait de l'eau dans l'essence, elle attendrait qu'il soit en l'air.

Jamais, au cours des cent et quelques atterrissages risqués qu'il avait faits sur la plate-forme instable des porte-avions, il n'avait supposé qu'il pût manquer le câble d'appontage ou faucher au passage d'autres avions garés sur le pont ou encore s'affaisser aussitôt franchi le rebord de la plage d'envol pour mourir noyé dans son avion prisonnier des flots. Il avait pour tâche de faire atterrir son avion sans encombre et il l'avait toujours fait, de jour ou de nuit, quelles que fussent les conditions météorologiques. Cette nuit-là, sa tâche était de prouver l'efficacité de la nouvelle tactique et il croisait dans le ciel aux commandes de son avion pour mener cette tâche à bien.

La K-22 étant située assez loin du front pour que les dépôts de carburant fussent à l'abri des incursions d'avions communistes, il se dirigea vers le nord, assez loin en mer. Mais quand ses instruments indiquèrent qu'il devait être à environ soixante kilomètres derrière les lignes ennemies, il vira en direction de l'ouest, descendit à mille pieds et commença à fouiller les vallées.

Accoutumé aux nuits sans lune, il ne voyait pas le moindre mouvement dans le noir. Les Chintoks ne prenaient pas de risques, cette fois-ci.

Comme beaucoup de pilotes, il ne parlait de l'ennemi qu'en termes impersonnels. Les Chintoks, les Jaunes, les Kimchi Kings. La base K-22 employait de nombreux Sud-Coréens, tous très capables, et de larges segments du front étaient défendus par les troupes de la République de Corée dont l'endurance et le courage étaient légendaires; les pilotes entretenaient d'ailleurs d'excellentes relations avec ces alliés. Mais les ennemis, les Nord-Coréens, étaient des Chintoks.

Il décrivit six longues boucles puis annonça en code : « Rien à signaler. » De temps en temps, il inspectait le corridor occidental qui menait de la frontière chinoise à Inchon, espérant repérer un *Slow Boy* se faufilant vers le sud. Mais il ne vit rien du tout. Se gardant bien de s'approcher du Pyongyang, la capitale de la Corée du Nord où était concentrée la D.C.A., il inspectait régulièrement le ciel pour y déceler la présence de Mig russes qui attaquaient depuis peu les chasseurs de nuit américains; en pilote chevronné, il n'ignorait pas que l'avion russe était bien plus rapide que le sien, mieux armé et capable de voler beaucoup plus haut. Il était brave, mais pas téméraire, et il avait toujours présente à l'esprit la maxime de son escadrille : « Si vous rencontrez un Mig, prenez la poudre d'escampette car, même seul, c'est comme s'ils étaient plusieurs. » C'était aux F-86 de l'armée de l'air de se mesurer avec les Mig, et il n'avait pas la moindre envie de leur disputer leur proie.

Il devrait bientôt redescendre avec son F4U, et cette nuit-là, il ne trouverait rien. Mais, tandis qu'il jetait un œil sur la jauge dans l'idée de rentrer, il vit, à la lueur des étoiles, un objet se déplacer dans le fond d'une vallée. Plongeant, il constata avec une joie sans mélange qu'il s'agissait d'un convoi communiste composé d'une locomotive et d'au moins soixante wagons. Malheureusement, ce convoi fonçait à toute vapeur vers l'entrée d'un tunnel pour s'y réfugier.

Maîtrisant son impatience, vu la superbe cible si vulnérable, il s'attacha à réaliser le plan que lui et ses compagnons avaient élaboré. Abandonnant le train qui faisait feu de tous ses canons antiaériens, il vira brusquement et se dirigea vers l'entrée du tunnel sur laquelle il laissa tomber avec une précision parfaite une de ses grosses bombes qui laboura la voie ferrée.

Toujours sans se préoccuper du train, il vira de l'aile et fondit sur le tunnel d'où le train venait de sortir, lâchant une autre bombe sur les rails qui bloqua cette seconde issue.

Comprenant ce qui venait d'arriver, les pointeurs, fous de colère, tirèrent vainement dans la nuit, illuminant les contours du train pris au piège dans un endroit dégagé.

Pope s'éloigna vers l'ouest, décrivit une grande boucle, repéra le train et fonça dessus à basse altitude, mitraillant la locomotive qu'il manqua de peu.

Sans se laisser décourager, il murmura : « J'aurais plus de chance la prochaine fois. » Il tira de nouveau vers l'ouest et revint à l'attaque, sans se préoccuper du tir antiaérien. Cette fois il avait bien visé car il y eut une explosion et un jet de vapeur s'échappa de la locomotive. Mais il eut peur d'une ruse destinée à l'induire en erreur et se souvint de ce que lui avaient dit les vétérans de K-22 : « Ces Chintoks sont les meilleurs conducteurs de trains du monde. Ils connaissent vraiment leur engin. Et ils peuvent se jouer de vous de cent façons différentes. »

De nouveau, il s'éloigna vers l'ouest; de nouveau, il vira et s'approcha de la cible offerte mais quand il l'eut dans sa ligne de visée, il comprit que je jet de vapeur n'avait pas été une ruse; le train était bel et bien blessé, mais il n'était pas mort pour autant. Il plongea donc sur la locomotive, indifférent au tir de la D.C.A., et largua une bombe juste au bon moment. Il y eut une déflagration brutale, la locomotive vacilla et se coucha sur le côté, faisant dérailler à sa suite les trois wagons de tête. Ce train-là n'était plus qu'une épave.

Pope aurait voulu rester sur les lieux pour mitrailler les cinquante ou soixante wagons restants mais il savait qu'il n'avait plus beaucoup d'essence; il appela donc K-22 et donna aux autres pilotes les coordonnées de la cible qui attendait maintenant leur bon plaisir : « Achevez-moi ce train! »

Tandis qu'il faisait route vers le sud, satisfait de sa tâche, deux choses lui tenaient au cœur : il voulait mettre la main sur ce marine qui était venu à K-22 avec son appareil photo volant et il voulait voir Altaïr se lever au-dessus de la mer, son étoile à lui dont la bénédiction viendrait couronner les prouesses de cette nuit mémorable.

Au moment où il approchait de K-22 par l'ouest, le nez pointé vers la mer, il vit, droit devant lui, l'éclat incomparable de la Lyre puis, très bas sur l'horizon, dans la constellation de l'Aigle dont les ailes dégouttaient d'eau, surgit Altaïr, qu'il salua.

Le marine qui avait amené l'avion de reconnaissance photographique à K-22 en service temporaire avait deux ans de moins que John Pope mais, par son expérience, pouvait se vanter d'en avoir vingt de plus. Véritable champion de football originaire d'une petite ville du Texas – Pope à côté faisait figure de rigolo –, le capitaine Randy Claggett était entré à l'A&M du Texas et avait dû se battre comme un démon pour s'engager dans les marines plutôt que dans l'armée de terre comme c'était la coutume pour les membres de l'A&M. Plus grand que Pope mais pas tellement plus lourd, il avait été trois-quarts au lycée et sa vélocité lui avait permis maintes fois de dérouter l'adversaire; au collège, on l'avait trouvé trop léger pour faire partie de l'équipe numéro un de l'université, mais en tant que membre de l'équipe réserve il était fort apprécié parce qu'il ne reculait pas devant les joueurs les plus baraqués.

Il était mal embouché, dur à cuire et illettré – du moins se plaisait-il à le faire croire. Un arrière de l'équipe première lui avait ébréché une dent de devant et le dentiste avait meulé l'autre par symétrie, de sorte qu'il avait maintenant un sourire un peu canaille; il n'hésitait jamais à exhiber ce sourire aux dents trop courtes chaque fois que le ton montait dans une discussion. Son carnet de vol indiquait qu'il avait piloté cinquante-neuf modèles d'avions différents et qu'il était expert dans le maniement de seize d'entre eux parmi lesquels se trouvaient les meilleurs modèles de la marine : le F4U-4, l'AD-2, le F9F-4 et le lourd F3D-3. Il avait une passion pour les avions et si l'on considérait, à juste titre, que des hommes raisonnables comme John Pope étaient des experts, il avait plusieurs longueurs d'avance sur eux car il était, dans une certaine mesure, lui-même un avion. Aux commandes, il ne faisait plus qu'un avec le moteur, le système de guidage, il devenait une extension des volets; bref, il ne pilotait pas son avion, il se pilotait lui-même.

Il ressentait donc comme une humiliation d'avoir été muté dans les unités de reconnaissance : « Du foutu baby-sitting, voilà ce que c'est. Vous le savez que quand je monte là-haut, j'ai pas de mitrailleuse, pas de bombes, rien du tout! J'prends des photos comme n'importe quel con dans une fête foraine. »

Les huiles de l'U.S. Marine Corps ne s'étaient pas trompées en donnant un Banshee à Claggett, car c'était un des meilleurs avions de tout l'arsenal. Une fois allégé de ce qui n'était pas essentiel, et démuni de tout armement, il pouvait grimper jusqu'à cinquante-deux mille pieds et photographier, grâce à ses appareils ultra-perfectionnés, de larges sections du territoire ennemi avec une précision à peine croyable : « Je peux monter si haut avec ce vieux tacot que je peux prendre Dieu lui-même en photo. » Il était monté jusqu'à l'altitude maximale pour photographier des soldats nord-coréens qui s'activaient autour d'un dépôt de véhicules et il soutenait à cor et à cri qu'un spécialiste de photo-interprétation équipé d'un bon microscope serait capable de reconnaître la marque des automobiles, et en tout cas de faire la différence entre les voitures et les camions : « Mes salauds, je vous conseille pas de faire les marioles, parce que de là-haut je vois tout ce qui se passe ici. »

Il était couché quand Pope fit irruption dans sa chambre, quelques minutes avant le lever du soleil.

« C'est vous, Claggett, le photographe?

– Et qui diable êtes-vous? »

Comme bon nombre de pilotes sérieux, Pope ne jurait jamais et il était toujours un peu surpris quand un de ses compagnons se laissait aller à utiliser un langage peu châtié. Mais il avait besoin de Claggett, aussi répondit-il :

« Je m'appelle John Pope. Détaché du *Brandywine,* en service temporaire.

– Je suis bien Claggett. Toujours en service temporaire.

– Je viens de détruire un train. Il nous faut de bonnes photos.

– Je sais, je sais. Vous avez détruit un train. Moi, je me fais chier à monter là-haut pour prendre une jolie photo et tout ce que je trouve c'est une charrette de purin et de la merde répandue partout.

– C'est vraiment un train... avec au moins une soixantaine de wagons.

– Ce serait bien le premier.

– C'est le premier. On a mis au point une nouvelle tactique. On bloque les tunnels pour les empêcher de s'y réfugier... »

Claggett s'assit et passa une main aux doigts minces et nerveux dans ses cheveux épais et emmêlés.

« Vous avez bloqué l'entrée des tunnels?

– Ouais.

– Il faut que j'aille voir ça. Ces putains de Chintoks ont bombardé notre dépôt l'autre nuit.

– Un de ces *Slow Boys* en bois?

– Cela même. » Il tira du lit son grand corps efflanqué, fit bouger son épaule comme si elle était restée raide depuis une fracture récente et se regarda dans la glace d'un air dégoûté : « Je ferais mieux de me raser. »

Dans la pâle lueur de l'aube, tandis qu'Altaïr disparaissait du firmament, les deux aviateurs se rasèrent côte à côte; Pope avait les yeux lourds de sommeil, Claggett n'était pas encore tout à fait réveillé; le premier était prêt à se mettre au lit, le second à s'élancer dans le ciel. Pope lui indiqua avec précision où devait se trouver le train, à moins que ces incroyables Nord-Coréens n'aient réussi à dégager l'entrée d'un des tunnels et à y pousser les wagons en état de rouler.

« Je peux le trouver », dit Claggett. Quand les deux hommes se présentèrent au rapport, ils constatèrent qu'il régnait partout une grande excitation : la patrouille partie à l'aube avait localisé le train de Pope et fait sauter tous les wagons.

« Tout flambe là-bas, dit un officier de renseignements. Claggett, il nous faut des clichés.

– C'est comme si c'était fait », dit Randy, et quelques minutes plus tard, son Banshee avait déjà pris l'air et se dirigeait au nord-ouest vers la vallée où les wagons mutilés continuaient de brûler. Mais les pilotes russes qui étaient aux commandes des Mig nord-coréens avaient deviné que d'autres avions américains viendraient s'assurer de la destruction complète du convoi, et ils les attendaient.

Ils étaient quatre, puissamment armés et volant à grande vitesse; venus du nord, ils fondirent sur Claggett qui faisait route vers l'ouest.

Il semblait bien qu'il fût perdu.

« Bon Dieu! cria-t-il dans son micro. J'ai quatre Mig au train. Je monte là-haut. »

Cabrant le nez du Banshee presque à la verticale il donna plein gaz et prit son essor comme un faucon dressé. Vingt-quatre mille pieds avec les Mig qui se rapprochent. Vingt-huit mille et ils gagnent toujours. Trente-deux mille et le premier Mig lui envoie une giclée de balles traçantes qui décorent le ciel comme un gâteau droit devant lui. Trente-cinq mille et maintenant ce sont les trois Mig qui lui tirent dessus à la fois. Trente-sept mille et il a comme l'impression qu'un Mig s'est laissé distancer. Quarante mille, il respire enfin car tous les Mig sont à la traîne. Il continue de monter, il est à quarante-cinq mille pieds au-dessus des monts enneigés de la

Corée du Nord où il reste un bon moment car il sait que où il est personne ne viendra le chercher. Il ne risque plus rien et peut se permettre de regarder ce qui se passe en dessous. Il voit un spectacle merveilleux.

Trois F-86 de l'U.S. Air Force, venus de l'est, viennent d'apparaître dans le ciel pâle du petit matin. Pour l'instant, ils sont encore sous les redoutables Mig en position d'infériorité. Mais quand les Russes s'aperçoivent qu'ils vont bientôt être attaqués, les F-86 ont déjà pris de l'altitude; la bataille ne sera donc pas inégale et Claggett voit que les puissants avions américains sont en passe de se farcir un ou deux Mig.

Avant même que la bataille s'engage, les Russes, qui ont reçu l'ordre de ramener leurs avions sains et saufs, s'esquivent et regagnent en formation serrée leur sanctuaire situé au nord du Yalu. Claggett peut maintenant descendre et finir son boulot.

Les F-86, qui se méfient des Russes et les croient tout à fait capables de faire demi-tour et de surgir à l'improviste pour abattre l'avion de reconnaissance, contactent Claggett par radio et lui disent de rester avec eux, ce qui n'est pas pour lui déplaire : « J'ai pas envie de me retrouver avec un Mig collé au cul. »

Les quatre jets américains s'envolent donc vers la mer Jaune, se laissent tomber et reviennent se placer dans un angle parfait par rapport au soleil. Une fois développés, les soixante clichés montreront une locomotive chinoise blindée, de type T-69, couchée sur le côté à l'entrée d'un tunnel, et une file de soixante-sept wagons chargés dont trois ont déraillé et vingt et un sont la proie des flammes; tous les autres sont sérieusement endommagés.

Pour cette action d'éclat, l'enseigne de vaisseau de première classe John Pope recevra sa paie mensuelle de 263,63 dollars, une décoration et une recommandation concernant sa promotion au grade de lieutenant de vaisseau; par ailleurs, l'escadrille pourra se réjouir d'avoir enfin mis au point une tactique lui permettant à coup sûr de détruire les trains communistes.

Randy Claggett, capitaine de l'U.S. Marine Corps, était un perpétuel sujet d'étonnement pour Pope qui avait vu bien des vantards s'écraser quand il leur fallait passer à l'action et bien des hommes réservés se montrer de véritables lions quand la situation l'exigeait; mais il n'avait jamais encore rencontré de militaire aussi mal embouché que Claggett et qui fût en même temps meilleur pilote que lui. Au bar, après le bombardement du train, Claggett se montra particulièrement expansif :

« Mon vieux, j'en ai vu des trains foutus en l'air, mais comme celui-là, jamais. Je tire mon chapeau à celui qui a fait le boulot. J'suis arrivé en beauté pour faire ma petite photo et qu'est-ce que je vois, quatre Mig qui me collent au train. Qu'est-ce que je fais? Je change de vitesse et je dis : « Randy, mon « p'tit gars, t'as intérêt à arriver à Dallas avant « eux. » A quarante mille pieds ils laissent tomber. N'oubliez jamais ça, les potes, montez à quarante mille et ils vous foutront la paix. »

Il eut un rire exagéré en disant cela car bien peu d'avions américains en dehors du sien pouvaient grimper à une telle altitude.

« Me voilà donc à cinquante mille, en train de bouffer de l'essence comme si c'était du pop-corn, avec ces quatre coucous qui m'attendent en bas et j'me dis : « Randy, mon couillon, ces maudits « renards t'ont pris au piège et ils vont te bouffer « tout cru si tu descends. » Et alors, je vois la plus belle chose de ma vie, trois F-86 qui surgissent du soleil levant. Barman! J'offre une bière à tous les pilotes de l'U.S. Air Force. »

Claggett n'était pas toujours aussi tendre :

« C'est une vraie fosse d'aisance cette base. Vous devriez voir celle de Pusan, K-3. C'est là qu'on crèche. On a des Jo-san.

– Qu'est-ce que c'est? demanda Pope.

– Des Coréennes. Elles sont serveuses au mess. C'est les meilleurs baiseuses de la région. »

Il fouilla dans son portefeuille pour leur montrer la photo d'une Jo-san coréenne mais en sortit à la place une charmante photo en couleur de sa femme, une belle blonde.

« C'est Debby Dee, dit-il. Je l'ai épousée le jour où j'ai eu mon insigne et j'ai jamais arrêté de voler depuis. »

Les pilotes qui étaient en train de boire la bière offerte par Randy se passèrent la photo, chacun complimentant l'heureux époux en connaisseur. Mme Claggett était une belle femme, cela ne faisait aucun doute, mais elle donnait l'impression d'être plus âgée que Claggett; cela tenait peut-être au fait qu'elle faisait partie de ces femmes dont la beauté très épanouie se fane rapidement. Pope aurait voulu demander son âge car elle lui semblait infiniment plus vieille que Penny, mais il ne dit rien.

Les jours suivants, Claggett et lui furent souvent ensemble, ce qui était surprenant dans la mesure où Pope volait de nuit et Claggett de jour. Mais Randy avait besoin de si peu de sommeil qu'il accompagnait fréquemment Pope quand ce dernier s'acquittait de ses fonctions au sol; il n'arrêtait d'ailleurs pratiquement pas de parler :

« Vous voulez savoir pourquoi je me suis retrouvé dans les unités de reconnaissance? Bon Dieu, vous savez bien que je suis mille fois plus capable de piloter un avion de chasse que ces espèces de clowns de l'armée de l'air qu'on nous colle sur le dos.

– Vous n'étiez pas aussi sévère l'autre jour, quand ils vous ont sauvé la peau.

– Oh! ils sont utiles quand il y a un coup dur. Mais laissez-moi répondre à votre question. J'ai fait chier les marines jusqu'à ce qu'ils me permettent d'opter pour l'entraînement au vol. Vous savez, tout gosse, j'aimais bien démonter les bagnoles. Un jour, mon père est rentré à la maison et il a vu sa Packard en pièces détachées sur la pelouse. J'ai cru qu'il allait avoir une attaque. J'ai ça dans la peau, les moteurs.

– Pourquoi n'êtes-vous pas dans les chasseurs? »

Claggett fit comme s'il n'avait pas entendu.

« Quand j'ai quitté Pensacola, je suis allé à VC-4, dans Atlantic City. Vous avez déjà décollé de ce terrain-là? Il y a des câbles téléphoniques en plein en travers de la piste, tout au bout. On a demandé quatre fois au gouvernement de les enlever, c'était dangereux, on risquait de s'écraser dans les maisons. Eh ben, on nous a répondu que ça coûterait trop cher. Alors, une nuit, on les a sectionnés.

– On?

– Moi, quoi. Tout le monde à la base savait qui avait fait le coup, alors je me suis fait passer un sacré savon. Mais le commandant était ravi de les voir par terre, en fait. Seulement, le lendemain, il a dû tout faire remettre en place et il a infligé une amende à l'escadrille. Ils s'en foutent, c'est ça la vérité. »

Pope ne réussit jamais à savoir au juste comment son collègue au caractère exubérant avait fini par se trouver aux commandes d'un Banshee, mais un marine, un peu plus âgé qu'eux et venant d'un porte-avions, lui dit :

« Le Banshee nécessite un jugement sûr, le meilleur qui soit. C'était du moins le cas lorsque nous faisions les tests. Et ils ont choisi Claggett parce qu'il...

– Vous étiez pilote d'essai?

– J'ai fait deux ans à Patuxent River.

– C'est une bonne affectation?

– La meilleure qui soit au monde. J'ai piloté quarante-sept modèles d'avions différents. C'est une expérience incomparable.

– Comment se fait-on affecter là-bas? demanda Pope.

– Un beau matin, l'ange Gabriel sonne à la porte. C'est uniquement une question de chance.

– Mais il faut tout de même s'y connaître en avions, non?

– Tout le monde s'y connaît en avions. Non, il faut être copain avec Gabriel et sa trompette. Toot, toot, on y va ».

Et il agita la main droite au-dessus de sa tête.

Quelques minutes plus tard, alors que les avions étaient tous au sol, Pope accompagna Claggett à une séance de cinéma.

La vedette était l'actrice que John avait beaucoup aimée dans *Autant en emporte le vent,* Vivien Leigh, qui jouait aux côtés d'un acteur réputé qu'il ne connaissait pas très bien. Claggett lui dit :

« Il faut absolument que vous voyiez ce type, Brando, il est génial! »

Le film s'intitulait *Un tramway nommé désir,* titre que Pope trouvait parfaitement ridicule. Son irritation ne fit que croître quand il vit que Brando jouait le rôle d'un personnage ignorant, grossier et débraillé qui se baladait partout vêtu d'un tee-shirt crasseux.

« Ce Kowalski est une véritable plaie, dit-il à Claggett pendant le premier entracte, tandis que le machiniste changeait les bobines. Je le mettrais dehors si j'étais à la place de sa femme. »

Mais quand Blanche Dubois se mit à jouer les belles-sœurs irresponsables et écervelées, Pope se sentit de plus en plus mal à l'aise et se demanda pourquoi les Kowalski ne la mettaient pas dehors à son tour. A mesure que les détails sordides s'ajoutaient les uns aux autres, Pope commença à se sentir vraiment perturbé car ce tableau de la vie de famille qui s'étalait sur l'écran ne correspondait en rien à celui qu'il désirait voir.

« Cette femme est impossible, marmonna-t-il.

– Elle aussi, vous la mettriez dehors?

– Pas vous?

– C'est une pauvre fille mal baisée, c'est tout. »

Pope ne se laissait jamais entraîner dans ce genre de discussion; non qu'il fût prude, mais il était persuadé qu'en épousant Penny Hardesty il avait résolu une fois pour toutes les problèmes concernant la sexualité et il était toujours un peu gêné de voir que d'autres officiers n'avaient pas, sur cette question, la même opinion que lui. Il était très heureux avec Penny et le tableau sévère que l'on brossait du mariage dans ce film le dégoûtait profondément. La relation Brando-Leigh devint à un moment si scabreuse qu'il ne put supporter plus longtemps ce spectacle.

« Je vous verrai au mess », dit-il en se levant d'un air gêné. Claggett ne pouvait comprendre la réaction de son ami, mais quand une bonne demi-douzaine de pilotes suivirent son exemple et quittèrent la salle de cinéma improvisée, il en saisit un par le bras et murmura :

« Qu'est-ce qu'il y a?

– Je ne passe pas toute la journée dans un avion pour voir des conneries le soir, aboya l'homme, un major de l'armée de l'air.

– Quelles conneries?

– Une nana pareille. »

L'aviateur dégagea son bras et sortit de la cahute avec un air réprobateur.

Plus tard, Claggett comprit que ce film touchait les aviateurs de trop près car, à force de les entendre en parler, il apprit que certains avaient des femmes aussi volages que Blanche Dubois; d'autres se trouvaient en butte aux mêmes problèmes que ceux qui avaient abouti à la brouille entre les époux Kowalski. Ces pilotes qui risquaient leur vie face aux Mig, à la nuit, aux montagnes traîtresses et à l'essence mouillée d'eau voulaient des films où la vie de famille fût placide et heureuse; des épouses satisfaites, dans de jolis jardins entourés de barrières blanches, surveillant des petits garçons bien élevés en train de jouer au base-ball sur la pelouse.

Il alla trouver Pope et lui demanda :

« Il vous a retourné à ce point-là, le film?

– Vous avez bien vu que j'ai quitté la salle.

– Mais pourquoi? Ce n'était qu'un film, et il était plutôt bon.

– Ça s'est arrangé vers la fin? Une fois que j'ai été parti?

– Elle a continué son cirque. Complètement conne, cette pépée, elle ne sait pas ce qu'elle veut. »

Claggett prit Pope par le bras, c'était une habitude chez lui et, de plus, il n'aimait pas que ses amis le quittent de mauvaise humeur.

« Asseyez-vous, Pope. Ne prenez donc pas ce genre de chose tellement à cœur.

– Je ne vous comprends pas, Claggett. Vous me montrez la photo de votre femme alors que vous êtes en train de chercher celle de la Jo-san avec qui vous couchez.

– Au fait, je l'ai trouvée, cette fameuse photo », dit Claggett avec enthousiasme, et il tira de son portefeuille un cliché représentant une ravissante

Coréenne de seize ou dix-sept ans, revêtue d'une de ces robes extrêmement séduisantes dont la taille, placée très haut, met les seins en valeur et permet à la jupe de tomber en plis gracieux jusqu'au sol.

« Elle est chouette, hein?

– Pourquoi perdez-vous votre temps avec une fille comme ça? Puisque vous avez... »

Claggett sortit la photo de sa femme, Debby Dee, et la posa sur la table à côté de celle de la Jo-san.

« Deux sacrées poupées.

– Où est votre femme?

– A Iwakuni. Enfin, je crois. Elle m'a suivi au Japon et je lui fais confiance pour se la couler douce. Elle ne perd jamais son temps, elle non plus. »

Pope était tellement écœuré qu'il se leva brusquement et alla se coucher. Mais comme il avait pris l'habitude de voler la nuit et de dormir le jour, après une heure passée à se retourner dans son lit, il se leva, enfila sa tenue de corvée et retourna au mess des officiers où il retrouva Claggett assis en compagnie du major qu'il avait pris par le bras pendant le film. Ils parlaient de femmes.

« Ça ne m'intéresse pas de passer la soirée à regarder une fille complètement givrée se conduire comme une imbécile, dit le major en faisant signe à Pope qu'il pouvait se joindre à eux si cela lui chantait.

– Mais la plupart des femmes sont comme elle, insista Claggett.

– Foutaises. Je vous parie que les trois quarts des aviateurs de cette unité sont mariés à des femmes parfaitement normales.

– Je vous l'accorde, dit Claggett. Mais les femmes normales sont généralement tout aussi tordues que la belle-sœur en question.

– Qu'est-ce que vous racontez là, Claggett ? s'écria le major.

– Les statistiques le prouvent.

– Elles ne concernent pas les gens que je connais. »

Le major se tourna vers Pope et dit :

« Vous... J'oublie toujours votre nom. »

Pope s'irritait toujours de voir que ceux de l'U.S. Air Force, et en particulier les majors, feignaient d'ignorer le nom des membres de l'aéronavale qui étaient détachés auprès de leurs unités.

« Pope, dit-il.

– C'est cela, dit le major. Pope. Pope. Vous pilotez le F6F spécial.

– Le F4U, chasseur de nuit.

– Pope, F4U. Voilà, nous étions en train de parler femmes, Pope, et il se trouve que nous ne sommes pas du même avis. Claggett, lui, pense que toutes les femmes ressemblent à cette gosse un peu déboussolée qu'on a vue dans le film.

– Je sais. Il essayait déjà de me faire accepter cette idée-là avant que j'aille me coucher. Mais...

– Attendez un peu, protesta Claggett. Ce n'est pas à Pope qu'il faut demander une chose pareille. C'est un vrai Père la Vertu. »

Son ton était légèrement moqueur, mi-affectueux, mi-condescendant. Les pilotes se définissaient les uns les autres par des formules brèves résumant toute une variété d'attitudes, et négligeant tout détail secondaire. On appliquait respectueusement à Randy Claggett les épithètes de *casse-cou* ou de *super zinc,* la première faisant allusion à l'empressement avec lequel il se portait volontaire pour toute mission dangereuse et la seconde au talent qu'il déployait au cours de ces missions. Les aviateurs débutants rêvaient d'obtenir l'un ou l'autre de ces surnoms; Claggett avait les deux.

Ainsi que Claggett l'avait dit au major, John Pope

était connu pour être un *Père la Vertu* dans la mesure où il ne buvait pas, ne fumait pas, faisait du sport pour se maintenir en forme, accomplissait son devoir avec une perfection rigoureuse, ne jurait jamais et ne fréquentait pas de Jo-san. Les autres pilotes avaient coutume de dire qu'un jour Claggett *super zinc* mourrait et que Pope la Vertu deviendrait amiral.

« Oui, dit le major avec un large sourire, j'ai entendu parler de vous, Pope. Eh bien, si vous correspondez vraiment à votre image de marque, vous ne pouvez être d'accord avec...

– Eh! Minute! interrompit Claggett. Sa femme vient de finir ses études de droit, elle est avocate. Cela fausse toutes les données. »

Le major se recula sur sa chaise et dévisagea Pope d'un air perplexe.

« Avocate? Vous voulez dire qu'elle travaille, et tout?

– Oui, elle est la conseillère juridique du sénateur Glancey, de Red River. »

Personne ne dit mot. Ni Claggett ni le major n'arrivaient à comprendre comment un pilote en service dans l'armée pouvait supporter d'être marié à une femme qui avait un emploi à part entière aussi loin de la base. Etant donné la minceur de la paie, nombreuses étaient les femmes de pilotes qui travaillaient mais elles se contentaient d'un poste d'enseignante ou de secrétaire auprès d'un officier supérieur et restaient en tout cas sur la base ou à proximité.

« Comment faites-vous? » demanda le major. Mais avant que Pope ait pu répondre, Claggett demanda :

« Vous avez une photo de votre femme? » et Pope leur montra trois clichés de Penny où elle était tout à fait adorable et très féminine. Se penchant attentivement sur ces photos, les deux aviateurs en déduisirent qu'elle était brune, qu'elle pesait environ cinquante kilos, qu'elle devait être petite, vive, spirituelle, dotée d'un regard pétillant d'humour et d'un sens du devoir très développé.

« Non, rectifia Pope. Elle n'est pas vraiment petite. Elle mesure un mètre soixante, mais là où vous avez raison c'est qu'elle a du tempérament. Il lui arrive même de voter démocrate. »

Cela aussi laissa les deux aviateurs perplexes car les épouses des jeunes officiers qui espéraient un jour devenir amiraux avaient tout intérêt à voter républicain; quant à leurs époux, ils y étaient quasiment obligés.

« Je comprends qu'avec une femme pareille, aussi sérieuse et raisonnable, vous n'ayez pas aimé le film de l'autre soir, dit le major.

– Je me demande pourquoi on fait des films pareils, s'exclama Pope. Les gens ont-ils tellement envie de voir le côté sordide de l'existence?

– La guerre est une chose plutôt sordide, lui fit remarquer Claggett, et Dieu sait si l'on fait aussi des films là-dessus.

– Mais on ne peut éviter qu'il y ait des guerres, lui rétorqua Pope. Nous sommes ici tous les trois, à K-22, dans trois armes différentes, et tout cela à cause des communistes. Mais on n'est tout de même pas obligé de faire un film sur une femme dont la vie est vouée à l'échec.

– Tous les personnages de Shakespeare sont comme elle, lui rétorqua Claggett. Vous avez déjà vu *Othello*?

– Où diable avez-vous vu cette pièce? demanda le major, manifestement surpris.

– On avait un petit théâtre à l'A&M du Texas. » Il se mit à rire. « Les officiers supérieurs du R.O.T.C. étaient écœurés par les pièces qu'on y donnait. Elles étaient défaitistes... mauvaises pour le moral des troupes. Alors ils ont organisé des représentations spéciales sur le thème « *Les problèmes du commandement* ». On a eu droit à *L'Ennemi du peuple*, d'Ibsen, pour illustrer les conflits au sein de la fonction publique, au *Coriolan* de Shakespeare pour illustrer le problème des loyautés divisées, à *Ouragan sur le Caine* et à *Othello*.

– Et qu'est-ce que cette pièce-là était censée illustrer? demanda Pope.

– La détérioration des relations entre un commandant et un membre de son état-major. C'était la meilleure de tout le lot.

– Debby Dee les a-t-elle vues aussi? demanda Pope.

– Je ne la connaissais pas encore. Elle s'occupait surtout de diriger les hourras des supporters lors des manifestations sportives à l'université de Texas Western. »

Les aviateurs furent si nombreux à s'élever contre la projection de films aussi sinistres qu'*Un tramway nommé désir* que le commandant de K-22 fit appeler l'officier chargé de l'éducation et des loisirs et le tança vertement :

« Je ne veux plus que l'on projette des films pareils sur la base. Il nous faut des choses gaies, pleines de patriotisme et d'élan, Ginger Rogers et Fred Astaire par exemple. »

Une note fut affichée dans le mess des officiers disant que, dorénavant, tous les films seraient visionnés avant leur projection et que les bobines indésirables seraient renvoyées au dépôt de Tokyo. La note ne précisait pas qui serait chargé de la censure mais l'officier chargé des loisirs confia à ses amis que ce serait lui et qu'il serait secondé dans cette tâche par l'aumônier et un colonel.

Quand Pope lut la note, il tomba par hasard sur un avis ronéoté épinglé au-dessus, qui provenait manifestement du bureau du personnel de la marine; il supposa qu'il avait été déposé à K-22 par un porte-avions opérant dans la mer du Japon :

A L'INTENTION DES AVIATEURS DE LA MARINE
ET DE L'U.S. MARINE CORPS

> Pour la classe débutant le 15 juin, il reste quelques places à la station aéronavale de Patuxent River pour des pilotes expérimentés désireux de devenir pilotes d'essai sur les modèles d'avions les plus récents. Adresser une demande écrite avec pièces justificatives et recommandations à...

Le détail concernant les *modèles d'avions les plus récents* avait été inséré dans le but d'attirer des pilotes comme John Pope et l'appât avait réussi puisque, le matin même, Pope rédigea une lettre à l'intention de son commandant qui se trouvait encore à bord du porte-avions, lui demandant l'autorisation de poser sa candidature.

Il ne lui serait jamais venu à l'idée de confier à qui que ce soit son ambition de devenir pilote d'essai; les hommes comme lui se conformaient strictement à la règle, ne divulgaient pas leurs aspirations et, selon leurs capacités, voyaient ou non leurs efforts couronnés de succès. Le dossier qu'il fit parvenir à Washington était impressionnant : expérience de vol réussie dans neuf modèles d'avions différents; absence de toute sanction disciplinaire; trois trains détruits, action d'éclat homologuée par les photos de Claggett; deux décorations illustrant ce tableau de chasse; et des appréciations excellentes de la part de tous les officiers sous les ordres desquels il avait servi.

Il y avait cependant une lacune dans ce dossier; un lecteur ordinaire ne l'aurait sans doute pas remarquée mais elle ne pouvait échapper à un comité de sélection de la marine; il n'avait jamais engagé le combat avec un avion ennemi, que ce fût un Mig russe ou un *Slow Boy* nord-coréen et, comme il ne volait que de nuit, il était peu probable qu'il rencontrât un Mig car les Russes ne risquaient pas leurs précieux avions dans de simples opérations de patrouille. Sa seule chance était donc de traquer et d'intercepter un des *Slow Boys* en bois, et il avait bien l'intention de le faire.

Le 12 mai 1952, à deux heures du matin, tandis qu'Altaïr aux ailes d'aigle s'envolait vers le sommet du ciel, un veilleur radar posté au sud du front détecta un blip qui ne pouvait être autre chose qu'un avion se dirigeant plein sud vers l'énorme dépôt d'essence d'Inchon. L'alerte fut donnée et le F4U de Pope s'élança dans le ciel.

Le lourd avion grimpa jusqu'à sept mille pieds et vira vers le nord-ouest pour intercepter l'intrus. Dans la nuit étoilée, Pope n'eut aucun mal à repérer l'ennemi qui volait à basse altitude, alourdi par sa charge de T.N.T. Le souffle coupé par l'excitation, il pivota et se mit en position derrière le *Slow Boy*, se cala dans son siège et piqua droit sur sa cible, les canons braqués sur cette proie offerte.

En fait, il était tellement pris par sa mission qu'il n'avait pas remarqué que, cette nuit-là, les Nord-Coréens avaient fait un effort supplémentaire : ils avaient aussi envoyé un Mig piloté par un aviateur russe dont la tâche était d'abattre tout avion américain qui s'élancerait inconsidérément sur les traces du *Slow Boy*. Quand Pope comprit enfin qu'il était tombé dans un piège, le Mig avait déjà ouvert le feu avec ses formidables canons et Pope, vert de rage à l'idée d'avoir été roulé, sentit les balles s'enfoncer dans le fuselage de son F4U.

L'avion encaissa vaillamment les coups et essaya de rester en l'air. Une aile se mit à trembler, à moitié arrachée à sa base, puis un réservoir explosa.

Le F4U en feu tomba en vrille vers le sol et vint s'écraser à une vingtaine de kilomètres au nord du front. La chute de l'avion fut observée à la fois par les Américains et par les Coréens et, à quatre heures trente, alors que le soleil menaçait déjà la nuit, des équipes des deux camps convergèrent sur l'épave; leurs chances de l'atteindre en premier étaient égales. Ils furent aidés pendant quelques minutes par une explosion gigantesque dont les flammes illuminèrent le ciel vers le sud : le *Slow Boy* avait largué ses bombes sur un dépôt d'essence.

Les Nord-Coréens étaient venus à pied d'une base toute proche, les Américains en hélicoptère d'un terrain situé plus au sud, mais les deux équipes furent devancées par un avion ultra-rapide qui volait à basse altitude : c'était le Banshee de Randy Claggett. Tandis qu'il photographiait l'épave, il aperçut distinctement dans l'objectif, à quelque distance de l'avion abattu, un aviateur dont le parachute était encore déployé sur le sol et qui faisait de grands gestes avec les bras.

Installés dans le mess des officiers à K-22, Pope et Claggett, maintenant très intimes, faisaient un bilan très négatif de la situation.

« Bordel de merde, ça fait depuis janvier qu'on est ici pour abattre des *Slow Boys*. On est en juin et on n'a encore rien fait.

– J'ai bien vu un *Slow Boy*. Evidemment, je n'ai pas vu le Mig qui l'escortait.

– On a bousillé deux F4U et les photos que j'ai prises ne valent pas un clou. Ils doivent être fiers de nous dans la marine.

– Tu t'es tout de même trouvé face à quatre Mig ce jour-là.

– Toi, au moins, tu peux te vanter d'avoir démoli trois trains.

– Ce n'est pas la même chose de bombarder un train au sol et d'abattre un avion en vol. »

Profondément déprimés l'un et l'autre, ils se turent en entendant un avion se préparer au décollage, le moteur lancé à toute vitesse. Ils l'écoutèrent rouler jusqu'au bout de la piste, lâcher un ou deux hoquets terribles puis reprendre son souffle et s'élever dans les airs.

« Pope, j'étais fait pour être pilote de chasse. Quand je regarde ces espèces de clowns dans leurs F-86 je me sens crever de jalousie.

– Je ne sais pas. Quand j'étais là-bas, dans la rizière, et que j'attendais de voir qui allait déboucher de la forêt, toi ou les Coréens, je n'éprouvais pas le moindre regret. J'aime voler, et tu sais ce que je me suis dit? La guerre est le prix qu'il faut payer pour avoir le plaisir de voler. »

Claggett avala sa bière d'un air sombre et se mit en colère quand Pope commanda une seconde limonade.

« Bon Dieu de merde, comment un pilote peut-il boire cette pisse de cheval? »

Comme Pope se refusait à défendre ses goûts, le Texan étendit le bras et fit voler la limonade par terre d'un revers de main en disant d'un ton exaspéré :

« Ça fait un moment que je t'observe, Pope, et j' me dis que tu t'y connais en avions. J'éprouve un profond respect pour les hommes qui prennent ces engins-là au sérieux. Pas beaucoup qui le font ici. J'ai une proposition à te faire. Serais bien content si ça t'intéressait. »

Et il sortit de la poche de sa chemise l'avis qui avait été épinglé sur le tableau d'affichage. Comme on pouvait s'y attendre de sa part, il avait fauché l'avis dès qu'il en avait pris connaissance, selon le principe : « Je ne veux pas de concurrence! »

« La marine demande quelques pilotes expérimentés. Ça te dirait de jeter un coup d'œil à ma candidature? »

Parcourant le document que lui tendait Claggett, Pope lut quelque chose qui le cloua sur place :

« Randy, tu as vraiment obtenu ton diplôme de maîtrise à Purdue?

– C'est comme j' te le dis; lis la troisième ligne : « Premier sur soixante-sept en dernière année. »

– Pourquoi parles-tu cette espèce de jargon, ce tex-mex incompréhensible?

– Je travaille comme une bête, et ça me donne le droit de vivre comme je l'entends. Ça me plaît de parler texican. J'aime vivre à la dure.

– Avec un tel dossier, ils t'accepteront, c'est sûr.

– Je l'espère, et j'aimerais bien que tu poses ta candidature, toi aussi. Nous formerions une chouette équipe. »

Pope repoussa lentement de son index droit le formulaire en direction de Claggett.

« J'ai vu cet avis le matin même où il a été épinglé. Avant que tu ne le voles pour que les petits copains ne le voient pas. Cela fait des semaines que j'ai envoyé ma demande.

– Ah! mon salaud! J' suis convaincu qu'ils nous prendront tous les deux. On va se les bichonner, ces petits avions, on va aller de plus en plus haut, de plus en plus vite... » Il fit des bonds désordonnés autour de la table en agitant les bras. « Mon vieux Pope, on va les faire voler, ces beaux oiseaux, jusqu'à ce que les ailes leur en tombent. »

En 1952, quand le sénateur Norman Grant, représentant républicain du Fremont, se présenta de nouveau aux élections, son mentor politique, Tim Finnerty, lui dit :

« Monsieur, en vingt ans, Washington voit arriver près de deux douzaines de sénateurs nouveaux et un bon nombre d'entre eux ne s'acquittent que d'un seul mandat. Savez-vous pourquoi? Parce qu'ils ne soignent pas leur seconde campagne autant que la première. Mais si vous arrivez à passer le cap du second mandat vous pouvez très bien tenir six ans. Alors on ferait bien de s'y mettre. »

Finnerty ne tenait pas à mener cette seconde campagne sans l'aide de Penny Pope dont l'efficacité avait été décisive au cours de la première. Mais, comme le lui fit remarquer Grant :

« Cela pose un problème. Penny, sans doute, vote républicain mais elle travaille pour le sénateur Glancey qui est démocrate. Il pourrait prendre cela très mal.

– C'est très simple. Vous demandez à Glancey de vous prêter sa mascotte.

– Non, Tim. Je ne peux pas faire cela. Je ne veux rien devoir à Glancey; Dieu sait ce qu'il serait capable de me demander plus tard en échange de ce service.

– Voyez-vous un inconvénient à ce que ce soit moi qui le lui demande?

– Son aide est-elle si importante?

– Monsieur le sénateur, cette seconde élection est cruciale. Tout est important. Même la couleur de votre papier à lettres. D'ailleurs, je vous conseille de changer l'encre de votre en-tête; elle est bleue et les hommes dignes de confiance préfèrent le noir. »

Quand Finnerty présenta sa requête à Glancey, il fallut moins d'une minute au sénateur de Red River pour évaluer correctement la situation.

« Norman a besoin de la petite mais il ne veut pas venir me le demander personnellement pour ne pas être mon débiteur. Or, il se trouve que j'ai besoin du soutien d'un républicain pour mener à bien certains projets qui me tiennent au cœur concernant l'aviation et la défense. Je veux que Grant se sente une obligation envers moi. J'y tiens absolument. Il n'est donc pas question que je lâche Mme Pope si Grant ne vient pas me trouver en personne.

– Il ne le fera pas, dit Finnerty d'un ton sans réplique.

– Je saurai bien l'en convaincre, dit calmement Glancey. Et quand je lui aurai décrit les grandes lignes de mon projet, c'est lui-même qui demandera à être mon débiteur.

– Norman Grant n'est pas un homme que l'on manœuvre aussi facilement », l'avertit Finnerty.

Glancey changea brusquement de sujet, selon son habitude déconcertante. Il parlait de chasse au canard dans les marais des Ozarks et, l'instant d'après, d'un vote favorable à un nouveau bombardier de l'U.S. Air Force.

« Jusqu'à maintenant, monsieur Finnerty, nous ne nous sommes guère préoccupés de l'opinion de la jeune femme en question. Ne croyez-vous pas que nous devrions lui demander son avis? »

Il fit appeler Penny et, quand elle entra dans son bureau, il se leva poliment et l'invita à s'asseoir.

« Vous connaissez M. Finnerty, de l'agence du sénateur Grant, bien sûr. Et vous vous doutez de ce qui l'amène chez nous, je suppose?

– Le vote de Grant en faveur du bombardier?

– Pas du tout, madame Pope. Il vient vous demander votre aide pour l'élection à venir. »

Avec la franchise qui la caractérisait et par laquelle son mari et son patron n'étaient pas les seuls à être séduits, elle répondit :

« Mais il est républicain, et je travaille pour vous.

– C'est là tout le problème, dit Glancey.

– Bien sûr, j'ai des idées un peu plus libérales que mon mari.

– Suffisamment pour voter pour Adlai Stevenson ?

– Je n'irai peut-être pas jusque-là.

– Cela vous ferait-il plaisir que je vous laisse carte blanche pour aider le sénateur Grant ?

– Je vous en serais reconnaissante. Tim et moi formons une bonne équipe. »

Glancey se tourna vers Finnerty et dit :

« C'est très simple, vous voyez. J'ai trois bonnes raisons pour ne pas m'opposer à ce que ma mascotte travaille pour l'opposition. Je doute fort que notre candidat, Stevenson, soit élu président. Je suis certain que Grant peut gagner dans le Fremont. Et j'ai besoin de son appui pour réaliser mes grands projets.

– Alors vous êtes d'accord ?

– Pas du tout. Je veux que Grant vienne ici. Qu'il me demande cette faveur en personne. »

Mme Pope se rendit avec Finnerty dans le bureau de Grant et quand Penny revit cet homme de trente-huit ans, tiré à quatre épingles, à la courtoisie un peu désuète, natif de la même ville qu'elle, elle se dit qu'il méritait d'être réélu car il avait vraiment l'allure d'un sénateur.

« Le sénateur Glancey accepte de nous prêter Penny... commença Finnerty.

– A condition que je vienne le lui demander en personne ? » continua Grant. Quand son assistant fit signe qu'il avait deviné, Grant secoua la tête d'un air perplexe : « Le vieux renard ! Il veut faire un marché avec moi. » Il se tourna vers Mme Pope et lui demanda :

« Votre aide nous est-elle si nécessaire ?

– C'est grâce à nous que vous avez été élu la dernière fois.

– Vous ne croyez pas que vous vous surestimez? » dit Grant, un sourire amusé au coin des lèvres.

Penny se pencha vers lui.

« Il n'y a que deux sortes de sénateur. Ceux qui sont réélus et ceux qui ne le sont pas. Les premiers sont très précieux aux yeux de la nation. Les autres, ce n'est pas la peine d'en parler.

– J'ai bien l'intention d'être réélu.

– Même parmi les gagnants il y a deux catégories d'individus : ceux qui ressemblent au sénateur Glancey, qui sont prêts à se battre, à griffer et à mordre, et que personne ne peut empêcher de gagner; et puis il y a les hommes comme vous, tout aussi valables mais moins combatifs, qui doivent compter sur l'aide de leurs assistants. Vous avez besoin de Finnerty et de moi. Nous nous chargeons de griffer et de mordre à votre place. »

Norman Grant descendit donc deux étages pour se rendre dans le bureau de Michael Glancey où ce dernier lui parla franchement.

« Je doute que Stevenson puisse gagner car le pays désire ardemment un dirigeant militaire. Des décisions importantes devront être prises dans les années à venir et je préfère que ce soit vous qui représentiez le Fremont plutôt qu'un imbécile sur lequel je ne pourrais pas compter. Puisque les démocrates n'ont aucune chance de vous prendre votre siège, je serais ravi de voir Mme Pope vous aider à franchir les obstacles.

– Alors pourquoi avez-vous tenu à ce que je vienne vous le demander en personne?

– Parce que je veux que vous me promettiez de rester dans mes commissions pour l'aviation et la défense. Je serais fier de vous voir devenir un jour le leader de la minorité dans ces commissions, et vous le serez si vous êtes réélu cette fois-ci.

– Que prévoyez-vous pour l'avenir?

– Je ne sais pas exactement, Norman, mais je suis

sûr que les Russes ont plusieurs longueurs d'avance sur nous dans bien des domaines. Et si ce que je pense est vrai, il se pourrait bien que nous ayons de sérieux ennuis un de ces jours.

– Vous pensez que mon aide peut vous être utile?

– Elle est vitale. Vous savez ce qu'est la guerre. Vous savez ce qu'est une nation en danger. Nous le savons, vous, moi, Lyndon, Symington et quelques autres. En tant que républicain de tout premier plan, votre importance sera prépondérante. »

Grant était depuis suffisamment longtemps au Sénat pour comprendre les valeurs essentielles.

« Quels avantages, demanda-t-il, le Fremont en retirerait-il si je restais dans cette commission? J'avais plutôt l'intention de tenter ma chance dans l'agriculture.

– Essayez à tout prix d'obtenir l'agriculture, Norman. Les gens du Fremont seront ravis. Ils vous considéreront comme leur champion. Mais restez aussi avec moi, et si les développements que je prévois surviennent bien, il y aura une expansion industrielle très importante. Je vous protégerai.

– Je vous remercie de me prêter Mme Pope. C'est une femme extraordinaire.

– Je suis mieux placé que vous pour le savoir », dit Glancey.

C'est pour ces raisons complexes que Penny Pope passa l'été 1952 à organiser la campagne des sénatoriales dans l'Etat du Fremont comme jamais auparavant on ne l'avait organisée. Elle mit en application tout ce qu'elle avait appris lors de l'élection de Glancey en 1950 – ç'avait été un véritable raz de marée électoral – et avec quelques idées originales qu'elle ne devait qu'à elle, se rendit début octobre dans l'Alabama pour discuter avec Larry Penzoss, puis à Detroit où Gawain Butler était devenu directeur d'une petite école réservée aux Noirs.

Elle n'eut aucun mal à convaincre Penzoss qui, travaillant pour une firme de transports routiers, pouvait facilement s'absenter six semaines. Mais, avec Butler, les choses ne furent pas aussi simples. Son école était sur le point d'ouvrir et il fallait donc qu'il soit sur place pour la rentrée. De plus, il n'était pas convaincu que les sénateurs Grant et Glancey aient donné leurs voix pour le vote des lois en faveur des Noirs.

« Pourquoi me donnerais-je tant de mal pour aider des gens qui n'ont jamais rien fait pour moi ?

– Monsieur Butler, vous m'avez raconté vingt fois comment le sénateur Grant vous a aidé à grimper à bord du canot de sauvetage, aujourd'hui, il a besoin...

– Vous n'avez pas l'air de comprendre, mademoiselle Penny...

– Appelez-moi Penny tout simplement.

– Quand on quitte un canot de sauvetage, on doit continuer de grandir. Le sénateur Grant est resté exactement ce qu'il était le matin où l'on nous a recueillis. Ni meilleur ni pire. Moi, j'ai fait des études depuis. Un monde nouveau s'est ouvert à moi. Mon échelle de valeurs n'est plus la même, je n'admets plus la médiocrité dans le comportement d'autrui.

– Monsieur Butler...

– Je m'appelle Gawain. »

Elle hésita, puis se mit à rire franchement.

« C'est dingue comme nom pour un proviseur noir.

– Je suis bien d'accord avec vous.

– Gawain, si Penzoss, Finnerty et vous-même acceptez de monter sur la scène une fois de plus, l'élection de Norman Grant est dans la poche.

– Et qu'est-ce que ça va nous rapporter, à nous, les Noirs ?

– Vous aurez des amis haut placés. Moi aussi je

pourrais vous être utile, je travaille pour Glancey, vous savez.

– Il ne votera jamais pour des causes justes.

– Pourquoi croyez-vous qu'il me paie? Je le harcèle chaque fois que le Congrès siège. » Butler allait protester mais Penny ne le laissa pas parler : « J'ai du flair en ce qui concerne la politique, Gawain, et je pressens qu'il arrivera un moment où les voix de Glancey et de Grant seront d'une importance primordiale pour les vôtres... pour votre école... pour vous. Je n'arriverai peut-être pas à vous faire obtenir deux voix mais je suis absolument certaine de pouvoir vous en garantir une sur un projet de loi juste. Vous êtes assuré de l'appui de mes deux sénateurs. Ce sera à vous de vous débrouiller avec les quatre-vingt-quatorze autres. »

Penzoss passa quatre semaines dans le Fremont à se montrer en uniforme aux côtés de Tim Finnerty, les décorations bien astiquées, et à eux deux ils remportèrent un grand succès, mais, du lundi au jeudi, Penny les faisait se cantonner dans les petites villes. Pendant le week-end, Gawain Butler arrivait de Detroit avec sa prothèse et sa canne et elle exhibait les trois héros dans les grandes villes, organisant la couverture radio-télévisée de l'événement.

C'étaient de beaux jeunes gens – Finnerty avait vingt-sept ans, Penzoss, vingt-neuf. Butler, trente et un – et bien que Penzoss ait dû faire élargir son uniforme, ils faisaient encore illusion. Leur témoignage en faveur de Norman Grant remuait toujours autant les foules et, fin octobre, la réélection du sénateur semblait assurée, tout comme l'élection du général Eisenhower au niveau de l'Etat et très probablement de la nation.

Grant et Butler eurent une conversation sérieuse à Calhoun, la capitale régionale.

« J'ai l'impression que c'est gagné, dit le Noir.

– Comment marche votre école? »

Grant se refusait à prononcer un seul mot qui pût laisser croire qu'il avait bon espoir de gagner. Il commençait à avoir peur et ne se fiait pas aux sondages.

« Nous avons beaucoup de problèmes, sénateur.

– Même dans le Nord?

– Je ne parlais pas des Noirs. Je parlais de Detroit.

– Je suis désolé. J'ai parlé inconsidérément, Gawain. Dites-moi, êtes-vous bien vu, à Detroit, avez-vous des appuis? Pensez-vous décrocher une école plus importante un de ces jours?

– Je crains que Detroit n'ait à faire face à de graves problèmes.

– Je ne saisis pas très bien. Vous parlez de problèmes raciaux?

– Non! Je pensais aux problèmes économiques. Tout est en train de changer tellement vite. Comme les entreprises déménagent en banlieue, la ville ne touche plus les impôts sur les sociétés et il y a du chômage.

– On dit cela de toutes les grandes villes.

– Je sais, et c'est la vérité. Il faut que vous fassiez quelque chose.

– En quoi cela vous concerne-t-il?

– Je suis citoyen de Detroit. Mais je suis aussi un homme de race noire. Et quand quelque chose ne va pas dans une grande ville, les Noirs sont toujours plus durement touchés que les Blancs.

– Que voulez-vous de moi, Gawain?

– Il faudrait que vous donniez de temps en temps votre voix aux Noirs.

– Quelles sont vos revendications?

– De meilleures conditions de travail, le droit pour les Noirs d'adhérer à des syndicats, le relèvement du niveau de leur enseignement, des rénovations urbaines.

– C'est tout un programme.

– C'est pour cela que je suis venu vous apporter mon concours, sénateur Grant. Etant donné vos antécédents et votre personnalité, vous devriez être capable de traiter un éventail de questions aussi vaste. »

Les deux hommes restèrent silencieux. Butler avait dit tout ce qui lui tenait au cœur et n'avait rien à ajouter. Grant se disait que c'était peut-être la cinquantième demande qu'on lui faisait, d'une importance primordiale, et il ne se sentait plus capable de les classer. Mais il ne pouvait oublier qu'il avait deux dettes dont il ne pourrait être facilement quitte. C'était grâce au sénateur Glancey qu'il avait réussi à asseoir sa position au Sénat et, si Glancey avait besoin de son aide à lui pour ces histoires d'aviation, il la lui accorderait; quant à Gawain Butler, c'était un des meilleurs hommes qu'il ait connus, avec ou sans uniforme et, si l'ex-cuisinier avait l'impression que les Noirs des grandes villes avaient besoin d'aide, il s'attacherait certainement à étudier le bien-fondé de ses revendications.

« Je crois que vous avez réussi une fois de plus, sénateur Grant.

– Si l'avenir nous le confirme j'espère que vous viendrez me trouver.

– Je n'y manquerai pas, vous pouvez en être certain. »

Quand le professeur Mott reçut l'ordre de déplacer les Allemands d'El Paso dans le Texas, à Huntsville, dans l'Alabama, il y envoya la plupart d'entre eux en train. Dieter Kolff et sept autres familles ayant exprimé le désir de faire le voyage dans leurs vieilles voitures d'occasion, il fallut obtenir l'autorisation de former une caravane. Quand Mott vit avec quelle efficacité Kolff organisait cette expédition, il se sentit rassuré : l'armée américaine faisait une affaire avec ces hommes.

Dieter avait acheté une grosse voiture de tourisme, une Oldsmobile 1938, un modèle fabuleux avec de lourds barreaux chromés protégeant le radiateur et l'overdrive, permettant de passer une cinquième vitesse pour maintenir la vitesse de la voiture quand le moteur peinait en quatrième. Elle ne payait pas de mine quand Dieter l'avait achetée – elle avait douze ans et cent soixante-dix mille kilomètres – mais quand il eut fini de la réparer avec l'aide d'un autre mécanicien de génie nommé Unger qui fabriqua lui-même les pièces manquantes, elle était comme neuve.

Il devait y avoir neuf voitures dans le convoi, y compris la Chevrolet dans laquelle Mott, sa femme, leur fils Millard et le bébé Christopher comptaient faire le voyage, en tête de la caravane. Mais un dixième véhicule vint se joindre à eux la veille du départ : il s'agissait du lieutenant McEntee et de trois soldats du fort qui devraient accompagner les voyageurs en veillant à ce que les Allemands se rendent dans l'Alabama sans rien dire à la presse et sans faire du tourisme en chemin.

La présence des soldats était inutile car Dieter Kolff avait mis au point un programme qu'il avait fait ronéotyper et distribuer aux occupants des neuf voitures : le déroulement du voyage y était indiqué dans les moindres détails. « Nous passerons par Carlsbad, Dallas, Little Rock et Memphis. Les voitures seront numérotées de un à neuf et chacune gardera sa place tout au long du voyage. Tous les bagages seront numérotés voiture par voiture, et leur nombre sera vérifié matin et soir. De grands sacs en papier seront distribués pour les détritus; ainsi les voitures resteront impeccables. Lors de chaque arrêt, nous nous mettrons d'accord sur l'endroit où nous prendrons de l'essence et nous nous arrêterons tous à la même station-service. » La liste continuait, précise, interminable.

Le lieutenant McEntee avait ses propres ordres mais personne n'en tint compte car Kolff avait pensé à tout.

Le premier heurt entre l'armée américaine et les Allemands de Peenemünde se produisit à Carlsbad où le safari s'arrêta pour faire le plein.

« Puisque nous sommes là, dit Kolff comme si leur présence avait été fortuite, nous devrions en profiter pour voir les fameuses caravanes. »

Un des soldats rectifia :

« Vous voulez dire les *cavernes*. C'est impossible, vous n'avez pas le droit.

– Puisque nous sommes là, répéta Kolff, son petit corps fluet exprimant un entêtement farouche, pourquoi ne pas nous arrêter? »

Quand les Allemands atteignirent l'entrée de cette merveille de la nature, Mott s'aperçut que les guides les attendaient déjà avec des billets gratuits et des boissons rafraîchissantes. Kolff avait écrit quinze jours auparavant pour prévenir le conservateur de leur visite et l'avertir de l'heure exacte de leur arrivée.

Le lieutenant McEntee protesta de nouveau mais le fonctionnaire du gouvernement avait tiré Kolff de son Oldsmobile et distribuait déjà les prospectus aux occupants des autres voitures de sorte que la visite devenait inévitable. En étudiant l'itinéraire mis au point par Kolff, Mott s'était bien demandé pourquoi cette première étape était si courte. Il comprenait maintenant car les ingénieurs, excités comme des enfants, passèrent deux bonnes heures dans les grottes, soumettant les savants de Carlsbad à un feu de questions concernant en particulier les chauves-souris qui, pendant le jour, venaient s'y réfugier par milliers.

« Vous allez tout en bas, dit Kolff à son guide. Nous allons tout en haut.

– Vous volez?

– Non, nous... »

Avant que Kolff ait pu en dire davantage sur les recherches concernant les fusées, le lieutenant McEntee était intervenu pour le faire taire et Dieter fut bien obligé de se rabattre sur les chauves-souris.

« Elles volent la nuit. Tout comme nous. »

Le guide ne comprit pas où il voulait en venir mais quand, au cours de la visite, les Allemands eurent atteint l'étage inférieur où l'infiltration des eaux au cours des âges avait abouti à la formation d'une extraordinaire cathédrale souterraine, Kolff lui murmura à l'oreille :

« Des fusées. »

Et l'homme répondit : « Non, des stalactites. »

Le lieutenant McEntee, exaspéré par la supercherie de Kolff, convoqua les huit familles allemandes lors de la halte du soir et leur posa ses conditions :

« Plus question de s'arrêter ni de faire du tourisme. Il est impératif que nous arrivions à la base militaire de Huntsville en temps voulu. »

Tandis que la caravane faisait route vers l'Arkansas, Stanley Mott vit défiler devant ses yeux toutes les années qu'il avait passées auprès de ces Allemands et il dit à Rachel :

« Je me demande si, parmi toutes les migrations que ce pays a connues, il y en a eu où la puissance humaine fût plus évidente et concentrée en un si petit groupe d'hommes. »

Rachel trouva deux concurrents possibles :

« Peut-être les pèlerins du *Mayflower*. Peut-être les mormons faisant route vers l'Utah. Ils étaient puissants, eux aussi.

– Mais ces hommes, là devant nous, et ceux qui

sont dans le train, ils tiennent l'avenir entre leurs mains.

– Tu le crois vraiment?

– Absolument. Il y a six ans maintenant que je vis avec eux et je suis constamment ébloui par la vision si claire qu'ils ont des choses. »

Tout en conduisant, il lui fit partager les rêves de ces hommes remarquables, dans la mesure où il en avait pris connaissance :

« Tu sais, Ernst Stuhlinger, ce petit homme effacé, sur quoi crois-tu qu'il travaille? Il n'a ni laboratoire ni équipement; un crayon, une feuille de papier et son incroyable intelligence, c'est tout ce dont il a besoin. Et cela donne... un statoréacteur à ions.

– Qu'est-ce que c'est que ça?

– Nous nous imaginons que l'espace est vide. Qu'il n'y a pas de pesanteur, pas d'atmosphère. Mais il y a le vent solaire. Il ne souffle pas comme le vent terrestre. Ce sont des particules d'énergie libérées par le Soleil en permanence. Tant que le Soleil durera, il enverra ces particules dans l'espace. Stuhlinger pense qu'il pourrait construire une machine gigantesque, un peu comme une énorme bouche, qui parcourrait la haute atmosphère en avalant ces ions éparpillés, de la même manière qu'une baleine avale le plancton de la mer.

– Ces ions, peut-on les voir?

– Ils sont invisibles. C'est à peine s'il y en a, d'ailleurs. Mais, avec un statoréacteur à ions, on pourrait ramasser tous les ions qui se trouvent dans une section donnée de l'espace, les transformer en énergie et faire voler un engin dans l'atmosphère pendant plusieurs années grâce à cette énergie. »

Quand il se lançait dans de telles spéculations, Mott était toujours attristé de voir que son fils Millard ne s'intéressait pas à ce qu'il disait alors que Mme Mott, qui n'avait pourtant aucune formation scientifique, suivait tout à fait son raisonnement. C'était un enfant assez fermé, qui ne s'intéressait à rien et qui était déjà dégoûté de Huntsville avant même d'y être arrivé. Mott se demandait à quelle défaillance de sa part pouvait être attribué ce vide intellectuel. C'était peut-être la vie mouvementée de ses parents qui avait rendu leur fils aussi blasé. Et quand il voyait l'enthousiasme avec lequel les Allemands s'avançaient en territoire inconnu, il se disait qu'il devait manquer à Millard une des facultés humaines les plus précieuses, la faculté de s'émerveiller, ainsi que le privilège de pouvoir se projeter en imagination dans des dimensions inexplorées.

Hans Unger, celui qui avait aidé Kolff à remettre son Oldsmobile à neuf, réfléchissait à un nouveau système de guidage des fusées dont il estimait la construction vitale pour les Américains.

« Si nous ne le faisons pas, disait-il, en s'identifiant à sa nouvelle patrie, ce sont les Russes qui gagneront la course.

– La course elle-même est-elle si importante? » avait demandé Mott qui se souvenait du colloque qu'Unger avait organisé un soir dans les casernes d'El Paso : « Messieurs, le professeur Mott a posé une question pertinente. Est-ce important que les Russes aient de l'avance sur nous? »

Mott n'oublierait jamais l'intensité des réactions : von Braun, Stuhlinger, Kolff, Unger et tous les autres le noyèrent sous un flot d'arguments, cherchant à lui faire partager leurs convictions : il était certain que d'ici dix ou vingt ans une nation commanderait l'espace. Il fallait penser à tous les avantages militaires qu'elle en retirerait, à la faculté qu'elle aurait de prévoir le temps, d'installer dans l'espace des appareils susceptibles de renvoyer des ondes radio n'importe où sur Terre.

« Mais le résultat le plus significatif, avait insisté

von Braun, sera le développement de l'esprit d'exploration... dans tous les domaines. »

Mott avait demandé à brûle-pourpoint :

« Pensez-vous qu'avec les fusées que nous sommes en train de construire nous serions capables d'atteindre le cosmos?

– Demain, affirma von Braun d'un ton catégorique. Si nous étions libres.

– Et la Lune? Mars?

– Donnez-nous encore six ans, professeur Mott; nous sommes à la veille d'obtenir des résultats fantastiques. Les Russes aussi, ne l'oubliez pas. » Mott se souvenait avec un frisson rétrospectif de ce que von Braun avait dit ensuite : « Les Etats-Unis ont réussi à retrouver une centaine des savants de Peenemünde. Mais les Russes ont dû en capturer quatre cents. Pensez-vous vraiment que par un coup de hasard inouï vous n'ayez pris que les meilleurs d'entre nous? Les Russes n'auraient-ils pas aussi quelques cerveaux brillants à leur disposition?

– Mais ont-ils des génies? demanda Mott.

– Dans ce domaine, un génie n'est qu'un bon ingénieur. Moi, je suis un bon ingénieur. Kolff aussi. Libérez Kolff, et l'année prochaine à la même époque vous aurez un engin dans l'espace. »

C'était presque comme si cette caravane de voitures d'occasion savait qu'elle marchait vers un destin exceptionnel. Le sort d'une bonne partie de l'humanité était entre les mains de ces nomades géniaux; un jeune homme, assis au volant d'une Pontiac entièrement refaite, caressait le projet de lâcher dans l'espace, à partir d'un hypothétique vaisseau spatial, un immense filet en matière impalpable, infiniment plus mince que le nylon. Comme il l'expliqua à Mott :

« Vous comprenez, dans le cosmos, il n'y a ni vent ni pesanteur, rien qui puisse avoir une influence sur la matière. Alors les filaments que je lancerais du vaisseau seraient aussi rigides qu'une barre d'acier de vingt centimètres d'épaisseur.

– J'ai du mal à imaginer une chose pareille mais, de toute façon, quel en serait l'intérêt?

– Nous pourrions ainsi recueillir les radiations solaires et les transformer en électricité. Nous aurions enfin une source d'énergie permanente.

– C'est réalisable?

– Y travaillerais-je, autrement? » dit le jeune homme en se replongeant dans ses croquis.

Le projet le plus fou appartenait au conducteur de la vieille Oldsmobile; Dieter Kolff gardait toujours au fond du cœur la vision de l'A-10, cette immense fusée qui aurait dû sortir au tout début de 1945 et qui aurait été capable, en étant lancée de Peenemünde, de lâcher des tonnes de Trialen sur New York ou Washington. Maintenant que ces villes étaient devenues siennes de par sa nouvelle nationalité, il dirigeait ses fusées imaginaires vers d'autres objectifs : la Lune, Mars et Jupiter.

« On peut le faire, disait-il à qui voulait l'entendre. Nous sommes assez avancés pour le faire maintenant, et il est impératif que nous nous décidions. »

Il avait, à plusieurs reprises, exposé à Mott en allemand les étapes de cette réalisation, en espérant que Mott ferait part de sa conviction aux autorités militaires. Mais il ne s'était encore rien passé et il apportait avec lui en Alabama, non pas l'équipement nécessaire à la réalisation de ses projets ni même les plans de ses fusées, mais seulement la certitude que la première nation à dominer l'espace pourrait bien aussi dominer le monde.

On devait dire plus tard à Huntsville : une centaine de savants allemands arriva ici au mois d'avril à onze heures du matin, et le soir ils étaient plus de soixante à s'être inscrits à la bibliothèque municipale.

Ils furent logés temporairement dans l'ancien arsenal de Redstone qui avait tourné à plein pendant la guerre mais qui, depuis, était désaffecté; tout en s'opposant vigoureusement à l'implantation dans leur ville de ce qu'ils appelaient un groupe d'Allemands nazis, les habitants de Huntsville furent néanmoins ravis de voir que l'on s'occupait enfin de ranimer l'arsenal et d'insuffler une vie nouvelle à l'économie locale. Ces réactions conflictuelles leur valurent donc un accueil mitigé, les officiers municipaux de la vieille ville sudiste restant atterrés devant cette invasion tandis que les banquiers et les hommes d'affaires s'en réjouissaient plutôt. Il n'y eut toutefois aucun incident. Magnus Kolff fut envoyé à la maternelle comme tous les enfants de son âge et, quand il rentra chez lui à l'heure du déjeuner en annonçant d'un ton surexcité que l'on pouvait emprunter gratis des instruments de musique, sa mère lui dit : « Prends donc une trompette, cet après-midi si tu veux », et des sons discordants mais pleins d'ardeur résonnèrent bientôt dans tout l'arsenal.

Liesl Kolff passa trois jours à rendre viables ses nouveaux quartiers, puis elle disparut de la circulation. Elle passait le plus clair de son temps en ville, allant d'une adresse à l'autre à la recherche d'un logement décent pour elle et les siens : « Plus de camps, plus de tentes. Nous sommes des êtres humains maintenant. »

Les habitants de Huntsville étaient à même de comprendre ce désir et lui indiquèrent plusieurs maisons à louer, pas assez grandes ou trop chères. Au bout de deux semaines, Liesl avait réussi à installer six familles allemandes dans leur nouveau foyer tandis que les Kolff vivaient encore dans les casernes de l'arsenal.

Un jour enfin, alors qu'elle regardait vers le nord, elle tomba en arrêt devant les belles collines boisées de Monte Sano. « C'est la montagne de la Santé », lui expliqua une femme du coin. Liesl y dirigea ses pas, suivant un étroit sentier de montagne qui débouchait sur un vaste plateau d'où elle pouvait voir la ville nichée au pied de la colline et les installations militaires qui s'étendaient au-delà. Elle comprit alors ce qu'il lui restait à faire et, le lendemain, elle demanda à son mari de lui tailler une lourde canne dans la branche d'un jeune arbre puis, se servant de ce bâton pour écarter la végétation luxuriante, elle partit explorer le plateau jusqu'à ce qu'elle eût trouvé l'endroit idéal : c'était un terrain en pente qui pouvait devenir la réplique d'un paysage allemand avec son sol tapissé d'aiguilles de pin, sa falaise qui venait protéger le terrain par en dessous, une vue dégagée qui ravissait le cœur et, surtout, de grands et beaux arbres à l'ombre desquels il ferait bon se tenir.

Le lendemain, elle emmena Magnus avec elle sur la colline et, tandis que l'enfant s'exerçait à tirer des sons de son instrument, elle empila des pierres aux quatre coins de ce qu'elle estimait être une parcelle convenable. Le week-end suivant, elle monta avec Dieter et Magnus voir ce qu'elle appelait déjà « notre maison » et quand Dieter découvrit l'endroit qu'elle avait choisi, il fut conquis à son tour et se montra aussi empressé qu'elle à vouloir y construire une maison : « Après cinq ans passés au Nouveau-Mexique à faire des tirs d'essai j'ai faim d'arbres et de verdure. »

Mais comment se procurer l'argent nécessaire à l'achat du terrain – si toutefois celui-ci était à vendre – et à la construction d'une maison américaine qui devait être très coûteuse ? Dieter alla voir son conseiller, le professeur Mott, qui vivait lui-même en location.

« Comment arriverons-nous jamais à avoir assez d'argent pour nous acheter une maison, ou en faire construire une? Je parle au nom de tous les Allemands qui sont ici. Pouvez-vous nous aider? »

Mott lui expliqua qu'en Amérique on allait dans une banque demander au banquier de vous accorder un prêt mais qu'il était impossible de s'en faire accorder un si on n'avait pas, au départ, une petite somme rondelette de plusieurs milliers de dollars.

« Pourrions-nous voir le banquier, on ne sait jamais? » demanda Dieter.

Mott prit rendez-vous avec M. Erskine, le descendant d'une bonne famille sudiste, qui écouta attentivement la demande de Dieter et lui dit d'un ton fort cordial :

« Monsieur Kolff, Huntville est ravie de vous accueillir. Il se pourrait bien que votre présence soit, sur le plan économique, une bénédiction pour la ville et nous tenons à vous aider dans la mesure de nos moyens. Mais il nous est impossible de vous accorder un prêt si vous ne pouvez nous verser un acompte à titre de garantie. »

Kolff comprit que c'était sans appel, mais Mott demanda à Erskine s'il pouvait lui parler seul à seul.

« Je vous jure que je n'ai pas touché un seul mot de cela à Kolff mais pourriez-vous me faire la grâce de m'accompagner à l'arsenal pour voir de quelle sorte de gens il s'agit?

– Je le ferai avec plaisir. Je vous assure, Mott, cela me rend malade d'être obligé de refuser des prêts à tous ces Allemands qui me semblent dignes de confiance...

– Venez vous rendre compte par vous-même. »

Dieter s'assit donc à l'arrière et Mott conduisit le banquier à l'arsenal où il put admirer la propreté de l'appartement des Kolff, la trompette bien en évidence sur le bahut et le soin extrême avec lequel tout était tenu; mais il fut encore davantage impressionné par la vieille Oldsmobile qui était garée devant les casernes. Elle était dans un état impeccable, lavée et astiquée, avec des pneus qui semblaient sortir de l'usine tellement ils étaient propres. Une famille capable de remettre à neuf une voiture pareille et de s'en occuper avec une affection aussi évidente ne pouvait manquer de payer des remboursements.

« Ce que nous pouvons faire, dit Erskine quand il fut de retour dans son bureau, c'est vous accorder un prêt – je veux bien le faire pour tous les Allemands de la base – en prenant comme dépôt de garantie la plus petite somme que nous ayons jamais acceptée. Quelle est la somme dont vous voudriez disposer, M. Kolff, pour le terrain et la maison, cela s'entend?

– Si nous pouvons avoir le terrain...

– Où est-il situé?

– Je préfère ne pas vous le dire avant d'avoir l'argent.

– Vous êtes un homme avisé. Combien alors?

– Pour le terrain, disons quinze cents. Pour la maison, peut-être cinq mille.

– Cela fait six mille cinq cents dollars – et sans garantie aucune? C'est beaucoup, professeur. » Il s'interrompit pour demander : « Et vous, Mott, vous comptez acheter?

– Mon avenir est incertain. Je ne suis pas militaire, vous savez. Non, je reste locataire. »

Le banquier demanda à Kolff de bien vouloir le laisser seul avec Mott et, quand l'ingénieur fut sorti, il dit :

« Ce sont des gens comme eux que nous voudrions voir faire partie de notre communauté. Savez-vous combien de temps ils doivent rester?

– Je pense qu'il s'agit d'une affectation durable. Le gouvernement l'ignore encore mais les expériences nous prouvent...

– L'armée est-elle d'accord?

– L'armée tâtonne encore. Mais elle sait qu'elle ne peut plus faire marche arrière.

– Je ne peux que vous répéter ce que j'ai déjà dit à Kolff – et vous pouvez le dire de ma part à tous les Allemands. Je veux bien leur accorder des prêts à des intérêts ridiculement bas et avec un dépôt de garantie minime. Si votre Kolff peut me donner... disons, deux mille dollars...

– Il ne le peut pas. C'est impossible.

– Il a bien une voiture.

– Il l'a payée quarante dollars. Et vous avez vu ce qu'il en a fait. »

Erskine s'appuya contre le dossier de son fauteuil et tambourina des doigts sur son bureau.

« Nous avons tendance à oublier dans l'Alabama qu'il y a encore des immigrants qui débarquent sur nos côtes. Avec rien. Une femme, deux enfants, et rien d'autre. C'est ahurissant. Pourquoi ne pas réunir tous les Allemands qui désirent devenir propriétaires? Voyez de quelle somme ils disposent et revenez me voir. Nous arriverons peut-être à trouver une solution. »

Mais quand les hommes de Peenemünde firent le compte de leurs maigres ressources, Mott se rendit compte qu'ils n'avaient pratiquement pas d'économies et que leur salaire mensuel était dépensé d'avance en nourriture et en ameublement.

La solution vint d'une source surprenante. Le général Funkhauser, âgé maintenant de cinquante-quatre ans et toujours assez bel homme avec ses cheveux grisonnants et un superbe costume gris en laine peignée, arriva un beau jour à Huntsville pour régler avec l'armée une histoire de contrats obtenus par Allied Aviation sur l'utilisation des fusées : quand il apprit les difficultés financières des savants allemands, il dit sans hésiter :

« Je vous prête quinze mille dollars et Alllied

vous cautionnera pour une somme équivalente, remboursable sur les salaires que vous toucherez sur nos projets. »

Quand Mott fut mis au courant, il demanda à Funkhauser d'interrompre sa réunion à Redstone et de se rendre à la banque pour assurer à M. Erskine que les fonds nécessaires seraient disponibles; le banquier fut tellement charmé par la personnalité du général – Funkhauser était passé maître dans l'art de la séduction depuis qu'il vivait en Californie – qu'ils conclurent un accord au terme duquel les trente mille dollars, moitié sous forme de disponibilités, moitié sous forme de garanties, pourraient être utilisés à titre de capital tournant dont les Allemands se serviraient comme nantissement pour devenir propriétaires de leurs maisons.

Le premier prêt alla à Dieter Kolff et, dix minutes après la signature du contrat, un agent immobilier était déjà en train de gravir la colline en compagnie de Liesl; il nota soigneusement l'emplacement des pierres délimitant la superficie de la parcelle que les Kolff désiraient acheter. En l'espace de deux semaines, plusieurs familles allemandes avaient elles aussi acheté des parcelles de terrain mitoyennes et l'on vit se former une des colonies les plus sympathiques du nord de l'Alabama, caractérisée par des maisons solidement construites, des jardins boisés et des sentiers bordés de massifs fleuris.

Ce qui était frappant à Monte Sano, c'était la musique, les enfants profitaient au maximum des instruments mis à leur disposition par l'école et, au bout d'un certain temps, l'orchestre de Huntsville, qui avait plutôt l'habitude de jouer des airs de John Philip Sousa et des marches militaires, proposa du Mozart et du Beethoven.

A l'arsenal, les choses n'allaient pas très bien pour les savants allemands; ils étaient maintenant prisonniers de l'armée de terre et devaient limiter leurs efforts à fabriquer les fusées que l'armée entendait utiliser seule pour son propre usage – Corporal, Sergeant, Redstone; ils n'étaient pas autorisés à participer aux recherches passionnantes de la marine, avec son programme Viking, ou de l'armée de l'air récemment modernisée qui développait ses propres missiles tels que le Bomarc et le Matador. Dieter avait l'impression que l'Amérique se montrait trop prodigue (elle gaspillait les talents dont elle disposait), trop têtue (elle permettait aux différents organismes gouvernementaux de s'opposer impunément les uns aux autres), et surtout trop paresseuse dans la course qu'elle essayait de mener contre les Russes.

« Je ne comprends pas comment ils arrivent à faire quelque chose dans ce pays, dit-il à sa femme tandis qu'ils travaillaient à l'aménagement de leur maison sur le Monte Sano. Si on mettait von Braun à la tête de tout cela, on aurait des fusées en moins de six mois.

– C'est quand même l'Amérique qui a gagné la guerre, non? dit Liesl.

– Ça aussi, c'est un mystère », dit Dieter; il était toutefois reconnaissant à l'Amérique de l'avoir recueilli et, contrairement à certains de ses collègues, n'avait jamais envisagé de retourner en Allemagne. Il était particulièrement satisfait de la facilité avec laquelle le petit Magnus s'intégrait au mode de vie américain et tirait une grande fierté de ses excellents résultats scolaires.

Un soir, Wernher von Braun vint dîner à Monte Sano et, prenant Magnus sur ses genoux, posa à l'enfant de nombreuses questions concernant les mathématiques et la géographie; les Kolff furent très fiers des réponses de leur fils.

Une fois l'enfant couché, von Braun leur avoua ses craintes; son visage large et habituellement placide trahissait sa désapprobation devant le programme militaire auquel il était inextricablement mêlé.

« Les généraux américains sont comme les généraux allemands. Si notre équipe se permet des applications purement scientifiques, ils se mettent à crier au scandale et nous accusent de déloyauté. » Il se mit à rire. « Souvenez-vous : le général Funkhauser voulait nous faire fusiller parce que nous pensions trop à l'espace! A Huntsville, on ne vous fusille pas. On fait pire. On vous coupe les crédits. »

En revanche, si les Allemands acceptaient de ne s'occuper que des projets militaires, on leur accordait une liberté exceptionnelle et toute latitude dans leurs recherches. Cette mansuétude tenait en partie au fait que les généraux, lorsqu'ils se présentaient devant le Congrès avec leurs demandes de crédits, ne pouvaient divulguer qu'une partie de leurs projets; pour les commissions budgétaires, ils n'étaient qu'un énième groupe de militaires américains trop gourmands et répétant toujours la même chanson. Mais, s'ils pouvaient déléguer des hommes comme von Braun, le général Funkhauser ou des experts comme Dieter Kolff qui, tous, s'exprimaient avec un fort accent allemand mettant en valeur le contenu scientifique de leur discours, ils avaient davantage de chances de se faire écouter et d'obtenir des crédits.

Von Braun passait le plus clair de son temps loin de Huntsville : soit à Washington, en tant que porte-parole de l'armée auprès du Congrès, soit à Chicago pour assister à des réunions scientifiques, soit dans une des petites villes du Tennessee pour exposer aux hommes d'affaires du coin la signification de la nouvelle science dont il était l'apôtre. Il s'y entendait à merveille pour rencontrer les électeurs américains sur leur propre terrain et les amener par la douceur, en plaisantant un peu, sur son terrain à lui. Il savait jouer de son accent allemand et Dieter l'entendit un jour dire à un groupe de représentants de l'Assemblée :

« Quand j'ai pris l'avion ce matin pour venir vous parler, ma femme m'a demandé : " Wernher, as-tu bien préparé ton discours? " et je lui ai répondu : " Je le sais sur le bout des doigts ", et d'ailleurs, s'il y a des sourds parmi vous, ils me comprendront très bien. »

Fort de ses tristes expériences avec Hitler et les généraux de la Wehrmacht, von Braun n'ignorait pas l'impact que pouvait avoir sur des non-initiés la manipulation de modèles réduits; il emmenait donc Kolff avec lui chaque fois qu'il voulait impressionner tout particulièrement son auditoire : quand il se trouvait devant le président Eisenhower ou la commission du sénateur Glancey, par exemple. « Voici mon meilleur assistant, Dieter Kolff; il va vous montrer les quatre pièces qui, une fois assemblées, constitueront la fusée Saturne. » Et Kolff démontait alors la petite maquette soigneusement exécutée et laissait les curieux manipuler les différentes parties; puis il reconstituait l'engin miniature comme un enfant un jouet. Von Braun ne lui demandait jamais d'expliquer ce qu'il faisait car son anglais était encore trop hésitant; von Braun se chargeait lui-même d'exposer la fonction des pièces principales, et c'était en grande partie grâce à lui que Huntsville continuait de recevoir les crédits nécessaires à la recherche fondamentale.

Mais Kolff et lui ne comprendraient jamais les règles étranges auxquelles obéissait le système américain : l'armée de terre se méfiait de la marine et l'armée de l'air s'opposait à ces deux forces sous prétexte que l'espace appartenait à ceux qui y évoluaient.

« S'ils se donnaient la peine d'examiner les causes de l'échec allemand, dit un soir von Braun à Kolff, Stuhlinger et Funkhauser – qui était de passage – venus disputer chez lui de l'avenir de la recherche, ils comprendraient ce qui se passe quand on permet aux généraux de laisser libre cours à leurs antagonismes et de prendre des décisions scientifiques dans le seul but de servir leurs propres intérêts. » Il leur rappela les disputes sans fin de Peenemünde quand l'aviation allemande avait occupé le nord de l'île pour y construire un avion téléguidé qui s'était avéré très efficace dans le bombardement de vastes territoires, tandis que le groupe de von Braun s'attachait à concurrencer les forces aériennes dans tout le reste de l'île avec ses fusées.

« Je défends le système américain, dit Funkhauser. La concurrence, cela peut être constructif.

– Mais c'est un tel gaspillage, se lamenta von Braun.

– Plus que vous ne pouvez l'imaginer, admit Funkhauser. Parce que, à mon avis, c'est encore l'industrie privée qui arrive aux meilleurs résultats. Je me dis parfois qu'Allied Aviation dépasse de loin les forces armées. »

Les quatre experts discutèrent, en allemand, longuement cette affirmation, et quand Funkhauser leur dit ce qu'il avait vu dans les magasins d'équipement aéronautique du Texas et de Californie, ils en restèrent bouche bée.

« Nous allons continuer notre petit bonhomme de chemin, les uns et les autres, prédit Funkhauser, jusqu'à ce qu'il se passe quelque chose. Boum! Alors, nous serons bien obligés de nous secouer. En six semaines, l'armée de terre, la marine, l'armée de l'air... l'industrie privée – nous nous fondrons en un seul organisme.

– Et s'il ne se passe rien? demanda Kolff.

– Il se passera forcément quelque chose », dit von Braun.

Ce fut un grand jour pour les Allemands celui où, aidés des experts de l'armée de terre, ils réussirent à mettre au point une série de fusées dotées d'une puissance énorme et surmontées d'une unité compacte d'instruments scientifiques destinés à renvoyer sur terre des renseignements concernant la haute atmosphère. Cet appareillage sophistiqué ressemblait de fort près à ce que Kolff avait toujours rêvé de réaliser et, un soir, il montra à von Braun une feuille couverte de calculs :

« En ajoutant ceci, et encore ceci, et en donnant un tout petit peu plus de puissance à la fusée, nous pourrions faire sortir ce petit bazar scientifique de l'atmosphère pour le mettre en orbite.

– Ne dites pas ça! aboya von Braun. Pas là où on peut vous entendre, en tout cas. »

Mais, à Huntsville, quelqu'un était au courant; ce n'était peut-être pas cette conversation-là qui avait été surprise : d'autres savants s'étaient, eux aussi, mis à rêver aux possibilités que laissait entrevoir la puissance des nouvelles fusées et, la veille du tir d'essai, des consignes formelles arrivèrent du ministère de la Défense à Washington, signées du ministre lui-même :

> Il est essentiel que, lors du tir d'essai, toutes les précautions soient prises pour qu'aucune partie de la fusée ou de sa charge utile ne s'échappe dans le cosmos. Les conséquences internationales d'un tel incident seraient dramatiques. La responsabilité de tous les membres de l'équipe est engagée.

Les Américains en étaient au stade où ils pouvaient lancer dans l'espace un engin tournant autour de la terre à une altitude d'environ cent quatre-vingts kilomètres et qui poursuivrait sa révolution pendant des années, à l'abri des perturbations atmosphériques, des atteintes de la rouille et de l'épuisement de ses ressources énergétiques; et voilà que ce projet était étouffé avant même d'avoir vu le jour.

Les Allemands ne se découragèrent pas. Sans se démonter, et avec une compétence extraordinaire, ils s'attachèrent à résoudre les problèmes quasi insurmontables liés au lancement, non d'un petit appareil pesant à peine deux kilos, mais d'un gigantesque engin spatial pesant près de vingt-cinq tonnes. Les ordres de Washington ne pouvaient rien contre l'intérêt ardent d'hommes comme Kolff.

Parfois, très rarement il est vrai, ils étaient bien obligés d'admettre que la concurrence était sévère; l'équipe de Peenemünde accomplissait des miracles à Huntsville, certes, mais dans d'autres bases du pays, il y avait des savants américains qui, sans aucune aide des Allemands, parvenaient à des résultats semblables. « Je doute fort que leurs fusées arrivent jamais à décoller », prédisaient certains Allemands. Mais Kolff, après avoir écouté attentivement ce que le général Funkhauser lui avait dit concernant l'industrie américaine, était certain qu'avec ou sans l'aide des Allemands, l'Amérique résoudrait un jour le problème des fusées.

Quand toutes les fusées américaines se heurtèrent l'une après l'autre à des échecs cuisants, il remarqua que les autorités revenaient toujours dans l'Alabama pour consulter von Braun, et il comprit que ce chef qu'il avait toujours tant admiré était enfin devenu un rouage essentiel de l'effort américain. Et comme lui-même était l'assistant de génie de von Braun, il devenait à son tour un personnage essentiel.

C'est pourquoi, quand il avait fini son travail dans les laboratoires de Redstone où il s'attachait à faire avancer, centimètre par centimètre, son grand projet de fusée monumentale, il retrouvait avec un profond sentiment de satisfaction Monte Sano et sa petite communauté allemande si bien organisée. Sa femme avait maintenant un foyer, autre chose que la ferme familiale de Poméranie où bêtes et gens cohabitaient, et son fils occupait une position prééminente dans l'orchestre de l'école dont il était à la fois le plus jeune membre et le meilleur trompette.

Un soir, pourtant, il gravit la colline porteur d'une terrible nouvelle. Il réunit les gens de Peenemünde pour leur annoncer :

« Le professeur Mott a été viré. »

L'armée de terre n'avait plus besoin des services du jeune ingénieur qui avait parcouru l'Europe entière pour les retrouver, qui les avait pris sous sa garde dans le petit village près de Munich et qui, enfin, à El Paso, avait fait d'eux des citoyens américains. Une délégation d'Allemands de Monte Sano se forma immédiatement et se rendit à Huntsville, chez les Mott; ils trouvèrent Stanley et Rachel dans leur salon à l'ameublement austère, tristement assis sur le canapé faisant face aux reproductions de Mondrian achetées à El Paso.

« Nous allons nous mettre en grève! » s'écria Kolff, et cinq hommes qui avaient réussi à apprendre l'anglais parce que Rachel leur avait consacré tant d'heures de sa vie hochèrent la tête.

« Ne soyez pas ridicule, l'interrompit Mott. Je n'ai jamais fait partie de l'armée. Ils n'ont fait que m'employer en tant que civil. Et aujourd'hui, mon contrat expire.

– Mais vous nous avez sauvé la vie, s'exclama Liesl Kolff.

– Et nous nous battrons pour que vous restiez », jura son mari.

Leurs protestations d'amitié étaient sincères. Ces Allemands étaient conscients de leur valeur et ils savaient qu'ils n'avaient pu se rendre indispensables aux Américains que parce que Mott les avait soutenus et défendus. Il les avait trouvés, leur avait sauvé la vie et les avait remis aux laboratoires du Nouveau Monde. Maintenant, c'était à eux de le défendre.

Même Wernher von Braun alla plaider sa cause devant les responsables de l'armée de terre mais ces derniers lui répondirent que Mott n'était qu'un des innombrables civils qu'ils employaient, que son travail était terminé et qu'il devait partir. Les appels frénétiques lancés aux universités et autres institutions savantes prouvèrent simplement que la formidable explosion scientifique qui allait secouer l'Amérique n'avait pas encore commencé. « Nous n'arrivons même pas à trouver un emploi pour nos propres étudiants qui ont déjà un troisième cycle, répondit un doyen de faculté. Nous ne pouvons leur proposer que des postes d'enseignement dans le secondaire. » Mott, avec sa seule maîtrise, n'était pas en position de force.

A sa grande surprise, Rachel prenait son renvoi avec une philosophie étonnante.

« Tu te souviens de ce que nous a dit le vieux général quand il fut mis à la retraite : « En temps « de guerre on monte en grade, en temps de paix « on se fait rétrograder. »

Elle assura Stanley que s'il fallait se contenter d'un poste dans le secondaire, où que ce fût, elle et les enfants sauraient s'y adapter, et sans savoir au juste quelle serait leur prochaine destination, elle se mit à faire les bagages.

Ce fut Dieter Kolff qui les sauva, ou plutôt sa femme, car Liesl ne cessait de harceler son mari :

« Tu ne peux pas abandonner ces gens... ils nous ont sauvé la vie... Dieu sait combien de fois... » Elle s'interrompait, incapable de finir ses phrases, bouleversée par l'émotion, et restait plantée devant lui, les coudes écartés du corps dans une attitude agressive, les mains fermement posées sur des hanches qui devenaient d'année en année plus larges; puis elle retrouvait la parole pour lui demander ce qu'il comptait faire.

Et voilà ce qu'il fit; il se rendit à la base et téléphona au général Funkhauser, d'Allied Aviation.

« Général, le bon jeune homme qui nous a sauvé la vie à tous les deux, eh bien, on l'a viré. »

Quand Funkhauser eut fait le rapprochement entre Mott et le « bon jeune homme », il explosa littéralement, sa voix puissante vibrant dans le téléphone; trois jours plus tard, il faisait une arrivée sensationnelle à Huntsville, à bord du quadrimoteur de la compagnie. Il se précipita aussitôt dans le bureau de Kolff où les Mott l'attendaient.

« Je n'ai pas de poste à vous proposer chez Allied en ce moment précis, dit-il en faisant les cent pas dans la pièce. Mais si jamais nous en avions un de vacant... J'ai pensé que vous aimeriez savoir à quel prix nous estimons un ingénieur tel que vous. Quel serait votre salaire, à votre avis? Dites-moi un chiffre. »

Mott se sentait trop humilié pour jouer à ce genre de jeu et il cita exprès un chiffre exorbitant, invraisemblable :

« Quinze mille?

– Dix-huit, s'exclama Funkhauser, retombant dans sa langue natale. Et je peux vous dire ceci, jeune homme. Il va bientôt y avoir un réveil scientifique dans ce pays – l'aviation... la puissance atomique... l'espace. Des choses dont nous n'avons aujourd'hui encore aucune idée. Et alors, on fera grand cas de gens comme vous. »

Il se laissa tomber dans un fauteuil, serra les accoudoirs et dévisagea Mott comme un cheval dans une foire.

« Vous êtes une marchandise. Que pouvons-nous faire maintenant d'une telle marchandise? »

Il se leva d'un bond, pointa un index accusateur vers Kolff et s'écria, de nouveau en allemand.

« Imbécile, pourquoi n'y avez-vous pas pensé?

– A quoi?

– Les gens de Hampton, en Virginie! Ils sont toujours à l'affût d'hommes comme Mott. » Il prit Mott par le bras en disant : « Vous valez très cher, jeune homme, et nous allons vous le prouver. » Il s'empara du téléphone et arrangea une entrevue pour l'après-midi même; puis il dit à Dieter : « Vous venez avec nous. »

Dans l'avion qui les emmenait en Virginie, les deux Allemands rappelèrent brièvement à Mott quel était ce groupe de gens exceptionnels qu'il allait rencontrer :

« La N.A.C.A. – National Advisory Committee on Aviation – n'a pas son pareil en Amérique. Il s'agit d'une commission de douze experts de tout premier plan qui siègent bénévolement. Ils s'occupent de recruter les huit mille ingénieurs et théoriciens les plus doués chargés de faire avancer la recherche aéronautique – qu'il s'agisse de moteurs d'avions, de conception de modèles, de l'aménagement des aéroports ou de l'invention de métaux et de combustibles nouveaux. Si l'Amérique occupe aujourd'hui la première place dans l'aviation mondiale, c'est bien grâce à la N.A.C.A.

– Je ne sais pas s'ils voudront de moi, dit Mott. Je n'ai pas fait des études approfondies en aéronautique.

– Vous êtes l'homme qu'il leur faut, Stanley, lui

assura Dieter en lui tapotant le genou. D'après ce que j'ai compris, la N.A.C.A. ne recherche pas uniquement des spécialistes. Elle embauche les meilleurs ingénieurs qui se trouvent sur le marché et leur laisse à peu près carte blanche. Votre formation générale et vos antécédents sont plus importants à leurs yeux qu'une quelconque spécialisation. »

Funkhauser confirma les assurances de son ami par une considération supplémentaire :

« Nous entrons dans l'ère de l'espace, Stanley. Nous avons besoin d'hommes capables d'envisager l'avenir d'une façon audacieuse. Des Américains qui soient l'équivalent d'Oberth en Allemagne et de Tsiolkovsky en Russie. Vous avez entendu parler d'eux?

– Oui.

– Bien. Vous avez quelques longueurs d'avance sur les autres. »

Il adressa à Kolff un clin d'œil complice.

« La N.A.C.A. ne sait pas encore qu'elle a besoin de ce jeune homme, Dieter, mais nous, nous le savons. »

Le premier contact de Mott avec la N.A.C.A. fut désarmant : un groupe de bâtiments qui ne payaient pas de mine, non loin du fleuve James, un jury de quatre spécialistes chevronnés, une série de questions pertinentes.

« Vous nous êtes chaudement recommandé, dit le porte-parole du groupe. C'est vraiment vous qui avez sauvé les documents de Peenemünde?

– Absolument, dit Funkhauser. J'ai parcouru l'Allemagne à sa recherche, et lui en faisant autant pour me trouver.

– A quels domaines vous êtes-vous intéressé au cours de vos études?

– A la mécanique, aux matériaux et aux structures.

– C'est parfait. » Le porte-parole entreprit de lui expliquer la philosophie de la N.A.C.A., philosophie qui avait permis à cette agence de s'attribuer le mérite de plus de la moitié des découvertes qui avaient contribué à rendre le vol possible, rentable et sans danger : « Nous aimons employer des ingénieurs qui ont une expérience étendue dans tous les domaines. Qui savent ce que c'est qu'un vecteur, une règle à calcul. Nous les faisons travailler sur tous les types de problèmes possibles et imaginables jusqu'à ce qu'ils aient saisi toute la complexité de la question, et nous espérons qu'ils pourront alors appliquer ce qu'ils savent à ce que nous ignorons encore.

– Cela me plairait bien.

– Quand pouvez-vous commencer?

– Demain, dit le général Funkhauser.

– Alors il y a une place pour vous, dès demain, dit l'homme de la N.A.C.A.

– C'est fabuleux, mais il faut tout de même que je termine ce que j'ai commencé à Huntsville.

– Pourquoi? Ils vous ont foutu à la porte, non?

– Je ne peux pas partir comme ça. »

Les hommes de la N.A.C.A. hochèrent la tête d'un air presque approbateur; si cet homme restait fidèle à ceux qui l'avaient viré, il le serait certainement à ses nouveaux employeurs.

« C'est entendu, dit le président de la commission. Vous commencerez à travailler pour nous dès que vous le pourrez. A propos, où avez-vous fait vos études?

– J'ai fait ma licence à Georgia Tech et ma maîtrise à l'université d'Etat de Louisiane. »

Le président se leva dans un geste spontané et plein d'enthousiasme et serra vigoureusement la main de Mott.

« C'est une combinaison spectaculaire. Nous avons sept super-cerveaux à la N.A.C.A. Trois d'entre eux viennent de l'université d'Etat de Louisiane, deux de Purdue et deux de Georgia Tech. » Il raccompagna Mott jusqu'à la porte et ajouta : « Ne vous contentez pas de travailler pour nous, devenez vous aussi un de nos super-cerveaux. »

Mott resta cloué sur place et sa gorge se serra d'émotion; se ressaisissant, il demanda :

« Pourrais-je téléphoner à ma femme? » Les hommes de la N.A.C.A. l'entendirent s'exclamer :

« C'est plus extraordinaire que tout ce que tu aurais pu imaginer, ma chérie. Nous avons droit à la voie express. » Elle dut lui poser une question sur les perspectives de son nouveau travail car il répondit : « Illimitées », puis raccrocha.

Quand Mott se présenta à la N.A.C.A., il fut affecté au secteur expérimental de Langley qui avait apporté les contributions les plus décisives à la nation, la gigantesque soufflerie où les modèles des meilleurs avions du monde étaient testés et améliorés. C'était un grand bâtiment blanc, composé de deux blocs juxtaposés qui avaient une forme surprenante : « On dirait un beignet monstrueux, recouvert de sucre glace, qu'on aurait écrasé latéralement jusqu'à faire disparaître presque complètement l'orifice cental. »

L'homme qui parlait ainsi était Harry Crampton, un ingénieur aux cheveux blancs qui avait travaillé trente et un ans dans les souffleries de Langley moins importantes et qui, maintenant, supervisait le travail à l'intérieur du mastodonte.

« Nous l'appelons la Quarante-Huit, dit-il en montrant à Mott un diagramme de la fabuleuse installation qui avait coûté plusieurs millions de dollars, parce que ici, où le vent atteint sa vitesse maximale, plus de Mach 1, le diamètre est de quarante-huit mètres. C'est énorme. On peut placer le modèle au centre et il ne sera pas touché par les turbulences qui se forment le long des murs. »

Il conduisit Mott à l'intérieur de la soufflerie, immense caverne aux murs extrêmement épais et parfaitement lisses. Sa forme de beignet écrasé faisait qu'elle avait deux couloirs rectilignes assez longs, quatre angles droits et deux courts tronçons transversaux.

« Un O majuscule très étroit serait peut-être une description plus appropriée », dit Crampton; c'est alors que Mott, dans son empressement à se montrer coopératif, fit sa première bévue :

« Il y a un savant qui a fait du bon boulot ici. »

Crampton s'arrêta net, raide d'indignation, et sa voix résonna dans le tunnel faiblement éclairé :

« Les savants se contentent de rêver à des projets. Ce sont les ingénieurs qui les exécutent. Cette soufflerie a été conçue par des ingénieurs, construite par des ingénieurs, et ce sont des ingénieurs qui y travaillent. Vous êtes un ingénieur, jeune homme, et vous devriez en être fier.

– Excusez-moi, dit Mott.

– Vous croyez que si un ingénieur est vraiment doué, il se transforme en savant. En fait, c'est l'inverse : si vous vous destinez à devenir ingénieur mais que vous êtes maladroit de vos mains, vous devenez un savant. »

Il fit faire à Mott une visite en règle de sa soufflerie, dans le sens inverse des aiguilles d'une montre en partant de l'endroit où le tunnel se rétrécissait. Dans le premier tournant à angle droit était fixé un axe d'où sortaient vingt-cinq gigantesques pales d'hélice en bois si merveilleusement façonnées que les parois n'étaient qu'à trois millimètres de leur extrémité. Quand elles tournaient à leur vitesse phénoménale, elles provoquaient un puissant courant d'air qui, quelques mètres plus loin, était repris par une deuxième série de pales; la masse d'air en mouvement s'accélérait alors et se propulsait dans le couloir à une vitesse de plus de sept cent cinquante kilomètres à l'heure.

« Vingt-cinq pales dans la première hélice et vingt-six dans la seconde, dit Crampton. Pourquoi?

– Pour éviter le phénomène de résonance », répondit Mott du tac au tac et le vieil ingénieur sourit : en effet, si les hélices avaient été identiques elles auraient fini – étant donné la vitesse à laquelle elles tournaient – par se trouver en harmonie l'une avec l'autre, et cela aurait provoqué une vibration telle que l'installation n'y aurait pas résisté. Avec un rapport de vingt-cinq à vingt-six, cette résonance harmonique pouvait être évitée.

Les pales de l'hélice étaient en bel épicéa blanc, et quand Crampton demanda pourquoi, Mott fut incapable de lui donner une réponse.

« Je vous laisse le temps d'y réfléchir, dit l'ingénieur en faisant signe à Mott de passer entre les pales au repos et de s'engager à sa suite dans le long couloir. Voici le secret de toute soufflerie. L'air est propulsé à grande vitesse par les hélices et on augmente progressivement le diamètre du tunnel pour qu'une énorme masse d'air s'accumule à l'endroit le plus large; cette masse d'air ne va pas très vite mais elle est soumise à une forte pression. Quand on arrive ici, on réduit brusquement le diamètre de sorte que la masse d'air en question est obligée de passer par une ouverture beaucoup plus étroite. Il faut bien qu'elle aille plus vite. Elle atteint la vitesse du son puis, à mesure que le diamètre augmente de nouveau, la vitesse supersonique. »

Quand Mott examina l'intérieur du gros boudin blanc, il réalisa qu'à aucun endroit le diamètre ne restait constant; il se dilatait ou se contractait sans cesse.

« Nous jouons en permanence avec notre masse d'air. Nous la ralentissons pour l'accélérer ensuite. Le résultat? Quand elle atteint l'endroit critique, c'est une véritable trombe d'air. » Crampton regarda l'aire d'expérimentation avec la fierté d'un père, puis il se mit à rire : « Il ne faut pas oublier que l'air aussi nous joue des tours.

– Comment cela?

– Vous savez ce que c'est que le mur du son?

– Mach 1. Environ mille deux cents kilomètres/heure au niveau de la mer.

– La vitesse varie avec la température.

– Je croyais qu'elle variait aussi avec l'altitude.

– Vous n'êtes pas le seul à vous tromper. Seule la température entre en ligne de compte. C'est logique : plus vous vous élevez, plus l'air se refroidit. Mais le facteur principal reste la température. »

Crampton s'appuya contre le mur de la soufflerie, poli comme une pierre précieuse pour permettre à l'air de s'écouler avec une friction minimale, et montra à Mott le pylône de métal auquel on attachait les modèles à tester.

« Cela peut vous paraître étrange mais, il y a trois ans, nous pouvions faire passer dans ce secteur une masse d'air se déplaçant à Mach 0,9, juste au-dessous de la vitesse du son, ou à Mach 1,1, juste au-dessus. Mais nous n'arrivions pas à étudier en soufflerie ce qui se passait aux alentours de Mach 1, vitesse à laquelle se situent tous les mystères de l'aviation transsonique. On appelait ça « passer le mur du son ». D'aucuns estimaient cela impossible. Trop d'avions se détraquaient en essayant de franchir ce mur.

– Ainsi, il y a trois ans, vous ne pouviez le faire. Et maintenant? »

Crampton fit comme s'il n'avait pas entendu. Il flatta de la main les parois lisses comme du verre et dit :

« Il faut qu'elles soient parfaitement étanches pour nous permettre d'atteindre la vitesse désirée. Mais quand elle tourne autour de Mach 1 dans ce rétrécissement final, l'air s'accumule en si grosse quantité dans un si petit espace qu'il se met à vibrer, à trembler et à engorger le conduit. On ne peut plus rien voir sur les photos.

– Mais une fois qu'il a dépassé Mach 1 il s'apaise ?

– Oui. Nous savions que si nous arrivions à faire franchir cette barrière à un avion, le vol supersonique deviendrait moins aléatoire. Cette soufflerie le prouvait bien. De sorte que le mur finit par constituer un problème terrible, à la fois physique et psychologique. Je vous montrerai tout à l'heure de vieilles photos utilisant la méthode des ombres; on y voit à quel point l'air est agité autour du modèle. Le tunnel tout entier semblait vibrer et nous étions sincèrement convaincus qu'aucun avion ne pourrait survivre à de telles turbulences.

– Comment avez-vous résolu le problème ?

– Très simplement. Un pilote entreprenant nommé Chuck Yeager amena son X-1 à une grande altitude, où l'atmosphère n'était pas trop lourde, et traversa tout bêtement le mur du son; mais, dans nos souffleries, nous n'arrivions toujours pas à analyser la méthode qu'il fallait employer, et quand d'autres pilotes tentèrent l'expérience, ils s'écrasèrent au sol.

– J'ai toujours cru que c'étaient les Anglais qui, les premiers, avaient franchi le mur du son. J'avais vu ce film, un jour, où le fils de Ralph Richardson... »

Crampton poussa un gémissement et baissa la tête, accablé. Ce n'était manifestement pas la première fois qu'il entendait une chose pareille.

« Le cinéma est en passe de détruire l'intelligence de l'homme. C'était de la connerie en barre, ce film : on y voyait des espèces de fous furieux qui grimpaient à une altitude élevée et se contentaient ensuite de piquer du nez vers le sol, sans contrôler leur engin, jusqu'à ce qu'ils aient atteint des vitesses auxquelles le fuselage ne résistait pas. Chuck Yeager, lui, fit voler son avion et n'en perdit jamais le contrôle. C'est toute la différence.

– C'est vous qui avez fait aboutir les essais en soufflerie ?

– Non, c'est un génie nommé John Stack. » Il réfléchit à la meilleure façon d'expliquer les choses à Mott, mais la fierté l'emporta sur tout autre considération : à la N.A.C.A., on finit toujours par résoudre les problèmes. « C'est notre boulot, et maintenant c'est aussi le vôtre.

– Comment avez-vous fait, cette fois-là ?

– Stack déduisit que si la soufflerie s'engorgeait à Mach 1, c'était sans doute parce qu'elle recevait trop d'air. Il en conclut que l'alimentation en air était trop importante et eut l'idée géniale de se poster en avant du rétrécissement et de saigner la veine d'essai pour permettre au reste de l'air de passer sans créer de turbulences. Jetez donc un coup d'œil à cette photo. » Il montra à Mott la photo d'une maquette déficiente perchée au sommet d'un étroit pylône d'acier et reliée à des appareils de mesure par une centaine de fils dont les extrémités étaient attachées à certaines parties internes de l'avion. Il se trouvait au centre d'un courant d'air magistral qui évoluait à la vitesse de Mach 1, et l'on voyait clairement les tourbillons qui se formaient autour des protubérances. Même Mott, qui n'était pourtant pas familiarisé avec l'analyse des photos en soufflerie, pouvait voir que les ailes de ce modèle provoquaient beaucoup trop de turbulences. Ce qui était étonnant, c'était que, même à Mach 1, la veine d'air était régulière et fluide. M. Stack avait trouvé une solution au problème et ouvert la voie au développement d'avions capables de franchir le mur du son avec aussi peu de mal qu'une voiture à cheval se rendant à un déjeuner champêtre en 1903.

« A la N.A.C.A., dit l'instructeur, il n'existe pas de problèmes insolubles. Tout n'est qu'une question de temps. »

Les deux hommes étaient arrivés au niveau du col de la soufflerie où les murs se rétrécissaient comme le tube digestif d'un python. Crampton, posant la main sur le pylône d'acier chromé, dit :

« Il faut traiter Langley avec beaucoup de considération. C'est presque un lieu saint parce que, s'il n'existait pas, nous n'aurions jamais pu prouver que les nacelles motrices doivent être intégrées à la voilure et non se trouver à l'extérieur, même si cela facilite l'accès et l'entretien. Cette découverte nous a permis d'augmenter la vitesse des avions de soixante-cinq kilomètres/heure. C'est encore à Langley que nous avons prouvé qu'en rentrant les roues dans le fuselage après le décollage on gagnait près de cent kilomètres. Et c'est ici que nous avons amélioré les bombardiers qui ont vaincu Hitler.

« La soufflerie doit être protégée. Si jamais vous introduisez un modèle dont un boulon est mal serré ou dont une pièce métallique menace de casser, vous détruisez la soufflerie. »

Il tira une pièce de monnaie de sa poche et la posa contre le pylône.

« Admettons que vous ayez introduit un modèle défectueux. Ce petit morceau de métal va se détacher de la masse. Suivez-moi maintenant », et il parcourut d'un pas vif la distance qui le séparait du premier ventilateur à vingt-cinq pales. « Ma pièce se déplace à mille kilomètres/heure; elle vient buter contre ces pales de bois. Elle en fracasse trois et les fragments sont envoyés sur le second ventilateur qui se brise à son tour; la soufflerie est désormais inutilisable. »

Mott examina le premier ventilateur : deux pales avaient été adroitement réparées, comme si un ébéniste expert en marqueterie avait bouché les trous creusés dans le bois par un éclat de métal.

« Vous comprenez maintenant pourquoi nous nous servons de pales en bois? Si elles étaient en métal, ce qui, à bien des égards, serait plus commode, elles se transformeraient en projectiles terribles si jamais un boulon venait s'y fracasser. »

Crampton caressa les gigantesques pales comme un père fier des prouesses sportives de son enfant.

« Quand vous travaillez ici, Mott, vous travaillez dans une cathédrale. »

Mott dut attendre un an avant de pouvoir travailler dans la soufflerie car il était si doué pour la conception des modèles que Crampton le cantonna longtemps dans ce domaine.

« Vous êtes un véritable ingénieur, un des meilleurs. Vous connaissez les matériaux et vous savez vous en servir. Si je vous avais eu comme technicien de fabrication il y a quinze ans...

– J'aimerais bien tâter un peu de la soufflerie.

– Vous avez raison. C'est pur égoïsme de ma part que de vous avoir gardé si longtemps dans les ateliers. Qu'importe, vous n'en serez que plus compétent. »

Quand il fut enfin affecté aux essais en soufflerie – il faisait maintenant partie des dix-sept ingénieurs d'étude qui étaient secondés par des techniciens de fabrication et des mathématiciens chevronnés, au nombre de vingt-trois – il entreprit une série d'expériences destinées à identifier les modifications parfois minimes qu'il fallait apporter aux prototypes d'avions pour les améliorer avant de les envoyer dans la baie de Chesapeake, au Centre d'essais aériens de la marine de Patuxent River. Son travail l'absorbait tout entier et il se servait de tout ce qu'il avait appris à Georgia Tech, à l'université de Louisiane et au Nouveau-Mexique.

Sa famille était confortablement installée dans un petit bungalow situé sur les bords du fleuve James; les Mott avaient fait l'acquisition d'un petit bateau et jamais la vie ne leur avait semblé aussi douce. Millard, l'aîné des deux enfants, s'était fait mettre à la porte d'une excellente école privée de Nouvelle Angleterre et coulait des jours heureux dans une école publique dont le niveau laissait à désirer mais, là du moins, personne ne trouvait à redire à sa conduite; quant au cadet, Christopher, il passait son temps à faire des mini-régates sur le fleuve avec ses copains. Rachel, toujours autant concernée par les problèmes sociaux, depuis qu'elle n'avait plus d'étudiants allemands à qui enseigner l'anglais, consacrait son trop-plein d'énergie aux écoles noires de Hampton où elle surveillait les cours de récréation, s'occupant parfois de secteurs entiers lorsque les surveillants permanents étaient malades.

Les Mott, en tant que groupe, avaient trouvé leur voie, et même la mère de Rachel, quand elle se rendit à la N.A.C.A., fut bien obligée de reconnaître que son gendre avait enfin trouvé un emploi correspondant à ses qualifications; elle se sentit toutefois tenue de lui faire deux reproches : « On ne vous paie pas assez pour ce que vous faites, Stanley. Et j'espère que lorsque votre position ici sera bien assurée vous essaierez de décrocher un poste d'enseignant au M.I.T. » Elle n'arrivait pas à croire qu'un homme brillant pût passer les années formatrices de son existence ailleurs qu'à Harvard ou au M.I.T. Ceux qui n'étaient que modérément doués obtenaient d'assez bons résultats à Yale ou à Princeton. Quant aux autres, ils n'avaient qu'à aller dans tous ces collèges de l'Ouest renommés pour leurs équipes de basket.

Stanley et Rachel souriaient des prétentions de sa mère, et Stanley essaya de lui expliquer que la N.A.C.A. travaillait en collaboration étroite avec les professeurs d'Harvard et du M.I.T. ceux qu'elle admirait si fort.

« Des experts de ces écoles passent souvent plusieurs semaines avec nous à la N.A.C.A.; ils travaillent sur des problèmes trop complexes pour des universitaires. La semaine dernière, par exemple, j'ai travaillé avec deux professeurs du M.I.T. sur la question de savoir comment un corps voyageant à quarante mille kilomètres/heure dans le cosmos pouvait rentrer dans l'atmosphère sans se consumer intégralement au contact des températures extrêmement élevées engendrées par le frottement. »

Mott avait dit aux professeurs :

« Si jamais nous envoyons des hommes dans l'espace – et von Braun est certain que cela arrivera un jour – le problème ne sera pas de les faire parvenir là-haut. Les Allemands de Huntsville me certifient qu'ils sont en mesure d'y arriver avec les fusées dont ils disposent. Le problème sera de les faire redescendre sains et saufs à travers l'atmosphère, à des températures auxquelles les métaux ordinaires brûlent comme du papier. »

Les trois hommes réfléchirent à cette question pendant trois semaines, puis ils entreprirent un certain nombre d'expériences dans la soufflerie; mais comme ils ne pouvaient évidemment pas donner à l'air une vitesse de quarante mille kilomètres/heure, ils furent rejetés une fois de plus dans la spéculation. Ils passèrent les six semaines suivantes à mettre au point un rapport concernant le retour d'un engin métallique dans l'atmosphère et le dernier paragraphe comportait la recommandation suivante :

> Dans l'état actuel de la science, nous ne possédons pas suffisamment de données pour hasarder la moindre hypothèse sur la solution de ce problème complexe, mais nous sommes certains que notre ignorance de l'atmosphère au-delà de vingt mille mètres sera un handicap permanent si l'on n'y remédie pas immédiatement. Nous préconisons une étude intensive de l'atmosphère jusqu'à l'altitude de soixante mille mètres et même davantage si les équipements actuels le permettent.

Ce conseil était si judicieux que les professeurs du M.I.T. partis, les responsables de la N.A.C.A. cherchèrent auquel de tous leurs ingénieurs ils confieraient la responsabilité d'un projet d'étude sur la haute atmosphère; le travail de Mott dans les souffleries s'étant avéré excellent, ce fut lui qui décrocha cette mission et, au cours des deux années suivantes, il passa près de la moitié de son temps à Wallops Island.

C'était une des nombreuses îles basses et marécageuses bordant la péninsule du Delaware, à cheval entre le Maryland et la Virginie, tout à côté de Chincoteague où les chevaux sauvages vivent en liberté. C'était un endroit peu attirant, grouillant de moustiques et couvert de marais, mais ses plages splendides au profil incurvé, semblable à quelque cimeterre majestueux, étaient des aires idéales pour le lancement d'instruments scientifiques propulsés par des fusées puissantes aux dimensions réduites mais utilisant des combustibles solides.

Il n'y avait pas encore, à cette époque-là, de locaux bien aménagés pour les visiteurs, et quand on parcourait en avion la distance relativement courte séparant les installations de la N.A.C.A. à Langley de la région frontière de Wallops, on passait d'un ordre bien établi au désordre le plus complet, du confort à l'inconfort. Mais la vie sur l'île était si primitive – entre la pêche et la chasse au sanglier, la vie sous la tente et les repas improvisés riches en hydrates de carbone – que la plupart des hommes étaient ravis : « C'est Robinson sur son île! Ici, au moins, je n'ai pas ma femme et mes gosses sur le dos. »

C'était à Wallops que les Américains menaient leur recherche fondamentale sur la haute atmosphère, et le secret des résultats excellents qu'ils obtenaient – les meilleurs du monde – tenait à l'utilisation des fusées et de la télémétrie. Les fusées projetaient des instruments scientifiques sophistiqués à une altitude de quarante-cinq à cinquante-cinq kilomètres; la télémétrie permettait de savoir ce qui se passait en route... à l'aller et au retour.

Un spécialiste de télémétrie expliqua la subtilité de son art : « La façon la plus simple d'obtenir des renseignements serait d'équiper d'un parachute le cône, ou charge utile de la fusée, contenant les instruments, de façon à pouvoir les récupérer et les examiner directement. Mais il y a deux problèmes : d'une part, nos fusées doivent être lancées vers la mer pour éviter de dramatiques retombées à terre; d'autre part, la complexité et le poids du système de parachute annuleraient la rentabilité du tir. Alors nous avons deux autres solutions. »

Il emmena Mott au poste de radar où des instruments de précision enregistraient toutes les étapes du vol d'une fusée pour déterminer la vitesse, l'accélération et la résistance atmosphérique.

« Regardez l'image radar : elle nous renseigne sur tout. » L'expert se mit à rire. « Sur tout, sauf sur ce que nous avons vraiment besoin de savoir. Alors nous nous rabattons sur ce dernier système. »

Et il montra à Mott comment les instruments envoyés là-haut émettaient des impulsions électriques captées par une sorte de radio-relais qui les renvoyait sur Terre. « Quand nous lançons ce petit bijou dans le ciel, il peut nous parler en code et nous avertir des moindres changements qu'il rencontre. Nous appelons cela de la télémétrie. »

Il arrivait que les instruments ne fonctionnent pas. Un système extrêmement compliqué comportant une quantité d'appareils de télémétrie était placé sur le nez d'une fusée-sonde; il s'élevait sans problème pendant les sept premiers kilomètres à travers la couche visible des nuages, la stratosphère et la mésosphère, et les transmissions s'effectuaient parfaitement; mais quand il pénétrait dans l'ionosphère, où justement on avait besoin d'en savoir plus, une toute petite partie du système instrumental, détérioré par le choc du lancement, s'arrêtait de fonctionner et ce tir-là était fichu.

Ces échecs irritaient Mott car il savait qu'il était sur le point de comprendre l'atmosphère, ce mystérieux océan d'air qui semblait si impalpable par un beau jour d'été, mais qui était presque aussi solide qu'une planche de chêne quand on voulait y pénétrer à la vitesse de son choix. Il étudia les meilleurs rapports qu'il pût trouver, surtout ceux des Russes qui avaient fait du si bon travail, et élabora de merveilleux diagrammes de l'atmosphère à l'aide de onze couleurs différentes représentant les bandes qui servaient à différencier les caractéristiques variées de ce grand océan inconnu.

Il était fasciné par deux problèmes de physique qui ne semblaient pas avoir de prime abord un lien quelconque avec le désir formulé par la N.A.C.A. de faire rentrer un engin métallique dans l'atmosphère : la question de la température à différentes altitudes et la façon spectaculaire dont la pression diminuait au fur et à mesure que l'on s'élevait. Il n'était pas obligé d'étudier ces phénomènes mais il ne voulait pas les négliger dans l'éventualité qu'ils pourraient l'aider à élucider son problème majeur.

Se fondant sur son expérience d'alpiniste et sur ce qu'il savait des vols normaux, il avait toujours supposé que plus on s'élevait dans l'air, plus on avait froid, et les tests entrepris à Wallops le confirmaient. A mille cinq cents mètres d'altitude, il faisait froid. A trois mille mètres, il faisait encore plus froid. A quatre mille cinq cents mètres, dans les montagnes Rocheuses, la température était extrêmement rigoureuse. Et dans un avion volant à dix mille mètres, elle tombait à – 50°.

Elle continuait de baisser jusqu'à dix-huit mille mètres et c'est alors que les choses se détraquaient, comme si l'on avait affaire à des règles totalement différentes : à vingt-quatre mille mètres, en effet, la température se mettait à augmenter jusqu'à atteindre 48°, une bonne chaleur, vers quarante-cinq mille mètres. Mais ce changement était de courte durée car, à soixante-quinze mille mètres, la température descendait de nouveau à – 110° où elle se stabilisait un certain temps.

Mais, vers quatre-vingt-deux mille mètres, elle s'élevait d'un seul coup, comme si un brasier avait été allumé sous les instruments; elle montait à plus de 200°. Puis, à un certain endroit que les engins de Wallops n'arrivaient pas encore à dépasser, il se produisait un phénomène presque incroyable : la température de l'atmosphère était la même tout autour de l'engin, mais le côté faisant face au Soleil accumulait une telle quantité de radiations qu'il dépassait le point d'ébullition alors que le côté opposé, situé à l'ombre et distant seulement de quelques dizaines de centimètres, était à – 200°.

C'était un milieu ahurissant que cette colonne verticale, mais c'était à travers cette portion de l'univers que l'homme devait apprendre à se déplacer s'il voulait un jour pénétrer dans l'espace; les caractéristiques de ce milieu étaient déterminées par des lois physiques qui pourraient un jour être comprises si des hommes à l'intelligence supérieure comme Mott disposaient, à Wallops Island, de suffisamment de fusées pour recueillir les données nécessaires. D'autres groupes, aux Etats-Unis, s'intéressaient, bien entendu, à des problèmes similaires concernant l'espace : comment construire des moteurs de fusée plus performants? Comment combiner des combustibles plus efficaces? Comment naviguer sans aucun point de repère? Comment construire des combinaisons à l'intérieur desquelles des hommes puissent vivre dans un monde sans pression?

C'était cette dernière préoccupation qui poussait Mott à s'intéresser au problème de la diminution progressive de la pression en fonction de l'altitude. Au niveau de la mer, la pression était considérée comme normale, soit 100, mais elle baissait rapidement à mesure que l'on grimpait : elle n'était plus que de 50 tout en haut des montagnes Rocheuses, et à sept mille cinq cents mètres elle était si faible que les hommes devaient avoir recours aux masques à oxygène. Si l'on admettait que la pression de l'air au niveau de la mer était de 1, elle n'était plus que de 0,000002 à neuf mille mètres, altitude à laquelle il n'y avait plus, du point de vue des capacités respiratoires de l'homme, ni pression ni oxygène.

Mott passa plusieurs mois à analyser ce phénomène et à interpréter ce qu'il pouvait bien signifier pour un homme ou pour une machine; il contribua ainsi à déduire les principes gouvernant tout vol dans les hautes sphères de l'atmosphère. Ces recherches faisaient naître en lui un tel engouement pour ce mystérieux océan d'air qu'il allait souvent se poster sur la plage de Wallops, non loin de cette

« soupe originelle » d'où la vie avait surgi trois ou quatre milliards d'années auparavant. Il regardait s'élever dans les airs une de ses fusées météorologiques surmontée des précieux instruments chargés de transmettre leurs informations sur ce qui se passait en altitude; il la regardait disparaître et restait à rêvasser sur la plage, s'imaginant qu'il était à bord, passant du froid au chaud, puis du très chaud au très froid, respirant normalement pendant les premières secondes puis sentant sa gorge se serrer à mesure que l'oxygène se raréfiait, essayant enfin d'aspirer une dernière goulée d'air inexistant avant de déclencher l'appareil ultra-perfectionné, fruit de son imagination, qui lui fournirait l'oxygène et rétablirait la pression.

Comme tous les expérimentateurs de ces années-là, que ce fût dans les marécages perdus des îles frontières américaines ou au fin fond des steppes russes, Mott vivait dans une atmosphère d'excitation juvénile, passant d'une étape à l'autre avec l'enthousiasme d'un enfant à qui l'on vient d'offrir une panoplie de chimiste ou un atlas : il s'émerveillait sans cesse, se posait de multiples questions, hasardait les suppositions les plus folles et s'efforçait de reculer toujours les limites de son savoir. Un soir, tandis qu'il regardait le soleil déjà couché sur l'horizon occidental illuminer l'une de ses radiosondes s'élevant à cent cinquante kilomètres de hauteur et captant encore les rayons du Soleil tandis que la Terre s'obscurcissait rapidement, il comprit qu'un glissement imperceptible s'opérait en lui : d'ingénieur, il était en train de devenir savant car il s'attaquait avec la compétence de l'un aux mystères qui préoccupaient l'autre, et il était de plus en plus fier d'avoir un pied dans chaque camp; il pouvait à la fois contrôler la matière et les phénomènes physiques – le métal et les souffleries – et se débattre avec les mystères ultimes tels que la vie à des altitudes incroyablement élevées. Les quatre articles qu'il publia à cette époque-là indiquaient la nouvelle orientation de ses préoccupations :

> Mott, Stanley et Crampton, Harry; *Effets à une vitesse de Mach 0,7 sur la partie inférieure, le fuselage arrière et la queue d'une maquette de bimoteur équipée d'un empennage arrière horizontal surbaissé.* 1955.
> Mott, Stanley et Winslow, Elmer : *Caractéristiques aérodynamiques d'une aile en delta avec élevons de bord de fuite orientés à 75° entre les vitesses de Mach 2,36 et Mach 3,08.* 1955.
> Mott, Stanley : *Tables préliminaires pour l'estimation des propriétés de la haute atmosphère obtenues à partir des données télémétriques envoyées par les fusées et les ballons-sondes.* 1956.
> Mott, Stanley : *Structure probable de l'atmosphère au-delà de 105 000 mètres d'altitude.* 1956.

Son travail à Wallops était presque terminé et tous ses associés s'accordaient pour reconnaître que personne au monde ne savait autant de choses que lui sur la haute atmosphère; ils soupçonnaient d'ailleurs que cette connaissance lui permettrait d'approfondir ce domaine, non à cause de son incontestable compétence mais parce que les progrès étaient si rapides ces années-là que toute personne placée sur une éminence ne pouvait manquer d'être projetée encore plus haut.

Comme souvent chez les hommes obsédés par des idées abstraites, la progression des recherches de Stanley se faisait au détriment de sa vie familiale. Dans la mesure où il passait de moins en moins de temps à Langley, Rachel assuma seule la tâche d'élever les deux garçons et elle s'apercevait à tout moment à quel point Millard et Christopher avaient besoin d'un père. L'aîné était devenu maussade et instable; le cadet, trop sûr de lui et plutôt indocile. Estimant que seul son père était à même de ramener Christopher, le cadet, dans le droit chemin, elle se préoccupait surtout de Millard qui avait alors treize ans et qui commençait à l'inquiéter car, plus elle le voyait, plus elle se disait qu'il était en train de développer des tendances qui, si on les laissait s'installer, compromettraient dangereusement sa virilité.

Les enfants des ingénieurs et des savants de génie comme ceux qui peuplaient les laboratoires de Langley devenaient souvent très individualistes, ce qui ne gênait absolument pas Rachel; mais elle croyait fermement que garçons et filles devaient cultiver les caractères propres à leur sexe et l'idée qu'on puisse avoir des problèmes d'identité la perturbait toujours. Millard en avait certainement et il fallait que son mari fasse quelque chose au plus tôt.

Dès que, à son retour de Wallops, Stanley fut mis au courant de ce problème à mots couverts, il comprit qu'il devait agir rapidement et proposa à sa famille de partir quelques jours camper dans la région des marais située à l'est de Chincoteague, où la civilisation n'avait pas encore pénétré. Pleins d'enthousiasme à l'idée de ces vacances impromptues, ils empruntèrent une petite camionnette à un ingénieur de la N.A.C.A., y entassèrent tentes, casseroles et camping gaz, et prirent la route de Norfolk où ils s'embarquèrent sur le ferry qui les emmena jusqu'au cap Charles, de l'autre côté de la baie de Chesapeake; de là, ils remontèrent la péninsule jusqu'à un endroit sauvage et désolé comme il en existe tant en Amérique, mais que la proximité de la mer rendait plus impressionnant encore.

C'est là qu'ils montèrent leur tente, se drapant la nuit dans des moustiquaires et faisant des incursions diurnes dans l'île d'Assateague à la recherche de cochons sauvages et d'oiseaux rares. Le jeune Christopher perdit toute son agressivité dès le premier jour et se lança avec son père dans de palpitantes explorations :

« Regarde ces hérons. Il y en a quatre sortes et le livre n'en donne que trois. » Il s'amusait à cocher tous les oiseaux qu'il voyait et dénombra ainsi plus de cinquante espèces, y compris des spécimens que même Rachel n'arrivait pas à voir tant ils volaient vite.

Stanley passa de longues heures avec son fils, s'efforçant d'orienter la conversation sur des sujets ayant trait au comportement et à la vie familiale.

« Ces garçons que la police a arrêtés, tu les trouves sympas?

– Oh! ouais, super-chouettes!

– Qu'est-ce que tu aurais fait si on t'avait arrêté?

– Ce n'était pas grave. Ils n'ont rien volé.

– Ils ont quand même cassé une fenêtre; et ils ont pénétré dans le magasin.

– Mais ils n'ont rien pris.

– Ils ont été emmenés en prison. Tu as déjà vu l'intérieur d'une prison? »

Mott téléphona à la police pour demander l'adresse de la prison la plus proche et, un beau matin, il y emmena ses fils pour qu'ils voient à quoi ressemblent les murs d'une prison – vus de l'intérieur. Quand ils aperçurent les lourdes grilles et les couloirs sinistres, ils comprirent un peu mieux ce que racontaient leurs parents. Le jeunc Chris fut plus impressionné que son frère :

« M'man, ils mangent dans des gamelles en ferblanc, assis à une grande table avec des bancs, et chaque fois qu'un gardien ouvre une porte, il y en a un autre qui la referme à clef.

– Les garçons qui cassent la devanture des magasins vivent en prison », dit Rachel.

Cette expérience avait sans doute effrayé Christopher car il ne quitta pas son père d'une semelle tout le temps que dura leur séjour sous la tente; à tel point que, lorsqu'ils plièrent bagage pour rentrer chez eux, Mott s'imagina qu'il avait définitivement rétabli le contact avec son fils cadet.

Avec Millard, le problème était plus sérieux car le garçon ne faisait rien qui puisse être puni par la société. Il était son propre ennemi, et tous les efforts de Mott pour pénétrer sa tour d'ivoire s'avérèrent inutiles.

« Ta grand-mère est toujours d'accord pour te payer une bonne école.

– Je n'y retournerai jamais.

– Pas dans la même, bien sûr.

– Elles sont toutes pareilles.

– Millard, il doit y avoir au moins une centaine d'écoles...

– C'est tous des brutes.

– Tu es mal tombé, c'est tout.

– Ecoute, papa, je ne veux plus en entendre parler. Qu'elle garde son argent.

– Ce n'est pas une question d'argent. Quand tu seras plus grand, tu ne veux pas être ingénieur comme moi?

– Je déteste les maths.

– Bon, alors qu'est-ce que tu ne détestes pas? »

Comme Millard refusait de se confier à lui, Stanley et Rachel firent front commun pour lui expliquer la nécessité de faire des études supérieures. Sa mère lui dit :

« Je peux te citer une douzaine de filles qui sont allées à l'école avec moi, des filles très bien; elles étaient comme toi, elles ne voulaient pas poursuivre leurs études. Aujourd'hui, elles ne peuvent rien faire.

– Elles pourraient faire ce que tu fais.

– C'est vrai. Mais elles ne le font pas.

– Qu'est-ce qui les en empêche?

– L'université vous pousse à faire des choses », dit Rachel; c'était vrai en ce qui la concernait car, dans toutes les situations, bonnes ou mauvaises, auxquelles elle avait eu à faire face, elle s'était sentie obligée de s'accrocher, de faire ce qu'on attendait d'elle.

« Pour faire ce que je fais, dit Stanley à son fils, il faut avoir au moins deux diplômes différents. Les hommes qui déplacent les plates-formes de lancement peuvent s'en passer, eux.

– Ça m'irait très bien de déplacer des plates-formes, dit Millard d'un air de défi.

– Pourquoi pas? répondit Mott aussitôt. C'est un travail valable, et les hommes qui le font sont très valables, eux aussi. Mais quand un garçon a des dispositions...

– Je pourrais jamais rien faire de tout ce que tu me proposes, répliqua Millard sur un ton presque larmoyant.

– Pourquoi ne pas essayer ceci? suggéra Rachel. Tu n'as qu'a passer le reste de l'année à réfléchir à ce que tu aimerais faire. Dis-nous ce que tu auras décidé et nous te renseignerons sur la marche à suivre pour y arriver.

– Par exemple, dit Mott, si tu veux être policier...

– J'ai horreur des prisons. » Et c'est ainsi que s'acheva cette conversation clef, celle qui était censée résoudre tous les problèmes. Mott essaya encore à trois reprises de gagner la confiance de son fils, mais Millard avait trouvé à l'école ou dans la rue un compagnon de son âge avec qui il préférait discuter de ce qui lui tenait au cœur et ses parents étaient donc désormais définitivement exclus de son existence.

Mott cessa de se préoccuper de ce problème pourtant crucial quand la N.A.C.A. le chargea de trouver une réponse au problème le plus intéressant qu'il ait jamais eu l'occasion d'étudier au cours de sa vie adulte :

« Mott, vous êtes un de nos plus grands spécialistes de l'atmosphère. Le ministère de la Défense se trouve devant un problème troublant : comment faire rentrer une bombe ou un avion dans l'atmosphère... sans qu'ils se consument? Le ministre a décidé de rassembler les chercheurs les plus éminents dans nos installations d'Ames pour qu'ils s'attaquent à cette difficulté. Nous vous avons désigné pour faire partie de ce groupe parce que, dans les années qui viennent, il faut que nous ayons quelqu'un qui puisse nous renseigner sur ce qui se passe. »

Ce laboratoire de la N.A.C.A. se trouvait en Californie, à Ames, tout à côté d'un centre aéronaval situé au sud de San Francisco. Comme la mission de Stanley était temporaire, il n'emmena pas Rachel et les enfants. Ils restèrent donc à Langley et Stanley passait les voir en coup de vent chaque fois qu'il retournait à la base de la N.A.C.A. comparer ses résultats avec ceux des savants, travaillant eux aussi sur le problème de la rentrée dans l'atmosphère. Ses quartiers à Ames, austères, lui convenaient bien car il était totalement pris par son travail.

« Quand on franchit le pas qui sépare l'aviation de l'espace, lui dit un savant nommé Schumpeter, on doit désapprendre tout ce qu'on a appris jusque-là. »

Et il lui montra l'élégante maquette d'un Lockheed F-104 aux formes aérodynamiques, dont il fit miroiter au soleil la pointe du nez en acier, effilée comme une aiguille.

« Voyons voir ce que donne ce petit bijou dans la soufflerie. »

Il entraîna Mott à sa suite jusqu'à la soufflerie d'Ames, une construction monumentale, où ils admirèrent la perfection avec laquelle cet avion merveilleusement conçu fendait l'air, son nez aigu s'ouvrant un chemin dans la masse et sa voilure droite extra-mince à bord d'attaque en lame de rasoir découpant l'air sans créer la moindre turbulence.

« Parfaitement adapté à sa fonction, expliqua Schumpeter. J'ai travaillé sur les maquettes provisoires et j'ai contribué à éliminer les bosses et les protubérances. »

De retour au laboratoire, il posa la maquette sur une table d'un geste presque méprisant.

« Il n'y a pas une seule caractéristique de cet avion qui puisse nous aider à résoudre notre problème. Le F-104 vole dans l'air... nous, il faut que nous traversions l'air. Il vole à deux mille kilomètres/heure et nous, nous en faisons trente-huit mille. Il écarte l'air de chaque côté de son fuselage pour pouvoir s'y faufiler mais nous, nous transformons l'atmosphère en mur et nous nous efforçons de passer au travers. Enfin, il vole dans de l'air froid alors que nous traversons des températures de frottement si élevées que nous n'arrivons pas à les comprendre. »

A l'aide des fusées militaires qui grimpaient à des altitudes inouïes, il exposa à Mott le véritable problème :

« On va faire monter cette maquette à plus de cent vingt kilomètres. En trois étapes. Une fois qu'elle sera là-haut, on va lui faire faire demi-tour et effectuer la mise à feu de deux autres fusées d'appoint pour la propulser à travers l'atmosphère. Elle n'ira pas aussi vite qu'un engin spatial qui retombe, mais c'est déjà bien assez. Et maintenant, vous allez voir ce qui va arriver à ce beau nez pointu. »

Schumpeter se rendit avec toute son équipe sur Wallops Island où, par une belle nuit étoilée, ils lancèrent la fusée à trois étages Honest John + Nike + Nike à un angle presque vertical, regardant les flammes s'éteindre vers six mille mètres tandis que le deuxième étage prenait le relais. L'engin disparut dans la nuit dans un grondement de tonnerre, atteignit son apogée, bascula et se précipita vers la Terre. Quand il atteignit Mach 17, la mise à feu des deux dernières fusées s'effectua et, subissant une brusque accélération, l'engin piqua à tavers les plus hautes couches de l'atmosphère qui allait en s'épaississant, à la vitesse incroyable de Mach 20.

Tandis que savants et ingénieurs attendaient son retour, Mott se perdait dans d'audacieuses spéculations : « Si nous avions utilisé ces deux dernières fusées pour maintenir la vélocité ascensionnelle... » Il hésita car ses connaissances en fuséonautique n'étaient pas encore très sûres et il ne voulait pas risquer de passer pour un imbécile aux yeux des membres de l'équipe avec laquelle il aurait à travailler. Cette idée, cependant, lui semblait si enivrante qu'il se sentit obligé de la creuser.

Un jeune ingénieur nommé Levi Letterkill le devança :

« Si nous avions maintenu la poussée ascensionnelle et que nous l'ayons renforcée à l'aide de deux fusées supplémentaires, nous aurions pu atteindre une vitesse d'environ vingt-sept mille kilomètres/heure qui aurait permis à l'engin d'entrer en orbite autour de la Terre. » Quand il vit que Mott hésitait à répondre, le jeune homme ajouta timidement : « J'ai entendu dire que si l'on atteint la vitesse de trente-huit mille kilomètres/heure, on peut échapper à l'attraction de la Terre et se mettre en orbite autour du Soleil.

– Nos fusées de ce soir auraient-elles pu atteindre une telle vitesse? » demanda Mott.

Letterkill s'abîma dans ses calculs.

« Oui. Nous aurions pu entrer en orbite cette nuit... ou la nuit prochaine. » Il hésita car, Mott devait s'en rendre compte plus tard, c'était un homme prudent, qui travaillait dans un domaine inconnu où la moindre erreur pouvait être désastreuse. « Je pense qu'il nous aurait fallu des fusées un peu plus puissantes pour les deux dernières mises à feu.

– Existe-t-il de semblables fusées? » demanda Mott. Un autre membre de l'équipe répondit :

« Tout est possible avec des fusées assez puissantes. » Mott, qui se souvenait des multiples échecs de l'A-4 au Nouveau-Mexique, se dit que les choses seraient sans doute un tout petit peu plus difficiles que ces braves gens ne se l'imaginaient.

Quand son équipe eut réuni toutes les données existantes sur la fusée disparue et sa charge utile – les rapports télémétriques, les observations optiques, les enregistrements radar – Mott fut très surpris par les conclusions de l'expert du ministère de la Défense : « Vingt-trois centimètres du métal le plus dur que nous puissions fabriquer ont brûlé comme du vulgaire sapin. »

Plusieurs expérimentateurs ayant demandé des éclaircissements, l'homme répondit :

« La pointe extrême de l'avion se heurte à des molécules d'atmosphère, s'échauffe prodigieusement en essayant de les traverser, rencontre de l'oxygène dans l'atmosphère et se met à brûler comme de l'étoupe. Quand l'extrémité a disparu, le millimètre suivant se trouve exposé à la même température extrêmement élevée et brûle à son tour, mettant à nu la surface cachée. Et, petit à petit, toute la pointe se consume.

– Et n'oubliez pas, ajouta Schumpeter d'un ton lourd de sous-entendus, que cette maquette n'avait à traverser qu'une partie de l'atmosphère, et ce à une vitesse bien inférieure à celle d'un véritable engin spatial. »

Un ingénieur spécialiste de la résistance des métaux à la chaleur intervint :

« Si notre maquette avait eu à faire face aux conditions véritables de vol, elle se serait entièrement volatilisée. » Un avion, dont les feux de position clignotaient dans la nuit, faisant route vers Patuxent River, de l'autre côté de la baie, les hommes suivirent sa course dans le ciel.

« Un avion comme celui-là, dit l'ingénieur, ne pourrait jamais rentrer dans l'atmosphère. Tout serait réduit en poussière, sauf peut-être le châssis. »

L'équipe retourna en Californie et se mit au travail, gardant à l'esprit le souvenir du F-104 dont la pointe avait fondu comme neige au soleil. « Il nous faut quelque chose de radicalement différent », leur rappela Schumpeter, et les recherches s'orientèrent dans cette direction.

L'ingénieur en calorimétrie définit les trois hypothèses fondamentales et en rejeta deux :

« Nous pouvons y aller avec un nez pointu et nous retrouver sans nez du tout. Nous pouvons aussi utiliser le principe d'absorption de la chaleur qui est très facile d'emploi, tout en présentant un léger inconvénient. »

Quand les membres de l'équipe lui demandèrent en quoi consistait le principe d'absorption de la chaleur, il ne lésina pas sur les détails :

« On fabrique un métal, un alliage à la composition spécifique dans lequel il entre du titane et l'on recouvre avec cet alliage la partie de l'engin que l'on veut protéger. Quand il effectue, à une vitesse vertigineuse, sa rentrée dans l'atmosphère, l'alliage accumule la chaleur et ne brûle pas. Il se contente de l'absorber, de la dissiper.

– Même si le nez est pointu? demanda Mott.

– Non, non! » L'ingénieur eut un rire amusé. « Si la pointe avant est suffisamment effilée, la chaleur est telle qu'aucun alliage n'y résiste. Il faut donc considérer une surface plus arrondie. Et, dans ce cas, le principe d'absorption marche parfaitement bien.

– Quel est cet inconvénient dont vous parliez? demanda l'un des auditeurs.

– Le poids, – et il disposa une série de chiffres sur le tableau noir. Si nous enduisions la partie avant d'un avion au nez camus d'une quantité d'alliage suffisante pour absorber la chaleur, l'avion pèserait près de trois cents tonnes et il faudrait, pour le propulser, quinze ou vingt réacteurs du genre de ceux que nous utilisons; ces réacteurs, à leur tour, nécessiteraient un approvisionnement en carburant quinze à vingt fois supérieur à celui d'un avion ordinaire. C'est une excellente idée que ce principe d'absorption de la chaleur... mais pour un tank, par pour un avion.

– Quelle est donc la solution pratique? demanda Schumpeter.

– L'ablation », répliqua l'ingénieur. Et ce fut à cette occasion que Stanley Mott entendit pour la première fois le terme miraculeux qui allait dominer sa vie près de deux ans. De ses études latines au lycée de Newton dans le Massachusetts il avait gardé le souvenir du mot *ablatif* car il caractérisait une forme grammaticale que Jules César, un autre ingénieur compétent, affectionnait particulièrement. « L'ablatif absolu, expliquait son professeur de latin, est utilisé par les hommes d'action qui ne s'embarrassent pas de mots inutiles : *Ponte facto*

Caesar transit. Le pont construit, César traversa. Quelle économie de termes! On se moque bien de savoir qui a construit ce pont et combien il a coûté. Le pont a été construit comme il se doit, et César l'a traversé. »

Pendant quelques semaines, Mott avait concentré son attention sur cette construction intéressante et s'en était servi à bon escient, avec le maximum d'efficacité : « L'équation résolue, je tournai la page. » Il ne perdait pas son temps à gémir sur la difficulté de l'équation; il la résolvait et passait à la suite. En fait, l'ablatif absolu était en quelque sorte devenu le principe directeur de l'éducation de Mott, et il fut enchanté de lire dans une note de son livre de grammaire que l'ablatif était l'un des premiers cas employés par l'homme. Le grec et les langues teutoniques en ignoraient l'emploi et il n'avait même pas de nom avant que César le baptisât. « Mon cas et celui de César », disait Mott chaque fois qu'il tombait sur un exemple bien trouvé.

Mais il ne voyait, aujourd'hui, aucune relation possible entre son ablatif grammatical et celui de l'ingénieur. « Un matériau ablatif est un matériau qui s'érode. On ne peut pas dire qu'il brûle, bien qu'il ait un aspect carbonisé. Il se désintègre ou s'évapore, petit à petit, au contact de la chaleur. Et cette destruction progressive s'effectue avec une lenteur infinie. Rien ne peut le faire disparaître rapidement, ni l'eau, ni le vent, ni le feu, ni même la chaleur. Mais il s'use au contact de tout... très, très lentement. »

Mott écouta attentivement l'ingénieur en calorimétrique quand ce dernier s'appliqua à démontrer les résultats auxquels on pouvait aboutir avec un bon matériau utilisant ce principe de transfert d'énergie : « J'ai ici un bloc de matériau d'assez bonne qualité, de cinq centimètres d'épaisseur. Je vais diriger la flamme de ce chalumeau sur la face extérieure; le matériau va chauffer, devenir blanc, s'évaporer et laisser un résidu que le souffle du ventilateur va faire s'envoler. Mais je continuerai à tenir ce bloc très mince dans la main gauche et je ne sentirai même pas la chaleur. »

C'est exactement ce qui se passa. Le chalumeau cracha un jet de flammes sur le bloc qui se comporta comme l'ingénieur l'avait annoncé : il se carbonisa sans flamber et, quand la poussière décolorée s'envola, la surface sous-jacente n'avait même pas changé de couleur. La chaleur n'avait pas davantage réussi à pénétrer le bloc, elle s'envolait en même temps que le matériau réduit en poussière.

Quand il eut fini sa démonstration, l'ingénieur demanda à Mott de prendre le bloc et, même à l'endroit où la flamme avait rongé le matériau, Stanley ne sentit aucune chaleur tant le principe de transfert d'énergie était efficace.

« Quel est ce matériau? demanda-t-il.

– Nous sommes très optimistes, dit l'ingénieur. Ce petit bloc que vous tenez en main ne vaut rien. Là-haut, il tiendrait à peine une seconde, il se carboniserait complètement. Mais je suis convaincu que nous pouvons fabriquer un matériau adéquat – sans demi-mesures, il faut qu'il soit parfait. C'est notre boulot. »

Mott travailla pendant six mois avec l'équipe du ministère de la Défense et des experts venus d'entreprises privées. Leur tâche était des plus curieuses; elle consistait à créer le matériau nouveau indispensable à la continuation du programme de recherches spatiales. Après une brève analyse des diverses possibilités des compagnies, il apparut que le contrat devrait être signé avec Allied Aviation dont les spécialistes avaient déjà commencé à étudier le problème. Ils étaient loin de l'avoir résolu mais ils connaissaient le niveau des difficultés, et c'est ainsi que Mott travailla une fois de plus avec le général Funkhauser.

C'était un homme étonnant. Alors que ses connaissances en matière d'ablation étaient encore plus vagues que celles de Mott, il avait été chargé par sa compagnie de superviser le projet d'étude! Les directeurs américains avaient en effet compris que cet Allemand remarquable était capable d'organiser une équipe efficace dont les compétences pouvaient s'appliquer à n'importe quel problème dans le domaine de l'aviation ou dans celui de l'espace. Il avait des connaissances générales très étendues et s'y entendait à merveille pour exhorter les experts à collaborer. Et il était génial dans le rôle d'agent de liaison entre l'industrie privée et le gouvernement.

« Après tout, dit-il, lors d'une session secrète de la commission du sénateur Glancey, si j'ai pu travailler avec un fou comme Hitler sans y laisser ma peau, je peux certainement travailler avec des hommes raisonnables comme le général John Medaris. »

Le nouveau matériau aurait trois composants : une substance de base à combustion lente, une fibre donnant une forte élasticité à l'ensemble, et un liant. Autrefois, on aurait utilisé de l'amiante, des fibres de lin et de la colle, un mélange suffisamment résistant qu'une flamme ordinaire n'aurait pas entamé. Mais aujourd'hui, on avait besoin de matériaux plus sophistiqués.

Chacun des trois composants devait être inventé séparément, et les experts d'Allied Aviation proposèrent plus de quatre-vingts substances; prises séparément, elles convenaient assez bien, mais ne valaient plus rien lorsqu'on les associait.

« Il y en a toujours deux qui collent, remarqua le général Funkhauser, mais la troisième arrive comme un hôte indésirable pendant une lune de miel. »

Les recherches continuaient, interminables, et l'on gaspillait tellement de gaz surchauffé pour brûler des matériaux censés être incombustibles que Mott commença à se demander si l'on trouverait un jour la bonne combinaison.

Pendant ce temps, Schumpeter travaillait au profil de l'engin spatial lui-même, non pas celui de la structure géante surmontant la fusée de von Braun mais celui de la petite capsule à partir de laquelle les passagers dirigeraient le vol; plus il travaillait, le F-104 étincelant posé sur son bureau, plus la surface ablative devenait imposante jusqu'au jour où, en désespoir de cause, il dessina au tableau une espèce de chose monstrueuse qui ressemblait davantage à un gigantesque champignon qu'à un avion.

« Il y a toujours une pointe qui dépasse, lui fit remarquer l'un des membres de l'équipe. Elle brûlera.

– On va faire descendre ce machin à reculons », dit Schumpeter. Ses paroles furent suivies d'un brouhaha général où l'on discuta cette proposition à l'encontre de tout ce qu'on savait sur le vol; et, petit à petit, la solution de Schumpeter apparut comme la seule valable : si un nez pointu brûle et disparaît, alors faisons descendre ce foutu truc comme un plateau, enduisons-le de trente centimètres de matériau composite et ablatif, et laissons-le au passage écraser l'atmosphère dans une gerbe d'étincelles tandis que le matériau, en s'usant peu à peu, annulerait l'effet de la chaleur.

L'équipe retourna à Wallops Island; Rachel et les garçons s'installèrent dans la voiture, non loin de la base, pour regarder les drôles d'engins aux formes aplaties que Mott envoyait dans la haute atmosphère; il leur confia enfin, après des mois d'essai :

« Nous sommes sur le point d'aboutir à quelque

chose d'extraordinaire. Les autres ont résolu leur partie du problème. Moi, non. »

Quand il fut prouvé que la structure révolutionnaire de Schumpeter pouvait évoluer dans la haute atmosphère, la pression exercée sur Mott et le général Funkhauser pour la mise au point du matériau protecteur adéquat s'accentua, et à la fin du huitième mois de leurs expériences ils annoncèrent enfin qu'ils avaient trouvé un matériau fabuleux composé de granules de silice et non d'amiante, d'une matière ultra-nouvelle remplaçant avantageusement les traditionnelles fibres de lin, et d'une résine de type Epoxy et non plus de colle.

Schumpeter résuma ainsi les tests :

« C'est un matériau merveilleux. Il est parfait à tout point de vue – enfin, presque. Il pèse dix fois trop lourd au centimètre carré. » Quand il eut exposé ses calculs au tableau, ils furent obligés d'en convenir :

« Vous avez trouvé un matériau qui conviendrait parfaitement à la protection des camions traversant l'Arizona. Maintenant, il s'agirait de trouver quelque chose qui convienne à un vaisseau spatial. » Et l'équipe de Mott se remit au travail.

A bien des égards, Mott était bien représentatif de sa nation et de sa culture. Bien qu'il n'ait jamais connu le travail de pionnier de Robert Goddard, il avait été contraint par les succès allemands pendant la seconde guerre mondiale de prendre la fuséonautique au sérieux, et cela l'avait conduit à faire des recherches poussées sur la haute atmosphère; une fois qu'il eut compris la nature de cet océan envoûtant, il sentit le désir de le dominer à l'aide de fusées et d'instruments mesurant les variations de chaleur à neutraliser avant que l'homme puisse s'aventurer dans l'atmosphère, s'en échapper, et retourner sur Terre en dépit de la chaleur intense. Ses deux dernières pubications témoignaient de l'intensité de ses recherches :

> Schumpeter, Karl et Mott, Stanley : *Tirs expérimentaux de fusées, trois étapes pour l'ascension, deux pour la descente, testant les caractéristiques de transfert de huit configurations alternatives.* 1957.
> Mott, Stanley : *Dix-neuf coefficients d'ablation pour dix-sept matériaux composites.* 1958. (Secret.)

Ses spéculations concernant le futur avaient commencé avec la question innocente qu'il s'était posée sur la plage de Wallops : « Si nous avions utilisé ces deux dernières fusées pour maintenir la vélocité ascensionnelle... » Il connaissait la réponse avant même d'avoir posé la question; si ses recherches permettaient un jour aux hommes de pénétrer dans l'atmosphère et de la traverser sans dommage au retour, l'étape suivante consisterait nécessairement à les mettre sur orbite courte, puis sur orbite prolongée, et de là à s'élancer vers la Lune, Mars, Jupiter, la Galaxie, et ainsi de suite jusqu'aux confins de l'univers.

Comme ses premiers pas dans ce domaine avaient été simples! Algèbre dans le primaire, trigonométrie dans le secondaire, calcul à l'université, pour aboutir à ce problème majestueux : si l'on voulait envoyer une fusée sur la Lune, quelle trajectoire déterminer? Les questions et les possibilités étaient infinies, et bien qu'il ne fût pas encore capable de trouver des solutions précises, la bonne approche, il le savait, consistait à se concentrer entièrement sur chaque tâche nouvelle, en espérant que d'autres en faisaient autant, dans leur propre domaine.

Il travailla pendant neuf semaines, les lunettes embuées de transpiration, y voyant à peine, dans la fumée qui se dégageait de ses expériences. Finalement, il contribua à créer un matériau ablatif surpassant tous les autres, léger comme du bois tendre, résistant comme de l'acier, prompt à s'évaporer et à entraîner la chaleur, mais irréductiblement incapable de brûler. Quand Schumpeter aligna *ces* chiffres sur le tableau, il s'écria : « C'est gagné! » Une étape supplémentaire dans le long processus de la conquête de l'espace était enfin accomplie.

Les fonds nécessaires au genre d'expériences conduites par Stanley Mott étaient accordés – d'assez mauvaise grâce – par le Congrès, ce dernier camouflait d'ailleurs souvent le but de ce travail en allouant l'argent, non à la N.A.C.A., mais aux militaires, car les recherches menées par Schumpeter sur le retour dans l'atmosphère pouvaient aussi bien s'appliquer à un missile balistique de l'armée de terre ou à une fusée de la marine qu'à un éventuel engin spatial de la N.A.C.A.

La N.A.C.A. employait environ sept mille personnes, et compte tenu des laboratoires secondaires comme Ames et Wallops Island, elle contrôlait des installations scientifiques estimées à plus de 4 milliards de dollars, de sorte que les problèmes financiers étaient une de ses préoccupations majeures. Heureusement, Lyndon Johnson, la plus forte personnalité du Sénat, soutenait le programme de l'aviation dans ses ramifications spatiales. Toutefois, il devait confier aux deux sénateurs de l'Ouest, Glancey et Grant, la tâche ardue de faire approuver les propositions de loi nécessaires par le Congrès. C'est pour cette raison que le sénateur Grant voyait rarement, désormais, sa femme Elinor, dont l'équilibre était toujours fragile et qui restait souvent à

Clay lorsque son mari assistait aux sessions à Washington. Qu'elle se trouvât à Clay ou à Washington, elle s'était toujours refusée à visiter les bases de la N.A.C.A., où son mari devait se rendre de plus en plus fréquemment et pourtant elle continuait de protester chaque fois qu'elle voyait une photo ou un entrefilet indiquant que Mme Pope avait accompagné la commission.

Son principal souci, toutefois, n'était pas la quasi-certitude d'être trompée par son mari avec la secrétaire de sa commission, mais la présence inquiétante de petits hommes verts venus du fin fond du cosmos qui s'apprêtaient à se faire connaître avant de prendre en main les gouvernements du monde entier.

Cette information concernant une invasion imminente lui était parvenue d'une bien étrange façon. Alors qu'elle attendait sous le casque chez le coiffeur, dans sa ville natale de Clay, elle avait machinalement ouvert un de ces magazines à sensation mais, dégoûtée par le sexe et la violence qui s'étalaient partout, elle s'apprêtait à le reposer quand son attention fut attirée par une séduisante publicité.

Au-dessus de l'encadré figurait la photo d'un savant mondialement connu, le docteur Leopold Strabismus d'Uppsala; c'était un homme à l'allure distinguée, à la tête large, à la barbe noire soigneusement taillée et aux yeux pénétrants qui transperçaient le lecteur. Mme Grant fut immédiatement séduite par cet homme au savoir étrange duquel émanait une terrible assurance, au point qu'elle s'imagina presque l'entendre lui lire son message :

SEREZ-VOUS PRÊTS QUAND ILS VIENDRONT?

Le président Eisenhower est au courant de leur existence. Les chefs d'état-major à la tête des trois armes aussi. L'association des pilotes de

> ligne aussi. J. Edgar Hoover aussi, et c'est lui qui est chargé d'empêcher que le public soit mis au courant.
>
> Qui sont-ils? Ce sont les Visiteurs du Cosmos. Les petits hommes qui se cachent derrière ces fameuses soucoupes volantes dont vous avez entendu parler. Vous n'êtes pas sans savoir, bien entendu, qu'ils ont déjà débarqué en de nombreux endroits d'Amérique, mais ce que vous ignorez, c'est qu'ils ont organisé un programme pour prendre le pouvoir et apporter un peu de raison à notre monde tourmenté.

Le docteur Strabismus ajoutait que si le lecteur adhérait à l'Universal Space Associates – dont le siège était situé en Californie, comme on pouvait s'y attendre – et versait une modique cotisation annuelle, il ou elle recevrait chaque mois un rapport sur l'activité des Visiteurs et une information exclusive concernant leurs plans futurs : « Vous serez sauvés, les autres non. »

Quand Mme Grant rentra chez elle, impeccablement coiffée, elle ne put chasser de son esprit les traits mémorables du docteur Strabismus et ses terribles prédictions; après une nuit agitée, elle courut chez son coiffeur relever l'adresse de Californie. En écrivant à U.S.A., elle ne se contenta pas de demander des informations sur les petits hommes verts dans leurs machines volantes; elle confia aussi au docteur Strabismus les angoisses qui la tourmentaient constamment en espérant qu'il lui apporterait un certain réconfort.

> « J'ai fait des études secondaires et j'essaie de me tenir au courant de ce qui se passe dans le monde. Mon mari s'occupe de je ne sais quel travail mystérieux pour le compte du gouver-

nement et je suis certaine que cela concerne les Visiteurs du Cosmos dont vous parlez.

Il refuse de me dire ce qu'il fait et je commence à avoir très peur qu'il ne nous arrive malheur; je vous serais très reconnaissante de m'aider. »

Quand la lettre arriva au siège de l'association, dans une banlieue de Los Angeles, une jeune femme, qui représentait à elle seule un tiers du conseil d'administration d'U.S.A., entreprit de glisser dans une enveloppe les diverses brochures tape-à-l'œil imprimées sur papier glacé qui représentaient entre autres choses l'atterrissage d'une soucoupe volante. Mais, au moment d'écrire l'adresse, elle hésita car le nom de sa correspondante lui disait quelque chose.

« Docteur Strabismus, je crois que vous feriez bien de jeter un coup d'œil à ceci! Le mari de cette femme pourait bien être un des sénateurs de la commission pour l'espace. »

Un homme assez jeune, de haute taille, bien en chair et le menton orné d'une courte barbe noire sortit de la seconde pièce qui complétait les locaux d'U.S.A. pour examiner la lettre suspecte qu'il retourna dans tous les sens. Il demanda à voir l'enveloppe que sa secrétaire repêcha dans la corbeille à papiers, puis téléphona à la bibliothèque municipale où il demanda les renseignements. Elinor Grant, de Clay dans le Fremont, était bien la femme du sénateur Norman Grant, un membre actif de la commission pour l'espace, et sa lettre était manifestement un piège que l'on tendait à U.S.A. Le docteur Strabismus était bien trop futé pour se laisser prendre ainsi.

« Vous ne lui avez encore rien envoyé, j'espère?

– J'allais le faire.

– Attendez un peu. Et donnez-moi cette lettre. »

Il emporta la correspondance suspecte et la posa sur son bureau – avec autant de précaution que s'il se fût agi d'une bombe.

Depuis sa plus tendre enfance passée à Mount Vernon, New York, à l'époque où il s'appelait encore Martin Sorcella – de mère juive et de père catholique italien – il évitait de justesse de se faire pincer par la police. Dans l'une des universités que l'Etat de New York avait agrandies pour faire face à l'afflux des vétérans qui venaient reprendre leurs études après la guerre, il avait tout de même été arrêté par les forces de sécurité du campus pour avoir récupéré des stencils de sujets d'examens élevés et il avait évité le pire en défiant les autorités universitaires avec une impudence peu commune :

« Vous croyez vraiment pouvoir vous permettre un tel scandale? Savez-vous combien d'étudiants ont acheté leurs examens?

– Leurs examens? avait demandé le doyen.

– Exactement. Cela fait trois mois que je leur en vends. »

L'université calcula que le jeune Sorcella avait dû se faire, avec ses pages volées, près de 90 000 dollars, et elle le mit à la porte sans plus de formalités. Il atterrit dans un meublé de New Haven, dans le Connecticut, et se mit aussitôt à rédiger des copies de fin d'année pour les étudiants de première et deuxième années de Yale, parfois même pour ceux de troisième année, ce qui ne lui était pas difficile vu ses connaissances étendues dans tous les domaines et son talent à s'inspirer des auteurs au programme. Il appelait cela du « plagiat créatif ».

Il ne fut jamais arrêté par les autorités de New Haven car il n'enfreignait aucune loi, prétendant écrire pour son plaisir. Mais quand il eut pondu près de quatre-vingt-dix thèses et travaux de maîtrise, il réalisa soudain qu'il passait de longues heures à aider de jeunes imbéciles à obtenir des diplômes qui leur permettraient de gagner beaucoup d'argent sans se donner le quart de la peine qu'il avait prise, et l'injustice d'un tel système l'irrita profondément.

Les nombreux papiers qu'il avait rédigés en physique et en géologie, y compris trois thèses de doctorat, firent naître en lui un intérêt sincère pour la science et une conscience aiguë de ses limites. Quand l'excitation au sujet des soucoupes volantes devint une fièvre nationale, il pressentit que dans un climat intellectuel aussi perturbé, un jeune homme capable de jouer sur cet encouragement pouvait se faire une fortune. Il se laissa donc pousser la barbe, ce qui donnait de la force à son visage déjà si expressif, dépendit son enseigne DIPLOMES DE YALE/REDACTION PAR SORCELLA, et s'attribua le nom de Leopold Strabismus, empruntant son prénom à Leopold Stokowksi dont il appréciait les transcriptions de Bach, et le nom de famille du domaine de la médecine – il l'avait utilisé dans une thèse qu'il avait rédigée.

Il resta cinq mois à broyer du noir à Mount Vernon, essayant d'imaginer un stratagème qui le placerait au centre de la révolution scientifique dont il était certain qu'elle était imminente; son esprit revenait toujours au mot *espace* qu'il lisait fréquemment dans les journaux à sensation parlant des « petits hommes verts venus du cosmos ». Il sentait que ce mot serait le terme charismatique qui ouvrirait la voie à d'énormes possibilités, mais ses efforts pour en tirer parti à New York s'avérèrent infructueux; il réalisa ensuite que les vrais maîtres d'œuvre de ce genre de projets étaient basés en Californie : « Ils ont un stock illimité de gogos là-bas. » Il dit adieu à sa mère, s'installa à Los

Angeles et engagea une secrétaire qui aimait l'absurdité de la vie et un Mexicain-Américain très adroit, nommé Elizondo Ramirez, qui était exceptionnellement doué pour les petites escroqueries et les affaires de grande envergure.

Il passa trois mois à préparer les publicités qui devaient paraître dans les magazines bon marché, s'attardant sur chaque mot pour obtenir le maximum d'effet. En fin de compte, ce fut Ramirez qui lui souffla les idées les plus frappantes :

« Patron, la meilleure pub pour ce genre de combine, c'est une photo de vous devant un mur décoré de six ou sept diplômes joliment encadrés, qu'on voie juste le nom de l'université et surtout que ce soit en Europe. »

Ramirez se rendit sous divers prétextes dans un bon nombre de bureaux de la région pour prendre subrepticement en photo des diplômes assez peu authentiques qu'il remit ensuite à un imprimeur habile qui se chargea d'en tirer des fac-similés. Quand ces documents impressionnants furent accrochés au mur et que le moment fut venu de choisir le diplôme le plus important de Leopold qui devait figurer sur les publicités, les deux hommes hésitèrent entre Utrecht, la Sorbonne, Vienne et Uppsala. Strabismus penchait pour la paire du milieu mais Ramirez le mit en garde :

« Patron, la moitié des charlatans de la région choisissent Vienne ou la Sorbonne. Si j'étais vous, je n'y toucherais pas. »

Ils finirent par tomber d'accord sur Uppsala à cause du double *pp* qui faisait très scientifique.

Quand il fallut trouver un nom pour le grand centre de recherches qu'ils allaient fonder, Strabismus décida qu'aucun des noms qu'ils avaient retenus jusqu'alors ne lui convenait et il recommença à zéro. Ramirez applaudit cette décision :

« Le nom est crucial dans ces affaires-là, c'est

comme une histoire que j'ai lue l'autre jour », et il montra à Strabismus une coupure de journal racontant l'aventure d'une vieille dame qui avait donné trois millions de dollars à U.C.L.A. Quand on lui demanda comment elle avait fait pour amasser une telle fortune, elle dit :

« Je savais que je n'y connaissais rien en affaires boursières, alors j'ai demandé à Merrill Lynch de mettre tout l'argent de mon mari dans les Américaines et les Générales. » Quand le reporter avoua qu'il ne comprenait toujours pas, elle expliqua :

« Je savais que toute compagnie qui avait le droit de se dire américaine ou générale ne pouvait être que bonne. »

Le problème fut résolu par la secrétaire :

« Quelles sont les initiales les plus frappantes de ce pays? U.S.A. » Et Strabismus s'écria :

« Le S pourrait signifier Space. Mais les autres? » Les trois conspirateurs proposèrent diverses solutions mais ce fut encore la fille qui remporta la palme :

« Universal Space Associates. J'aime bien *Universal* parce que ça fait grand, ça donne l'impression d'englober tout ce qu'on ne connaît pas. Et *Associates* laisse à penser qu'on se trouve au centre même des opérations. »

La plupart des combines financières les plus rentables de l'agence furent mises au point au cours de semblables séances de remue-méninges.

« Patron, la plus belle filouterie que j'aie jamais vue, c'était ce toubib qui faisait le truc du cancer à Long Beach. Il prétendait avoir trouvé un remède, une cure de noix et de fruits de mer, et ça lui rapportait plein de fric; et puis un jour – je travaillais avec lui – on a mis sur pied un réseau de souscripteurs dans tout le pays, et pour soixante dix dollars de plus par an, on leur envoyait quatre télégrammes, adressés personnellement, qui les avertissaient des dernières découvertes. Vous ne pouvez pas savoir ce que ces télégrammes nous ont rapporté en plus! »

U.S.A. s'avéra bien plus lucratif que Strabismus n'avait osé l'espérer et il aurait pu s'installer dans des locaux plus vastes et engager quatre ou cinq secrétaires. Mais il prenait grand plaisir à diriger son institut de recherches à partir des deux petites pièces où il avait vu le jour et avec l'aide de ses deux premiers complices :

« J'adore la puissance des mots. Ça me fait vraiment vibrer d'être là à composer les textes qui nous rapporteront un jour des millions de dollars. »

La méthode d'approche mise au point par Strabismus et améliorée par Ramirez était simple : « Envoyez-nous 44 dollars et nous vous ferons partager nos découvertes secrètes. » Pour 52 dollars de plus, toute personne sincèrement intéressée par l'avenir du monde recevrait chaque mois une lettre personnelle signée du docteur Strabismus lui-même l'informant des derniers agissements des petits visiteurs. Et pour un supplément de 76 dollars par an, on pouvait être averti par télégramme de l'imminence d'événements très importants.

Les trois investigateurs scientifiques se firent plus de 80 000 dollars la première année, en partie grâce à l'émoi causé par l'atterrissage de nombreuses soucoupes volantes à travers le pays. Quand la presse affamée de sensations inventa le terme d'Objets volants non identifiés, Strabismus prit le sigle O.V.N.I. pour son propre compte et l'employa à tour de bras dans toutes ses publicités, ce qui lui permit de devenir une autorité mondiale en matière d'O.V.N.I. Ce fut alors qu'il commença à acquérir une certaine notoriété, grâce au biais de la télévision et des meetings publics.

Il découvrit que les Etats-Unis comptaient plusieurs centres susceptibles de fournir à coup sûr un énorme public payant désireux d'assister à des symposiums sur les O.V.N.I. : on pouvait toujours compter sur Boulder et la région de Denver; Dallas et Houston se plaçaient aussi en tête de liste; Miami était sûr et, allez donc savoir pourquoi, Seattle n'était pas mal non plus; New York n'était pas terrible; quant aux grandes villes comme Philadelphie et Washington, c'étaient de véritables catastrophes, ne s'intéressant que de très loin aux expérimentations scientifiques sérieuses; mais le meilleur de tous était Boston, car les réunions qui s'y tenaient ne manquaient jamais d'attirer des professeurs sceptiques de Harvard et du M.I.T. ainsi que des jeunes gens brillants venus de la nationale 128, « l'autoroute du génie » le long de laquelle un bon nombre des plus grandes firmes scientifiques de la nation étaient situées; ces hommes sentaient qu'ils devaient prêter attention à toutes les idées qui circulaient dans leur société, pour aussi abstruses ou insensées qu'elles puissent paraître, car une bonne partie de leurs découvertes les plus fracassantes trouvaient leur origine dans des idées qui n'étaient guère moins folles que celles de Leopold Strabismus.

En quatre ans, cette entreprise qui ne comptait toujours que trois membres dirigeants avait rapporté 190 000 dollars par an et les possibilités qu'elle offrait étaient illimitées; ce n'était donc pas un mince investissement que Strabismus cherchait à protéger du danger représenté par la lettre de Mme Grant. Quand il discuta de ce problème avec ses associés, il les mit en garde :

« Tout cela a probablement été manigancé par son mari. Il cherche à nous avoir pour escroquerie par correspondance. Méfions-nous. » Mais, trois semaines plus tard, U.S.A. reçut de la femme du sénateur une missive encore plus pressante les suppliant de l'aider parce que son mari refusait toujours de lui révéler l'essence de son travail.

« Quand dois-je me rendre à Boulder? » demanda Strabismus à sa secrétaire, et quand elle lui dit qu'il avait un discours important prévu pour dans quatre semaines à l'université, il lui enjoignit d'envoyer à Mme Grant une lettre soigneusement rédigée, l'informant que le docteur Strabismus se trouvait malheureusement en Europe, qu'il assistait à un colloque réunissant les plus grands savants du monde mais qu'il se trouverait à Boulder le 16 avril et qu'il serait ravi de la recevoir si elle acceptait de se déplacer.

Elle assista au discours, écouta avec un immense intérêt le docteur Strabismus répondre aux critiques que lui adressait la communauté scientifique de Denver et comprit qu'elle avait enfin trouvé un homme qui était au courant de ce qui se passait dans le monde. Elle l'étonna en lui proposant de rentrer avec elle à Clay, et quand elle apprit que les petits hommes verts avaient déjà débarqué, qu'ils avaient pris forme humaine et qu'ils avaient noyauté les plus hautes instances gouvernementales, elle fut terrifiée à l'idée du danger que courait non seulement l'Amérique tout entière mais l'humanité en général.

« Mais non! lui dit Strabismus d'un ton rassurant. Nous avons tout lieu de croire que ces visiteurs sont animés de bonnes intentions. Etant donné leur technologie et leur intelligence supérieure, nous pouvons nous attendre à une assistance tout à fait pacifique de leur part... si nous écoutons ce qu'ils ont à nous dire.

– Mais sommes-nous en train d'écouter? Je veux dire, les hommes comme mon mari, ceux qui occupent des positions importantes?

– Non, nous ne les écoutons pas. » Tout en laissant planer son regard sur les grandes plaines vides, si impressionnantes pour quelqu'un élevé dans les rues surpeuplées de New York, il lui confia :

« Ces plaines me rappellent les descriptions que les petits hommes m'ont faites de certaines parties de leur planète.

– Vous les avez vus?

– Bien sûr! Mon premier contact avec eux n'a fait que renforcer mon désir d'étudier ce qui se passe sur d'autres planètes.

– Ceux que vous avez vus, étaient-ils bien disposés à notre égard? »

Il lui expliqua comment les visiteurs étaient venus à sa rencontre à cause de l'intérêt qu'il portait aux sociétés extra-terrestres.

« C'était dans une vallée au nord de San Francisco... dont l'authenticité est bien établie dans la littérature concernant les petits hommes verts. Ils ont atterri à environ trois cents mètres de l'autoroute et m'ont fait signe de venir les rejoindre.

– Comment étaient-ils? »

Sa curiosité était insatiable et Strabismus savait trouver les mots pour l'exciter davantage. Tout ce qu'il disait semblait plausible et généreux, et le fait que les petits visiteurs l'aient choisi comme émissaire auprès des peuples de la Terre ne le rendait ni arrogant ni égoïste.

« J'ai l'intention de partager tout mon savoir avec des gens comme vous, madame Grant; comme cela, lorsque les visiteurs commenceront à prendre les mesures nécessaires pour contrôler notre gouvernement, ils pourront compter sur le soutien de milliers d'adhérents convaincus. »

Il passa trois jours chez les Grant, toujours élégant, distingué, avec sa barbe noire et ses yeux expressifs, et quand il repartit pour la Californie, il emportait avec lui les 44 dollars de cotisation de Mme Grant, les 52 dollars destinés à couvrir les frais d'édition et d'envoi du rapport mensuel et enfin les 76 dollars du service télégraphique auquel il l'engagea fortement à souscrire :

« Ce fera l'effet d'une bombe le soir de la fête de l'Indépendance. Boof! Ils s'annonceront. Vous devriez pouvoir être prévenue. »

Et parce qu'U.S.A. était sur le point d'entamer des négociations avec les petits hommes verts et que ces négociations pourraient bien être décisives, Strabismus quitta Clay avec, en poche, un chèque de 2 000 dollars destiné à couvrir les frais de voyage entraînés par ces réunions qui auraient lieu partout dans le monde. A Dallas, une veuve avait donné 125 000 dollars pour la même raison et, à Seattle, un officier de l'armée de terre en retraite qui avait fait un bon mariage avait offert 23 000 dollars pour la bonne cause.

Quand le sénateur Grant retourna dans sa ville natale pour renforcer sa position auprès de ses concitoyens pendant les vacances parlementaires, il découvrit, à son grand désarroi, que sa femme avait envoyé quatre chèques à une organisation de Californie et que la somme totale se montait à 5 360 dollars.

« Je peux savoir pourquoi tu as envoyé tout cet argent là-bas? »

Elinor se montra évasive :

« Pendant que tu perds ton temps avec ta précieuse commission et sa charmante secrétaire, je n'ai pas, de mon côté, été totalement inactive. »

Quand il lui demanda ce qu'elle avait fait, elle lui montra un échantillon de la prose de Strabismus et, une fois qu'il l'eut soigneusement parcourue, il lui sembla évident que l'homme était un imposteur. Il fut scandalisé de voir que sa femme s'était laissé prendre à une telle supercherie, mais quand il essaya de discuter sérieusement, elle lui opposa les mêmes arguments que ceux dont elle avait entendu Strabismus se servir pour clouer le bec à ses adversaires de Boulder.

« Tu n'y crois pas, Norman, parce que tu as été conditionné depuis toujours à refuser la conviction psychique. »

Quand il lui demanda ce que la conviction psychique avait à voir avec les soucoupes volantes, elle lui rétorqua avec mépris :

« Tu rejettes les affirmations de savants réputés qui ont bel et bien rencontrés les Visiteurs et qui ont discuté avec eux parce que tu ne les as pas vus toi-même.

– Quels grands savants?

– Le docteur Strabismus, par exemple. Il les a rencontrés et il est dans le secret de leurs plans. »

Le fait qu'Elinor se servît d'expressions aussi précises et aussi recherchées que *dans le secret de leurs plans* pour parler de ce genre de sottises perturba grandement le sénateur. Aussi demanda-t-il à un de ses amis qui était au F.B.I. de se renseigner sur Strabismus.

> Il s'agit d'un charlatan inoffensif qui a été chassé de New Platz pour avoir volé des sujets d'examen, et de New Haven pour avoir écrit des mémoires et des thèses pour les étudiants de Yale. Il dirige, avec l'aide de deux autres comparses, un prétendu centre de recherches sur le cosmos à partir d'une ancienne boutique située à Los Angeles d'où il envoie, contre de l'argent, des renseignements concernant l'arrivée des petits hommes verts. Il fait aussi du démarchage, mais les Postes n'ont jusqu'à présent trouvé aucune preuve d'escroquerie, et nous non plus. Il semble qu'il s'attaque surtout aux personnes esseulées, à l'esprit fragile.

Le sénateur ne pouvait dévoiler à sa femme ce qu'il avait appris, car ses rapports avec le F.B.I. devaient rester secrets. Mais il chargea Mme Pope d'engager un détective pour enquêter sur Strabismus, et quand cet agent eut découvert sensiblement les mêmes faits, il se sentit autorisé à les communiquer à sa femme.

« Il s'appelle en vérité Martin Sorcella. Il fut un voleur minable dans son université et un plagiaire à Yale. Il n'a jamais vu la Suède, et je suis bien certain qu'il n'a pas davantage vu de petits hommes verts en Californie. »

Avec une énergie dont il ne la croyait pas capable, Elinor réfuta toutes les preuves que le détective et le F.B.I. avaient rassemblées contre Strabismus.

« Il m'a parlé de ses jeunes années. New Platz est l'université dont tu parles. Les enseignants étaient tous contre lui, mais il s'est montré plus malin qu'eux. Yale l'a supplié d'accepter une chaire, car il était bien plus savant que tous leurs professeurs d'université. Il a vraiment vu les petits visiteurs; ils lui ont fait part de leur projet de prendre le pouvoir. Cela t'étonne peut-être, mais l'un des conseillers les plus proches du président Eisenhower est un extra-terrestre déguisé en homme. On les trouve aussi dans votre chère marine où ils occupent des postes de commandement, ainsi que dans la plupart des grandes banques. Tu peux t'attendre à un réveil brutal, Norman Grant. »

Quand une nouvelle fraction de leurs économies, 3 000 dollars cette fois-ci, se fut envolée pour la Californie, Grant comprit qu'il devait demander à quelqu'un d'autre de l'aider à convaincre Elinor de sa folie car lui-même en était manifestement incapable; il demanda donc à Mme Pope si elle connaissait, au sein de la N.A.C.A., un savant digne de confiance avec qui il pût discuter d'un sujet de la plus haute importance.

« Il me faut un autre homme stable ayant une excellente formation et des connaissances solides dans le domaine de l'espace. »

Elle lui proposa plusieurs noms, mais ne put lui recommander personne sans réserve, car certains étaient trop âgés pour être informés des dernières découvertes et d'autres trop spécialisés; ils en étaient là quand un visiteur, venu du quartier général de Virginie, arriva à Washington pour rendre compte de ce que les experts d'Ames, en Californie, avaient décidé au sujet du problème de l'ablation, et Mme Pope décida, sous l'impulsion du moment, que cet homme était précisément celui qu'ils cherchaient. « Je ne l'ai jamais vu, monsieur, mais je connais sa réputation scientifique, elle est excellente. »

Quand elle se glissa dans la salle de réunion où le général Funkhauser et Stanley Mott étaient en train de démontrer à la commission la qualité du matériau qu'ils avaient mis au point, elle vit, debout derrière le pupitre, un homme jeune et mince avec des lunettes; quand elle s'informa à mi-voix auprès d'un professeur qu'elle connaissait, ce dernier lui assura qu'il s'agissait bien de Mott. Elle écouta Mott présenter son sujet, remarqua son élocution précise, très Nouvelle-Angleterre, approuva la façon dont il finissait chaque phrase et n'eut aucune peine à croire qu'il était aussi compétent que ses informateurs le prétendaient.

Ce fut à la fois en tant que profane éclairée et en tant qu'employée de la commission pour l'Espace qu'elle écouta son vocabulaire compliqué, et ce qu'elle entendit la satisfit pleinement :

« Je pense qu'avec ce matériau, dont le prix de revient au centimètre cube est assez élevé sans toutefois être prohibitif, nous avons résolu le problème de la rentrée dans l'atmosphère.

– Y a-t-il des applications pratiques dans la vie courante? demanda le sénateur Glancey.

– C'est un matériau très léger. Je pense qu'on pourrait s'en servir pour isoler les moteurs d'avion.

– Qui sera le détenteur du brevet? demanda Glancey.

– Allied Aviation, dit le général Funkhauser.

– Je trouve que si le gouvernement, par l'entremise de la N.A.C.A....

– Monsieur le sénateur, dit le général, c'est nous qui avons financé presque toute la recherche.

– Mais qui a fourni les concepts de base? »

Pendant que la discussion continuait, Mme Pope fit signe au professeur Mott qu'elle désirait le voir, et il quitta le podium pour rejoindre la charmante petite brune qui lui dit :

« Le sénateur Grant voudrait vous parler dans son bureau.

– Moi? » Il la suivit, se demandant quelle erreur il avait bien pu commettre; il ne s'attendait absolument pas à ce qui devait se passer quand il se retrouva seul avec le sénateur, qu'il n'avait jamais rencontré auparavant.

Grant était alors un homme assez corpulent, mais qui gardait une remarquable prestance et des allures militaires.

« Asseyez-vous, je vous en prie. Mme Pope m'a dit que votre réputation scientifique à la N.A.C.A. est des meilleures. » Il prononçait le mot N.A.C.A. en épelant chaque lettre, contrairement à la plupart des gens.

« Je suis heureux d'avoir la chance de travailler au sein d'un tel organisme.

– Mme Pope me dit que vous savez beaucoup de

choses sur le cosmos, comme on dit, je crois, dans votre milieu.

– D'autres en savent plus que moi.

– Mais êtes-vous branché? Je veux dire, est-ce que vous savez de quoi vous parlez?

– J'ai étudié la question.

– Bien. »

Le sénateur se leva et parcourut son bureau de long en large pendant quelques minutes, puis il se planta devant Mott et lui demanda à brûle-pourpoint.

« Jurez-vous de ne parler à personne de ce que je vais vous dire? »

Dans la mesure où presque tout ce que Mott entendait à cette époque-là était confidentiel, cette requête ne lui parut pas difficile à satisfaire.

« Professeur Mott, dites-moi la vérité. Les petits hommes verts existent-ils vraiment? »

Mott fut stupéfait. Il avait lu, avec mépris, des articles dans les journaux concernant des gens qui avaient vu des choses tout à fait ordinaires comme la planète Vénus ou un ballon envolé, et qui avaient appelé la police pour signaler un engin extraterrestre. Chaque fois qu'il y avait un tir de fusée à Wallops, il pouvait être certain que quelqu'un affirmerait avoir vu un OVNI atterrir dans un champ et vomir un flot de petit êtres égaillés dans la campagne. Il se demandait à chaque fois pourquoi ces êtres étaient nécessairement petits, et toujours du sexe masculin :

« Si l'on considère notre Galaxie, notre Soleil est relativement petit; il y a donc de fortes chances pour qu'une planète où la vie existerait éventuellement soit rattachée à un soleil de grande dimension et soit elle-même très importante. Il y a une chance sur deux, sinon davantage, pour que les nouveaux venus soient, non pas plus petits que nous, mais plus grands. » Mais, expliqua-t-il à Grant, les envahisseurs étaient toujours de petite taille parce que c'est ainsi que les avaient décrits les rapports de l'après-guerre; quant à la couleur verte, elle prenait sa source non dans les observations de ceux qui avaient vu les petits êtres mais dans l'imagination trop fertile des premiers reporters qui s'étaient emparés de ces histoires.

« Pour autant que nous le sachions, monsieur le sénateur, aucun être humain n'a véritablement vu un visiteur venu d'une autre planète, et nous ne disposons d'aucune source vraisemblable qui puisse nous permettre d'affirmer qu'à une époque antérieure, quelqu'un aurait vu de semblables visiteurs. »

Le sénateur respira profondément.

« Ma femme affirme les avoir vus atterrir sur une mesa en Arizona, et elle est en contact avec un homme de Californie qui les a rencontrés et qui leur a parlé. »

Mott se sentait pris au piège. S'il se mettait à rire, il s'attirerait peut-être les foudres d'un sénateur très influent dont la N.A.C.A. avait grand besoin, mais s'il soutenait les dires de cette timbrée, d'autres savants en entendraient parler et le traiteraient de charlatan. En tant qu'ingénieur il était partisan des réponses franches, et en tant que savant il se sentait obligé de respecter la vérité et de condamner les impostures; il n'avait pas le droit de dérouter cet homme perturbé qui lui avait demandé conseil.

« Monsieur le sénateur, votre femme est victime d'une tromperie. A-t-elle versé de l'argent à cet homme?

– Près de la moitié de nos économies.

– C'est de l'escroquerie.

– Non. Les Postes m'ont assuré que les agissements de cet homme n'étaient pas passibles de poursuites. Ce n'est pas non plus de l'extorsion de fonds puisqu'elle lui donne l'argent de son plein gré. »

Il tendit à Mott une petite liasse de documents venant de Californie dont la plupart arboraient le portrait barbu et charismatique du grand savant. Un bref coup d'œil lui suffit pour s'assurer qu'il s'agissait là d'un genre de foutaise pseudo-scientifique assez courant.

« Cela serait amusant, monsieur le sénateur, si ce n'était pas aussi convaincant... aussi susceptible de causer du tort à de pauvres gens. Pourrais-je rencontrer votre femme?

– Elle est chez nous, à Clay. Elle n'aime pas trop Washington.

– Elle est tombée entre de bien vilaines mains, monsieur le sénateur. Quand je serai de retour en Californie, je m'occuperai de cette affaire un peu plus à fond.

– Je ne veux pas de scandale, Mott.

– C'est déjà un scandale que cet homme ait persuadé votre femme de lui donner vos économies.

– Je veux dire, pas de publicité.

– Ce serait la dernière des choses à faire avec un homme pareil. Mais j'aimerais bien savoir ce qu'il trafique. C'est très mauvais pour la science, des histoires pareilles. »

Quand Mott retourna à Ames pour donner la dernière touche à son travail sur l'ablation il se donna congé pour quelques jours et, muni d'un ordre de mission fourni par Mme Pope, se rendit à Los Angeles où il finit par trouver, au fond d'une banlieue anonyme, le siège central d'Universal Space Associates; le docteur Strabismus était malheureusement absent, il donnait une conférence à Boulder. Ses questions concernant les projets de recherches intellectuelles des Associates furent adroitement éludées par la secrétaire, une fille manifestement fort astucieuse, et celles concernant les finances de l'association par M. Ramirez qui semblait être particulièrement doué pour les chiffres. M. Ramirez ne se souvenait toutefois pas du nom de la banque où étaient entreposés les fonds d'U.S.A. :

« C'est le docteur Strabismus qui s'occupe de tout cela, et il est en tournée dans les villes universitaires en ce moment.

– Quand sera-t-il de retour?

– Pas avant jeudi, dit la secrétaire.

– Très bien. J'ai du travail au laboratoire de propulsion par réaction à Pasadena et je pourrai être de retour jeudi.

– Vous êtes de l'administration? demanda la secrétaire.

– Oui.

– J'avais oublié, il se rend ensuite directement à Seattle.

– Alors je le verrai à Seattle, et si vous et votre docteur Strabismus cherchez à me jouer un tour, vous vous retrouverez en prison.

– Vous avez une pièce d'identité? demanda effrontément la jeune femme.

– Oui, – et il lui montra sa carte de la N.A.C.A.

– Il est chez lui, dit-elle sans se démonter. Si vous voulez bien attendre...

– J'attendrai. »

Quelques minutes plus tard, le fondateur d'U.S.A. fit son entrée, grand, bien habillé et très rusé.

« Venez dans mon bureau », dit-il, et quand il eut fait entrer Mott dans la seconde pièce, Ramirez disparut. C'était un endroit assez peu accueillant, très en désordre, avec une large table en bois sur laquelle Strabismus travaillait aux imprimés qui étaient la source de sa fortune.

« Qui vous envoie? demanda-t-il.

– Un homme haut placé dans le gouvernement »,

dit Mott, s'attendant à ce que ses paroles aient un effet calmant sur le prétendu savant, mais Strabismus se contenta d'en rire.

« Il me paraît évident, monsieur Mott, que si vous prenez des mesures intempestives, le sénateur Grant en souffrira bien plus que moi! »

Mott déglutit. Cette discussion s'avérait bien plus épineuse qu'il ne l'avait pressenti.

« Il est facile de demander qu'une enquête soit menée sur quelqu'un comme vous...

– Les Postes et le F.B.I. se livrent à des investigations régulières sur mon compte. Je suis blanc comme neige.

– Vous volez de l'argent à de pauvres femmes crédules et sans défense.

– La moitié de mes adhérents sont des hommes, monsieur Mott. Certains sont des hommes comme vous, qui en ont assez des prétentions de la science établie. Je vous conseille de retourner en Virginie et de vous occuper de votre travail. N'acceptez pas de faire les basses besognes d'un sénateur à l'esprit embrouillé dont l'épouse, plus intelligente, a vu la lumière. »

Indiquant du geste les brochures aux couleurs vives qui étaient éparpillées sur la table, Mott demanda :

« Combien de donateurs avez-vous?

– Des compagnons d'exploration? M. Ramirez doit le savoir... mais il est sorti. »

Mott ne réussit pas à démonter Strabismus car le docteur avait appris à New Platz et à Yale que la loi protège l'auteur d'une tromperie bien plus que sa victime, et comme il avait toujours pris soin de ne jamais contrevenir à la loi réglementant la vente par correspondance, le gouvernement ne pouvait pas grand-chose contre lui. Il vendait du rêve à des paumés, ce qui, en soi, n'était pas un crime.

« Vous ne comprenez donc pas? demanda-t-il à

Mott en le reconduisant. Je dépends de vous. Ce sont les explorations que, vous autres, vous menez à la N.A.C.A., ce sont les déclarations que vous faites qui perturbent les gens et les font se jeter dans mes bras. Plus vous réussissez, plus le monde est ému et troublé, et plus il a besoin de moi. Allez, retournez donc à vos éprouvettes et à vos fusées, et faites le travail à ma place. »

Mott fut si irrité de l'insolence de Strabismus qu'il quitta la Californie décidé à combattre ce charlatan par tous les moyens possibles. Quand Mme Grant se rendit à Washington, il quitta donc la N.A.C.A. en toute hâte pour l'y rejoindre et lui prouver que le gourou californien se payait sa tête. Pour des raisons qu'il ne put s'expliquer lui-même, il insista pour que le sénateur Grant assiste à l'entrevue. Cependant, quand il se trouva en face de ces deux citoyens éminents, il se sentit mal à l'aise, comme un petit homme à lunettes affrontant un sénateur important et sa femme élégante aux cheveux impeccablement coiffés; mais il se dit qu'il avait une tâche à accomplir.

« Madame Grant, dit-il d'un air hésitant, je me suis penché sur le cas d'Universal Space Associates et il est de mon devoir de vous faire savoir qu'il s'agit d'une opération minable, mise au point par trois comparses irresponsables qui ont pour tout bureau deux malheureuses pièces sales et à peine meublées dans une banlieue perdue. J'ai réussi à me procurer des photos de l'endroit. »

Quand il voulut lui montrer les clichés, Mme Grant refusa de les regarder; elle se contenta d'esquisser un léger sourire, sans desserrer les lèvres, comme si elle détenait un secret que ces deux hommes ne pourraient jamais partager. Il eut beau essayer de dénigrer l'opération en apportant témoignage sur témoignage, son sourire ne la quitta pas. Elle avait anticipé tout ce qu'il pourrait dire et érigé ses propres défenses contre toutes les attaques possibles; en fin de compte, il n'aboutit à rien.

Il en resta sidéré, car il se trouvait en présence d'une femme intelligente, qui avait fait des études supérieures, et cette femme refusait tout bonnement de se rendre à l'évidence. Mais ce n'était pas là le fond de la question car, quand il eut fini – humilié par la conviction inébranlable de cette femme – elle justifia sa réaction en lui tendant deux brochures du docteur Strabismus. La première était intitulée *S'ils essaient de m'attaquer,* et Mott avait rarement lu quelque chose d'aussi subtil; en quelques paragraphes aux phrases formulées avec une élégance rare et aux titres dont l'habileté était indéniable, le charlatan de Californie avait réfuté par avance toutes les critiques qu'un adversaire mal intentionné aurait pu lui faire, et Mott rougit de voir avec quelle astuce diabolique le docteur Strabismus l'avait devancé dans ses arguments :

> Ils vous diront que j'ai été arrêté à l'université Yale. Ils vous diront que l'armée de l'air n'a jamais vu de soucoupes volantes.
> Ils essaieront de vous faire croire que les Visiteurs n'ont jamais été aperçus par des témoins fiables.
> Ils vous diront que nous ne faisons pas de recherches sérieuses.
> Ils nieront que les Visiteurs soient parmi nous en ce moment précis.
> Ils se moqueront de vous si vous leur dites que des Visiteurs participent au Conseil interministériel du président Eisenhower.

Quand il eut parcouru ce pamphlet rédigé de main de maître, Mott se mit à rire et dit :

« Si seulement les gens de la N.A.C.A. écrivaient aussi bien! »

Mais quand il regarda Mme Grant, il vit qu'elle ne riait pas du tout. Elle avait toujours aux lèvres ce sourire suffisant, manifestement contente d'avoir mis en déroute ses deux ennemis.

Ce fut la seconde brochure qui scandalisa les deux hommes car Elinor n'avait jamais encore montré à son mari ce genre de lettre, parfaitement hystérique, que le docteur Strabismus envoyait au début de chaque mois à ceux de ses adhérents qui avaient versé la souscription de 52 dollars :

> Alerte! Nous avons appris, au cours d'une assemblée de Visiteurs qui s'est tenue à bord d'un vaisseau spatial dans l'Atlantique-Sud et à laquelle ont été conviés deux de nos associés, que les Visiteurs n'ont plus confiance dans l'administration Eisenhower et qu'ils vont enfin se faire connaître et prendre en main le gouvernement des Etats-Unis. Cette prise de pouvoir aura lieu mardi prochain. Cet événement historique se produira à onze heures EST[1] et, dans toutes les communautés mais surtout dans la vôtre, vous trouverez des citoyens connus qui se révéleront être des Visiteurs; depuis longtemps ils étaient parmi vous, pour vous tester. Soyez aussi coopératifs que possible car c'est de la bonne opinion qu'ils se feront de nous au cours de ces premières heures que dépendent la sauvegarde et l'avenir de cette nation.
>
> Leopold Strabismus
> *Universal Space Associates*

Quand les deux hommes eurent fini de lire, Mott penché sur l'épaule de Grant, ils levèrent la tête et virent qu'Elinor souriait d'un air triomphant.

1. Eastern Shore Time : heure de la côte est. *(N.d.T.)*

« Elle sera terminée mardi, dit-elle, cette mascarade que vous jouez depuis si longtemps.

– Es-tu un Visiteur? demanda gravement son mari.

– Tu verras ce qui va se passer, dit-elle. Partout, des hommes s'avanceront et révéléront ce qu'ils sont. Tu verras!

– Elinor...

– Toi et ton ridicule petit Sénat. Vous, professeur Mott, et vos soi-disant recherches à la N.A.C.A. Il leur suffira de faire ça – et elle fit claquer ses doigts, – pour vous dévoiler plus de merveilles que vous ne seriez capables d'en imaginer en mille ans. »

Les deux hommes passèrent le week-end à la surveiller et remarquèrent que, le dimanche, elle se trouvait dans un état d'euphorie totale car, l'ancien monde n'en ayant plus que pour deux jours, elle était très occupée à faire des plans pour le monde nouveau. Elle n'arrêtait pas de se demander à haute voix qui, au Sénat et dans le cabinet du président, s'avancerait et se ferait connaître à onze heures EST comme étant un émissaire des Visiteurs; elle ne trouva que quelques républicains dignes de jouer ce rôle, et pas un seul démocrate. Elle n'envisagea pas un seul instant que son mari puisse être un des élus : il avait signé son propre arrêt du fait de sa liaison avec Mme Pope.

Enfin, vers midi, en ce lundi fatal qui devait précéder le jour du grand bouleversement, elle reçut un télégramme du docteur Strabismus :

> Sursis. Lors d'une réunion de dernière minute à bord du vaisseau spatial, j'ai réussi à convaincre les Visiteurs, avec l'aide de mes assistants, de laisser au président Eisenhower un peu plus de temps pour essayer d'arranger les affaires de la nation, en accord avec les ordres issus des planètes supérieures.

Les Visiteurs ne prendront pas le pouvoir demain à onze heures, je répète, ils ne prendront pas le pouvoir. Les Visiteurs qui travaillent parmi nous ne se feront pas connaître. Ils ont accepté de patienter et de voir ce que nous ferons de ce sursis qui nous est accordé. Tout dépend maintenant de Washington.

Leopold Strabismus
Universal Space Associates

Quand elle montra le télégramme aux deux hommes, ils n'arrivèrent pas à croire qu'elle acceptait depuis des mois de pareilles fadaises, mais, après leur avoir donné le temps de digérer cette nouvelle sensationnelle et ses implications futures, elle récupéra le message et le serra contre son cœur en souriant doucement à ses adversaires, comme si elle était au courant d'un secret inestimable qui ne leur était pas destiné.

IV

PAX RIVER

Ni John Pope ni Randy Claggett n'obtinrent d'affectations à Patuxent River selon leurs vœux de 1952 et, une fois la guerre de Corée finie, ils perdirent contact, Claggett rejoignant une compagnie de marines à El Toro en Californie, Pope étant nommé à la base navale de Jacksonville de l'autre côté du continent.

Le haut commandement maritime ayant reconnu en Pope un sujet d'élite, après avoir servi sept mois à Jacksonville, il reçut l'ordre de se rendre à l'université du Colorado de Boulder pour y préparer un doctorat en ingénierie tout en poursuivant des études d'astronomie. Les officiers de marine soucieux d'avancement devaient posséder trois atouts dans leurs dossiers : l'expérience de l'action directe en cas de conflit armé, une instruction poussée et l'exercice du commandement dans une unité combattante. Pope avait été décoré pour faits de guerre et nul ne doutait qu'à son nouveau poste, sa conduite serait aussi brillante.

Mais lorsqu'il se présenta devant le doyen responsable de l'ingénierie à l'université, celui-ci lui déclara :

« Le programme qui a été établi pour vous me semble irréalisable.

– Je n'ai pas peur du travail.

– Les études d'ingénierie à elles seules représentent une activité à plein temps. Même chose pour l'astronomie.

– J'ai des notions des deux. Je suis prêt à tenter ma chance. »

Le doyen lui fit passer un examen improvisé, puis demanda à un professeur d'astronomie de lui faire subir une épreuve. Pope aligna ses réponses avec une telle assurance – n'hésitant pas, le cas échéant à dire « A ça je ne connais rien du tout » – que les deux hommes lui déclarèrent :

« Si vous en avez envie, tentez votre chance. »

Comme tant d'hommes ignorant l'échec, Pope trouvait toute activité qu'il expérimentait la plus passionnante de sa vie. Quand, en jouant au football à Clay à l'âge de dix-sept ans, il avait pris conscience de sa vigueur physique, il avait pensé : « Jamais je ne connaîtrai des moments pareils. » Ses quatre ans à Annapolis où il faisait la cour à Penny avaient été « les années les plus merveilleuses que je vivrai jamais ». Le stage de pilotage à Pensacola où quarante-cinq pour cent de ses camarades avaient été éliminés pour insuffisances diverses, neufs morts par erreur de jugement, étaient « les années les plus excitantes de ma vie parce que c'est là que j'ai su que j'étais capable de voler avec les meilleurs ». La Corée restait inoubliable parce qu'elle avait mis incontestablement son courage à l'épreuve. Des quarante-trois pilotes qui avaient été ses compagnons, onze étaient morts et trois si gravement touchés qu'ils avaient dû quitter le service.

« Quelle époque extraordinaire, dit-il un jour à Penny. Des journées pareilles, on n'en connaît qu'une fois dans sa vie. »

Il parlait rarement de ses aventures de guerre mais un soir d'automne où il était allé faire un tour au Fremont, assis dans un bar de Webster avec Finnerty et sa femme, il raconta :

« J'ai reçu aujourd'hui une lettre de Randy Claggett, mon copain du Texas. Quand j'ai été descendu en Corée du Nord et que les Niaqs rappliquaient...

– Ne dis pas des mots pareils, avait protesté Penny.

– Enfin, bon, les rouges. C'était une course à pied, les bons et les méchants. Claggett m'avait repéré de son Banshee, son avion. Il m'a envoyé l'hélico. Je comprends, Finnerty, pourquoi tu es si attaché au sénateur Grant. Claggett, pour moi, c'est pareil. »

Souvent, à l'université du Colorado, quand la neige poudrait les Rocheuses derrière le campus, que les élans descendaient brouter dans la plaine ou que les lois de l'ingénierie et de l'astronomie commençaient à se clarifier, Pope s'exclamait : « Voilà les plus beaux moments d'une vie. »

Ces affirmations ne trahissaient pas une absence de clairvoyance, elles laissaient entendre que l'existence vous ménage des aventures pleines et diverses, chacune en son temps, Claggett, lui, disait : « J'ai toujours la chance avec moi. »

Pope nageait dans le bonheur lorsque Penny arrivait en avion de Washington pour passer le week-end avec lui dans un chalet perdu de montagne où la neige recouvrait toutes traces et où, assise avec lui devant le feu de bois, elle lui parlait de ses batailles avec l'administration Eisenhower.

Le régime particulier de leur mariage, avec la séparation entraînée par le service de John en Corée tout d'abord puis avec sa nomination à elle à Washington, avait intensifié leur amour et ils étaient, à coup sûr, beaucoup plus unis que la plupart des couples de militaires. Curieux intellectuellement et physiquement l'un de l'autre, leurs longues séparations attisaient le désir de leurs retrouvailles et, quand leurs emplois du temps minutés les contraignaient à se séparer, ils savaient qu'ils se retrouveraient avec davantage de passion.

Ils formaient un couple heureux et le savaient, leurs divergences politiques exaltant le sentiment de leurs idendités réciproques. D'après John, seuls les républicains étaient capables d'organiser la société. Tous ses officiers supérieurs étaient républicains, comme tous les sénateurs résolus à soutenir l'armée, et les quelques démocrates déclarés parmi les aviateurs jouaient les trublions aux chances de promotion très limitées.

Penny, quant à elle, voyait au Congrès de solides démocrates comme son sénateur Glancey abattre un travail considérable et promouvoir des décrets importants. Par contre, les républicains qu'elle connaissait, y compris le sénateur Grant, lui semblaient être de pâles figurants utiles dans leur rôle modérateur mais qui, seuls aux commandes, paralyseraient le pays.

Ils discutaient souvent de ces problèmes, et John n'aimait pas l'entendre dénigrer le sénateur Grant :

« Si tu as une si piètre opinion de lui, pourquoi m'as-tu fait venir au Fremont pour voter pour lui?

– Parce que c'est un homme honnête, beaucoup plus honnête que les imbéciles républicains ou démocrates qui se présentent contre lui. D'ailleurs, nous avons besoin de lui dans les commissions. Il fait un très bon travail ici, je le reconnais.

– Tu le descends en flammes, puis tu le montes en épingle. Choisis!

– Norman Grant bouche les trous. Nous en avons quarante comme lui de chaque côté de l'hémicycle. Mais, lui, le fait avec dignité.

– Je suppose que le véritable héros, c'est ton Glancey.

– C'est une force motrice. »

Il était amusant de voir quelles expressions militaires et politiciens utilisaient pour rendre compte de l'expérience humaine – *seigneur* dans l'aviation, *force motrice* en politique, et quand la formule était réussie, elle devenait une sorte de sténo intellectuelle. Dans la marine, le qualificatif *prodigieux* (avec l'accent mis sur le *pro*) avait détrôné *remarquable, excellent, première classe.* Dans le monde politique de Penny, le mot clef était « jauge ».

« C'est une idée séduisante qui plaira aux électeurs mais il faut d'abord la mettre en jauge. » Ce qui signifiait qu'il fallait d'abord l'examiner sous l'angle des profits et pertes.

« Je crois que Norman Grant est *pro*digieux, disait John Pope.

– Mais quand tu mets en jauge ce qu'il a fait, ça ne pèse pas lourd », répliquait sa femme.

Leur amour atteignit son apogée d'étrange façon. John comme tous les aviateurs était passionné de voitures. Un cabriolet Mercury 1949 s'étant fracassé sur l'autoroute Boulder-Denver, il acheta l'épave pour soixante-quinze dollars et, avec l'aide de deux autres officiers en cours de perfectionnement à l'université du Colorado, en fit une superbe machine à toute épreuve, avec une capote de toile imperméabilisée par un produit liquide hors de prix, spécialement mis au point pour l'armée de l'air.

La Mercury lui servait avant tout à se rendre au nouvel aérodrome militaire de Colorado Springs pour maintenir sa moyenne d'heures de vol; s'il volait treize heures par mois, il percevait une prime de cent quatre-vingt-cinq dollars dont il ne pouvait plus se passer. Il tenait aussi à parfaire son entraînement en vol de nuit, une discipline exigeante qu'il affectionnait particulièrement.

Jamais il n'avait piloté au-dessus d'une région aussi variée : à l'est, les vastes plaines vers son Fremont natal, à l'ouest, les puissantes Rocheuses aux cinquante sommets dépassant quatre mille mètres et aux plateaux plus vastes que des Etats. Les jours où la plaine était baignée de soleil et les montagnes encapuchonnées de nuages, le contraste était saisissant, mais les nuits de pleine lune où la terre ressemblait à un dessin de conte de fées, l'exaltaient dans un sentiment de puissance illimitée. Le ciel était merveilleux, la terre grandiose, et il régnait en maître sur l'un et l'autre.

Ses études progressaient au mieux. Homme fait, avec une femme qu'il aimait, il était capable d'éviter les tiraillements et les contradictions assaillant les étudiants plus jeunes. Son programme de travail surchargé n'était pour lui qu'un obstacle de plus à franchir. Il travaillait près de quinze heures par jour, en ingénierie sur sa règle à calcul, sur les étoiles en astronomie. Dès le début, il avait compris la nécessité d'accorder la priorité aux cours d'ingénierie tout en constatant que son acquis antérieur en astronomie lui avait donné des bases si solides que chaque instant consacré aux étoiles enrichissait son savoir de façon inespérée.

Ayant depuis longtemps appris à identifier les étoiles, il s'initiait maintenant à leurs mécanismes et chaque conférence ou séance de travaux pratiques lui révélait des merveilles insoupçonnées. Il connaissait la couleur, les dimensions et la distance de la plupart des constellations importantes et leurs paramètres. Il connaissait les particularités de certains astres invisibles à l'œil nu, essentiels dans la structure de l'univers : l'étoile de Barnard, peut-être la seule entre des milliards à posséder des planètes comme le Soleil; Proxima Centauri, la plus proche de la Terre, Epsilon Eridani, très semblable au Soleil...

Mais la structure du système solaire le passionnait par-dessus tout, maintenant qu'il était assez calé en mathématiques pour suivre les travaux des grands astronomes. Il admirait particulièrement le savant français Joseph Louis Lagrange qui, avec les notions de mathématiques disponibles en 1780, avait déduit que lorsqu'un corps massif est en orbite autour d'un autre, cinq points s'établissent en des zones éloignées de l'espace où de très petits corps célestes peuvent trouver refuge et se stabiliser en dépit de l'attraction de corps plus importants. Il passa quelque temps à calculer les cinq points de Lagrange sur le Soleil et Jupiter, puis tenta d'imaginer les corpuscules pouvant s'y cacher.

A l'occasion d'un congé de neuf jours, le cabriolet Mercury joua, dans son amour pour Penny, un rôle déterminant. Penny ayant, de son côté, obtenu des vacances, il sauta dans sa voiture et, muni de quelques dollars et d'une carte routière, fila vers l'est, roulant dix-huit heures par jour, faisant de petits sommes au fond du siège arrière, la voiture rangée sur le bas-côté de la route, sa capote spéciale relevée.

Arrivant à Washington remarquablement dispos, il cueillit Penny au bureau du sénateur Glancey, alla saluer le sénateur Grant, et ils filèrent vers le Colorado. Ce fut un voyage délicieux. Levés à quatre heures du matin, ils s'aspergeaient le visage, se coiffaient, enfilaient leurs vêtements jetés par terre la veille. A quatre heures quinze, ils roulaient déjà vers l'ouest, regardant les étoiles s'effacer dans le soleil levant.

A neuf heures trente, ils avaient parcouru près de cinq cents kilomètres, sans interruption, pied au plancher. Affamés, ils s'arrêtaient dans une station-service, demandaient l'adresse de la meilleure gargote et, généralement, n'étaient pas déçus. Fatigués par cinq heures de route, ils commandaient un repas substantiel et se reposaient – John allant se raser dans les toilettes pendant que Penny lisait le journal local pour savoir ce que la région pensait de Washington. Une fois gavés de crêpes, d'œufs brouillés, de saucisses, de toasts, de confiture et de verres de lait, ils remontaient dans la Mercury et repartaient vers l'ouest.

Ils suivirent les routes pittoresques de la West Virginia, de l'Ohio et de l'Indiana, puis rejoignirent la N36 qui les amena à St. Joseph, sur les rives du Missouri jusqu'au Fremont où ils passèrent la nuit chez eux à Clay, John couchant chez les Pope, Penny chez les Hardesty. De Clay, une rapide étape les amena au site merveilleux des Rocheuses.

Ils roulaient sans s'arrêter, grignotant des pommes et des gâteaux secs car ils tenaient à parcourir plus de mille kilomètres par jour. Lorsqu'ils atteignirent les grands espaces libres de l'ouest, ils poussèrent l'allure à plus de cent quarante, courant jusqu'à mille deux cents kilomètres dans la journée. Ils s'arrêtaient à sept heures et demie n'importe où pour dîner et achevaient l'étape sous les étoiles. A dix heures du soir, ils descendaient au premier motel venu, se débarrassaient de leurs vêtements et s'endormaient comme des souches. A quatre heures le matin suivant, ils étaient frais et dispos, prêts à repartir.

Cette façon de voyager présentait un sérieux intérêt économique : essence, trente et un *cents*, motel, quatre dollars cinquante – breakfast, un dollar quarante-cinq. Ils découvraient, en outre, de nouveaux aspects de l'Amérique. Mais, surtout, ce fut durant ces trajets prolongés que, plus libres de parler, ils partagèrent les conversations les plus enrichissantes de leur vie. La voiture était devenue une sorte de cathédrale mobile où deux fidèles réglaient des problèmes de la plus haute importance.

« Où la marine va-t-elle t'envoyer après Boulder? demanda Penny.

– Pas aux Antipodes, en tout cas. J'en ai eu mon compte. » Elle fut soulagée. « Peut-être en Allemagne. »

Pour John, les antipodes étaient une zone de guerre comme la Corée ou une opération navale dans le Pacifique. L'Allemagne, c'était un continent relativement proche.

« On pourrait s'en arranger, de l'Allemagne, dit Penny.

– Tu n'as jamais songé à quitter Washington?

– Pas vraiment. Tu sais, John, je crois que si on me proposait un bon job... » Elle s'arrêta et reprit : « J'ai travaillé avec suffisamment de sénateurs maintenant pour être sûre de leur appui si l'on m'offrait une situation adéquate.

– A t'entendre, tu n'obtiendras aucune nomination avec un président républicain. Or, après deux présidences d'Eisenhower, Nixon en aura deux aussi.

– Je n'en mettrais pas ma main au feu.

– Eisenhower sera sûrement réélu. Le meilleur président qu'on ait eu en un siècle, les électeurs le savent.

– Il passera probablement, dit Penny, mais ça m'étonnerait que Nixon suive le mouvement.

– Les hommes avec qui je travaille... Colorado... L'armée de l'air...

– Ils sont tous républicains, John. Mais là n'est pas la question. Ce que je veux dire, c'est que je pourrais très bien être choisie comme conseillère juridique dans une commission importante quelconque.

– Ce serait formidable! s'exclama John. Tu ferais ce boulot mieux que personne.

– Il n'y a rien à l'horizon pour l'instant, mais l'occasion peut se présenter.

– Penses-tu à des enfants parfois?

– Tout le temps. J'aimerais beaucoup qu'on en ait, tous les deux.

– As-tu songé à en adopter? » Penny se taisant, Pope reprit : « C'est tout de même curieux. De tous les hommes que je connais sous l'uniforme, je crois être celui qui aime le plus sa femme, et nous n'avons pas d'enfants. Quand je pense à ce gringalet du Texas...

– Tu veux dire Claggett?

– Oui. Et à sa pocharde de femme, majorette de collège ou je ne sais quoi. Il se tapait n'importe quelle pute en Corée et, d'après ce qu'il m'a dit un soir, sa femme s'envoyait en l'air à Iwakuni. Et ils ont trois enfants. Ça me la coupe.

– John, si un boulot intéressant se présente pour toi en Allemagne, saute dessus – nous passerons nos étés ensemble.

– Je suis à peu près sûr que ce sera ici. On aura tout le temps d'étudier la question à ce moment-là. Et si un poste intéressant est disponible, fais-toi pistonner par Glancey et Grant. Et qu'ils y mettent le paquet.

– Tu peux y compter. Symington a une dette envers moi et Mendel Rivers aussi.

– Comment vois-tu l'avenir, Penny? »

Serrée contre lui, le paysage défilant autour d'eux, elle se tut, les doigts sur les lèvres, puis déclara :

« Glancey est l'un des hommes les plus brillants d'Amérique. Je veux dire que ce péquenot de Red River a un radar. Il sait toujours où sont cachés l'argent et les squelettes. Il a une formidable intuition des événements et il est convaincu que de fantastiques miracles scientifiques vont se produire. Le terrifiant, d'après lui, c'est que les Russes les réaliseront les premiers.

– Quoi, par exemple?

– Il n'en sait rien, mais il m'a communiqué son

enthousiasme et ses craintes. Nous touchons au but, avec la vitesse supersonique des avions commerciaux, les nouveaux procédés de télévision... Je ne sais pas, au juste, mais je sais que dans l'histoire du monde...

– Tu as beaucoup lu?

– Quand on travaille pour un type comme Glancey, on lit beaucoup. Mes lectures m'ont convaincue que des signes précurseurs annoncent de grandes choses.

– Tu crois que nous traversons une période de ce genre?

– J'en suis certaine. Pas toi?

– J'ai eu une lueur, une nuit, en Corée. Après que Claggett a fait grimper son Banshee à dix-sept mille mètres, beaucoup plus haut que ne le prévoyaient les performances. Tu sais ce qu'il a fait? Il a demandé à ses mécaniciens d'écraser ses tuyaux d'échappement, ce qui augmentait la puissance mais aussi la chaleur. Quand je l'ai mis en garde, il m'a répondu : « Ou ce tas de ferraille dépasse « dix-huit mille mètres, ou il explose. »

– Tu dis qu'il n'est monté qu'à dix-sept mille.

– Oui, il chauffait tellement qu'il était justement au bord de l'explosion.

– Et qu'est-ce que l'avenir vient faire là-dedans?

– Cette nuit-là, Claggett m'a affirmé que l'homme pourrait voler n'importe où, à n'importe quelle altitude et à n'importe quelle vitesse. »

Ils traversaient la grande prairie de l'ouest, cette terre qui, selon les premiers pionniers, ne devait jamais être domestiquée, Grand Island, North Platte, Julesburg.

« Il m'a dit que tous les muscles de son corps n'aspiraient qu'à monter toujours plus haut. C'était la machine qui déclarait forfait. Après un silence, il ajouta que d'après lui, notre boulot est de créer le matériel qui ne déclarerait pas forfait! » il se mit à rire. « Tu n'as jamais rencontré Claggett. Il parle comme un illettré, mais quand il possède son sujet, on le prendrait pour un professeur. « Créer le « matériel », voilà ce qu'il a dit. »

Quand ils redescendirent dans la plaine après cinq jours sur les routes de montagne, brûlés par le soleil et les lèvres sèches, une lettre de Claggett les attendait.

> « Qu'ils aillent se faire mettre, ces fumistes, en Corée! Rentre au pays, j'ai décroché un poste à Patuxent River; ça bat tout ce qu'on nous avait raconté. On vole partout, sur n'importe quoi. C'est vraiment la frontière de l'inconnu. Pleins gaz dans l'éther. John, casse-toi le tronc pour rappliquer. A part moi, y en a pas un, ici, qui t'arrive à la cheville. »

En lisant la lettre, Penny, les larmes aux yeux, murmura :

« Prends ce boulot, Pope. C'est si près de Washington. On pourra se retrouver tous les weekends. »

Il écrivit de Boulder, elle de Washington et, sa thèse de doctorat achevée, il reçut l'avis de sa nouvelle affectation : « Ecole des Pilotes d'Essai, Centre de l'Aéronavale, Patuxent River, Maryland. »

A Hunstville, Alabama, la famille de Dieter Kolff était plus heureuse que jamais. Chacun mangeait à sa faim; le séjour en Amérique était assuré pour ceux de Peenemünde qui le souhaitaient et le travail ne manquait pas. Liesl s'occupait de son foyer, de son jardin, des quatre hectares de bois appartenant aux autres avec une allégresse paysanne communicative.

Elle ne se montrait guère en public, n'ignorant pas que sa silhouette courtaude et son accoutrement la tenaient à l'écart des femmes relativement élégantes d'Alabama et même des Allemandes plus jeunes qui s'adaptaient sans peine à leur nouvelle patrie. Elle approchait de quarante ans et ne se sentait bien que chez elle ou dans les bois de Monte Sano.

Son mari lui avait sculpté une canne de chêne avec laquelle elle parcourait sa forêt miniature qu'elle entretenait avec un soin tout germanique. Les moindres brindilles ramassées et mises en tas servaient aux voisins pour leur feu, les sentiers étaient ratissés, les arbres taillés à chaque printemps si bien qu'en deux ans, elle avait réussi à créer un parc là où ne s'étalaient jadis que des aiguilles de pin.

Le même ordre régnait dans son jardin et sa maison, et des semaines entières s'écoulaient sans qu'elle pensât à la ferme familiale en face de l'île de Peenemünde. Elle parlait si mal sa nouvelle langue qu'elle pensait ou rêvait toujours en allemand, mais calculait en anglais et avait oublié le système monétaire de son pays natal. Chargée des finances de la famille, chaque fois que son mari et son fils lui apportaient de l'argent, elle filait à la banque le remettre à M. Erskine pour le rachat de l'hypothèque Kolff. Un jour qu'elle entrait dans le bâtiment de pierre grise, M. Erskine, la conduisant dans son bureau, lui dit :

« J'ai prêté de l'argent à quatre-vingt-onze familles allemandes, presque sans garanties. Aucune n'a manqué une échéance dans ses remboursements et vous, vous êtes en avance dans vos paiements. »

Alors, elle s'enhardit :

« Et si je rembourse tout? M. Kolff et moi emprunter encore?

– Bien sûr. Je suis là pour ça, pour prêter de l'argent et vous faire bénéficier du meilleur crédit. »

Par contre, elle ne parvint pas à expliquer ce qu'elle comptait faire avec.

« En fait, reprit-il, vous pourriez étendre votre emprunt tout de suite.

– Comment ça?

– Eh bien, au lieu d'attendre pour payer vos arriérés, vous pourriez emprunter ce dont vous avez besoin maintenant et régler le solde plus tard.

– Je pourrais avoir l'argent nouveau maintenant?

– Tout de suite, mais nos directeurs voudront savoir à quoi vous le destinez.

– Je veux acheter les bois.

– Quelle surface?

– Quatre hectares.

– Vous en avez besoin? »

Elle réfléchit si longtemps que M. Erskine crut qu'elle n'avait pas compris; mais elle songeait au goût insatiable de la terre en l'homme et les nations, au retour à la terre des hommes et des femmes sur leur déclin, à leur poussière venant s'ajouter au grand héritage final. Elle se rappela les propos si fréquents de son père : « Si un homme est tranquille avec quatre hectares, il l'est encore plus avec quatre fois quatre. »

« Je m'occupe des bois, dit-elle, je trace les sentiers. Je voudrais être sûre.

– Ils se trouvent près de votre maison?

– Ils en font partie et je voudrais être sûre.

– J'aimerais les voir. »

Il la conduisit en voiture dans les collines et, dès qu'il vit le parc ravissant qu'elle avait créé, il compris le piège dans lequel elle s'était laissé prendre. En nettoyant la terre comme elle l'avait fait, en rendant les bois aussi accueillants elle en avait augmenté la valeur au point que jamais elle ne pourrait les payer; avec son travail acharné, elle avait détruit ses propres rêves.

« Je crains que vous n'ayez jamais les moyens d'acheter ces quatre hectares, dit-il.

– Combien?

– Je peux me renseigner, mais ce sera très cher. »

Lorsqu'il lui fit part du prix en comparaison de ce qu'elle et Dieter avaient payé leur lopin, elle fut atterrée.

Elle renonça donc à son rêve de posséder son propre parc, mais n'en continua pas moins à l'entretenir. Toute sa sollicitude, cependant, se reporta sur son fils Magnus, maintenant âgé de neuf ans, si doué pour la trompette qu'il avait été invité à jouer, outre dans l'orchestre de l'école, dans celui de Huntsville. Sans être génial, il était très doué, particulièrement pour le déchiffrage. Il semblait muni d'un système de décodage lui permettant de transcrire instantanément les lignes et les points en sonorités limpides, ce qui ravissait sa mère. Même ses exercices la mettaient en joie et, souvent, elle lui demandait de l'accompagner dans son parc pendant qu'elle y travaillait, s'imaginant qu'il allait charmer les oiseaux.

La musique avait son importance dans la vie de Magnus, mais il aimait bien se bagarrer avec ses camarades de classe ou jouer au football avec les enfants allemands au Monte Sano. Le visage constellé de taches de rousseur, il était plutôt mastoc, avec une toison blonde qui lui coupait le front en diagonale. Tout en étant bon élève, il trouvait la plupart des matières barbantes et préférait la musique et le sport, deux domaines où il commençait à se distinguer.

Tout en comprenant l'allemand, il n'aimait pas le parler et, lorsque ses parents le cajolaient ou le malmenaient pour qu'il l'étudiât, il refusait avec obstination.

« Personne ne parle allemand, à l'école.

– Tu seras bien content, un jour, de le parler, prédisait son père.

– Alors, je l'apprendrai », répondait-il avec une sagacité d'adulte.

C'était un garçon raisonnable. Quand les autres, à l'école, s'attiraient des ennuis, il restait sur la touche à les observer, trop prudent pour se laisser embringuer dans des situations répréhensibles. « S'ils vous attrapent, vous les gosses américains, vos pères se contentent de vous parler. Moi, mon père me flanque une volée. » Un autre argument dissuasif lui était servi par sa mère : « Souviens-toi, Magnus, que tu n'es pas encore américain. Ils peuvent te renvoyer n'importe quand en Allemagne... si tu n'es pas sage. »

Liesl n'était pas sûre d'être dans le vrai. Certaines des femmes allemandes avaient expliqué que Magnus, ainsi que leurs enfants nés en Amérique, devenaient automatiquement citoyens des U.S.A. mais elle était persuadée que Dieter et elle n'étaient pas dans ce cas et elle supposait que si les parents étaient expulsés, leurs enfants le seraient aussi; elle utilisait donc cette menace pour maintenir son fils dans le droit chemin.

Au printemps de 1955, le secrétaire à l'immigration et le juge local décidèrent qu'il était dans l'intérêt des Etats-Unis que ces Allemands fussent intégrés à plein titre à la communauté américaine; une cérémonie spectaculaire fut donc organisée où des officiers en grand uniforme et des dignitaires de l'Etat prononcèrent les discours rituels. Après leur avoir posé quelques questions de routine sur la Constitution et le président, le responsable à l'immigration déclara aux candidats qu'ils avaient satisfait aux exigences du programme. Le juge demanda à chacun de se lever et, en quelques paroles émues et concises, conféra la citoyenneté américaine à ces précieuses recrues étrangères. Et quand l'une des organisatrices donna à l'orchestre le signal, et que le petit Magnus Kolff, benjamin des musiciens, fit retentir à la trompette le refrain de *Mes yeux ont vu la gloire,* bien des yeux s'humectèrent dans l'assemblée.

Tandis que sa femme et son fils étaient si heureux, Dieter Kolff traversait une mauvaise passe. Non qu'il ne fût pas à la hauteur de sa tâche, mais ses supérieurs, le docteur von Braun en particulier, ne parvenaient pas à définir les ordres de priorité et personne ne savait, d'une semaine sur l'autre, en quoi consistait sa mission à Redstone, ni les projets de l'armée, ni s'il resterait un centime le mois suivant. Le chaos régnait, et les Allemands les plus pondérés chuchotaient le soir venu : « Comment ce pays a-t-il pu nous battre? », en pensant tout bas : « Comment ce pays peut-il tenir tête aux Russes? »

La situation était la suivante : sous les auspices du Pentagone qui ne comprenait rien aux fusées ni aux questions spatiales – et qui, d'instinct, s'en méfiait car elles apportaient trop de complications, tandis que généraux et amiraux élaboraient eux des rapports prestigieux sur la façon dont ils avaient gagné la dernière guerre avec des armes qu'ils connaissaient, une bataille sévère s'était engagée à propos des trois grandes armes. Et chaque fois que les techniciens de l'une semblaient progresser, les autorités des deux autres conspiraient pour freiner leur élan. Ce qui aurait pu être positif si le Pentagone avait nommé un arbitre pour juger du bien-fondé des positions adverses et choisir la meilleure. Mais le grand décideur était Charley Wilson, spécialisé dans la construction des chars, que la seule perspective de l'étude de fusées coûteuses et sophistiquées révoltait. Si bien qu'au lieu de recevoir des instructions précises du Pentagone, les ingénieurs militaires de Huntsville et de la N.A.C.A. à Langley nageaient dans une confusion allant jusqu'à l'absurdité.

L'armée de l'air, à laquelle allait être sans doute confié l'examen de ce problème épineux, plaçait tous ses espoirs dans la fusée Thor et le missile balistique intercontinental Atlas (I.C.B.M.) qui, s'il fonctionnait comme prévu, pourrait exécuter n'importe quelle mission. Quelques imaginatifs rêvaient de sept ou huit versions d'Atlas, de splendides machines américaines qui pourraient viser droit sur la Lune. Mais l'Air Force eut la malchance de rencontrer des difficultés sans nombre, et leurs dix premières tentatives furent désastreuses.

La Navy soutenait sa Vanguard, une fusée hors programme destinée à placer les satellites scientifiques sur orbite et représentant la contribution américaine à l'Année géophysique internationale, alors que toutes les nations du monde s'associaient pour promouvoir de grandes explorations de la haute atmosphère. La solution de la marine n'était pas valable mais ses officiers de haut rang, fins politiciens, obtinrent de continuer leurs expériences.

L'armée de terre, misant sur von Braun et ses compatriotes à Huntsville, proposait la Jupiter, une création de l'A-4 de Peenemünde haute de dix-huit mètres, de deux mètres quatre-vingts de diamètre et suffisamment puissante pour propulser une tête nucléaire ou un homme sur la Lune. Mais elle ne fut pas d'emblée reconnue supérieure aux engins proposés par l'aviation et la marine. Il fallut donc lui frayer vers la suprématie une voie semée d'embûches.

« Il est vital, déclara Kolff à ses assistants, que la Jupiter soit parfaitement au point. Il faut qu'elle marche, avec l'aide de Dieu, il le faut à tout prix. »

L'été 1955, l'équipe de Kolff travailla seize à dix-sept heures par jour sur chaque pièce à perfectionner les détails d'un système aussi complexe que démesuré : des kilomètres de fil conducteur, des centaines de connexions électriques; neuf sortes de métal, des tonnes de matériel. L'hiver 1956, lorsqu'ils firent l'essai de mise à feu de la gigantesque machine en la retenant au sol par des colliers d'acier, l'ensemble de l'appareillage se désintégra et l'équipe retourna travailler pour essayer de détecter les raisons de cet échec.

Von Braun était très soucieux car il savait que les responsables de Huntsville, l'aviation et la marine étaient au courant, les enquêteurs de Washington laissèrent entendre que cette annexe de recherches de l'armée serait fermée pour cause d'inefficacité et son équipe dispersée.

« Vous pourriez trouver dans le privé des situations à vos hommes. On a toujours besoin d'experts en mécanique. Ils vous traitent d'experts en mécanique », dit von Braun d'un ton ulcéré à Kolff en lui faisant part de l'entretien.

Puis il se mit à rire, secouant sa tête massive avec mépris :

« Dieter, vous qui avez travaillé sur les plus grandes fusées du monde, quel âge avez-vous?

– Quarante-neuf, près de cinquante.

– Vous considérez-vous comme un « expert en mécanique »?

– Je suis un spécialiste en fusées qui attend de lancer un modèle géant.

– Si seulement vous étiez un « expert en mécanique », peut-être réussirions-nous à faire décoller ce sacré engin?

– Nous n'avons toujours pas trouvé ce qui cloche.

– Vous croyez que la prochaine marchera?

– Nous la ferons marcher coûte que coûte », affirma Dieter. Il rappela les moments de découragement à Pennemünde où Hitler avait invité huit des plus grands généraux à venir voir l'invention qui allait gagner la guerre. Pffft. « J'aurais voulu mourir.

– Nous n'en avons pas été loin, remarqua von Braun en riant. Et si nous échouons la prochaine fois, Dieter, nous mourrons de nouveau. D'une façon différente. »

Kolff, maintenant, n'arrivait plus à dormir car il se rendait compte que le vol de la future fusée Jupiter mettait en jeu, outre le prestige de l'armée, la position de l'Amérique vis-à-vis de la Russie, les vols vers la Lune et les programmes spatiaux du monde entier. Selon Kolff, si une centaine d'hommes souhaitaient le développement de ce programme à facettes multiples une centaine de millions en désiraient l'échec.

En septembre 1956, Kolff prit l'avion pour cap Canaveral en Floride, une île côtière de l'Atlantique ressemblant beaucoup aux Wallops mais à mille deux cents kilomètres plus au sud. Et là, parmi le moutonnement des dunes, il supervisa la mise en place de l'énorme fusée. Lorsqu'il la vit dressée, stabilisée dans son armature, légèrement inclinée vers la mer, il frissonna à l'idée qu'un seul de ses éléments internes si compliqués pouvait se dérégler et faire tout échouer.

L'attente les plongeait tous dans l'angoisse, et la

sueur perlait sur le visage de von Braun. Le signal fut donné, les moteurs se déclenchèrent et une monstrueuse déflagration engloutit la plate-forme de lancement. Lentement, la grande machine commença à s'élever au-dessus de son échafaudage... elle montait, montait, non pas emportée par une explosion titanesque mais avec lenteur, dans un mouvement de reptation ascensionnelle.

Elle continua à s'éloigner, ses moteurs crachant des flammes. Puis sa vitesse augmenta jusqu'à ce que, emportée par une puissance stupéfiante, suivie d'un sillage enflammé, elle disparût au-dessus de la mer.

Le radar et les appareils de télémétrie signalèrent qu'elle avait atteint l'altitude incroyable de onze cents kilomètres, ce qui lui permit de franchir cinq mille trois cents kilomètres avant de plonger dans les profondeurs de l'Atlantique.

« Nous avons donné à l'Amérique un outil grandiose », déclara von Braun, exultant, et quand il vit Kolff prostré sur un tabouret, vidé de toute émotion, il alla s'asseoir à côté de lui. « Nous avons franchi la première étape vers la Lune », dit-il.

Ce vol sensationnel revêtait un caractère étrange que seuls les experts pouvaient apprécier. Si un engin lancé en l'air était susceptible de se mettre sur orbite à une altitude relativement basse d'environ cent cinquante kilomètres, celui-ci avait atteint près de sept fois cette hauteur sans se maintenir en altitude. Pour quelle raison? Quand Mme Pope posa cette question au nom de la commission d'enquête, von Braun répondit :

« L'altitude n'a rien à voir. Un engin peut monter droit à vingt-cinq kilomètres et retomber sur la Terre. Mais s'il sort de l'atmosphère à une vitesse suffisante, il se placera toujours en orbite.

– Quelle vitesse doit-il atteindre? demanda-t-elle,

sachant que les sénateurs allaient la cuisiner pour obtenir des précisions.

– La vitesse nécessaire, mathématiquement, est de vingt-six mille kilomètres à l'heure. Selon les conditions variables et le fonctionnement de nos machines, nous avons prévu un chiffre de vingt-huit mille kilomètres à l'heure. A moins de vingt-six mille kilomètres peu importe la hauteur atteinte, la force de gravité ramènera toujours l'objet dans l'atmosphère. Mais, même s'il n'atteint que cent cinquante kilomètres à vingt-huit mille kilomètres, il se mettra en orbite et y restera. »

Avant que Penny ait pu émettre la moindre réflexion, il ajouta avec un petit rire :

« Oberth nous disait toujours que si l'on pouvait faire rouler une voiture à vingt-huit mille kilomètres à l'heure, elle escaladerait le ciel pour aller se placer sur orbite. »

Penny posa alors la question clef :

« Mais quand votre engin a atteint cent cinquante kilomètres d'altitude, pourquoi ne pas dévier sa course latéralement pour le mettre en orbite?

– Ma chère! Cette vitesse supplémentaire ne peut s'obtenir que par une énergie supplémentaire.

– Puis-je rapporter aux sénateurs que vous arriverez à produire cette énergie supplémentaire?

– Un de ces jours, oui. »

Lorsque Dieter rentra joyeux à Huntsville, Liesl lui fit part de quelques bonnes nouvelles :

« Enfin le propriétaire m'est reconnaissant d'entretenir son bois et il est disposé à nous vendre près d'un hectare à un prix correct. Ce soir, je suis vraiment contente. »

Mais, avant que Dieter ait pu la féliciter, elle sortit une lettre dont les termes remettaient en question l'achat du lopin de terre :

« Chers M. et Mme Dieter Kolff,
Votre fils Magnus possède un tel talent à la trompette que la direction de notre camp national de musique à Interlochen, Michigan, souhaiterait l'inviter à venir jouer dans notre orchestre de la jeunesse cet été durant sept semaines. »

Puis la lettre expliquait que, bien que la bourse accordée à Magnus pour son talent exceptionnel couvrît son séjour, la famille Kolff devrait assumer le coût du voyage et les frais annexes. Cette dépense imprévue absorberait la somme que Liesl comptait employer au versement d'arrhes pour les bois tant convoités.

C'était le genre de situation qui enrichissait la vie de famille : ces deux options justifiaient l'une et l'autre le travail d'une année entière. Les Kolff étudièrent le problème au cours du dîner; Liesl avoua que, tout en rêvant d'avoir ce bois, elle jugeait que la formation de Magnus passait en premier; le jeune garçon déclara que s'il avait très envie de se rendre à ce camp et de jouer de la véritable musique symphonique, il aimait tout autant les bois et ne voulait pas que ses parents en soient privés. La décision, c'était clair, dépendait de Dieter.

Avant qu'il ait pu décidé, son attention fut détournée par un coup de téléphone :

« Kolff, descendez tout de suite. Il y a là quatre hommes que nous ne pouvons identifier, qui font un foin du diable. »

Arrivé à la base, il constata une énorme agitation et une confusion totale : « Tous les Allemands sont déportés. Comme nazis. » L'information était fausse, bien entendu, mais quand il entra dans son bureau, il trouva sa secrétaire en larmes et deux inconnus fouillant dans ses papiers.

« Tout est en allemand, s'enquit l'un d'eux.
– Les travaux sur les fusées sont en général en allemand », expliqua Dieter.

Il apprit alors que le Pentagone avait pris une décision capitale concernant l'avenir de Huntsville et qu'en attendant sa divulgation, ces agents du service de renseignements étaient chargés de vérifier l'état des recherches des Allemands. Kolff, en raison de l'intérêt notoire qu'il portait aux fusées à longue portée, était particulièrement suspect.

A neuf heures, tout le monde s'assembla pour entendre les instructions du secrétaire à la Défense, Charley Wilson, adversaire tout aussi déclaré des fusées et de l'exploration spatiale que les généraux allemands qui avaient donné tant de fil à retordre à von Braun, à Peenemünde. Ces instructions étaient intitulées *Directives et objectifs des missions,* et les spécialistes réprimèrent un sursaut en entendant un général les leur résumer d'un ton monocorde :

> « Messieurs, à partir de huit heures ce matin, l'armée des Etats-Unis, et en particulier le personnel de cette base, a reçu pour consigne de stopper les recherches sur les fusées et les engins balistiques d'une portée supérieure à trois cents kilomètres qui seront placés sous la responsabilité de l'Air Force ou de la marine. Cela signifie que toutes les études en cours sous la supervision du docteur von Braun et de ses associés sont suspendues. Des efforts seront faits pour fournir du travail à tous les membres du personnel, soit ici même à Huntsville, soit ailleurs dans des firmes susceptibles de s'intéresser à la technologie de l'espace. Ces ordres entrent en vigueur dès maintenant. »

La réunion terminée, les hommes restèrent en petits groupes consternés, s'interrogeant sur les perspectives d'avenir. Quelqu'un laissant entendre que les Allemands seraient renvoyés au camp de concentration d'El Paso, le général mit rapidement fin à cette rumeur.

« Vous êtes citoyens américains, avec autant de droits que moi à rester ici, en Alabama. »

Mais quand les hommes lui demandèrent s'ils pourraient conserver leur situation, il se montra évasif.

La secrétaire de Kolff fit alors irruption :

« Il faut aller tout de suite au chantier, les types du Pentagone sont déchaînés! »

Quand Kolff arriva au centre de montage, il constata que les moteurs auxquels il avait consacré tous ses efforts depuis un quart de siècle étaient mis en pièces détachées.

« On ne peut pas prendre le risque d'avoir un pépin. Cette base est maintenant limitée aux engins de trois cents kilomètres de portée, et ces Jupiter sont mises au rancart. »

Le temps que Dieter rentre chez lui, Liesl et Magnus étaient au courant du désastre mais, avant même qu'ils aient pu exprimer leurs regrets, il déclara :

« Nous n'achèterons pas les bois. Personne n'ira au camp. Pour tout dire, je ne sais pas du tout ce que nous allons devenir. J'ai peur qu'on ne soit obligés de vendre la maison et de s'en aller. »

Liesl réprima un sanglot et demanda :

« Où ça?

– Je n'en sais rien. »

A son arrivée à Patuxent River où il devait suivre un entraînement de pilote d'essai intensif, le lieutenant John Pope, de l'U.S. Navy, retrouva son camarade de vol de Corée, le capitaine Randy Claggett des marines, installé dans un paradis chaotique.

Pax River était l'une des bases militaires les plus complètes d'Amérique; un ensemble de terrains d'aviation situés à l'extrémité d'une péninsule au cœur de la baie de Chesapeake, approximativement à égale distance de Richmond, d'Annapolis, de Washington et de l'île Wallops. La proximité de ces deux derniers points revêtait une importance particulière car si les administrateurs de la base se heurtaient à des problèmes sérieux, ils pouvaient toujours avoir accès aux responsables du haut commandement dans la capitale du pays. Et si les missions des appareils en vol d'essai étaient particulièrement difficiles, ils pouvaient s'éloigner au-dessus de l'Atlantique en prenant l'île Wallops comme point de repère, de ravitaillement et, si besoin était, de piste d'atterrissage improvisée, et comme refuge. Au cœur d'un site superbe, Pax River comptait dans son état-major certains des pilotes les plus expérimentés du monde.

En raison de cette situation privilégiée, les pilotes nouvellement arrivés pouvaient opter entre quatre modes d'installation : les casernements de la base dans lesquels seuls les ploucs pouvaient consentir à se loger, de misérables cahutes juste au-delà du portail, un groupe agréable de pavillons neufs sur un lotissement baptisé Town Creek où les couples mariés pouvaient élever leurs enfants en toute tranquillité et une merveilleuse zone à demi sauvage de l'autre côté de Patuxent River, près d'un mouillage de bateaux de petit tonnage de la marine, appelé îles Solomons, si inconfortable, primitive et sommaire que seuls les pilotes les plus coriaces mariés aux femmes les plus résistantes choisissaient de s'y installer.

Randy Claggett vivait à Solomons. Pour se présenter au rapport le matin, il devait soit faire quarante-cinq kilomètres en voiture le long de la rivière, la traverser et refaire quarante-cinq kilomètres dans l'autre sens, soit prendre un vieux bac à moteur établi par la Navy entre les deux bases. Ce bac n'embarquait pas de voitures si bien que les pilotes vivant à Solomons devaient posséder trois voitures : un véhicule correct pour leur femme et leurs enfants, un vieux bahut destiné à les transporter jusqu'au bac, et une troisième chignole garée de l'autre côté de la rivière permettant de se rendre au centre d'essais. Seule, la première voiture était immatriculée.

Dès que Pope se fut présenté aux autorités, Claggett prit le relais :

« Amigo, pas un seigneur qui se respecte ne crèche à la base, et les loyers en ville sont exorbitants. Seuls les peigne-culs vivent dans le confort banlieusard de Town Creek. La seule solution possible est donc Solomons. Viens avec moi. »

Ils se rendirent à un parking où Claggett sauta dans une Chevrolet de quatorze ans.

« J'ai payé cette chiote cent six dollars, mais en la rafistolant un peu, j'ai réussi à la faire rouler. »

La voiture était prête à rendre l'âme, mais elle suffisait pour se rendre du débarcadère à la base et retour, et pour aller de temps en temps se ravitailler en alcool. Le bac semblait prêt à couler à chaque instant, mais il les transporta jusqu'à l'autre rive où les attendait une incroyable Chevrolet 1939.

« Celle-ci m'a coûté quarante dollars et trois semaines de boulot mais, enfin, elle ne fait que quatre kilomètres dans les deux sens, sans plaque d'immatriculation ni rien. »

Cette étonnante guimbarde transporta les deux pilotes jusqu'à une maison de la base navale où des jouets et autres véhicules d'enfants traînaient sur une pelouse pelée et sablonneuse.

Poussant la porte d'entrée avec énergie, Claggett se mit à crier :

« Debby Dee, il est arrivé, ce salopard! »

Venant de la cuisine, apparut une belle fille blonde échevelée qui semblait avoir quelques années de plus que son pilote de mari. Comme Randy, elle était du Texas et, comme lui, douée d'un sens contagieux de la fraternité; elle avait de grands yeux rieurs et il émanait d'elle un charme naturel évident. Elle forçait un peu sur l'accent traînant du Texas et sa coiffure était insensée. Elle n'avait apparemment aucun souci de sa tenue ni de l'éducation de ses enfants qu'elle houspillait vigoureusement et consolait avec passion deux minutes après. Elle avait deux garçons et une fille mais, comme elle l'avait expliqué tout de suite :

« Les garçons ne sont pas de Randy. Il a eu la bonté de m'épouser quand Franck s'est tué en vol d'entraînement.

– Ces petits salopards sont à moi maintenant », dit Claggett tout en flanquant une taloche à l'un des gamins qui avait amené un tricycle dans la pièce.

Debby Dee et lui assurèrent Pope qu'il n'y avait qu'un endroit vivable au monde :

« Solomons, c'est le rêve. Des voisins merveilleux. Des grandes fêtes le samedi soir et une très bonne église méthodiste le dimanche. »

Randy insista pour conduire Pope hors de la base dans un garage dont le patron avait une Ford pathétique à vendre pour trente dollars.

« Bon sang, John, toi et moi on peut rafistoler ce tas de ferraille en cinq jours – impeccable pour aller de chez toi au bac. »

Le garagiste avait une autre Ford en meilleur état pour quatre-vingt-dix dollars.

« Celle-là je te la recommande, John, parce que pour aller jusqu'à la base, il faut une chignole qui tienne le coup. »

Mais ce qui séduisit Pope sur-le-champ et des années durant, ce fut une autre découverte de Claggett.

« John, ce n'est pas une Mercury 1949, que je vois là-bas? »

La coque du cabriolet était absolument hors d'usage mais la capote de toile semblait avoir été épargnée et, en l'examinant, les deux pilotes constatèrent qu'on pouvait avec quelques précautions la prélever sur l'épave pour la mettre à la place du toit improvisé que Pope avait posé sur sa voiture. Le garagiste ne voulut pas vendre la capote séparément, mais il accepta de céder le roadster pour vingt-cinq dollars et, lorsque les pilotes eurent terminé le montage de la nouvelle capote, il leur racheta ce qui restait de la ruine pour dix dollars.

« Avec un peu de résine d'epoxy sur les éraflures, tu te retrouveras à la tête d'une capote qui va durer vingt ans », dit Claggett.

Après quoi, Pope annonça la fameuse nouvelle :

« Je vais prendre mes quartiers... à la base.

– Mais, nom de Dieu! explosa Claggett, il n'y a que les rampants qui vivent à la base. Achète-toi au moins une baraque correcte à Town Creek. »

Les Claggett étaient tellement affectés par l'événement qu'ils alertèrent plusieurs de leurs amis pilotes qui leur dénichèrent deux maisons disponibles. Pope apprécia le charme et la gentillesse des familles de militaires du voisinage mais il resta sur ses positions :

« Ma femme travaille à Washington pour le moment et nous n'avons pas besoin de maison. »

Debby Dee le prit à part, une cigarette pendant à ses lèvres charnues.

« Pope-san, si tu es à court de liquide, Randy et moi on peut te...

– Ce n'est pas une question de fric, Debby Dee. Simplement, je n'ai pas besoin d'une maison.

– Mais le propriétaire te fera des conditions. Ecoute, espèce de cloche, cette maison a trois chambres à coucher. Elle ne coûte que treize mille dollars et tu auras droit à une hypothèque de vingt ans à cinq pour cent.

– Je ne veux pas de maison. Je veux essayer des avions, c'est tout. »

Elle recula d'un pas et le salua :

« Bienvenue dans la confrérie, bougre d'âne. Je suppose que tu connais le mot de passe? Professionnalisme. »

Telle était, à coup sûr, la raison d'être de Randy Claggett. Il pouvait se défouler chez lui à Solomons, ou pendant les soirées de week-ends, ou quand il bricolait sur ses trois voitures, il pouvait s'amuser à parler Tex-Mex. Mais s'il approchait d'un nouvel avion dont les caractéristiques lui étaient inconnues, il se transformait en une sorte de demi-dieu, un être totalement absorbé par la tâche à accomplir et il croyait, non sans raison, que nul sur la Terre ne pouvait mieux mener cette tâche.

Tout le monde, à Pax River, aspirait à cette réputation et, lorsque la classe de Pope, composée de quinze élèves, s'assembla dans la salle d'études des pilotes d'essai, le capitaine Penscott, qui allait diriger durant cinq mois leur stage d'entraînement, les accueillit sans émotion : « Messieurs, vous avez été choisis parce que vous êtes les meilleurs pilotes de la nation. Vous en savez, sur les avions en général, beaucoup plus que ceux avec qui vous avez servi et, à cette même époque l'année prochaine, deux d'entre vous seront morts parce qu'ils n'en savaient pas assez. »

Durant la cinquième semaine, les sirènes retentirent parce qu'un lieutenant de la Navy, avec mille quatre cents heures de vol, avait eu un instant d'hésitation dans un F 7 U-3 et l'avait écrasé sur le tarmac à près de cinq cents kilomètres à l'heure. Il habitait l'une des nouvelles maisons de Town Creek et Debby Dee fut la première à traverser sur le bac de Solomons pour venir s'occuper de la veuve et de ses deux gosses.

Lorsque Pope reçut son premier *Programme d'essais en vol pour l'évaluation de la stabilité et des commandes* établi par la Douglas Aircraft à l'intention des pilotes militaires affectés à l'essai du A4D-3, un bombardier d'attaque léger sur le point d'être ou non produit en série, il fut stupéfait par la complexité des tests auxquels il était censé se livrer et sur lesquels des rapports écrits étaient obligatoires. La brochure comportait treize questions concernant des caractéristiques de l'avion qui devaient être vérifiées en condition de vol telles que :

> Comment l'appareil se comporte-t-il en décrochage?
> Possède-t-il une stabilité longitudinale statique?
> Quelles sont les conditions de sortie de piqué à grande vitesse?
> Comment réagissent les commandes transversales en situation critique?
> Quel est son amortissement longitudinal?

En termes plus simples, le pilote d'essai devait courir les plus grands risques, ramener l'avion au sol en bon état et noter avec soin ce qui s'était passé avant, pendant et après les moments critiques. Bien des pilotes butaient sur la rédaction de ce rapport, et Pope fut profondément impressionné par la minutie de Randy Claggett à établir les siens. Il pouvait passer pour un illettré au cours d'une beuverie à Solomons, mais quand il ramenait un prototype, il écrivait son compte rendu avec la précision d'un rédacteur de la revue *Scientific American.*

« Les ingénieurs de la compagnie doivent savoir

exactement ce qui s'est passé, et tu es le seul à pouvoir leur expliquer. »

Lorsqu'il vit les premiers rapports de Pope, il ne cacha pas son mépris :

« Trop verbeux. Trop imprécis. Comment? Combien? Nombre de secondes avant la réaction? »

Et toujours il voulait savoir ce que Pope avait *ressenti* pendant l'expérience.

« Ce sont des indications plus précieuses que tous les trucs de télémétrie des ingénieurs. Pas ce que tu as pensé, pas ce qui se lisait sur les instruments, mais ce qui s'est passé dans tes tripes pendant que ton zinc basculait. Si tu les avais à zéro quand il s'est mis à glisser sur l'aile, si t'avais plus les yeux en face des trous... Nom de Dieu, Pope, tu es l'instrument le plus précieux qu'ils aient jamais mis sur ces taxis, et le plus compliqué. Alors fie-toi à tes réflexes. »

Lors d'une soirée, Claggett, une boîte de bière à la main, remit le sujet sur le tapis avec six autres pilotes. Ils se tenaient dans la cuisine tandis que leurs femmes parlaient shopping et jardin d'enfants dans le salon.

« Nous sommes les derniers d'une longue lignée, messieurs (il imitait le capitaine Penscott). Les derniers spécimens d'un long processus d'évolution darwinienne. »

Et il les invita à lui faire part de leurs opinions sur les statistiques qu'il cherchait à établir.

« A Annapolis ou West Point, vous étiez un sur cinq cents à croire au succès. A la sortie de l'école, trente pour cent seulement étaient admis à suivre des vols d'entraînement. Soixante pour cent de ceux-là arrivaient au bout du stage. L'entraînement de haute école en liquidait vingt pour cent. Et beaucoup ne finissaient pas le parcours, parce que les canons des Mig ou leur propre négligence s'étaient chargés d'eux. Sauf erreur, une centaine des meilleurs pilotes du monde sont candidats à chaque stage, ici ou à Edwards, ce qui m'amène à penser que chacun de nous correspond à peu près à une sélection d'un sur deux cent mille.

– Comment arrives-tu à ce résultat? demanda l'un des pilotes qui avait fait ses calculs de son côté.

– Parce que c'est un bon chiffre rond. Maintenant, voyons le tarif. Collège, quatre mille dollars. Annapolis, quatre ans, quarante-huit mille dollars. Vols d'entraînement, y compris les S.N.J. crashés, cent cinquante mille dollars. Et garnison en temps de paix, trois cent mille dollars. Corée trois ans, les zincs démolis, un million huit cent mille dollars. Pax River, trois ans tout compris, encore cinq cent mille dollars. Total? Un sacré paquet. »

Pope étudia avec intérêt l'obstination de Claggett à poursuivre sa carrière, et il écouta de toutes ses oreilles les conseils de son aîné :

« J'ai entendu le capitaine Penscott dire que tu étais l'un des meilleurs. Dans ce cas-là, pas de fausse manœuvre. Il faut que tu sois pris pour les vols d'essai. C'est là que se fait le vrai boulot où l'on met les derniers engins à l'épreuve... dans l'abstrait... philosophiquement. Si tu n'y arrives pas, l'expérimentation aérienne n'est pas mal, mais c'est l'étage au-dessous. Tu prends l'avion quand j'en ai fini avec lui et tu vois si ses caractéristiques collent avec les exigences de la marine. Si tu n'es pas un roi du manche à balai, on te mettra aux essais électroniques, ce qui est possible pour un fana de la question. Les essais d'armement, c'est pareil – à éviter. Un type comme toi, un caïd, est menacé d'une issue fatale. On voudra te garder comme instructeur à l'école d'entraînement des pilotes d'essai. Et si tu te laisses manœuvrer, adieu, pauvre Yorick. Je l'ai connu autrefois, du temps qu'il était pilote.

– Je peux être pris pour les vols d'essai?

– Il faut que tu le sois, c'est simple. »

Claggett donna deux autres conseils essentiels à Pope en lui prenant professionnellement le bras.

« John, évite de te frotter aux agents des fabricants. Eux représentent le business, et nous, l'armée. Si on te voit trop avec eux, on va s'imaginer que tu cherches à dégoter un boulot dans le civil en sortant d'ici, et d'autre part les types qui font ça sont considérés au-dessous de tout. Ne fraie pas avec les V.R., les pilotes qui essaient les prototypes de gros culs. Tout le monde croirait que tu manœuvres pour entrer plus tard à la Panam ou à la United. Qu'ils aillent se faire voir. Ils pilotent des barcasses. Nous, des aéroplanes. »

Les cinq mois d'entraînement intensif de Pope touchant à leur fin, Claggett le mit à nouveau en garde :

« Je crois que tu vas être l'un des plus grands, John. Normalement, je crache sur ceux qui crèchent à la base pour économiser trois sous et, entre nous, je n'aime pas tellement les preux mais, bon Dieu, tu connais les avions aussi bien que moi. Le seul péché impardonnable que tu puisses commettre ici dans les deux années à venir, c'est de bouziller un prototype. Fous-toi en l'air, d'accord, baise la femme du commandant, d'accord, mais tu es ici pour protéger cet avion et si jamais tu le démolis, tu auras foiré ton stage. Et ne t'attache pas trop à un taxi. Souviens-toi, l'avion se fout pas mal de toi. Pour lui, un pilote en vaut un autre. Essaie-le et tire-toi. »

Il montra fièrement à Pope son carnet de vol où étaient consignées ses expériences à bord de soixante et onze appareils différents, même certains des transports méprisés et, durant les derniers jours de son entraînement préparatoire, Pope admira l'insolence avec laquelle Claggett accueillait les derniers modèles arrivant à Patuxent River. Il attendait l'atterrissage, s'approchait du prototype, décochait des coups de pied dans les pneus et demandait négligemment :

« Et comment ça démarre, ce clou? »

Un pilote pouvait compter trois mille heures de vol sur tous les appareils possibles et imaginables, et ne pas savoir où le fabricant avait planqué l'allumage sur son dernier modèle. Une fois renseigné, Claggett demandait au pilote :

« Alors, pas de coups tordus à attendre de celui-là? » Car toujours les pilotes s'entraidaient, se communiquant les difficultés éventuelles.

Claggett là-dessus décollait, parfois avec juste une autorisation de la tour de contrôle. Et après avoir soumis l'appareil à toute une gamme d'exercices, accumulé des notes sur ses performances, il atterrissait et allait discuter avec ceux qui l'avaient piloté avant lui. Passant trois heures à comparer ses notes aux leurs sur les moindres détails, alors seulement, il consentait à rencontrer l'équipe d'entretien de l'appareil et les agents de la firme productrice pour exposer, dans un luxe de précisions, les qualités et les défauts du nouvel engin.

« J'ai une faiblesse que tu dois éviter, confia Claggett à Pope le soir où celui-ci fut reçu à l'examen de fin d'études du programme de Patuxent. Je me vendrais pour n'importe quel vol en rase campagne, j'irais même jusqu'aux zincs commerciaux. Je suis volontaire pour toutes les balades, et les pilotes qui font ça courent de gros risques : aller voler au-dessus des usines de Los Angeles, essayer les nouveaux modèles sur la base d'Edwards; peut-être même aller en Angleterre rencontrer ces Anglais à Boscombe Downs.

– Où sont les risques?

– On se fait une réputation de farceur, de farfelu. Et quand on rentre, on s'aperçoit que ceux qui ont bossé sur place ont dégoté toutes les missions valables, et on se retrouve sur la touche. Plus question de toucher aux nouveaux avions.

– Et comment tu t'arranges pour veiller au grain? »

Claggett regarda autour de lui comme s'il redoutait d'être espionné, puis répondit :

« En étant le meilleur du lot. En écrivant les meilleurs rapports. En tirant le maximum de toutes les caisses où on te laisse monter. »

Il se mit à rire :

« Jamais je ne serai guéri. J'adore la routine. Pax-Lax-Jax. » Il faisait allusion aux terrains de Patuxent River, Jacksonville et Los Angeles. « Mon cœur fait boum quand le moteur démarre et que je décolle. A trente mille pieds, je suis le roi. »

Le jour suivant, John Pope réussit son vol d'essai sur toute la ligne, et le capitaine Penscott reconnaissant sa valeur lui proposa de devenir instructeur chef au centre d'entraînement.

« C'est un boulot à long terme, Pope, et qui présente de gros avantages. Vous pourriez acheter une maison et vivre largement.

– Je serais très honoré, répondit John, mais vous savez que ma femme travaille à Washington et j'espérais obtenir les vols d'essai.

– Claggett vous aurait-il empoisonné l'esprit? s'enquit aimablement Penscott.

– Eh bien, mentit Pope, il m'a dit deux choses : que devenir instructeur permanent, c'était ce qu'on pouvait espérer de mieux. Et que les pilotes de choc faisaient tout pour être admis aux vols d'essai.

– Je m'attendais à cette réponse, dit Penscott. D'accord. Va pour les vols d'essai. »

Ce soir-là, Randy et Debby Dee Claggett donnèrent une petite fête à Solomons en l'honneur de la promotion. Le vieux bac fut affecté au transport des invités depuis Town Creek, et le jeune Tim Claggett au volant de la Chevrolet fit la navette entre l'appontement et les trois pavillons que sa mère avait empruntés pour la circonstance. Pope était assez familiarisé avec ceux de Pax River pour savoir ce qui l'attendait : pas une goutte d'alcool dans l'équipe, pas de discussions sur l'art ou la littérature, la musique hi-fi la plus bruyante, pas une allusion à la politique, les hommes à la cuisine, les femmes au salon, des modèles d'avions accrochés aux murs un peu partout, et la chaleureuse camaraderie d'hommes qui avaient passé les quinze dernières années à risquer leur vie. Et qui comptaient bien passer les quinze suivantes à faire exactement la même chose.

Pope quitta son austère logement de la base et partit vers le bac avec son cabriolet Mercury. Sur l'autre rive, il monta dans la Chevrolet de Tim Claggett, et il eut la surprise de voir, dans le salon de Debby Dee, Penny. Randy avait foncé à tombeau ouvert jusqu'à Washington afin de la ramener pour cette soirée de gala.

Son cœur s'arrêta quand il la vit, nette, élégante, ses cheveux soulignant la forme harmonieuse de sa tête, son large visage rayonnant de joie à l'apparition de son mari.

« Penny, s'écria-t-il, comment as-tu déniché cette crèche?

– Le gorille volant, dit-elle, montrant Claggett qui, une fois de plus, s'amusait à jouer les ramasseurs de betteraves mexicains.

– Moi, amène senorita. Elle ma sœur, très jolie, très propre, trois dollars. »

Les compagnes des pilotes firent le meilleur accueil à Penny qui, avec son expérience de Washington, sut s'entendre immédiatement avec des femmes qui lui plaisaient d'emblée :

« Non, je n'ai pas d'enfants, bon sang, et je crois que c'est la faute de ce guignol.

– Non, non, mem'sahib, hurla Claggett, en Corée, notre vieux Pope a eu trois enfants. C'est pas sa faute du tout. »

Penny, bombardée de questions par les femmes sur ses activités à Washington, expliqua que, diplômée en droit, elle avait obtenu ce poste clef de secrétaire à la commission du Sénat chargée de l'aviation et de l'espace.

« Disons que j'aide des hommes comme Lyndon Johnson et mon patron, Michael Glancey, à trouver l'argent qui permet d'assurer le fonctionnement de centres comme Patuxent River.

– Bénie soit cette fille! s'exclama Debby Dee, et elle demanda à Penny ce qu'elle voulait boire.

– Une bière, répondit Penny, et Debby Dee cria d'une voix aiguë :

– Une recrue de plus pour nous autres, les buveuses de bière. »

La fête se prolongea jusqu'à l'aube et, comme le soleil émergeait sur la baie de Chesapeake, Debby Dee conduisit les Pope à l'un des pavillons, pria les dernières biberonneuses de débarrasser le plancher et borda dans leur lit le nouveau pilote d'essai et sa beauté de Washington.

« Allez, faites des mômes, dit-elle. Un pilote d'essai sans enfants, c'est illégal. »

Son fils Tim reconduisit au bac les pilotes qui devaient retourner au travail.

Penny fut si enthousiasmée par Pax River et par les Claggett qu'elle se débrouilla pour quitter Washington tous les week-ends et pour dormir soit à Solomons, soit à Town Creek. Plus elle partageait l'existence agitée mais bien réglée des pilotes d'essai, plus elle l'appréciait et éprouvait du respect pour les hommes et les femmes qui menaient cette vie. Elle était très fière de son mari, comme la plupart des autres épouses.

Elle séjournait dans l'une des familles de Town Creek lorsqu'un des nouveaux pilotes reçus avec John s'écrasa, réduisant son prototype en un tas de métal, d'os et de sang. Ce fut le premier des quinze à mourir.

Elle apprécia alors doublement le sens de l'activité de son mari car la base entière, de l'amiral en passant par le capitaine Penscott chargé de l'enseignement, aux agents techniques des fabricants, aux jeunes frais émoulus des sélections, tous firent front pour rendre cette mort sinon acceptable du moins supportable.

Au cours de ses week-ends, Penny fit la connaissance des pilotes les plus anciens qui travaillaient encore à la base, ou qui y revenaient pour comparer leurs notes ou pour boire des bières avec leurs anciens compagnons. Elle constata par exemple que John Glenn, un as calme et silencieux, ressemblait beaucoup à son mari. Et en l'observant, elle en vint à mieux connaître John. Chez Al Shepard dominaient la dignité et la force, tandis que Scott Carpenter était aimable et décontracté. Elle avait peine à croire que Pete Conrad était passé par Princeton. Elle fut très impressionnée par Bill Lawrence, peut-être le plus brillant pilote, tout bien considéré, que devait engendrer Pax River – Randy Claggett et son mari mis à part. Mais Gerry O'Rourke, bavard et tapageur avec son humour insolent, l'enchanta.

C'était un groupe d'hommes exceptionnels, et elle se refusait à croire les rumeurs selon lesquelles leurs homologues de l'armée de l'air à Edwards, Californie, étaient de même valeur.

« Ils volent peut-être plus haut, dit-elle à la commission du Sénat, mais ils ne peuvent pas voler mieux. »

Elle dormait chez les Claggett, un vendredi soir, fatiguée de sa semaine de travail et du voyage éclair vers le sud, quand elle entendit une violente explosion de l'autre côté de la rivière et se leva pour voir des flammes qui jaillissaient vers le ciel. Une terreur folle l'envahit, car son mari faisait du vol de nuit cette semaine-là et, durant une demi-heure terrible, elle crut que c'était lui qui s'était « payé le ranch ».

Claggett n'étant pas de service, Debby Dee et lui étaient donc présents pour lui soutenir le moral et Debby, avec sa longue expérience, lui déclara :

« Nous allons recevoir un coup de fil. Ils téléphonent toujours.

– Tu veux dire qu'ils vont me le dire au téléphone?

– Mais non, voyons! répliqua précipitamment Debby. Ils envoient l'aumônier ou un des pilotes en uniforme. Si personne ne vient vers la maison... Et puis, on entendrait le bac. »

Ils attendirent longtemps, parlant de choses et d'autres, et Penny Pope commençait à se calmer quand un crissement de sauterelle s'éleva, qu'on pouvait prendre pour une sonnerie de téléphone. Ils attendirent encore un long moment, guettant le moteur du bac mais, pour finir, ce fut John Pope qui appela :

« Allô! bébé. Tout se passe bien, là-bas. Je voulais simplement prendre de vos nouvelles. »

Lorsque Penny raccrocha, elle considéra un instant ses compagnons assis dans la pénombre, silencieux, puis elle craqua :

« Oh! Debby Dee, je l'aime tellement. »

Et, dans un flot de paroles précipitées, cette secrétaire de commission si réservée et maîtresse d'elle-même raconta leurs effusions sous les étoiles à Clay, quand John s'intéressait déjà à l'astronomie, leurs nuits ensemble à l'observatoire de l'université avec le docteur Anderssen, leurs tête-à-tête quand John était à Annapolis, les encouragements qu'il lui avait prodigués et l'amour de plus en plus profond qu'elle ressentait pour lui d'une année sur l'autre.

« Vous avez des enfants, dit-elle aux Claggett, comme tous les autres. John et moi, nous avons essayé, et cet échec nous a peut-être encore plus rapprochés.

– Pourquoi ne laisses-tu pas tomber ton boulot pour venir ici? demanda Debby Dee dans l'espoir de l'orienter vers un sujet de conversation moins brûlant.

– Quoi qu'on fasse, ce n'est jamais bien », dit Penny.

Sur quoi, ils lui firent boire deux verres de raide bien tassée et la mirent au lit.

Depuis, lorsqu'elle venait voir son mari en week-end ou entre deux sessions du Sénat, elle s'attachait à lui davantage car elle comprenait enfin quelle impulsion le poussait en avant.

« Tu veux être le meilleur, n'est-ce pas? Tu veux réaliser les performances maximales.

– Jamais je n'atteindrai le niveau de Randy, comme pilote d'essai.

– Tu en sais deux fois plus que lui sur les avions.

– Les caractéristiques, oui. Mais ce qui fait voler l'un et flancher l'autre, non.

– Tu en fais une sorte de mystère, de religion?

– C'est un mystère. Aux limites extrêmes, quand tu es là-haut dans un avion qu'on n'a jamais essayé, c'est un mystère. »

Il hésitait à évoquer ces problèmes qu'en général les pilotes d'essai n'abordaient qu'entre eux; mais il aimait cette créature volontaire et solide des plaines comme aucun pilote n'aimait sa femme; elle faisait partie de lui; elle était l'une des dimensions de sa vie – et il voulait tout partager avec elle.

« Depuis que nous avons commencé notre carrousel, trois hommes aussi bien entraînés que moi ont écrasé leur appareil au sol et, d'après les statistiques, il y en aura encore quatre avant la fin. Chacun connaissait très bien son zinc. Chacun a parlé clairement et lentement dans son micro quand sa machine a commencé à débloquer. Et chacun a fait exactement ce qu'il fallait, une fois, deux fois, cinq fois, six fois, et rien n'a marché, et ils essayaient encore de comprendre ce qui se passait quand ils se sont écrasés. Randy Claggett aurait sauvé tous ces avions sans exception. Au troisième accroc, il aurait inventé une solution, un truc qui n'était dans aucun manuel. C'est toute la différence. »

Inspirant profondément, elle demanda :

« Et toi? Tu te serais écrasé avec?

– J'aurais peut-être pigé à la cinquième manœuvre, mais il aurait sans doute été trop tard. En tout cas, je te promets une chose, Penny. Si jamais tu les vois rappliquer un jour, l'aumônier et les autres, tu pourras être certaine que j'allais tenter l'intervention numéro six. »

Il l'autorisa un jour à regarder les instructions ronéotypées prévues par Grumman pour les pilotes qui essayaient le F11F1, un appareil sur lequel la marine avait fondé de grands espoirs au premier contrat, mais qui n'avait apporté que d'amers déboires.

CONTRÔLE LATÉRAL

Objectif : déterminer le gradient de l'effort de gauchissement.

Procédure : 1) trimer dans les conditions requises;

2) se mettre en virage à gauche ou à droite sous un angle de 45°;
3) quand le virage est stabilisé, maintenir le gouvernail dans la position de virage stabilisé. Braquer alors l'aileron d'une quantité donnée et l'y maintenir jusqu'à ce l'avion ait atteint une inclinaison latérale de 45° dans la direction opposée.
4) enregistrer le temps mis pour effectuer les 90° et noter l'effet de gauchissement nécessaire.
Note importante : faire ces essais à 1/4, 1/2 et 3/4 du débattement maximal de l'aileron, d'abord à gauche, ensuite à droite.
Opération annexe : effectuer des vérifications à plusieurs altitudes et vitesses pour déterminer la vitesse de roulis à divers Mach et équivalent des vitesses correspondantes.

En feuilletant le manuel elle découvrit que son mari était obligé d'accomplir plus de quatre-vingts tests de ce genre avec leurs « *Intructions détaillées et mesures à observer* » dans la seule éventualité du décrochage des ailes.

« Combien d'appareils êtes-vous censés essayer à vous tous? »

John débita rapidement les noms des vingt-six modèles présents pour le moment sur le terrain; outre un grand nombre de coucous qui se révéleraient inutilisables, il y avait ces nobles engins dont les prédécesseurs avaient assuré la sauvegarde de la nation : les bombardiers en piqué Douglas, les chasseurs Grumman, la grande série des Chance-Vought F4U, avec lesquels les marines avaient repoussé les Japonais, et Pope combattu les Chinois en Corée.

Il lui fit part, en tant que membre virtuel de la commission à l'aviation, des deux sujets de scandale à Pax River : « Jamais il n'y avait eu d'avion plus difficile à manier que le vieux F4U, tellement surélevé que le pilote ne voyait rien pour atterrir sur un porte-avions... Avait la sale habitude de se mettre en roulis incontrôlé aux Gélevés, mais jamais nous n'avons eu de meilleur avion. Il était en béton. Pour l'abattre, il fallait un obus de 75. Un zinc merveilleux, et j'ai volé dessus pendant toute la guerre de Corée. Le Chance-Vought Corsair, oui, mon amour.

« Et maintenant, la même boîte avec les mêmes ingénieurs fabrique pour la marine le F7U, le Cutlass, un désastre. Tout déconne, surtout les moteurs. Les pilotes l'appellent le Cutlass Dégueulasse et des hommes comme Claggett ont envoyé des douzaines de rapports sur les modifications à lui apporter mais ils sont incapables de l'améliorer. Claggett refuse de voler dessus. Il l'appelle le Faiseur de Veuves.

– Tu l'as piloté?

– Moi, je pilote n'importe quoi. » Sans autre commentaire, il lui parla des F3H, première et seconde séries. « Le pauvre vieux F3H1, le pire désastre des temps modernes. Le tueur d'aspis. Il avait un moteur J40, je crois, et ses perfos étaient tellement minables qu'on a expédié les quarante derniers au fond du Mississippi avec un moulin Allison J-71. On l'avait baptisé le Démon Hurleur. Ça nous brisait le cœur de voir tout ce qui clochait. Un avion formidable, sur le papier. Son système de missiles air-air était astucieux. Le premier au monde à foutre en l'air une cible vous venant droit dessus. Mais, nom de Dieu, quel moulin à la gomme! Claggett et moi, on a envoyé des flopées de rapports. Ils n'arrivent pas à corriger ses défauts.

– Tu voles quand même avec?

– C'est notre boulot. On les essaie. Et si on ne les essaie pas, la marine les achète et les jeunes pilotes se tuent avec, parce qu'ils les croient conformes aux caractéristiques.

– C'est très risqué?

– Trente jours, trente vols, peut-être cinquante, pas un pépin. L'avion se met en vrille, tu notes les chiffres, tu le sors de sa vrille, tu renotes.

– C'est dangereux, les vrilles?

– Pas si tu en sors l'avion.

– Et sinon?

– Sinon, tu essaies un truc ou un autre... Enfin, tu trouves toujours une solution. »

Après des conversations de ce genre, elle rentrait à Washington admirant les hommes qui, de A à Z, rendaient l'aviation possible : les grandes compagnies qui fabriquaient les appareils, les commissions sénatoriales qui les finançaient, les généraux et les amiraux qui se battaient pour les meilleurs prototypes, les courageux jeunes gens qui les pilotaient et, enfin, cette race spéciale de surhommes qui buvaient de la bière dans la cuisine le samedi et essayaient les modèles nouveaux le lundi matin.

Au cours des derniers mois, deux hommes d'un peu plus de trente ans s'étaient tués : l'un aux commandes d'un avion qui n'aurait jamais dû sortir de l'usine; l'autre dans un appareil auquel il n'y avait rien à redire mais qui, en cette journée particulière, s'était bizarrement comporté au-dessus de Chesapeake Bay, si bien que son jeune pilote avait paniqué et perdu la vie, alors que n'importe lequel de ses camarades aurait pu le ramener au sol sans problème.

Plus Penny connaissait les pilotes, plus elle était rassurée sur leur santé morale : il n'y avait pas un casse-cou dans le groupe tout jeunot; qui cherchait à en acquérir la réputation, soit était tenu à l'écart, soit recevait un sérieux savon de la part des plus anciens comme John Glenn ou Randy Claggett; et la semonce était particulièrement efficace quand le

Texan dégingandé assumait le rôle de magister. Jamais il n'attaquait le jeune esbroufeur de front ni devant les autres, car il savait qu'un pilote d'essai doit conserver le maximum d'estime de soi et de bravoure, pas plus qu'il ne cherchait à dénigrer la valeur intrinsèque de l'homme qui n'aurait jamais été sélectionné pour Pax River s'il avait été incompétent. Tout au contraire, il s'en prenait, et de façon très directe, à son professionnalisme :

« Tu sais, Forbes, ton rapport n'est pas terrible.

– Les faits sont notés.

– Mais si un rapport n'est pas rédigé dans un style clair – je veux dire tac, tac, tac, un point précis suivant l'autre – et j'entends dans l'ordre, bon sang, comme le dit le manuel...

– Tout y est.

– Tout n'y est pas, bon Dieu, si je ne peux pas l'y trouver.

– Qu'est-ce que tu veux que je fasse? Que je me transforme en prof de littérature?

– Exactement », répondait Claggett avec chaleur. Puis, entourant du bras les épaules du jeune homme, il ajoutait : « Forbes, tu es un des pilotes les plus fumants du secteur. Il se peut même bien que tu sois le meilleur de nous tous. La technique, tu en as à revendre. Mais sillonner le ciel avec ce coucou ne représente qu'un tiers du boulot. Les deux autres tiers, c'est du laïus. Tu expliques aux grosses têtes ce qui se passe. Et là, tu dois être d'une précision parfaite... ordonnée... impeccable. Moi, je passe une heure à essayer, deux heures à plancher. C'est ça le professionnalisme, fils, sinon, il ne te reste pas grand-chose. »

Penny observait avec amusement les diverses façons dont ces hommes prouvaient leur professionnalisme. Leur voiture préférée était un roadster noir Thunderbird astiqué avec amour. Le véhicule familial devait être le station-wagon Buick d'occasion le plus vaste possible, mais une Oldsmobile aurait encore passé. Toute maison devait comporter une chaîne hi-fi mais pas de bibliothèque car les hommes lisaient déjà assez pour leur boulot, et leurs épouses n'avaient ni le temps ni le goût de la lecture. La boisson essentielle était la bière, rarement le whisky et, dans certaines familles qui avaient séjourné à l'étranger, la Tuborg, la Heineken ou la Asahi Black avaient la cote en dépit du prix élevé des produits importés.

Les familles constituaient de curieuses communautés étroitement liées sur le plan affectif mais avec des divergences aiguës sur le plan social. Leurs membres, en effet, à travers les déplacements incessants propres aux militaires, de continent à continent, avaient appris à choisir individuellement leurs relations. Ainsi, les jeunes pères essayaient-ils de maintenir, par une autorité de *pater familias,* une discipline au foyer tandis que les enfants s'arrangeaient pour mener à bien des égards des existences indépendantes.

Le style de vie variait beaucoup d'un intérieur à l'autre, de la rigueur du colonel de marines et de sa femme du Michigan au joyeux laisser-aller des Claggett mais, dans l'ensemble, pour autant que Penny pouvait s'en rendre compte, il n'y avait pas de femme enfant pleurnicharde ni de mari jouant les supermen. Ils n'étaient pas adaptés de façon idéale mais enfin, pour employer l'expression favorite de son mari, c'étaient des pros...

Ces familles errantes, ces pilotes déracinés jouant les pantouflards avec leurs outils de menuiserie, leurs pots de peinture et leurs tondeuses avaient quelque chose de comique. Pax River, à l'époque, comptait soixante et onze pilotes d'essai, et quatre seulement d'entre eux avaient déjà possédé une maison. Maintenant, les deux tiers étaient propriétaires, et cette transformation les traumatisait.

Penny plaisantait un soir sur ce thème, au cours d'un week-end, quand elle fondit en larmes, le visage décomposé.

« John, il faut que nous achetions une maison. Il y en a une à vendre à Town Creek et je la veux pour nous.

– Pourquoi? Nous n'y vivrons jamais.

– John, balbutia-t-elle, c'est un souhait tout à fait normal. »

Il l'attira à lui, l'assit sur ses genoux et l'embrassa, caressant ses jolies jambes :

« Nous n'allons pas rester ici longtemps, Penny, et...

– Les autres non plus ne restent pas, mais ils ont tous des maisons.

– Et quand nous serons nommés ailleurs, ce sera difficile de la vendre...

– C'est difficile pour les autres. Mais j'ai remarqué qu'ils finissent toujours par trouver un acheteur.

– Ce serait vraiment jeter l'argent par les fenêtres... Avec toi, à Washington.

– J'ai mis des fonds de côté, dit-elle d'un ton morose en s'écartant de lui. J'achèterai la maison, je la vendrai, et je trouverai le moyen de faire un bénéfice.

– Avec toi à Washington!

– Ne dis pas toujours la même chose! Toi et moi formons une famille. Et une famille doit posséder une maison. Et même si nous devons nous déplacer, nous la garderons. Ce sera notre port d'attache. »

John s'esclaffa malgré lui :

« Tu as déjà vécu dans le sud du Maryland en été? Au fait, tu as déjà vécu l'hiver ici? Allons, viens te coucher. »

Une fois sous les couvertures, serrée contre lui, elle murmura :

« J'ai un respect énorme pour Debby Dee Claggett. Je veux être une meilleure femme d'intérieur qu'elle, mais jamais je ne pourrais être une meilleure mère. Sais-tu qu'elle a trois ans de plus que son mari? »

Du lundi au samedi midi, semaine après semaine, John Pope essayait des appareils pour lesquels la marine des Etats-Unis envisageait de passer des commandes importantes. Et le haut commandement en était venu à le considérer comme « le type capable de voler sur n'importe quoi ». Il était spécialement apprécié des agents des fabricants pour les rapports approfondis qu'il leur soumettait après chaque vol, car il leur semblait devenir l'un d'entre eux, attaché de toutes ses fibres au succès de chaque prototype essayé. Après une longue période d'activité intensive, Claggett lui-même, le plus professionnel des pilotes d'essai, dut le mettre en garde :

« Souviens-toi, John, l'avion ne t'aime pas. S'il est foireux, dis-le, rejette cette saleté. »

Mais pour Pope, tout avion dont l'élaboration avait été poussée jusqu'à la construction, n'en existât-il que trois prototypes, méritait d'être sauvé.

Ses positions furent mises un matin à l'épreuve quand le capitaine Penscott leur demanda, à lui et à Claggett, d'essayer deux appareils à problèmes.

« Pope, vous allez prendre le F3H et le pousser aux limites de manœuvres et vous, Claggett, vous piloterez le F7U pour lui servir de cible.

– Je ne pilote pas le F7U, dit Claggett à voix basse, sur un ton respectueux.

– Et pourquoi?

– Parce qu'il manque terriblement de puissance et qu'il a déjà tué trop de bons éléments.

– Vous avez peur de le piloter? » demanda Penscott.

Un lourd silence envahit la pièce car le courage de Randy Claggett était légendaire. Il avait piloté plus de prototypes que quiconque à la base, et pour les missions les plus risquées, et dans les pires conditions atmosphériques. Il avait essayé les machines les plus hasardeuses, aux limites de leurs performances, se mettant dans les situations les plus périlleuses d'où seule sa volonté de fer l'avait tiré. Et si trois nouveaux modèles arrivaient le lendemain à bord d'un chaland, trop dangereux pour être amenés par les airs, il était prêt à les essayer tous les trois.

Mais il était convaincu que le F7U, ce fils bâtard d'un père héroïque, était irrecevable, et il ne voulait plus en entendre parler. Ses amis avaient perdu la vie à bord de cet avion pour des raisons qu'il avait énumérées bien avant les accidents, l'un des plus brillants chefs d'escadrille de la marine avait été cassé pour avoir refusé d'expédier ses jeunes pilotes dans les airs sur ce Cutlass Dégueulasse. Claggett estimait que c'était suffisant; et voilà qu'on lui demandait s'il avait peur de le piloter.

« Oui, répliqua-t-il. J'ai peur. » Et sans y être autorisé, il sortit de la salle de briefing.

Le capitaine Penscott se trouvait devant un sérieux dilemme : à Pax River, on pouvait être un haut gradé responsable des essais avec tous les pouvoirs et pourtant peser moins lourd que le pilote vedette qui essayait les appareils contestés. Penscott pouvait renvoyer un nouveau venu qui montrait des signes de défaillance, mais il ne pouvait sanctionner le meilleur des pilotes pour avoir refusé de voler sur un avion meurtrier.

Il prit alors sa décision :

« Pope, voulez-vous piloter le F7U comme cible?

– Oui, capitaine.

– Allez trouver Claggett et dites-lui qu'il prendra les commandes d'un Screaming Demon.

– Bien, capitaine. »

Ainsi, au-dessus de Chesapeake, deux des plus prestigieux pilotes d'essai d'Amérique, à bord d'avions d'une insuffisance alarmante, exécutèrent toutes les manœuvres prescrites, le F7U jouant les cibles volantes et le F3H le harcelant avec vigueur. Mais, durant le retour à la base, le F7U de Pope commença à perdre de sa stabilité et le premier à s'en apercevoir fut Claggett dans l'avion poursuivant.

« John, ici Randy. Ça m'est déjà arrivé. Manche au ventre, vieux », puis Claggett ajouta : « John, je crois que c'est ton aileron gauche. Rectifie! »

Il n'y eut aucune amélioration, le F7U se trouvait maintenant en position critique près d'amorcer une vrille désastreuse à trois cents mètres au-dessus de l'eau.

« John, dit calmement Claggett, essaie de virer serré à gauche. »

L'appareil refusa d'obéir et prit de la vitesse en s'enroulant dans une vrille plongeante accentuée à droite et, cette fois, Pope n'entendit rien, ni la voix de Claggett, ni la tour, ni même l'avion lui-même. Patiemment, méthodiquement, sans un instant de panique, il acheva de consulter les dernières données de sa liste mentale, cette liste qu'il avait préparée depuis des mois après de longues discussions avec des hommes qui avaient affronté ce prototype vicieux et, alors qu'il était sur le point de s'écraser dans le Chesapeake, il effectua les ultimes corrections, redressa son avion et le posa sans dommage à Pax River.

Après avoir laissé le F7U aux mains des mécaniciens, il gagna à pas comptés la salle de briefing où lui et Claggett rédigèrent sept pages de commentaires sur les déficiences de l'appareil, sans hystérie mais sans oublier un seul des arguments accablants. Et lorsque Claggett eut achevé son rapport, il consacra deux heures de plus à analyser le comportement de son F3H. Pour des tâches de cette importance, ils recevaient l'un et l'autre quatre cent vingt-neuf dollars par mois.

Si John Pope essayait de singer le professionnalisme de Randy Claggett, il se complaisait aussi à adopter le défaut majeur du Texas. Il était devenu un fantaisiste toujours prêt à prendre la route Pax-Jax-Lax vers n'importe quel azimut. Aussi se réjouit-il un dimanche soir lorsque Claggett l'appela au Q.G. des célibataires pour lui annoncer que le général Funkhauser, l'un des gros pontes d'Allied Aviation à Los Angeles, désirait une consultation à propos du F6Q-1 dont la production en série allait commencer.

« Je te prendrai au débarcadère à sept heures », dit Pope et lorsque dans la demi-obscurité Claggett eut traversé la rivière par bac spécial, John l'attendait dans son cabriolet Mercury.

Capote baissée, les deux pilotes foncèrent sur les routes sans lumière du Maryland vers le Washington National Airport.

« Ça m'ennuie de te demander de voler sur un poids lourd, surtout pour un voyage de nuit, s'excusa Claggett, mais je n'ai pu obtenir qu'une réquisition sur United. »

Ils montèrent à bord d'un des derniers appareils quittant le National et mirent le cap sur St. Louis où un quadrimoteur plus puissant devait les mener à Los Angeles. Pope s'assoupit durant le vol, mais Claggett déclara :

« Je vais attaquer sérieusement l'hôtesse, là-bas, la rouquine. »

Et vers le matin, quand Pope regarda les sièges vide à l'arrière il vit Claggett et la fille rousse en train de se peloter.

Ils atterrirent à Los Angeles à six heures du

matin, louèrent une voiture et, le pied au plancher, filèrent par les grands axes vers Pasadena où devaient les attendre le général Funkhauser et ses acolytes. Ils s'arrêtèrent pour prendre un confortable petit déjeuner composé d'œufs et de café, puis repartirent pour Allied Aviation.

Toute la matinée, ils soutinrent une discussion serrée, déjeunant de salade et de pain complet, puis travaillèrent avec les ingénieurs l'après-midi entier. A cinq heures, ils se retrouvaient dans leur voiture de location, roulant vers l'aérodrome où ils firent un dîner de fruits de mer avant de reprendre le Red Eye Special de la United Airlines pour retourner à Washington. A neuf heures, ils sautaient dans leur cabriolet vers Pax River pour se présenter à la base.

Claggett repéra un nouveau modèle qui venait d'arriver, un WFZ. Il s'approcha tranquillement de l'avion et demanda au pilote :

« Comment ça démarre, ce bouzin-là? » Après s'être familiarisé avec un système qui lui était étranger, il s'enquit : « Pas d'autres caractéristiques à connaître? »

Là-dessus, il décolla avec le prototype, mis le cap au-dessus des eaux bleues de Chesapeake Bay jusqu'à l'île Wallops... Après avoir atterri, il demanda à voir le premier pilote et compara ses notes avec les siennes durant une heure. Ensuite, il établit son rapport, consigna ses observations sur le nouvel appareil dans son carnet de vol, grimpa dans sa vieille Chevrolet, regagna le débarcadère, fit la traversée sous des cataractes, reprit sa deuxième Chevrolet encore plus décrépite et, arrivé au casernement Solomons, embrassa sa femme, se coucha et dormit seize heures d'affilée.

Les deux hommes auraient sauté sur toute occasion de voyager, mais ce qu'ils préféraient à tout, c'étaient ces voyages à la base aérienne d'Edwards en Californie parce qu'ils savaient qu'en se posant sur cette vaste étendue salée, ils se retrouvaient en présence de leurs pairs, la fine fleur des pilotes d'essais de l'armée de l'air. Là, Chuck Yeager avait franchi le mur du son en vol propulsé et Joe Engle avait fait monter le X15 presque au-delà de l'atmosphère à quatre-vingt-quatre mille mètres.

L'on ne pouvait que respecter le travail accompli à Edwards mais, en même temps, il fallait veiller à défendre la valeur des résultats obtenus à Pax River. La différence était la suivante : un appareil de l'armée de l'air décollant et atterrissant sur des terrains de vastes dimensions pouvait être un engin volant sans égal, tout étant subordonné à une combinaison idéale de puissance, d'altitude, de vitesse et de manœuvrabilité. Les ailes pouvaient être larges ou étroites selon la mission assignée à l'avion. Le poids pouvait être réduit au minimum, tous les éléments amenuisés à l'extrême. Tout pouvait être modifié pour apporter une efficacité maximale en combat et la vitesse à l'atterrissage pouvait atteindre près de quatre cents kilomètres à l'heure, si tel était le résultat de la combinaison envisagée.

Mais, comme Pope l'expliqua un soir au mess à Edwards : « Un appareil de l'aéronavale est soumis à un nombre incroyable de restrictions. Je n'ai jamais vu un avion de l'armée de l'air utilisable à bord d'un porte-avions, car ni nous soudions une crosse d'appontage à l'arrière d'un de vos engins, le choc encaissé par les brins d'arrêt serait tel que l'arrière de l'avion serait arraché. »

Claggett, qui aimait ces voyages à Edwards, appréciait particulièrement ces discussions avec les pilotes de l'armée de l'air : « Prenez le F4U, cet engin merveilleux que les marines utilisaient pendant la seconde guerre mondiale. Savez-vous que ses ailes se repliaient pour qu'on puisse le garer sur le pont. Mettez des ailes pliantes à un F105, et vous n'arriverez même pas à le faire décoller. »

Les deux hommes de la Navy avaient rarement gain de cause dans leurs discussions avec les cracks de l'armée de l'air. Un soir, Claggett, agacé, déclara :

« Je me demande s'il y en a beaucoup parmi vous qui seraient fichus de se poser sur un porte-avions.

– On peut piloter tout ce qui porte des ailes, rétorqua un type taciturne du Tennessee du nom de Hickory Lee, ou des embryons d'ailes. »

La discussion s'envenima tandis que Claggett s'étendait sur les difficultés rencontrées par ses marines, habitués à se poser sur la terre ferme, à l'atterrissage sur le pont de l'Essex au large du Japon en 1945.

« Je veux que vous m'écoutiez, bande de macaques, et Pope peut vérifier ce que je dis parce que c'est de l'Histoire. Les marines ont envoyé l'élite de leurs pilotes, dix-neuf gars avec des états de service de premier ordre et trois semaines d'entraînement sur porte-avions. Au bout de neuf jours de vol, sans avoir vu un zinc ennemi, quels étaient les résultats? Sept pilotes morts, un noyé tombé du pont, dix-sept F4U perdus en mer ou bousillés. »

Les hommes de l'armée de l'air l'avaient écouté avec attention. Claggett ajouta :

« Pendant les neuf jours en question, les pilotes de l'aéronavale, avec beaucoup plus de décollages et d'atterrissages à leur actif, n'ont pas perdu un homme, pas cabossé un seul pare-choc. »

Le débat devint alors si virulent que Claggett sortit du mess, furieux, abandonnant le terrain contrairement à ses habitudes. Après s'être procuré un lot de pots de peinture blanche, il revint alerter Pope, et les deux hommes se rendirent sur une piste d'envol pour y dessiner *grosso modo* les contours du pont d'un porte-avions de moyen tonnage.

A rester pliés en deux, ils trouvèrent le travail pénible mais, vers minuit, satisfaits du résultat, ils regagnèrent le mess où le dénommé Hickory Lee discourait toujours. Constellés de peinture blanche, les deux pilotes de la Navy lancèrent un défi à leurs homologues locaux :

« Vous allez vous débrouiller pour être parés à six heures, bande de cloches. Je vais me procurer deux palettes de couleur, je serai votre batman, et je veux voir si vous êtes fichus simplement de toucher le pont – je ne parle même pas de vous poser dans ses limites. »

Au petit jour, les pilotes se rassemblèrent et les hommes de l'Air Force s'étonnèrent des dimensions réduites de leur cible, mais Claggett vociféra :

« Allez, vas-y, Lee, décolle ! »

Après avoir lancé son appareil vers les nuages, le capitaine du Tennessee fit un virage sur l'aile, se redressa et piqua sur le pseudo-porte-avions au bout duquel Claggett attendait avec ses deux palettes de couleur. Plusieurs choses se produisirent : le F104 était tellement plus léger que les modèles de la Navy que Lee incapable de le ralentir descendit à toute vitesse, cherchant une langue de sol assez étendue pour y freiner efficacement. Claggett, de son côté, compliqua la situation en agitant exagérément ses panneaux et en donnant un peu trop lentement le signal d'atterrissage. Lee toucha le porte-avion imaginaire, freina au maximum et roula sur plus de deux kilomètres au-delà du pont fictif. « Loupé ! Sacré connard ! brailla Claggett. T'es tombé dans mille mètres de flotte. »

Il invita les autres à tenter leur chance et, lorsqu'ils atterrirent, freins hurlants, en débordant la surface tracée, les pilotes de l'Air Force purent se rendre compte du choc qu'ils auraient à absorber pour arrêter leurs appareils sur la longueur requise. A contrecœur, ils reconnurent que le vol à partir des porte-avions soulevait sans aucun doute des problèmes qu'ils avaient négligés, mais ils poursuivirent les essais comme des enfants montés en graine, s'amusant avec des jouets de trois millions de dollars.

« Vous avez tous foiré, déclara Claggett au petit déjeuner et, de toute façon, l'expérience était faussée parce que, sur un point précis, la simulation était impossible. Un porte-avions, quand vous vous rapprochez pour vous poser, peut se relever de dix mètres à cause de la houle, si bien que vous tapez la coque de plein fouet, et pour vous et l'avion, c'est rideau! »

Les hommes de l'Air Force appréciaient Claggett; ils respectaient si profondément son professionnalisme que Pope ne fut pas étonné, à l'issue d'une période d'essais à Edwards, de voir certains des anciens de l'Air Force se lever avec solennité à la fin d'un dîner pour informer Randy qu'il avait été élu membre du club le plus fermé du monde, la « Society of Airplaine Test Pilots ». Claggett, manifestement fier de l'honneur qui lui était fait, retrouva son accent de cul-terreux du Texas, à la grande joie des pilotes : « Pour paraphraser les paroles d'un grand général confédéré, si j' suis proposé, je me présenterai pas, si j' suis élu, j' servirai pas et si vous essayez de me coller dans un de vos F100 dernier cri, je m' tire au grand galop à travers cette vacherie de désert. »

Mais la tournée Pax-Jax-Lax dont Pope devait garder le meilleur souvenir fut le stage d'un mois qu'il réussit à mettre sur pied au centre d'essais anglais de Boscombe Downs, à l'ouest de Londres, près de Salisbury et de Winchester. Là, dans les nuages gris de la Manche, il essaya les appareils les plus sophistiqués des experts britanniques et, chaque fois qu'il leur découvrait un défaut ou une imperfection, il en prenait note sans toutefois le manifester trop ouvertement, car il n'oubliait pas que c'était sur cette base ou d'autres similaires qu'avait été essayé le Spitfire. Cet appareil avait tout contre lui, sauf sa fantastique manœuvrabilité, son étonnante faculté de résistance aux coups durs et sa meurtrière efficacité contre les avions de la Luftwaffe.

Il aimait les pilotes anglais avec toutes leurs insupportables traditions et les respectait pour leur sérieux. Mais, ce qui illumina son séjour fut le télégramme de Penny lui annonçant que, la commission l'envoyant en Angleterre s'occuper des négociations concernant les échanges techniques anglo-américains, une fois son boulot terminé, elle viendrait le rejoindre à Boscombe Downs. John s'enquit auprès des pilotes anglais d'un lieu de séjour pour elle; ils lui recommandèrent le « Boar and Thrush », une auberge d'où l'on voyait la tour de la cathédrale de Salisbury de l'autre côté de la plaine. Les Pope passèrent là une des plus heureuses semaines de leur existence – Penny loua une voiture de sport avec laquelle ils sillonnèrent la campagne environnante : Salisbury, Winchester, Plymouth, le pays de Hardy, la majesté de Bath. Ce qui toucha le plus John fut le cercle de monolithes massifs de Stonehenge; il songea, devant ces mystérieuses reliques vieilles de quatre millénaires, à l'ancien astronome qui en avait étudié l'orientation et il insista pour attendre parmi les collines que les étoiles fussent apparues dans le ciel nocturne pour vérifier l'alignement des pierres dressées.

« Jamais je n'ai été plus heureux, dit-il. J'ai le plus beau job du monde. Je travaille avec les types les meilleurs de tous. Et quelquefois je me figure que ça va durer toujours. »

Penny répondit que, pour sa part, elle avait aussi le meilleur travail possible.

« Etre au centre des choses. Voir venir les changements. J'ai l'impression que Glancey et Grant vont être réélus pour l'éternité et que je resterai leur bras droit. »

Parmi les ombres projetées par les hautes pierres, ils formaient un couple exceptionnel : tous deux avaient trente ans, minces, de taille moyenne, de silhouette élégante; tous deux étaient des natures d'élite, parfaitement adaptés à des tâches qu'ils accomplissaient de façon irréprochable et auxquelles ils consacraient le meilleur d'eux-mêmes. Leurs perspectives d'avenir étaient sans limites, ils s'aimaient et ils passaient des vacances dans l'un des plus plaisants décors du monde.

Penny lut dans le journal que trois sociétés chorales se réunissaient pour donner un concert à la cathédrale de Winchester et, avec l'aide des femmes de la base aérienne, elle se procura des billets pour eux deux et un couple d'Anglais. (Le mari volait avec John.) Non sans peine, ils se casèrent tous les quatre à bord de la petite voiture et roulèrent jusqu'à Winchester. La chorale était merveilleuse, avec des garçons de quatorze ans et des femmes de soixante-dix, des ancêtres et des gamines au visage rond chantant de vieux airs anglais et une belle musique sacrée.

Guère mélomane, John admira l'architecture de la cathédrale et, durant l'entracte, passa en revue les plaques scellées dans les murs en souvenir de tel ou tel régiment qui avait servi en Inde ou à Kartoum; toutefois après la deuxième partie du concert, les chœurs donnèrent deux bis qui l'enthousiasmèrent. Jamais il n'avait entendu ces morceaux mais, éclairé par les commentaires du chef des chœurs, il en reconnut la valeur. Le premier commençait avec un ensemble de barytons auquel se joignait la totalité des voix; le texte était un poème inconnu dont il n'avait pas compris le nom.

Ces pieds au temps jadis vraiment

Transporté par les majestueuses sonorités de cet hymne, dès que les voix se furent éteintes dans un murmure, il donna le signal des applaudissements, espérant que les chœurs allaient reprendre le même air. Mais ils terminèrent avec, annonça le présentateur, le chœur des Israélites captifs de Babylone et rêvant à leur patrie.

Va pensiero, sull'ali dorate...

A l'émotion des paroles s'alliait le recueillement de la musique et, encore une fois, Pope applaudit le premier, tout à la joie de voir les choristes s'incliner sous les ovations du public.

Revenu au « Boar and Trush », il chargea Penny de trouver les partitions des deux bis. Dans la première boutique de musique où elle entra, dès que Penny eut commencé à fredonner, l'employée enthousiaste l'interrompit :

« C'est un cantique admirable. Les paroles sont de William Blake, vers 1800, et la musique de Sir Hubert Parry, de 1900. » Elle rougit et ajouta à voix basse : « C'est devenu le chant de marche du Labour Party. Mon père y est inscrit et c'est lui qui me l'a appris. »

Elle possédait trois versions du cantique, mais ni dans ce magasin, ni dans les autres, Penny ne trouva l'enregistrement du deuxième bis.

Un vieux vendeur, toutefois, qui semblait féru de musique lui expliqua que l'air était tiré de *Nabucco* de Verdi, un opéra qu'on donnait rarement. Peut-être existait-il un enregistrement réalisé en Allemagne, mais sa trace n'apparaissait dans aucun catalogue.

Les Pope durent donc se contenter du chant de William Blake et d'un tourne-disque emprunté au propriétaire de leur auberge. Et, durant leurs deux dernières matinées en Angleterre, Penny entendit son mari entonner à pleine voix dans la salle de bain :

Apporte-moi mon arc d'or brûlant
Apporte-moi mes flèches de désir...

Revenus à Patuxent River, ils apprirent que Claggett avait achevé sa tournée et prenait le commandement d'une escadrille de F8U-1 de l'aéronavale à la base de Beaufort près de l'île Parris en Caroline du Sud. Pour la soirée d'adieux à Solomons, après avoir vendu ses deux Chevrolet trente et soixante-cinq dollars, il prit Penny à part :

« Tu as un gros boulot à faire, Penny. Moi parti, John devient numéro un. Ils vont se décarcasser pour le maintenir ici à Pax River. Bonnes conditions de vie. Missions importantes.

– Et qu'est-ce que je viens faire là-dedans?

– Tu dois absolument le sortir d'ici. Ne laisse surtout pas cet excellent jeune homme repiquer au truc. C'est un cimetière, ici. Il risque d'y devenir mou comme une chique. Débrouille-toi pour qu'il se barre.

– Pourquoi?

– Oh! je t'en prie, pas de simagrées. Tu sais très bien pourquoi. Pour monter en grade. Décrocher la timbale. Etre nommé commandant d'un porte-avions. Récolter des galons d'amiral. » Il empoigna Penny par le bras. « Tu vois ça au Sénat. Certains types vont de l'avant. La plupart végètent dans des commissions de second ordre. Ton homme est un fonceur dynamique fait pour aller loin. Ne le laisse pas mettre sur une voie de garage.

– Et toi, tu es un fonceur fait pour aller loin? demanda-t-elle, sarcastique.

– Et comment. Tout comme toi. »

L'avertissement de Claggett était judicieux car, dès qu'il eut quitté Pax River, John Pope devint le caïd numéro un, le virtuose du pilotage admiré par tous les élèves. On lui confiait les missions les plus délicates, il travaillait en collaboration étroite avec les plus grands fabricants mais, avant tout, il trouvait toujours la même joie à emmener un nouvel appareil au-dessus de la paisible Chesapeake et du turbulent Atlantique. Le poussant à ses extrêmes limites, le sentant répondre aux commandes, identifiant parfois les terribles défauts qui lui interdiraient à jamais d'être admis dans l'arsenal de la Navy. Un des hommes eut un accident mortel et John Pope fut chargé de prévenir la veuve. Puis, presque aussitôt, un autre, un jeune homme destiné à marcher sur les traces des Glenn-Shepard-Claggett-Pope dans la hiérarchie des superpilotes d'essai qui, maintenant gisait par le fond dans la Chesapeake, son cadavre exsangue rongé par les poissons.

Durant quelques jours, Pope ne se montra guère, ruminant le prix exorbitant que payait et continuerait de payer la nation pour posséder de petits avions ultra-sophistiqués capables d'assurer la défense du pays ou d'énormes appareils simplifiés destinés au transport des contingents. Le taux d'attrition était effrayant, écœurant même à tel point que le capitaine Penscott affirmait à tout nouveau groupe de quinze élèves : « Dans un an à la même époque, deux d'entre vous seront morts. » Il avait invariablement raison. Dans son marasme, John aspirait à parler à Penny ou à passer une soirée avec les Claggett; mais il était seul, et peut-être cela valait-il mieux car il se trouva ainsi contraint de trier dans ses idées. Après trois journées éprouvantes, ayant repris tous ses esprits, il décida de se réserver les appareils les plus nouveaux et les plus difficiles.

Il en réchappa de justesse, un jour où les ailerons d'un prototype ne réagirent pas correctement, et où il craignit de devoir s'éjecter au-dessus de la Chesapeake. Mais la perspective de perdre un avion lui était intolérable et, le visage baigné de sueur, il parvint à mater l'appareil rétif et à le ramener à la base pour le plaquer durement sur le terrain.

Cet après-midi-là, les dents serrées, il occupa la zone du terrain où il avait tracé les contours du porte-avions avec tous les signaux, les balises postiches et l'appareillage complet de freinage. Et il regarda ses nouveaux élèves se poser de leur mieux sur ce pont fictif.

Ils volaient tous vers l'ouest, viraient au-dessus de la Patuxent River et revenaient droit sur la baie. Au moment voulu, ils amorçaient une descente rapide, observant les feux de position à l'arrière du porte-avions fictif et, parvenus au ras du sol, coupaient leur moteur et se posaient sur le pont où les brins tendus se prenaient dans la crosse flottante et arrêtaient l'avion avec une force en G inimaginable pour quiconque n'en avait pas fait l'expérience. Après avoir houspillé les nouveaux durant deux heures, Pope prit lui-même l'un des F6Q, exécuta un long circuit et revint en fonçant sur le pseudo-porte-avions – interprétant parfaitement les signaux, il posa son avion avec précision sur le pont, senti la crosse s'engager dans les brins, puis éprouva un étrange creux à l'estomac tandis que le crochet cédait, arraché au train d'atterrissage et que l'appareil filait le long du tarmac sur ses roues détériorées. Par réflexe, Pope fit tout ce qu'il pouvait pour éviter l'écrasement ou le capotage. Neuf des manœuvres s'étant révélées inutiles, il songea : « Cette fois, je me paie le platane. »

Mais lorsqu'il braqua violemment le manche sur la gauche, un système hydraulique endommagé se remit à fonctionner un instant, la roue gauche se redressa et l'avion vint s'immobiliser au centre de la piste.

Avec sang-froid, Pope grimpa sur une aile, gagna l'arrière et sauta sur le sol. Après avoir examiné pendant une demi-heure l'avion abîmé et avoir vérifié l'origine des défaillances, il se laissa conduire à la salle de briefing où il passa deux heures à rédiger son rapport à grand renfort de croquis et de flèches montrant les points précis où, selon lui, le métal avait lâché. Puis il conclut ainsi son compte rendu :

> « Le F6Q-1 est un excellent avion qui réagit bien dans toutes les conditions de vol et dont la manœuvrabilité dans tous les axes est remarquable. Si la crosse d'appontage peut être renforcée en particulier à sa jointure avec l'empennage, je crois qu'on pourra le considérer comme un appareil valable. »

Il passa ensuite quatre heures avec les représentants très perturbés d'Allied Aviation et, les jours suivants, consacra tant de temps aux ingénieurs de la firme que certains des anciens, déjà témoins du phénomène par le passé, répandirent le bruit : « Ça y est, Pope a craqué. Maintenant, il fait du forcing avec Allied pour se décrocher un fromage chez eux. »

L'un des jeunes pilotes qui admiraient le palmarès de Pope vint le trouver à propos de cette rumeur, sur quoi Pope aboya :

« Tu me prends pour un rond de cuir?
– Non.
– Moi non plus. »

Et lorsque le général Funkhauser en personne vint enquêter sur les contre-performances de son avion, le capitaine Pope refusa de le voir en déclarant que son rapport écrit devait lui suffire.

Le capitaine Penscott lui fit des excuses :

« J'ai vu ça une douzaine de fois, Helmut. On appelle ça « le syndrome des ailes coupées ». Un jeune tigre, capable de piloter n'importe quoi, ses jours ici sont comptés et il a une trouille bleue d'être condamné à ne plus voler. De se retrouver dans un bureau. Ou à la tête d'un porte-avions.

– Un homme comme Pope pourra toujours voler, même avec ce genre d'affectation.

– Il y a vol et vol, Helmut. Ces gars-là savent que les jours de gloire sont passés. et ça les rend nerveux. »

Les quatre dernières années, Norman Grant avait connu la solitude à Washington car sa femme ne venait plus, même pour de brefs séjours, disant qu'elle préférait rester à Clay où elle pouvait superviser l'éducation de leur fille, Marcia, maintenant brillante élève au collège. Mme Grant s'était bien douté que Marcia ne s'épanouirait pas à Washington, ce qui était une excuse de plus d'éviter la capitale car, avant tout, elle voulait demeurer chez elle pour y recevoir les messages urgents envoyés par Universal Space Associates et, plus son mari se trouvait impliqué dans les problèmes de l'espace, plus son champ d'action la rebutait car elle savait que les Visiteurs allaient mettre la main sur lui d'un jour à l'autre; leur technologie de pointe, avait prévenu le docteur Strabismus, rendrait vaine toute autre tentative.

Le sénateur était de plus en plus accaparé par ce qu'il appelait le « programme spatial » même si nul au gouvernement ne l'avait encore admis officiellement. L'Amérique devait avoir un programme spatial. Des hommes prévoyants comme Lyndon Johnson, Michael Glancey et Wernher von Braun ne cessaient d'étudier les prochaines étapes à franchir, mais leur action manquait d'efficacité car la plupart des expériences étaient réalisées dans le secret militaire.

Dans leurs discussions, les grands leaders craignaient toujours que le programme spatial ne fût identifié au parti démocratique alors prédominant dans les deux chambres en dépit de l'élection à la grande majorité du républicain Eisenhower. Si bien que chaque fois que l'accord intervenait sur les prochaines initiatives à prendre, Norman Grant était mis dans la confidence et c'était de plus en plus sur lui que l'on comptait pour obtenir le soutien des deux partis. Lors d'une réunion officieuse, alors que chacun exposait ses espérances, Grant demanda :

« Quel budget attribueriez-vous à un tel programme ? »

Et le chef de la majorité Johnson répondit sans sourciller :

« Environ deux milliards de dollars.

– Milliards ! explosa Grant. Vous auriez déjà bien de la chance si vous en obtenez deux cents millions pour une période de trois ans.

– Norman, reprit Johnson avec son style exubérant de Texan, nous parlons d'un budget aux dimensions de l'homme pour un projet aux dimensions de l'homme et pour une nation aux dimensions de l'homme. » Et il ajouta, soulignant sa vision effervescente du futur : « De nouvelles machines, de nouveaux types d'hommes pour les piloter, de nouveaux matériaux, de nouveaux problèmes. Tout va changer, Norman. »

Ce fut à cette réunion que Grant tenta de se cramponner à sa position. Désignant von Braun du doigt, il déclara d'un ton froid :

« Je n'ai pas l'intention de servir de grouillot au Trésor pour financer vos joujoux grandioses. »

Faisant preuve de la suavité habituelle de ses relations avec les autorités susceptibles d'opposer un veto à son projet d'expédier des hommes dans l'espace, l'Allemand remarqua d'un ton calme :

« Sénateur Grant, ce ne sont pas mes joujoux. C'est une nécessité mondiale et il est impossible de faire marche arrière.

– Qu'une action soit possible n'implique pas nécessairement qu'il faille l'accomplir, répliqua Grant, et certainement pas au prix que vous proposez. »

Von Braun rit sans contrainte et répondit :

« Vous avez parfaitement raison, sénateur. Il n'est jamais nécessaire d'agir simplement parce que c'est possible. Mais vous et moi ne sommes pas en position d'en juger.

– Qui, alors?

– La Russie, reprit von Braun, la voix durcie. Tous les rapports que nous recevons de derrière le Rideau de Fer confirment nos craintes. Il est plus que probable que d'ici peu la Russie aura un geste sensationnel qui étonnera le monde.

– Mais encore? dit Grant.

– Je ne sais pas. Mais je les crois capables de mettre sur orbite autour de la Terre un ensemble d'instruments scientifiques.

– En quoi est-ce révolutionnaire? objecta Grant.

– Je ne serais pas surpris qu'ils placent ensuite un homme sur orbite.

– Dans quel but?

– Pour stupéfier le monde, gagner une formidable bataille de propagande. »

Devant le scepticisme de Grant, Lyndon Johnson enchaîna :

« Von Braun m'a convaincu que si la Russie réussit...

– Que voulez-vous que je fasse?

– Soyez prêt, Norman. Il faut que vous réfléchissiez à ces problèmes car si Wernher ne se trompe pas et si les Russes réussissent un coup d'éclat... eh bien, nom d'un chien, nous risquons de nous trouver dans de beaux draps. » Il reprit l'accent traînant du Texas auquel il revenait lorsqu'il abordait un sujet de couleur locale :

« Voyez-vous, ça me rappelle ce gars de Pedernales qui avait un troupeau de misère; alors, il a chargé ses deux fils de fabriquer des fausses bouses avec du papier mâché marron et il les a placées par centaines le long de la grand-route; et quand mon oncle, Sam Houston Richards, a demandé au vieux : « Qu'est-ce que tu fricotes, Clem? », le vieux a répondu : « Qu'on ait des bêtes ou pas, ça vaut « toujours mieux que les voisins croient que vous « en avez. ». Quand la Russie jouera son atout maître, nous aurions intérêt à être prêts à montrer aux voisins que nous faisons jeu égal. »

Grant ayant déclaré qu'il ne croyait guère à l'avance des Russes, ils convinrent d'organiser une autre rencontre au cours de laquelle deux experts du secteur russe de la C.I.A. feraient le point de leurs informations, et Glancey et Grant furent l'un et l'autre stupéfaits de ce qu'ils apprirent.

« Nous avons de bonnes raisons de croire que la Russie est dès maintenant en mesure d'envoyer un homme dans l'espace et de l'y maintenir plusieurs jours.

– Comment savez-vous? demanda Grant.

– Par des ouvriers qui travaillent sur les sites de lancement et d'atterrissage en Sibérie.

– On peut compter sur eux?

– On a toujours pu, jusqu'ici. Nous avons également discuté avec des savants en Suède qui surveillent le ciel et avec les responsables des engins de détection les meilleurs du monde à Jodrell Bank en Angleterre. Tous les renseignements recueillis se recoupent.

– Et vous croyez la Russie capable de faire ce que prédit von Braun?

– Cette conclusion semble s'imposer. »

Grant se leva et se mit à arpenter la pièce, comme dans l'attente de la question suivante :

« Dites-le moi en termes très simples : quelle importance si les Russes expédient une petite machine dans les airs? Ou une plus grosse avec un passager? »

D'instinct, chacun se tourna vers von Braun qui avait précisément étudié la question depuis trente ans, et un léger sourire se joua sur son large visage.

« Le monde va se retourner, cul par-dessus tête. Moscou lui annoncera que la supériorité du communisme est ainsi prouvée et, au sujet de l'espace, Moscou aura raison et la terre entière le saura. »

Grant demanda leur avis aux agents de la C.I.A. qui reconnurent que l'impact de ce geste de propagande serait énorme :

« Nous nous retrouverons sur la défensive dans tous les pays de la terre. Vous ne les entendez pas d'ici nous secouer les puces? Vous avez dit que nous étions des leaders mondiaux, mais, en réalité, vous êtes des suiveurs. Je vous le garantis, sénateur, ce serait un désastre.

– Et le jour suivant, prédit Johnson, vous, Glancey et moi nous nous précipiterions au Sénat pour approuver un décret de la Chambre, votant un crédit de cinq milliards de dollars pour rattraper le retard. Voilà pourquoi je vous demande instamment de nous aider avant que se produise le choc de l'événement. »

Grant était un sénateur conservateur de l'Ouest, avec une large expérience des problèmes militaires, et il soupçonnait ses interlocuteurs de manœuvrer pour lui faire peur et obtenir des capitaux; il demanda donc :

« Si la Russie a tant d'avance sur nous et si nous avons dépensé tant d'argent ces dernières années, pourquoi diable sommes-nous tellement en retard? » Il fixa sur von Braun un regard furieux.

« Mais nous ne sommes pas en retard! s'écria von Braun. Il y a deux ans, nous aurions déjà pu expédier un engin dans l'espace. A Wallops Island, nos fusées à plusieurs étages...

– Un instant! interrompit Grant. Nous avons un expert de Wallops Island à Washington en ce moment. Je crois que Mme Pope saura comment le joindre. »

Et lorsque Stanley Mott eut été présenté à la commission officieuse, Grant lui demanda :

« Mott, on nous affirme que Wallops a les moyens de mettre un objet sur orbite depuis déjà quelque temps. Est-ce exact?

– Oui, monsieur. »

Et il lui parla de la tentative de lancement effectuée à Wallops au mois de janvier précédent à l'occasion de laquelle Levi Letterkill avait déclaré que si les cinq fusées de Honest John + Nike + Nike avaient été lancées en tir direct, la vitesse orbitale de vingt-cinq mille huit cent kilomètres à l'heure aurait été atteinte.

« Ça, c'était l'hypothèse de Letterkill, aboya Grant. Tout le monde peut risquer des hypothèses.

– Oui, mais, plus tard, il a fait passer ses paramètres dans l'ordinateur. Trois jours d'analyse intensive. Et il a apporté la preuve que Honest John aurait pu réussir.

– Et l'Amérique aurait eu un satellite sur orbite?

– Oui, monsieur.

– Vous êtes absolument sûr de vos données?

– Letterkill est un des meilleurs.

– Ses calculs vous ont paru corrects?

– Messieurs, dit Mott avec sa prudence habituelle, je ne peux vous donner que mon opinion.

– C'est pour cela que nous vous avons fait venir, dit sèchement Grant.

– Nous aurions pu nous placer sur orbite. »

Grant jeta son crayon sur la table.

« Nom de Dieu, fit-il, si von Braun à Hunstville savait que nous pouvions réussir, si ce Soderblom à Wallops le savait aussi, et vous, Mott, pourquoi n'y est-on pas arrivé? »

Von Braun et Mott connaissaient la réponse mais restèrent silencieux. Grant, écœuré de ce qu'il avait entendu, fusilla du regard Lyndon Johnson qui se tourna avec courtoisie vers Glancey. Celui-ci fronça les sourcils et déclara :

« Donc, vous me désignez comme le bouc émissaire? Très bien. » Il se racla la gorge et poursuivit : « Si le docteur von Braun n'était pas un bon soldat, il vous dirait, Norman, que votre secrétaire à la Défense, Charley Wilson, a donné des ordres secrets pour qu'aucune fusée américaine ne soit lancée dans l'espace.

– Seigneur, et pourquoi pas? » Nul n'ayant répondu, Grant ajouta, hargneux : « Si un lancement spatial russe est aussi important, pourquoi n'avons-nous pas été les premiers? »

Mott répliqua :

« Ordres directs du président Eisenhower.

– Je n'en crois rien », dit Grant, et il sortit en

trombe du bureau, criant à Mme Pope : « Dites à la Maison Blanche que j'arrive. »

Par chance, Charley Wilson, dont le départ du ministère de la Défense avait déjà été annoncé, se trouvait encore à Washington et Grant put discuter avec les deux hommes.

« On m'informe, monsieur le président, que la Russie va bientôt envoyer un laboratoire dans l'espace.

– Ces types de la N.A.C.A. planent complètement.

– Ils sont comme les chefs militaires, dit Wilson. Ils se servent de la Russie pour justifier leurs demandes de crédits.

– Ils m'assurent, monsieur le président, que si la Russie arrive la première là-haut, ce sera un énorme succès de propagande.

– Je suis persuadé qu'ils le croient, Grant, dit Eisenhower d'un air amusé. Mais je ne crois pas que le monde s'excite beaucoup à l'idée qu'un ballon de football tourne autour de la Terre.

– J'ai appris deux choses dans cette ville, dit Wilson, les militaires réclament toujours plus de matériel et les savants réclament toujours plus d'argent pour étudier, par exemple, pourquoi les chiens aboient et l'herbe est verte. On ne peut jamais les satisfaire et jamais ils n'obtiennent le moindre résultat.

– Des ordres ont-ils été donnés à notre équipe de ne rien envoyer dans l'espace?

– Certainement, dit Wilson. Nous ne voulons pas qu'on ouvre cette boîte de Pandore.

– J'ai jugé préférable, souligna Eisenhower, de ne pas trangresser certaines limites au-delà desquelles c'est l'inconnu. Et si vous y réfléchissez, Norman, vous serez de mon avis. »

Les deux grands leaders, l'un et l'autre prestigieux dans leur domaine de la guerre ou des affaires, si déterminés et responsables dans leur action gouvernementale, accompagnèrent Grant à la porte, l'assurant que Lyndon Johnson et Wernher von Braun étaient des hommes très bien qu'il ne fallait pas prendre trop au sérieux dans ce domaine spatial. A l'instant de la séparation, Eisenhower reprit la parole :

« Norman, dit-il, ne perdez pas de vue votre commission. Un de ces jours, nous en aurons besoin mais il ne faut surtout pas qu'elle se mette à dérailler. »

Le sénateur Grant regagna la pièce où Mme Pope recueillait les papiers épars qui devaient être brûlés et lui dit :

« C'est rassurant de parler avec le président. Il met les choses dans leur juste perspective. »

Au même moment, en fin d'après-midi à Jodrell Bank, un savant anglais, spécialiste de la surveillance des activités soviétiques, téléphonait à l'un des agents de la C.I.A. qui avait témoigné un peu plus tôt dans la journée, pour lui annoncer que « quelque chose s'est produit ce matin en Sibérie, Position L, rien d'important. Nous n'arrivons pas à déchiffrer mais, à coup sûr, il y a eu une tentative ».

Cet été de 1957 fut, selon Elinor Grant, l'une des périodes les plus excitantes de l'histoire du monde car, ainsi qu'elle l'expliqua à sa fille Marcia, âgée de dix-huit ans : « Les Visiteurs ont été très mécontents des réticences du président Eisenhower et, à trois reprises, ils ont été sur le point d'envahir Washington et ne se sont abstenus que sur l'intervention du docteur Strabismus. »

Elle avait les télégrammes prouvant ses dires. Le plus récent disait :

« La semaine dernière, les Visiteurs ont tenu à bord d'un vaisseau spatial au large du Maroc une session plénière à laquelle j'ai eu le privilège d'assister. Deux membres du cabinet Eisenhower qui sont en réalité des Visiteurs implantés depuis longtemps, se sont joints à moi pour persuader les Visiteurs de surseoir encore quelque temps à leur plan de prise de pouvoir. Je peux affirmer avec la plus grande certitude que ce plan sera mis à exécution durant la première semaine d'octobre. La date précise vous sera communiquée ultérieurement.

Leopold Strabismus
Universal Space Associates. »

Marcia se souvint avec amusement que les Visiteurs implantés avaient été, à l'origine, « un fonctionnaire de Washington proche du président Eisenhower », mais était rapidement devenu « l'un des conseillers intimes du président » puis « un membre du cabinet » et maintenant « deux membres du cabinet Eisenhower » et elle se demandait quel genre de fascination Strabismus était capable d'exercer pour envoûter à tel point sa mère mais, à la mi-juillet, le savant illustre que décrivaient ses brochures vint en personne à Clay pour solliciter l'octroi de fonds destinés à financer la future session plénière des Visiteurs, celle qui déciderait de la façon dont seraient gouvernés les Etat-Unis après la prise de pouvoir.

Il avait un peu forci maintenant, à trente-deux ans, avec une barbe de plus en plus fournie. Ses cheveux noirs coiffés en arrière faisaient ressortir la blancheur de ses complets estivaux immaculés et l'éclat sombre de son regard habilement souligné de rimmel. Mais le plus frappant chez lui, c'était cet aplomb qui le nimbait comme une auréole; l'expérience avait prouvé qu'il pouvait tenter n'importe quoi, réussir l'escroquerie la plus flagrante et obtenir le soutien inconditionnel de ceux-là mêmes qu'il pigeonnait. Il avait un charisme entretenu avec soin comme on entretient des plantes de serre rares et son unique problème était maintenant de le rentabiliser.

« Il est essentiel que je sois présent, affirma-t-il à Marcia et à sa mère, assis en leur compagnie dans leur salon ensoleillé, car le destin de citoyens éminents comme le sénateur pèsera lourd dans la balance. Il est manifeste, n'est-ce pas, que, aussi supérieurs qu'ils soient, les Visiteurs dépendront de certains d'entre nous pour les aider à gouverner et il vaudrait mieux que ce soit le sénateur Grant plutôt qu'une quelconque mazette du New Jersey. »

Ses yeux noirs se fixèrent sur Mme Grant :

« Ou bien vous, madame Grant. Les Visiteurs ne vont certainement pas faire de discrimination vis-à-vis de femmes d'une réelle valeur. »

Marcia, médusée par une telle dose d'audace et se demandant jusqu'où il oserait aller, se mit à le dévisager intensément et il parut alors décider que son objectif n'était pas la mère, dont il percevait clairement les limites, mais cette fille ravissante sur les qualités de laquelle il n'était pas encore fixé. Marcia, cette année-là en première année d'université, était de tempérament agressif mais d'une rare beauté. Plus grande et plus mince que sa mère, elle prenait visiblement grand soin de son teint. Elle portait ses cheveux longs en deux nattes tressées ornées de petits rubans bleus assortis à sa jupe bleue paysanne qui s'évasait sur des jambes au galbe séduisant.

Le docteur Strabismus avait remarqué ces jambes et, sans qu'un mot eût été échangé entre eux, le fameux savant et la fille du sénateur firent assaut de séduction réciproque tandis que le trio débattait du problème de l'imminente invasion. Le docteur allait au-devant de sérieux déboires financiers car, ainsi que l'expliqua Mme Grant :

« Le sénateur a suspendu notre compte commun. Le dernier chèque que j'ai tiré l'a mis en fureur et je n'ai plus accès à un argent qui m'appartient par moitié juridiquement.

– En effet, approuva Strabismus. Mais ne m'avez-vous pas dit la dernière fois que vous disposiez de capitaux personnels... venant de votre père ? N'était-il pas distingué...

– Entrepreneur agricole. Oui, il m'a laissé un héritage, mais je le conserve pour Marcia quand elle se mariera. »

Le docteur Strabismus sourit à Marcia et lui déclara que c'était une excellente idée, prouvant sa prévoyance, mais devant l'importance capitale de la réunion à venir et l'importance toute particulière qu'elle revêtait pour eux étant donné le poste qui risquait d'être attribué à son père dans le nouveau gouvernement, n'estimaient-elles pas, dans ces circonstances, qu'une contribution serait le meilleur moyen de sauvegarder l'avenir de Marcia ?

Tandis que Mme Grant s'agitait nerveusement à la recherche d'une réponse, Marcia dévisagea le docteur Strabismus de son air le plus équivoque, comme pour lui dire : « Je sais que vous êtes un escroc, un escroc éhonté, et si je vous tenais seule à seul deux minutes je vous ferais déculotter. » Il lui rendit son sourire, paraissant sous-entendre : « Voyons, nous nous connaissons bien et si je vous tenais seul à seule deux minutes, vous vous retrouveriez les fesses à l'air. »

Mme Grant estima qu'elle et Marcia pouvaient bien prélever un minimum de mille cinq cents dollars sur l'héritage de la jeune fille; sur quoi,

Strabismus les remercia avec effusion, puis s'arrangea habilement pour qu'elle le reconduisît à son motel dans sa Pontiac, où six minutes après leur arrivée, ils s'ébattaient au lit joyeusement.

« Tu es le roi des faisans, lui murmura-telle dans sa barbe.

– Et toi, la reine des filles sexy. Mûre pour la Californie, Marcia, mon chou.

– Jamais mes parents ne me laisseraient...

– Tu n'as pas besoin de le leur dire.

– Quel triste couple de cloches ils font, non? »

Strabismus préféra ne pas répondre; il savait que Mme Grant n'était pas pire que bien des femmes écervelées qui soutenaient sa cause et que si le sénateur Grant manquait vraiment d'efficacité, il n'était pas un homme sans honneur comme tant de membres du Congrès dont il avait entendu parler. La plupart des filles qui convergeaient de partout en Californie pour partager ses aventures spatiales étaient convaincues que leurs parents étaient des demeurés et il supposa qu'il s'agissait là d'une maladie nationale dont un homme habile devait pouvoir tirer profit.

« Très juste, dit-elle en riant. Je vous paie mille cinq cents dollars pour ce coup de loterie.

– Le jeu en vaut bien la chandelle, non? »

Marcia acquiesça. Lorsque, le jour suivant, le docteur Strabismus rencontra les deux femmes du sénateur Grant, il les mit en garde :

« Souvenez-vous! La prise de pouvoir est formellement prévue pour la première semaine d'octobre. »

Quand le sénateur rentra de Washington, Mme Grant lui montra la lettre d'octobre de la U.S.A. postée à la mi-septembre pour accélérer les donations. Il se laissa tomber dans un fauteuil pour lire cet incroyable document, tentant désespérément de comprendre comment sa femme pouvait croire à des âneries pareilles. Quand elle l'assura que, grâce à la collaboration qu'elle apportait à l'organisation, elle lui garantissait un poste au nouveau gouvernement, il explosa :

« Mais tu perds complètement la tête!

– Non. Et quand le docteur Strabismus est venu ici, il a beaucoup plu à Marcia aussi.

– Où est-elle?

– Elle est partie pour la Californie. Rendre visiste à des amies de classe.

– Où ça, en Californie?

– A Los Angeles, je crois.

– Nom de Dieu! Tu ne vois donc pas ce qui se passe? Il l'a embobinée et entraînée là-bas.

– Norman, c'est honteux! Simplement parce que tu ne vois pas, toi, ce qui se passe autour de toi. »

Il appela le F.B.I. à Washington et fut informé dans les deux heures qu'une certaine Marcia Grant, la fille du sénateur Grant, vivait avec le docteur Strabismus et l'aidait à faire son courrier dans le bureau de l'Universal Space Associates.

« Qu'est-ce que tu as donc fait à ta fille? s'écria-t-il après avoir annoncé les mauvaises nouvelles à sa femme.

– Des espions, fit Mme Grant avec mépris. Ils essaient de protéger un régime périmé de la révolution qui va submerger le monde et ils diront n'importe quoi pour sauver leur peau. »

Au milieu de septembre, Marcia revint assez piteusement à Clay et reprit ses cours à l'université quinze jours plus tard; lorsque sa mère voulut la questionner à propos de Strabismus, elle fondit en larmes. Puis elle se lança dans une série de rendez-vous passionnés avec un joueur de football.

Le 1er octobre, les trois Grant étaient chez eux, à Clay lorsqu'un télégramme arriva, les invitant à se montrer très vigilants durant cette première semaine du mois car les intentions des petits Visiteurs étaient louches.

« ... Je peux vous assurer que de graves événements se préparent, et que nous devons nous tenir prêts. Je voudrais être plus précis, mais les Visiteurs manifestent une vive irritation vis-à-vis du président Eisenhower et je ne peux prédire ce dont ils sont capables. »

Le sénateur fut si troublé par ce charabia qu'il appela les services secrets pour savoir si ce texte ne constituait pas une atteinte à la sûreté de l'Etat. De leur bureau de Chicago, ils envoyèrent un expert juridique discuter la question avec Grant :

« L'Amérique est truffée de cinglés – environ trois pour cent d'après nos estimations. Un ramassis d'alarmistes crie à la fin du monde par alibis politiques, économiques ou religieux. Vous devriez voir ce que nous recevons au bureau. Si nous essayions de coincer tous les délirants qui gravitent autour de nous, il faudrait que nous soyons dix fois plus nombreux. Et encore, on ne détecterait que ceux de la périphérie. Nous vivons dans un pays de tordus précairement tenus en échec par une majorité saine d'esprit. »

L'homme du service secret à qui Grant montra le télégramme se mit à rire :

« Celui-là est inoffensif. Nous connaissons bien Strabismus. Comparé aux autres, c'est un prodige d'équilibre. Son racket, c'est l'exploitation des veuves. Il a aussi un faible pour les filles de seize ans. Il doit les distraire, je suppose, mais il cause un minimum de dégâts.

« Peut-t-on le poursuivre pour détournement de fonds?

– Venant de votre femme?

– Oui.

– Elle lui a donné cet argent par libre consentement, comme dit la loi.

– Comment le savez-vous?

– Je l'ai deviné quand vous avez appelé. Et j'ai vérifié le compte en banque : vingt et un mille dollars, légalement acquis jusqu'au dernier centime. » Puis, s'adressant à Grant comme un père à un autre père, il ajouta : « Sénateur, votre fille est rentrée à la maison, n'est-ce pas? Si elle n'a pas de maladie vénérienne et n'est pas enceinte, vous vous en tirez mieux que bien d'autres. Suivez mon conseil : laissez tomber cette affaire. »

Les trois premiers jours d'octobre, passés sans incident, Mme Grant commença à manifester son inquiétude car elle était persuadée que les Visiteurs cette fois allaient débarquer, et elle était sûre que son zèle la porterait à participer au gouvernement. A quarante ans, avec une longue vie devant elle, elle attendait avec impatience la venue des petits hommes et du monde meilleur qu'ils promettaient.

Les problèmes familiaux atteignirent un point crucial le vendredi, au cours du dîner réunissant les trois Grant où le sénateur ne put empêcher sa femme de glisser dans l'irréalité.

« Je t'interdis de donner à ce charlatan un centime de plus appartenant à Marcia.

– Si je le fais, c'est pour la protéger dans le monde à venir... et toi avec.

– Tu ne vois donc pas que c'est un charlatan?

– Ne rabâche pas ce mot comme un perroquet »,

hurla Mme Grant. Si sa fille ne lui avait pas pris la main, elle se serait précipitée hors de la pièce.

« Maman, dit Marcia, nous savons tous que c'est un escroc. » Et, tout en continuant de tenir la main d'Elinor, elle énuméra ses arguments : « Les deux pièces minables, M. Ramirez et ses faux, les jeunes filles affluant des divers coins de la nation. Autant que tu saches la vérité. Il m'a jetée dehors quand une fille de seize ans est arrivée en car d'Oklahoma. »

Mme Grant dégagea sa main et regarda droit devant elle, refusant d'entendre ces calomnies. Mais Marcia était lancée :

« Les recherches? Tout est inventé, ses collaborateurs se limitent à une personne : lui-même. Quant à ses voyages au Maroc, les seuls qu'il ait jamais faits, c'était pour voler leur argent à des femmes comme toi. »

Très droite, les mains sur les genoux, Mme Grant déclara d'un ton calme :

« J'espère que tu seras pardonnée quand les Visiteurs arriveront demain ou dimanche. Dieu sait que j'aurai tout fait pour te protéger. »

Le téléphone sonna. C'était Michel Glancey qui appelait de Washington pour annoncer une nouvelle qui allait stupéfier le pays :

« Norman, ouvre tes oreilles et mets la télé. »

> L'Union soviétique a annoncé, et les observateurs de Jodrell Bank en Angleterre le confirment, que la Russie vient de placer sur orbite autour de la Terre un satellite appelé Spoutnik. Il effectue un tour complet en quatre-vingt-dix minutes en émettant une série de signes radio très distincts. C'est la première aventure spatiale tentée au monde.

« Le monde n'est pour rien là-dedans, dit Elinor d'un ton triomphant. Ce sont les petits Visiteurs... qui arrivent le jour prévu. »

Marcia ne put réprimer un sourire :

« Ce salaud de Strabismus! Il a toutes les veines! »

V

DÉCISIONS INTELLECTUELLES

Si l'Amérique avait pris du retard dans l'exploration de l'espace, en dépit des avertissements de ses meilleurs cerveaux, elle fit preuve d'une étonnante détermination à rattraper les Russes. Mais, avant que la machine se fût mise en marche, des choix de la plus haute complexité s'imposèrent dans les domaines de la gestion, de la finance, du personnel, par-dessus tout de l'ingénierie et de la science. D'octobre 1957 à juin 1962, quelques-uns des esprits les plus brillants de la nation prirent ces problèmes à bras-le-corps et bataillèrent avec l'énergie du désespoir pour opérer les sélections indispensables.

Le président Eisenhower et le Congrès étaient confrontés à trois problèmes épineux. Etant donné qu'on pouvait en tirer parti contre un ennemi éventuel, l'espace devait-il passer sous le contrôle des militaires ? Le financement devait-il être assuré par la création d'un nouveau service comme la commission à l'énergie atomique qui avait mené à bien les recherches sur la bombe ? Si des hommes devaient voler dans l'espace, dans quelle pépinière de volontaires irait-on les sélectionner ?

Les savants et les ingénieurs du pays avaient leurs propres casse-tête à résoudre. Quel genre d'appareil lancer dans l'espace ? Puisque les compas ordinaires étaient inutilisables, comment se guideraient-ils vers la Lune ou les planètes? La Lune était-elle un corps solide sur lequel les hommes pourraient marcher ou sa surface serait-elle composée de poussière où ils s'engloutiraient? Et, à supposer que l'aller et le retour fussent réalisables, comment le véhicule revenant vers la Terre franchirait-il sans se consumer le terrible mur de chaleur à l'entrée dans l'atmosphère?

Dès qu'elle eut appris la nouvelle du lancement du Spoutnik, Penny Pope assuma son rôle de coordinatrice. Se précipitant dans le bureau du sénateur Glancey, elle appela le sénateur Grant à Clay et, par téléphone, les deux sénateurs conférèrent avec Lyndon Johnson qui avait été informé par la C.I.A. Des réunions d'urgence furent organisées auxquelles Grant participerait dès qu'un Jet de l'armée de l'air serait disponible pour le mener à Washington.

Les responsables de la commission ayant consulté par téléphone Dieter Kolff à Huntsville, Stanley Mott aux laboratoires de la N.A.C.A. à Langley et le général Funkhauser à Los Angeles, les démarches les plus urgentes à entreprendre furent étudiées. Wernher von Braun se montra un des plus précieux auxiliaires, assurant les sénateurs que l'Amérique pourrait mettre son propre satellite sur orbite dans les deux mois et, lorsque la commission demanda l'avis de Kolff, le spécialiste des grosses fusées, celui-ci affirma « un mois ».

Penny établit un programme de rencontres dont le but était de prendre les décisions nécessaires concernant le premier vol des Américains dans l'espace et chacune de ces réunions fut ponctuée par le bip-bip-bip du Spoutnik russe qui survolait l'Amérique en respectant, avec une étonnante précision, les horaires préalablement annoncés par les propagandistes de Moscou :

19 h 32 au-dessus de San Francisco, Californie
19 h 33 au-dessus de Reno, Nevada
19 h 39 au-dessus de Clay, Fremont.

Les Soviétiques avaient spécifié ce dernier point géographique parce qu'ils savaient que c'était la résidence de Norman Grant, l'un des plus chauds partisans au Sénat de la conquête de l'espace.

Au cours de ces réunions, Penny jouait le rôle de rapporteur, elle observait les considérables différences entre Johnson du Texas, Glancey de Red River et Grant du Fremont : le premier était un fin renard sans prétention qui croyait que tout était possible si des hommes raisonnables trouvaient un terrain d'entente favorable à l'action; il n'admettait absolument pas l'éventualité de l'échec et était capable de manigancer une douzaine de coups tordus pour l'éviter; il avait une vision toute personnelle de ce que pouvaient apporter les quelques mois à venir et une confiance inébranlable dans une évolution de la situation conforme à ses vœux. Penny n'appréciait guère sa façon de lui passer suggestivement le bras autour de la taille :

« Allons, voyons, mon chou, vous n'avez qu'à l'appeler et à le raisonner. Il vous mangera dans la main. » Mais elle éprouvait un respect grandissant pour un personnage duquel, elle s'en rendait compte, dépendait la réussite du programme spatial américain.

Le sénateur Glancey était son favori, un puissant homme d'action dans ses complets mille-raies toujours froissés, ses cheveux ébouriffés et son agressive mâchoire irlandaise qui attestait sa ténacité de bouledogue. Il pratiquait l'art de donner aux riches, qu'il admirait sans réserves, tout ce qu'ils voulaient pour garantir leurs moyens financiers, tout en protégeant les petites gens sur les questions sociales pour obtenir leurs suffrages. Ce n'était pas un démagogue, mais il possédait au plus haut point le don de surgir au premier plan si la solution d'un problème pouvait lui assurer des voix et de disparaître dès que se dessinait une controverse. Comme tant de démocrates du Sud-Ouest, il votait républicain la plupart du temps mais prononçait de grands discours truffés de références à Thomas Jefferson et à Franklin D. Roosevelt. Comme beaucoup d'autodidactes, il faisait preuve d'un sens très sûr de l'histoire américaine et d'une confiance sans faille dans le destin de son pays.

Durant les années sombres où l'Amérique n'avait marqué aucune victoire dans l'espace, il avait gardé la conviction que cet état de choses ne pouvait pas durer et Penny savait que c'était essentiellement grâce à sa faculté d'anticipation que les ingénieurs de la N.A.C.A. et les chercheurs de Huntsville avaient reçu les fonds nécessaires pour poursuivre leur tâche dans l'obscurité. Penny reconnaissait les défauts de Glancey – son goût pour l'alcool, son obséquiosité vis-à-vis des nantis, son pitoyable acharnement à obtenir l'installation des plus modestes équipements gouvernementaux à Red River et à faire n'importe quelle concession susceptible de lui valoir des voix sur des positions qu'il jugeait justes – et elle en avait conclu qu'il était, tout bien considéré, le meilleur représentant du Sénat et le genre de politicien qu'elle pourrait devenir, si jamais l'occasion se présentait.

Pour le sénateur Grant dont la présence au Sénat était partiellement due à sa collaboration avisée, elle éprouvait une admiration mêlée de mépris. Elle savait, à travers Finnerty, Penzoss et Butler, qu'il était un héros sans égal et elle avait pu constater son honnêteté foncière devant le Sénat : sérieux, réfléchi, viscéralement conservateur, toujours réticent à prendre posision sur une question importante, partisan sans réserve de toute décision favorisant les militaires, tout en restant dans l'ensemble indifférent aux propositions de mesures sociales qui, parfois, exaspéraient le sénateur Glancey, Grant était un bon sénateur mais ses horizons étaient bornés et le mépris qu'elle éprouvait pour lui tenait uniquement à sa façon de refuser les occasions que pouvait lui valoir une position solide au Sénat. Le connaissant personnellement, elle n'hésitait pas à le contrecarrer lorsqu'à son avis il faisait fausse route ou manquait de combativité, et il n'éprouvait aucune gêne à l'amadouer en la gratifiant de sourires indulgents. C'était pendant ces commissions que Norman Grant et Penny Pope faisaient leur meilleur travail d'équipe, lui, le républicain conservateur à l'influence croissante dans son parti, elle, la jeune juriste hyper-efficace dont les hauts talons résonnaient de bureau en bureau. Glancey et Grant appelaient l'un et l'autre Penny « ma petite copine », chacun comptant sur elle pour les décisions importantes mais, chaque fois qu'ils utilisaient le mot « copine », elle les corrigeait immédiatement :

« Vous n'êtes pas mon petit copain, vous êtes un homme adulte et un sénateur des Etats-Unis. Je suis une femme adulte et la secrétaire administrative d'une très importante commission. »

Penny convoqua les six experts en fusée qui déclarèrent prudemment :

« Nous devrions être en mesure de lancer une fusée américaine durant la deuxième semaine de janvier avec de raisonnables chances de succès », et elle fit circuler un mémorandum fixant la date de l'opération au 14 janvier.

Mais, le 3 novembre 1957, la Russie mit sur orbite le satellite Spoutnik II, plus grand que le premier et contenant un passager, la chienne Laïka.

Ceux qui préparaient la riposte de l'Amérique

insistèrent fébrilement pour que le lancement fût avancé au mois de décembre ou même à la fin de novembre, et ils reçurent l'approbation sans réserve des responsables de Vanguard assurant que leur fusée était prête. Quand la date du 6 décembre fut annoncée, Penny prévint ses sénateurs :

« Ne vous étonnez pas si ça rate. Je sais que nous ne sommes pas prêts. »

La commission entière du Sénat, accompagnée de sa secrétaire générale, s'envola pour Cap Canaveral en Floride pour assister à l'entrée des Etats-Unis dans l'ère spatiale. D'une distance de huit kilomètres, ils regardèrent la longue et frêle fusée de la Navy, Vanguard, se soulever au bord de l'Atlantique au cœur d'un nuage de flammes, s'élever en rugissant durant une ou deux secondes, puis retomber dans une terrifiante explosion. Et la radio, dont les ondes auraient dû rayonner à travers l'espace, se contenta, gisant au sol, d'émettre un faible bip-bip, tandis que le monde entier, consterné, était à l'écoute.

« Un désastre, une honte », gémit l'un des membres de la commission, et tous ceux qui s'adressaient aux sénateurs adoptèrent la même attitude. Glancey lui-même était dégoûté, mais Norman Grant, avec l'obstination qui avait caractérisé sa conduite au golfe de Leyte, déclara, la mâchoire serrée :

« Programmez le prochain tir le plus tôt possible. »

Quelques semaines après, il assista, tendu, le visage fermé, à la chute de la deuxième fusée dans une sorte de geignement pitoyable après un décollage de quinze centimètres, et il écouta avec amertume la plaisanterie qui commençait à circuler : « Comment un technicien américain des fusées spatiales apprend-il à compter à son fils : 7, 6, 5, 4, 3, 2, 1 Oh!... merde! »

A Huntsville, Dieter Kolff, mis au courant de la

plaisanterie, ne fit aucun commentaire mais, le soir venu, en regagnant en haut de la colline son sanctuaire de Monte Sano, il se mit à marteler la table et dit à Liesl en allemand :

« Ça fait mal au cœur! Ils insistent pour étaler devant le monde entier l'échec de leur Vanguard et pendant tout ce temps-là, ma fusée Juno est prête à prendre le départ. C'est dément, Liesl. Je pars à la chasse aux papillons. »

Elle interrompit ses préparatifs de dîner pour concocter un plat de porc salé au cumin, accompagné d'oignons et de choucroute, mais il était si déboussolé qu'il fut incapable de manger. Elle sut alors qu'il était atteint d'une très sérieuse dépression.

Ces humiliantes déceptions n'avaient eu aucun effet visible sur Grant et encore moins sur Wernher von Braun lorsqu'il se présenta devant la commission :

« En une séance à Peenemünde, dit-il, sur dix-sept fusées lancées, quinze ont raté. Souvent un échec bien analysé vous en apprend plus qu'un succès fortuit.

– Je vote pour le succès fortuit », dit Glancey, mais il savait qu'au fond von Braun avait raison.

Penny Pope fut impressionnée par le sang-froid avec lequel le sénateur Grant sut masquer sa déconvenue et applaudit à la décision d'Eisenhower de poursuivre les essais au vu et au su des contribuables qui les finançaient :

« Nous effectuerons notre prochaine tentative exactement comme la dernière... Toutes les émissions télévisées que souhaiteront les chaînes... Tous les journalistes étrangers qui désireront être présents.

– Il y a un reporter japonais qui réclame des

privilèges spéciaux, intervint Penny. *Asahi Shimbun*. Faut-il l'encourager?

– Il est le bienvenu, aboya Grant. La guerre avec le Japon est finie. » Puis passant aux problèmes de l'heure, il ajouta : « Nous avons connu une expérience désastreuse avec Vanguard, mais nous n'allons pas répéter cette absurdité. Nous allons faire l'essai de cette fusée Juno recommandée par Huntsville et les responsables du service informeront l'équipe d'Alabama sans délai. »

Apprenant la décision prise, Dieter Kolff leva les bras au ciel en exultant :

« Enfin, nous tenons notre chance! »

Le 29 janvier 1958, les sénateurs et Mme Pope se retrouvaient en Floride, contemplant de loin l'énorme fusée de Kolff au sommet de laquelle était amarrée la cabine spatiale Explorer. Comme ils observaient la scène à la jumelle, ils remarquèrent que les palmiers à proximité commençaient à se ployer comme sous de puissantes rafales, et ils apprirent qu'à douze mille mètres en altitude le vent soufflait avec une telle force qu'il risquait de dérouter la fusée et de rendre son ascension impossible. « Deux cent quatre-vingt-dix kilomètres à l'heure là-haut », signalèrent amèrement les météorologistes. Le vol fut annulé et la commission, démoralisée, regagna son motel.

Le 30 janvier, ils étaient à nouveau réunis pour assister au départ de Juno et de sa charge historique mais, cette fois, les vents de haute altitude avaient atteint la vitesse terrifiante de trois cents soixante-quinze kilomètres à l'heure, suffisants pour détacher la capsule de la fusée, si bien que la mission fut suspendue et les sénateurs, plongés dans la consternation, retournèrent à leur motel. Penny Pope avait les larmes aux yeux.

« C'est trop injuste », dit-elle en montrant du doigt les articles des journaux qu'elle portait à la main. *Une fois de plus, la fusée américaine fait long feu.*

Le Sénateur Grant l'emmena au bar du motel où il commanda une limonade pour lui et pour elle une bière.

« Vous êtes-vous jamais demandé combien les Russes avaient subi d'échecs avant de réussir? dit-il.

– Vous aimez laver votre linge sale en famille? répliqua-t-elle.

– L'échec d'un processus technique n'a rien à voir avec le linge sale. C'est un écueil inévitable.

– Vous préférez notre méthode? Le ridicule public?

– Je n'ai jamais craint le ridicule public si je devais gagner la partie à la longue.

– Et nous allons gagner?

– Sans aucun doute. » Il but une gorgée de limonade et ajouta : « N'est-il pas logique de penser que nos Allemands valent bien les leurs?

– Vous croyez que ce sont des hommes de von Braun qui ont travaillé pour les Russes?

– Qui d'autre? »

La nuit du 31 janvier, les vents s'apaisèrent et, à vingt heures trente, le mot courut dans toute la zone de Canaveral : « C'est pour ce soir! » Mais lorsque le compte à rebours atteignit vingt et une heures quarante-cinq, Dieter Kolff détecta une fuite de carburant sur la plate-forme de lancement et la rumeur circula : « Le lancement est annulé! » Penny imaginait déjà les ricanements de toute la presse.

« Seigneur! pria-t-elle, permettez que tout se passe comme prévu! » L'Amérique ne pouvait pas supporter un fiasco de plus, elle en était certaine. Les sénateurs qui avaient soutenu le projet de toute leur réputation risquaient de ne pas se relever de nouveaux échecs. « Je vous en prie, Seigneur », implora-t-elle.

Le compte à rebours fut interrompu et le lancement sembla annulé lorsque Kolff surgit du blockhaus, se mit à courir, se jeta à plat ventre et se mit à ramper vers le point où l'énorme fusée perdait son carburant.

« Reculez! hurlèrent les hommes de l'équipe de sécurité.

– Kolff! Ça risque de sauter d'un instant à l'autre! »

Opiniâtre, Kolff persista à se traîner en avant jusqu'à ce qu'il se trouvât juste au-dessous des moteurs massifs. Puis, goûtant le liquide répandu, il revint vers le blockhaus avec un large sourire :

« Condensation, dit-il, rien de cassé. Reprenons le compte à rebours. »

A vingt-deux heures quarante-cinq, les experts de Peenemünde atteignirent la dernière séquence 10,9,8,7,6,5,4,3,2,1... Dans un jet de flammes monstrueux, les moteurs de Juno rugissants entrèrent en action et, avec un souffle puissant, l'engin s'éleva au-dessus de sa plate-forme, puis il y eut un second embrasement tandis que les responsables faisaient signe à Kolff d'amorcer les étages supérieurs.

« Elle est partie! » s'écria Glancey, et les membres de la commission se mirent à danser sur place.

Le sénateur Grant prit Penny par la taille, la souleva du sol en s'exclamant :

« Dieu merci! Dieu merci! »

Mais tard dans la nuit, lorsqu'il fut certain que le satellite américain était placé sur orbite et fonctionnait mieux encore qu'on ne l'avait prévu, le sénateur Grant demanda à Penny d'établir une note restrictive pour le président Eisenhower :

« La politique que vous avez si judicieusement soutenue visant à agir au vu et au su de tout le pays a largement porté ses fruits mais il est de mon devoir de souligner que nous avons placé sur orbite un satellite pesant quatorze kilos, alors que la Russie en a placé deux, Spoutnik I pesant quatre-vingts kilos et Spoutnik II cinq cents kilos. De plus, Spoutnik II apporte la preuve qu'un être vivant peut survivre dans l'espace; il est donc logique de conclure qu'à bref délai les Russes y enverront un homme. Nous avons un sérieux retard, monsieur le président. Nous sommes en danger, militairement parlant, et nous devons rattraper ce retard. Je suis très anxieux d'aborder avec vous ces questions. »

Satisfaite d'avoir pu placer un objet en orbite, la nation reporta alors son attention sur le problème de l'organisation de l'effort spatial, et le sénateur Grant intervint avec autorité :

« Le projet dans sa totalité doit être confié à l'armée. Sur des bases comme l'arsenal de Redstone en Alabama, ils ont la possibilité d'effectuer les études voulues. En outre, ils disposent du personnel et des moyens de gestion permettant de faire d'énormes pas en avant. »

De nombreux membres du Congrès aux brillants états de service soutinrent son point de vue et l'un d'eux déclara :

« Ce sera beaucoup plus facile d'asseoir notre effort sur le budget militaire car le Congrès est toujours prêt à voter les crédits militaires nécessaires alors qu'il répugne, en général, à donner de l'argent aux chercheurs civils. »

Grant conclut alors en affirmant avec force :

« Le président Eisenhower, lui-même un soldat, sera sûrement partisan du contrôle militaire. »

Un groupe d'influents sénateurs de l'Ouest ayant observé que la commission à l'énergie atomique mettait sur pied d'importants projets et gérait des budgets plus importants encore, demanda que l'effort spatial de l'Amérique fut confié à un tel organisme :

« Nous éviterons tout scandale si nous suivons cette route. »

Et chacun de ces sénateurs avait deux ou trois amis personnels qu'ils souhaitaient voir nommés membres de la future commission.

Le sénateur Glancey avait pris la tête d'un troisième groupe soutenu sans réserve par le général Funkhauser, des responsables civils de l'industrie aéronautique et divers partisans convaincus de l'entreprise privée. Ces hommes affirmaient que le projet devait être entièrement confié à des firmes indépendantes, car il était clair que les grandes industries de Californie étaient techniquement capables de mener à bien les travaux et de réduire au minimum les coûts de production. Glancey ayant à grands cris clamé son appui à cette solution, Grant contre-attaqua sans ménagement.

Grant : Pourquoi êtes-vous hostile à la prise en charge par l'armée?

Glancey : Parce que je suis un fervent partisan de l'entreprise privée à l'américaine.

Grant : Quand la sécurité de la nation est en jeu, il faut faire confiance aux militaires.

Glancey : On contrôle beaucoup mieux les dépenses dans l'entreprise privée. Elle doit réaliser des bénéfices.

Grant : Les dépenses n'entrent pas en ligne de compte quand la sécurité...

Glancey : Ce sont les mêmes hommes qui vont prendre les décisions, quel que soit notre choix. Si l'armée renvoie von Braun et son équipe aujourd'hui, l'industrie privée les repêchera demain.

Grant : Je suis particulièrement soucieux de la sécurité, du secret si vous préférez, dans ce domaine. L'armée connaît les mesures à prendre à cet égard, le secteur privé, non.

Glancey : Vous mettez exagérément l'accent sur la sécurité. Sur la plupart des questions, nous pouvons travailler ouvertement.

Grant : Dans ce domaine, un de ces jours, la sécurité prendra une importance capitale, croyez-moi.

Glancey : Durant quelques mois ou même quelques semaines. Ensuite, le monde entier sera au courant.

Grant : Mais ce sont précisément ces quelques semaines qui risquent de déterminer le destin du monde.

Tandis que ce débat se poursuivait en s'aggravant, un groupe de scientifiques se réunit pour déclarer que le projet dans son ensemble devrait être confié à ceux qui allaient fournir les réponses aux questions posées et ils recommandèrent avec conviction la création d'une fondation scientifique nationale chargée d'exercer le contrôle des opérations. Le rôle marquant joué par certains laboratoires universitaires dans l'expansion du processus atomique fut souligné et une déclaration formulée selon laquelle un consortium groupant le M.I.T., Cal Tech, Chicago et Stanford pourrait sans peine promouvoir l'ère spatiale mais la possibilité qu'une bande de savants braillards pût organiser quoi que ce soit, mieux encore gérer un budget, fut à ce point ridiculisée dans la presse, au Congrès et parmi les industriels qui tous dépendaient de la science pour leur sécurité et leur marche en avant que cette proposition fut discrètement abandonnée.

Restait une cinquième possibilité. A plusieurs reprises, lors des premières escarmouches entre les tenants des quatre solutions, l'un ou l'autre avait reconnu que la N.A.C.A. offrait une possibilité avec ses trois centres excellents de Langley en Virginie, de Lewis à Cleveland, d'Ames en Californie, mais ils en parlaient toujours avec dédain : « D'accord, nous avons cette bonne vieille N.A.C.A., mais ils n'ont jamais été fichu de s'organiser convenablement. » Que la N.A.C.A. eût toujours été dirigée par un conseil bénévole de savants et d'ingénieurs désintéressés sans porte-parole volubile et voyant avait joué contre eux. De plus, les économies de budget qu'elle réalisait par tradition en raison des impératifs d'économie que s'imposaient ses responsables soulevaient des soupçons car Washington estimait que tout organisme dont l'activité ne se soldait pas par de gros dépassements ne pouvait accomplir un travail sérieux. Et, pour finir, puisque la N.A.C.A. travaillait en liaison étroite avec trois secteurs d'activité du pays – l'armée, l'industrie aéronautique privée et l'université –, elle ne pouvait se targuer d'être une entité à part et dépendait donc de ces trois autres secteurs. Dans le grand débat en cours, il était hors de question de prendre la N.A.C.A. au sérieux.

Quand les parties adverses menacèrent de déstabiliser le pays avec leurs dissensions, un homme fit un pas tranquillement en avant et, à sa façon simple et sans apprêts, arrêta une série de décisions spectaculaires, établissant les grandes lignes de l'évolution de l'ère spatiale. Le président Dwight Eisenhower avait ironisé sur la frénésie qui s'était emparée de certains Américains comme Glancey et Grant. « Pourquoi avoir peur d'un ballon de football? » Mais la crise s'étant aggravée, il s'était penché de plus près sur le problème et convoquait maintenant à la Maison Blanche toutes les parties intéressées auxquelles il se disait prêt à adresser au Congrès un message réglant une fois pour toutes le conflit :

> « Messieurs, la décision est prise. Nous allons créer une agence spatiale civile. Mais elle ne relèvera ni de l'industrie privée, ni d'un consortium de savants, ni de la N.A.C.A. Ce sera un organisme nouveau, sur le modèle de l'ancien, utilisant le meilleur de nos ressources.
> Nous allons prévenir le monde entier que nous entendons utiliser l'espace à des fins pacifiques. Nous travaillerons au grand jour, financerons tout au grand jour et accomplirons des merveilles avec les hommes et l'équipement dont nous disposons. »

Revenu dans son bureau, le sénateur Grant se montra consterné par cette décision :

« Le général a perdu la tête! Il faut absolument que je le dissuade avant qu'une terrible erreur soit commise. »

Il demanda à Penny de lui obtenir un rendez-vous personnel avec le président, au cours duquel il plaida avec énergie le droit des militaires à contrôler l'espace. Eisenhower, sachant l'importance que pourrait acquérir ce héros dans les mois à venir, fit de son mieux pour le consoler :

« Norman, avec mon plan, l'armée poursuit ses travaux en secret, comme toujours. Et si nos civils font la moindre découverte importante, vos gens seront les premiers informés. Mais je suis convaincu que l'exploitation de l'espace doit être confiée à des mains civiles et si vous y réfléchissez, vous verrez que j'ai raison. »

Fort de cette assurance, le sénateur Grant devint parmi les leaders républicains le défenseur convaincu, devant le Congrès, de la proposition du président. Lui et Mme Pope travaillèrent durant tout le printemps et le début de l'été, passant au crible tous les détails, accomplissant ces innombrables tâches fastidieuses qui sous-tendent toute législation solide. Au cours d'un week-end prolongé, alors qu'ils mettaient au point avec le sénateur Glancey ce qu'ils considéraient comme les derniers amendements à la loi, ils restèrent sous le choc tandis que Lyndon Johnson intervenait sans crier gare en exigeant dix-neuf rectifications selon lui indispensables. Grant voulait passer outre, mais Glancey le prévint :

« J'ai appris une chose au Sénat, dit-il. Ne tenez jamais pour négligeable Lyndon Johnson ou il va vous clouer à la porte de la grange. »

Sept changements proposés par Johnson, visant, d'une façon ou d'une autre, la protection des intérêts du Texas, furent adoptés.

Les démocrates ne disposant que d'une marge de quarante-neuf à quarante-sept au Sénat, les votes des républicains étaient très importants et, du coup, le sénateur Grant devenait maintenant un personnage clef. Certains irréductibles ayant tenté d'imposer le contrôle de l'organisme proposé par les militaires, il se mit en avant comme le héros de guerre reconnu de tous :

« Ike est le meilleur commandant en chef que nous ayons eu depuis Teddy Roosevelt et s'il tient à ce que l'agence dépende des civils, je suis de son avis.

– Il y a six mois, vous ne vouliez entendre parler que de l'armée! lancèrent ses adversaires.

– Il y a six mois, je ne savais pas ce que je sais maintenant, répliqua-t-il.

– Il y a six mois, Ike ne vous avait pas forcé la main.

– Je suppose que Dieu nous a donné des mains pour qu'elles soient forcées », dit Grant.

Souvent, à la fin de la journée, il se sentait si

fatigué qu'il n'avait qu'une idée : se laver la figure à l'eau froide, avaler un sandwich n'importe où et se glisser sous les couvertures, mais Penny qui travaillait encore plus que lui, le rattrapait alors qu'il se dirigeait vers un comptoir de fast-food quelconque et l'admonestait :

« Sénateur, vous allez vous démolir l'estomac si vous mangez ces saletés. Il faut absolument que vous preniez un repas correct avec des légumes et une salade. »

Il lui suggérait alors de dîner avec lui et on les voyait souvent dans les petits restaurants sans prétention proches du Capitole où les sénateurs, les membres du Congrès et le personnel de la bibliothèque du Congrès s'amassaient pour se sustenter rapidement.

Un soir, au cours d'un repas moins hâtif que d'habitude, Penny remarqua que le visage de Grant s'était creusé de rides inhabituelles sous le fardeau des besognes quotidiennes :

« Sénateur, dit-elle, si vous gardez les sourcils froncés comme ça, l'an prochain, vous serez un vieillard.

– Je m'inquiète à cause de la Russie.

– Le sénateur Glancey aussi s'inquiète à cause de la Russie. Mais regardez-le, un visage épanoui, lisse, pas une ride visible.

– La seule chose qui l'inquiète vraiment, c'est Red River.

– Il sait comment se détendre, vous devriez apprendre vous aussi ». N'obtenant de lui aucun commentaire, elle ajouta : « Encore des ennuis familiaux?

– Ce foutu Strabismus. Mme Grant persiste à vouloir le couvrir d'or.

– Pourquoi n'arrêtez-vous pas l'hémorragie?

– Je l'ai fait. Du moins, pour mon argent. Mais maintenant, elle lui envoie son héritage.

– Il n'y a pas de loi contre cette forme d'escroquerie?

– Il ne commet pas d'escroquerie. Nous sommes désarmés.

– Qu'est-ce qui va se passer? »

Il repoussa son assiette, tenta à plusieurs reprises de répondre, puis demanda :

« Comment vous arrangez-vous, John et vous? Je veux dire maintenant qu'il n'est plus à Patuxent River?

– Les femmes de marins se débrouillent toujours. Nos hommes s'en vont mais ils reviennent.

– Je pense beaucoup aux problèmes du couple et de leur foyer, ces temps-ci, Penny. Votre mode de vie est-il une solution? Je veux dire, vos deux carrières? Et ces séparations prolongées? »

Mme Pope, maintenant âgée de trente et un ans, avait un tempérament aussi dynamique que lorsqu'elle avait commencé à travailler pour lui, et elle pouvait imaginer les longues décennies qui l'attendaient. Parlant avec lenteur, elle déclara :

« La carrière de John passera toujours en premier, j'en suis certaine. Mais c'est une carrière en pointillé. Ici, là-bas, en Asie, en Méditerranée. Je saurai m'y adapter. Ma carrière avec vous et le sénateur Glancey, d'un autre côté, est importante aussi et je suis persuadée que John saura s'y adapter, lui aussi.

– J'ai l'impression que vous jouez une partie bien difficile.

– C'est vrai. N'en faites-vous pas autant? »

Grant ayant éludé la question, elle ajouta :

« Vous à Washington, Mme Grant à Clay, John et moi sommes-nous plus séparés que vous? »

Il repoussa de sa fourchette ce qui restait dans son assiette et fit signe à la serveuse de débarrasser la table :

« Ce n'est pas pareil, dit-il. Pas du tout. Vous deux

avez des jobs très importants... et gros de conséquences. Elinor et moi, travaillons à la même chose et, pour l'instant, elle est en train d'essayer de saper les plus louables initiatives de cette nation. »

Faire ce genre d'aveu à une jeune femme aussi séduisante et secrétaire responsable de sa commission l'embarrassait affreusement et il savait qu'il devait faire sur elle piètre impression mais, au cours des dernières semaines, il s'était senti au bout du rouleau – lui accablé de travail à Washington, sa femme gâchant stupidement son existence chez elle – et il avait besoin d'aide.

« Penny, accepteriez-vous de faire un saut en avion jusqu'à Clay pour raisonner ma femme? »

Aussitôt, Mme Pope se mit à rire :

« Sénateur, vous perdez la tête? Vous savez que Mme Grant me méprise cordialement. Elle m'accuse d'avoir une liaison avec vous. Ou d'essayer. »

Grant croisa les mains sur son ventre et examina la table :

« Voilà bien une de ses idées les plus saines. Et qu'il ne faut pas prendre au sérieux.

– Moi, je suis obligée de la prendre très au sérieux. »

Impulsivement, Grant demanda :

« Penny, comment avez-vous fait pour avoir la cervelle aussi bien organisée? Aussi solide?

– J'avais un père merveilleux et très énergique, et j'ai épousé un homme merveilleux et énergique. »

A peine cette phrase prononcée, elle se rendit compte qu'elle condamnait le sénateur par ses paroles et elle voulut lui faire des excuses, mais il la prit de vitesse :

« Elinor avait un père excellent, un père idéal. Quant à moi, je ne vois pas comment, diable, j'aurais pu agir autrement. A moins d'être resté chez moi et d'ouvrir un modeste cabinet dans Main Street.

– J'ai beaucoup réfléchi à ce problème, sénateur. Et toutes les filles de votre bureau aussi.

– Et quel est le résultat de vos bavardages?

– Que parfois on ne peut rien faire. » Elle haussa les épaules et ajouta : « Sinon jeter ce docteur Strabismus en prison.

– Savez-vous que Marcia est repartie le voir en Californie? Ils bâtissent là-bas un grand centre, tout nouveau, et elle est sa conseillère. Dix-neuf ans et la voilà bombardée conseillère en architecture.

– Maintenant, vous avez une bonne raison d'aller là-bas et de l'abattre.

– Quand je vous ai demandé si vous accepteriez d'aller parler à ma femme à Clay... bien entendu, je ne pensais pas ce que je disais. Mais iriez-vous jusqu'à Los Angeles pour voir si... si vous pourriez... comment dire... sauver ma fille?

– Je partirai demain », répondit Mme Pope, et bien que la bataille pour le décret spatial fut près d'atteindre son paroxysme, elle s'arrangea pour se faire remplacer, fila en taxi au National Airport et prit l'avion pour Los Angeles.

L'adresse qu'elle avait notée dans son carnet était celle d'un deux-pièces misérable composant le siège de l'Universal Space Associates, mais le docteur Strabismus était absent. M. Ramirez, la prenant pour une idiote de plus éprise de son patron, lui tendit un bout de papier qui la conduisit à une colline en dehors de la ville où elle trouva une imposante bâtisse blanche en voie d'achèvement :

Université de l'Espace et de l'Aviation
Dr Leopold Strabismus
Ph D LL D DHL Directeur d'Etudes

De la route poussiéreuse, Penny observa les camions pénétrant à grand bruit sur le chantier où le bâtiment, elle en était sûre, serait baptisé et découvrit avec amusement que Strabismus, tout escroc qu'il était, restait assoiffé de légitimité. Il réalisait une formidable opération financière à partir de son bureau sordide, mais il voulait accéder à la respectabilité que lui vaudrait ce que certains considéreraient comme une véritable université. Elle sourit et son agressivité contre lui s'atténua un peu. Les mains en porte-voix, elle cria :

« Marcia Grant? Vous êtes là? »

Au lieu de la fille du sénateur, elle vit apparaître sur le seuil d'une des portes inachevées un grand type massif et barbu qui, dès qu'il eût aperçu Penny dans son tailleur très strict et son col blanc, la prit pour une de ces gourdes de l'Oklahoma ou du Sud-Dakota qui lui avaient envoyé de l'argent, et il s'avança vers elle, sa large main tendue, et un gracieux sourire aux lèvres :

« Entrez, entrez donc, madame. Voilà où va être installée l'université.

– Docteur Strabismus?

– Lui-même. Et nous aurons également ici le quartier général de nos recherches spatiales.

– C'est superbe, imposant.

– Et d'où venez-vous au juste? s'enquit-il avec sollicitude.

– Je suis venue voir Marcia Grant si vous pouviez la prévenir.

– Malheureusement, Miss Grant n'est pas ici. »

Il considéra Penny d'un œil soupçonneux, cette fois, et son comportement changea du tout au tout.

« Moi, je crois qu'elle est ici, dit Penny froidement, et je m'en vais la trouver.

– Vous êtes sur un chantier où le port du casque est indispensable, la prévint Strabismus en faisant un pas rapide en avant.

– Vous n'en portez pas. » Elle passa devant lui et appela : « Marcia! Marcia Grant! »

Sur le seuil d'une autre porte apparut la silhouette élancée de la fille aux longues jambes. La démarche hésitante, elle fronçait les sourcils d'un air désapprobateur :

« Qu'est-ce qui se passe ici?

– Marcia, cria Strabismus. Rentre! »

Mais avant d'obéir, la jeune fille reconnut la visiteuse et lança :

« Elle travaille avec mon père! »

D'une puissante étreinte, Strabismus saisit le bras de Penny et la fit pivoter devant lui :

« Qui êtes-vous? Une espionne?

– Je suis fonctionnaire du Sénat des Etats-Unis, dit Penny d'un ton calme, et si vous ne me lâchez pas immédiatement, j'alerte la police fédérale. »

D'une secousse du bras droit, elle se dégagea puis s'avança dans la poussière vers Marcia qui attendait devant la porte.

« Je crois qu'il faut que nous ayons une petite conversation, dit-elle d'un ton cordial en rejoignant la jeune fille.

– Ne va pas avec elle! » cria Strabismus, tentant d'intercepter Marcia, et les deux femmes ne tenant pas compte de son intervention, il ajouta, menaçant : « Ne touche pas à ma voiture.

– Allons donc là-bas », proposa Penny, montrant un buffet-comptoir au bord de la route, dont la clientèle se composait essentiellement d'ouvriers.

Dès qu'elles furent assises devant la table couverte d'une toile cirée, Penny déclara d'emblée :

« Marcia, laissez tomber cette histoire absurde et revenez chez vous avec moi.

– C'est mon père qui vous envoie?

– En effet.

– Ma mère est au courant?

– J'en doute. Ils ne se parlent guère, tous les deux.

– Vous couchez avec mon père, hein? »

Penny fut elle-même choquée de sa réaction. Levant haut la main droite, elle l'abattit à toute volée sur la figure de Marcia :

« C'est à moi que vous parlez, pas à je ne sais quel faisan. »

La soudaineté de cette attaque surprit à tel point Marcia qu'elle resta un instant médusée, mais la virulente probité de Penny exigeait une réponse :

« Je suis désolée », dit-elle.

Penny l'était plus encore. Elle prit dans les siennes les deux mains de la jeune fille et dit :

« C'est moi qui suis désolée, mais je travaille dans un monde très dur où toute atteinte à l'honneur doit être sanctionnée séance tenante.

– Je ne voulais pas porter atteinte à votre honneur.

– C'est celui de votre père que vous attaquez.

– Puis-je vous poser une question raisonnable sans me faire assommer?

– Allez-y.

– Etes-vous amoureuse de mon père? »

Penny eut un petit rire puis posa un regard amical sur la fille désorientée :

« Je crois que toutes les femmes qui travaillent pour des hommes de la qualité de votre père finissent toujours par les aimer avec une sorte de détachement. Mais avez-vous jamais vu mon mari? »

Elle tira de son petit sac à main un porte-cartes dans lequel elle portait sous cellophane trois photos du capitaine de corvette Pope, l'une en short de tennis, la seconde en grand uniforme, la troisième en pilote d'essai aux commandes d'un jet. « Franchement, je n'aspire à aucune aventure avec des vieux messieurs.

– Il n'est pas mal, reconnut Marcia. Où est-il?

– Il n'exerce aucun racket... ne vit pas sur les

subsides fournis par des bonnes femmes écervelées.

– Attention. Strabismus risque de devenir un personnage encore plus influent que mon père ou votre mari.

– Qu'est-ce que c'est que cette histoire d'université?

– On peut faire tout ce qu'on veut, en Californie. Les lois sont très bonnes mais il n'y a personne pour les faire respecter. Ils nous ont enregistrés comme université. Nous allons commencer les cours d'un jour à l'autre. Enfin, en toute sincérité, il n'y aura pas de cours. Nous nous contenterons de vendre des diplômes.

– Vous n'avez pas honte de laisser Strabismus se livrer à ce trafic?

– Comment ça, Strabismus? Moi aussi, j'en fait partie. Je suis doyenne des études.

– Par exemple! Vous n'avez même pas fini votre première année d'université!

– En Californie, tout est possible.

– Marcia, l'an dernier, Strabismus vous a mise dehors pour je ne sais quelle gamine de l'Oklahoma. L'an prochain, il vous sacquera de nouveau. Vous avez vu le résultat de votre conduite sur votre mère.

– Ma mère est une conne et vous le savez très bien. »

A nouveau, Penny d'instinct leva le bras mais, cette fois, Marcia intercepta le coup :

« J'en ai assez de votre numéro, madame Pope », dit-elle, et se levant de table, elle retraversa la rue et déclara à voix haute à Strabismus :

« Elle m'a frappée... deux fois.

– Nous la poursuivrons pour coups et blessures, cette putain. »

Penny, placée derrière Marcia, l'entendit clairement et, furieuse, s'écria :

« Répétez-moi ça, Strabismus, et je chargerai quelqu'un de vous corriger.

– Vous allez être poursuivie! » cria-t-il et, s'adressant aux ouvriers, il ajouta : « Vous l'avez entendue. Elle m'a menacé. »

Strabismus et plusieurs ouvriers l'ayant entraînée de force à l'écart, elle regagna sa voiture, s'effondra derrière le volant, accablée de honte car elle savait bien, en tant que juriste, qu'en menaçant verbalement Strabismus et en frappant Marcia, elle tombait doublement sous le coup de la loi et risquait de se retrouver en prison. Mais, écumant de rage, elle ne voulait pas quitter la Californie sans avoir vérifié si, d'une façon ou d'une autre, elle pouvait dégonfler cette baudruche de Strabismus. Ayant présenté ses papiers au commissariat central, elle fut envoyée à un policier chinois qui l'écouta patiemment et lui dit :

« Nous avons étudié son cas huit ou dix fois. Des plaintes venues de tous les coins du pays. Impossible de prouver l'abus de confiance.

– Et les petits hommes verts?

– La moitié du pays voit des petits hommes verts. Ma mère la première. »

Au bureau local du F.B.I. elle demanda :

« Et les jeunes filles? Elles ne sont pas trop jeunes? N'y a-t-il pas détournement de mineures?

– Oh! là-dessus, il est très prudent. Les gamines, il les renvoie chez elles. Par exemple, quel âge a votre protégée?

– Dix neuf ans.

– Légalement, elle est adulte. Elle peut coucher avec qui elle veut.

– Et le Mann Act?

– Ça, ce serait à étudier. Si Strabismus envoie à ces filles le prix de leur billet d'avion ou leur achète une voiture dans leur Etat d'origine...

– Pouvez-vous vérifier? Je le soupçonne de lui avoir envoyé de l'argent.

– Ce n'est pas de notre juridiction. Nous pouvons, du moins, alerter le service des mœurs à la police locale. »

Mais quand les policiers se furent rendus à la modeste maison où Strabismus hébergeait la fille de Grant, ils constatèrent que Marcia avait des reçus prouvant que c'était elle, et non Strabismus, qui avait payé son voyage en Californie. « Donc, impossible de le coincer d'après le Mann Act », dirent les policiers.

Penny ne pouvait attaquer Strabismus par aucune loie légale car, bien qu'il eût extorqué plus d'un million de dollars à divers citoyens, il ne pouvait être sanctionné, ses circulaires exposant à ses donateurs exactement ce qu'ils devaient attendre de lui, et il tenait parole. Qu'il tînt des propos insensés ne pouvait lui être reproché car, comparés aux idées circulant en Californie, ses petits hommes verts étaient des parangons de normalité. L'on ne pouvait, non plus, contraindre Marcia à sortir du lit de cet aigrefin – elle y était entrée de son plein gré et, si elle le quittait, six ou sept autres jeunes personnes ne seraient que trop heureuses de prendre sa place. Mme Pope ne pouvait donc arriver à rien.

Le dernier jour, elle fit une ultime démarche auprès de Marcia, mais la jolie fille qui aurait dû être en train d'étudier la biologie dans une université authentique ne voulut rien entendre :

« Leopold et moi allons peut-être faire de grandes choses avec cette université. Personne ne peut dire où nous allons, mais je tiens à rester avec lui. Les petites jeunes viennent et s'en vont. Quant à ma mère, je ne pense pas avoir d'autres contacts avec elle. Elle est complètement toquée, vous le savez, mais vous pouvez assurer mon père que je ne ferai rien qui puisse l'embarrasser en public. Il est inexistant mais tout ira bien pour lui s'il peut déclencher une nouvelle guerre. »

Durant le trajet de retour, Penny, songeuse, s'interrogea sur le mystérieux comportement des femmes. Elinor Grant occupe une position enviable dans ce pays, et elle la sabote complètement. Sa fille est assez intelligente pour obtenir une situation de son choix et assez jolie pour séduire n'importe quel homme, et voilà comment elle se fourvoie ! Et moi, au fait ? Elle pensa à elle-même, à ses talents, à ses ambitions, à son amour sans failles pour son mari, à son absence d'enfants : « Je n'ai pas préparé un repas digne de ce nom depuis trois ans... »

Elle sortit de son sac les photos de son mari et, pendant un moment, souhaita le voir quitter la marine pour s'installer dans une ville paisible comme Clay où, ayant renoncé à sa situation au Sénat, elle viendrait s'occuper de lui et des enfants qu'ils pourraient adopter mais, quand l'appareil atterrit à St. Louis, elle acheta un journal et constata que le décret sur l'espace rencontrait l'opposition jumelée des militaires et de la communauté scientifique, appela immédiatement le bureau du sénateur Glancey, apprit qu'elle devait rentrer sans délai et que tout était en suspens.

Les deux dernières semaines de juillet, elle travailla sur un rythme effréné, aidant ses sénateurs à lutter contre des amendements de dernière minute qui risquaient de compromettre l'effort national. Souvent, le soir, quand une partie de bras de fer s'engageait, elle avait l'impression qu'un seul homme aux Etats-Unis mesurait pleinement les possibilités offertes par l'espace : Lyndon Johnson. Un jour, elle déclara au sénateur Glancey qu'à son avis Johnson était prêt à utiliser les moyens les plus contestables pour parvenir à ses fins, et l'homme de Red River se mit à rire :

« Vous vous trompez de verbe, Penny. Il n'est pas prêt à les utiliser. Ce sont ceux qu'il préfère. »

Le 29 juillet 1958, Grant et Glancey se tenaient derrière le président Eisenhower lorsque la loi 85-568 fut signée, donnant à la nation un nouvel organisme dont la tâche serait de rattraper le retard pris sur les Russes. Derrière les deux sénateurs se tenait Penny Pope, les cheveux tirés sur la nuque, son tailleur bleu soulignant sa taille fine, et souriante tandis que le leader de la majorité au Sénat, Johnson, lui murmurait :

« Mon chou, l'auteur de cette sacrée loi, c'est vous plus que nous tous réunis. »

La N.A.C.A., la commission consultative nationale pour l'aéronautique avec un budget de cent dix-sept millions de dollars et un personnel de huit mille membres, était devenue la N.A.S.A., la National Aeronautics and Space Administration, avec un budget de près de six millions de dollars et un personnel de trente-quatre mille membres.

Lorsque les détails de la nouvelle loi parvinrent à Huntsville, le marasme qui pesait déjà sur la base se mua en véritable panique et les Allemands qui vivaient jusque-là sur le bord d'un sombre précipice ne sachant pas ce qu'on allait faire d'eux, comprirent que leurs travaux en Alabama ne déboucheraient sur rien car, ainsi que Kolff l'expliqua à ses hommes :

« La nouvelle agence englobe toutes les branches importantes de la N.A.C.A. Ils prennent Langley, Ames en Californie, Lewis à Cleveland.

– Et nous?

– Ils ne veulent pas de nous. Nous continuons à recevoir les directives du secrétaire Wilson. N'entreprendre aucune recherche sur des véhicules susceptibles d'être utilisés dans l'espace.

– Qu'est-ce qu'on peut faire?

– Nous pouvons tirer nos fusées d'une portée de trois cents kilomètres.

– Et si elles en atteignent trois cent vingt-cinq?

– Nous serons arrêtés.

– Comment peut-on s'en tirer à ce régime?

– Je n'en sais rien, répondit Dieter. Nous serons peut-être dispersés. La vieille équipe réduite en miettes. »

Il rentra chez lui, consterné. Sa famille était dans l'affliction. Liesl pleurait un rêve envolé d'un parc modèle devant la terre morcelée en lots étriqués, sa beauté naturelle ruinée, ses jolis sentiers défoncés par les bulldozers. Monte Sano restait le coin le mieux situé de Huntsville au point que, bien souvent, les résidents locaux se plaignaient :

« Comment avons-nous laissé ces fichus Allemands nous voler nos terres à notre barbe? »

Ce lieu d'élection auquel aurait donné naissance le projet de Liesl était réduit à néant et elle se désolait, non pas tant pour elle-même que pour ce mépris des beautés naturelles.

Le jeune Magnus Kolff s'efforça de dissimuler la déception que lui avait causé le double refus qui lui avait été opposé de participer au camp musical d'Interlochen. Il se consola en devenant le meilleur trompette du Nord-Alabama, et ses parents purent se réjouir, il fut invité à jouer dans divers orchestres, et même à postuler pour une place dans l'orchestre estival de l'université d'Alabama – mais quand Dieter découvrit qu'il s'agissait de la fanfare d'un club de football avec exercices d'adresse, pirouettes et autres clowneries – plutôt que de faire de la musique, il fallait surtout scander A-L-A-B-A-M-A –, il mit le holà :

« La musique n'a rien à voir avec le football. Tu ne peux pas aller là-bas. »

L'université, espérant encore engager le jeune

garçon, invita toute la famille à Birmington pour assister à un match de seconde série, Alabama contre Tennessee, et durant la première partie de la rencontre, Dieter fut très emballé par la précision du jeu des équipes, mais l'intermède qui survint à la mi-temps le doucha et le dissuada à jamais de se joindre à ces musiciens.

« Et maintenant, annonça le chef d'orchestre avec ostentation, nous allons vous régaler d'un hommage musical rendu aux trois grands compositeurs Beethoven, Tchaïkovski et George Gershwin. »

Dieter n'avait jamais entendu parler de ce dernier, mais il était fasciné à la pensée de ce que l'orchestre pourrait faire pour honorer les deux premiers maîtres. « Pom-pom-pom-pom », joua l'orchestre exécutant environ dix mesures de la Cinquième Symphonie. Puis, sans piano, il joua vingt mesures d'un concerto de piano de Tchaïkovski, après quoi il enchaîna pendant une minute sur *Rhapsody in Blue* avec huit clarinettes s'efforçant de rendre la partition de piano. Le tribut aux trois grands compositeurs avait duré, dans sa totalité, une minute et vingt-trois secondes. L'orchestre reprit alors ses évolutions cadencées.

« Tu ne peux pas participer à cette insulte faite à Ludwing van Beethoven », dit fermement Dieter, une fois la famille rentrée à Huntsville.

Il devait découvrir bientôt le rôle joué par la pression sociale dans la vie américaine. Les professeurs de son fils, son professeur de musique et le directeur de l'école montèrent jusqu'à Monte Sano pour obtenir de Dieter qu'il laissât le jeune garçon se rendre au camp musical de l'université.

« Défiler avec cet orchestre, un après-midi d'automne, quand l'Alabama joue contre Auburn, dit le directeur, la voix frémissante, est pour un jeune garçon une expérience grisante.

– Ils ne font pas de musique, rétorqua Dieter, entêté.

– Mais, monsieur Kolff, reprit avec douceur le directeur, il paraît que votre secteur de l'arsenal risque de fermer d'ici peu. Vous et votre famille devrez peut-être vous en aller. Il serait important pour Magnus, s'il entre dans un autre établissement scolaire, de pouvoir déclarer avec fierté : « j'ai joué au match Alabama-Auburn. »

Avec l'obstination de dix générations de cultivateurs résolus à ne pas céder à de fallacieuses avances, Dieter résista aux prières de son fils et de ses incultes supporters, y compris les membres de la faculté et le directeur d'études.

« Tu ne vas pas marcher stupidement au pas cadencé, déclara-t-il en allemand.

– Je t'en prie, papa, répondit Magnus en anglais, tous les autres garçons le font. »

Dieter tenta de détourner l'attention de son fils en empruntant un séduisant catalogue de la GC Conn Band Instrument Company d'Alkhart, Indiana, et en lui montrant les brillantes photos en couleurs d'une superbe trompette argentée :

« Regarde ça, Magnus, dit-il, là-dessus tu peux vraiment jouer de la bonne musique et je vais en faire venir une pour toi. »

Mais Magnus répliqua d'un ton presque méprisant :

« Si je rentre dans le grand orchestre, ils me donneront gratis le modèle au-dessus que tu vois sur cette page. »

Dieter avait maintenant cinquante et un ans et les cheveux gris; sur son visage étroit se lisaient les appréhensions qui lui inspirait l'avenir des fusées sous le contrôle de la N.A.S.A. Ses yeux profondément enfoncés reflétaient toujours cette ambition qui avait dominé les années de sa vie créatrice, il voulait encore construire ces grandes fusées qui emmèneraient leurs capsules vers les étoiles. Quels instruments seraient placés dans les capsules, il laissait ces problèmes aux autres : la N.A.S.A., l'armée, tel ou tel nouveau centre de recherches, n'importe qui. Sa tâche, une tâche que seuls von Braun et lui, estimait-il, pouvaient accomplir, consistait simplement à construire le véhicule, et voilà qu'il trouvait la route barrée devant lui.

« Sacré nom, dit-il à sa femme. Ils nous étranglent. » Il en perdait l'appétit et, un soir, à table, il se sentit au bord des larmes. « Trois cents kilomètres, voilà la limite que nous impose le génial Charlie Wilson. Liesl, rends-toi compte, en 1943 nous lançions la A-4 à trois cents kilomètres. Près de trente ans plus tard, nous en sommes au même point. »

La mine sombre, il lui rappela que le seul triomphe dont pouvaient se targuer les Américains, ils l'avaient obtenu avec sa fusée Juno et sa capsule Explorer.

« Et voilà les remerciements que nous récoltons. »

Lorsqu'un dignitaire de Washington vint leur exposer en détail le catalogue des restrictions futures, les Allemands se rassemblèrent pour écouter les nouvelles, pires que les rumeurs. Tout projet secondaire devait être suspendu en Alabama et repris par l'un des centres de la N.A.S.A., mais les recherches réellement susceptibles de modifier le comportement des grandes nations comme les fusées conçues par Dieter Kolff devaient être stoppées. A Redstone, l'armée ne serait pas limitée à trois cents kilomètres; elle serait expulsée et remise à pied, limitée à son rôle traditionnel qu'elle n'aurait jamais dû abandonner.

Chercheurs et ingénieurs furent tant choqués par cet étalage de bêtise qu'ils n'émirent pas une protestation durant la réunion. Mais, le soir, quand les responsables se réunirent chez Kolff pour étudier la situation, d'amers ressentiments s'exhalèrent et des hommes ayant déjà atteint la soixantaine demandèrent :

« Où allons-nous aller? Comment trouverons-nous du travail? »

D'autres étaient davantage préoccupés par la stratégie aberrante que révélait une pareille décision et l'un des assistants déclara, furieux :

« Pas étonnant que les Russes soient en avance sur nous. Ce ne serait pas plus mal qu'ils dominent le monde sur ce plan. Ça mettrait un peu de plomb dans la tête aux Américains. »

Dieter ne pouvait tolérer ce défaitisme.

« Ne dites jamais ça! Vous aviez déjà quitté Peenemünde avant les derniers jours. Tous les matins, des bruits circulaient sur ce que les armées russes faisaient subir aux populations... annonçaient leur arrivée imminente. Je vous garantis que ça a été une période terrible.

– Mais en Russie, ils encouragent les hommes comme nous à poursuivre leurs travaux. Nous en avons la preuve. » Et il tendit le doigt vers le ciel.

« Ne dites pas ça! répéta Dieter. Aucun d'entre nous ne souhaiterait se trouver en Russie et vous le savez bien.

– Je préférerais travailler à un projet valable », répliqua son interlocuteur.

Tous tombèrent d'accord, mais quel pouvait être ce projet avec les nouvelles directives, nul ne s'en doutait.

Le général Funkhauser lui-même, lorsqu'il prit l'avion de Californie pour venir engager les services de quatre Allemands requis pour certains travaux particuliers par Allied Aviation, ne put se montrer optimiste.

« On nous a dit que l'armée ne pouvait pas conserver cette base maintenant qu'il a été mis fin à sa mission première. Et chacun des autres services a établi ses propres plans. Personne ne touchera à cet endroit mais un bureau sera ouvert pour voir si nous pouvons trouver des situations dans diverses régions, pour vous autres Allemands. »

Une chose était certaine : comme Adam et Eve, les Kolff seraient exilés du charmant Eden qu'ils avaient créé au sommet du Monte Sano.

« Ils pourront le rebaptiser Monte Insano », grommela Dieter.

Ils avaient tous commencé à faire leurs bagages quand un événement extraordinaire se produisit à la Maison Blanche. Il n'avait rien à voir avec Huntsville, Alabama, ou même avec le programme spatial; à son origine, étaient la honte et le remords.

Jamais, au cours de la dernière période de l'histoire des Etats-Unis, n'avait été commise une action plus méprisable que celle du président Eisenhower lorsqu'il avait été confronté à la campagne infamante du sénateur McCarthy qui, au comble de sa rage de dénigrement, avait jugé expédient d'accuser le général George Marshall de stupidité, d'ineptie et de trahison. C'était une époque de passions déchaînées et les accusations extravagantes du sénateur avaient créé de tels remous que la réputation d'un des plus loyaux patriotes d'Amérique avait été traînée dans la boue.

Ceux qui connaissaient les trois hommes – Eisenhower, Marshall et McCarthy – s'attendaient à voir le président prendre avec vigueur la défense de Marshall, et ce pour une excellente raison : Marshall avait été le supérieur d'Eisenhower qu'il avait élevé au commandement suprême des forces alliées et soutenu sans réserve dans les situations de crise. Si un homme avait contracté une dette vis-à-vis de Marshall, c'était bien Eisenhower.

Mais lorsque l'attaque se déclencha contre son ancien chef, une attaque sans la moindre once de preuve, Eisenhower rentra dans sa coquille; non seulement il n'eut pas un geste pour défendre Marshall, mais il amputa ses discours des références favorables à un homme qui avait contribué à édifier sa gloire. Ce fut une période peu reluisante dans l'histoire de la présidence et, lorsque certains critiques soulignèrent sa conduite pusillanime, Eisenhower dut faire la grimace.

Il avait cependant une excuse : le problème crucial à l'époque était de museler le sénateur du Wisconsin avant qu'il détruisît l'Union, et toute tactique susceptible de l'écarter de la vie publique se justifiait. Pour Eisenhower, c'était McCarthy et non pas Marshall qui faisait problème. Ce dernier étant taillable et corvéable à merci, le président tourna le dos à son ancien mentor et ami.

Marshall et McCarthy étant morts, le président Eisenhower souhaitait faire amende honorable. Quand il apprit que la base militaire de Huntsville était sur le point d'être rayée de la carte, il songea que si la N.A.S.A. pouvait l'utiliser à nouveau, elle pourrait être rebaptisée en l'honneur du vieil ami qu'il avait si honteusement traité. Dieter Kolff faisait partie des experts convoqués à la Maison Blanche et, calmement, avec un accent germanique prononcé, il défendit le travail que ses compatriotes et lui y avaient effectué.

> « Monsieur le Président, Votre Honneur, croyez-moi, les Allemands qui ont été faits prisonniers par la Russie en 1945 étaient tout aussi brillants que le docteur von Braun en Amérique. Si nous sommes sur le point de construire des fusées qui emmèneront les hommes sur Mars ou sur la Lune, je suis certain que nos cousins, en Russie, sont capables des mêmes réalisations. Je vous en prie, monsieur

le Président, confiez à cette grande installation une mission.

De tels plaidoyers, répétés maintes fois, persuadèrent Eisenhower que le centre d'études des fusées pouvait être adapté aux exigences de la nouvelle ère spatiale, et il le baptisa George C. Marshall Space Fligth Center. Les aménagements achevés – dans un discours rappelant que le général Marshall avait été un grand soldat, un excellent ministre, le créateur du plan portant son nom qui avait contribué à sauver l'Europe et un lauréat du Prix Nobel – Dieter et ses ingénieurs se mirent en devoir de perfectionner les plans de la gigantesque fusée qu'ils avaient nommée Saturne I, se doutant bien que de nombreuses versions améliorées suivraient : Saturne II, III, IV et la puissante Saturne V.

Quelques mois plus tard, ils mettaient leur première Saturne au banc d'essai et, non sans appréhension, opérèrent la mise à feu du premier des énormes moteurs. Le rugissement marquant l'entrée de l'Amérique dans l'ère spatiale s'entendit au-delà des frontières de l'Etat; la terre fut brûlée, la puissance du moteur maintenue prisonnière ébranla tout Huntsville; et tandis que les carburants liquides se consumaient, défiant l'énergie du Soleil, Dieter Kolff se tint immobile, les mains croisées sur la poitrine comme s'il priait et les larmes aux yeux.

Le long et périlleux voyage du village près de Munich au front russe, de Peenemünde à El Paso, de Huntsville à cap Canaveral et, de là, vers les étoiles avait recommencé.

Ce soir-là, le jeune Magnus, profitant de l'euphorie de son père, aborda pour la énième fois la possibilité de jouer de la trompette dans la fanfare de l'université d'Alabama mais, à sa grande déception, son père, si joyeux fût-il, demeura intraitable.

« Mon petit, tu n'as pas le droit de traiter Beethoven par-dessous la jambe. »

Dieter, toutefois, se réjouit lorsque, quelque temps plus tard, le chef du meilleur orchestre de la région, formation bien médiocre selon les critères germaniques, demanda à Magnus de jouer avec ses musiciens et lui offrit d'utiliser l'un des meilleurs instruments de la firme Conn.

« Votre fils, dit-il plus tard à Dieter, est le meilleur trompettiste d'Alabama. »

Lorsque la modeste N.A.C.A. explosa pour devenir la gigantesque N.A.S.A., l'effet produit sur les ingénieurs étriqués et conservateurs de Langley frisa le comique. En une nuit, ces hommes durent multiplier par mille leur vision. Habitués à se pencher sur des problèmes ascensionnels ne dépassant guère deux cents kilomètres d'altitude, ils devaient concevoir désormais des opérations se déroulant à trois milliards de kilomètres. Une nouvelle race de gestionnaires apparut également, des hommes conscients du rôle majeur des relations publiques de sorte que, là où prévalaient le secret et les tâtonnements chez les spécialistes de la N.A.C.A. terrifiés à l'idée d'émettre une théorie qui ne fût pas prouvée, les chercheurs de la N.A.S.A. allaient se délecter de disperser au vent de la publicité les déclarations les plus fracassantes pour éveiller l'intérêt du grand public. L'un de ces experts, ancien directeur de journal, étudia les listes nominatives de toutes les branches coiffées par la N.A.S.A. et fut choqué de découvrir que seuls quelques-uns des ingénieurs qui avaient mis au point les techniques de pointe possédaient des diplômes de doctorat. Il ne mâcha pas ses mots lorsqu'il publia le compte rendu de son enquête :

« Il n'existe, dans ce pays, aucun organisme officiel comptant aussi peu de diplômés de haut niveau que la N.A.S.A. C'est une honte qui vous place dans un fâcheux état d'infériorité si vous devez témoigner devant le Congrès ou en public. Si je diffuse un communiqué disant que le docteur Stanhope, de la N.A.S.A., prédit ceci ou cela, je retiens l'attention générale. Si je dois me contenter d'annoncer que Claude C. Stanhope est partisan de tel ou tel point de vue alors qu'il n'est même pas professeur, personne ne m'écoutera.

Observez attentivement la politique suivie dans les armées de terre et de l'air. Vous ne rencontrerez partout que le général X ou le docteur Y. La marine est encore plus chatouilleuse. Tous ses responsables croulent de diplômes. Je vous invite donc à suivre mes conseils. Recrutez quelques authentiques docteurs pouvant se présenter devant le Congrès et nous valoir de conséquentes subventions. »

Une commission, passant en revue le personnel du nouvel organisme, divisa les candidats possibles en deux groupes. Dans le premier se trouvaient ces hommes encore jeunes qui avaient déjà fait preuve de leurs facultés intellectuelles en obtenant des diplômes de maîtrise dans les plus grandes écoles techniques et qui pouvaient prétendre à l'obtention d'un doctorat. En tête de liste figuraient Stanley Mott, BS, Georgia Tech, MS, Louisiana State : QI 159 : moyenne générale, 3,89.

« Nous avons parlé avec les gens de Cal Tech, expliqua le docteur Rush, un vétéran responsable du programme, à Mott lorsque celui-ci vint à Washington. Ils nous ont déclaré que leur cycle d'études s'étendait normalement sur trois ans.

– Au-delà de la maîtrise! s'exclama Mott.

– C'est la meilleure école du pays, et peut-être du monde. Ils accordent les doctorats au compte-gouttes.

– Pas question que je décroche pendant trois ans. Nous risquons d'être arrivés avant sur Saturne.

– C'est ce que nous avons dit. Nous leur avons montré votre dossier. Les neuf comptes rendus de recherches que vous avez établis sur la haute atmosphère – l'ablation, la rentrée d'un corps solide dans la ceinture de friction – les ont convaincus que vous aviez largement dépassé le niveau moyen du doctorat.

– Ils ont écouté? »

Mott brûlait du désir de passer un an à Cal Tech car, dans ses études avancées à Langley et à Wallops Island et, surtout, lorsqu'il s'initiait à l'ablation en Californie, il avait constaté que les plus ardues spéculations développées dans ces domaines insolites dérivaient des connaissances acquises dans l'éminent et discret sanctuaire du savoir de Pasadena. Baigner dans ce climat de haute intelligence, se frotter à ces phénix évoluant parmi les concepts les plus nouveaux et sophistiqués serait un privilège insigne pour lequel il était prêt à tout.

« Nous souhaiterions, lui déclara le responsable du personnel, vous voir vous spécialiser dans le domaine le plus abscons, celui de la mécanique céleste. »

Il s'interrompit pour rendre sa déclaration plus solennelle mais, à peine avait-il prononcé l'expression *mécanique céleste* que Mott avait senti son cœur battre plus vite car c'était la matière qu'il avait bûchée pendant son temps libre. A ses yeux, c'était, dans l'étude du monde extérieur, le champ de connaissance le plus élevé auquel on pouvait aspirer; l'étude des gènes, à la veille de livrer à l'homme des secrets aussi nobles que ceux du vaste univers, revêtait un égal prestige, mais son esprit ayant toujours été fasciné par les profondeurs du cosmos, il ne pouvait qu'être attiré par la mécanique céleste.

Etre autorisé à pénétrer ces secrets! Appartenir aux quelques privilégiés capables de comprendre la structure d'une galaxie ou le comportement des atomes aux frontières de l'espace!

« Je me porte volontaire pour consacrer trois ans à ces études, dit-il posément.

– Ce ne sera peut-être pas nécessaire.

– Je suis prêt à essayer.

– Nous avons eu de fructueuses discussions avec eux... la question d'urgence, etc. l'intérêt national... et ils sont disposés à faire une exception. Si vous travaillez dur et si vous êtes capable de vous maintenir au niveau des recherches que vous avez déjà faites pour nous...

– Certainement. » A quarante et un ans, l'un des meilleurs dans sa partie, il plaidait sa cause comme un boy-scout anxieux de partir en camp de vacances. « Je n'ai pas peur du travail, vous le savez.

– Ils ont dit que, peut-être, vous pourriez en avoir fini d'ici deux ans.

– Oh! »

Mott n'alla pas plus loin. On lui offrait, à retardement, une chance d'accéder au stade des recherches scientifiques le plus avancé de son époque, et il lui suffisait de faire acte de candidature.

Son interlocuteur attendant sa réponse, Mott murmura :

« Il faudra redéfinir ce mot.

– Comment? »

Mott se mit à rire, du rire épanoui de l'homme soudain rasséréné.

« J'ai dit que quand j'aurai fini, il faudra qu'ils redéfinissent le mot « travail ». »

Rachel fut ravie d'aprendre que son mari allait

obtenir son doctorat; elle avait souvent pensé qu'il était beaucoup plus savant que la plupart des diplômés, mais son bref passage à la N.A.C.A. avait démontré que le meilleur sujet, privé de doctorat, se trouvait en situation d'infériorité. Les deux garçons se réjouirent de vivre en Californie et étudièrent les cartes pour voir à quelle distance Cal Tech se trouvait de la mer; ils furent déçus.

Mais la plus grande déception fut celle de la mère de Rachel, Mme Saltonstall Lindquist à Worcester, Massachusetts. C'était une coutume, dans une certaine société américaine, que les femmes divorcées ou qui préféraient garder le nom de leur ex-mari, utilisent comme premier nom, non leur prénom « Mary » ou « Ester », mais leur propre nom de famille.

Apparaître dans les rubriques mondaines sous le nom de Mme Armstrong Cheney était beaucoup plus respectable que sous le nom de Mme Mary Cheney. Veuve, la mère de Rachel n'avait pas réellement le droit d'adopter cette convention mais, avec un nom de famille comme Saltonstall, elle ne pouvait résister à la tentation et, en tant que Mme Saltonstall Lindquist, elle acquérait une dimension sociale qui lui paraissait méritée. Lorsqu'elle apprit que son gendre allait être admis dans l'élite des chercheurs de la N.A.S.A., elle déclara aux notables de sa ville :

> « Rachel me dit que la N.A.S.A. s'est rendu compte que certains de ses techniciens devaient se perfectionner dans la mécanique céleste... celle qui tient le Soleil en place. Dans quel pétrin nous retrouverions-nous si, perdant sa place, il nous entraînait à travers l'espace dans son sillage incandescent?...
>
> C'est un soulagement pour moi, je dois le dire. Je veux dire Stanley, pas le Soleil. Ce n'est

pas agréable d'admettre que votre beau-fils a fait ses études en Georgie et en Louisiane. Si seulement il pouvait obtenir son doctorat dans un établissement vraiment distingué comme Harvard ou le M.I.T. Qui a jamais entendu parler de Cal Tech? »

Le second groupe des responsables de la N.A.S.A. passa en revue la commission de contrôle comprenant des hommes plus âgés et d'une indiscutable compétence qui pouvaient se réclamer du titre de docteur devant le Congrès, mais qui n'avaient ni le temps, ni l'énergie de retourner sur les bancs d'un amphithéâtre. La N.A.S.A. résolut ingénieusement leur problème en suggérant aux universités dont ils étaient diplômés qu'il serait peut-être bon pour la communauté académique que X, Y ou Z, vétéran des pionniers de l'espace et brillant scientifique, soit invité à prononcer l'allocution des remises de diplômes et reçoive en compensation un doctorat *honoris causa.* Certains hommes éminents furent ainsi décorés.

Restaient huit ou dix Européens de mérite, parmi lesquels Dieter Kolff, non sortis d'universités américaines auxquelles on pût forcer la main en douceur. Leur situation particulière fut astucieusement réglée par un administrateur de la N.A.S.A. à Ames en Californie. « Nous avons à Los Angeles cette nouvelle institution, l'Université de l'espace et de l'aviation, homologuée par l'Etat de Californie et habilitée à assurer une formation scolaire mais qui, pour le moment, adresse par correspondance des doctorats bidon dans toutes les matières imaginables pour prix de cinq cent dollars. » C'eût été embarrassant pour la N.A.S.A. d'envoyer ses ingénieurs comme Kolff sur ce campus car, jusqu'à l'achèvement des travaux de construction, il n'y avait ni campus, ni professeurs, ni bibliothèque, ni classes. Restait, cependant, cette excellente imprimerie dans une rue voisine, d'où étaient sortis un catalogue supérieur à celui de la Sorbonne et des diplômes plus impressionnants que ceux d'Oxford, de Yale ou de l'Etat de Louisiane.

Le diplôme était signé, juste au-dessous de l'aigle, par le recteur de la nouvelle université, le docteur Leopold Strabismus qui offrait également la maîtrise à trois cents dollars et la licence ordinaire à deux cents.

Lorsque Dieter montra fièrement son diplôme et que ses enfants admiratifs virent leur père docteur à part entière, comme Wernher von Braun, on organisa une fête. Bien que tous les assistants fussent prévenus d'une supercherie, aucun ne savait au juste laquelle, et il fut admis que si les Américains attachaient plus d'importance à un titre de docteur que les Allemands en 1933, et si Kolff était notoirement plus brillant que la plupart des Américains qui en possédaient un, ce n'était que justice de lui conférer le sien. Le bruit se répandit que le doctorat de Dieter était honorifique, accordé en raison de son éminente contribution au programme spatial. Il accepta avec grâce, s'appelant lui-même Herr Doktor Kolff et exigeant de ses collaborateurs qu'ils utilisent son titre en s'adressant à lui. Devant le Congrès, il était maintenant le docteur Kolff et ses paroles furent écoutées avec une attention d'autant plus grande.

Stanley Mott et John Pope se ressemblaient sur trois points : ils étaient des preux, aimaient l'espace et les étoiles et vivaient leurs occupations successives comme la période la plus riche et la plus exaltante de leur existence. Leonard de Vinci, Emmanuel Kant et Albert Einstein avaient sans doute éprouvé le même sentiment, et aucun d'eux n'avait jugé nécessaire de trouver des excuses à son enthousiasme.

Pour Mott, entrer à Cal Tech, suivre les allées aux carreaux de céramique vert olive, rencontrer les meilleurs professeurs d'analyse du monde et se pencher la nuit sur les rapports des théoriciens de Cambridge en Angleterre et de Pulkovo en Russie représentaient le summum de la stimulation intellectuelle. Au bout de six mois, il savait exactement où il en était, comme il le signalait dans son rapport à ses supérieurs de Langley.

> Plongé jusqu'au cou dans des problèmes qui me dépassent, un œil et une narine au-dessus des vagues. On m'a demandé de collaborer à une opération passionnante. Tous les cent soixante-quinze ans, les planètes s'organisent en une formation qui permet le lancement d'un engin spatial capable de circuler de l'une à l'autre, en renouvelant aux étapes successives son énergie propulsive à partir de la gravité de chacune. Nous pourrions ainsi atteindre Vénus, Jupiter, Saturne, Uranus, et Neptune, chaque planète projetant l'engin vers la suivante. Cet alignement doit se produire entre 1980 et 1982. Nous avons calculé que si le lancement est opéré en 1977, nous pourrons arriver à Saturne en 1981 et à Neptune en 1989. Je suis incapable d'établir les plans de ce voyage, mais je suis bien décidé à participer. »

Durant les six mois suivants, avec l'assistance de professeurs vivant parmi les planètes comme si c'étaient eux et non leur force primale qui contrôlaient leurs mouvements, il commença à s'initier aux lois gouvernant les plus infimes particules de poussière dans les zones les plus reculées de l'univers. Mars et Jupiter n'étaient plus que des avant-postes sur les routes menant aux énormes galaxies qui défiaient à l'infini l'imagination de l'homme.

A mesure qu'il progressait dans ses études, il en vint à regretter de n'avoir pas été effectivement nommé pour trois ans à Cal Tech tant étaient nombreux les secteurs secondaires qu'il souhaitait explorer. Mais la N.A.S.A. s'efforçait méthodiquement de le cantonner dans le domaine prioritaire des prochaines décennies : « Souvenez-vous que votre premier souci n'est pas d'aller vous promener parmi les planètes mais de calculer la trajectoire d'un satellite de cap Canaveral à la Lune, avec retour au milieu du Pacifique-Ouest. »

Il tourna donc le dos à l'objet connu le plus éloigné, OQ-172, à 180 000 000 000 000 000 000 000 kilomètres de la Terre pour consacrer toute son attention à la Lune, distante de 385 000 kilomètres. Cette distance lui semblait bien réduite, comparée à celles qu'il avait étudiées, et la Lune lui faisait l'effet de flotter juste au-dessus de la ferme voisine. La maîtrise de la sténo numérique acquise à Georgia Tech le confirma dans son impression : le chiffre le plus considérable représentant la distance en kilomètres à OQ-172 pouvait s'écrire à la puissance 10 $1{,}17 \times 10^{23}$, l'exposant 23 désignant le nombre de zéros terminant le chiffre. La distance à la Lune se réduisait à 385×10^3 et le million d'usage courant s'écrivait 1×10^6. La beauté du système, c'était que si l'on voulait multiplier deux nombres importants, par exemple trois billions (3×10^{12}) par deux milliards (2×10^9), il suffisait de multiplier 3 par 2 et d'ajouter les exposants 12 + 9 pour obtenir la réponse 6×10^{21}, autrement dit, 6 suivi de 21 zéros. L'univers était organisé à la puissance 10.

Une des particularités du système l'enchantait. Il était difficile, même pour un astronome, de se rappeler en kilomètres la distance parcourue par la lumière en un an et, pourtant, cette mesure était fondamentale dans le domaine spatial. Ce nombre était facile à obtenir; tant de secondes à la minute, de minutes à l'heure, d'heures au jour, des jours à l'année ($60 \times 60 \times 24 \times 365 = 31\ 536\ 000$ secondes par an) qu'il suffisait de multiplier par la vitesse de la lumière 300 000 kilomètres. Le total de secondes $31\ 536\ 000 \times 10^{-7}$, on l'avait constaté, était pratiquement identique au chiffre PI, 3,1459265 si bien que les astronomes définissaient souvent la distance correspondant à l'année lumière comme $PI \times 10^{-7} \times C$, C étant le symbole de la vitesse de la lumière. Ainsi parvenait-on à une approximation qui faisait dire aux astronomes : « Assez précis pour être utilisable à la N.A.S.A. », qui admettait une tolérance de sept décimales.

Que les fusées pussent franchir la distance relativement courte séparant la Terre de la Lune, 385×10^3, il n'en doutait pas, et il entreprit d'élaborer les plans pour y parvenir. Une fusée partirait du cap, se mettrait en orbite basse autour de la Terre, y effectuerait plusieurs révolutions pour confirmer les données orbitales puis, sur le déclenchement d'une autre série de moteurs, filerait vers la Lune. Bien entendu, la Terre et la Lune poursuivraient leurs évolutions respectives; il faudrait donc expédier la fusée non pas où se trouvait la Lune, mais où elle serait dans le nombre de jours, d'heures, de minutes et de secondes nécessaires à la fusée pour franchir les 385 000 kilomètres. C'était un problème élégant concernant le déplacement d'un corps avec six degrés d'écart, un problème soluble auquel il allait s'atteler avec acharnement.

Cependant, lorsque l'attention d'un individu se concentre entièrement sur un problème donné, elle peut s'en détourner accidentellement pour s'orienter vers un phénomène plus riche en perspectives. C'était ce qui venait d'arriver à Stanley Mott. Alors qu'il assistait à un séminaire du soir au grand télescope du mont Wilson, à l'est de Cal Tech, il aperçut par hasard un extraordinaire cliché photographique montrant l'une des galaxies les plus éloignées, absolument parfaite à travers l'objectif d'un télescope géant ayant posé huit heures. Latéralement, la galaxie était un mince disque d'étoiles innombrables et de nuages de poussière interstellaire, mais en son cœur même, comme dans notre galaxie, flamboyait une gigantesque boule incandescente produisant l'énergie qui l'animait. En étudiant ce cliché prodigieux, Mott se rendit compte qu'il contemplait par procuration sa propre galaxie. Tel était le vaste univers dans sa beauté incomparable et son inconcevable multiplicité.

Photographié de la Terre, ce poème céleste, incliné à 45°, offrait la meilleure présentation possible de lui-même, comme par une main d'artiste. Mais c'étaient les aspects implicites de la photo qui fascinaient Mott : cette bande d'ombre sur le bord externe, de quoi était-elle faite? De poussière cosmique? Et ces langues de flamme jaillissant de la lisière, à quelle hauteur s'élevaient-elles dans la nuit éternelle, à un milliard, deux milliards de kilomètres? Ces pointes effilées si loin du noyau central annonçaient-elles la naissance d'une étoile? Enfin, l'objet lui-même, ce rassemblement de cent milliards, de deux cent milliards peut-être d'étoiles séparées, cette unité, cette diversité, cette violence formidable en expansion, cette beauté sereine, cette image d'un monde transitoire voué au feu destructeur, que signifiait-il en soi?

Comme tout homme intelligent frappé par une vision dix fois plus vaste que celle qu'il avait prévue, Stanley, abandonnant toutes ses recherches sur la Lune, passa trois semaines à essayer de comprendre cette photographie, l'une des plus réussies jamais réalisées.

Il apprit que, de découverte récente, cette galaxie ne portait pas de nom. On l'appelait simplement NGC-4565 (nouveau catalogue général des nébuleuses et des amas d'étoiles établi par un astronome danois publié en 1888). Elle se trouvait à proximité de la Chevelure de Bérénice, distante d'environ vingt millions d'années-lumière, ce qui signifiait que ce que voyait Mott en 1961 correspondait à l'aspect de la galaxie 2×10^7 années plus tôt. Et il songeait, émerveillé, qu'au cours de cette période énorme, la galaxie avait pu se modifier complètement, entrer en collision avec une autre ou s'être évanouie. Il distinguait l'écho d'une structure démesurée un jour formée et, chaque fois qu'il sondait le vaste univers, faisait la même constatation : ces mondes colossaux avaient existé mais rien ne prouvait qu'ils existaient encore. NGC-4565 l'accapara durant trois longues semaines comme si sa force de gravitation s'exerçait sur les cent quatre-vingt mille trillions de kilomètres qui le séparaient de la Terre, et il resta pantois quand il apprit que cet objet circulait dans l'espace à une vitesse approchant deux millions de kilomètres à l'heure. Quant il eut terminé son étude et fut revenu à ses recherches sur la Lune, il comprit qu'il s'était laissé entraîner sur des orbites si vastes, si distantes du système solaire qu'il serait contraint de passer le reste de son existence, non pas sur la Terre ni sur l'objectif Lune ni sur Mars ou Saturne, ni même dans sa propre galaxie aussi inépuisable fût-elle, mais bien au-delà, dans l'infiniment froid, l'infiniment lointain, parmi les galaxies les plus reculées. En fidèle serviteur de son pays et en homme devant gagner sa vie, il accomplirait sa tâche et opérerait des calculs insignifiants – ainsi ramenait-il la Lune au niveau de la Terre en déclarant sa distance *insignifiante* – mais son esprit, et même son corps, resteraient ailleurs.

Rachel Mott n'aimait pas la Californie. Son éducation stricte Nouvelle-Angleterre ne l'avait pas préparée au style de vie libre et décontracté de la côte Pacifique; même sa coiffure disciplinée, mèche à mèche, semblait protester contre les vents excessifs de l'Ouest. Et elle était désolée de la réaction de ses fils au climat d'insouciance qui les environnait.

Millard, maintenant âgé de dix-huit ans, blond, mince, athlétique, bronzé, passait le plus clair de son temps à la plage où il apprenait le surf; il avait les tibias zébrés de cicatrices dues aux batailles perdues avec la planche. Il s'était joint à un groupe de séduisants jeunes gens de son espèce qui ne faisaient pas parler d'eux, mais les deux ou trois filles du gang, comme disait Rachel, étaient d'un genre plus remuant et, souvent, elle se demandait comment tous ces garçons pouvaient réussir dans leurs études, leur unique préoccupation étant le surf.

Un matin, elle demanda à l'une des filles :

« Comment ça marche, en classe? » Et la fille répliqua avec netteté :

« C'est rasoir! »

Ayant mené l'enquête auprès des garçons, elle apprit avec surprise que deux d'entre eux étaient déjà au collège. Quand elle les questionna sur la difficulté des programmes dans les universités de l'Ouest, ils lui répondirent :

« Les professeurs sont tous des minables. »

Elle fut tentée de mettre ce jugement sur le compte de l'intransigeance de la jeunesse mais, quand elle interrogea Millard, elle constata que, pour lui aussi, les enseignants étaient des minables et leurs cours « des coups de barbe ». Dans de pareils moments, le visage de Rachel se fermait à la pensée que ces jeunes gens sympathiques passaient à côté de ce qui avait tant compté pour elle et

Stanley : le défi des idées nouvelles. La bouche pincée, la lèvre inférieure proéminente, elle prit une expression de dureté qui fit battre en retraite les surfeurs peu soucieux de perdre de précieuses heures de loisir avec une croulante de plus de trente ans menaçant de les houspiller.

L'aversion de Rachel pour la Californie ne s'étendait pas à l'université où Stanley s'était emmuré. Comme elle écrivait à sa mère :

> « Ta dernière lettre était vraiment trop acerbe, maman. Cal Tech est une école réputée et, dans certains domaines précis, elle vaut Harvard ou le M.I.T. même si l'enseignement n'y est pas aussi brillant que dans ces deux universités. J'ai l'impression que Stanley progresse régulièrement dans son travail, Christopher, lui, est un peu plus bronzé tous les jours. Je m'inquiète de temps en temps pour Millard qui semble totalement converti à la vie californienne dont je n'apprécie pas le laisser-aller. Je serais ravie de partir d'ici pour retrouver l'équilibre moral relatif de la Virginie. Les visiteurs que je reçois, venus du grand quartier général, m'assurent qu'une fois diplômé, Stanley bénéficiera sûrement d'une promotion importante à la N.A.S.A. L'intelligence est une chose rentable encore que ce soit moins évident pour les femmes. »

Un matin de mai, il vit la Californie sous son aspect le pire et en resta horrifiée. Elle avait emmené le jeune Chris dans une de ces sinistres rues commerçantes avec l'espoir de trouver des pantalons ou des chemises pour garçonnets bon marché. La variété du choix tout d'abord l'enchanta mais, après ses emplettes et après être entrée dans un café-comptoir pour faire manger un sandwich à Chris, un coup d'œil à ses achats lui fit constater avec un vif déplaisir la médiocrité des tissus et de la confection.

Comme elle remettait les chemises dans leur paquet en attendant la salade et le sandwich-club réclamé par Chris, elle put contempler, dans le box voisin, un édifiant échantillonnage de la vie californienne. Une mère en bigoudis et en mince blouse collante sur son ample poitrine chuchotait à l'oreille de sa fille âgée d'environ dix ans. La petite, plutôt jolie, avait une coiffure élaborée et les ongles laqués rouge vif. Poudrée, les yeux soulignés de rimmel, elle était la copie conforme d'une étudiante de vingt ans. Sa robe haute-couture, parfaitement incongrue pour une enfant, avait dû coûter un prix fou.

« Seigneur! murmura Rachel. Cette gamine porte un soutien-gorge! »

En effet, pour tirer le meilleur parti de cette robe élégante, la petite avait été affublée d'un soutien-gorge – spécial Miss jeune – avec des bonnets rembourrés et le résultat était saisissant. Une enfant de dix ans, projetée six ans en avant, s'était transformée en jeune vamp de dix-sept. Ce qui révolta le plus Rachel était la façon dont cette femme empâtée nourrissait sa fille : un double lait malté géant, des pommes de terre graisseuses copieusement arrosées de ketchup et abondamment saupoudrées de sel et une énorme assiette de beignets. Rachel contempla ce désastreux panachage – un monceau de calories sans vitamines et songea : « Passe encore de déguiser une gosse ainsi. Elle pourra toujours y remédier si elle acquiert un minimum de cervelle, mais l'empoisonner et abîmer son corps, c'est criminel. »

Elle finit sa salade si lentement, toute à se demander si les enfants des faubourgs de Boston étaient victimes d'une éducation aussi aberrante, que le jeune Chris partit se promener dans le jardinet touffu qui entourait l'établissement. Elle suivit un instant des yeux sa silhouette gracieuse, puis s'attarda à contempler les plantes qui bordaient la rue et pensa : « La Californie protège peut-être mal ses enfants, mais elle s'y entend à tondre une pelouse où à tailler ses buissons, et ils savent préparer une salade succulente. »

Elle rêvassait depuis quelques minutes lorsque la petite fille, qui avait également quitté sa table, fit brusquement irruption dans le restaurant :

« Maman, maman! Il m'a montré son tu sais quoi! »

Rachel tout d'abord ne comprit pas mais, lorsqu'elle vit les clients des autres boxes se lever pour voir la jeune victime et son agresseur en herbe, elle se rendit compte, horrifiée, qu'ils dévisageaient son propre fils, Christopher, qui venait de rentrer dans la salle, rouge de honte et de confusion.

« Sale petit dégénéré, lança une femme, hargneuse, à l'adresse de Chris.

– Maman! continuait à glapir la petite fille, enchantée du remue-ménage qu'elle causait, il m'a montré son tu sais quoi! »

A la quatrième répétition de cette désastreuse formule, Rachel, partagée entre l'envie de rentrer sous terre et celle d'étrangler cette jeune peste tandis que la serveuse s'efforçait de calculer l'addition, songea à un autre mâle de la famille, l'oncle Donald, qui n'avait jamais été capable, devant les femmes, de se maîtriser. Il les aimait, les respectait mais n'avait pas réussi à vivre en leur compagnie. Il y avait eu, par exemple, un affreux scandale lorsque, père de trois enfants, il avait fait une fugue avec la jolie vendeuse d'un drugstore; et un autre bien pire quand il s'était exhibé devant quatre petites filles, sans parler du jour où il s'était fait chasser d'une banque à coups de cravache.

Rachel, cramoisie et pensant à l'oncle Donald, se

demanda si le jeune Chris était destiné à suivre cette voie périlleuse et elle entendait sa mère annonçant à tous les voisins :

« Dieu merci, Donald n'est pas un Saltonstall. »

Pour la cinquième fois, la petite fille entreprit d'expliquer aux clients l'affront qu'elle avait subi mais heureusement, l'addition arriva enfin. Rachel paya, s'éloigna de quelques pas, s'arrêta, revint en arrière prendre son fils par la main et puis se dirigea vers la porte.

« Vous devriez l'emmener chez un bon psychiatre », lui lança hargneusement un client au passage.

Rachel sortit du restaurant outrée et, devant les massifs touffus où avait été perpétré le crime, songea : « En Californie, ils s'imaginent qu'avec un psychiatre ils vont résoudre tous les problèmes. » Et elle était prête à appliquer les méthodes plus simples du Massachusetts et à administrer une solide taloche à son fils quand celui-ci lui avoua d'un ton lamentable :

« C'est elle qui le m'a demandé.

– Je veux bien le croire », dit-elle et, au vu de tous les clients, elle serra le gamin sur son cœur.

Rentrée chez elle, assise dans la pénombre, elle s'efforça de mettre un peu d'ordre dans ses idées, non seulement sur cet incident fâcheux, mais sur ses relations avec sa famille en général. Elle était excédée par l'arrivisme simpliste de sa mère qu'elle considérait comme une semi-étrangère : les décennies avaient passé trop vite et Mme Saltonstall Lindquist avait une génération de retard. Heureusement, l'oncle Donald avait pris le large après un dernier esclandre pour aller vivre à Minneapolis où le climat plus froid semblait l'avoir calmé. Elle aimait profondément Stanley et appréciait de plus en plus son intelligence et son savoir. Elle se plaisait même à essayer de le suivre dans son exploration énigmatique des étoiles et comprenait parfaitement qu'il lui eût demandé d'encadrer la photo de NGC-4565 qui trônait maintenant sur son bureau. De temps en temps, elle pressentait que Stanley était une sorte de génie, non pas au niveau d'Einstein mais, au moins, l'égal de tous ces professeurs du M.I.T. qu'elle admirait tant.

Mais, pour le moment, elle pensait surtout à leurs fils avec le sentiment qu'ils allaient au-devant de bien des ennuis. Et elle se rendait compte que Stanley aussi bien qu'elle avaient leur part de responsabilité : au long des années, de plus en plus accaparé par son travail, son mari avait progressivement perdu le contact avec ses enfants et elle n'était guère intervenue pour remédier au mal. Les compagnons de surfing de Millard étaient pour le moins douteux : sportifs et bronzés, mais pas sains au sens strict du mot comme le prouvait le style équivoque des filles dont ils s'entouraient. En évoquant ces filles étranges lui revint en mémoire un terme souvent utilisé en Californie et qu'elle détestait : aucune d'entre elles n'était « aguichante ».

Elle se demanda alors si elle-même l'avait été et comment les autres avaient pu la considérer sur le plan sexuel. A coup sûr, cette gamine avec ses beignets et son ketchup se prenait pour une princesse qu'on avait offensée. Pour sa mère, c'était un ange de virginité, et Rachel la jugeait comme une fillette commençant à s'exercer à la prostitution.

Une pensée horrible lui traversa l'esprit : Je préférerais encore voir Millard s'amuser avec cette pitoyable petite quand elle aura quelques années de plus qu'avec ces créatures stériles dont il s'entoure. Et, pour finir, elle dut s'avouer une vérité corrosive : Millard est homosexuel et sans doute le restera-t-il.

Alors elle se sentit perdre pied et, dans la pièce obscure, se mit à pleurer. Elle avait affirmé bien des années plus tôt que la qualité d'une femme se mesurait à la façon dont elle organisait son espace vital : et pour sa part, elle avait accompli des miracles. L'harmonie du décor de la maison, les Mondrian aux murs, le soutien inconditionnel qu'elle avait apporté à son mari, l'attention qu'elle portait aux questions politiques qui témoignait de sa bonne volonté, sa sollicitude envers les moins favorisés qu'elle. Comment, dans ces conditions, ses fils avaient-ils ainsi pu glisser sur la mauvaise pente?

L'histoire de Christopher avec Miss Ketchup ne devait pas être prise à la légère; ajoutée à d'autres signes, elle révélait, chez le petit garçon, une tendance à marcher sur les traces de son grand-oncle Donald en devenant un instable, un inadapté, une future proie facile pour toute tentatrice en jupon. Et ce n'était pas le seul problème sexuel qui tracassait Rachel à propos de son petit dernier. Comme son frère aîné, il semblait irrésistiblement attiré par les cancres et les sujets les plus faibles de sa classe, et il avait déjà été surpris deux fois en flagrant délit de vandalisme et d'indiscipline.

Il lui fallait discuter sérieusement de ces problèmes avec son mari et exiger de lui, si surchargé de travail qu'il fût à Cal Tech, qu'il s'occupe un peu plus de ses fils et essaie d'en faire des êtres responsables. Il était encore temps, se dit-elle. Même Miss Ketchup pouvait être sauvée si on l'arrachait à cette mère impossible. Millard et Christopher, eux aussi, étaient récupérables.

Mais quand Stanley Mott regagna son appartement cet après-midi du 25 mai 1961, au lieu de consacrer toute son attention au méfait commis par le jeune Chris à midi, il était au comble de l'excitation.

« Tu as entendu les nouvelles? Où est Millard? Il faut qu'on regarde tous la télé. »

Millard passant la soirée avec l'un de ses petits surfeurs, le reste de la famille se rassembla pour les nouvelles de six heures qui retransmettaient un message du président Kennedy au Congrès :

> « Maintenant, il est temps d'allonger la foulée – temps pour l'Amérique de se lancer dans une grande entreprise nouvelle – temps pour cette maison de jouer un rôle de premier plan dans la conquête de l'espace où se décidera, à bien des égards, l'orientation de notre avenir sur terre.
> « Notre pays doit tout mettre en œuvre pour parvenir, avant la fin de cette décennie, à déposer un homme sur la Lune et à le faire revenir sain et sauf. Aucun projet spatial, au cours de cette période, n'aura de retentissement plus grand dans le monde, aucun ne revêtira plus d'importance pour l'exploration lointaine de l'univers; et aucun ne sera plus difficile et plus coûteux à mener à bien. »

Quand le président eut fini de parler, Stanley bondit de son fauteuil :

« Ils nous en avaient parlé au laboratoire, mais je n'arrivais pas à y croire. Avant la fin de cette décennie. Cela ne fait que neuf ans. Rachel, tu te rends compte du travail qui nous attend? »

Elle tenta à plusieurs reprises de détourner son attention vers leurs fils mais il était à ce point hanté de visions cosmiques qu'elle se laissa contaminer par sa ferveur et en oublia un instant la mission qu'elle s'était donnée pour lui demander :

« Et si tout ce projet se réalise, quel sera ton rôle? »

Cette question lui permit de broder durant tout le dîner sur les orientations possibles de sa carrière.

« Grâce à Cal Tech, j'en sais à peu près autant sur

la Lune que n'importe quel responsable du projet. Mais si nous atteignons l'objectif indiqué par le président... Rends-toi compte... Dès que nous aurons touché la Lune, nous serons irrésistiblement attirés vers Mars et Jupiter. C'est inévitable. Et alors, là, je pourrai vraiment me rendre utile. »

Lorsque son enthousiasme fut un peu retombé et qu'il fut revenu de Saturne, de ses tempêtes et des nuages de poussière d'étoile, elle expédia Christopher au lit et demanda à son mari de couper le journal télévisé et de l'écouter attentivement. Chaque fois qu'elle prenait ce ton, deux fois par an peut-être, Stanley abandonnait ses occupations et lui disait :

« Je t'écoute », car il savait que sa femme n'était pas frivole.

Elle avait quarante et un ans. Belle, très calme, le visage grave, elle lui dit :

« Ton fils aîné passe la nuit avec cet affreux petit Clarendon qui, je le sais, est homosexuel. Ton fils cadet s'est distingué dans un restaurant en s'exhibant devant une fillette de dix ans qui s'empiffrait de beignets. Stanley, tes deux fils nous posent de sérieux problèmes. »

Il était injuste d'arracher un homme à l'univers des étoiles et de le contraindre, par une soirée comme celle-là, à se pencher sur les écarts de conduite de ses fils. Stanley Mott se déroba :

« Ecoute, Rachel, un gosse de dix ans! Tu n'as jamais joué au docteur quand tu étais petite? »

Pour Mott, les six derniers mois de son stage d'études à Cal Tech s'inscriraient dans sa mémoire comme la période la plus difficile de sa vie. Il achevait de rédiger sa thèse – *Examen théorique des aspects multiples revêtus par le lancement d'un vol habité vers la Lune et du retour de ses passagers sur*

Terre – et ne se laissait distraire par rien de son travail. La N.A.S.A. s'étant rendu compte de l'incidence directe de son doctorat sur le défi lancé par le président Kennedy, il était inévitable qu'on l'invitât à participer aux débats les plus décisifs de la communauté scientifique américaine. Des chercheurs de réputation internationale dont deux Prix Nobel se heurtaient, non sur les définititions subtiles de concepts mais sur une question pratique dont dépendait la réputation des Etats-Unis : quelle stratégie fallait-il adopter pour déposer un homme sur la Lune et le ramener sain et sauf?

L'administrateur en personne se rendit à Cal Tech pour faire part à Mott de la gravité du problème :

« Tout repose sur la justesse de nos options. Votre spécialisation vous désigne pour être nommé membre de la commission.

– Je suis très honoré, monsieur, mais il faut que je finisse ma thèse.

– Si vous nous aidez à envoyer nos hommes sur la Lune, vous aurez un doctorat ès réalités que tout le monde vous enviera.

– Pourrais-je collaborer avec vous et achever mon travail à Cal Tech en même temps?

– Un superman le pourrait. Sans doute essayant en mon temps, je me serais retrouvé K.O.

– Puis-je tenter ma chance?

– Vous pouvez. »

Jamais il n'oublierait ces quelques mois. Dans la chaleur des discussions, en pleine séance, il s'opposait hardiment à deux grands pontes bardés de diplômes, battant en brèche leur argumentation avec sa science toute nouvelle, puis retournait au campus écouter religieusement les professeurs de Cal Tech décortiquer le développement analytique de sa thèse. C'était un jeu exigeant une telle gymnastique intellectuelle, de telles permutations cycloniques de concepts qu'il avait peine à les envisager sous toutes leurs facettes et, parfois, craignait que sa cervelle ne déclarât forfait et cessât de fonctionner. Quelque suggestion insolite alors formulée le contraignait à réviser tous ses raisonnements et, de même qu'il avait pris trois semaines pour assimiler cette immortelle photo de NGC-4565, il abandonnait le travail en train pour attaquer le nouveau problème.

Un sérieux différend s'éleva alors. Un groupe de cinq astronomes distingués fit part à la N.A.S.A., et sous forme d'une conférence de presse à la nation entière, de ses doutes sérieux sur les possibilités d'envoyer un homme sur la Lune; ils ne songeaient pas aux difficultés techniques soulevées par le lancement d'un engin, ni par le mystère scientifique que posait la recherche d'une direction donnée sans compas; ils pensaient aux terribles dangers que risquait d'affronter l'astronaute lorsqu'il tenterait ses premiers pas sur la Lune.

« Il y a de fortes présomptions pour que la surface se compose de poussière lunaire d'environ trois mètres d'épaisseur dans laquelle l'homme disparaîtra, affirmaient trois des experts.

– D'après les analyses préliminaires, la surface pourrait être faite de matériaux en équilibre instable susceptibles de s'enflammer ou d'exploser sous la pression d'un pied humain, déclarèrent d'autres.

– Le véritable danger, c'est que sous la surface règne peut-être une température assez forte pour faire fondre le métal.

– Non, dit un autre, d'après nos photographies, l'appareil et ses passagers risquent d'être engloutis par des faillcs profondes. »

Un savant, chargé de maintenir le contact avec les chercheurs européens, informa la commission qu'un astrophysicien italien avait tenté des expériences tendant à prouver qu'un être humain ne pouvait marcher – contrôler ses articulations – dans une atmosphère d'une gravité inférieure à un cinquième de la gravité terrestre. « Et vous proposez que notre homme se déplace avec une gravité d'un sixième sur la Lune. C'est impensable. » Mott lui-même fut ébranlé par cet argument.

Les médecins consultés par les dissidents communiquèrent leurs craintes.

« Il est très probable que la Lune recèle des maladies inconnues sur Terre. Ou elles attaqueront les hommes entrant en contact avec elle, ou elles s'attacheront à eux et entraîneront des ravages sur terre où n'existera aucun antidote pour les enrayer. »

Ces craintes eurent de telles répercussions que la N.A.S.A. créa une commission d'études à laquelle Mott, en tant qu'expert sélénologue, fut invité à participer. Durant quelques mois, il consacra donc ses efforts – lorsqu'il ne travaillait pas à son doctorat – à ces problèmes épineux et ce fut lui qui tira les conclusions des procédures à mettre en œuvre sur le sol lunaire.

> « Nous sommes fondés à opérer sur le principe que la surface lunaire est une croûte solide capable de supporter le poids d'un homme. Il se peut que des failles y soient creusées mais la majeure partie du sol, en particulier dans la zone qui nous intéresse en priorité, en est exempte. Le risque de chute dans une fissure non détectée est si faible qu'on peut le considérer comme négligeable. Il n'existe aucune preuve d'inflammabilité des matières de surface – l'expérience d'une gravité d'un sixième de la normale, encore inconnue, sera bientôt possible en simulateur. Dans l'état actuel de nos connaissances, nous ne voyons pas d'objec-

tion à la poursuite du projet. Nous avons étudié les conclusions des Italiens selon lesquelles l'homme ne pourrait se déplacer dans une gravité inférieure à un cinquième, mais nous les récusons et sommes décidés à poursuivre nos propres recherches. L'hypothèse selon laquelle la Lune risque d'abriter des virus inconnus devant être prise en considération, notre équipe médicale prescrira trois semaines de quarantaine pour tout être humain ou objet revenant de la Lune. »

Laissant de côté les autres difficultés, Mott s'attela à la question cruciale du déplacement dans une gravité d'un sixième et en rechercha la solution à Langley où deux hommes, anticipant sur sa curiosité, avaient déjà résolu ingénieusement le problème. Comme le lui dit le plus ancien :

« De quoi s'agit-il? De placer un homme dans une gravité d'un sixième? Rien de plus simple. »

Ils étaient montés au sommet d'une haute tourelle de lancement d'où ils avaient laissé pendre un câble de cinquante mètres. Au sol, un système de supports était assujetti à la tête, aux épaules, aux hanches et aux jambes de l'astronaute en puissance. Une cloison avait été disposée à 9°5 de la verticale et, lorsque l'astronaute, suspendu par le câble, les cinq sixièmes de son poids soutenus par les filins, se déplaça le long de ce plan incliné, il se trouva soumis à une gravité d'un sixième. C'était là une trouvaille parfaite.

Mott insista pour être placé dans le harnais et, dès qu'il fut en position et invité à se tenir contre la cloison oblique, il comprit le principe mathématique en jeu. Si la cloison était inclinée de 90° vers le sol, tout son poids serait soutenu par le câble et il serait soumis à une gravité nulle. Si la cloison se trouvait à plat sur le sol, l'action du câble de soutien cesserait et il retrouverait la gravité normale de la Terre. A 9°5 de la verticale, il faisait donc l'expérience d'une gravité d'un sixième.

Dans cet état de semi-apesanteur, il courut, bondit, se courba, se déplia, grimpa à une échelle, sauta d'une hauteur de dix mètres, retomba mollement sur la cloison puis, prenant son élan comme dans un rêve, il s'enleva au-dessus d'une haie de six mètres de haut. L'expérience était si grisante qu'une fois l'épreuve terminée, il voulut prolonger la séance et les témoins prirent des photos de cet homme de quarante-trois ans, avec ses lunettes à monture d'acier, bondissant comme un chamois ou un cheval ailé.

Son rapport admettant l'existence possible, sur la Lune, de virus à son avis contrôlables fut attaqué de toutes parts mais il refusa de faire les moindres concessions. La Lune était accessible, ne présentait aucun danger mortel et l'homme pouvait y marcher. Les trois semaines qui suivirent la diffusion de ses conclusions, il dut les défendre devant divers corps scientifiques, des groupes de journalistes et des caméras de télévision. Chaque fois qu'il répétait son exposé, ses convictions optimistes se renforçaient. Il devint à la N.A.S.A. l'homme de la Lune et, déblayé le terrain théorique, il décida de consacrer tous ses efforts au lancement. Jamais il ne battrait en retraite.

En tant que membre de la commission pour la conquête de la Lune, Mott eut communication des cinq solutions majeures proposées pour l'alunissage. Si l'opération devait être accomplie en 1969, comme l'avait promis Kennedy, il fallait opérer sans délai le choix adéquat.

« Je suis incapable de définir l'impératif le plus

important, déclara l'un des savants, la vitesse ou la précision. »

Si Mott comprenait d'autant mieux les cinq propositions qu'il en avait déjà analysé quatre dans sa thèse, le choix n'en restait pas moins difficile car il y allait de la réputation de la nation et de la vie des astronautes. Dès la première réunion, il écouta les participants défendre chacun leurs propositions.

« La première méthode et la plus simple est ce que nous appelons la méthode de Jules Verne, décrite avec un luxe étonnant de détails dès 1865 dans son roman *De la Terre à la Lune.* Il avait même prédit que le départ se ferait de cap Canaveral en Floride. Sa méthode? Très simple. Vous construisez un canon géant, envoyez un obus sur la Lune, emportez avec vous des réserves d'énergie et, l'exploration terminée, vous vous propulsez pour revenir à cap Canaveral. »

L'orateur, un ancien de la N.A.C.A., assura aux membres de la commission que la technique de Jules Verne était plausible et relativement sûre dans la mesure où la fusée gigantesque pourrait se poser en douceur sur la Lune en raison d'une force de gravité égale à un sixième de celle de la Terre, ce qui signifiait aussi qu'il suffirait, pour élever la fusée dans l'espace, d'une puissance d'un sixième de celle permettant le départ de la Terre.

Restait, néanmoins, une difficulté avec des hommes et tout un équipement, la fusée serait si lourde – sans compter les réserves de puissance indispensables au retour – quel nul engin actuellement existant n'était capable de réaliser cet exploit. Une superfusée en projet, baptisée Nova, y parviendrait peut-être mais elle ne serait pas opérationnelle avant 1975. Que resterait-il, dans ces conditions, de la promesse du président Kennedy assurant que l'alunissage aurait lieu avant 1970?

« La seconde méthode, déclara l'un des hommes

de von Braun, a été étudiée assidûment depuis 1930. On l'appelle " le rendez-vous orbital terrestre ", et c'est une idée très simple également. Vous relancez une fusée déjà placée sur une orbite basse qui emmènera l'appareil destiné à se poser sur la Lune. Vous expédiez ensuite une seconde fusée qui rejoint la première pour la ravitailler en carburant et matériel et, de cette plate-forme stable, partira la fusée lunaire.

« Cet assemblage orbital présente l'intérêt de n'exiger que des petites fusées assez légères, aisément manœuvrables. »

Mais le rendez-vous serait périlleux, l'assemblage incertain et le départ de la Lune à bord d'un engin déjà usé, extrêmement problématique. L'homme de von Braun assura toutefois que l'expérience était réalisable.

Mott prit alors la parole :

« Que pense de ces problèmes le premier assistant de von Braun, Dieter Kolff? »

Un spécialiste de l'Alabama avoua, d'une voix balbutiante :

« Le docteur Kolff est partisan de la première alternative. Utiliser l'une de ses fusées géantes et aller droit sur la Lune.

– Pense-t-il pouvoir mettre au point une fusée de ce genre d'ici quatre ans?

– Il dit qu'elle pourrait être prête l'année prochaine.

– Et vous croyez que c'est possible?

– Non, à mon avis, il faudra plus de dix ans. Le docteur Kolff est un fanatique des superfusées... Il est excusable. »

La troisième solution était prônée par quelques brillants cerveaux de Californie :

« Construire la fusée la plus légère possible. En utiliser deux en tandem. La fusée n° 1 emmène les hommes et leur ravitaillement directement sur la

Lune. La fusée nº 2 suit avec tout l'appareillage scientifique et tout le carburant nécessaire pour le retour. Elles alunissent à quatre cents mètres l'une de l'autre.

– Et si la fusée nº 1 arrive de l'autre côté de la Lune? objecta un chercheur.

– Avec le téléguidage, c'est inconcevable.

– Et qu'est-ce que le téléguidage?

– Un miracle moderne auquel il faut croire... pour le moment.

– Les hommes, dans la fusée nº 1, doivent-ils y croire aussi?

– C'est ainsi qu'ils ont établi la route à suivre en direction de la Lune. »

Cette proposition méritait un sérieux examen. Lorsque ses partisans firent circuler de superbes croquis des modèles réduits des fusées nº 1 et nº 2 et du véhicule de transfert du carburant, l'auguste commission se mua en une bande d'écoliers jouant sur la grande table luisante.

« Un véhicule pareil peut-il circuler à la surface de la Lune? demanda un chercheur.

– A notre avis, oui. Pour le reste, il faut nous croire sur parole. »

Le procédé nº 4 correspondait à un projet séduisant élaboré par un groupe d'ingénieurs indépendants qui estimaient qu'on devait lancer une fusée avec le maximum de puissance et de volume; lorsqu'elle aurait épuisé son carburant, une seconde fusée, ravitaillant la première en carburant, l'enverrait avec ses astronautes jusqu'à la Lune où elle les ramènerait ensuite sur la Terre.

« Et que devient la fusée vide? » demanda l'un des assistants. Les ingénieurs considérèrent le grand savant avec étonnement.

« Elle est sur orbite. Rien ne peut l'affecter, ni vent ni rouille. Elle continue à tourner indéfiniment.

– En orbite autour de la Terre? demanda le savant.

– Elle n'a plus rien à voir avec la Terre. Elle erre à travers le système planétaire et reste en orbite autour du Soleil comme un petit astéroïde né de la main de l'homme. »

Mott avait déjà étudié la question des poids, des réserves de carburant nécessaires, du matériel technique selon les quatre systèmes et ces connaissances se révélèrent précieuses dans les débats. Les défenseurs des diverses alternatives contestaient systématiquement ses conclusions, estimant toujours les leurs plus positives, mais ils finirent par se mettre d'accord sur les « paramètres », le terme en vogue, et une discussion objective devint possible.

Les membres de la commission furent très attentifs à la cinquième proposition. Elle était formulée par un colonel de l'Air Force, un supertechnicien qui, le menton en avant, scrutait chacun de ses interlocuteurs de ses yeux perçants comme pour les convaincre tous l'un après l'autre.

« Mon plan est simple et audacieux. En utilisant une fusée moyenne actuellement disponible, nous expédions un homme avec trois ans de ravitaillement et d'oxygène sur un site dans la plaine près de Copernic. Il est absolument certain qu'il atteindra ce point de la Lune et y survivra avec l'équipement et les aliments comprimés que nous lui fournirons.

– Comment reviendra-t-il? demanda Mott.

– Il ne reviendra pas », rétorqua le colonel. Les exclamations d'étonnement ayant cessé, il ajouta : « Du moins, pas tout de suite. Pas cette année. Mais nous sommes en droit d'être sûrs qu'après trois ans de recherche permanente, nous disposerons de fusées capables d'aller le chercher et de le ramener.

– Seigneur! s'écria l'un des participants, vous

seriez prêt à risquer la vie d'un homme sur un tel pari?

– J'ai risqué ma vie dans de bien pires conditions. » Certains ne cachèrent pas combien son arrogance les offensait, mais il poursuivit : « J'ai volé à vingt-quatre mille mètres quand nos appareils à oxygène étaient plus que rudimentaires. A Edwards, j'ai envoyé des hommes à quarante-cinq mille mètres alors que rien n'était sûr dans le matériel... Pour avoir l'honneur d'être le premier homme sur la Lune, retour ou pas... »

Il s'interrompit et promena un regard circulaire.

« Pour établir les droits de découverte des Etats-Unis sur une surface plus grande que l'Asie. Pour figurer à jamais dans l'histoire du monde? Messieurs, je vous garantis que vingt de nos pilotes d'essai seraient prêts à partir demain.

– Même s'ils devaient attendre là-haut trois ans tout seuls?

– Ils auraient une radio. Songez aux informations qu'ils pourraient diffuser dans le monde.

– Et au bout de trois ans, ils pourraient aussi bien apprendre par radio que les fusées de sauvetage ne fonctionnent pas... qu'il n'y aura pas de fusées de sauvetage... Enverriez-vous un de vos hommes tenter cette aventure, colonel?

– Je vous répète, vingt d'entre eux sont prêts à prendre ce risque.

– Et vous?

– Je suis venu ici pour me porter volontaire. »

Il se tenait très droit, ne mesurant guère plus d'un mètre soixante-cinq et ne dépassant pas soixante kilos. Tandis qu'il attendait dans le silence, les membres de la commission se rendirent compte qu'ils n'étaient pas en train de se pencher sur un éventail de propositions fascinantes mais bien sur un problème de vie ou de mort lié à l'histoire mondiale.

La commission pour la Lune se prononça en grande majorité en faveur de la méthode Jules Verne. « Envoyer une fusée énorme, la poser, la ramener. » Lorsque Kolff en Alabama apprit la nouvelle, il fut transporté de joie car il prônait cette solution depuis vingt ans. Même s'il s'était trouvé sur ce point en désaccord avec Wernher von Braun qui, lui, restait partisan du rendez-vous orbital terrestre, il donna pour consigne à toute son équipe d'accélérer les calculs qui permettraient à la formidable fusée Nova de passer des plans sur papier à la réalité d'un monstre d'acier et de titane.

Mott travaillait maintenant dans un monde hyperthéorique où toute décision promulguée était passée au crible par des experts obstinés. La commission de Mott allait consacrer vingt-cinq milliards de dollars à cette opération, et de telles dépenses justifiaient les plus minutieuses précautions.

Au paroxysme des débats sur les modalités de l'aller et du retour, Mott rendit visite à la firme Chance-Vought qui avait construit, pour la Navy, les remarquables F4U et F8U – et le fiasco intermédiaire F7U. Il fut abordé à l'usine par un homme tranquille ayant passé sa vie à étudier les problèmes de la propulsion, dans l'espace, de charges considérables. Au cours d'une soirée mémorable en lisière d'un terrain d'essai, cet homme exposa longuement à Mott son idée de réalisation du programme spatial :

> « Ne perdez pas de vue les problèmes les plus simples. Résolvez-les et tout le reste se mettra en place. Le plus grand problème est le suivant. Vous devez soulever une masse absurde correspondant à la quantité de carburant nécessaire pour quitter la Terre, traverser l'espace, se

poser sur la Lune et revenir. Si c'est ce poids qui fait obstacle, pourquoi ne pas s'en débarrasser? »

Lorsque Mott, jugeant sa question aussi précise que judicieuse, demanda ironiquement à son interlocuteur quelle partie du poids il envisageait d'éliminer, celle qui avait amené sur le satellite ou celle qui en ramenait, il fut surpris par la réponse de Vought.

« La totalité, j'entends. Pas simplement les étages des fusées selon les méthodes actuelles, mais le colis dans sa totalité, à l'exception de la cellule dans laquelle se feront les soixante derniers kilomètres du voyage. Autrement dit, il s'agit de faire sur une grande échelle ce que vous avez fait sur une petite à Wallops. Utiliser la première réserve de carburant, puis balancer les moteurs qui l'ont brûlée. Laisser tout le paquet couler dans l'océan, comme avec Atlas.
Consommer ensuite la deuxième réserve de carburant et larguer purement et simplement les moteurs qui l'ont brûlée. Même chose pour les instruments et l'équipement électrique nécessités jusque-là. Abandonner la majeure partie du véhicule sur la Lune. Ensuite, au départ de la Lune pour rejoindre le vaisseau mère, rejeter la cabine qui vous a déposé sur la Lune.
Encore une fois, Mott, jetez tout. Pendant le trajet de retour vers la Terre, se débarrasser de tout l'attirail qui vous a ramené jusqu'à ce qu'il ne reste plus, au bout du compte, qu'un petit bonhomme dans une minuscule capsule suspendue à un parachute et, quand vous touchez l'eau, vous bazardez la capsule et le parachute.

> Votre voyage dans l'espace va s'opérer à bord d'un véhicule très complexe composé de huit ou neuf éléments pesant des millions de tonnes pour, en fin de parcours, plonger tout nu dans la mer d'où vous êtes parti. Tout le reste est sacrifié. Vous êtes devenu vous-même le vaisseau spatial. »

Ayant fait de cette théorie son principe opérationnel, Mott ne manqua pas de disséquer chaque solution proposée sous l'angle des possibilités rapides d'élimination de matériaux. Le souci de ne pas perdre de vue cette grande vérité entraîna la condamnation du projet Jules Verne.

« Mais, monsieur, expliqua-t-il, dans votre plan, vous amenez sur la Lune une énorme machine et vous dépensez toute votre énergie à la ramener sur Terre.

– Y a-t-il un autre moyen?

– Von Braun et son équipe de Huntsville proposent un plan sensé. Assembler la fusée lunaire à partir d'éléments placés en orbite basse autour de la Terre. Pas de gravité, pas de dépense d'énergie. »

Mott écarta une à une les autres alternatives, trop pesantes, trop coûteuses, trop hasardeuses ou, dans le cas de l'homme abandonné sur la Lune, trop inhumaines. La seule méthode pour atteindre la Lune, il en était certain, était celle préconisée par von Braun qui en savait plus long sur les fusées que quiconque.

La N.A.S.A. ayant créé une nouvelle commission destinée à élaborer les décisions définitives au sujet du vol lunaire « sans plus de tergiversations », Mott mena le débat pour écarter définitivement la théorie de Jules Verne.

« Nous vivons dans un siècle nouveau, avec des possibilités nouvelles. Servons-nous des techniques nouvelles. » Il devint un supporter si ardent du rendez-vous orbital de von Braun que les membres de la commission commencèrent à l'appeler « notre petit Allemand ».

« Dans le courant de son existence, déclara-t-il à l'un des ingénieurs, on ne rencontre que de très rares génies. Si vous êtes intelligent, ne les quittez pas d'une semelle. » L'ingénieur rétorqua :

« Von Braun n'est pas un génie, c'est un simple ingénieur. »

Ne trouvant aucune réplique suffisamment cinglante, Mott se contenta de répondre d'un ton neutre :

« A mon avis, c'est von Braun qui nous conduira sur la Lune. »

Cet été-là, Mott invita Mme Saltonstall Lindquist à Cal Tech à assister avec sa famille à sa soutenance de doctorat. Elle nota avec satisfaction la dignité sereine de l'université, le charme des allées aux dalles olive et la somptuosité du Faculty Club.

« Ma foi, c'est mieux que Harvard », reconnut-elle à contrecœur.

•

Devant la vogue stupéfiante de l'exploration spatiale suscitée par le défi du président Kennedy, et à cause du budget hypertrophié de la N.A.S.A., galopant vers le quatrième ou cinquième milliard de dollars, une douzaine de firmes industrielles proposèrent à Mott des postes mirifiques qu'il refusa tous, se considérant comme un fonctionnaire engagé dans la plus exaltante entreprise d'Etat. Cependant, la veille de sa promotion, le général Funkhauser venu en voiture de son Q.G. de Los Angeles lui fit part de certaines observations judicieuses.

« Vous n'avez pas écouté, Stanley. La N.A.S.A. ne va rien faire du tout. Elle va laisser tout le travail aux firmes privées, à nous, Chance-Vought, Grumman, North American, Douglas, Boeing. C'est nous qui allons ouvrir l'ère spatiale, pas la N.A.S.A. Joignez-vous à nous et vous construirez les engins qui se poseront sur la Lune. C'est moi qui représente l'ère spatiale et non pas Dieter Kolff à Huntsville ou vos amis de Langley. Venez chez moi et vous serez de la première équipe. »

Lorsque Mott examina avec recul la situation, il dut reconnaître qu'elle ne correspondait en rien aux prévisions établies et que le général Funkhauser avait malheureusement raison. Les compagnies aériennes chevronnées, Grumman, Douglas, Boeing, suivaient réellement un programme spatial quand les gros bonnets de la N.A.S.A. se dispersaient en tournées de discours à travers le pays et se contentaient de témoigner devant le Congrès.

Funkhauser lui ayant offert trente-sept mille dollars par an pour collaborer aux recherches d'Allied Aviation, il jugea bon de discuter de cette offre avec sa femme. Mme Lindquist étant de passage, les deux femmes émirent des avis opposés. Mme Lindquist déclara :

« Stanley, tu as travaillé comme un chien et quels avantages en tires-tu? Une misérable bicoque en location avec une salle de bain. A moins que le M.I.T. ne t'offre une chaire de professeur avec maison de fonction, accepte cette proposition et gagne un traitement convenable. »

Rachel avait une optique différente.

« Tu t'es hissé au niveau des plus forts cerveaux du pays. Le monde entier est à l'écoute de tes idées. Ne laisse pas tomber, Stanley. Tu risques de devenir le von Braun américain. »

Alors que sa commission était sur le point d'annoncer que l'Amérique allait choisir le rendez-vous orbital de von Braun, il reçut de Washington un mystérieux appel de Mme Pope : « Le sénateur Glancey veut que vous vous rendiez sans délai à

Huntsville. Il semblerait que Dieter Kolff fait des vagues. Il aurait de sérieuses objections à émettre. »

Arrivé à Huntsville, Mott prit une chambre au motel et téléphona à Dieter; sentant immédiatement à travers l'appareil le climat de tension régnant, il supposa qu'à peine descendu de Monte Sano pour venir le prendre en voiture Kolff lui exposerait ses griefs. Mais l'Allemand était accompagné du jeune Magnus et ce fut avec plaisir que Mott vit l'adolescent. En dépit de son travail écrasant, il restait hanté par le problème que leur posaient, à Rachel et à lui, leurs deux fils, et il lui semblait utile d'observer le comportement d'un autre garçon à peu près du même âge. »

« Comment marchent les études? » demanda-t-il à l'adolescent blond à la face carrée. La réponse qu'il en reçut était si différente de celle qu'auraient pu faire ses propres enfants qu'il en resta un instant désorienté.

« En littérature, ce n'est pas brillant; enfin je fais tout de même des progrès en maths et en sciences, mais ce que je préfère, c'est la musique.

– Quelle musique?

– Nous avons un orchestre en ville. Je joue de la trompette.

– Il n'a que quinze ans, fit remarquer Dieter en lançant la Volkswagen dans la côte qui grimpait vers Monte Sano, mais il a été admis à l'université. En classe de musique.

– Conduis-tu déjà la voiture de ton père? demanda Mott.

– Oh! non. Il faut attendre seize ans pour le permis spécial.

– Mais est-cc que tu sais conduire?

– Non! Pas avant seize ans.

– Pas question qu'il touche à la voiture avant l'âge légal », dit Dieter.

Mott fut impressionné par les améliorations survenues dans la villa sur la colline : une nouvelle pièce ici, un espace de rangement supplémentaire là et, leur séjour prolongé à Huntsville ayant été entériné par le présisent, une galerie couverte d'où ils pouvaient contempler en contrebas les lumières de la ville.

Liesl avait préparé un repas succulent, une côte de bœuf marinée dans le vinaigre et cuite à l'autocuiseur. Avec la *Sauerbraten,* elle servit des pommes soufflées, accompagnées de pain noir.

Le repas terminé, Mme Kolff débarrassa la table, Magnus se retira dans sa chambre pour travailler et les deux ingénieurs, installés sur la galerie, entamèrent le débat en tête-à-tête :

Mott : Qu'est-ce qui vous chiffonne, Dieter?

Kolff : Les décisions que vous êtes sur le point de prendre. Elles me ravagent.

Mott : On m'a dit que vous étiez maintenant partisan des théories de von Braun.

Kolff : C'est juste. Je reste un loyal soldat. Vous le savez.

Mott : Je regrette que votre plan plus simple n'ait pu être accepté. Mais la méthode Jules Verne...

Kolff : J'ai défendu mon projet. J'ai perdu. C'est fini.

Mott : Alors, où est le problème?

Kolff : C'est l'idée elle-même. Elle est fausse à la base.

Mott : Quoi? D'aller sur la Lune? Vous m'en avez parlé il y a des années. A El Paso.

Kolff : La Lune, d'accord. Mais jamais en la considérant comme le but essentiel.

Mott : Et pourquoi donc?

Kolff : Parce que vous vous trompez d'objectif et que vous vous en félicitez. Comme si vous alliez accomplir un exploit.

Mott : Vous ne croyez pas que nous nous poserons sur la Lune.

Kolff : Si. Mais l'ennui, c'est que personne n'en repartira.

Mott : Attendez! Attendez! J'ai passé des mois à éplucher toutes les étapes de l'opération et je suis certain que nous pourrons rapatrier nos hommes sains et saufs.

Kolff : Les hommes, oui. La nation, non. Une fois sur la Lune, nous y resterons prisonniers.

Mott : Comment ça?

Kolff : Je veux dire que c'est une erreur fatale d'envoyer des astronautes là-haut. Une erreur fatale de faire de cette tentative un numéro de cirque.

Mott : Les hommes donnent un sens profond à cette aventure.

Kolff : Autre erreur. Nous n'avons pas besoin d'eux pour aller sur la Lune. Ils faussent l'expérience, en diminuent la portée. Ils la ravalent. Pour finir, Stanley, c'est à cause d'eux que nous resterons prisonniers de la Lune.

Mott : Expliquez-vous.

Kolff : Regardez la Lune, montant à l'orient comme une déesse grise. Ensuite, regardez là-bas les étoiles dont le clair de lune n'atteint pas l'éclat. La lune est un objet errant. Elle va et vient. Les étoiles sont immuables et ce n'est pas à cette Lune épisodique que nous devons accorder la priorité. Elle est d'accès trop facile. Ce sont les étoiles qu'il faut viser... Et elles sont malaisées à comprendre.

Mott : Alors pas de vol vers la Lune, d'après vous?

Kolff : Non. C'est une première étape logique, mais je ne m'y attarderais pas. Je n'y enverrais pas d'hommes pour éviter l'effet spectaculaire. Et je me concentrerais sur les recherches donnant accès à une véritable exploration. Là-bas où nous attend le champ de bataille de l'intelligence. (Et il désigna un point du ciel éloigné de la Lune.)

Mott : Qu'avez-vous contre les astronautes?

Kolff : Nous atteignons ici le cœur du problème. Les hommes ne sont pas techniquement nécessaires. Vous le savez comme moi. Pour les transporter, nous sommes obligés de construire une capsule énorme, alors qu'elle devrait être très petite. Ensuite, pour élever cette capsule inutile, il faut des fusées deux fois plus puissantes. Il faut donc le double de carburant pour ces fusées. Et il faut encore un appareillage d'entretien pour tous les éléments inutiles. Enfin, le plus dangereux, c'est qu'une fois là-haut, l'attention générale se portera sur les hommes et non sur le sens réel de l'aventure.

Mott (avec lenteur) : Dieter, je sais ce qui vous ronge. Vous êtes capable de construire des fusées géantes. A Peenemünde, vous rêviez d'un engin capable de traverser l'Atlantique. A White Sands, il était encore plus gros. Tout ce qui vous tente, c'est d'envoyer en l'air des fusées gigantesques sans vous soucier de leur destination. Vous êtes un ingénieur devenu fou.

Kolff : Et vous, un ingénieur qui a perdu de vue le grand objectif. La science vous a corrompu.

Mott : Vous croyez que nous pourrions explorer la Lune et Mars sans hommes dans les machines pour les guider? Pour pallier les incidents possibles?

Kolff : Et même mieux. Donnez-moi l'argent gâché à vouloir transporter des hommes et nous serons en mesure de réaliser en trois ans l'exploration complète du système solaire. Nous pourrions poser nos machines sur la Lune et en recevoir des échantillons demain. Nous disposons d'appareils permettant de photographier l'univers, d'atteindre Vénus, d'aller inspecter les anneaux de Saturne.

Nous pourrions le faire mieux et bien plus vite en recueillant deux fois plus de renseignements.

Mott : Pourquoi ne le faisons-nous pas?

Kolff : Question de politique. Pour des motifs politiques, le président Kennedy a déclaré : « Nous « enverrons un homme sur la Lune et le récupére- « rons. » (Il eut un petit rire amer.) Toute ma vie, j'ai été le jouet de la politique. Adolf Hitler fait un rêve, et on me rappelle du front russe. Helmut Funkhauser veut effacer la tache du nazisme, il me pousse dans vos bras. Maintenant, c'est *Life Magazine* qui fait la loi.

Mott : Qu'est-ce que vous me chantez?

Kolff : Life a un contrat avec les astronautes. En exclusivité absolue. Il faut donc qu'ils en tirent le maximum, qu'ils en fassent un vrai scoop. Quinze gratteurs de papier passent leur temps à transformer sept jeunes hommes ordinaires en demi-dieux. Regardez les journaux! Renonçant à tout jugement critique, ils parlent de Shepard comme si c'était Christophe Colomb. Et qu'est-ce qu'il a fait, au juste? Il est monté dans une machine semblable à celle que nous avons fabriquée à Peenemünde il y a un quart de siècle. Et ni *Life* ni le *Times* n'ont la moindre idée de la signification de ces vols.

Mott : Ce sont des nouvelles fantastiques.

Kolff : Des nouvelles fausses.

Mott : Vous ne pouvez pas vous y opposer, ni von Braun ni moi, alors que comptez-vous faire?

Kolff : Je vais assister patiemment au triomphe de ce cirque et tristement à l'arrêt du défilé. Et quand nous serons réduits à l'inaction, je resterai là, assis sur ma galerie à regarder les étoiles avec l'envie de pleurer.

Kolff s'était montré si persuasif dans son analyse que Mott, impulsivement, modifia ses plans de voyage et resta à Huntsville pour discuter avec les autres experts des implications du discours de

Dieter. Même si les Allemands répugnaient à manifester toute hostilité vis-à-vis de la politique gouvernementale, il était clair qu'ils partageaient les appréhensions de Kolff et jugeaient que l'envoi d'êtres humains dans l'espace débouchait sur une impasse. Von Braun étant absent, à l'époque, Mott demanda la permission d'attendre son retour car il supposait que le leader allemand estimait également inutile la présence d'un homme à bord d'un engin spatial. Au cours de ces deux journées d'attente, il eut l'occasion de s'entretenir avec bon nombre de techniciens.

Von Braun se révéla imprévisible. Ravi à l'idée que la commission de Mott avait éliminé la solution Jules Verne, il écarta sans discussion les trois autres opinions, soulignant par là même que, le rendez-vous orbital étant la seule solution retenue, il devait donc continuer à assumer la direction des opérations. Sa position était forte et il ne l'ignorait pas.

Il ne voulut même pas envisager la possibilité d'un tir vers la Lune sans passagers humains à bord.

« Tout cela a été décidé au sommet. Nous pouvons très bien réaliser ce programme. D'ailleurs, les hommes qu'ils ont choisis sont tellement surentraînés qu'ils représenteront un atout pendant ce vol.

– Mais ne serait-il pas plus simple...

– La question est réglée », coupa von Braun.

De toute évidence, il était bien résolu à ne rien dire qui pût relancer le débat. Comme à Peenemünde, l'autorité avait tranché, mettant fin aux spéculations. Tandis qu'il accompagnait Mott à la porte, von Braun lui déclara :

« Il paraît que vous étiez l'un des plus chauds partisans de mon rendez-vous orbital. Je vous en remercie. Non seulement vous avez été courageux mais clairvoyant. Et ne vous laissez pas démonter par les théories de Dieter Kolff. Il ne sera heureux que lorsqu'il aura lancé une de ses fusées au-delà du système solaire. Il aura raison le temps venu, mais, pour l'instant, il est dans l'erreur. »

Deux heures plus tard, Mott se préparait à reprendre l'avion pour la Californie quand il reçut un appel téléphonique urgent de la commission spatiale à Washington. C'était Mme Pope.

« Le sénateur Glancey veut vous voir dans son bureau cet après-midi à quatre heures. Amenez Kolff. »

La réunion fut brève et le ton sec. D'un côté de la table, comme un jury d'assises, se trouvaient Glancey et Grant accompagnés de leur secrétaire générale, Penny Pope, qui ne prenait pas de notes. La réunion avait été demandée par Glancey mais ce fut Grant qui ouvrit le débat.

« Qu'est-ce que vous êtes en train de fricoter au juste tous les deux?

– Comment ça, monsieur? dit Mott.

– Toutes ces histoires à propos du vol lunaire. Nom d'un chien, nous avons déjà assez d'ennuis sans que nos propres hommes mettent leur grain de sel.

– Qu'est-ce que vous voulez dire, monsieur? » demanda Mott avec fermeté.

Les nombreuses propositions qu'il avait reçues de plusieurs grandes firmes depuis qu'il avait été élevé au grade de docteur lui donnaient une confiance nouvelle.

Après seize ans de Sénat, Norman Grant avait également perdu l'irrésolution qui le caractérisait lors de sa première élection. Habitué maintenant à abattre ses adversaires si la persuasion échouait, il estimait, dans cette situation de crise, qu'il convenait de frapper fort.

« Nous avons reçu des rapports d'après lesquels vous avez mené campagne au Marshall Space Flight Center contre notre proposition visant à confier à des hommes le maniement de la capsule destinée à se poser sur la Lune.

– Le docteur Kolff et moi avons discuté du problème, répondit Mott. Le docteur Kolff est un expert mondial dans ce domaine et je voulais avoir son opinion.

– Eh bien, moi, je peux garantir au docteur Kolff que sur cette question, son opinion ne vaut pas un clou et qu'il ferait mieux de la garder.

– Toutes les opinions méritent attention, sénateur Grant. Avez-vous entendu parler de ces détraqués que nous avons accepté d'écouter? »

Lorsqu'il eut parlé aux sénateurs du colonel d'aviation qui voulait se faire déposer sur la Lune avec trois ans de ravitaillement et d'oxygène pour y attendre la fusée capable de venir le rechercher, le sénateur Glancey secoua la tête, mais le sénateur Grant déclara d'un ton sec :

« Je suis sûr que nous ne manquerions pas de volontaires pour faire un essai. Moi-même, si j'étais plus jeune, je partirais sans hésiter.

– Le problème est le suivant, Mott, reprit Glancey. Grant et moi devons justifier devant le Congrès le budget énorme réclamé par la N.A.S.A. Cinq milliards de dollars par an. Et nous ne pourrons jamais le justifier devant le Sénat si nons annonçons : « C'est pour l'exploration scientifique. » En revanche, si je déclare aux sénateurs : « L'objectif « est d'envoyer un brave petit Américain sur la « Lune et de le ramener sain et sauf », ils vont essuyer une larme et nous accorder le double de ce que nous demandons.

– Mais, répliqua Mott, entêté, vous savez que l'opération peut se réaliser mieux et à moindres frais sans homme. »

Ulcéré, Grant donna un coup de poing sur la table.

« Ma parole, Mott, quand Mme Pope vous a

amené ici, il y a deux ans, j'ai cru que vous étiez l'un des plus brillants sujets de la N.A.C.A. Maintenant, vous me faites l'effet d'un idiot. » A peine eut-il lancé ce jugement qu'il fit des excuses.

« Je retire ce mot-là. Idiot, vous ne l'êtes certainement pas. Il paraît que vous avez fait des étincelles à Cal Tech. Félicitations, mais vous êtes obtus. Ça oui, vous êtes obtus.

– C'est ma foi vrai », ajouta Glancey. Après un silence, Grant reprit :

« Voilà ce qui se passe. Le programme de la N.A.S.A. est extrêmement coûteux. Son financement dépend de gens comme Glancey et moi ou le vide-président, et nos atouts les meilleurs ne sont ni Wernher von Braun, ni de brillants cerveaux comme vous ou Kolff. Ce sont les astronautes, que tous nos compatriotes portent aujourd'hui dans leurs cœurs. Si on vous entendait dire un mot contre John Glenn, vous seriez chassé de la N.A.S.A. le soir même. C'est un personnage sacro-saint, les autres de même. C'est sur eux que repose tout l'édifice de la N.A.S.A. Nous n'enverrons pas de singe sur la Lune. Cette idée était une terrible erreur qui nous aurait couverts de ridicule. Et nous n'enverrons pas une machine, parce que les gens n'aiment pas les machines. Et nous n'envoyons pas d'instruments scientifiques parce que les gens ne s'y intéressent que dans les films de Boris Karloff. Ce que nous envoyons, ce sont de braves et jeunes héros américains, ne perdez jamais ça de vue.

– Ce que nous voulons, enchaîna Glancey aimablement, c'est vous museler un peu. Parlez tant que vous voulez entre vous des bonnes ou des mauvaises méthodes à appliquer, mais en public, bouche cousue.

– Sinon, reprit Grant, vous risquez de compromettre le programme que vous cherchez à promouvoir. » Se tournant brusquement vers Mme Pope, il ajouta : « Vous pouvez aller le chercher maintenant. » Comme elle quittait la salle de réunion, Grant expliqua :

« Nous avons invité un monsieur à se joindre à nous. Pour expliquer les faits. »

Le nouveau venu était un séduisant quinquagénaire, très soigné, vêtu d'un luxueux complet de whipcord gris et chaussé d'élégants mocassins italiens.

« Je vous présente Tucker Thompson, dit Grant, longtemps rédacteur en chef du magazine *Folks.* Son groupe a signé un contrat en exclusivité pour couvrir tout ce qui concerne les astronautes que nous allons sélectionner, et je l'ai prié de bien vouloir nous exposer la gravité de la situation. »

Thompson prit un ton à la fois prétentieux et confidentiel comme pour réserver les secrets de l'ère spatiale qu'il détenait à ce groupe restreint d'auditeurs et à lui seul.

> « Je souffre de deux sérieux désavantages. Notre société a arraché ce contrat de haute lutte à la revue *Life*; nous sommes donc les derniers arrivants. Je ne veux rien dire contre *Life* qui a su présenter au public les astronautes de façon remarquable. Mais nous sommes certains de pouvoir faire mieux. Ma position de spécialiste des relations publiques, en quelque sorte, vous fera peut-être mettre en doute les propos que je pourrai tenir.
>
> « *Folks* ne considère pas la prodigieuse aventure de l'espace comme un grand numéro de cirque. Nous ne cherchons pas à créer des héros instantanés. Et je crois sincèrement que nous éviterons toujours de forcer la dose et de présenter nos astronautes comme des surhommes. Nous les montrerons simplement comme les jeunes hommes les plus prestigieux de

notre nation, et leurs épouses comme des prototypes de la femme américaine. Nous ne vendons pas des rêves; nous vendons des réalités.

« Et la réalité, la voici. L'Amérique identifie son programme spatial à ses astronautes. Et, j'ajouterai, à leurs familles. Un astronaute célibataire perdrait la moitié de sa signification. Je crois pouvoir affirmer sans crainte que, sans ses astronautes, l'Amérique n'aurait pas de programme spatial.

« Quel est l'impératif à observer? Personne ne doit laisser entendre d'une façon ou d'une autre qu'une étape quelconque du programme spatial puisse être franchie sans les astronautes. Nous avons tout misé sur ces sujets d'élite et cet investissement doit être sauvegardé à tout prix. »

Mott ulcéré d'être chapitré par un invididu aussi ignorant des difficultés scientifiques du programme spatial – de ces casse-tête qui avaient mis sur les dents les meilleurs ingénieurs durant des mois – estima devoir parler en savant.

« Nos deux sénateurs nous rappellent les réalités politiques. Ce distingué publiciste aborde la question sous l'angle des relations publiques. Le docteur Kolff et moi-même sommes des ingénieurs et des chercheurs responsables de décisions cruciales, et je vous rappelle que le vol vers la Lune ne représente qu'une partie de notre programme. Avant ou après la réussite de cette opération, nous enverrons une sonde vers Mars. Sans homme à bord.

– Et le pays n'en saura rien, affirma Tucker Thompson, parce que les journalistes comme moi n'auront pas d'êtres humains auxquels raccrocher nos histoires.

– Vous croyez que vos histoires passent avant tout? demanda Mott.

– Absolument. »

Se sentant toutefois pris en défaut par ces deux brillants chercheurs, Thompson opta pour la plaisanterie.

« Les agents des relations publiques dont je ne suis pas doivent être surveillés. Quand Moïse arracha les enfants d'Israël à leur captivité en Egypte, il les rassembla sur les rives de la mer Rouge et leur dit : « Mes enfants, nous sommes en grand danger. « La mer est devant nous, le désert autour de nous. « L'armée égyptienne marche sur nous. Je vais « séparer en deux cette mer Rouge et y tracer un « chemin. Nous le traverserons et, quand l'armée « égyptienne tentera de nous suivre, je refermerai « le passage et nos ennemis seront noyés. » Le représentant des relations publiques israélien, extasié, s'écria : « Si tu fais ça, Moïse, je te garantis que « tu auras trois pages dans l'Ancien Testament. »

– Avec nos astronautes, intervint Grant, nous avons trois pages de *Life* chaque semaine, trois colonnes dans le *Los Angeles Times*, trois pages dans le monde entier. N'oubliez jamais, vous autres savants, la tasse que notre pays a bue quand Youri Gagarine a paradé de pays en pays, affirmant que le communisme était supérieur à la démocratie. Je veux que John Glenn et Virgil Grissom paradent, eux aussi, et le jour béni où nous poserons un de nos hommes sur la Lune, nous effacerons la Russie de la carte. Ce n'est pas plus compliqué. »

Stanley Mott, pour qui les idées étaient les manifestations les plus nobles de l'humanité, sentait bien que, dans cette pièce, ses idées ne recueillaient pas la considération qu'elles méritaient. Ayant consacré sa vie à lutter avec des notions et des responsabilités capitales, il n'était pas disposé à laisser deux sénateurs, initiés de fraîche date aux problèmes spatiaux, et un gratte-papier, chargé de disserter sur le thème « Astronautes et Espace », le déloger de ses positions solidement établies. Il était sur le point de contre-attaquer durement quand Mme Pope, remarquant son air agressif, déclara d'un ton dégagé :

« Eh bien, voilà qui clôt le débat. »

Les deux sénateurs ayant détecté son irritation, dès que Mme Pope eut ramené Kolff à la salle d'attente, Mike Glancey, passant un bras sur les épaules de Mott, lui dit :

« La différence entre un politicien comme moi et un savant comme vous, c'est que pour garder mon poste, j'ai besoin d'être élu... tous les six ans. Vous, vous n'avez à être nommé... qu'une fois. Et ce que vous enseignent les élections c'est que l'homme est la mesure de toutes choses. S'il n'y a pas un homme dans le tableau, il n'y a pas de tableau.

– Il a raison, Stanley, appuya le sénateur Grant. J'ai poussé assez loin mes études techniques dans la Navy pour savoir que votre argumentation de base est la bonne. Bien sûr, nous devrions opérer sans les astronautes, mais ce serait commettre une très grave erreur.

– Le contribuable, celui qui paie la facture, mettrait notre programme au rancart. Ce serait la fin de vos plus beaux rêves. »

Ayant développé son argumentation dans ce sens, Glancey évoqua le premier jour de sa première campagne électorale.

« Stanley, j'étais le gosse le plus brillant de Red River. Et j'avais potassé tous les aspects de la législation pour briller encore plus. Mais quand j'ai commencé ma tournée pour aller parler dans un quartier italien, la première question a été : « Quel « est votre point de vue sur le décret 21-957 ? » Je n'en avais jamais entendu parler. Il concernait l'immigration italienne. Ils se fichaient pas mal de tous les grands problèmes de l'heure – guerre, impôts, assistance médicale, le nouveau barrage – ils voulaient qu'on parlât du décret 21-957. Ne sachant pas de quoi il s'agissait, je me suis coulé à leurs yeux. Sauf erreur, dans ce secteur-là j'ai recueilli quinze voix... La leçon de mon histoire, reprit Glancey après un temps d'arrêt, c'est qu'il faut savoir adopter le point de vue de vos interlocuteurs. Dans l'espace, ce sont les astronautes... Tucker Thompson photographiant l'épouse angoissée derrière la haute palissade blanche. »

Mott avait écouté attentivement. Plus il réfléchissait au problème des astronautes, plus il tendait à donner raison aux sénateurs. L'enthousiasme de Dieter Kolff pour la fusée géante sans passager lui avait totalement masqué le rôle déterminant des héros de l'espace et de leurs épouses sans lesquels l'ambitieux programme de la N.A.S.A. perdait une partie essentielle de sa substance.

Sur le seuil de la porte, quand Grant demanda :

« Quelles nouvelles de Los Angeles? » Mott resta un instant sans comprendre. Il crut, tout d'abord, que Grant faisait allusion à un membre de la commission hostile au rendez-vous orbital, et se creusa la tête pour trouver une réponse. Se souvenant que Grant l'avait chargé une fois d'enquêter sur le néfaste docteur Strabismus et se rappelant le superbe diplôme de Dieter, il éclata de rire :

« Vous ne savez pas la nouvelle? dit-il. U.S.A. n'est plus un institut de recherches. C'est devenu l'université de l'espace et de l'aviation!

– Grands dieux!

– Même la N.A.S.A. leur a acheté six ou huit doctorats pour les anciens de la N.A.C.A. Pour donner à la firme un vernis de respectabilité.

– Vous plaisantez?

– Pas du tout. J'ai vu l'un de ces diplômes sur le mur de Dieter Kolff il y a trois jours. Il était signé par le chancelier de l'université, le docteur Leopold Strabismus, et par son doyen des études, Marcia Grant, docteur ès lettres.

Le sénateur Grant se laissa lourdement tomber sur un fauteuil :

« Docteur ès... Elle n'a pas fini sa première année. Et la voilà doyen des professeurs.

– Ce n'est pas aussi grave qu'on pourrait le croire, l'université n'a pas de professeurs... »

TABLE

IMPRIMÉ EN FRANCE PAR BRODARD ET TAUPIN
58, rue Jean Bleuzen - Vanves - Usine de La Flèche.
LIBRAIRIE GÉNÉRALE FRANÇAISE - 14, rue de l'Ancienne-Comédie - Paris.

ISBN : 2 - 253 - 03644 - 7 30/6041/5